LES
AUTEURS LATINS

EXPLIQUÉS D'APRÈS UNE MÉTHODE NOUVELLE

PAR DEUX TRADUCTIONS FRANÇAISES

L'UNE LITTÉRALE ET JUXTALINÉAIRE PRÉSENTANT LE MOT A MOT FRANÇAIS
EN REGARD DES MOTS LATINS CORRESPONDANTS
L'AUTRE CORRECTE ET PRÉCÉDÉE DU TEXTE LATIN

avec des sommaires et des notes

PAR UNE SOCIÉTÉ DE PROFESSEURS

ET DE LATINISTES

CICÉRON

TRAITÉ DES DEVOIRS

EXPLIQUÉ LITTÉRALEMENT
TRADUIT EN FRANÇAIS ET ANNOTÉ

PAR M. SOMMER

agrégé des classes supérieures, docteur ès lettres

PARIS

LIBRAIRIE DE L. HACHETTE ET Cie

RUE PIERRE-SARRAZIN, N° 14

(Près de l'École de médecine)

LES

AUTEURS LATINS

EXPLIQUÉS D'APRÈS UNE MÉTHODE NOUVELLE

PAR DEUX TRADUCTIONS FRANÇAISES

Ce traité a été expliqué littéralement, traduit en français et annoté par M. Sommer, docteur ès lettres, agrégé des classes supérieures.

Typographie de Ch. Lahure et Cie, rues de Fleurus, 9, et de l'Ouest, 21.

LES
AUTEURS LATINS

EXPLIQUÉS D'APRÈS UNE MÉTHODE NOUVELLE

PAR DEUX TRADUCTIONS FRANÇAISES

L'UNE LITTÉRALE ET JUXTALINÉAIRE PRÉSENTANT LE MOT A MOT FRANÇAIS
EN REGARD DES MOTS LATINS CORRESPONDANTS
L'AUTRE CORRECTE ET PRÉCÉDÉE DU TEXTE LATIN

avec des sommaires et des notes

PAR UNE SOCIÉTÉ DE PROFESSEURS

ET DE LATINISTES

CICÉRON

TRAITÉ DES DEVOIRS

PARIS

LIBRAIRIE DE L. HACHETTE ET Cie

RUE PIERRE-SARRAZIN, Nº 14

(Près de l'École de médecine)

—

1861

AVIS

On a réuni par des traits, dans la traduction juxtalinéaire, les mots français qui traduisent un seul mot latin.

On a imprimé en *italiques* les mots qu'il était nécessaire d'ajouter pour rendre intelligible la traduction littérale, et qui n'avaient pas leur équivalent dans le latin.

Enfin, les mots placés entre parenthèses, dans le français, doivent être considérés comme une seconde explication, plus intelligible que la version littérale.

ARGUMENT ANALYTIQUE

DU PREMIER LIVRE[1].

I. Cicéron exhorte son fils à faire marcher de front les études latines et grecques, à lire ses discours et ses traités de philosophie, pour arriver à une égale facilité dans les deux langues.

II. C'est pour aider son fils à atteindre ce but, que Cicéron a composé le *Traité des devoirs*, comme l'ouvrage qui convenait le mieux à l'âge du fils et à l'autorité du père. Il annonce qu'il se conformera sur cette question à l'opinion des stoïciens, et surtout de Panétius, tout en conservant son entière liberté d'appréciation.

III. Division des devoirs : 1° ceux qui se rapportent à la connaissance des vrais biens ; 2° les préceptes particuliers qui doivent régler toutes les actions de la vie. — Autre division : 1° le devoir parfait, *rectum*, en grec χατόρθωμα ; 2° le devoir moyen, *medium*, en grec, χαθῆχον. — De là, selon Panétius, trois parties, qui en contiennent réellement cinq : l'*honnête*, mais sous un double aspect, l'*utile*, sous un aspect également double, enfin la comparaison de l'utile et de l'honnête.

IV. Examen rapide de ce que l'on appelle *honnête* : — Les animaux ont un instinct naturel de conservation, et un soin particulier de leur progéniture. — L'homme, outre ces qualités naturelles, secondées et développées par la raison, a une curiosité qui le porte à la recherche de la vérité — Il a de plus encore un amour de la prééminence qui, dans un homme bien élevé, fait naître la grandeur d'âme et le mépris des choses humaines.

V. Quatre sources de l'honnête : la prudence ou sagesse, la justice, la force, la tempérance. — A la première appartiennent particulièrement la recherche et la découverte de la vérité ; aux trois autres, l'acquisition et la conservation des choses nécessaires à la vie, des biens, des honneurs, des dignités, du pouvoir.

1. Cet argument est emprunté à l'excellente édition du *Traité des devoirs* donnée par M. Marchand.

1

VI. La prudence ou sagesse est ce qui touche le plus intimement
à la nature humaine. — Le désir de connaître est un penchant naturel, mais il y a deux excès à éviter : l'un, de croire comme vrai ce
qui ne l'est pas, et d'y donner un assentiment irréfléchi ; l'autre, de
consacrer trop de temps et d'étude à des questions obscures, difficiles
et inutiles.

VII. La justice, sur laquelle repose tout l'ordre social, se divise en
deux branches : la justice proprement dite, et la bienfaisance. — La
première loi de la justice est de ne nuire à personne, à moins d'y
être provoqué ; la seconde est d'user comme d'un bien commun de
ce qui est à tous, comme d'un bien propre, de ce qui est à nous.
C'est la bonne foi qui est le fondement de la justice. — L'injustice
est de deux sortes : celle que l'on fait, et celle qu'on laisse faire,
quand on pourrait l'empêcher. La cupidité est la principale source
de l'injustice.

VIII. On aime les richesses, soit pour satisfaire aux besoins de la
vie et pour se procurer des jouissances, soit comme un moyen d'arriver aux commandements, aux honneurs, à la gloire. — Allusion à
l'ambition de César.

IX. Plusieurs causes des injustices que l'on commet, en négligeant
de défendre autrui, et en négligeant ses devoirs. — On craint les ini-
mitiés, le travail, la dépense. — L'amour des études personnelles, le
soin d'intérêts particuliers. — D'ailleurs, l'équité se fait facilement
reconnaître, et le doute est la marque de l'injustice.

X. Il y a des circonstances où les choses qui paraissent le plus
dignes d'un homme juste prennent un caractère tout opposé. — Re-
monter alors aux principes qui sont le fondement de la justice :
d'abord ne nuire à personne ; ensuite agir en vue de l'intérêt commun. Ainsi on ne doit pas accomplir une promesse dont la réalisa-
tion serait funeste à ceux qui l'ont reçue, ni un engagement qui
nous est plus préjudiciable qu'avantageux à celui envers lequel nous
l'avons pris. Il en est de même des promesses arrachées par crainte
ou par surprise. — Éviter aussi comme une injustice un raffinement
de légalité, une extrême justice. — Trait de Cléomène de Lacédémone et de Q. Fabius Labéon.

XI. Devoirs à remplir envers ceux de qui on a reçu une injure. —
La punition et la vengeance ont leurs bornes. Respecter les droits de
la guerre, n'entreprendre la guerre que pour avoir la paix. — Après
la victoire, épargner ceux qui n'ont été ni cruels ni barbares. — Con-

solide que l'union des gens de bien qui ont le même caractère. Enfin
la société la plus respectable, la première de toutes, c'est la patrie,
dans l'amour de laquelle viennent se confondre toutes les autres af-
fections. — Classification des objets ou des personnes auxquels nous
devons notre amour.

XVIII. Examiner les besoins de chacun, et ce que chacun peut ou
ne peut pas obtenir sans nous. — Il y a de bons offices qui sont dus
plutôt aux uns qu'aux autres : on doit aider plutôt son voisin que
son frère ou son ami à faire sa récolte ; mais on doit défendre son
parent ou son ami dans un procès, plutôt qu'un voisin. — Il ne suffit
pas d'avoir tous ces préceptes, il faut les mettre en pratique. —
Parmi les quatre principes généraux dont émanent l'honnêteté et le
devoir, brille au premier rang cette grandeur d'âme qui fait les actions héroïques. — Allusion aux grandes victoires des Grecs et à la
magnanimité des plus illustres Romains.

XIX. Cette élévation d'âme devient coupable, si elle est injuste ou
égoïste. — Sans la justice rien d'honnête. — Malheureusement les
hommes d'un grand caractère veulent être les premiers dans l'État.
— Or il est difficile de conserver avec l'ambition l'esprit d'équité. —
De là les largesses et les intrigues des ambitieux. — On appellera
donc courageux non pas ceux qui commettent l'injustice, mais ceux
qui la repoussent.

XX. Une âme forte se reconnaît à deux traits principaux : le mépris des choses extérieures et le désir des actions grandes, mais
utiles avant tout. — Se défendre de la soif de l'or, qui dénote une
âme étroite et petite. — Se tenir en garde contre la passion de la
gloire. — Ne pas désirer les commandements, ou plutôt, selon les
circonstances, les refuser ou s'en démettre. — L'âme doit être libre
de ce qui peut la troubler, pour conserver ce calme et cette sécurité
qu'on trouve dans l'éloignement des affaires, et qui sont recherchés
par les vrais philosophes.

XXI. Peut-être les ambitieux et ceux qui aiment avant tout la retraite sont-ils également excusables. — Quant à ceux qui se vantent
de mépriser ce que les autres admirent, ils sont plus dignes de blâme
que d'éloge. — Ils paraissent craindre les fatigues, les ennuis, les
mauvais succès. — Ceux qui ont reçu de la nature un talent propre
aux affaires doivent prendre part à l'administration de l'État. — D'un
autre côté, celui qui entre dans les charges publiques doit d'abord
considérer combien elles sont honorables, puis se demander s'il aura

le talent de les bien remplir. — En un mot, en toutes sortes d'affaires, il faut, avant d'entreprendre, préparer soigneusement les moyens de succès.

XXII. C'est à tort que l'on met les services militaires bien au-dessus des fonctions civiles. — L'histoire grecque et l'histoire romaine prouvent que les services civils sont beaucoup plus grands et plus glorieux. — Exemples à l'appui de cette opinion. — L'auteur fait son propre éloge.

XXIII. Suite des développements de la même idée. — Il faut attacher plus de prix à la sagesse qui décide qu'à la force qui combat. — Si la guerre doit se faire, qu'elle se fasse uniquement en vue de la paix. — Le général doit se conduire avec sagesse et prudence, et ne pas s'exposer témérairement, mais cependant préférer la mort à l'esclavage et au déshonneur.

XXIV. Si l'on est contraint de détruire des villes, ne pas le faire légèrement ni avec cruauté. — Suivre dans l'une et l'autre fortune les règles de l'honneur et de l'équité. — Ne pas s'exposer avec témérité, mais exposer plus hardiment sa sûreté que celle de l'État, et combattre avec plus de résolution pour l'honneur et pour la gloire que pour tout autre intérêt. — Exemples de Callicratidas, de Cléombrote, de Fabius Cunctator.

XXV. Ceux qui aspirent à diriger les affaires doivent observer deux préceptes de Platon : se dévouer entièrement à l'intérêt de leurs concitoyens, et embrasser dans leur sollicitude tout le corps politique, afin de ne pas consacrer leurs soins à une seule partie au préjudice des autres. — Ne pas écouter ceux qui croient qu'il faut poursuivre ses ennemis d'une haine vigoureuse, et que c'est le propre d'une âme forte et virile. — Au châtiment et à la réprimande ne pas ajouter l'outrage. — Savoir proportionner les peines aux fautes. — Que les magistrats ressemblent aux lois, qui punissent, non parce qu'elles sont irritées, mais parce qu'elles sont justes.

XXVI. Dans la prospérité, il faut éviter l'orgueil, le dédain et la fierté. — Rien n'est plus beau qu'un caractère égal. — C'est au comble de la prospérité qu'il est le plus nécessaire de prendre conseil de ses amis et de fermer l'oreille aux flatteurs. — D'un autre côté, même dans une vie inactive, dans une condition privée, on peut montrer de la grandeur d'âme. — Certains hommes ont partagé avec leurs amis et avec la république la fortune qu'ils avaient noblement acquise. Ceux-là tiennent le milieu entre les philosophes et les hommes d'État.

XXVII. Reste la quatrième source de l'honnête, qui comprend le respect de soi-même et des autres, la tempérance et la modestie : c'est la bienséance, τὸ πρέπον. — On ne peut la séparer de l'honnête, car tout ce qui est honnête est bienséant, et tout ce qui est bienséant est honnête. — De même toute action juste, toute action virile est honnête. — Deux branches de la bienséance, l'une qui est générale, et qui consiste dans l'honnêteté en général, l'autre qui est subordonnée à chaque partie de l'honnêteté.

XXVIII. Nous devons tous avoir un certain respect pour nos semblables. — La loi de la bienséance consiste à observer à leur égard la justice, qui défend de leur nuire, et le respect, qui défend de les choquer. — Le premier devoir que nous impose cette loi, c'est de suivre pour guide la nature, qui ne nous trompe jamais. — Il faut régler les mouvements de l'âme aussi bien que ceux du corps. — Or, l'âme a deux principes, l'appétit et la raison.

XXIX. Nous ne devons rien faire dont nous ne puissions donner une raison plausible; c'est là comme le sommaire des devoirs. — Il faut donc que les appétits obéissent à la raison. — Les jeux et les amusements ne sont pas interdits; mais il faut en user comme du sommeil et des autres délassements, après les affaires sérieuses, et il faut y mettre une certaine mesure. — Deux manières de plaisanter, l'une grossière et blessante, l'autre délicate et polie; il est facile de les distinguer.

XXX. Dans toute question sur le devoir, ne jamais oublier la supériorité de l'homme sur les animaux. — Les bêtes ne sentent que le plaisir; l'homme se nourrit de connaissances. — Lorsqu'il est trop enclin aux plaisirs, il cache son penchant par pudeur : preuve que les plaisirs ne sont pas dignes de lui. — La nourriture et le soin du corps doivent avoir pour but la santé et la force, non la volupté. — La nature nous a donné deux caractères, l'un général, qui résulte de la part que nous avons tous à la raison, l'autre personnel et particulier à chacun de nous. — Grande diversité dans les esprits comme dans les corps. — Exemples grecs et romains.

XXXI. Chacun de nous doit suivre ses inclinations, non les mauvaises, mais pourtant les siennes; c'est le moyen de conserver la bienséance. — Ne rien faire contre la loi générale de la nature. — Mener une vie toujours égale. — La différence des caractères va si loin, qu'il y a des situations où un homme doit se donner la mort, tandis qu'un autre ne le doit pas. — Exemples de Caton, d'Ulysse et d'Ajax. — Il faut connaître son naturel, et ne pas être au-dessous des comédiens, qui choisissent les rôles les mieux appropriés à leur talent.

XXXII. A ces deux caractères s'en joignent deux autres : l'un, qui nous est imposé par le hasard et par les conjonctures ; l'autre, que chacun prend librement et par choix. — Déterminer avant tout ce que nous voulons être, et quel genre de vie nous voulons embrasser. — C'est une question très-difficile. — Exemple de l'Hercule de Prodicus. — Le plus souvent nous nous laissons aller aux habitudes et aux mœurs de nos parents.

XXXIII. Dans le choix d'un genre de vie, il faut tenir compte de la nature et de la fortune, mais principalement de la nature, et persévérer dans le plan de vie qu'on aura choisi, à moins que l'on ne s'aperçoive qu'on s'est trompé. — Alors il faut changer d'habitudes et de vues. — Ne rien négliger, dans ce cas, pour mettre en évidence la pureté de ses intentions.

XXXIV. Les devoirs sont différents selon les âges. — Respect des jeunes gens pour les vieillards. — Choisir les plus honnêtes et les plus considérés parmi les vieillards, pour s'appuyer de leurs conseils et de leur autorité. — De la part des vieillards, dévouement à leurs amis, à la jeunesse, et surtout à la république. — Devoirs des magistrats, des particuliers, des étrangers.

XXXV. Bienséance dans le maintien du corps ; grâce, régularité des mouvements ; manière convenable de s'habiller. — La nature a mis en évidence le visage et toutes les parties dont l'aspect est honnête, et elle a caché celles dont la vue aurait blessé la décence. — De là des actions qu'il est impudent de faire devant témoin, aussi bien qu'il y a un langage obscène. — Réfutation de la doctrine des cyniques. — Que nos mouvements, nos attitudes ne s'écartent jamais de la bienséance ; qu'il n'y ait rien d'efféminé, rien de dur et de grossier dans nos manières.

XXXVI. Il y a deux genres de beauté, dont l'un consiste dans les agréments de la personne, l'autre dans la dignité : les agréments conviennent à la femme ; la dignité, à l'homme. — Rejeter toute parure indigne de notre sexe. — A l'homme convient un teint viril, qui se conserve par l'exercice, une propreté sans recherche. — Éviter une négligence qui sent la mauvaise compagnie. — En cela comme dans tout le reste, il faut un juste milieu. — Veiller encore avec plus de soin aux mouvements de l'âme. — Ces mouvements sont doubles, et comprennent la pensée et les appétits.

XXXVII. La puissance de la parole est grande et s'exerce de deux manières, par le discours soutenu et par le langage familier. — Le premier appartient aux assemblées publiques ; le second, aux entretiens et aux réunions d'amis. — Préceptes généraux qui conviennent à l'un et à l'autre. — Deux qualités nécessaires à la voix, la clarté et la douceur. — Exemples des deux Catulus, de Crassus, de César, frère de Catulus le père. — Règles particulières du langage familier. — Que nos discours ne révèlent pas en nous quelque vice de caractère. — Savoir mettre un terme à la conversation.

XXXVIII. Bannir des entretiens les émotions violentes. — Témoigner à ceux avec qui nous conversons du respect et de l'affection. — Employer quelquefois des paroles de blâme, mais seulement quand la nécessité l'exige. — Que la fermeté soit mêlée de douceur. — Ne jamais se donner des éloges à soi-même, surtout quand ces éloges sont faux.

XXXIX. Ce que doit être la maison d'un grand et honorable citoyen. — Il faut qu'elle réunisse deux choses, la dignité et la commodité. — Exemples de Cn. Octavius et de Scaurus. — Ce n'est pas la maison qui doit honorer le maître, c'est le maître qui doit honorer la maison. — Éviter le luxe et la magnificence. — Il faut savoir encore ici tenir un juste milieu.

XL. Considérations : 1° sur l'ordre dans les choses ; 2° sur l'à-propos dans le temps. — L'ordre que nous mettons dans nos actions doit être tel que, dans notre vie, tout se tienne et soit en harmonie. — Trait de Sophocle. — Les fautes même qui semblent petites sont celles dont il faut se garder avec le plus de soin.

XLI. Observer les regards, les mouvements des autres, afin que par cette étude nous évitions nous-mêmes ce que nous trouvons en eux d'inconvenant. — Dans les cas douteux, consulter les hommes d'expérience. — Examiner ce qu'on dit, ce qu'on pense, et pourquoi on pense ainsi. — Rien à prescrire pour ce qui est réglé par la coutume et les institutions civiles ; elles sont elles-mêmes des préceptes. — Respect pour les magistrats, pour la vieillesse. — Faire une différence entre le citoyen et l'étranger, entre le particulier et l'homme public.

XLII. Quels sont, parmi les arts et les métiers, ceux qui sont libéraux et ceux qui sont serviles. — Les uns sont détestés ; ce sont les usuriers, les préposés aux péages, les revendeurs. — Les autres peu estimables ; ce sont ceux qui servent à la sensualité. — Les professions qui exigent le plus de savoir sont la médecine, l'architecture, l'enseignement des arts libéraux. — Qualités que doit avoir le commerçant. — Éloge de l'agriculture.

XLIII. Comparaison des choses honnêtes entre elles. — De deux choses honnêtes, chercher laquelle l'est davantage; question omise par Panétius. — Il faut songer plutôt à maintenir la société qu'à s'instruire dans les choses de la sagesse, parce que la justice est au-dessus de la prudence. — Le sage abandonne ses études pour voler au secours de la patrie, d'un père, d'un ami. — Les devoirs de la justice passent donc avant les études.

XLIV. Cependant ceux qui ont consacré leur vie à l'étude n'ont pas laissé pour cela de contribuer au bien-être de leurs semblables. — Exemples de Lysis et de Platon. — Ils servent encore leur patrie après leur mort par les œuvres de leur génie. — Ainsi le talent de la parole est préférable aux dons les plus heureux de la pensée.

XLV. Le bien de la société doit-il prévaloir toujours sur les droits de la modération et de la pudeur? Non. — Un sage, pour sauver sa patrie, ne se livrerait pas à des actions flétrissantes; la patrie même ne le voudrait pas.

M. T. CICERONIS

DE OFFICIIS

LIBRI TRES,

AD MARCUM FILIUM[1].

LIBER PRIMUS.

I. Quanquam te, Marce fili, annum jam audientem Cratippum[2], idque Athenis, abundare oportet præceptis institutisque philosophiæ, propter summam et doctoris auctoritatem et urbis, quorum alter te scientia augere potest, altera exemplis; tamen, ut ipse ad meam utilitatem semper cum Græcis Latina conjunxi, neque id in philosophia solum, sed etiam in dicendi exercitatione feci, idem tibi censeo faciendum, ut par sis in utriusque orationis facultate. Quam quidem ad rem

LIVRE PREMIER.

I. Voici une année entière, mon cher enfant, que vous recevez les leçons de Cratippe, dans Athènes même ; aussi je ne doute pas que vous n'ayez déjà fait une ample provision de ces préceptes et de ces règles de morale que fournit la philosophie : vous avez un maître d'une haute renommée et bien capable de vous instruire, vous habitez une ville où de grands exemples frappent vos yeux. Cependant, comme j'ai toujours trouvé de l'avantage à joindre les lettres latines aux lettres grecques, soit dans la philosophie, soit dans l'éloquence, je pense qu'il vous sera utile de faire de même pour acquérir une égale facilité dans l'une et l'autre langue. Sur ce

CICÉRON.

TRAITÉ

DES DEVOIRS,

ADRESSÉ A MARCUS SON FILS.

LIBER PRIMUS.

I. Quanquam oportet
te, Marce fili,
audientem Cratippum
annum jam,
idque Athenis,
abundare præceptis
institutisque philosophiæ,
propter summam auctori-
et doctoris et urbis, [tatem
quorum alter
potest augere te scientia,
altera exemplis;
tamen,
utipse ad meam utilitatem
conjunxi semper Latina
cum Græcis,
neque feci id
in philosophia solum,
sed etiam
in exercitatione dicendi,
censeo
idem faciendum tibi,
ut sis par
in facultate
utriusque orationis.

LIVRE PREMIER.

I. Bien qu'il faille
toi, Marcus *mon* fils,
entendant Cratippe
depuis un an déjà,
et cela à Athènes,
être-riche de préceptes
et de règles de philosophie,
à-cause-de la très-haute autorité
et du maître et de la ville,
dont l'un
peut enrichir toi de science,
et l'autre d'exemples;
cependant,
comme moi-même pour mon utilité
j'ai réuni toujours les *lettres* latines
avec les *lettres* grecques,
et que je n'ai pas fait cela
dans la philosophie seulement,
mais encore
dans l'exercice de parler (de la parole),
je suis-d'avis
la même chose devoir être faite par toi,
afin que tu sois égal
dans la facilité
de (pour) l'une-et-l'autre langue.

nos, ut videmur, magnum attulimus adjumentum hominibus
nostris, ut non modo Græcarum litterarum rudes, sed etiam
docti, aliquantum se arbitrentur adeptos et ad dicendum et
ad judicandum. Quamobrem disces tu quidem a principe
hujus ætatis philosophorum, et disces quandiu voles ; tandiu
autem velle debebis, quoad te, quantum proficias, non pœni-
tebit. Sed tamen, nostra legens, non multum a Peripateticis
dissidentia (quoniam utrique et Socratici[1] et Platonici esse
volumus), de rebus ipsis utere tuo judicio ; nihil enim impe-
dio ; orationem autem Latinam profecto legendis nostris effi-
cies pleniorem. Nec vero arroganter hoc dictum existimari
velim : nam, philosophandi scientiam concedens multis, quod
est oratoris proprium, apte, distincte ornateque dicere, quoniam in eo studio ætatem consumpsi, si id mihi assumo,

point, si je ne me trompe, je crois avoir beaucoup fait pour nos
Romains, et ceux qui savent le grec, aussi bien que ceux qui n'en
ont aucune connaissance, semblent persuadés que j'ai contribué à
développer en eux le jugement et la faculté oratoire. Suivez donc les
leçons du plus grand philosophe de notre siècle, et suivez-les aussi
longtemps que vous le voudrez : or vous devez le vouloir tant que
vous vous sentirez satisfait de vos progrès. Ne laissez pas toutefois
de lire mes ouvrages, dont la doctrine diffère peu de celle des péripatéticiens, puisque nous nous rattachons également, eux et moi, à
Socrate et à Platon. Sur le fond même des choses, vous suivrez
votre propre jugement, je vous en laisse liberté entière ; mais en
lisant les écrits que je vous adresse, votre style deviendra plus
riche et plus plein. Et qu'on ne pense pas que je m'en fais ac-
croire quand je parle de la sorte. Je le cède volontiers à beaucoup
d'autres sur ce qui regarde la philosophie ; mais pour ce qui est
propre à l'orateur, j'entends la convenance, la clarté, l'éloquence
du discours, comme j'ai passé ma vie à cette étude, il me semble

Ad quam rem quidem	Pour laquelle chose à la vérité
nos, ut videmur,	nous, comme nous paraissons (croyons),
attulimus	nous avons apporté
magnum adjumentum	une grande aide
nostris hominibus,	à nos hommes (nos compatriotes),
ut non modo	*de telle sorte* que non-seulement
rudes	ceux *qui sont* ignorants
litterarum Græcarum,	des lettres grecques,
sed etiam docti,	mais encore ceux *qui en sont* instruits,
arbitrentur	estiment
se adeptos aliquantum	eux-mêmes avoir acquis quelque-peu
et ad dicendum	et pour parler
et ad judicandum.	et pour juger.
Quamobrem	C'est-pourquoi
tu quidem disces	toi à la vérité tu apprendras
a principe philosophorum	du premier des philosophes
hujus ætatis,	de ce temps-ci,
et disces	et tu apprendras
quandiu voles ;	*aussi longtemps* que tu voudras ;
debebis autem velle	or tu devras vouloir
tandiu quoad	aussi-longtemps jusqu'à ce que (tant que)
non pœnitebit te	il ne sera-pas-mécontentement à toi
quantum proficias.	*en voyant* combien tu fais de progrès.
Sed tamen, legens nostra,	Mais cependant, lisant nos *écrits*,
non dissidentia multum	qui ne sont-pas-en-désaccord beaucoup
a Peripateticis,	avec les péripatéticiens,
quoniam volumus	puisque nous voulons
esse utrique	être les-uns-et-les-autres
et Socratici et Platonici,	et disciples-de-Socrate et disciples-de-
utere tuo judicio	tu useras de ton *propre* jugement [Platon,
de rebus ipsis ;	sur les (le fond des) choses mêmes ;
impedio enim nihil ;	car je ne *l'*empêche en rien ;
legendis autem nostris	mais en lisant nos *écrits*
efficis profecto pleniorem	tu rendras aisément plus plein (riche)
orationem Latinam.	*ton* style latin.
Nec vero velim	Et en vérité je ne voudrais pas
hoc existimari dictum	que ceci fût cru *être* dit
arroganter :	vaniteusement :
nam, concedens multis	car, cédant à de nombreux *auteurs*
scientiam philosophandi,	la science de philosopher,
si assumo mihi	si j'attribue à moi
id quod est proprium	ce qui est propre
oratoris,	à l'orateur,
dicere apte,	parler d'une-manière-appropriée *au sujet*,
distincte ornateque,	clairement et élégamment,
quoniam consumpsi ætatem	puisque j'ai passé *ma* vie
in eo studio,	dans cette étude,

videor id meo jure quodam modo vindicare. Quamobrem magnopere te hortor, mi Cicero, ut non solum orationes meas, sed hos etiam de philosophia libros, qui jam illos fere æquarunt, studiose legas. Vis enim dicendi major est in illis; sed hoc quoque colendum est æquabile et temperatum orationis genus. Et id quidem nemini video Græcorum adhuc contigisse, ut idem utroque in genere laboraret, sequereturque et illud forense dicendi et hoc quietum disputandi genus; nisi forte Demetrius Phalereus[1] in hoc numero haberi potest, disputator subtilis, orator parum vehemens, dulcis tamen, ut Theophrasti discipulum possis agnoscere. Nos autem quantum in utroque profecerimus, aliorum sit judicium: utrumque certe secuti sumus. Equidem et Platonem existimo, si genus forense dicendi tractare voluisset, gravissime et copiosissime potuisse dicere; et Demosthenem, si illa, quæ a Platone didi-

que j'ai droit d'en parler et de me croire là comme dans mon domaine. Je vous exhorte donc, mon cher Cicéron, à lire avec zèle non-seulement mes harangues, mais encore mes ouvrages philosophiques, dont le nombre à présent n'est guère moindre. Sans doute il y a dans les unes plus de véhémence; mais le style égal et tempéré des autres n'est pas dédaigner. Je ne crois pas que jusqu'ici aucun des Grecs se soit appliqué en même temps aux deux genres, l'éloquence du barreau et la discussion calme de la philosophie, si ce n'est peut-être Démétrius de Phalère, investigateur subtil, orateur peu véhément, mais plein de grâce, en qui l'on reconnaît sans peine un disciple de Théophraste. D'autres jugeront à quel point j'ai réussi dans chacun des deux genres; ce qu'il y a de certain, c'est que je les ai abordés tous les deux. J'imagine que si Platon avait voulu s'exercer à l'éloquence du barreau, il était homme à réunir la force et l'abondance; si Démosthène s'était attaché à reproduire

videor vindicare id	je parais revendiquer ceci
quodam modo meo jure.	en quelque sorte selon mon droit.
Quamobrem, mi Cicero,	C'est-pourquoi, mon Cicéron,
hortor te magnopere	j'exhorte toi grandement
ut legas studiose	que tu lises avec-zèle
non solum meas orationes,	non seulement mes discours,
sed etiam hos libros	mais aussi ces livres
de philosophia,	sur la philosophie,
qui jam	qui déjà *par leur nombre*
æquarunt fere illos.	ont égalé presque ceux-là (mes discours).
Vis enim dicendi	Car la force de parler (du style)
est major in illis;	est plus grande dans ceux-là (mes dis-
sed hoc genus orationis	mais ce genre de style [cours);
æquabile et temperatum	égal et tempéré
colendum est quoque.	doit être cultivé aussi.
Et video id quidem	Et je vois ceci à la vérité
contigisse adhuc	*n'être* échu jusqu'à-présent
nemini Græcorum,	à personne des Grecs,
ut idem laboraret	que le même *homme* travaillât
in utroque genere,	dans l'un-et-l'autre genre,
sequereturque	et poursuivît
et illud genus forense	et ce genre judiciaire
dicendi	de parler (d'éloquence)
et hoc quietum disputandi;	et ce *genre* calme de discuter (de discus-
nisi forte	si-ce-n'est-que peut-être [sion);
Demetrius Phalereus	Démétrius de-Phalère
potest haberi	peut être tenu (compté)
in hoc numero,	dans ce nombre,
disputator subtilis,	dissertateur subtil,
orator parum vehemens,	orateur peu passionné,
dulcis tamen,	agréable cependant,
ut possis agnoscere	*de telle sorte* que tu puisses reconnaître
discipulum Theophrasti.	un disciple de Théophraste.
Quantum autem	Mais combien
nos profecerimus	nous avons été-loin
in utroque,	dans l'un-et-l'autre *genre*,
judicium sit aliorum :	que le jugement soit à d'autres (c'est à
certe	en-tout-cas [d'autres à en juger);
secuti sumus utrumque.	nous avons poursuivi l'un-et-l'autre.
Equidem existimo	Moi-du-moins j'estime
et Platonem,	et Platon,
si voluisset tractare	s'il avait voulu prendre-en-main
genus forense dicendi,	le genre judiciaire de parler (l'éloquence
potuisse dicere gravissime	avoir pu parler très-fortement [judiciaire),
et copiosissime;	et très-abondamment;
et Demosthenem,	et Démosthène,
si tenuisset	s'il avait conservé

cerat, tenuisset et pronuntiare voluisset, ornate splendideque facere potuisse. Eodemque modo de Aristotele et Isocrate judico : quorum uterque, suo studio delectatus, contempsit alterum.

II. Sed quum statuissem aliquid hoc tempore ad te scribere, et multa posthac, ab eo ordiri volui maxime, quód et ætati tuæ esset aptissimum et auctoritati meæ. Nam, quum multa sint in philosophia, et gravia et utilia, accurate copioseque a philosophis disputata, latissime patere videntur ea, quæ de officiis tradita ab illis et præcepta sunt. Nulla enim vitæ pars, neque publicis, neque privatis, neque forensibus, neque domesticis in rebus, neque si tecum agas quid, neque si cum altero contrahas, vacare officio potest; in eoque et colendo sita vitæ est honestas omnis, et in negligendo turpitudo. Atque hæc quidem quæstio communis est omnium philosophorum. Quis est enim qui, nullis officii præceptis tra-

les enseignements de Platon, il aurait eu l'élégance et l'éclat. J'ai même opinion d'Aristote et d'Isocrate : ils se sont adonnés chacun au genre qui lui plaisait et ils ont négligé l'autre.

II. Résolu d'écrire pour vous aujourd'hui un ouvrage que beaucoup d'autres suivront plus tard, j'ai tenu surtout à commencer par ce qui convient le mieux à votre âge et à mon autorité paternelle. Parmi tant de sujets sérieux et utiles que les philosophes ont traités avec soin et avec étendue, je n'en connais pas de plus vaste que les règles et les préceptes qu'ils nous ont transmis sur les devoirs. Affaires publiques ou privées, civiles ou domestiques, actions particulières ou transactions sociales, nulle portion de notre vie n'échappe au devoir : l'observer, c'est honnêteté; le négliger, c'est déshonneur. La recherche du devoir est un objet commun à tous les philosophes. Qui oserait en effet se parer de ce titre, s'il ne pouvait

et voluisset pronuntiare
illa quæ didicerat
a Platone,
potuisse facere
ornate splendideque.
Judicoque eodem modo
de Aristotele et Isocrate :
quorum uterque,
delectatus suo studio,
contempsit alterum.

II. Sed quum statuissem
scribere aliquid ad te
hoc tempore,
et multa posthac,
volui ordiri maxime
ab eo quod esset aptissimum
et tuæ ætati
et meæ auctoritati.
Nam, quum multa
in philosophia,
et gravia et utilia,
disputata sint a philosophis
accurate copioseque,
ea quæ tradita sunt
et præcepta ab illis
de officiis
videntur patere latissime.
Nulla enim pars vitæ,
neque in rebus publicis,
neque privatis,
neque forensibus,
neque domesticis,
neque si agas quid
tecum,
neque si contrahas
cum altero,
potest vacare officio ;
omnisque honestas vitæ
est sita
in colendo eo,
et turpitudo in negligendo.
Atque hæc quidem quæstio
est communis
omnium philosophorum.
Quis est enim qui,
tradendis nullis præceptis
officii,

---

et avait voulu exposer
ce qu'il avait appris
de Platon,
avoir pu le faire
avec-élégance et avec-éclat.
Et je porte-jugement de la même façon
sur Aristote et Isocrate :
desquels l'un-et-l'autre,
charmé par son objet-d'études,
a dédaigné l'autre.

II. Mais comme j'avais résolu
d'écrire quelque chose à toi
dans ce temps-ci,
et de nombreuses choses dans-la-suite,
j'ai voulu commencer de-préférence
par ce qui serait le plus convenable
et à ton âge
et à mon autorité.
En effet, bien que beaucoup *de sujets*
en philosophie,
et graves et utiles,
aient été traités par les philosophes
avec-soin et avec-abondance,
ces (les) choses qui ont été enseignées
et prescrites par eux
touchant les devoirs
semblent s'étendre le plus loin.
Car aucune partie de la vie,
ni dans les affaires publiques,
ni *dans les affaires* privées,
ni *dans celles* du-forum,
ni *dans celles* de-la-maison,
ni si tu fais quelque chose
avec toi-*même*,
ni si tu passes-un-contrat
avec un autre,
ne peut être-exempte du devoir ;
et toute l'honnêteté de la vie
est établie (consiste)
à cultiver ce *devoir*,
et *toute* honte à le négliger.
Et ce sujet à-la-vérité
est commun
à tous les philosophes.
Quel est en effet celui qui,
en ne donnant aucuns préceptes
du devoir,

dendis, philosophum se audeat dicere? Sed sunt nonnullæ disciplinæ quæ, propositis malorum et bonorum finibus, officium omne pervertunt. Nam qui summum bonum sic instituit, ut nihil habeat cum virtute conjunctum, idque suis commodis, non honestate metitur, hic, si sibi ipse consentiat et non interdum naturæ bonitate vincatur, neque amicitiam colere possit, nec justitiam, nec liberalitatem. Fortis vero dolorem summum malum judicans, aut temperans voluptatem summum bonum statuens, esse certe nullo modo potest. Quæ quanquam ita sunt in promptu, ut res disputatione non egeat, tamen sunt a nobis alio loco [1] disputata. Hæ disciplinæ igitur, si sibi consentaneæ esse velint, de officio nihil queant dicere; neque ulla officii præcepta firma, stabilia, conjuncta

exposer une doctrine sur les devoirs de l'homme? Mais il y a des systèmes qui par leur définition du bien et du mal dénaturent complétement l'idée du devoir. Celui qui considère le souverain bien comme indépendant de la vertu, et qui le mesure sur l'intérêt, non sur l'honnête; celui-là, s'il reste d'accord avec lui-même, si la bonté du naturel ne triomphe quelquefois de ses principes, ne saurait pratiquer ni l'amitié, ni la justice, ni la bienfaisance. Quelle force attendre de celui qui regarde la douleur comme le plus grand des maux? quelle tempérance de celui qui prononce que la volupté est le bien suprême? Quoique ces choses soient d'une telle clarté qu'elles n'ont pas besoin d'une discussion, je les ai cependant discutées ailleurs. Des philosophes de cette sorte, s'ils tiennent à ne pas se démentir eux-mêmes, ne peuvent donc rien dire des devoirs, et si l'on peut espérer des préceptes solides, invariables, conformes à la

audeat dicere	oserait dire
se philosophum ?	lui-même philosophe ?
Sed nonnullæ disciplinæ	Mais quelques doctrines existent,
quæ, [sunt,	lesquelles,
finibus malorum	des définitions des maux
et bonorum	et des biens
propositis,	étant mises-en-avant,
pervertunt omne officium.	dénaturent tout devoir.
Nam qui instituit	Car celui qui établit
summum bonum	le souverain bien
sic ut habeat nihil	de-telle-sorte qu'il *n'*ait rien
conjunctum cum virtute,	de lié avec la vertu,
metiturque id	et *qui* mesure ce *souverain bien*
suis commodis,	sur ses avantages,
non honestate,	*et* non sur l'honnêteté,
hic,	celui-ci, [même
si ipse consentiat sibi	si lui-même il était-d'accord-avec lui-
et non vincatur interdum	et n'était pas vaincu quelquefois
bonitate naturæ,	par la bonté de *son* naturel,
possit colere	*ne* pourrait cultiver
neque amicitiam,	ni l'amitié,
nec justitiam,	ni la justice,
nec liberalitatem.	ni la générosité.
Judicans vero	D'autre-part jugeant
dolorem summum malum,	la douleur *être* le plus grand mal,
certe potest nullo modo	assurément il *ne* peut d'aucune façon
esse fortis,	être brave,
aut temperans,	ou *être* tempérant,
statuens voluptatem	établissant la volupté
summum bonum.	*être* le souverain bien.
Quæ,	Lesquelles choses,
quanquam sunt	bien qu'elles soient
ita in promptu	tellement en évidence (si claires)
ut res	que *cet* objet
non egeat disputatione,	n'ait-pas-besoin d'une discussion,
tamen disputata sunt	cependant ont été discutées
a nobis	par nous
alio loco.	dans un autre endroit.
Hæ disciplinæ igitur,	Ces doctrines donc,
si velint	si elles voulaient
esse consentaneæ sibi,	être d'accord avec elles-mêmes,
queant dicere nihil	*ne* pourraient dire rien
de officio ;	touchant le devoir ;
neque ulla præcepta officii	et aucuns préceptes du devoir
firma, stabilia,	fermes, stables,
conjuncta naturæ,	unis à (en harmonie avec) la nature,
possunt tradi,	*ne* peuvent être donnés,

naturæ tradi possunt, nisi aut ab iis qui solam, aut ab iis qui maxime honestatem propter se dicant expetendam. Itaque propria est ea præceptio Stoicorum et Academicorum et Peripateticorum, quoniam Aristonis, Pyrrhonis et Herilli[1] jampridem explosa sententia est ; qui tamen haberent jus suum disputandi de officio, si rerum aliquem delectum reliquissent, ut ad officii inventionem aditus esset. Sequemur igitur, hoc quidem tempore et hac in quæstione, potissimum Stoicos, non ut interpretes ; sed, ut solemus, e fontibus eorum, judicio arbitrioque nostro, quantum quoque modo videbitur, hauriemus.

Placet igitur, quoniam omnis disputatio de officio futura est, ante definire quid sit officium ; quod a Panætio[2] prætermissum esse miror. Omnis enim quæ a ratione suscipitur de aliqua re institutio debet a definitione proficisci, ut intelligatur quid sit id de quo disputetur.

nature, c'est uniquement de ceux qui regardent l'honnêteté comme le seul bien, ou comme un bien qu'on doit, de préférence à tous les autres, rechercher pour lui-même. C'est aux stoïciens, aux académiciens, aux péripatéticiens qu'il appartient de nous enseigner nos devoirs, car depuis longtemps la doctrine d'Ariston, de Pyrrhon, d'Hérillus, a été rejetée avec indignation : pour avoir le droit de nous donner des préceptes, il aurait fallu qu'ils établissent entre les choses une distinction qui permît d'arriver à la connaissance du devoir. Aujourd'hui donc, dans ce traité, nous suivrons de préférence les stoïciens, mais sans nous faire leurs serviles interprètes : telle n'est pas notre coutume ; et nous puiserons à leurs sources autant que nous le jugerons à propos, sans abdiquer notre jugement propre, notre manière de voir et notre libre arbitre.

Puisque nous allons traiter des devoirs de l'homme, définissons d'abord ce qu'on appelle devoir : car je m'étonne que Panétius y ait manqué. Dans toute discussion où l'on veut mettre de l'ordre et de la méthode, il faut commencer par définir la chose dont il s'agit, afin d'en donner une idée nette et précise.

nisi aut ab iis qui dicant	sinon ou par ceux qui disent
honestatem solam	l'honnêteté seule
expetendam,	devoir être recherchée,
aut ab iis qui	ou par ceux qui *disent* [pour elle-même.
maxime propter se.	*l'honnêteté devoir être recherchée* surtout.
Itaque ea præceptio	En-conséquence cet enseignement
est propria Stoicorum	est propre (appartient) aux Stoïciens
et Academicorum	et aux Académiciens
et Peripateticorum,	et aux Péripatéticiens,
quoniam jampridem	puisque depuis-longtemps
sententia Aristonis,	le sentiment d'Ariston,
Pyrrhonis et Herilli,	de Pyrrhon et d'Hérillus,
explosa est;	a été hué;
qui tamen	lesquels cependant
haberent jus suum	auraient un droit à-eux
disputandi de officio,	de discuter sur le devoir,
si reliquissent	s'ils avaient laissé
aliquem delectum rerum,	quelque distinction des (entre les) choses,
ut esset aditus	pour qu'il y eût un accès [devoir.
ad inventionem officii.	vers la découverte (connaissance) du
Sequemur igitur,	Nous suivrons donc,
hoc quidem tempore	dans cette circonstance du moins
et in hac quæstione,	et dans cet examen,
Stoicos,	les Stoïciens,
non ut interpretes;	non comme de *simples* interprètes;
sed, ut solemus,	mais, comme nous avons-coutume,
hauriemus	nous puiserons
e fontibus eorum,	aux sources d'eux,
nostro judicio arbitrioque,	à notre goût et à *notre* gré,
quantum videbitur	*autant* qu'il *nous* paraîtra-bon
quoque modo.	et de la manière qu'*il nous paraîtra bon.*
Placet igitur,	Il *nous* plaît donc,
quoniam omnis disputatio	puisque toute *cette* discussion
futura est de officio,	doit être (rouler) sur le devoir,
definire ante	de définir auparavant
quid sit officium;	ce que c'est que le devoir;
quod miror	*chose* que je vois-avec-étonnement
prætermissum esse	avoir été omise
a Panætio.	par Panétius.
Omnis enim institutio	Car tout établissement *de doctrine*
quæ suscipitur a ratione	qui est entrepris selon la méthode
de aliqua re	sur quelque sujet
debet proficisci	doit partir
a definitione,	d'une définition, [prenne)
ut intelligatur	afin qu'il soit compris (que l'on com-
quid sit id	ce que c'est que cette *chose*
de quo disputatur.	sur laquelle on discute.

III. Omnis de officio duplex est quæstio. Unum genus est, quod pertinet ad finem bonorum ; alterum, quod positum est in præceptis, quibus in omnes partes usus vitæ conformari possit. Superioris generis hujusmodi exempla sunt : omniane officia perfecta sint ; numquid officium aliud alio majus sit ; et quæ sunt generis ejusdem. Quorum autem officiorum præcepta traduntur, ea quanquam pertinent ad finem bonorum, tamen id minus apparet, quia magis ad institutionem vitæ communis spectare videntur ; de quibus est nobis his libris explicandum. Atque etiam alia divisio est officii : nam et medium quoddam officium dicitur, et perfectum. Perfectum officium, rectum, opinor, vocemus, quod Græci κατόρθωμα : hoc autem commune καθῆκον vocant. Atque ea sic definiunt, ut, rectum quod sit, id perfectum officium esse definiant ;

III. Toute question sur le devoir se divise en deux parties : l'une se rapporte à la nature du bien et du mal ; l'autre renferme les préceptes qui doivent régler toutes les actions de la vie. Dans la première partie rentrent toutes les recherches de ce genre : si tous les devoirs sont absolus, s'il en est de plus importants que d'autres, et toutes les questions semblables. Ce n'est pas que les préceptes qu'on donne sur les devoirs ne dépendent aussi de la nature du bien et du mal ; cependant ce rapport est moins apparent, parce qu'ils semblent se rattacher plutôt aux institutions sociales. C'est de ces préceptes que je vais parler dans cet ouvrage. Il y a encore une autre division du devoir : le devoir moyen et le devoir parfait. Le devoir parfait sera, si l'on veut, l'équité : les Grecs lui donnent le nom de κατόρθωμα ; ce que nous appelons devoir moyen, ils le nomment καθῆκον. On les définit ainsi : le devoir par-

III. Omnis quæstio
de officio
est duplex.
Unum genus est,
quod pertinet
ad finem bonorum ;
alterum,
quod positum est
in præceptis
quibus usus vitæ
in omnes partes
possit conformari.
Exempla superioris generis
sunt hujusmodi :
omnia ne officia
sint perfecta ;
numquid aliud officium
sit majus alio ;
et quæ sunt
ejusdem generis.
Quorum autem officiorum
præcepta traduntur,
quanquam ea pertinent
ad finem bonorum,
tamen id apparet minus,
quia videntur magis
spectare ad institutionem
vitæ communis ;
de quibus
explicandum est nobis
his libris.
Atque est etiam
alia divisio officii :
nam et quoddam officium
dicitur medium,
et perfectum.
Vocemus, opinor, rectum
officium perfectum,
quod Græci κατόρθωμα ;
vocant autem καθῆκον
hoc commune.
Atque definiunt ea
sic ut,
quod sit rectum,
definiant id
esse officium perfectum ;
dicant autem

III. Toute question
touchant le devoir
est double.
Une espèce existe,
qui a-rapport
à la définition (nature) des *vrais* biens ;
l'autre,
qui est établie (repose)
sur les préceptes
auxquels la pratique de la vie
de tous les côtés (dans toutes les situations)
puisse être conformée (assujettie).
Des exemples de la première espèce
sont de-cette-sorte-ci :
si tous les devoirs
sont parfaits ;
si quelque autre devoir
n'est pas plus grand qu'un autre ;
et *les questions* qui sont
de la même espèce.
Mais les devoirs sur lesquels
des préceptes sont donnés,
quoique ces *devoirs* aient-rapport
à la définition (nature) des biens,
cependant cela est-évident moins,
parce qu'ils semblent davantage   [tion
regarder vers (avoir pour but) l'organisa-
de la vie commune (de la société) ;
au-sujet desquels *devoirs*
un-développement-doit-être-fait par nous
dans ces livres (ce traité).
Et il est encore
une autre division du devoir ;
car et une certaine-sorte-de devoir
est dite moyenne,
et *une autre* parfaite.   [justice}
Nous appellerions, je pense, le droit (la
le devoir parfait,
que les Grecs *appellent* κατόρθωμα ;
d'autre-part ils appellent καθῆκον
ce *devoir* commun.
Et ils définissent ces *devoirs*
de-telle-sorte que,
ce qui est droit (juste),
ils déterminent cela
être le devoir parfait ;
et qu'ils disent d'autre-part

medium autem officium id esse dicant, quod cur factum sit
ratio probabilis reddi possit.

Triplex igitur est, ut Panætio videtur, consilii capiendi deliberatio. Nam honestumne factu sit an turpe dubitant id quod
in deliberationem cadit; in quo considerando sæpe animi in
contrarias sententias distrahuntur. Tum autem aut anquirunt
aut consultant ad vitæ commoditatem jucunditatemque, ad
facultates rerum atque copias, ad opes, ad potentiam, quibus
et se possint juvare et suos, conducat id necne de quo deliberant; quæ deliberatio omnis in rationem utilitatis cadit.
Tertium dubitandi genus est, quum pugnare videtur cum
honesto id quod videtur esse utile. Quum enim utilitas ad se
rapere, honestas contra revocare ad se videtur, fit ut distra-
hatur deliberando animus, afferatque ancipitem curam cogi-

fait est l'équité ; le devoir moyen est celui dont on peut donner
une raison plausible.

Selon Panétius, on examine trois choses différentes lorsque l'on
veut prendre une résolution. La première, si ce qui se présente est
honnête ou honteux, et sur ce point les esprits se partagent souvent. En second lieu, on recherche si cela est propre à augmenter
les agréments et les commodités de la vie, les richesses, les ressources, le pouvoir, le crédit, en un mot si l'on peut en tirer avantage pour soi-même ou pour les autres : cette seconde considération
se rapporte tout entière à l'utile. Enfin on délibère lorsque ce qui a
quelque apparence d'utilité paraît opposé à l'honnête. Car alors, tandis que l'intérêt nous entraîne d'un côté, l'honnêteté nous retient
de l'autre, et dans cette incertitude l'esprit se trouve partagé et ti-

officium medium esse id, | le devoir moyen être cette chose,
quod cur factum sit | laquelle pourquoi elle a été faite
ratio probabilis | un motif plausible
possit reddi. | peut être rendu (donné).
   Deliberatio igitur | Or la délibération
capiendi consilii | pour prendre une résolution
est triplex, | est triple,
ut videtur Panætio. | comme il semble à Panétius.   [cela
Nam dubitant idne | Car *les hommes* doutent (examinent) si
quod cadit | qui tombe (vient)
in deliberationem | en délibération
sit honestum factu | est honnête à faire
an turpe ; | ou honteux ;
in quo considerando | en examinant lequel *point*
sæpe animi distrahuntur | souvent les esprits sont tiraillés
in sententias contrarias. | vers des sentiments opposés.
Tum autem | Puis d'autre-part
aut anquirunt | ou ils cherchent
aut consultant | ou ils examinent
id de quo deliberant | *si* ce sur quoi ils délibèrent
conducat necne | est-utile ou-non
ad commoditatem | pour la commodité
jucunditatemque vitæ, | et l'agrément de la vie,
ad facultates rerum | pour la facilité-de-se-procurer les choses
atque copias, | et l'abondance,
ad opes, ad potentiam, | pour les richesses, pour la puissance,
quibus possint juvare | par lesquelles ils puissent aider
et se et suos ; | et eux-mêmes et les leurs ;
quæ deliberatio omnis | laquelle délibération tout-entière
cadit in rationem | tombe sur (se rapporte à) la considération
utilitatis. | de l'utilité.
Tertium genus | La troisième espèce
dubitandi | de douter (de délibération)
est quum id | est lorsque cela
quod videtur esse utile | qui paraît être utile
videtur pugnare | paraît lutter (être en désaccord)
cum honestate. | avec l'honnêteté.
Quum enim utilitas | En effet lorsque l'utilité
videtur rapere ad se, | paraît tirer à elle,
honestas contra | l'honnêteté au-contraire
revocare ad se, | rappeler à elle,
fit ut animus | il se fait (il arrive) que l'esprit
distrahatur deliberando, | soit tiraillé en délibérant,
afferatque | et apporte
curam cogitandi | une application de penser (de méditation)
ancipitem. | incertaine.
Hac divisione, | Par cette division,

2

tandi. Hac divisione, quum præterire aliquid maximum vitium in dividendo sit, duo prætermissa sunt. Nec enim solum utrum honestum an turpe sit deliberari solet, sed etiam, duobus propositis honestis, utrum honestius ; itemque, duobus propositis utilibus, utrum utilius. Ita, quam ille triplicem putavit esse rationem, in quinque partes distribui debere reperitur. Primum igitur est de honesto, sed dupliciter, tum pari ratione de utili, post de comparatione eorum disserendum.

IV. Principio generi animantium omni est a natura tributum, ut se, vitam corpusque tueatur, declinetque ea quæ nocitura videantur, quæque ad vivendum sint necessaria anquirat et paret, ut pastum, ut latibula, ut alia ejusdem generis. Commune item animantium omnium est conjunctionis appetitus, procreandi causa, et cura quædam eorum quæ procreata sunt. Sed inter hominem et belluam hoc maxime inter-

raillé en sens contraires. Dans cette division, il y a deux choses omises : or une omission est un très-grand défaut dans une division. En effet, on n'examine pas seulement laquelle des deux choses est honnête ou honteuse, mais encore de deux choses honnêtes laquelle est plus honnête, et de deux choses utiles, laquelle est plus utile. Ainsi il se trouve que ce que Panétius croyait devoir diviser en trois parties, en comporte cinq. Il nous faut donc parler d'abord de l'honnête, mais à un double point de vue; puis de l'utile à un double point de vue aussi; enfin de la comparaison entre l'honnête et l'utile.

IV. Et d'abord la nature a mis dans tout être animé un instinct qui le porte à se conserver, à défendre son corps et sa vie, à éviter ce qui lui peut nuire, à chercher et à se procurer tout ce qui est nécessaire pour vivre : la nourriture, l'abri, et autres choses du même genre. Elle a donné de même dans chaque espèce aux deux sexes un penchant mutuel qui les porte à se multiplier, et un certain souci de leur progéniture. Mais il y a cette différence entre l'homme

quum præterire aliquid	alors que omettre quelque chose
in dividendo	en divisant
sit maximum vitium,	est un très-grand vice,
duo prætermissa sunt.	deux choses ont été omises. [tume.
Nec enim solet	Et en effet il n'est pas (on n'a pas) cou-
deliberari solum	*ceci* être délibéré (de délibérer) seulement
utrum sit honestum	si *une chose* est honnête
an turpe,	ou honteuse,
sed etiam,	mais encore,
duobus honestis propositis,	deux choses honnêtes étant proposées,
utrum honestius ;	laquelle *est* la plus honnête ;
itemque,	et de même,
duobus utilibus propositis,	deux choses utiles étant proposées,
utrum utilius.	laquelle *est* la plus utile.
Ita,	Ainsi *le plan*,
quam rationem ille	lequel plan celui-là (Panétius)
putavit esse triplicem,	a pensé être triple,
reperitur debere distribui	est trouvé devoir être divisé
in quinque partes.	en cinq parties.
Disserendum est igitur	Il faut donc parler
primum de honesto,	d'abord de l'honnête, [vue),
sed dupliciter,	mais doublement (à un double point de
tum de utili	puis de l'utile
ratione pari,	selon le plan pareil,
post	*et* après
de comparatione eorum.	de la comparaison d'eux.
IV. Principio	IV. D'abord
tributum est a natura	il a été donné par la nature
omni generi animantium	à toute l'espèce des *êtres* animés
ut tueatur se,	qu'elle défende elle-même,
vitam corpusque,	*sa* vie et *son* corps,
declinetque ea	et évite ces choses
quæ videantur nocitura,	qui paraissent devant nuire,
anquiratque et paret	et recherche et se procure
quæ sint necessaria	celles qui sont nécessaires
ad vivendum,	pour vivre,
ut pastum, ut latibula,	comme la nourriture, comme un abri,
ut alia ejusdem generis.	comme d'autres choses du même genre.
Appetitus conjunctionis	Le désir de l'union
causa procreandi	en vue de procréer
est item commune	est de même chose commune
omnium animantium,	à tous les *êtres* animés,
et quædam cura	*et aussi* un certain soin
eorum quæ procreata sunt.	de ces (des) *êtres* qui ont été procréés.
Sed hoc maxime interest	Mais ceci surtout est-une-différence
inter hominem et belluam,	entre l'homme et la bête,
quod hæc,	que celle-ci,

est, quod hæc tantum, quantum sensu movetur, ad id solum quod adest quodque præsens est se accommodat, paululum admodum sentiens præteritum aut futurum. Homo autem, quod rationis est particeps, per quam consequentia cernit, principia et causas rerum videt, earumque progressus et quasi antecessiones non ignorat, similitudines comparat, et rebus præsentibus adjungit atque annectit futuras ; facile totius vitæ cursum videt, ad eamque degendam præparat res necessarias. Eademque natura vi rationis hominem conciliat homini et ad orationis et ad vitæ societatem ; ingeneratque imprimis præcipuum quemdam amorem in eos qui procreati sunt, impellitque ut hominum cœtus et celebrationes et esse et a se obiri velit, ob easque causas studeat parare ea quæ suppeditent et ad cultum et ad victum ; nec sibi soli, sed

et la bête, que celle-ci, obéissant uniquement aux sens, ne s'attache qu'au présent, qu'à ce qui est devant elle, et n'a pour ainsi dire aucun sentiment du passé et de l'avenir. L'homme, au contraire, à l'aide de la raison, qui est son partage, aperçoit les conséquences, l'origine, la marche des choses, il les compare les unes aux autres, il rattache et relie l'avenir au présent; il embrasse aisément d'un coup d'œil le cours entier de la vie, et fait provision de ce qui lui est nécessaire pour fournir sa carrière. C'est encore par le secours de la raison que la nature rapproche l'homme de l'homme, les fait converser et vivre ensemble, leur inspire pour leurs enfants cette tendresse toute particulière, leur fait désirer que des réunions et des sociétés s'établissent et se maintiennent entre eux ; par tous ces motifs elle les anime à se procurer tout ce qui est nécessaire pour la conservation et les commodités de la vie, non-seulement à eux-

tantum quantum movetur	autant qu'elle est touchée
sensu,	par les sens,
se accommodat	s'accommode
ad id solum	à cela seul
quod adest	qui est-auprès *d'elle*
quodque est præsens,	et qui est présent,
sentiens	ayant-le-sentiment
admodum paululum	tout à fait peu
præteritum aut futurum.	du passé ou de l'avenir.
Homo autem,	Mais l'homme,
quod est particeps	parce qu'il est ayant-une-part
rationis,	de raison,
per quam	au-moyen-de laquelle
cernit consequentia,	il discerne les conséquences,
videt principia	voit les principes
et causas rerum,	et les causes des choses,
neque ignorat	et n'ignore pas
progressus earum	les progrès d'elles
et quasi antecessiones,	et comme *leurs* antécédents,
comparat similitudines,	compare *leurs* rapports,
et adjungit atque annectit	et joint et rattache
rebus præsentibus	aux choses présentes
futuras ;	les *choses* futures ;
videt facile	*l'homme* voit facilement
cursum totius vitæ,	le cours de toute la vie,
præparatque	et prépare
res necessarias	les choses nécessaires
ad degendam eam.	pour la passer.
Eademque natura	Et la même nature
vi rationis	par l'influence de la raison
conciliat hominem homini	rapproche l'homme de l'homme
et ad societatem orationis	et pour le commerce du langage
et ad vitæ ;	et pour *celui* de la vie ;
ingeneratque imprimis	et elle fait-naître *en lui* surtout
quemdam amorem	une certaine tendresse
præcipuum	en-première-ligne
in eos qui procreati sunt,	envers ceux qui ont été procréés,
impellitque ut velit	et *le* pousse à ce qu'il veuille
cœtus	des réunions
et celebrationes hominum	et des sociétés d'hommes
et esse	et exister
et obiri a se,	et être visitées (fréquentées) par lui,
ob easque causas	et *que* pour ces motifs
studeat parare	il s'applique à acquérir
ea quæ suppeditent	ces choses qui suffisent
et ad cultum et ad victum ;	et pour l'entretien et pour la vie ;
nec sibi soli,	et non pour lui-même seul,

conjugi, liberis, ceterisque quos caros habeat tuerique debeat.
Quæ cura exsuscitat etiam animos, et majores ad rem gerendam facit. Imprimisque hominis est propria veri inquisitio
atque investigatio. Itaque, quum sumus necessariis negotiis
curisque vacui, tum avemus aliquid videre, audire, addis-
cere; cognitionemque rerum aut occultarum aut admirabilium
ad beate vivendum necessariam ducimus. Ex quo intelligitur,
quod verum, simplex sincerumque sit, id esse naturæ hominis
aptissimum. Huic veri videndi cupiditati adjuncta est appetitio
quædam principatus, ut nemini parere animus bene infor-
matus a natura velit, nisi præcipienti, aut docenti, aut, utilitatis causa, juste et legitime imperanti ; ex quo animi magnitudo exsistit, humanarumque rerum contemptio. Nec vero illa
parva vis naturæ est rationisque, quod unum hoc animal

mêmes, mais à leur femme, à leurs enfants, à tous ceux qu'ils
aiment et qu'ils doivent protéger. Ces soins tiennent l'esprit en éveil
et le rendent plus capable d'agir. Mais ce qui est surtout propre
à l'homme, c'est l'étude et la recherche de la vérité. Aussi, lorsque
nous sommes libres de soins et d'affaires, nous désirons voir, entendre,
apprendre quelque chose; nous pensons que la connaissance des
secrets ou des merveilles de là nature est indispensable au bonheur
de la vie : et par là il est aisé de voir que ce qui est vrai, simple et
pur, est tout à fait convenable à la nature de l'homme. A cet amour
de la vérité se trouve joint un certain désir d'indépendance qui fait
qu'un homme bien né ne veut obéir à personne, si ce n'est à ceux
qui l'instruisent, ou qui lui commandent, dans l'intérêt commun,
selon la justice et les lois : de là naissent la grandeur d'âme et le mépris
des choses humaines. C'est encore un grand avantage de la nature
et de la raison, que l'homme seul, entre tous les êtres animés, sent

sed conjugi, liberis,	mais pour *son* épouse, pour *ses* enfants,
ceterisque	et pour tous-les-autres *êtres*
quos habeat caros	qu'il tient *pour* chers (qu'il chérit)
debeatque tueri.	et *qu'il* doit protéger.
Quæ cura	Lequel soin
exsuscitat etiam animos,	éveille encore les esprits, [tifs)
et facit majores	et *les* fait plus grands (les rend plus ac-
ad gerendam rem.	pour exécuter les affaires.
Imprimisque	Et particulièrement
inquisitio	la recherche
atque investigatio veri	et la poursuite du vrai
est propria hominis.	est propre à l'homme.
Itaque, quum sumus vacui	Aussi, quand nous sommes libres
negotiis	d'affaires
curisque necessariis,	et de soins nécessaires,
tum avemus videre,	alors nous souhaitons de voir,
audire, addiscere aliquid ;	d'entendre, d'apprendre quelque chose :
ducimusque cognitionem	et nous estimons la connaissance
rerum aut occultarum	des choses ou cachées
aut admirabilium	ou merveilleuses
necessariam	nécessaire
ad vivendum.	pour vivre heureusement.
Ex quo intelligitur,	Par-suite-de quoi il est compris,
id quod est verum,	ce qui est vrai,
simplex sincerumque,	simple et pur,
esse aptissimum	être le plus approprié
naturæ hominis.	à la nature de l'homme.
Huic cupiditati	A ce désir
videndi veri	de voir le vrai
adjuncta est	est jointe
quædam appetitio	une certaine aspiration
principatus,	à la prééminence,
ut animus	*de telle sorte* qu'un esprit
bene informatus a natura	bien formé par la nature
velit parere nemini,	*ne* veuille obéir à personne,
nisi præcipienti	sinon à *celui* qui *lui* donne-des-préceptes
aut docenti,	ou à *celui* qui *l'*instruit,
aut imperanti	ou à *celui* qui commande
juste et legitime,	justement et légitimement,
causa utilitatis ;	en vue de l'utilité ;
ex quo	par-suite-de quoi
magnitudo animi exsistit,	la grandeur d'âme se produit,
contemptioque	et *aussi* le mépris
rerum humanarum.	des choses humaines.
Nec vero illa vis	Et en vérité cette influence
naturæ rationisque	de la nature et de la raison
est parva,	n'est pas petite,

sentit quid sit ordo, quid sit quod deceat, in factis dictisque
qui modus. Itaque eorum ipsorum, quæ adspectu sentiuntur,
nullum aliud animal pulchritudinem, venustatem, convenientiam partium sentit. Quam similitudinem natura ratioque ab
oculis ad animum transferens, multo etiam magis pulchritudinem, constantiam, ordinem in consiliis factisque conservandum putat; cavetque ne quid indecore effeminateve faciat;
tum, in omnibus et opinionibus et factis, ne quid libidinose
aut faciat aut cogitet. Quibus ex rebus conflatur et efficitur
id quod quærimus, honestum : quod, etiamsi nobilitatum non
sit, tamen honestum sit; quodque vere dicimus, etiamsi a
nullo laudetur, natura esse laudabile.

V. Formam quidem ipsam, Marce fili, et tanquam faciem
honesti vides; quæ, si oculis cerneretur, mirabiles amores,

ce que c'est que l'ordre, la bienséance, la mesure dans les actions
et dans les paroles. Seul il est touché de la beauté, de la grâce, de
la proportion des parties dans les objets qui sont soumis à la vue;
et la raison transportant cette image des objets matériels à ceux qui
n'intéressent que l'esprit, l'homme recherche bien plus encore la
beauté, la constance et l'ordre dans ses desseins et dans ses actions;
il prend garde de ne rien faire de malséant, de lâche; il préserve
de passion ses sentiments aussi bien que sa conduite. C'est de tout
cela que résulte l'honnêteté que nous cherchons, cette honnêteté qui
ne perd rien de sa beauté, lors même qu'elle reste dans l'ombre, et
qui est louable par elle-même, lors même qu'elle n'est louée de personne.

V. Vous voyez, mon cher enfant, la forme et, pour ainsi dire,
la figure même de l'honnêteté : si elle était visible aux yeux du

quod hoc animal unum	que cet être seul
sentit quid sit ordo,	sent ce qu'est l'ordre,
quid sit quod deceat,	ce qu'est ce qui convient,
qui modus	quelle mesure *doit être*
in factis dictisque.	dans les actions et les paroles.
Itaque	Aussi
nullum aliud animal	aucun autre être-animé
sentit pulchritudinem,	ne sent la beauté,
venustatem,	la grâce,
convenientiam partium	la proportion des parties
eorum ipsorum,	de ces *objets* mêmes,
quæ sentiuntur adspectu.	qui sont perçus par la vue.
Quam similitudinem	Laquelle image
transferens ab oculis	faisant-passer des yeux
ad animum,	à l'âme,
natura ratioque	la nature et la raison
putat pulchritudinem,	pense la beauté,
constantiam,	la constance,
ördinem	l'ordre
conservandum	devoir être gardés
multo magis etiam	beaucoup plus encore
in consiliis factisque;	dans les conseils et les actions;
cavetque	et prend-garde [ment
ne faciat quid indecore	qu'il ne fasse quelque chose honteuse
effeminateve;	ou mollement;
tum,	puis,
in omnibus et opinionibus	dans toutes et *ses* pensées
et factis,	et *ses* actions,
ne aut faciat	que ou il ne fasse
aut cogitet quid	ou il ne pense quelque chose
libidinose.	capricieusement.
Ex quibus rebus	Desquelles choses
conflatur et efficitur	se forme et se produit
id honestum	cette honnêteté
quod quærimus :	que nous cherchons :
quod,	laquelle,
etiamsi non sit nobilitatum	lors même qu'elle ne serait pas illustrée,
tamen sit honestum;	cependant serait l'honnêteté;
quodque dicimus vere,	et laquelle nous disons avec-raison
etiamsi laudetur a nullo,	lors même qu'elle *ne* serait louée par
esse laudabile natura.	être louable par *sa* nature. [personne,
V. Vides quidem,	V. Tu vois à-la-vérité,
Marce fili,	Marcus *mon* fils,
formam ipsam	la forme même
et tanquam faciem honesti;	et comme la figure de l'honnête;
quæ, si cerneretur oculis,	laquelle, si elle était aperçue par les yeux,
excitaret, ut ait Plato,	exciterait comme dit Platon,

ut ait Plato[1], excitaret sui. Sed omne quod honestum est, id quatuor partium oritur ex aliqua. Aut enim in perspicientia veri solertiaque versatur ; aut in hominum societate tuenda, tribuendoque suum cuique, et rerum contractarum fide ; aut in animi excelsi atque invicti magnitudine ac robore ; aut in omnium quæ fiunt quæque dicuntur ordine et modo, in quo inest modestia et temperantia. Quæ quatuor quanquam inter se colligata atque implicata sunt; tamen ex singulis certa officiorum genera nascuntur : velut ex ea parte quæ prima descripta est, in qua sapientiam et prudentiam ponimus, inest indagatio atque inventio veri ; ejusque virtutis hoc munus est proprium. Ut enim quisque maxime perspicit quid in re quaque verissimum sit, quique acutissime et celerrime potest et videre et explicare rationem, is prudentissimus et sapientissi-

corps, elle exciterait en nous, comme dit Platon, de merveilleux transports d'amour. Il y a quatre sources d'où dérive tout ce qui est honnête. En effet l'honnêteté consiste ou à découvrir la vérité par la perspicacité de l'esprit, ou à maintenir la société humaine en rendant à chacun ce qui lui appartient et en observant fidèlement les conventions ; elle se trouve encore ou bien dans la grandeur et la force d'une âme fière et inébranlable, ou bien dans cet ordre et cette mesure parfaite des paroles et des actions, d'où résultent la modération et la tempérance. Quoique ces quatre éléments de l'honnêteté soient mêlés et unis ensemble, chacun d'eux produit une certaine sorte de devoirs : ainsi au premier, qui n'est autre chose que la sagesse et la prudence, appartient la recherche et la découverte de la vérité, et c'est comme la fonction particulière de cette vertu. En effet celui qui découvre le mieux et le plus promptement ce qu'il y a de vrai dans chaque chose, et qui sait en expliquer la raison, celui-là est jugé à bon droit le plus prudent et le plus sage. Ainsi

mirabiles amores sui.	de merveilleux transports-d'amour pour elle
Sed omne id quod est	Mais tout ce qui est
honestum	honnête
oritur ex aliqua	sort de quelqu'une
quatuor partium.	de quatre sources.
Versatur enim	En effet il se trouve (consiste)
aut in perspicientia	ou dans le discernement
solertiaque veri;	et la sagacité du vrai;
aut in societate hominum tuenda,	ou dans la société des hommes défendue,
tribuendoque	et dans l'action-d'accorder (de rendre)
cuique suum,	à chacun le sien (ce qui lui est dû),
et fide rerum contractarum;	et l'observation des choses convenues;
aut in magnitudine	ou dans la grandeur
ac robore	et la force
animi excelsi atque invicti;	d'une âme élevée et invincible;
aut in ordine et modo	ou dans l'ordre et la mesure
omnium quæ fiunt	de toutes les choses qui se font
quæque dicuntur,	et qui se disent,
in quo	dans laquelle *mesure*
inest modestia	se trouve la modération
et temperantia.	et la tempérance.
Quanquam quæ quatuor	Quoique ces quatre *sources*
sunt colligata	soient unies
atque implicata inter se,	et mêlées entre elles,
tamen certa genera officiorum	cependant certaines espèces de devoirs
nascuntur ex singulis:	naissent de chacune-isolément:
velut ex ea parte	comme de cette source
quæ descripta est prima,	qui a été désignée la première,
in qua ponimus	dans laquelle nous plaçons
sapientiam et prudentiam,	la sagesse et la prudence,
inest indagatio	se trouvent (sortent) la recherche
atque inventio veri;	et la découverte de la vérité;
hocque munus	et cette fonction
est proprium ejus virtutis.	est propre à cette vertu.
Ut enim quisque	En effet selon que chacun (celui qui)
perspicit maxime	pénètre le plus
quid sit verissimum	ce qu'il y a de plus vrai
in quaque re,	dans chaque chose,
quique potest	et celui qui peut
acutissime et celerrime	le plus finement et le plus promptement
et videre	et *en* voir
et explicare rationem,	et *en* expliquer la raison,
is rite	celui-là à-bon-droit
solet haberi prudentissimus	a-coutume d'être tenu *pour* le plus prudent
et sapientissimus.	et le plus sage.

mus rite haberi solet. Quocirca huic, quasi materia quam
tractet et in qua versetur, subjecta est veritas. Reliquis autem
tribus virtutibus necessitates propositæ sunt ad eas res pa-
randas tuendasque, quibus actio vitæ continetur : ut et societas hominum conjunctioque servetur, et animi excellentia
magnitudoque, quum in augendis opibus, utilitatibusque et
sibi et suis comparandis, tum multo magis in his ipsis despi-
ciendis, eluceat. Ordo autem, et constantia et moderatio, et
ea quæ sunt his similia, versantur in eo genere, ad quod
adhibenda est actio quædam, non solum mentis agitatio. His
enim rebus quæ tractantur in vita modum quemdam adhi-
bentes et ordinem, honestatem et decus conservabimus.

VI. Ex quatuor autem locis in quos honesti naturam vim-
que divisimus, primus ille, qui in veri cognitione consistit,
maxime naturam attingit humanam. Omnes enim trahimur et

donc la vérité est l'objet propre de cette vertu, et en quelque sorte
la matière sur laquelle elle s'exerce. L'objet des trois autres est
l'acquisition et la conservation de tout ce qui est nécessaire à la vie,
l'harmonie de la société humaine, la grandeur d'âme qui brille plus
encore à mépriser les biens et les honneurs qu'à les poursuivre pour
soi ou pour les autres. L'ordre, la constance, la modération, et
toutes les autres vertus semblables rentrent dans cette catégorie;
elles demandent de l'action et ne se contentent pas de la spécula-
tion pure. C'est en observant la mesure, en introduisant l'ordre
dans toutes les choses de la vie, que nous resterons fidèles à l'honnêteté et à la bienséance.

VI. Des quatre principes auxquels nous avons rapporté tout ce
qui tient à l'honnête, le premier, celui qui consiste dans la connaissance de la vérité, est le plus naturel à l'homme. Tous en effet,
nous sommes entraînés par un ardent désir de savoir et de con-

Quocirca veritas	C'est-pourquoi la vérité
subjecta est huic,	a été proposée à cette *vertu*,
quasi materia quam tractet	comme une matière qu'elle doive traiter
et in qua versetur.	et dans laquelle elle doive se mouvoir.
Tribus autem virtutibus	Mais aux trois vertus
reliquis	qui restent
propositæ sunt necessitates	ont été proposés les besoins
ad parandas	pour acquérir
tuendasque eas res,	et conserver ces objets,
quibus continetur	dans lesquels sont renfermées
actio vitæ :	les fonctions-actives de la vie :
ut et societas	afin que et la société
conjunctioque hominum	et l'union des hommes
servetur,	soient maintenues,
et excellentia	et *que* la prééminence
magnitudinoque animi	et la grandeur de l'âme
eluceat,	brillent,
quum in augendis opibus,	d'une part en augmentant les biens,
comparandisque	et en acquérant
utilitatibus	des avantages
et sibi et suis,	et pour soi-même et pour les siens,
tum multo magis	d'autre-part bien davantage
in despiciendis his ipsis.	en méprisant ces *biens* mêmes.
Ordo autem,	Mais l'ordre,
et constantia, et moderatio,	et la constance, et la modération,
et ea	et ces *vertus*
quæ sunt similia his,	qui sont semblables à celles-ci,
versantur in eo genere,	se trouvent dans cette espèce,
ad quod adhibenda est	à laquelle doit être employée
quædam actio,	une certaine action, [l'esprit.
non solum agitatio mentis.	*et* non pas seulement une application de
Adhibentes enim	En effet, employant (si nous employons)
quemdam modum	une certaine mesure
et ordinem his rebus	et un *certain* ordre à ces choses
quæ tractantur in vita,	qui sont maniées dans la vie,
conservabimus	nous conserverons
honestatem et decus. [locis	l'honnêteté et la bienséance.
VI. Ex quatuor autem	VI. Mais des quatre sources
in quos divisimus	entre lesquelles nous avons réparti
naturam vimque honesti,	la nature et l'essence de l'honnête,
ille primus,	cette première,
qui consistit	qui consiste
in cognitione veri,	dans la connaissance du vrai,
attingit maxime	touche le plus
naturam humanam.	la nature humaine.
Omnes enim trahimur	Tous en effet nous sommes entraînés
et ducimur	et nous sommes conduits

ducimur ad cognitionis et scientiæ cupiditatem, in qua excellere pulchrum putamus ; labi autem, errare, nescire, decipi, et malum et turpe ducimus. In hoc genere et naturali et honesto, duo vitia vitanda sunt : unum, ne incognita pro cognitis habeamus, hisque temere assentiamus ; quod vitium effugere qui volet (omnes autem velle debent) adhibebit ad considerandas res et tempus et diligentiam. Alterum est vitium, quod quidam nimis magnum studium multamque operam in res obscuras atque difficiles conferunt, easdemque non necessarias. Quibus vitiis declinatis, quod in rebus honestis et cognitione dignis operæ curæque ponetur, id jure laudabitur : ut in astrologia C. Sulpicium [1] audivimus ; in geometria Sext. Pompeium [2] ipsi cognovimus ; multos in dialecticis, plures in jure civili. Quæ omnes artes in veri investigatione versantur ;

naître ; nous trouvons beau d'exceller dans une science ; ignorer, se méprendre, errer, se laisser tromper, nous semble un malheur et une honte. Mais dans cette inclination si naturelle et si honnête, il faut éviter deux défauts : l'un de prendre pour connues les choses inconnues et d'y donner un assentiment téméraire. Celui qui voudra éviter ce défaut, et nous devons tous le vouloir, donnera à l'examen de chaque chose le temps et le soin nécessaires. L'autre défaut consiste à mettre trop d'ardeur et trop d'étude à des choses obscures, difficiles, et qui ne sont pas nécessaires. Ces deux défauts évités, il n'y aura rien que de louable dans l'application et le travail que nous consacrerons à des choses honnêtes et en même temps utiles. C'est ainsi que C. Sulpicius se distingua, dit-on, dans l'astronomie, Sextus Pompée, notre contemporain, dans la géométrie, beaucoup d'autres dans la dialectique, et de plus nombreux encore dans le droit civil. Toutes ces sciences ont pour objet la découverte

ad cupiditatem cognitionis	au désir de la connaissance
et scientiæ,	et de la science,
in qua putamus pulchrum	dans laquelle nous croyons beau
excellere;	d'exceller;
ducimus autem	d'autre-part nous estimons
et malum et turpe,	et mauvais et honteux,
labi, errare,	de faillir, d'errer,
nescire, decipi.	de ne-savoir-pas, de se tromper.
In hoc genere	Dans ce genre
et naturali et honesto,	qui est et naturel et honnête,
duo vitia vitanda sunt :	deux défauts doivent être évités :
unum, ne habeamus	l'un, que nous ne tenions pas
pro cognitis	pour connues
incognita,	des choses inconnues, [ces choses
assentiamusque his	et ne donnions-pas-notre-assentiment à
temere ;	témérairement ;
quod vitium	lequel défaut
qui volet effugere	celui qui voudra éviter
(omnes autem debent velle)	(or tous doivent le vouloir)
adhibebit	mettra
ad considerandas res	à observer les choses
et tempus et diligentiam.	et du temps et du soin.
Alterum vitium est	L'autre défaut est
quod quidam	que quelques-uns
conferunt	apportent
nimis magnum studium	une trop grande étude
multamque operam	et un trop grand soin
in res obscuras	à des choses obscures
atque difficiles,	et difficiles, [saires.
easdemque non necessarias.	et les mêmes (en même temps) non néces-
Quibus vitiis declinatis,	Ces défauts étant évités,
quod ponetur operæ	ce qui sera mis de travail
curæque	et de soin
in rebus honestis	à des choses honnêtes
et dignis cognitione,	et dignes de connaissance (d'être connues),
id laudabitur jure :	ceci sera loué à bon droit :
ut audivimus	comme nous avons entendu dire
C. Sulpicium	C. Sulpicius s'être appliqué
in astrologia;	à l'astronomie ;
ipsi cognovimus	nous-même nous avons connu
Sext. Pompeium	Sext. Pompée
in geometria;	s'appliquant à la géométrie ;
multos in dialecticis,	de nombreux à la dialectique,
plures in jure civili.	de plus nombreux au droit civil.
Quæ artes omnes	Lesquelles sciences toutes
versantur	se meuvent
in investigatione veri ;	dans la recherche du vrai ;

cujus studio a rebus gerendis abduci contra officium est. Virtutis enim laus omnis in actione consistit; a qua tamen sæpe fit intermissio, multique dantur ad studia reditus : tum agitatio mentis, quæ nunquam acquiescit, potest nos in studiis cogitationis, etiam sine opera nostra, continere. Omnis autem cogitatio motusque animi aut in consiliis capiendis de rebus honestis et pertinentibus ad bene beateque vivendum, aut in studiis scientiæ cognitionisque versatur. Ac de primo quidem officii fonte diximus.

VII. De tribus autem reliquis latissime patet ea ratio, qua societas hominum inter ipsos et vitæ quasi communitas continetur. Cujus partes duæ sunt : justitia, in qua virtutis splendor est maximus, ex qua boni viri nominantur ; et huic conjuncta beneficentia, quam eamdem vel benignitatem vel liberalitatem appellari licet. Sed justitiæ primum munus est

de la vérité ; cependant il serait contraire au devoir de s'y adonner au point de négliger ses affaires. Tout le prix de la vertu est dans l'action ; mais il y a de fréquents intervalles qui nous permettent de retourner à nos études, et d'ailleurs l'activité de l'esprit, qui ne s'arrête jamais, peut, même sans travail, nous maintenir dans une étude continuelle. Or toute application de l'esprit a pour objet ou les résolutions à prendre sur les choses honnêtes qui contribuent au bonheur de la vie, ou les recherches scientifiques. Voilà pour ce qui regarde le premier principe de nos devoirs.

VII. Des trois autres, le plus fécond et le plus étendu est celui qui tend à maintenir la société et à cimenter l'union entre les hommes. Il se divise en deux parties : la justice, la plus éclatante de toutes les vertus, la première qualité de l'homme de bien ; et la bienfaisance, que l'on peut aussi appeler bonté ou générosité. Le premier devoir qu'impose la justice est de ne faire de mal à per-

studio cujus	par l'étude duquel
abduci a rebus gerendis	être détourné des affaires à-conduire
est contra officium.	est contre le devoir.
Omnis enim laus virtutis	Car tout le mérite de la vertu
consistit in actione ;	consiste dans l'action ;
a qua tamen sæpe	de laquelle cependant souvent
fit intermissio,	il se fait une interruption,
multique reditus ad studia	et de nombreux retours aux études
dantur :	sont donnés (permis) :
tum agitatio mentis,	ensuite l'activité de l'esprit,
quæ nunquam acquiescit,	qui jamais ne se repose,
potest nos continere	peut nous maintenir
in studiis cogitationis,	dans les études de la méditation,
etiam sine opera nostra.	même sans travail venant-de-notre-part.
Omnis autem cogitatio	Or toute méditation
motusque animi	et *tout* mouvement de l'esprit
versatur	se meut
aut in consiliis capiendis	ou dans des résolutions à-prendre
de rebus honestis	touchant des choses honnêtes
et pertinentibus	et tendant
ad vivendum bene	à vivre bien
beateque,	et heureusement,
aut in studiis	ou-bien dans des études
scientiæ cognitionisque.	de science et de connaissance.
Ac diximus quidem	Et nous avons dit *assez* à la vérité
de primo fonte officii.	sur la première source du devoir.
VII. De tribus autem	VII. Mais des trois
reliquis	qui-restent
ea ratio patet latissime,	ce principe s'étend le plus loin,
qua societas hominum	par lequel la société des hommes
inter ipsos	entre eux-mêmes [vie
et quasi communitas vitæ	et en-quelque-sorte la communauté de la
continentur.	sont maintenues.
Cujus duæ partes sunt :	Duquel deux parties existent :
justitia,	la justice,
in qua splendor virtutis	dans laquelle l'éclat de la vertu
est maximus,	est le plus grand,
ex qua viri boni	d'après laquelle les hommes de-bien
nominantur ;	sont appelés *de ce nom* ;
et conjuncta huic	et unie à celle-ci (à la vertu)
beneficentia,	la bienfaisance,
quam eamdem	laquelle la même (aussi)
licet appellari	il est permis être appelée (on peut appeler)
benignitatem	bonté
vel liberalitatem.	ou générosité.
Sed primum munus justitiæ	Mais le premier attribut de la justice
est ut quis	est que quelqu'un

ut ne cui quis noceat, nisi lacessitus injuria; deinde ut communibus pro communibus utatur, privatis ut suis. Sunt autem privata nulla natura, sed aut veteri occupatione, ut qui quondam in vacua venerunt, aut victoria, ut qui bello potiti sunt, aut lege, pactione, conditione, sorte. Ex quo fit ut ager Arpinas Arpinatum dicatur, Tusculanus Tusculanorum[1] ; similisque est privatarum possessionum descriptio. Ex quo, quia suum cujusque fit eorum, quæ natura fuerant communia, quod cuique obtigit, id quisque teneat; eo si quis sibi appetet, violabit jus humanæ societatis. Sed quoniam, ut præclare scriptum est a Platone[2], non nobis solum nati sumus, ortusque nostri partem patria vindicat, partem parentes, partem amici ; atque, ut placet stoïcis, quæ in terris gignantur, ad

sonne, à moins qu'on n'ait à repousser une agression; le second, d'user en commun de tous les biens communs et en propre seulement de ses biens propres. A ne consulter que la nature, il n'y a rien qui appartienne à l'un plutôt qu'à l'autre; toute propriété a pour origine ou une ancienne occupation, comme lorsqu'un peuple s'établit dans une terre déserte; ou la victoire, comme il arrive à la guerre ; ou enfin une loi, un accord, une convention, un tirage au sort. C'est ainsi que nous disons que le territoire d'Arpinum appartient aux Arpinates, celui de Tusculum aux Tusculans, et il en est de même de toute propriété particulière. Une fois que chacun a sa part des biens que la nature avait faits communs, chacun doit conserver son lot, et si quelqu'un veut prendre davantage, il viole les lois de la société humaine. Mais comme, suivant les nobles paroles de Platon, nous ne sommes pas nés pour nous seuls, et que nous nous devons eu partie à notre pays et à nos amis ; comme, suivant les stoïciens, toutes les productions de la terre sont destinées à l'usage des

ne noceat cui,	ne fasse-pas-de-mal à quelqu'un (à un
nisi lacessitus injuria;	sinon provoqué par une injustice; [autre),
deinde	ensuite
ut utatur communibus	qu'il use des *biens* communs
pro communibus,	comme de *biens* communs, [pres-à-lui.
privatis ut suis.	des *biens* particuliers comme de *biens* pro-
Nulla autem	Or aucuns *biens*
sunt privata natura,	ne sont particuliers de *leur* nature,
sed aut veteri occupatione,	mais ou par une ancienne occupation,
ut qui venerunt quondam	comme ceux qui sont venus jadis
in vacua,	dans des *lieux* vides *d'habitants*,
aut victoria,	ou par une victoire, [la guerre,
ut qui potiti sunt bello,	comme ceux qui s'en sont emparés par
aut lege, pactione,	ou par une loi, un pacte,
conditione, sorte.	une condition, un tirage-au-sort.
Ex quo fit	Par-suite-de quoi il se fait
ut ager Arpinas	que le territoire d'-Arpinum
dicatur Arpinatum,	soit dit *territoire* des Arpinates,
Tusculanus	*et celui* de-Tusculum
Tusculanorum;	*territoire* des Tusculans;
descriptioque	et la répartition
possessionum privatarum	des propriétés particulières
est similis.	est semblable.
Ex quo,	Par-suite-de-quoi,
quia eorum,	puisque de ces *biens*,
quæ fuerant communia	qui avaient été (étaient) communs
natura,	par *leur* nature,
quod obtigit cuique	ce qui est échu à chacun
fit suum cujusque,	devient le propre de chacun,
quisque teneat id;	que chacun garde cela;
si quis	si quelqu'un
appetit eo sibi,	se porte là pour lui-même,
violabit jus	il violera le droit
societatis humanæ.	de la société humaine.
Sed quoniam,	Mais puisque, [lante
ut scriptum est præclare	comme *cela* a été écrit d'une-façon-bril-
a Platone,	par Platon,
non nati sumus	nous ne sommes pas nés
solum nobis,	seulement pour nous
patriaque vindicat	et que la patrie revendique
partem nostri ortus,	une partie de notre naissance,
parentes partem,	*nos* parents une partie;
amici partem;	*nos* amis une partie;
atque, ut placet stoïcis,	et, comme il plaît aux stoïciens,
omnia	toutes les choses
quæ gignantur in terris	qui se produisent sur la terre
creari ad usum hominum,	être créées pour l'usage des hommes,

usum hominum omnia creari, homines autem hominum causa esse generatos, ut ipsi inter se, aliis alii prodesse possent : in hoc naturam debemus ducem sequi, communes utilitates in medium afferre, mutatione officiorum, dando, accipiendo, tum artibus, tum opera, tum facultatibus devincire hominum inter homines societatem.

Fundamentum est justitiæ fides, id est dictorum conventorumque constantia et veritas. Ex quo, quanquam hoc videbitur fortasse cuipiam durius, tamen audeamus imitari stoïcos, qui studiose exquirunt unde verba sint ducta, credamusque, quia fiat quod dictum est, appellatam fidem [1].

Sed injustitiæ genera duo sunt : unum eorum qui inferunt; alterum eorum qui ab iis, quibus infertur, si possint, non propulsant injuriam. Nam qui injuste impetum in quempiam facit, aut ira aut aliqua perturbatione incitatus, is quasi manus afferre videtur socio ; qui autem non defendit, nec obsistit, si potest, injuriæ, tam est in vitio quam si parentes,

hommes, et que les hommes eux-mêmes ont été créés pour leurs semblables, afin qu'ils pussent s'aider les uns les autres; nous devons en cela prendre la nature pour guide, mettre en commun tous nos avantages par un commerce réciproque de bons offices, aussi empressés à donner qu'à recevoir, employant nos talents, notre industrie, notre fortune à resserrer les liens de la société humaine.

Le fondement de la justice est la bonne foi, c'est-à-dire la sincérité dans ses paroles et la fidélité à ses engagements. Quoique peut-être cela paraisse un peu forcé, osons imiter les stoïciens, qui cherchent avec soin l'étymologie de chaque terme, et croyons que *foi* vient de *faire*, parce qu'on fait ce qu'on a dit.

Quant à l'injustice, il y en a de deux sortes : l'une, celle que l'on fait soit-même ; l'autre, celle que l'on n'empêche pas quand on pourrait s'y opposer. Attaquer injustement un de ses semblables, par un mouvement de colère ou de quelque autre passion, c'est comme si l'on portait la main sur son associé ; ne pas empêcher une injustice quand on le peut, c'est comme si l'on abandonnait ses

homines autem	mais les hommes
generatos esse	avoir été engendrés
causa hominum,	en vue des hommes,
ut possent prodesse	afin qu'ils pussent être-utiles
ipsi inter se,	eux-mêmes entre eux,
alii aliis :	les uns aux autres :
debemus in hoc	nous devons en cela
sequi naturam ducem,	suivre la nature *pour* guide,
afferre in medium	apporter au milieu
utilitates communes,	les avantages communs,
mutatione officiorum,	par un échange de *bons* offices,
dando, accipiendo,	en donnant, en recevant,
tum artibus, tum opera,	puis par les talents, puis par le travail,
tum facultatibus	puis par les ressources *de fortune*
devincire societatem	enchaîner (resserrer) la société
hominum inter homines.	des hommes entre (avec) les hommes.
Fundamentum justitiæ	Le fondement de la justice
est fides,	est la bonne-foi, [sincérité
id est constantia et veritas	c'est *à dire* la constance (fidélité) et la
dictorum conventorumque.	des paroles et des conventions.
Ex quo,	Par-suite-de quoi,
quanquam hoc fortasse	bien que ceci peut-être [qu'un,
videbitur durius cuipiam,	doive paraître trop dur (forcé) à quel-
tamen audeamus	cependant osons
imitari stoïcos,	imiter les stoïciens,
qui exquirunt studiose	qui recherchent soigneusement
unde verba ducta sint,	d'où les mots ont été tirés,
credamusque fidem	et croyons la *bonne* foi
appellatam,	*avoir été* appelée *ainsi*,
quia quod dictum est fiat.	parce que ce qui a été dit se fait.
Sed sunt duo genera	Mais il existe deux sortes
injustitiæ :	d'injustice :
unum eorum qui inferunt;	l'une de ceux qui *l'*apportent (la font);
alterum eorum qui,	l'autre de ceux qui,
si possint,	s'ils *le* peuvent,
non propulsant injuriam	n'écartent pas l'injustice
ab iis quibus infertur.	de ceux à qui elle est apportée (faite).
Nam qui injuste	Car celui qui injustement
facit impetum	exécute une attaque
in quempiam,	contre qui-que-ce-soit,
incitatus aut ira	excité ou par la colère
aut aliqua perturbatione,	ou par quelque désordre (passion),
is videtur	celui-là semble [gnon;
quasi afferre manus socio ;	comme porter les mains sur *son* compa-
qui autem non defendit,	mais celui qui ne *le* défend pas,
nec obsistit, si potest,	et ne s'oppose pas, s'il *le* peut,
injuriæ,	à l'injustice,

aut patriam, aut socios deserat. Atque illæ quidem injuriæ, quæ nocendi causa de industria inferuntur, sæpe a metu proficiscuntur ; ut quum is, qui alteri nocere cogitat, timet ne, nisi id fecerit, ipse aliquo afficiatur incommodo. Maximam autem partem ad injuriam faciendam aggrediuntur, ut adipiscantur ea quæ concupiverunt ; in quo vitio latissime patet avaritia.

VIII. Expetuntur autem divitiæ, quum ad usus vitæ necessarios, tum ad perfruendas voluptates. In quibus autem major est animus, in his pecuniæ cupiditas spectat ad opes et ad gratificandi facultatem ; ut nuper M. Crassus ¹ negabat ullam satis magnam pecuniam esse ei qui in republica princeps vellet esse, cujus fructibus exercitum alere non posset. Delectant etiam magnifici apparatus, vitæque cultus cum elegantia

amis, ses parents, sa patrie. Une injustice préméditée est souvent un effet de l'appréhension ; on s'y décide parce qu'on craint de se laisser prévenir et d'être victime soi-même. Mais le plus souvent on commet l'injustice pour se procurer l'objet de ses convoitises ; aussi peut-on dire que la cupidité est le principal mobile de l'homme injuste.

VIII. Le désir des richesses a d'ordinaire pour principe le besoin ou la volupté ; mais les hommes qui ont quelque élévation ne recherchent l'argent que pour acquérir plus de crédit et augmenter le nombre de leurs partisans : aussi M. Crassus disait-il naguère qu'un citoyen qui voudrait être le premier de l'État n'était jamais assez riche s'il ne pouvait de son revenu nourrir une armée tout entière. D'autres aiment la magnificence, le luxe, l'abondance et la

est tam in vitio	est aussi en faute
quam si deserat parentes,	que s'il abandonnait *ses* parents,
aut patriam, aut socios.	ou *sa* patrie, ou *ses* compagnons.
Atque quidem	Et à la vérité
illæ injuriæ,	ces injustices,
quæ inferuntur	qui sont apportées (faites)
de industria	à dessein
causa nocendi,	en vue de nuire,
proficiscuntur sæpe	partent (proviennent) souvent
a metu,	de la crainte,
ut quum is,	comme lorsque celui-là,
qui cogitat nocere alteri,	qui médite de nuire à un autre,
timet ne,	craint que,
nisi fecerit id,	à moins qu'il n'ait fait cela,
ipse afficiatur	lui-même ne soit atteint
aliquo incommodo.	de quelque dommage. [néral)
Maximam autem partem	Mais pour la plus grande partie (en gé-
aggrediuntur	on se porte
ad faciendam injuriam	à faire une injustice
ut adipiscantur	afin qu'on atteigne
ea quæ concupiverunt;	à ce qu'on a convoité;
in quo vitio avaritia	dans lequel vice l'avarice [fluence).
patet latissime.	s'étend le plus loin (a la plus grande in-
VIII. Divitiæ autem	VIII. Or les richesses
expetuntur,	sont souhaitées,
quum ad usus necessarios	et pour les usages nécessaires
vitæ,	de la vie,
tum ad perfruendas	et pour goûter
voluptates.	les plaisirs.
In quibus autem	Mais ceux chez lesquels
animus est major,	l'âme est plus grande (plus élevée),
in his cupiditas pecuniæ	chez ceux-là le désir de l'argent
spectat ad opes	regarde vers (a pour but) la puissance
et ad facultatem	et vers la facilité
gratificandi;	de se-faire-du-crédit;
ut nuper M. Crassus	comme dernièrement M. Crassus
negabat ullam pecuniam	niait aucune somme-d'argent
esse satis magnam	être assez grande
ei qui vellet esse princeps	pour celui qui voudrait être le premier
in republica,	dans la république, [revenus)
fructibus cujus	par les revenus de laquelle (si avec les
non posset	il ne pourrait (ne pouvait) pas
alere exercitum.	nourrir une armée.
Magnifici apparatus	De magnifiques appareils
cultusque vitæ	et la tenue de la vie
cum elegantia et copia	avec luxe et abondance
delectant etiam;	charment aussi *quelques-uns*;

et copia ; quibus rebus effectum est ut infinita pecuniæ cupiditas esset. Nec vero rei familiaris amplificatio, nemini nocens, vituperanda ; sed fugienda semper injuria est. Maxime
autem adducuntur plerique ut eos justitiæ capiat oblivio,
quum in imperiorum, honorum, gloriæ cupiditatem inciderint.
Quod enim est apud Ennium,

> Nulla sancta societas,
> Nec fides regni est,

id latius patet. Nam, quidquid ejusmodi est, in quo non possint plures excellere, in eo fit plerumque tanta contentio, ut
difficillimum sit sanctam servare societatem. Declaravit id
modo[1] temeritas C. Cæsaris, qui omnia jura divina et humana
pervertit propter eum, quem sibi ipse opinionis errore finxerat, principatum. Est autem in hoc genere molestum quod in
maximis animis splendidissimisque ingeniis plerumque exsistunt honoris, imperii, potentiæ, gloriæ cupiditates ; quo

délicatesse dans toutes les choses de la vie ; et de là une soif immodérée de richesses. On ne saurait blâmer un homme qui cherche à
augmenter son bien sans faire tort à personne ; mais il faut se garder de toute injustice. Bien souvent on en vient à oublier toute notion de justice, quand une fois l'âme est envahie par le désir du
commandement, des honneurs, de la gloire. Ce que dit Ennius :

> Pour le sceptre on trahit l'amitié, les serments,

est d'une portée beaucoup plus étendue. Du moment où le petit
nombre seulement peut arrriver aux premières places, il s'élève de
si ardentes rivalités qu'il est bien difficile de faire respecter les
droits de la société. C'est ce que nous venons de voir par l'entreprise
téméraire de C. César, renversant toutes les lois divines et humaines pour parvenir à un rang qu'il croyait faussement le premier.
Ce qu'il y a de plus fâcheux, c'est que la passion des honneurs, du
commandement, de la puissance, de la gloire, ne s'empare ordinairement que des âmes les plus grandes et des génies les plus bril-

quibus rebus effectum est	par lesquelles choses il a été produit
ut cupiditas pecuniæ	que le désir de l'argent
esset infinita.	fût sans-bornes.
Nec vero amplificatio	Et en vérité un accroissement
rei familiaris,	du bien de-famille,
nocens nemini,	*ne* nuisant à personne,
vituperanda ;	n'*est* pas à-blâmer ;
sed injuria	mais l'injustice
fugienda est semper.	doit être évitée toujours.
Plerique autem	Or la plupart
adducuntur maxime	sont amenés surtout *à ce point*
ut oblivio justitiæ	que l'oubli de la justice
capiat eos,	les saisisse,
quum inciderint	lorsqu'ils sont tombés
in cupiditatem	dans le désir
imperiorum, honorum,	des commandements, des honneurs,
gloriæ.	de la gloire.
Quod enim est	Car ce qui est
apud Ennium :	chez Ennius :
« Nulla societas est sancta	« Aucune association n'est sacrée,
nec fides regni, »	ni *aucune* foi de (quand il s'agit de) la
id patet latius.	cela s'étend plus loin. [royauté, »
Nam, quidquid est	En effet, tout ce qui est
ejusmodi,	de-cette-sorte,
in quo plures	en quoi plusieurs
non possint excellere,	ne puissent prédominer,
tanta contentio	une si-grande rivalité [cela,
fit plerumque in eo,	se produit la-plupart-du-temps pour
ut sit difficillimum	qu'il est très-difficile
servare	de conserver
societatem sanctam.	la société respectée.
Temeritas C. Cæsaris,	La témérité de C. César,
qui pervertit omnia jura	qui a bouleversé tous les droits
divina et humana	divins et humains
propter eum principatum,	à-cause-de ce premier-rang,
quem ipse sibi finxerat	que lui-même s'était représenté
errore opinionis,	par une erreur d'opinion,
declaravit id modo.	a montré (prouvé) cela naguère.
In hoc autem genere	Or dans ce genre
est molestum	*ceci* est fâcheux
quod plerumque	que *c'est* la-plupart-du-temps
in maximis animis	dans les plus grandes âmes
splendidissimisque ingeniis	et les plus brillants génies
existunt cupiditates	*que* s'élèvent les désirs
honoris, imperii,	d'honneur, de commandement,
potentiæ, gloriæ ;	de puissance, de gloire ;
quo cavendum est magis	par quoi il faut prendre-garde davantage

3

magis cavendum est ne quid in eo genere peccetur. Sed in
omni injustitia permultum interest utrum perturbatione aliqua
animi, quæ plerumque brevis est et ad tempus, an consulto
et cogitato fiat injuria. Leviora enim sunt ea quæ repentino
aliquo motu accidunt, quam ea quæ meditata et præparata
inferuntur. Ac de inferenda quidem injuria satis dictum est.

IX. Prætermittendæ autem defensionis deserendique officii
plures solent esse causæ. Nam aut inimicitias aut laborem aut
sumptus suscipere nolunt; aut etiam negligentia, pigritia,
inertia, aut suis studiis quibusdamve occupationibus sic im-
pediuntur, ut eos quos tutari debeant desertos esse patiantur.
Itaque videndum est ne non satis sit id quod apud Platonem [1]
est in philosophos dictum : quod in veri investigatione ver-
sentur, quodque ea quæ plerique vehementer expetunt, de
quibus inter se digladiari solent, contemnant et pro nihilo

lants; c'est une raison de plus pour se mettre en garde contre toute
illusion de ce genre. Il importe beaucoup dans toute injustice
d'examiner si elle provient d'un trouble soudain de l'âme, qui
d'ordinaire n'est pas de longue durée, ou si elle a été faite à dessein et de propos délibéré. Celles qui sont l'effet d'un premier
mouvement sont moins graves que celles qui sont préparées et
réfléchies. Mais en voilà assez sur les injustices que l'on commet
envers autrui.

IX. Plusieurs causes font négliger cette protection envers son
semblable qui est un des devoirs de l'homme. On craint de se faire
des ennemis, de prendre trop de peine ou de dépenser trop; on est
arrêté par la négligence, la paresse, l'inertie; ou bien on se livre
avec ardeur à une occupation de son goût, et on laisse sans défense
ceux que l'on devrait protéger. Aussi je crains bien que Platon n'ait
eu trop d'indulgence pour les philosophes en disant qu'ils sont justes
par cela seul qu'ils s'occupent à la recherche de la vérité, et pro-
fessent un souverain mépris pour tant de choses que les hommes

ne quid peccetur	que quelque chose ne soit commis-avec-
in eo genere.	en ce genre. [faute
Sed in omni injustitia	Mais dans toute injustice
interest permultum	*ceci* fait-différence très-grandement
utrum injuria fiat	si l'injustice se produit
aliqua perturbatione	par quelque désordre
animi,	de l'âme,
quæ plerumque	qui le-plus-ordinairement
est brevis et ad tempus,	est court et pour un temps,
an consulto	ou bien de-propos-délibéré
et cogitato.	et avec-réflexion.
Ea enim quæ accidunt	Car ces choses qui arrivent
aliquo motu repentino	par quelque mouvement soudain
sunt leviora	sont plus légères
quam ea quæ inferuntur	que celles qui sont apportées (faites)
meditata et præparata.	ayant été méditées et préparées.
Ac dictum est satis quidem	Et il a été parlé assez à la vérité
de inferenda injuria.	*du fait* d'apporter (faire) une injustice.
IX. Causæ autem	IX. Mais les motifs
prætermittendæ	de négliger (qui font négliger)
defensionis	la défense *d'autrui*
deserendique officii	et d'abandonner le devoir
solent esse plures.	ont-coutume d'être plusieurs.
Nam aut nolunt	Car ou *les hommes* ne-veulent-pas
suscipere inimicitias	prendre-sur-eux des inimitiés
aut laborem aut sumptus ;	ou du travail ou des frais ;
aut etiam impediuntur sic	ou encore ils sont empêchés tellement
negligentia, pigritia,	par la négligence, la paresse,
inertia,	l'inertie,
aut suis studiis [bus,	ou par leurs études
quibusdamve occupationi-	ou par certaines occupations,
ut patiantur	qu'ils souffrent
eos quos debeant tueri	ceux qu'ils devraient défendre
desertos esse.	être abandonnés.
Itaque	En-conséquence
videndum est	il faut voir (prendre garde) [gent),
ne id non sit satis,	que ceci ne soit pas assez (soit trop indul-
quod dictum est	qui a été dit
apud Platouem	chez (par) Platon
in philosophos :	sur les philosophes :
quod versentur	parce qu'ils se meuvent (s'occupent)
in investigatione veri,	dans (à) la recherche du vrai,
quodque contemnant	et parce qu'ils méprisent
et ducant pro nihilo	et regardent comme rien
ea quæ plerique	ces *biens* que la plupart
expetant vehementer,	désirent grandement,
de quibus solent	pour lesquels ils ont-coutume

ducant, propterea justos esse. Nam alterum justitiæ genus
assequuntur, inferenda ne cui noceant injuria; in alterum
incidunt; discendi enim studio impediti, quos tueri debent,
deserunt. Itaque eos ad rempublicam ne accessuros quidem
putant, nisi coactos. Æquius autem erat id voluntate fieri;
nam hoc ipsum ita justum est, quod recte fit, si est voluntarium. Sunt etiam qui, aut studio rei familiaris tuendæ, aut
odio quodam hominum, suum se negotium agere dicant, ne
facere cuiquam videantur injuriam; qui altero injustitiæ genere vacant, in alterum incurrunt. Deserunt enim vitæ societatem, quia nihil conferunt in eam studii, nihil operæ, nihil
facultatum. Quoniam igitur, duobus generibus injustitiæ propositis, adjunximus causas utriusque generis, easque res ante
constituimus, quibus justitia continetur, facile, quod cujus-

souhaitent si ardemment, et qui même leur mettent les armes à la
main. Sans doute ils évitent cette première sorte d'injustice qui consiste à faire du mal à autrui; mais ils tombent dans l'autre, puisque
leur passion pour l'étude leur fait abandonner ceux qu'ils seraient
tenus de secourir. Aussi, à moins qu'on ne les y force, n'accepteront-
ils jamais de fonctions publiques. Il serait pourtant plus raisonnable
de le faire de bon gré : car une action même honnête n'est juste que
si elle est volontaire. Certains hommes, par une application extrême à leurs intérêts privés, ou par une sorte de misanthropie,
disent qu'ils se mêlent uniquement de leurs propres affaires, et
qu'ainsi l'on ne saurait leur reprocher de faire tort à qui que ce
soit. Ceux-là encore évitent à la vérité le premier genre d'injustice,
mais tombent dans l'autre : en effet, ils abandonnent la société humaine et ne l'aident ni de leurs soins, ni de leur industrie, ni de
leurs talents. Après avoir ainsi déterminé les deux genres d'injustice avec les causes qui leur sont propres, après avoir établi auparavant en quoi consiste la justice, il ne nous sera pas difficile de

digladiari inter se,	de lutter entre eux,
propterea esse justos.	à-cause-de-cela *eux* être justes.
Nam assequuntur	En effet ils atteignent
alterum genus justitiæ,	à l'un-des-deux genres de justice,
ne noceant cui	*savoir* qu'ils ne fassent-de-mal à personne
inferenda injuria ;	en apportant (faisant) injustice ;
incidunt in alterum :	ils se heurtent (pèchent) contre l'autre :
impediti enim	car empêchés
studio discendi,	par l'ardeur d'apprendre, [fendre.
deserunt quos debent tueri.	ils abandonnent *ceux* qu'ils doivent dé-
Itaque putant eos	Aussi on croit eux
ne accessuros quidem	ne devoir pas même s'approcher
ad rempublicam,	des affaires-publiques,
nisi coactos.	sinon forcés.
Erat autem æquius	Or il serait meilleur [ques)
id	cela (l'acceptation des fonctions publi-
fieri voluntate ;	se faire de *leur plein* gré ;
nam hoc ipsum	car cela même
quod fit recte	qui se fait selon-la-droiture
est justum ita,	est juste ainsi (à cette condition),
si est voluntarium.	si *cela* est volontaire.
Sunt etiam qui,	Il est encore *des gens* qui,
aut studio	ou par zèle
tuendæ rei familiaris,	de protéger *leur* bien de-famille,
aut quodam odio	ou par certaine haine
hominum,	des hommes,
dicant	disent
se agere suum negotium,	eux-mêmes faire leur *propre* affaire,
ne videantur	de peur qu'ils ne paraissent
facere injuriam cuiquam ;	faire du tort à quelqu'un ;
qui vacant	lesquels sont-exempts
altero genere injustitiæ,	de l'une-des-deux espèces d'injustice,
incurrunt in alterum.	*mais* tombent dans l'autre.
Deserunt enim	Ils abandonnent en effet
societatem vitæ,	la société de la vie (humaine),
quia conferunt in eam	parce qu'ils *n*'apportent à elle
nihil studii,	rien de (aucune) application,
nihil operæ,	rien de (aucun) travail,
nihil facultatum.	rien de (aucuns) talents.
Quoniam igitur,	Puisque donc,
duobus generibus	deux espèces
injustitiæ	d'injustice
propositis,	ayant été établies,
adjunximus causas	nous avons ajouté les causes
utriusque generis,	de l'une-et-l'autre espèce,
constituimusque ante	et que nous avons constaté précédemment
eas res,	ces (les) éléments,

que temporis officium sit, poterimus, nisi nosmet ipsos valde
amabimus, judicare. Est enim difficilis cura rerum alienarum ;
quanquam Terentianus ille Chremes humani nihil a se alienum putat[1]. Sed tamen, quia magis ea percipimus atque sentimus, quæ nobis ipsis aut prospera aut adversa eveniunt,
quam illa, quæ ceteris, quæ quasi longo intervallo interjecto
videmus, aliter de illis ac de nobis judicamus. Quocirca bene
præcipiunt qui vetant quidquam agere[2], quod dubites æquum
sit an iniquum. Æquitas enim lucet ipsa per se ; dubitatio
cogitationem significat injuriæ.

X. Sed incidunt sæpe tempora, quum ea, quæ maxime videntur digna esse justo homine, eoque, quem virum bonum
dicimus, commutantur, fiuntque contraria : ut reddere depositum, promissum facere, quæque pertinent ad veritatem et

reconnaître ce que le devoir nous prescrit dans chaque circonstance,
à moins que l'amour de nous-mêmes ne nous ferme les yeux. Il est
toujours difficile de s'intéresser aux affaires d'autrui. Le Chrémès
de Térence a beau dire : « Rien de ce qui regarde les hommes ne
m'est étranger ; » nous sentons tout autrement ce qui nous arrive de
bien ou de mal à nous-mêmes et ce qui arrive aux autres. Nous ne
voyons que dans l'éloignement leurs biens ou leurs maux, et de là
vient que nous jugeons si différemment de ce qui les regarde et de ce
qui nous regarde nous-mêmes. Ils ont donc bien raison, ceux qui
nous enseignent qu'il faut s'abstenir de faire une chose quand on
doute si elle est juste ou injuste. En effet, l'équité brille d'elle-
même ; le doute est déjà une présomption d'injustice.

X. Mais il se présente souvent des circonstances où les résolutions
qui semblent le plus dignes d'un homme juste, de celui que nous
appelons homme de bien, changent de nature et deviennent tout à
fait le contraire : ainsi la justice permet quelquefois de ne pas rendre
un dépôt, de ne pas tenir une promesse, et autres choses qui inté

quibus justitia continetur, | dans lesquels la justice est contenue (con-
poterimus judicare facile | nous pourrons juger facilement [siste),
quod sit officium | quel est le devoir
cujusque temporis, | de chaque circonstance,
nisi amabimus valde | si nous ne nous aimons *trop* fortement
nosmet ipsos. | nous-mêmes.
Cura enim | En effet le souci
rerum alienarum | des affaires d'-autrui
est difficilis, | est difficile *à prendre*,
quanquam ille Chremes | quoique ce (le) Chrémès
Terentianus | de-Térence
putat nihil humani | pense rien d'humain (de ce qui regarde
alienum a se. | n'être étranger à lui-même. [les hommes)
Sed tamen, | Mais cependant,
quia percipimus | parce que nous percevons
atque sentimus | et sentons
ea quæ eveniunt nobis ipsis | ces (les) choses qui arrivent à nous-mêmes
aut prospera aut adversa | ou heureuses ou contraires
magis | plus (mieux)
quam illa quæ ceteris, | que celles qui *arrivent* aux autres,
quæ videmus | lesquelles nous voyons
quasi longo intervallo | comme une longue distance
interjecto, | étant jetée-entre *elles et nous*,
judicamus de illis | nous portons-jugement sur eux
aliter ac de nobis. | autrement que sur nous.   [propos)
Quocirca præcipiunt bene | C'est pourquoi ils prescrivent bien (à
qui vetant | ceux qui interdisent
agere quidquam, | de faire quoi-que-ce-soit,
quod dubites | sur quoi tu puisses douter
sit æquum an iniquum. | *si c*'est juste ou injuste.
Æquitas enim | En effet l'équité
lucet ipsa per se ; | brille elle-même par elle-même ;
dubitatio significat · | le doute indique
cogitationem injuriæ. | une pensée d'injustice.
X. Sed sæpe | X. Mais souvent
tempora incidunt, | des circonstances tombent (se présentent),
quum ea, | où ces *actions*,
quæ videntur maxime | qui paraissent le plus
esse digna homine justo, | être dignes d'un homme juste,
eoque quem dicimus | et de celui que nous appelons
virum bonum, | homme de-bien,
commutantur, | se changent (changent de caractère),
fiuntque contraria : | et deviennent contraires :
ut reddere depositum, | *de telle sorte* que rendre un dépôt,
facere promissum, | exécuter une promesse,
quæque pertinent | et les choses qui se rapportent
ad veritatem et ad fidem, | à la vérité et à la bonne-foi,

ad fidem, ea migrare interdum et non servare sit justum. Referri enim decet ad ea, quæ proposui in principio, fundamenta justitiæ : primum, ut ne cui noceatur ; deinde, ut communi utilitati serviatur. Ea quum tempore commutantur, commutatur officium, et non semper est idem. Potest enim accidere promissum aliquod et conventum, ut id effici sit inutile vel ei cui promissum sit, vel ei qui promiserit. Nam si, ut in fabulis est, Neptunus quod Theseo promiserat non fecisset, Theseus filio Hippolyto non esset orbatus. Ex tribus enim optatis [1], ut scribitur, hoc erat tertium, quod de Hippolyti interitu iratus optavit; quo impetrato, in maximos luctus incidit. Nec promissa igitur servanda sunt ea quæ sint iis quibus promiseris inutilia, nec, si plus tibi noceant quam illi prosint cui quidem promiseris, contra officium est majus anteponi minori ; ut, si constitueris te cuipiam advocatum in rem præ-

ressent la vérité et la bonne foi. Il faut en effet se reporter à ces principes de la justice que j'ai établis dès le commencement : d'abord ne nuire à personne, ensuite servir l'intérêt commun. Ces principes changent avec les circonstances, et en même temps le devoir change aussi. Il peut arriver que l'exécution d'une convention ou d'une promesse soit nuisible à celui à qui l'on a promis ou à celui qui s'est engagé. Interrogeons la fable : Si Neptune n'avait pas tenu la promesse faite à Thésée, Thésée n'aurait pas perdu son fils, Hippolyte. On dit en effet que des trois vœux qu'il avait faits, le dernier est celui qu'il forma dans un mouvement de colère contre les jours d'Hippolyte ; et combien lui en coûta-t-il de larmes et de douleur pour avoir obtenu ce qu'il avait souhaité ! Si donc vous avez promis à quelqu'un une chose qui lui sera funeste, ou même plus nuisible à vous qu'avantageuse à lui, vous êtes dispensé de votre parole, parce qu'il n'est pas contraire à la justice de préférer un plus grand devoir à un moindre. Ainsi, si vous avez promis à un homme de l'assister

sit justum interdum	il soit juste parfois
migrare ea	d'enfreindre ces choses
et non servare.	et de ne pas *les* observer.
Decet enim referri	Il convient en effet de se reporter
ad ea fundamenta	à ces fondements
justitiæ	de la justice,
quæ proposui in principio :	que j'ai établis dans le commencement
primum, ut ne noceatur cui;	d'abord, qu'on ne nuise à personne ;
deinde,	ensuite,
ut serviatur	qu'on serve
utilitati communi.	l'utilité commune.
Quum ea commutantur	Lorsque ces *bases* sont changées
tempore,	par la circonstance,
officium commutatur,	le devoir est changé,
et non est semper idem.	et n'est pas toujours le même.
Potest enim accidere	Il peut en effet arriver
aliquod promissum	*à propos de* quelque promesse
et conventum,	et *quelque* convention,
ut sit inutile,	qu'il soit désavantageux,
vel ei cui promissum sit,	ou à celui à qui on a promis,
vel ei qui promiserit,	ou à celui qui a promis,
id effici.	cette *promesse* être exécutée.
Nam si,	Car si,
ut est in fabulis,	comme cela est (se voit) dans la fable,
Neptunus non fecisset	Neptune n'avait pas fait
quod promiserat Theseo,	ce qu'il avait promis à Thésée,
Theseus non orbatus esset	Thésée n'aurait pas été privé
filio Hippolyto.	de son fils Hippolyte.
Ex tribus enim optatis,	Car des trois souhaits,
ut scribitur,	comme il est écrit,
hoc erat tertium,	celui-là était le troisième,
quod iratus optavit	que étant irrité il souhaita
de interitu Hippolyti ;	touchant le trépas d'Hippolyte ;
quo impetrato,	lequel ayant été obtenu,
incidit in maximos luctus.	il tomba dans la plus grande douleur.
Nec igitur ea promissa,	Donc et ces promesses,
quæ sint inutilia	qui seraient nuisibles
quibus promiseris,	*à ceux* à qui tu auras promis,
servanda sunt ;	ne doivent pas être observées :
nec est contra officium,	et il n'est pas contre le devoir,
si noceant plus tibi	si elles doivent nuire plus à toi
quam prosint	qu'elles ne seraient utiles
illi cui promiseris,	à celui à qui tu auras promis,
majus	la plus grande chose
anteponi minori :	être placée-avant la plus petite :
ut, si constitueris	*de telle sorte* que, si tu es convenu
te venturum esse advocatum	toi devoir venir *comme* assistant

sentem esse venturum, atque interim graviter ægrotare filius
cœperit, non sit contra officium non facere quod dixeris ;
magisque ille, cui promissum sit, ab officio discedat, si se
destitutum queratur. Jam illis promissis standum non esse
quis non videt, quæ coactus quis metu aut deceptus dolo promiserit? quæ quidem pleraque jure prætorio liberantur, non-
nulla legibus. Exsistunt etiam sæpe injuriæ calumnia quadam,
et nimis callida, sed malitiosa juris interpretatione ; ex quo
illud : « Summum jus, summa injuria [1], » factum est jam tritum
sermone proverbium. Quo in genere etiam in republica multa
peccantur : ut ille [2], qui, quum triginta dierum essent cum
hoste pactæ induciæ, noctu populabatur agros, quod dierum
essent pactæ, non noctium induciæ. Ne noster quidem pro-

devant le tribunal, et que sur les entrefaites votre fils tombe dange-
reusement malade, vous ne pécherez pas contre le devoir en man-
quant à votre parole, et celui à qui vous l'avez donnée serait plus
coupable que vous, s'il se plaignait de votre abandon. Qui ne voit
d'ailleurs qu'on n'est pas lié par les promesses que la crainte arrache
ou que la ruse surprend? on est relevé dans la plupart des cas par le
droit du préteur, et dans quelques-uns par les lois elles-mêmes. Je
vais plus loin : souvent on est injuste en s'attachant trop à la lettre,
et en interprétant la loi avec une finesse qui devient de l'artifice.
D'où le proverbe :

Une extrême justice est une extrême injure.

Les gouvernements eux-mêmes n'ont pas été toujours exempts de
ces injustices : tel ce général qui, ayant conclu avec l'ennemi une
trêve de trente jours, ravageait de nuit son territoire, sous prétexte
que la trêve n'était que pour le jour et non pour la nuit. On ne sau-

cuipiam	à qui-que-ce-soit
in rem præsentem,	pour l'affaire présente,
atque interim	et que dans l'intervalle
filius cœperit	*ton* fils commence
ægrotare graviter,	à être-malade gravement,
non sit contra officium	il ne serait pas contre le devoir
non facere quod dixeris ;	de ne pas faire ce que tu auras dit ;
illeque,	et celui-là,
cui promissum sit,	à qui il a été promis (tu as promis),
discedat magis ab officio,	s'écarterait davantage du devoir,
si queretur	s'il se plaindra (se plaignait)
se destitutum.	lui-même *avoir été* abandonné.
Quis non vidit jam	Qui ne voit déjà [pas persévérer)
non standum esse	qu'il ne doit pas être resté (qu'on ne doit
illis promissis,	dans ces promesses,
quæ quis promiserit	que quelqu'un a promises (faites)
coactus metu,	étant forcé par la crainte,
quæ	qu'*il a faites*
deceptus dolo ?	étant trompé par la ruse ?
quæ quidem liberantur	lesquelles certes sont déliées
pleraque jure prætorio,	la plupart par le droit du-préteur,
nonnulla legibus.	quelques-unes par les lois.
Sæpe etiam	Souvent même
injuriæ exsistunt	des injustices s'élèvent (se produisent)
quadam calumnia,	par un certain esprit-de-chicane,
et interpretatione juris	et par une interprétation du droit
nimis callida,	trop raffinée,
sed malitiosa.	mais maligne.
Ex quo illud :	D'où ce *mot* :
« Summum jus,	« Extrême droit,
summa injuria, »	extrême injustice, »
factum est proverbium	est devenu un proverbe
jam tritum	déjà usé (rebattu)
sermone.	par le discours (l'emploi qu'on en fait).
In quo genere	Dans lequel genre
multa peccantur	beaucoup de choses sont faites-avec faute
etiam in republica :	même dans les affaires-publiques :
ut ille, qui,	comme ce *général*, qui,
quum induciæ	après qu'une trêve
triginta dierum	de trente jours
pactæ essent cum hoste,	avait été convenue avec l'ennemi,
populabatur agros noctu,	ravageait les campagnes de nuit,
quod induciæ dierum,	parce qu'une trêve de jours,
non noctium,	non de nuits,
pactæ essent.	avait été convenue.
Ne noster quidem	Pas même notre *général*
probandus,	ne doit être approuvé,

bandus est, si verum est Q. Fabium Labeonem [1], seu quem
alium (nihil enim præter auditum habeo) arbitrum Nolanis et
Neapolitanis de finibus a senatu datum, quum ad locum venisset, cum utrisque separatim locutum, ut ne cupide quid
agerent, ne appetenter, atque ut regredi quam progredi mallent. Id quum utrique fecissent, aliquantum agri in medio
relictum est. Itaque illorum fines, sicut ipsi dixerant, termi-
navit; in medio relictum quod erat, populo Romano adjudi-
cavit. Decipere hoc quidem est, non judicare. Quocirca in
omni re fugienda est talis solertia.

XI. Sunt autem quædam officia etiam adversus eos servanda, a quibus injuriam acceperis. Est enim ulciscendi et
puniendi modus. Atque haud scio an satis sit eum, qui laces-
sierit, injuriæ suæ pœnitere, ut et ipse ne quid tale posthac,

rait non plus approuver la conduite de Q. Fabius Labéon ou de je
ne sais quel autre de nos concitoyens, si toutefois l'histoire est vraie
(car pour moi ce n'est qu'un ouï-dire) : on raconte donc qu'envoyé
par le sénat en qualité d'arbitre pour régler les limites du territoire
de Nole et de celui de Naples, quand il fut arrivé sur les lieux, il les
prit à part les uns après les autres, les engagea à mettre de côté
toute cupidité, toute ambition, à céder du terrain plutôt qu'à en
usurper. Ils y consentirent, et il resta du terrain vacant. Alors il
fixa leurs limites à l'endroit qu'eux-mêmes avaient marqué, et adjugea
le reste au peuple romain. C'est là tromper et non juger. En toute
circonstance, gardons-nous d'employer de pareils artifices.

XI. Nous avons aussi des devoirs envers ceux mêmes qui nous ont
fait quelque injure. La vengeance et la punition ont leurs bornes.
Peut-être même faut-il nous contenter du repentir de celui qui nous
a offensé : c'est assez pour l'empêcher de recommencer et pour con-

si est verum	s'il est vrai
Q. Fabium Labeonem,	Q. Fabius Labéon,
seu quem alium,	où quelque autre,
habeo enim nihil	car je n'ai (ne sais) rien
præter auditum,	excepté l'ouï-dire,
datum a senatu	donné par le sénat
arbitrum de finibus	comme arbitre au-sujet des frontières
Nolanis	aux habitants-de-Nole
et Neapolitanis,	et aux habitants-de-Naples,
quum venisset ad locum,	lorsqu'il fut arrivé sur les lieux,
locutum separatim	s'être entretenu séparément
cum utrisque,	avec les-uns-et-les-autres,
ut ne agerent quid	afin qu'ils ne fissent rien
cupide,	avec-cupidité,
ne appetenter,	qu'ils ne fissent rien avec-convoitise,
atque ut mallent	et qu'ils aimassent-mieux
regredi	aller-en-arrière
quam progredi.	que d'aller-en-avant.
Quum utrique	Comme les-uns-et-les-autres
fecissent id,	avaient fait cela,
aliquantum agri	quelque-peu de terrain
relictum est in medio.	fut laissé au milieu.
Itaque terminavit	En-conséquence il fixa
fines illorum	les limites d'eux
sicut ipsi dixerant;	comme eux-mêmes avaient dit;
adjudicavit populo Romano	il adjugea au peuple romain
quod relictum erat	ce qui avait été laissé
in medio.	au milieu.
Hoc quidem est decipere,	Ceci certes est tromper,
non judicare.	et non juger.
Quocirca talis solertia	C'est-pourquoi une telle subtilité
fugienda est	doit être évitée
in omni re.	dans toute affaire.
XI. Sunt autem	XI. Mais il y a
quædam officia	certains devoirs
servanda	qui doivent être observés
etiam adversus eos	même vis-à-vis-de ceux
a quibus acceperis	de qui tu auras reçu
injuriam.	une injure.
Est enim modus	En effet il est une mesure
ulciscendi et puniendi.	de se venger et de punir.
Atque haud scio	Et je ne sais pas
an sit satis	si ce n'est pas assez
eum qui lacessierit	celui qui a provoqué
pœnitere suæ injuriæ :	se repentir de son injustice :
ut et ipse	de telle sorte que et lui-même
ne quid tale	ne fasse pas quelque chose de tel

et ceteri sint ad injuriam tardiores. Atque in republica maxime conservanda sunt jura belli. Nam quum sint duo genera decertandi, unum per disceptationem, alterum per vim, quumque illud proprium sit hominis, hoc belluarum, confugiendum est ad posterius, si uti non licet superiore. Quare suscipienda quidem bella sunt ob eam causam, ut sine injuria in pace vivatur ; parta autem victoria, conservandi ii, qui non crudeles in bello nec immanes fuerunt : ut majores nostri Tusculanos, Æquos, Volscos, Sabinos, Hernicos in civitatem etiam acceperunt ; at Carthaginem et Numantiam funditus sustulerunt. Nollem Corinthum ; sed credo illos aliquid secutos, opportunitatem loci maxime, ne posset aliquando ad bellum faciendum locus ipse adhortari. Mea quidem sententia,

tenir les autres. Dans les querelles de la république, on doit observer rigoureusement les lois de la guerre. En effet, il y a deux manières de défendre ses droits, la discussion et la force, l'une propre à l'homme, l'autre aux bêtes ; quand on ne peut faire usage de la première, il est permis de recourir à la seconde, pourvu que le seul but de la guerre soit une paix assurée contre toute insulte. Après la victoire, épargnons ceux qui ne se sont montrés ni cruels, ni barbares : c'est ainsi que nos ancêtres ont accordé même le droit de cité aux Tusculans, aux Èques, aux Volsques, aux Sabins, aux Herniques, tandis qu'ils détruisaient de fond en comble Carthage et Numance. Que n'ont-ils épargné Corinthe ! Mais ils ont eu leurs raisons ; ils avaient vu sans doute que cette ville, par sa situation même, pouvait un jour fournir prétexte à une nouvelle guerre. Pour moi, je serais d'avis qu'on ne rejetât jamais

posthac,	dans-la-suite,
et ceteri	et tous-les-autres
sint tardiores ad injuriâm.	soient plus lents à *faire* injustice.
Atque in republica	Et dans les affaires-publiques
jura belli	les droits de la guerre
conservanda sunt maxin. .	doivent être observés surtout.
Nam quum sint duo genera	Car puisqu'il y a deux sortes
decertandi,	de combattre,
unum per disceptationem,	l'un par la discussion,
alterum per vim ;	l'autre par la violence ;
quumque illud	et puisque celle-là (la première)
sit proprium hominis,	est propre à l'homme,
hoc belluarum :	celle-ci (la seconde) aux bêtes :
confugiendum est	il faut avoir-recours
ad posterius,	à la dernière (la violence),
si non licet	s'il n'est-pas-possible [sion).
uti superiore.	de faire-usage de la première (la discus-
Quare bella	C'est-pourquoi les guerres
suscipienda sunt quidem	doivent être entreprises à la vérité
ob eam causam,	pour ce motif,
ut vivatur in pace	que l'on vive en paix
sine injuria ;	sans injustice *à subir* ;
victoria autem parta,	mais la victoire étant acquise,
ii conservandi,	ceux-là doivent être épargnés,
qui non fuerunt crudeles,	qui n'ont pas été cruels,
non immanes	*qui n'ont pas été* barbares
in bello :	dans la guerre :
ut nostri majores	comme nos ancêtres
acceperunt etiam	reçurent même
in civitatem	dans la cité
Tusculanos, Æquos,	les Tusculans, les Èques,
Volscos, Sabinos,	les Volsques, les Sabins,
Hernicos ;	les Herniques ;
at sustulerunt	mais ils firent-disparaître
funditus	jusqu'aux-fondations
Carthaginem	Carthage
et Numantiam.	et Numance.
Nollem	Je n'aurais-pas-voulu
Corinthum :	*qu'ils détruisissent* Corinthe :
sed credo	mais je crois *eux* [motif),
secutos aliquid,	avoir suivi quelque chose (considéré un
maxime	principalement
opportunitatem loci,	l'heureuse-situation du lieu,
ne locus ipse	de peur que le lieu lui-même
posset aliquando adhortari	ne pût quelque-jour engager
ad faciendum bellum.	à faire la guerre.
Mea quidem sententia,	A mon avis du moins,

paci, quæ nihil habitura sit insidiarum, semper est consulendum. In quo si mihi esset obtemperatum [1], si non optimam, at
aliquam rempublicam, quæ nunc nulla est, haberemus. Et
quum iis, quos vi deviceris, consulendum est, tum ii, qui,
armis positis, ad imperatorum fidem confugient, quamvis
murum aries percusserit, recipiendi sunt. In quo tantopere
apud nostros justitia culta est, ut ii, qui civitates aut nationes
devictas bello in fidem recepissent, earum patroni essent more
majorum.

Ac belli quidem æquitas sanctissime feciali populi Romani
jure præscripta est; ex quo intelligi potest nullum bellum
esse justum, nisi quod aut rebus repetitis geratur, aut denuntiatum ante sit et indictum. Popilius [2] imperator tenebat pro-
vinciam; in cujus exercitu Catonis filius [3] tiro militabat. Quum

des propositions de paix, lorsqu'on n'y voit aucune apparence de
perfidie. Si l'on avait voulu me croire, nous aurions encore une république, peut-être pas la meilleure de toutes, mais enfin nous n'en
avons plus du tout. D'une part donc, il faut épargner ceux qu'on a
vaincus par la force; de l'autre, recevoir à merci les assiégés qui
déposent les armes et se mettent à la discrétion du général, lors
même que déjà le bélier aurait entamé la muraille. Sur ce point, la
justice a été si bien observée par nos pères, que ceux qui avaient
reçu la soumission des villes ou des nations vaincues par eux, en de-
venaient d'ordinaire les protecteurs.

Les conditions qui font une guerre juste ont été saintement consi-
gnées dans le droit fécial du peuple romain; et l'on y voit que la
seule guerre légitime est celle qu'on fait pour recouvrer un territoire
usurpé, ou après une déclaration formelle qui en contient les motifs.
Pompilius, gouverneur d'une province, avait dans son armée le fils
de Caton, qui faisait ses premières armes. Ce général ayant jugé à

consulendum est semper	il faut songer toujours
paci	à une paix
quæ habitura sit	qui *ne* doive avoir (renfermer)
nihil insidiarum.	rien de (aucunes) embûches.
In quo	En quoi
si obtemperatum esset mihi	si on avait écouté moi,
at haberemus	du moins nous aurions [conque),
aliquam rempublicam,	quelque république(une république quel-
quæ nunc est nulla.	laquelle maintenant est nulle.
Et quum consulendum est	Et d'une-part il faut songer
iis quos deviceris vi;	à ceux que tu auras vaincus par la force;
tum ii qui,	d'autre-part ceux qui,
armis positis,	les armes étant posées, [merci)
confugient ad fidem	auront-recours à la foi (se mettront à la
imperatorum,	des généraux,
quamvis aries	quoique le bélier
percusserit murum,	ait frappé le mur,
recipiendi sunt.	doivent être accueillis.
In quo justitia	En quoi (sur ce point) la justice
culta est tantopere	a été pratiquée si-grandement
apud nostros,	chez les nôtres (nos Romains),
ut ii	que ceux
qui recepissent in fidem	qui avaient reçu sous *leur* foi
civitates aut nationes	des cités ou des nations
devictas bello,	vaincues par la guerre,
essent patroni earum	étaient les patrons d'elles
more majorum.	d'après la coutume des ancêtres.
Ac æquitas quidem	Et à la vérité la justice (les principes
belli	de la guerre [justes)
perscripta est	a été mise-par-écrit (ont été rédigés)
sanctissime	très-saintement
jure feciali	dans le droit fécial
populi Romani :	du peuple romain :
ex quo potest intelligi	d'après lequel il peut être compris
nullum bellum	aucune guerre
esse justum,	n'être juste,
nisi quod aut geratur	si-ce-n'est celle qui ou est faite
rebus repetitis,	les objets ayant été réclamés,
aut denuntiatum sit	on a été dénoncée
et indictum ante.	et déclarée auparavant.
Imperator Pompilius	L'impérator Pompilius
tenebat provinciam :	occupait une province :
in exercitu cujus	dans l'armée duquel *Pompilius*
filius Catonis	le fils de Caton [res armes).
militabat tiro.	servait *comme* novice (faisait ses premiè-
Quum autem videretur	Mais comme il semblait-bon
Pompilio	à Pompilius

autem Popilio videretur unam dimittere legionem, Catonis quoque filium, qui in eadem legione militabat, dimisit. Sed quum amore pugnandi in exercitu remansisset, Cato ad Popilium scripsit, ut, si eum pateretur in exercitu remanere, secundo eum obligaret militiæ sacramento, quia, priore amisso, jure pugnare cum hostibus non poterat : adeo summa erat observatio in bello movendo. Marci quidem Catonis senis est epistola ad Marcum filium, in qua scripsit se audisse eum missum factum esse a consule, quum in Macedonia bello Persico miles esset. Monet igitur ut caveat ne prœlium ineat ; negat enim jus esse, qui miles non sit, pugnare cum hoste.

XII. Equidem illud etiam animadverto, quod, qui proprio nomine perduellis esset, is hostis vocaretur, lenitate verbi tristitiam rei mitigatam. Hostis enim apud majores nostros is

propos de licencier une légion, le fils de Caton, qui en faisait partie, se trouva licencié ; mais, comme il aimait la guerre, il resta cependant à l'armée. Caton écrivit à Pompilius que, s'il consentait à garder son fils sous les drapeaux, il fallait lui faire prêter un nouveau serment, parce que le premier étant annulé, il ne pouvait légalement combattre l'ennemi : tant on était religieux à observer tout ce que prescrivent les lois de la guerre. Nous avons encore la lettre que le vieux Caton écrivit à son fils Marcus, qui servait en Macédoine à l'époque de la guerre contre Persée : « J'ai appris, lui dit-il, que vous avez été licencié par le consul. Prenez donc bien garde de ne vous trouver à aucun combat : dès qu'on n'est pas soldat, on n'a pas le droit de se battre. »

XII. Je ferai à ce sujet une remarque : nous avons changé le nom de *perduellis*, qui désignait proprement l'ennemi, en celui de *hostis*, tempérant ainsi par la douceur du mot tout ce qu'il y a de dur dans

dimittere unam legionem,	de licencier une légion,
dimisit quoque	il licencia aussi
filium Catonis,	le fils de Caton,
qui militabat	qui servait
in eadem legione.	dans cette-même légion.
Sed quum	Mais comme *le fils de Caton*
remansisset in exercitu	était resté à l'armée
amore pugnandi,	par amour de combattre,
Cato	Caton
scripsit ad Pompilium,	écrivit à Pompilius,
ut, si pateretur	afin que, s'il souffrait
eum remanere in exercitu,	lui rester à l'armée,
obligaret eum	il liât lui
secundo sacramento	par un second serment
militiæ,	de service-militaire, [subsistant plus),
quia, priore amisso,	parce que, le premier étant perdu (ne
non poterat	il ne pouvait pas
pugnare jure cum hostibus.	combattre de droit avec les ennemis.
Adeo observatio	A-tel-point l'observation *du droit*
erat summa	était extrême [guerre.
in movendo bello.	pour mettre-en-mouvement (faire) la
Est quidem	Il existe à la vérité
epistola M. Catonis senis	une lettre de M. Caton vieillard
ad Marcum filium,	à Marcus *son* fils,
in qua scripsit	dans laquelle il a écrit
se audisse	lui-même avoir entendu *dire* [cencié)
eum factum esse missum	lui avoir été fait congédié (avoir été li-
a consule,	par le consul,
quum esset miles	lorsqu'il était soldat
in Macedonia	en Macédoine
bello Persico.	dans la guerre de-Persée.
Monet igitur	Il *l'*avertit donc
ut caveat	qu'il prenne-garde
ne ineat prœlium :	qu'il n'entre-pas-dans une bataille :
negat enim	il nie en effet
jus esse,	le droit être (que le droit permette)
qui non sit miles	*celui* qui n'est pas soldat
pugnare cum hoste.	combattre avec l'ennemi.
XII. Equidem	XII. En-vérité
animadverto etiam illud,	je remarque encore cela,
quod is,	en ce que celui-là,
qui esset nomine proprio	qui était par le nom (mot) propre
perduellis,	perduellis,
vocaretur hostis,	était appelé hostis,
tristitiam rei	la dureté de la chose
mitigatam lenitate verbi.	*avoir été* tempérée par la douceur du mot.
Is enim,	En effet celui-là,

dicebatur, quem nunc peregrinum dicimus. Indicant duodecim Tabulæ : « Aut status dies cum hoste » ; itemque : « Adversus hostem æterna auctoritas. » Quid ad hanc mansuetudinem addi potest ? eum, quicum bella geras, tam molli nomine appellari ? quanquam id nomen durius jam effecit vetustas. A peregrino enim recessit, et proprie in eo, qui contra ferret arma, remansit.

Quum vero de imperio decertatur belloque quæritur gloria, causas omnino subesse tamen oportet easdem, quas dixi paulo ante justas causas esse bellorum. Sed ea bella, quibus imperii gloria proposita est, minus acerbe gerenda sunt. Ut enim quum civiliter contendimus, aliter, si est inimicus, aliter, si competitor ; cum altero certamen honoris et dignitatis est, cum altero capitis et famæ : sic cum Celtiberis, cum Cimbris

la chose. Nos pères, en effet, appelaient *hostis* celui que nous nommons maintenant *peregrinus*. On lit dans les Douze Tables : « S'il y a jour pris avec l'étranger, » *cum hoste*. Et ailleurs : « Le droit subsiste toujours contre l'étranger, » *adversus hostem*. Est-il rien de plus humain que de donner un nom si modéré à celui qui nous fait la guerre ? Cependant, avec le temps, ce nom a pris quelque chose de plus dur : il a cessé de désigner l'étranger, et ne se dit plus que de celui qui porte les armes contre nous.

Lors même qu'on lutte pour la suprématie, et que la gloire est le but de la guerre, il n'est pas moins indispensable d'avoir un sujet légitime comme ceux dont je viens de parler. D'autre part, une guerre de cette nature doit être conduite avec moins d'animosité. Dans les luttes civiles, on se comporte différemment avec un ennemi et avec un compétiteur : à l'un on dispute une dignité, une magistrature ; contre l'autre on défend sa vie, son honneur. De même nous avons fait la guerre aux Celtibériens et aux Cimbres

quem dicimus nunc	que nous disons (appelons) maintenant
peregrinum,	peregrinus,
dicebatur hostis	était dit (appelé) hostis
apud nostros majores.	chez nos ancêtres.
Duodecim Tabulæ	Les douze Tables
indicant :	l'indiquent :
« Aut dies status	« Ou un jour fixé
cum hoste. »	avec l'étranger. »
Itemque : « Auctoritas	Et de même : « L'autorité *du droit*
æterna adversus hostem. »	éternelle contre l'étranger. »
Quid potest addi	Que peut-il être ajouté
ad hanc mansuetudinem,	à cette douceur,
eum quicum geras bellum	celui avec qui tu fais la guerre
appellari nomine tam molli?	être appelé d'un nom si doux?
Quanquam vetustas	Quoique le long-temps
effecit jam	a rendu déjà
id nomen durius :	ce nom plus dur :
recessit enim	en effet il s'est retiré (ne s'applique plus)
a peregrino,	de (à) l'étranger,
et remansit proprie	et il est resté proprement
in eo,	sur (à) celui,
qui ferret arma contra.	qui portait les armes contre *nous*.
Quum vero decertatur	D'autre-part lorsqu'on combat
de imperio,	pour le commandement,
gloriaque	et que la gloire
quæritur bello,	est cherchée par la guerre,
tamen oportet omnino	cependant il faut absolument
easdem causas subesse,	les mêmes causes subsister,
quas dixi paulo ante	que j'ai dites peu auparavant
esse causas justas bellorum.	être les causes justes des guerres.
Sed ea bella,	Mais ces guerres,
quibus gloria imperii	auxquelles la gloire du commandement
proposita est,	a été proposée *pour but*, [mosité.
gerenda sunt minus acerbe.	doivent être conduites moins avec-ani-
Ut enim,	En effet de-même-que,
quum contendimus	quand nous luttons
civiliter,	dans-la-vie-civile,
aliter,	*nous luttons* différemment,
si est inimicus,	si *notre rival* est *notre* ennemi,
aliter,	différemment,
si competitor ;	*s'il est notre* compétiteur ;
cum altero est certamen	avec l'un il y a lutte,
honoris et dignitatis ;	d'honneur et de dignité ;
cum altero capitis	avec l'autre, de tête (vie)
et famæ :	et de *bonne* renommée :
sic bellum gerebatur	ainsi la guerre était faite
cum Celtiberis,	avec les Celtibériens,

bellum ut cum inimicis gerebatur, uter esset, non uter impe-
raret ; cum Latinis, Sabinis, Samnitibus, Pœnis, Pyrrho de
imperio dimicabatur. Pœni fœdifragi, crudelis Annibal, reliqui justiores. Pyrrhi quidem de captivis reddendis illa præclara :

> Nec mi[1] aurum posco, nec mi pretium dederitis,
> Nec cauponantes bellum, sed belligerantes,
> Ferro, non auro vitam cernamus utrique.
> Vosne velit an me regnare, hera quidve ferat fors,
> Virtute experiamur. Et hoc simul acpite dictum:
> Quorum virtuti belli fortuna pepercit,
> Eorumdem me libertati parcere certum est;
> Dono, ducite, doque volentibu' cum magnis Dis.

Regalis sane et digna Æacidarum genere sententia.

XIII. Atque etiam, si quid singuli, temporibus adducti,
hosti promiserint, est in eo ipso fides conservanda. Ut, primo

comme à des ennemis, parce que c'était une question d'existence et
non de suprématie ; au contraire avec les Latins, les Sabins, les
Samnites, les Carthaginois, le roi Pyrrhus, nous ne combattions
que pour l'empire. Les Carthaginois ont été perfides, Annibal cruel ;
mais les autres se sont montrés plus justes. On se rappelle la noble
réponse de Pyrrhus au sujet du rachat des prisonniers :

> A moi de l'or, Romains, une rançon à moi !
> Ne changeons point la guerre en un trafic infâme;
> Que le fer, non pas l'or, décide de nos jours.
> Qui de vous ou de moi possédera l'empire ?
> Que la valeur prononce. Écoutez mon serment :
> A ceux qu'épargnera le destin des batailles
> Je jure de laisser la douce liberté.
> Emmenez vos captifs, Pyrrhus vous les redonne,
> Il en prend à témoin la majesté des dieux.

Ce sont là des paroles dignes d'un roi, dignes du sang des Éacides.

XIII. Le citoyen même qui, sous la pression des circonstances, a
fait une promesse à l'ennemi doit rester fidèle à sa parole. Dans la

cum Cimbris,	avec les Cimbres,
ut cum inimicis,	comme avec des ennemis,
uter esset,	*pour savoir* lequel-des-deux existerait,
non uter imperaret ;	non lequel-des-deux commanderait ;
dimicabatur de imperio	*mais* on luttait pour le commandement
cum Latinis, Sabinis,	avec les Latins, les Sabins,
Samnitibus, Pœnis,	les Samnites, les Carthaginois,
Pyrrho.	Pyrrhus. [traités,
Pœni fœdifragi,	Les Carthaginois *furent* violateurs-de-
Hannibal crudelis,	Annibal *fut* cruel,
reliqui justiores.	tous-les autres *furent* plus justes.
Illa quidem Pyrrhi	Certes ces *paroles* de Pyrrhus
de captivis redimendis	sur les prisonuiers devant être rachetés
præclara :	*sont* très-brillantes :
« Nec posco aurum mi,	« Et je ne demande pas de l'or pour moi,
nec dederitis mi	et n'ayez pas donné (ne donnez pas) à moi
pretium ;	un prix (une somme) ;
nec cauponantes bellum,	et ne trafiquant pas la guerre,
sed belligerantes,	mais faisant-la-guerre,
utrique	les-uns-et-les-autres
cernamus vitam	décidons de *notre* vie
ferro, non auro.	par le fer, non par l'or.
Experiamur virtute	Éprouvons par la valeur
forsne hera	si la fortune souveraine
velit vos regnare, an me,	veut vous régner, ou bien moi,
quidve ferat.	ou quelle chose elle *nous* apporte.
Et simul	Et en-même-temps
acpite hoc dictum :	recevez cette parole :
quorum fortuna belli	*ceux* dont la fortune de la guerre
pepercit virtuti,	a épargné la valeur,
est certum	il est résolu *par moi*
me parcere	moi épargner
libertati eorumdem :	la liberté de ces-mêmes *hommes* :
dono, ducite,	je *vous en* fais-cadeau, emmenez-*les*,
doque,	et je *vous les* donne,
cum magnis dis	avec les grands dieux
volentibus. »	*le* voulant. »
Sententia	Manière-de-penser
regalis sane	royale assurément
et digna	et digne
genere Æacidarum.	de la race des Éacides.
XIII. Atque etiam	XIII. Et de-plus
si singuli,	si des *soldats* isolés,
adducti temporibus,	amenés (déterminés) par les circonstances,
promiserint quid hosti,	ont promis quelque chose à l'ennemi,
fides conservanda est	*leur* parole doit être observée
in eo ipso.	en cela même.

Punico bello, Regulus [1] captus a Pœnis, quum de captivis
commutandis Romam missus esset jurassetque se rediturum,
primum, ut venit, captivos reddendos in senatu non censuit ;
deinde, quum retineretur a propinquis et ab amicis, ad sup-
plicium redire maluit quam fidem hosti datam fallere.

Secundo autem Punico bello, post Cannensem pugnam,
quos decem Annibal Romam adstrictos misit jurejurando se
redituros esse, nisi de redimendis iis, qui capti erant, impe-
trassent, eos omnes censores, quoad quisque eorum vixit, qui
pejerassent, in ærariis [2] reliquerunt ; nec minus illum qui jurisjurandi fraude culpam invenerat. Quum enim Annibalis per-
missu exisset de castris, rediit paulo post, quod se oblitum
nescio quid diceret ; deinde egressus e castris, jurejurando
se solutum putabat : et erat verbis, re non erat. Semper

première guerre punique, Régulus, pris par les Carthaginois, fut
envoyé à Rome pour traiter de l'échange des prisonniers, et prêta
serment de revenir. Aussitôt arrivé, il conseilla au sénat de ne pas
rendre les captifs ; puis, malgré ses parents et ses amis qui vou-
laient le retenir, il aima mieux retourner au supplice que de manquer à sa parole donnée à l'ennemi.

Au temps de la seconde guerre punique, après la bataille de
Cannes, Annibal envoya à Rome des prisonniers pour négocier le
rachat des captifs, après leur avoir fait jurer qu'ils reviendraient
s'ils n'avaient pas réussi : ceux d'entre eux qui se rendirent parjures
furent dégradés par les censeurs et relégués toute leur vie dans la
classe des tributaires, sans excepter celui qui avait eu recours à la
supercherie pour se dégager de son serment. En effet, sorti du
camp avec la permission d'Annibal, il y rentra bientôt après sous
prétexte qu'il avait oublié quelque chose. Il repartit ensuite, se
croyant quitte de son serment ; et il l'était à la lettre, mais non
dans la réalité. Car en matière de promesses et de serments, il faut

Ut primo bello Punico,	Comme dans la première guerre punique,
Regulus, captus a Pœnis,	Régulus, pris par les Carthaginois,
quum missus esset	après qu'il eut été envoyé
Romam	à Rome [échangés,
de captivis commutandis,	au-sujet des prisonniers devant être
jurassetque se rediturum,	et eut juré lui-même devoir revenir,
primum, ut venit,	d'abord, dès qu'il fut arrivé,
non censuit in senatu	n'opina pas dans le sénat
captivos reddendos ;	les prisonniers devoir être rendus ;
deinde, quum retineretur	ensuite, lorsqu'il était retenu
a propinquis et ab amicis,	par *ses* proches et par *ses* amis,
maluit	il aima-mieux
redire ad supplicium,	revenir pour le supplice,
quam fallere fidem	que de tromper (trahir) la foi
datam hosti.	donnée à l'ennemi.
Secundo autem bello	Mais dans la seconde guerre
Punico,	punique,
post pugnam Cannensem,	après la bataille de Cannes,
quos Hannibal	*ceux* qu'Annibal
misit Romam	envoya à Rome
decem,	*au nombre de* dix,
adstrictos jurejurando,	liés par le serment,
se redituros esse,	eux-mêmes devoir revenir,
nisi impetrassent	s'ils n'avaient pas obtenu
de iis qui capti erant	au-sujet-de ceux qui avaient été pris
redimendis,	devant être rachetés,
censores	les censeurs
reliquerunt in ærariis,	laissèrent parmi les tributaires,
quoad quisque eorum	tant que chacun d'eux
vixit,	vécut,
omnes eos qui pejerassent ;	tous ceux qui s'étaient parjurés ;
nec minus illum,	et *ils n'y laissèrent* pas moins celui-là,
qui fraude jurisjurandi	qui par la supercherie du serment
invenerat culpam.	était venu-en faute.
Quum enim exisset	Car après qu'il était sorti
de castris	du camp
permissu Hannibalis,	par la permission d'Annibal,
rediit paulo post,	il revint un peu après,
quod diceret	parce qu'il disait
se oblitum	lui-même avoir oublié
nescio quid.	je ne-sais quoi.
Deinde egressus e castris,	Ensuite étant sorti du camp,
putabat	il pensait
se solutum jurejurando :	lui-même délié du serment :
et erat verbis,	et il *l'*était par les termes (à la lettre),
non erat re.	il ne *l'*était pas par la réalité.
In fide autem	Or dans la parole *donnée*

autem in fide quid senseris, non quid dixeris, cogitandum. Maximum autem exemplum est justitiæ in hostem a majoribus nostris constitutum. Quum a Pyrrho perfuga senatui est pollicitus se venenum regi daturum et eum necaturum, senatus et C. Fabricius perfugam Pyrrho dedit. Ita ne hostis quidem, et potentis et bellum ultro inferentis, interitum cum scelere approbavit. Ac de bellicis quidem officiis satis dictum est.

Meminerimus autem etiam adversus infimos justitiam esse servandam. Est autem infima conditio et fortuna servorum : quibus non male præcipiunt qui ita jubent uti ut mercenariis; operam exigendam, justa præbenda. Quum autem duobus modis, id est aut vi aut fraude, fiat injuria, fraus quasi vulpeculæ, vis leonis videtur. Utrumque alienissimum ab homine est; sed fraus odio digna majore. Totius autem injustitiæ

moins tenir compte des termes mêmes que de l'intention. Nos pères ont donné encore un bel exemple de justice envers l'ennemi. Un transfuge de l'armée de Pyrrhus était venu offrir au sénat d'empoisonner ce roi : le sénat et C. Fabricius livrèrent le transfuge à Pyrrhus. Ainsi ils refusèrent d'acheter par un crime la mort d'un ennemi puissant et qui leur apportait la guerre sans y être provoqué. Mais c'en est assez sur les devoirs de la guerre.

Souvenons-nous d'ailleurs que nous devons observer la justice même envers les personnes du dernier rang. Or, il n'est pas de condition plus humble que celle des esclaves, et ils sont dans le vrai ceux qui prescrivent de les traiter comme des ouvriers dont on exige le travail et à qui l'on fournit le nécessaire. Quant à l'injustice, elle se commet de deux manières, par la violence ou par la fraude. L'une semble appartenir au renard, l'autre au lion. Toutes deux sont indignes de l'homme, mais la fraude est plus odieuse. De toutes les injustices la plus abominable est celle de

cogitandum semper	il faut réfléchir toujours
quid senseris,	quelle chose tu as pensée,
non quid dixeris.	non quelle chose tu as dite.
Exemplum autem	Or un exemple
maximum	très-grand
justitiæ in hostem	de justice envers l'ennemi
constitutum est	a été établi (donné)
a nostris majoribus.	par nos ancêtres.
Quum perfuga	Lorsqu'un transfuge
a Pyrrho	*venu* de chez Pyrrhus
pollicitus est senatui	promit au sénat
se daturum venenum	lui-même devoir donner du poison
regi,	au roi,
et necaturum eum,	et devoir faire-périr lui
senatus et C. Fabricius	le sénat et C. Fabricius
dedit perfugam Pyrrho.	livrèrent le transfuge à Pyrrhus.
Ita approbavit	Ainsi il *n'*approuva
interitum cum scelere	la mort avec crime
ne hostis quidem,	pas même d'un ennemi,
et potentis,	et d'un *ennemi* puissant,
et inferentis bellum	et apportant la guerre
ultro.	spontanément.
Ac dictum est satis	Et il a été dit assez
de officiis quidem bellicis.	du moins sur les devoirs de-la-guerre.
Meminerimus autem	Mais souvenons-nous
justitiam servandam esse	la justice devoir être observée
etiam adversus infimos.	même vis-à-vis les plus humbles.
Conditio autem	Or la condition
et fortuna servorum	et la fortune des esclaves
est infima :	est la plus humble :
quibus	desquels *esclaves*
qui jubent uti	ceux qui ordonnent de se servir
ita ut mercenariis	ainsi que de mercenaires
non præcipiunt male;	ne prescrivent pas mal ;
operam exigendam,	*disant* le travail devoir être exigé,
justa præbenda.	les choses justes (nécessaires) devoir être
Quum autem injuria	Mais comme l'injustice [fournies.
fiat duobus modis,	se fait de deux manières,
id est, aut vi,	cela est (c'est-à-dire), ou par la violence,
aut fraude,	ou par la fraude,
fraus videtur	la fraude paraît *être*
quasi vulpeculæ,	comme *l'injustice* du renard,
vis leonis.	la violence *comme celle* du lion.
Utrumque	L'une-et-l'autre chose [l'homme ;
alienissimum ab homine;	*est* très-étrangère à (très-indigne de)
sed fraus	mais la fraude
digna odio majore.	*est* digne d'une haine plus grande.

nulla capitalior est quam eorum qui, quum maxime fallunt, id agunt ut viri boni esse videantur. De justitia satis dictum est.

XIV. Deinceps, ut erat propositum, de beneficentia ac liberalitate dicatur, qua quidem nihil est naturæ hominis accommodatius; sed habet multas cautiones. Videndum est enim primum ne obsit benignitas et iis ipsis, quibus benigne videbitur fieri, et ceteris; deinde, ne major benignitas sit quam facultates; tum, ut pro dignitate cuique tribuatur : id enim est justitiæ fundamentum, ad quam hæc referenda sunt omnia. Nam et qui gratificantur cuipiam quod obsit illi cui prodesse velle videantur, non benefici neque liberales, sed perniciosi assentatores judicandi sunt; et qui aliis nocent, ut

ces hommes qui, au moment même où ils trompent, cherchent à paraître gens de bien. Assez sur la justice.

XIV. Je parlerai maintenant, comme je me le suis proposé, de la bienfaisance et de la libéralité, cette vertu la plus conforme à la nature humaine, mais qui demande bien des précautions. Il faut prendre garde d'abord que notre bienfaisance ne soit pas nuisible à celui à qui nous voulons faire du bien, et à d'autres encore; puis que nos générosités ne dépassent pas nos ressources; enfin que nous donnions à chacun selon son mérite : car c'est là le fondement même de la justice, à laquelle il faut tout rapporter. En effet ceux qui accordent à autrui une faveur qui tournera à son préjudice ne doivent pas être regardés comme des hommes généreux et bienfaisants, mais comme des complaisants pernicieux. Quant à ceux qui font du mal aux uns pour se montrer généreux en-

Totius autem injustitiæ	Or de toute *espèce* d'injustice
nulla est capitalior	aucune n'est plus criminelle
quam eorum qui,	que *l'injustice* de ceux qui, [pent,
quum maxime fallunt,	lorsque le plus (au moment où) ils trom-
agunt id,	font ceci (font en sorte),
ut videantur	qu'ils paraissent
esse viri boni.	être hommes de-bien.
Dictum est satis	Il a été dit assez
de justitia.	sur la justice.
XIV. Dicatur deinceps,	XIV. Qu'il soit parlé ensuite,
ut propositum erat,	comme il avait été (je m'étais) proposé,
de beneficentia	sur la bienfaisance
ac liberalitate :	et la libéralité :
qua quidem	en comparaison de laquelle à la vérité
nihil est accommodatius	rien n'est plus approprié
naturæ hominis.	à la nature de l'homme.
Sed habet	Mais elle a (comporte)
multas cautiones.	de nombreuses précautions.
Videndum est enim	En effet il faut voir (prendre garde)
primum	d'abord
ne benignitas obsit	que la bonté ne nuise
et iis ipsis,	et à ceux-là mêmes,
quibus videbitur	pour lesquels *une chose* paraîtra
fieri benigne,	être faite avec bonté,
et ceteris ;	et aux autres ;
deinde, ne benignitas	ensuite, que *notre* bonté
sit major	ne soit pas plus grande
quam facultates ;	que *nos* ressources ;
tum, ut tribuatur cuique	puis, qu'il soit accordé à chacun
pro dignitate :	suivant *son* mérite :
id enim est	car ceci est
fundamentum justitiæ,	le fondement de la justice,
ad quam omnia hæc	à laquelle toutes ces choses
referenda sunt.	doivent être rapportées.
Nam et qui	Car et ceux qui
gratificantur cuiquam	accordent à qui-que-ce-soit
quod obsit illi	*une chose* qui nuise à celui-là
cui videantur	à qui ils paraîtraient
velle prodesse,	vouloir être-utiles,
judicandi sunt	doivent être jugés
non benefici,	non pas bienfaisants,
neque liberales,	ni généreux,
sed assentatores	mais flatteurs
perniciosi ;	pernicieux ;
et qui nocent aliis,	et ceux qui nuisent aux uns,
ut sint liberales	pour qu'ils soient généreux
in alios,	envers les autres,

in alios liberales sint, in eadem sunt injustitia ut si in suam
rem aliena convertant. Sunt autem multi, et quidem cupidi
splendoris et gloriæ, qui eripiunt aliis quod aliis largiantur ;
hique arbitrantur se beneficos in suos amicos visum iri, si
locupletent eos' quacumque ratione. Id autem tantum abest
officio, ut nihil magis officio possit esse contrarium. Videndum est igitur ut ea liberalitate utamur, quæ prosit amicis,
noceat nemini. Quare L. Sullæ et C. Cæsaris[1] pecuniarum
translatio a justis dominis ad alienos non debet liberalis videri ; nihil enim est liberale, quod non idem justum.

Alter erat locus cautionis, ne benignitas major esset quam
facultates : quod, qui benigniores volunt esse quam res patitur, primum in eo peccant, quod injuriosi sunt in proximos ;
quas enim copias his et suppeditari æquius est et relinqui,
eas transferunt ad alienos. Inest autem in tali liberalitate cu—

vers les autres, ils sont tout aussi injustes que s'ils s'appro-
priaient le bien d'autrui. Or il ne manque pas de gens, surtout s'ils
sont ambitieux d'éclat et de gloire, qui ravissent aux uns pour
donner aux autres ; et ils s'imaginent qu'ils passeront pour les bienfaiteurs de leurs amis, pourvu qu'ils les enrichissent, de quelque manière que ce puisse être. Mais loin qu'en agissant ainsi ils remplis-
sent un devoir, on peut dire que rien n'est plus contraire au devoir
même. Faisons donc en sorte que notre libéralité soit profitable à
nos amis et ne nuise à personne. Il ne faut pas estimer que Sylla
et César se montraient généreux, lorsqu'ils dépouillaient les posses-
seurs légitimes pour enrichir les étrangers : car la libéralité ne peut
être là où n'est pas la justice.

La seconde précaution dont nous avons parlé, c'est que nos générosités ne dépassent pas nos ressources. En effet, ceux qui veulent
être plus généreux que leur fortune ne le permet sont doublement
coupables. D'abord ils sont injustes envers leurs proches, puisqu'ils
transportent à des étrangers les biens qu'il serait plus juste de communiquer et de laisser à leur famille. D'autre part, cette sorte de

sunt in eadem injustitia,	sont dans la même injustice,
ut si convertant	comme (que) s'ils tournaient
in suam rem	en leur bien
aliena.	les *biens* d'-autrui.
Sunt autem multi,	Or il y en a beaucoup,
et quidem cupidi	et en vérité désireux
splendoris et gloriæ,	d'éclat et de gloire,
qui eripiunt aliis	qui enlèvent aux uns [autres :
quod largiantur aliis :	*une chose* dont ils fassent-largesse aux
hique arbitrantur	et ceux-ci jugent
se visum iri beneficos	eux-mêmes devoir paraître bienfaisants
in suos amicos,	envers leurs amis,
si locupletent eos	s'ils enrichissent eux
ratione quacumque.	par un moyen quelconque.
Id autem	Or ceci
abest tantum officio,	est-éloigné tellement du devoir,
ut nihil possit esse	que rien ne peut être
magis contrarium officio.	plus contraire au devoir.
Videndum est igitur	Il faut voir (prendre garde) donc
ut utamur ea liberalitate,	que nous usions de cette générosité,
quæ prosit amicis,	qui soit-utile à nos amis,
noceat nemini.	*mais ne* nuise à personne.
Quare	C'est-pourquoi
translatio pecuniarum	le transport de sommes-d'argent
a dominis justis	de *leurs* maîtres légitimes
ad alienos	à des étrangers
L. Sullæ et C. Cæsaris	de (fait par) L. Sylla et C. César
non debet videri liberalis :	ne doit pas paraître généreux :
nihil enim est liberale,	rien en effet n'est généreux,
quod non idem	qui ne *soit* pas le même (en même temps)
justum.	juste.
Alter locus cautionis	Le second lieu de précaution
erat ne benignitas	était que *notre* bonté
esset major	ne fût pas plus grande
quam facultates ;	que *nos* ressources ;
quod qui volunt	parce que ceux qui veulent
esse benigniores	être plus généreux
quam res patitur,	que *leur* bien *ne le* permet,
peccant primum in eo,	pèchent d'abord en cela,
quod sunt injuriosi	qu'ils sont injustes
in proximos :	envers *leurs* plus proches :
transferunt enim ad alienos	car ils transportent à des étrangers
eas copias	ces moyens *de vivre*
quas est æquius	lesquels il est plus juste
et suppeditari his	et être fournis à ceux-ci
et relinqui.	et *leur* être laissés.
Inest autem	D'autre-part il y a

piditas plerumque rapiendi et auferendi per injuriam, ut ad largiendum suppetant copiæ. Videre etiam licet plerosque, non tam natura liberales, quam quadam gloria ductos ut benefici videantur, facere multa quæ proficisci ab ostentatione magis quam a voluntate videantur. Talis autem simulatio vanitati est conjunctior quam aut liberalitati aut honestati.

Tertium est propositum, ut in beneficentia delectus esset dignitatis ; in quo et mores ejus erunt spectandi, in quem beneficium conferetur, et animus erga nos, et communitas ac societas vitæ, et ad nostras utilitates officia ante collata . quæ ut concurrant omnia, optabile est ; sin minus, plures causæ majoresque ponderis plus habebunt.

XV. Quoniam autem vivitur non cum perfectis hominibus planeque sapientibus, sed cum iis in quibus præclare agitur,

libéralité porte souvent à prendre le bien des autres pour avoir de quoi entretenir ses largesses. On en voit aussi plusieurs qui, moins par générosité naturelle que par désir de gloire, voulant se faire passer pour généreux, font beaucoup de choses par ostentation plutôt que par inclination. Mais cette fausse vertu appartient à la vanité plutôt qu'à la libéralité et à l'honnêteté.

Enfin la troisième précaution consiste à régler ses libéralités sur le mérite de chacun : il faudra donc tenir compte des mœurs de celui qu'on veut obliger, de ses dispositions à notre égard, du degré de liaison et d'amitié où nous sommes avec lui, enfin des services que lui-même nous a rendus. Il est à désirer que tous ces motifs se trouvent réunis ; sinon les plus nombreux et les plus grands devront décider nos préférences.

XV. Comme ceux avec qui nous vivons ne sont ni parfaits ni souverainement sages, et que c'est déjà beaucoup de trouver en eux

in tali liberalitate	dans une telle libéralité
plerumque	la-plupart-du-temps
cupiditas rapiendi	le désir de ravir
et auferendi	et d'enlever
per injuriam,	par injustice,
ut copiæ suppetant	afin que des ressources subviennent
ad largiendum.	pour faire-largesse.
Licet etiam	Il est-possible même
videre plerosque,	de voir les plus nombreux,
non tam liberales natura	non pas tant généreux de nature
quam ductos	que conduits
quadam gloria,	par une certaine gloire,
ut videantur benefici,	afin qu'ils paraissent bienfaisants,
facere multa,	faire de nombreuses choses,
quæ videantur	qui paraissent
proficisci ab ostentatione	partir (provenir) de l'ostentation
magis quam a voluntate.	plus que du *bon* vouloir.
Talis autem simulatio	Or un tel faux-semblant
est conjunctior	est plus uni (appartient plus)
vanitati	à la vanité
quam aut liberalitati	que ou à la générosité
aut honestati.	ou à l'honnêteté.
Tertium propositum	La troisième chose-en-vue
est ut in beneficentia	est que dans la bienfaisance
esset delectus dignitatis :	il y eût un choix du mérite
in quo et mores	en quoi et les mœurs
ejus in quem beneficium	de celui sur qui un bienfait
conferetur	sera porté
spectandi erunt,	devront être examinées,
et animus erga nos,	et *sa* disposition envers nous,
et communitas	et *ses* relations
ac societas vitæ,	et *sa* communauté de vie *avec nous*,
et officia.	et les services
collata ante	appliqués précédemment
ad nostras utilitates :	à nos avantages :
quæ est optabile	lesquelles choses il est souhaitable
ut concurrant omnia ;	qu'elles se réunissent toutes ;
sin minus,	mais-sinon, [gránds
causæ plures majoresque	les motifs les plus nombreux et les plus
habebunt plus ponderis.	auront le plus de poids.
XV. Quoniam autem	XV. Mais comme
vivitur	on vit
non cum hominibus	non avec des hommes
perfectis	parfaits
planeque sapientibus,	et tout à fait sages,
sed cum iis	mais avec ces (de tels) *hommes*
in quibus	à-l'égard desquels

si sint simulacra virtutis, etiam hoc intelligendum puto, neminem omnino esse negligendum, in quo aliqua significatio
virtutis appareat; colendum autem esse ita quemque maxime,
ut quisque maxime his virtutibus lenioribus erit ornatus,
modestia, temperantia, hac ipsa, de qua jam multa dicta sunt,
justitia. Nam fortis animus et magnus in homine non perfecto
nec sapiente ferventior plerumque est; illæ virtutes bonum
virum videntur potius attingere. Atque hæc in moribus. De
benevolentia autem quam quisque habeat erga nos, primum
illud est in officio, ut ei plurimum tribuamus a quo plurimum
diligimur; sed benevolentiam, non adolescentulorum more,
ardore quodam amoris, sed stabilitate potius et constantia
judicemus. Sin erunt merita, ut non ineunda, sed referenda
sit gratia, major quædam cura adhibenda est : nullum enim

quelque vertu, je pense que ceux en qui l'on en voit quelque trace
ne doivent pas être absolument négligés, mais que l'on doit s'attacher de préférence à ceux qui sont doués des vertus les plus douces,
la modération, la tempérance, et cette justice dont nous avons déjà
tant parlé. Car la force et la grandeur d'âme, dans l'homme qui
n'est ni parfait ni sage, sont pour l'ordinaire trop fougueuses : les
premières au contraire sont plutôt le caractère de l'homme de bien.
Voilà pour les mœurs. Quant à la bienveillance que chacun peut
avoir pour nous, notre premier devoir est de donner le plus à celui
de qui nous sommes le plus aimés : seulement ne jugeons pas de
l'affection par son ardeur, comme font les jeunes gens, mais plutôt
par sa solidité et sa constance. Si nous avons reçu des services, en
sorte qu'il s'agisse moins de libéralité que de reconnaissance, il faut
témoigner plus d'empressement encore, car le plus essentiel de tous

agitur præclare,	*la chose* se passe très-brillamment,
si sint simulacra virtutis ;	s'il y a *en eux* des semblants de vertu ;
puto hoc etiam	je pense ceci aussi
intelligendum,	devoir être compris,
neminem omnino	personne du tout
negligendum esse,	ne devoir être négligé,
in quo appareat	en qui apparaisse
aliqua significatio virtutis ;	quelque signe de vertu ;
quemque autem	chacun d'autre-part
colendum esse ita maxime,	devoir être cultivé ainsi le plus,
ut quisque erit ornatus	selon que chacun sera orné
his virtutibus lenioribus,	de ces vertus plus douces,
modestia, temperantia,	la modération, la tempérance,
hac ipsa, justitia,	celle-ci même, la justice,
de qua multa	au-sujet-de laquelle de nombreuses choses
dicta sunt jam.	ont été dites déjà.
Nam animus fortis	Car une âme forte
et magnus	et grande
est plerumque	est la-plupart-du-temps
ferventior	trop-ardente
in homine non perfecto,	dans un homme *qui n'est* pas parfait,
nec sapiente :	ni sage :
illæ virtutes	*tandis que* ces vertus-là
videntur attingere potius	paraissent atteindre plutôt
virum bonum.	l'homme de-bien.
Atque hæc	Et ces choses *suffisent*
in moribus.	sur les mœurs.
De benevolentia autem	Mais au-sujet-de la bienveillance
quam quisque habeat	que chacun peut-avoir
erga nos,	envers nous,
illud est primum	cette chose est la première
in officio,	dans le devoir,
ut tribuamus plurimum ei	que nous accordions le plus à celui
a quo diligimur plurimum ;	par qui nous sommes chéris le plus ;
sed judicemus	mais jugeons
benevolentiam	la bienveillance
non more	non à la manière
adolescentulorum,	des tout-jeunes-gens,
quodam ardore amoris,	par une certaine ardeur d'affection,
sed potius stabilitate	mais plutôt par la solidité
et constantia.	et la constance.
Sin erunt merita,	Mais-s'il existe des services,
ut gratia	*de telle sorte* que la faveur
non sit ineunda,	ne soit pas à-aborder (commencer),
sed referenda,	mais à-rendre,
quædam cura major	un certain soin plus grand
adhibenda est :	doit être apporté :

officium referenda gratia magis necessarium est. Quod si ea,
quæ utenda acceperis, majore mensura, si modo possis, jubet
reddere Hesiodus [1], quidnam beneficio provocati facere debemus? an non imitari agros fertiles, qui multo plus efferunt
quam acceperunt? Etenim si in eos, quos speramus nobis
profuturos, non dubitamus officia conferre, quales in eos esse
debemus, qui jam profuerunt? Nam quum duo genera liberalitatis sint, unum dandi beneficii, alterum reddendi, demus
necne, in nostra potestate est; non reddere viro bono non
licet, modo id facere possit sine injuria.

Acceptorum autem beneficiorum sunt delectus habendi.
Nec dubium quin maximo cuique plurimum debeatur. In quo
tamen imprimis quo quisque animo, studio, benevolentia fecerit, ponderandum est. Multi enim faciunt multa temeritate
quadam, sine judicio vel modo, in omnes repentino quodam,

les devoirs c'est la reconnaissance. Hésiode veut que l'on rende
avec usure, s'il est possible, ce que l'on a emprunté ; que ferons-
nous donc quand nous avons été prévenus par un bienfait ? N'imi-
terons-nous pas ces terres fertiles qui rendent toujours beaucoup
plus qu'elles n'ont reçu ? Nous n'hésitons pas à rendre service à
ceux dont nous espérons quelque bien : à quoi ne sommes-nous
point tenus envers ceux qui nous en ont déjà fait ? Il y a deux manières d'être généreux, donner et rendre : nous sommes les maîtres
de donner ou de ne donner pas ; mais l'honnête homme ne peut se
dispenser de rendre, pourvu qu'il le fasse sans nuire à personne.

Il y a néanmoins quelque différence à faire entre les bienfaits
reçus. Il n'est pas douteux que les plus grands ne nous obligent
davantage; mais ce qu'il faut surtout peser, c'est le zèle, c'est l'affection de celui qui nous a rendu service. Tant d'hommes en effet
n'agissent que par boutade, sans discernement ni mesure, et jettent

nullum enim officium | en effet aucun devoir
est magis necessarium | n'est plus obligatoire
referenda gratia. | que de rendre la faveur *reçue*.
Quod si Hesiodus | Que si Hésiode
jubet reddere | ordonne de rendre
mensura majore, | avec une mesure plus grande (avec usure),
si modo possis, | si toutefois tu *le* peux,
ea quæ acceperis | ces (les) choses que tu auras reçues
utenda ; | devant être employées (à titre de prêt) ;
quidnam debemus facere | que devons-nous faire
provocati beneficio ? | étant provoqués par un bienfait ?
an non imitari | est-ce que *nous* ne *devons* pas imiter
agros fertiles, | les champs fertiles,
qui efferunt multo plus | qui produisent beaucoup plus
quam acceperunt ? | qu'ils *n*'ont reçu ?
Etenim si non dubitamus | En effet si nous n'hésitons pas
conferre officia | à porter *nos* bons-offices
in eos quos speramus | sur ceux que nous espérons
profuturos nobis, | devoir être-utiles à nous,
quales debemus esse | quels devons-nous être
in eos qui jam | envers ceux qui déjà
profuerunt ? | *nous* ont été-utiles ?
Nam quum sint | Car puisqu'il y a
duo genera liberalitatis, | deux espèces de générosité,   [fait,
unum dandi beneficii, | l'une de (qui consiste à) donner un bien-
alterum reddendi, | l'autre de (à) *le* rendre,
est in nostra potestate | il est en notre pouvoir
demus, necne : | que nous donnions, ou-non :
non reddere | ne pas rendre
non licet viro bono, | n'est pas permis à l'homme de-bien,
modo possit facere id | pourvu qu'il puisse faire cela
sine injuria. | sans injustice.
   Delectus autem | Mais des choix
beneficiorum acceptorum | des bienfaits reçus
habendi sunt. | doivent être tenus (faits).
Nec dubium | Et *il n'est* pas douteux
quin plurimum debeatur | que le plus ne soit dû
cuique maximo. | à chaque *bienfait* le plus grand.
In quo tamen | En quoi cependant
ponderandum est imprimis | il faut peser principalement
quo studio animi, | avec quel zèle d'âme,
benevolentia, | *quelle* bienveillance,
quisque fecerit. | chacun a agi.
Multi enim | Car de nombreux *hommes*
faciunt multa | font de nombreuses choses
quadam temeritate, | par une certaine boutade,
sine judicio vel modo, | sans jugement ou (ni) mesure,

quasi vento, impetu animi incitati : quæ beneficia æque
magna non sunt habenda atque ea, quæ judicio, considerate
constanterque delata sunt. Sed, in collocando beneficio et in
referenda gratia, si cetera paria sint, hoc maxime officii est,
ut quisque maxime opis indigeat, ita ei potissimum opitulari ;
quod contra fit a plerisque. A quo enim plurimum sperant,
etiamsi ille his non eget, tamen ei potissimum inserviunt.

XVI. Optime autem societas hominum conjunctioque ser-
vabitur, si, ut quisque erit conjunctissimus, ita in eum benignitatis plurimum conferetur. Sed, quæ natura principia sint
communitatis et societatis humanæ, repetendum altius videtur. Est enim primum, quod cernitur in universi generis humani societate ; ejus autem vinculum est ratio et oratio : quæ
docendo, discendo, communicando, disceptando, judicando,

le bienfait au hasard comme la plume au vent : de tels services ne
peuvent pas être estimés à l'égal de ceux qui ont été rendus après
réflexion, avec jugement et avec constance. Lorsqu'il est question
de placer ou de rendre un bienfait, il est de notre devoir, toutes
choses égales, de préférer ceux dont le besoin est le plus grand. La
plupart cependant font tout le contraire : ils donnent de préférence
à celui dont ils espèrent le plus, lors même qu'il n'en a pas besoin.

XVI. Ce qui est propre surtout à maintenir l'union et la bonne
harmonie entre les hommes, c'est que chacun s'attache particulièrement à rendre service à ceux avec qui il est dans une liaison plus
étroite. Mais, pour bien entendre quels sont les principes naturels de la société, il faut reprendre de plus haut. Le premier est
celui qui comprend le genre humain tout entier, et ce n'est autre
chose que le commerce de la raison et de la parole : en effet, c'est
en s'instruisant les uns les autres, en se communiquant leurs pensées, en discutant, en portant des jugements, que les hommes se

incitati in omnes | étant poussés vers tous
quodam impetu animi | par un certain élan d'âme
repentino, | soudain,
quasi vento : | comme par un vent :
quæ beneficia | lesquels bienfaits
non habenda sunt | ne doivent pas être tenus
æque magna | *pour* aussi grands
atque ea quæ delata sunt | que ceux qui ont été apportés
judicio, | avec jugement,
considerate constanterque, | avec-réflexion et avec-constance.
Sed in collocando beneficio, | Mais en plaçant un bienfait,
et in referenda gratia, | et en rendant la faveur *reçue*,
si cetera sint paria, | si toutes-les-autres choses sont égales,
hoc maxime est officii, | ceci surtout est du devoir,
ut quisque | selon que chacun
indigeat maxime opis, | a-besoin le plus d'aide,
ita opitulari ei | ainsi de secourir lui
potissimum : | de-préférence :
quod fit contra | ce qui se fait au-rebours
a plerisque. | par la plupart.
A quo enim | En effet *celui* de qui
sperant plurimum, | ils espèrent le plus,
etiam si ille | même si celui-là
non eget his, | n'a-pas-besoin de ces choses,
tamen inserviunt ei | cependant ils servent lui
potissimum. | de-préférence.

XVI. Societas autem | XVI. Or la société
conjunctioque hominum | et l'union des hommes
servabitur optime, | sera conservée le mieux,
si, ut quisque | si, selon que chacun [plus près),
erit conjunctissimus, | sera le plus uni *à nous* (nous tiendra de
ita conferemus in eum | ainsi nous porterons sur lui
plurimum benignitatis. | le plus de bonté.
Sed videtur | Mais il paraît
repetendum altius | devoir être repris de plus haut
quæ sint natura | quels sont par la nature
principia communitatis | les principes de la communauté
et societatis humanæ. | et de la société humaine.
Primum enim est | En effet le premier est
quod cernitur in societate | celui qui est vu dans la société
generis humani universi ; | du genre humain tout-entier :
vinculum autem ejus | or le lien de lui
est ratio et oratio, | est la raison et la parole,
quæ docendo, discendo, | qui en enseignant, en apprenant,
communicando, | en communiquant,
disceptando, judicando, | en discutant, en jugeant,
conciliat homines inter se, | concilie les hommes entre eux,

conciliat inter se homines, conjungitque naturali quadam societate. Neque ulla re longius absumus a natura ferarum, in
quibus esse fortitudinem sæpe dicimus, ut in equis, in leoni-
bus ; justitiam, æquitatem, bonitatem non dicimus : sunt
enim rationis et orationis expertes. Ac latissime quidem pa-
tens hominibus inter ipsos, omnibus inter omnes, societas
hæc est ; in qua omnium rerum, quas ad communem usum
hominum natura genuit, est servanda communitas, ut, quæ
descripta sunt legibus et jure civili, hæc ita teneantur ut sit
constitutum. E quibus ipsis cetera sic observentur, ut in Græcorum proverbio est : « Amicorum esse omnia communia. »
Omnia autem communia hominum videntur ea quæ sunt
generis ejus, quod, ab Ennio positum in una re, transferri in
multas potest :

     Homo qui erranti comiter monstrat viam,

rapprochent et forment une certaine société naturelle. Rien ne nous
distingue davantage des bêtes : dans quelques-unes nous reconnaissons la force, comme dans les chevaux et les lions ; mais jamais nous ne leur attribuons l'équité, la justice, la bonté, parce
qu'elles n'ont ni la raison ni la parole. Cette première société, qui
est la plus étendue, et qui unit tous les hommes entre eux et chacun d'eux à tous les autres, demande qu'on laisse en commun
toutes les choses que la nature produit pour le commun usage des
hommes, pourvu qu'on observe ce qui est prescrit par les lois et
par le droit civil ; ce qui n'empêche pas, au reste, de se conformer
au proverbe des Grecs : « Tout est commun entre amis. » Or, les
choses communes entre tous les hommes peuvent se reconnaître
par un mot d'Ennius qui a été dit d'une seule, mais qui peut s'appliquer à toutes celles du même genre : « Montrer honnêtement son
chemin à l'homme égaré, c'est comme si nous lui laissions allumer

conjungitque	et *les* unit
quadam societate naturali.	par une certaine société naturelle.
Neque ulla re	Et par aucune chose
absumus longius	nous ne sommes-éloignés plus loin
a natura ferarum,	de la nature des bêtes,
in quibus dicimus sæpe	dans lesquelles nous disons souvent
fortitudinem inesse,	la force se trouver,
ut in equis, in leonibus ;	comme dans les chevaux, dans les lions ;
non dicimus	*mais* nous ne disons pas
justitiam, æquitatem,	la justice, l'équité,
bonitatem.	la bonté *se trouver en elles.*
Sunt enim expertes	En effet elles sont dépourvues
rationis et orationis.	de la raison et de la parole.
Ac hæc quidem societas	Et cette société à la vérité
est patens latissime	est *celle* s'étendant le plus au loin
hominibus inter ipsos,	aux hommes entre eux-mêmes,
omnibus inter omnes ;	à tous entre tous ;
in qua	dans laquelle
communitas	la communauté
omnium rerum	de toutes les choses
quas natura genuit	que la nature a produites
ad usum communem	pour l'usage commun
hominum	des hommes
servanda est :	doit être conservée : [réglées
ut hæc quæ descripta sunt	*de telle sorte* que ces choses qui ont été
legibus et jure civili,	par les lois et le droit civil,
teneantur ita,	soient maintenues ainsi,
ut constitutum sit.	comme il a été établi.
E quibus ipsis	Entre lesquelles elles-mêmes [si,
cetera observentur sic,	que toutes-les-autres soient observées ain-
ut est	comme il est *dit*
in proverbio Græcorum :	dans le proverbe des Grecs :
« Omnia	« Toutes choses
esse communia amicorum.»	être communes aux amis. »
Omnia autem ea	Or toutes ces choses
videntur communia	semblent communes
hominum,	aux hommes,
quæ sunt ejus generis,	qui sont de cette espèce,
quod positum ab Ennio	qui établie par Ennius
in una re,	à-propos d'une-seule chose,
potest transferri	peut être transportée (appliquée)
in multas.	à de nombreuses.
« Homo	« L'homme
qui monstrat comiter viam	qui montre honnêtement le chemin
erranti,	à l'*homme* égaré,
facit	fait
quasi accendat lumen	comme s'il allumait le flambeau *d'un autre*

Quasi lumen de suo lumine accendat, facit;
    Nihilominus ipsi luceat, quum illi accenderit.

Una ex re satis præcipitur, ut quidquid sine detrimento possit
commodari, id tribuatur vel ignoto. Ex quo sunt illa communia, Non prohibere aqua profluente; pati ab igne ignem capere, si quis velit; consilium fidele deliberanti dare : quæ
sunt iis utilia qui accipiunt, danti non molesta. Quare et his
utendum est, et semper aliquid ad communem utilitatem affe-
rendum. Sed quoniam copiæ parvæ singulorum sunt, eorum
autem, qui his egeant, infinita est multitudo, vulgaris liberalitas referenda est ad illum Ennii finem : « Nihilominus ipsi
luceat ; » ut facultas sit, qua in nostros simus liberales.

XVII. Gradus autem plures sunt societatis hominum. Ut
enim ab infinita illa discedatur, propior est ejusdem gentis

son flambeau au nôtre, qui n'en éclairera pas moins pour avoir
allumé le sien. » Ce seul exemple nous fait voir que nous devons
être toujours prêts à faire part, même à un inconnu, de ce qui peut
se communiquer sans détriment pour nous. De là ces maximes
communes : « N'empêcher personne de puiser dans une eau cou-
rante; donner du feu à qui nous en demande; conseiller de bonne
foi celui qui cherche un conseil; » toutes choses qui sont utiles
à qui les reçoit et ne coûtent rien à qui les donne. Nous devons
donc pratiquer toujours ces maximes et toujours contribuer à l'u-
tilité commune. Cependant comme les ressources de chaque particulier ont des bornes, et que le nombre de ceux qui sont dans le
besoin est infini, il faut restreindre cette libéralité générale et la
régler sur le mot d'Ennius, *de manière que notre flambeau n'en éclaire
pas moins*, afin de conserver les moyens de faire du bien à ceux qui
nous touchent de plus près.

XVII. Il y a en effet plusieurs degrés de société entre les hommes.
Après cette première, qui est infinie, vient la société de ceux qui

de suo lumine : | à son *propre* flambeau :
luceat nihilominus ipsi, | il *n*'éclairerait pas-moins pour lui-même,
quum accenderit illi. » | quand il aura allumé à celui-là. »
Ex una re | D'après *cette* seule chose
præcipitur satis | il est prescrit assez
ut, quidquid possit | que tout ce qui peut
commodari | être prêté
sine detrimento, | sans détriment *pour soi*,
id tribuatur | cela soit accordé
vel ignoto. | même à un inconnu.
Ex quo sunt | D'où sont (de là viennent)
illa communia, | ces *maximes* communes,
Non prohibere | Ne pas écarter *quelqu'un*
aqua profluente; | d'une eau courante;
pati | souffrir
capere ignem ab igne, | de prendre (qu'on prenne) du feu au feu,
si quis velit ; | si quelqu'un *le* veut ;
dare consilium fidele | donner un conseil de-bonne-foi
deliberanti : | à celui qui délibère :
quæ sunt utilia | *choses* qui sont utiles
iis qui accipiunt, | à ceux qui *les* reçoivent,
non molesta | *et ne sont* pas à-charge (ne coûtent rien)
danti. | à celui qui *les* donne.
Quare | C'est-pourquoi
et utendum est his, | et il faut faire-usage de ces *maximes*,
et semper | et toujours
aliquid afferendum | quelque chose doit être apporté
ad utilitatem communem. | à l'utilité commune.
Sed quoniam copiæ | Mais parce que les ressources
singulorum | des *hommes* pris-un-à-un
sunt parvæ, | sont petites,
multitudo autem | mais *que* la multitude
eorum qui egeant his | de ceux qui ont-besoin de ces *ressources*
est infinita, | est infinie,
liberalitas vulgaris | la libéralité qui-s'adresse-à-tous
referenda est | doit être rapportée
ad illum finem Ennii : | à cette limite d'Ennius : [même, »
« Luceat nihilominus ipsi, » | « Il n'éclairerait pas-moins pour lui-
ut facultas sit, | afin qu'une ressource soit,
qua simus liberales | par laquelle nous soyons généreux
in nostros. | envers les nôtres.
XVII. Sunt autem | XVII. Mais il y a
plures gradus | plusieurs degrés
societatis hominum. | de la société des hommes.
Ut enim discedatur | En effet pour que l'on s'écarte
ab illa infinita, | de cette *société* infinie,
propior | une *société* plus proche

nationis, linguæ ; qua maxime homines conjunguntur : interius etiam est, ejusdem esse civitatis. Multa enim sunt civibus
inter se communia : forum, fana, porticus, viæ, leges, jura,
judicia, suffragia, consuetudines præterea et familiaritates,
multisque cum multis res rationesque contractæ. Arctior vero
colligatio est societatis propinquorum ; ab illa enim immensa
societate humani generis in exiguum angustumque concluditur.

Nam, quum sit hoc natura commune omnium animantium,
ut habeant libidinem procreandi, prima societas in ipso conjugio est; proxima in liberis : deinde una domus, omnia communia. Id autem est principium urbis, et quasi seminarium
reipublicæ. Sequuntur fratrum conjunctiones ; post consobrinorum sobrinorumque, qui quum una domo jam capi non
possint, in alias domos tanquam in colonias exeunt. Sequun-

forment un seul peuple et parlent une même langue ; elle lie très-
étroitement les hommes entre eux : une autre encore plus resserrée,
c'est celle des habitants de la même cité. Beaucoup de choses sont
communes entre les citoyens : forum, temples, portiques, rues, lois,
droits, tribunaux, suffrages, liaisons, amitiés, relations d'affaires et
d'intérêts. Enfin les liens du sang sont les plus immédiats : car nous
sommes arrivés de cette immensité de la société humaine à son cercle
le plus restreint.

Comme la nature a donné à tous les animaux le désir de se repro
duire, la première de toutes les sociétés est le mariage ; les enfants la
rendent plus étroite encore, ainsi que l'habitation d'une même maison
où toutes choses sont communes. C'est là le principe de la cité, et
comme la pépinière de la république. Ensuite vient la société des
frères, puis celles des cousins et de leurs enfants : une seule maison
ne pouvant plus les contenir, ils vont en habiter d'autres, et forment
en quelque sorte autant de colonies. Enfin viennent les alliances par

est ejusdem gentis, — est *celle* du même peuple,
nationis, linguæ; — de *la même* nation, de *la même* langue
qua homines — par laquelle les hommes
conjunguntur maxime : — sont unis très-grandement :
esse ejusdem civitatis — être de la même cité
est etiam interius. — est encore plus intime.
Multa enim — En effet beaucoup de choses
sunt communia civibus — sont communes aux citoyens
inter se : — entre eux :
forum, fana, — la place-publique, les temples,
porticus, viæ, — les portiques, les rues,
leges, jura, judicia, — les lois, les droits, les tribunaux,
suffragia, — les suffrages,
præterea consuetudines, — en outre les rapports-habituels,
et familiaritates, — et les rapports-familiers,
resque rationesque — et les affaires et les comptes
contractæ multis — engagés à (par) de nombreux *citoyens*
cum multis. — avec de nombreux citoyens.
Colligatio vero arctior — Mais une union plus étroite
est societatis propinquorum : — est *celle* de la société des proches :
concluditur enim — car elle est resserrée
ab illa immensa societate — de cette immense société
generis humani — du genre humain
in exiguum angustumque. — dans un *espace* petit et étroit.
    Nam quum hoc — Car comme ceci
natura — par la nature
est commune animantium, — est commun aux êtres-animés,
ut habeant libidinem — qu'ils aient le désir
procreandi, — de procréer,
prima societas — la première société
est in conjugio ipso, — est dans le mariage même,
proxima in liberis ; — la plus proche *ensuite* dans les enfants ;
deinde una domus, — puis une seule-maison,
omnia communia. — toutes choses communes.
Id autem est — Or ceci est
principium urbis, — le principe de la ville,
et quasi seminarium — et comme la pépinière
reipublicæ. — de l'État.
Conjunctiones fratrum — Les unions de frères
sequuntur ; — suivent (viennent ensuite) ;
post consobrinorum — puis *celles* des cousins
sobrinorumque : — et des petits-cousins :
qui, quum jam — lesquels, comme déjà
non possint capi — ils ne peuvent être contenus
una domo, — dans une-seule maison,
exeunt in alias domos, — sortent *pour aller* dans d'autres maisons,
tanquam in colonias. — comme dans des colonies.

tur connubia et affinitates, ex quibus etiam plures propinqui. Quæ propagatio et soboles origo est rerumpublicarum. Sanguinis autem conjunctio benevolentia devincit homines et caritate. Magnum est enim eadem habere monumenta majorum, iisdem uti sacris, sepulcra habere communia.

Sed omnium societatum nulla præstantior est, nulla firmior, quam quum viri boni, moribus similes, sunt familiaritate conjuncti. Illud enim honestum, quod sæpe dicimus, etiamsi in alio cernimus, tamen nos movet, atque illi, in quo id inesse videtur, amicos facit. Et quanquam omnis virtus nos ad se allicit, facitque ut eos diligamus, in quibus ipsa inesse videatur, tamen justitia et liberalitas id maxime efficit. Nihil autem est amabilius nec copulatius quam morum similitudo bonorum. In quibus enim eadem studia sunt, eædemque voluntates, in his fit ut æque quisque altero delectetur ac se ipso;

mariages, qui augmentent encore le nombre des parents; et c'est par cet accroissement, cette multiplication des familles, que se forment les républiques. Les liens du sang unissent les hommes par une bienveillance et une affection réciproques : c'est un grand motif d'attachement que d'avoir les mêmes monuments de famille, les mêmes dieux domestiques, et une sépulture commune.

Mais la plus belle et la plus solide des sociétés est celle que l'amitié établit entre des gens de bien, par la conformité des inclinations. En effet, cette honnêteté, dont je parle si souvent, nous charme dans autrui et nous fait aimer ceux en qui nous croyons l'apercevoir. Quoique toute vertu nous attire à elle et nous rende aimables ceux qui paraissent la posséder, cependant la justice et la libéralité sont celles qui produisent le plus souvent cet effet; mais rien n'inspire mieux l'affection et ne la cimente plus solidement que la conformité de sentiments entre gens de bien. De deux hommes qui ont les mêmes goûts, les mêmes volontés, chacun aime son semblable comme

Sequuntur connubia	Suivent (viennent ensuite) les mariages
et affinitates ;	et les alliances ;
ex quibus etiam	par-suite desquels aussi
propinqui plures.	les proches *sont* plus nombreux.
Quæ propagatio	Laquelle propagation
et soboles	et multiplication
est origo rerumpublicarum.	est l'origine des États.
Conjunctio autem sanguinis	Or l'union du sang
devincit homines	lie les hommes
benevolentia et caritate :	par la bienveillance et l'affection :
est enim magnum	c'est en effet une grande chose
habere eadem monumenta	d'avoir les mêmes monuments
majorum,	d'ancêtres,
uti iisdem sacris,	de faire-usage des mêmes objets-sacrés,
habere sepulcra communia.	d'avoir des sépultures communes.
Sed omnium societatum	Mais de toutes les sociétés
nulla est præstantior,	aucune n'est plus belle,
nulla firmior,	aucune plus solide,
quam quum viri boni,	que lorsque des hommes de-bien,
similes moribus,	semblables par les mœurs,
sunt conjuncti	sont unis
familiaritate.	par l'intimité.
Illud enim honestum,	En effet cette honnêteté, [vent,
quod dicimus sæpe,	que nous disons (dont nous parlons) sou-
etiamsi cernimus in alio,	même-si nous *la* voyons dans un autre,
tamen nos movet,	cependant nous émeut,
atque facit amicos illi,	et *nous* fait amis à celui-là,
in quo id videtur inesse.	en qui elle paraît être.
Et quanquam omnis virtus	Et quoique toute vertu
allicit nos ad se	attire nous vers elle-même
facitque ut diligamus	et fasse que nous aimions
eos in quibus	ceux dans lesquels
ipsa videatur inesse,	elle-même paraît être,
tamen justitia	cependant la justice
et liberalitas	et la libéralité
efficit id maxime.	produisent ceci le plus.
Nihil autem est amabilius	Mais rien n'est plus aimable
nec copulatius	ni plus sociable
quam similitudo morum	que la ressemblance de mœurs
bonorum.	des *hommes* de-bien.
In quibus enim	En effet *ceux* dans lesquels
sunt eadem studia	sont les mêmes goûts
eædemque voluntates,	et les mêmes volontés,
fit in his,	il se fait en ceux-ci,
ut quisque delectetur altero	que chacun soit charmé de l'autre
æque ac se ipso ;	autant que de soi-même ;
idque efficitur,	et ceci est produit,

efficiturque id, quod Pythagoras vult in amicitia, ut unus fiat ex pluribus. Magna etiam illa communitas est, quæ conficitur ex beneficiis ultro citro datis acceptis : quæ et mutua et grata dum sunt, inter quos ea sunt, firma devinciuntur societate.

Sed, quum omnia ratione animoque lustraris, omnium societatum nulla est gravior, nulla carior, quam ea quæ cum republica est unicuique nostrum. Cari sunt parentes, cari liberi, propinqui, familiares : sed omnes omnium caritates patria una complexa est : pro qua quis bonus dubitet mortem oppetere, si ei sit profuturus? Quo est detestabilior istorum immanitas[1], qui lacerarunt omni scelere patriam, et in ea funditus delenda occupati et sunt et fuerunt.

Sed, si contentio quædam et comparatio fiat, quibus plurimum tribuendum sit officii, principes sint patria et parentes,

soi-même, et enfin il arrive ce que Pythagore veut dans l'amitié, que plusieurs ne fassent plus qu'un. C'est encore une sorte d'union fort étroite, que celle qui est fondée sur un échange de bons offices : les bienfaits, lorsqu'ils sont mutuels et agréables, forment des liens extrêmement solides.

Mais quand on a parcouru par la pensée toutes les sociétés humaines, on n'en trouve point de plus douce ni de plus forte que celle qui existe entre chacun de nous et la république. Nous avons de l'amour pour nos pères et nos mères, nous en avons pour nos enfants, pour nos proches, pour nos amis ; mais la patrie seule enferme en elle tous les amours, et quel homme de bien hésiterait à mourir pour elle, s'il pouvait la servir par sa mort? C'est ce qui rend d'autant plus exécrable la barbarie de ces hommes qui ont déchiré par toute sorte d'attentats le sein de la patrie, et de ceux qui ont travaillé et travaillent encore à la perdre.

Que si l'on vient à établir une comparaison, à chercher envers qui on est plus obligé par le devoir, il faut placer au premier rang notre patrie

quod Pythagoras vult	que Pythagore veut
in amicitia,	dans l'amitié,
ut unus fiat ex pluribus.	qu'un seul soit fait de plusieurs.
Illa communitas	Cette communauté
est magna etiam,	est grande aussi,
quæ conficitur	qui est produite
ex beneficiis	à-la-suite-de bienfaits
datis acceptis	donnés et reçus
ultro citro :	d'une-part et d'autre-part :
quæ dum sunt	lesquels bienfaits tant qu'ils sont
et mutua et grata,	et mutuels et agréables,
inter quos ea sunt	ceux entre qui ils sont
devinciuntur	sont liés
societate firma.	par une société solide.
Sed quum	Mais après que
lustraris omnia	tu auras parcouru toutes choses
ratione animoque,	par le raisonnement et par l'esprit,
omnium societatum	de toutes les sociétés
nulla est gravior,	aucune n'est plus imposante,
nulla carior,	aucune plus chère,
quam ea quæ est	que celle qui est
unicuique nostrum	à chacun de nous
cum republica.	avec la république.
Parentes sunt cari,	Nos parents nous sont chers,
liberi, propinqui,	nos enfants, nos proches,
familiares cati ;	nos amis nous sont chers;
sed patria una	mais la patrie seule
complexa est	a embrassé (réuni)
omnes caritates	toutes les tendresses
omnium :	de tous :
pro qua quis bonus	la patrie pour laquelle quel homme de-bien
dubitet oppetere mortem,	hésitèrait à aller-au-devant-de la mort,
si profuturus sit ei ?	s'il devait être utile à elle ?
Quo est detestabilior	Par quoi est plus détestable
immanitas istorum,	la barbarie de ces hommes,
qui lacerarunt patriam	qui ont déchiré la patrie
omni scelere,	par tout genre de crime,
et sunt et fuerunt occupati	et sont et ont été occupés
in ea delenda funditus.	à la détruire de-fond-en-comble.
Sed	Mais
si quædam contentio	si une certaine comparaison
et comparatio fiat,	et un certain rapprochement se fait,
quibus plurimum officii	pour savoir auxquels le plus du devoir
tribuendum,	doit être accordé ,
principes sunt	les premiers sont
patria et parentes,	notre patrie et nos parents,
beneficiis quorum	par les bienfaits desquels

5

quorum beneficiis maxime obligati sumus ; proximi liberi,
totaque domus, quæ spectat in nos solos, neque aliud ullum
potest habere perfugium ; deinceps bene convenientes propinqui, quibuscum communis etiam plerumque fortuna est.
Quamobrem necessaria præsidia vitæ debentur iis maxime
quos ante dixi ; vita autem victusque communis, consilia,
sermones, cohortationes, consolationes, interdum etiam objurgationes, in amicitiis vigent maxime : estque ea jucundis-
sima amicitia, quam similitudo morum conjugavit.

XVIII. Sed, in his omnibus officiis tribuendis, videndum
erit quid cuique maxime necesse sit, et quid quisque vel sine
nobis aut possit consequi aut non possit. Ita non iidem erunt
necessitudinum gradus, qui temporum. Sunt quædam officia,
quæ aliis magis quam aliis debeantur ; ut vicinum citius ad-
juveris in frugibus percipiendis quam aut fratrem aut familia-

et nos pères et mères, à qui nous sommes redevables de tant de bienfaits ; ensuite viendront nos enfants, toute notre famille qui ne subsiste que par nous et dont nous sommes l'unique refuge ; puis ceux
de nos proches avec qui nous convenons de sentiments, et dont la
fortune si souvent tient à la nôtre. Voilà ceux à qui nous sommes
tenus de procurer d'abord tous les secours nécessaires à la vie ; mais
pour ce commerce intime qui fait que l'on vit ensemble, que l'on
met tout en commun, pensées, discours, encouragements, consola-
tions, parfois même reproches, il appartient surtout à l'amitié, qui,
lorsqu'elle est établie par la conformité des humeurs, est la plus
douce de toutes les sociétés.

XVIII. Mais, en s'acquittant de tous ces devoirs, il faut considérer
quels sont les besoins les plus pressants de chacun, et voir ce que
chacun peut ou ne peut pas se procurer sans nous. Ainsi notre liaison ne nous oblige pas au même degré que les circonstances. Il
est des services que l'on doit aux uns plutôt qu'aux autres : l'on
aidera un voisin à faire sa récolte, plutôt qu'un frère ou un ami ;

obligati sumus maxime ;	nous avons été liés le plus ;
proximi,	les plus proches (les seconds),
liberi, totaque domus,	*nos* enfants, et toute *notre* famille,
quæ spectat in nos solos,	qui regarde vers nous seuls,
neque potest habere	et ne peut pas avoir
ullum aliud perfugium ;	quelque autre refuge ;
deinceps propinqui	ensuite *nos* proches
convenientes bene,	s'accordant bien *avec nous*,
quibuscum plerumque	avec lesquels le plus souvent
etiam fortuna	même la fortune
est communis.	est commune.
Quamobrem	C'est-pourquoi
præsidia necessaria vitæ	les appuis nécessaires de la vie
debentur maxime	sont dus le plus
iis quos dixi ante ;	à ceux que j'ai dits auparavant ;
vita autem	mais la vie
victusque communis,	et le régime commun,
consilia, sermones,	les conseils, les conversations,
cohortationes,	les exhortations,
consolationes,	les consolations,
interdum etiam	parfois même
objurgationes,	les reproches,
vigent maxime	sont-en-vigueur surtout
in amicitiis ;	dans les amitiés ;
eaque amicitia	et cette amitié
est jucundissima,	est la plus douce,
quam similitudo morum	que la ressemblance de mœurs
conjugavit.	a réunie (formée).
XVIII. Sed	XVIII. Mais
in omnibus his officiis	dans tous ces devoirs
tribuendis	devant être rendus
videndum erit	il faudra voir
quid sit maxime necesse	quelle chose est le plus nécessaire
cuique,	à chacun,
et quid quisque	et quelle chose chacun
aut possit consequi	ou peut atteindre
aut non possit	ou ne peut pas *atteindre*
vel sine nobis.	même sans nous.
Ita gradus necessitudinum	Ainsi les degrés des liaisons
non erunt iidem	ne seront pas les mêmes
qui temporum.	que *ceux* des circonstances.
Sunt quædam officia	Il y a certains devoirs
quæ debeantur aliis	qui sont dus aux uns
magis quam aliis :	plus qu'aux autres :
ut adjuveris vicinum	comme tu auras aidé (aideras) un voisin
in percipiendis fructibus	à récolter les fruits *de la terre*
citius quam aut fratrem	plus vite (plutôt) que ou un frère

rem. At, si lis in judicio sit, propinquum potius et amicum quam vicinum defenderis. Hæc igitur et talia circumspicienda sunt in omni officio, et consuetudo exercitatioque capienda, ut boni ratiocinatores officiorum esse possimus, et, addendo deducendoque, videre quæ reliqui summa fiat ; ex quo quantum cuique debeatur intelligas. Sed ut nec medici, nec imperatores, nec oratores, quamvis artis præcepta perceperint, quidquam magna laude dignum sine usu et exercitatione consequi possunt, sic officii conservandi præcepta traduntur illa quidem, ut facimus ipsi ; sed rei magnitudo usum quoque exercitationemque desiderat.

Atque ab iis rebus, quæ sunt in jure societatis humanæ, quemadmodum ducatur honestum, ex quo ortum est officium, satis fere diximus. Intelligendum est autem, quum proposita sint genera quatuor e quibus honestas officiumque manaret,

mais s'il s'agit d'un procès, on défendra son parent ou son ami, plutôt que son voisin. En matière de devoir, il faut avoir égard à toutes les circonstances de cette nature ; il faut, par l'habitude et l'exercice, se rendre bon appréciateur des devoirs, savoir ajouter, retrancher, faire la somme du reste, et reconnaître ainsi combien l'on doit à chacun. Mais de même que ni les médecins, ni les généraux, ni les orateurs, quoiqu'ils aient étudié les préceptes de leur art, ne peuvent faire rien de grand ni de glorieux, à moins qu'ils n'aient joint la pratique à la théorie ; de même on peut bien prescrire les règles des devoirs, comme nous le faisons ici, mais une chose si importante et si difficile a besoin aussi d'usage et d'exercice.

En voilà à peu près assez pour faire voir comment, des principes sur lesquels est fondée la société humaine, dérive cette honnêteté qui est elle-même la source du devoir. Parmi les quatre principes d'où

aut familiarem.	ou un ami.
At, si lis	Mais, si un procès
est in judicio,	est en jugement,
defenderis propinquum	tu auras défendu (défendras) un proche
et amicum	et un ami
potius quam vicinum.	plutôt qu'un voisin.
Hæc igitur,	Ces choses donc,
et talia,	et *autres* semblables,
circumspicienda sunt	doivent être examinées
in omni officio ;	dans tout devoir ;
et consuetudo	et l'habitude
exercitatioque	et la pratique
capienda,	doit *en* être prise,
ut possimus esse	afin que nous puissions être
boni ratiocinatores	de bons calculateurs
officiorum,	des devoirs,
et addendo deducendoque	et en ajoutant et retranchant
videre quæ fiat	voir quelle est faite (quelle est)
summa reliqui :	la somme du reste :
ex quo intelligas	d'après quoi tu pourrais comprendre
quantum debeatur cuique.	combien il est dû à chacun.
Sed ut nec medici,	Mais comme ni les médecins,
nec imperatores,	ni les généraux,
nec oratores,	ni les orateurs,
quamvis perceperint	bien qu'ils aient appris
præcepta artis,	les préceptes de *leur* art,
possunt consequi	ne peuvent atteindre
quidquam dignum	quelque chose de digne
magna laude	de grande louange
sine usu et exercitatione :	sans la pratique et l'exercice :
sic illa præcepta	ainsi ces préceptes
officii conservandi	du devoir devant être observé
traduntur quidem,	sont transmis à la vérité,
ut nos facimus ;	comme nous faisons ; [chose
sed magnitudo rei	mais la grandeur (l'importance) de la
desiderat usum quoque	demande la pratique aussi
exercitionemque.	et l'exercice.
Atque diximus	Et nous avons dit
fere satis	à peu près assez
quemadmodum honestum,	comment l'honnête,
ex quo officium est aptum,	auquel le devoir est attaché,
ducatur ab iis rebus,	se tire de ces choses,
quæ sunt in jure	qui sont dans le droit
societatis humanæ.	de la société humaine.
Intelligendum est autem,	Mais il faut comprendre,
quum quatuor genera,	puisque quatre principes-généraux,
e quibus honestas	desquels l'honnêteté

splendidissimum videri quod animo magno, elatoque, huma-
nasque res despiciente, factum sit. Itaque, in probris maxime
in promptu est, si quid tale dici potest :

> Vos etenim [1], juvenes, animos geritis muliebres;
> Illa virago, viri.

Et si quid ejusmodi :

> Salmaci [2], da spolia sine sudore et sanguine.

Contraque in laudibus, quæ magno animo et fortiter excellenterque gesta sunt, ea nescio quomodo quasi pleniore ore
laudamus. Hinc rhetorum campus de Marathone, Salamine,
Platæis, Thermopylis, Leuctris [3]. Hinc noster Cocles, hinc
Decii [4], hinc Cn. et P. Scipiones [5], hinc M. Marcellus [6], innu-
merabilesque alii ; maximeque ipse populus Romanus animi
magnitudine excellit. Declaratur autem studium bellicæ gloriæ, quod statuas quoque videmus ornatu fere militari.

se tirent l'honnêteté et le devoir, remarquons que le plus brillant de
tous est cette grandeur, cette élévation d'âme, qui nous met au-dessus de toutes les choses humaines; aussi n'est-il pas de reproche
qui, à l'occasion, se présente plus aisément que celui-ci :

> Soldats, dans votre sein battent des cœurs de femme;
> Cette vierge héroïque est plus brave que vous.

Ou bien encore :

> Va, livre sans combat ta honteuse dépouille.

Au contraire, quand nous sommes témoins d'actions inspirées par
une âme grande et généreuse, il semble que notre accent s'élève pour
les louer. De là ces tirades des orateurs sur Marathon, Salamine,
Platée, les Thermopyles, Leuctres. C'est cette grandeur d'âme qui
a éclaté dans notre Coclès, dans les Décius, les Scipions, dans Marcellus et tant d'autres; enfin c'est par elle que brille entre tous les
peuples le peuple romain. Et ce qui prouve encore notre passion
pour la gloire des armes, c'est ce costume de guerre que nous donnons
à presque toutes nos statues.

officiumque manaret,
et le devoir découlerait,
proposita sint,
ont été établis,
videri splendidissimum
ceci paraître le plus brillant
quod factum sit
qui a été fait
animo magno elatoque
avec une âme grande et élevée
despicienteque
et méprisant
res humanas.
les choses humaines.
Itaque in probris
C'est-pourquoi dans les reproches
est in promptu maxime,
céci est à la portée (se présente) le plus,
si quid tale
si quelque chose de tel
potest dici :
peut être dit :
« Vos etenim juvenes,
« Vous en effet jeunes-gens,
geritis
vous portez
animum muliebrem;
un cœur de-femme ;
illa virago
mais cette vierge-héroïque
viri. »
porte un cœur d'homme. »
Et si quid ejusmodi :
Et si quelque chose de-cette-sorte :
« Salmaci,
« Salmacis,
da spolia,
donne les dépouilles,
sine sudore et sanguine. »
sans sueur et (ni) sang. »
Contraque in laudibus
Et au-contraire dans les louanges,
quæ gesta sunt
les choses qui ont été faites
magno animo
avec une grande âme
et fortiter excellenterque,
et vaillamment et d'une-façon-éminente,
nescio quomodo
je ne-sais comment
laudamus ea
nous louons ces choses
quasi ore pleniore.
comme d'une bouche plus pleine.
Hinc campus rhetorum
De là le champ (lieu commun) des rhé-
de Marathone, Salamine,
sur Marathon, Salamine,   [teurs
Platæis, Thermopylis,
Platée, les Thermopyles,
Leuctris.
Leuctres.
Hinc noster Cocles;
De là notre *Horatius* Coclès;
hinc Decii,
de là les Décius,
hinc Cn. et P. Scipiones,
de là les Cn. et P. Scipion,
hinc M. Marcellus,
de là M. Marcellus,
aliique innumerabiles;
et d'autres innombrables ;
maximeque
et surtout
populus Romanus ipse
le peuple romain lui-même
excellit
excelle
magnitudine animi.
par la grandeur d'âme.
Studium autem
Or *notre* goût
gloriæ bellicæ
de (pour) la gloire guerrière
declaratur
est manifesté
quod videmus
en ce que nous voyons
statuas quoque
les statues aussi
ornatu
avec des ornements
fere militari.
ordinairement militaires.

XIX. Sed ea animi elatio, quæ cernitur in periculis et laboribus, si justitia vacat pugnatque non pro salute communi,
sed pro suis commodis, in vitio est. Non enim modo id virtutis non est, sed potius immanitatis omnem humanitatem
repellentis. Itaque probe definitur a Stoïcis fortitudo, quum
eam virtutem esse dicunt propugnantem pro æquitate. Quocirca nemo, qui fortitudinis gloriam consecutus est insidiis
et malitia, laudem est adeptus. Nihil enim honestum esse
potest, quod justitia vacet. Præclarum igitur Platonis illud [1] :
Non solum, inquit, scientia, quæ est remota a justitia, calliditas potius quam sapientia est appellanda ; verum etiam
animus paratus ad periculum, si sua cupiditate, non utilitate
communi impellitur, audaciæ potius nomen habeat quam fortitudinis. Itaque viros fortes, magnanimos, eosdem bonos et

XIX. Mais cette grandeur d'âme que l'on fait paraître dans les
travaux et dans les périls, si elle n'est accompagnée de la justice, si,
au lieu de la faire servir au bien commun, on l'emploie pour soi-
même et pour ses avantages particuliers, loin que ce soit une vertu,
c'est un vice, c'est une brutalité qui étouffe tout sentiment humain.
Aussi les stoïciens ont admirablement défini la force d'âme, quand
ils ont dit que c'est une vertu qui combat pour la justice ; et l'on n'a
jamais vu arriver à la gloire ceux qui ont eu recours à la ruse et aux
trahisons pour faire admirer leur force d'âme. En effet, il ne peut y
avoir rien d'honnête qui ne soit juste, et cette pensée de Platon est
admirable : « Non-seulement la science, séparée de la probité, doit
passer plutôt pour adresse que pour sagesse ; mais le courage qui
affronte les périls, s'il a pour mobile l'intérêt particulier, et non l'u-
tilité commune, doit s'appeler audace plutôt que bravoure. » Il n'y
a donc, selon nous, ni véritable grandeur d'âme, ni véritable courage que dans les hommes qui sont en même temps gens de bien,

XIX. Sed ea elatio animi,
quæ cernitur
in periculis et laboribus,
si vacat justitia,
pugnatque
non pro salute communi,
sed pro suis commodis,
est in vitio.
Non enim modo
id non est virtutis,
sed potius
immanitatis
repellentis
omnem humanitatem.
Itaque fortitudo
definitur probe a stoicis,
quum dicunt eam
esse virtutem
propugnantem
pro æquitate.
Quocirca nemo,
qui consecutus est
gloriam fortitudinis
insidiis et malitia,
adeptus est laudem.
Nihil enim
potest esse honestum,
quod vacet justitia.
Illud igitur Platonis
præclarum :
« Non solum, inquit,
scientia,
quæ est remota a justitia,
appellanda est calliditas
potius quam sapientia ;
verum etiam animus
paratus ad periculum,
si impellitur
sua cupiditate,
non utilitate communi,
habeat nomen audaciæ
potius quam fortitudinis.»
Itaque volumus
viros fortes, magnanimos,
eosdem esse bonos
et simplices,
amicos veritatis,

XIX. Mais cette élévation d'âme,
qui est vue
dans les dangers et les travaux,
si elle est-dépourvue de justice,
et combat
non pour le salut commun,
mais pour ses intérêts,
est en vice (est un vice).
En effet non-seulement [vertu,
cela n'est pas de (n'appartient pas) à la
mais cela appartient plutôt
à une barbarie
qui repousse
toute humanité.
C'est-pourquoi la force d'âme
est définie bien par les stoïciens,
lorsqu'ils disent elle
être une vertu
combattant
pour l'équité.
C'est-pourquoi personne,
qui a atteint
la gloire de la force d'âme
par les embûches et la mauvaise-foi,
n'a obtenu la louange.
Rien en effet
ne peut être honnête,
qui soit-dépourvu de justice.
Ce mot donc de Platon
est très-brillant :
« Non-seulement, dit-il,
la science,
qui est séparée de la justice,
doit être appelée adresse
plutôt que sagesse ;
mais encore une âme
prête au danger,
si elle est poussée
par sa propre passion,
non par l'utilité commune,
aurait le nom d'audace
plutôt que de bravoure. »
C'est-pourquoi nous voulons
les hommes braves, magnanimes,
les mêmes (en même temps) être bons
et simples,
amis de la vérité,

simplices, veritatis amicos minimeque fallaces esse volumus ; quæ sunt ex media laude justitiæ. Sed illud odiosum est, quod in hac elatione et magnitudine animi facillime pertinacia et nimia cupiditas principatus innascitur. Ut enim apud Plato-nem est[1], omnem morem Lacedæmoniorum inflammatum esse cupiditate vincendi, sic, ut quisque animi magnitudine maxi-me excellit, ita maxime vult princeps omnium, vel potius solus esse. Difficile autem est, quum præstare omnibus con-cupieris, servare æquitatem, quæ est justitiæ maxime pro-pria. Ex quo fit ut neque disceptatione vinci se nec ullo pu-blico ac legitimo jure patiantur ; exsistuntque in republica plerumque largitores et factiosi, ut opes quam maximas con-sequantur, et sint vi potius superiores quam justitia pares. Sed quo difficilius, hoc præclarius. Nullum enim est tempus quod justitia vacare debeat. Fortes igitur et magnanimi sunt

sincères, amis de la vérité et incapables de tromper ; et toutes ces qualités sont celles de l'homme juste. Mais il est triste qu'à cette élévation et à cette grandeur d'âme, viennent si souvent se mêler l'obstination et le désir effréné de la suprématie. Et, comme Platon a dit que toute la constitution de Lacédémone respirait l'ardeur de vaincre, nous voyons que l'envie de dominer tous les autres, ou plutôt de dominer seul, est une suite trop ordinaire de la grandeur d'âme. Or, dès que l'on veut s'élever au-dessus des autres, il est difficile de respecter cette équité, qui est le caractère propre de la justice. Aussi, les ambitieux ne sauraient-ils ni céder sur aucune de leurs prétentions, ni se laisser contenir par l'autorité publique et légitime. On voit se produire au sein des républiques ces hommes qui prodiguent les largesses, et forment des factions pour agrandir leur pouvoir et dominer par la force, plutôt que de rester égaux à leurs concitoyens, selon la justice. Mais plus la modération est diffi-cile, plus elle est glorieuse, car il n'y a dans la vie aucune cir-constance où la justice ne doive être gardée. Tenons donc pour forts

minimœque fallaces ;	et nullement trompeurs ;
quæ sunt	*qualités* qui sont *tirées*
ex media laude justitiæ.	du milieu-de la louange de la justice.
Sed illud est odiosum,	Mais cela est odieux,
quod in hac elatione	que dans cette élévation
et magnitudine animi,	et *cette* grandeur d'âme,
pertinacia	l'obstination
et nimia cupiditas	et l'excessif désir
principatus	du premier-rang
innascitur facillime.	naissent très-facilement.
Ut enim est apud Platonem,	En effet comme il est *dit* chez Platon,
omnem morem	tout le caractère
Lacedæmoniorum	des Lacédémoniens
inflammatum esse	avoir été enflammé
cupiditate vincendi,	par le désir de vaincre,
sic, ut quisque	de-même, selon que chacun
excellit maxime	excelle le plus
magnitudine animi,	par la grandeur d'âme,
ita vult maxime	ainsi il veut le plus
esse princeps omnium,	être le premier de tous,
vel potius solus.	ou plutôt le seul.
Est autem difficile,	Or il est difficile,
quum concupieris	quand tu as désiré
præstare omnibus,	l'emporter sur tous,
servare æquitatem,	de garder l'équité,
quæ est maxime propria	qui est surtout propre
justitiæ.	à la justice.
Ex quo fit	Par quoi il se fait [cus
ut patiantur se vinci	qu'ils *ne* souffrent eux-mêmes être vain-
neque disceptatione,	ni par la discussion,
neque ullo jure publico	ni par aucun droit public
ac legitimo :	et légitime :
et plerumque	et le plus souvent
exsistunt in republica	s'élèvent dans la république
largitores	des faiseurs-de-largesses
et factiosi,	et des factieux,
ut consequantur	afin qu'ils atteignent [*sible*,
opes quam maximas,	la puissance la plus grande qu'*il est pos-*
et sint potius	et soient plutôt
superiores vi	supérieurs par la violence
quam pares justitia.	qu'égaux par la justice.
Sed quo difficilius,	Mais plus *la chose est* difficile,
hoc præclarius :	plus *elle est* brillante :
est enim nullum tempus	car il *n'*est aucune circonstance
quod debeat	qui doive
vacare justitia.	manquer de la justice.
Habendi sunt igitur	*Ceux-là* donc doivent être tenus

habendi non qui faciunt, sed qui propulsant injuriam. Vera autem et sapiens animi magnitudo honestum illud, quod maxime natura sequitur, in factis positum, non in gloria judicat, principemque se esse mavult quam videri. Etenim qui ex errore imperitæ multitudinis pendet, hic in magnis viris non est habendus. Facillime autem ad res injustas impellitur, ut quisque altissimo animo est, gloriæ cupiditate. Qui locus est sane lubricus; quod vix invenitur qui, laboribus susceptis periculisque aditis, non quasi mercedem rerum gestarum desideret gloriam.

XX. Omnino fortis animus et magnus duabus rebus maxime cernitur; quarum una in rerum externarum despicientia ponitur, quum persuasum sit nihil hominem, nisi quod honestum decorumque sit, aut admirari, aut optare, aut expetere oportere, nullique neque homini, neque perturbationi animi,

et magnanimes ceux-là seuls qui repoussent l'injustice, et non ceux qui la commettent. La vraie et sage grandeur d'âme estime que cette honnêteté où la nature nous porte, consiste surtout dans les actions et non dans la gloire; ce qui lui plaît, c'est la réalité, et non l'apparence du premier rang. Ne comptons pas entre les grands hommes celui dont les fausses opinions de la multitude règlent la conduite. C'est le désir de la gloire qui entraîne si facilement les plus grandes âmes à l'injustice; et, tant le pas est glissant, à peine rencontre-t-on, parmi ceux qui ont tenté de grandes entreprises ou bravé de grands périls, un homme qui ne prétende pas à la gloire comme à une récompense qui lui est due.

XX. En général, une âme grande et forte se reconnaît surtout à deux choses : l'une est le mépris des biens extérieurs, fondé sur cette persuasion que l'homme ne doit ni admirer, ni souhaiter, ni rechercher rien qui ne soit honnête et bienfaisant, qu'il est indigne de lui de céder soit à un autre homme, soit à sa passion, soit à la for-

fortes et magnanimi,	*pour* braves et magnanimes,
non qui faciunt injuriam,	non qui font l'injustice,
sed qui propulsant.	mais qui *la* repoussent.
Magnitudo autem animi	Or la grandeur d'âme
vera et sapiens	vraie et sage
judicat illud honestum,	juge cette honnêteté,
quod natura	que la nature
sequitur maxime,	recherche surtout,
positum in factis,	*être* placée (consister) dans les actions,
non in gloria ;	non dans la gloire ;
mavultque	et elle aime-mieux
se esse principem	elle-même être la première
quam videri.	que *le* paraître.
Etenim qui pendet	En effet celui qui est suspendu (esclave)
ex errore	à (de) l'erreur
multitudinis imperitæ,	d'une multitude ignorante,
hic non habendus est	celui-là ne doit pas être tenu (compté)
in magnis viris.	parmi les grands hommes.
Ut autem quisque	Mais selon que chacun
est animo altissimo,	est d'une âme très-élevée,
impellitur facillime	il est poussé très-facilement
ad res injustas	aux choses injustes
cupiditate gloriæ.	par le désir de la gloire.
Qui locus	Lequel endroit
est sane lubricus,	est assurément glissant,
quod vix invenitur,	parce qu'à peine *un homme* est trouvé,
qui, laboribus susceptis	qui, des travaux ayant été entrepris
periculisque aditis,	et des périls ayant été abordés,
non desideret gloriam	ne désire pas la gloire
quasi mercedem	comme le salaire
rerum gestarum.	de *ses* actions accomplies.
XX. Omnino	XX. Absolument *parlant*
animus fortis et magnus	une âme forte et grande
cernitur	est vue
duabus rebus maxime :	par deux choses surtout :
quarum una	desquelles l'une
ponitur in despicientia	est placée (consiste) dans le mépris
rerum externarum,	des choses extérieures,
quum persuasum sit	lorsqu'il est persuadé (on est persuadé)
oportere	falloir (qu'il faut)
hominem aut admirari,	l'homme ou admirer,
aut optare, aut expetere,	ou souhaiter, ou rechercher,
nihil, nisi quod sit	rien, si-ce-n'est *quelque chose* qui soit
honestum decorumque ;	honnête et beau ;
succumbereque nulli	et *ne* céder à aucun
neque homini,	ni homme,
neque perturbationi animi,	ni désordre de l'âme,

nec fortunæ succumbere. Altera est res, ut, quum ita sis affec-
tus animo, ut supra dixi, res geras, magnas illas quidem, et
maxime utiles, sed et vehementer arduas, plenasque laborum
et periculorum tum vitæ, tum multarum rerum quæ ad vitam
pertinent. Harum rerum duarum splendor omnis et amplitudo,
addo etiam utilitatem, in posteriore est ; causa autem et ratio
efficiens magnos viros est in priore. In eo enim est illud quod
excellentes animos et humana contemnentes facit. Id autem
ipsum cernitur in duobus, si et solum id, quod honestum sit,
bonum judices, et ab omni animi perturbatione liber sis.
Nam et ea, quæ eximia plerisque et præclara videntur,
parva ducere, eaque ratione stabili firmaque contemnere,
fortis animi magnique ducendum est ; et ea quæ videntur
acerba, quæ multa et varia in hominum vita fortunaque
versantur, ita ferre, ut nihil a statu naturæ discedas,

tune ; l'autre, qui est une suite naturelle de cette disposition d'âme
dont j'ai parlé, consiste à exécuter de ces choses qui non-seulement
sont grandes et utiles, mais encore grosses de difficultés, et dont on
ne saurait venir à bout sans hasarder sa fortune et sa vie. De ces
deux qualités, la dernière a pour elle tout l'éclat, toute la grandeur,
je dirai même toute l'utilité ; mais la première est proprement celle
qui fait les grands hommes, car c'est elle qui produit ces nobles âmes
si pleines de mépris pour les choses humaines. Elle se reconnaît à
deux traits : ne juger bon que ce qui est honnête, être exempt de
toute passion. En effet, mépriser ce qui paraît bon et glorieux au
vulgaire, et le dédaigner d'une raison ferme et constante, c'est la
marque d'une âme grande et forte ; supporter les plus cruels accidents de la vie et les plus rudes coups de la fortune, sans sortir de

nec fortunæ.	ni accident-de-fortune.
Altera res est ut,	L'autre chose est que,
quum sis affectus animo	quand tu es disposé d'âme
ita ut dixi supra,	ainsi que j'ai dit ci-dessus,
geras res	tu fasses des choses
magnas illas quidem	grandes celles-là à la vérité
et maxime utiles,	et très-grandement utiles,
sed et vehementer arduas,	mais aussi extrêmement difficiles,
plenasque laborum	et pleines de travaux
et periculorum	et de dangers
tum vitæ,	soit de la vie,
tum multarum rerum	soit de beaucoup de choses
quæ pertinent ad vitam.	qui ont-rapport à la vie.
Harum duarum rerum,	De ces deux choses,
omnis splendor	tout l'éclat
et amplitudo,	et la grandeur,
addo etiam utilitatem,	j'ajoute même l'utilité,
est in posteriore ;	sont dans la dernière ;
causa autem et ratio	mais la cause et le système
efficiens magnos viros	qui font les grands hommes
est in priore.	sont dans la première.
In eo enim	Car dans cela
est illud quod facit	est ce qui fait
animos excellentes	les âmes supérieures
et contemnentes humana.	et méprisant les choses humaines.
Id autem ipsum	Mais ceci même
cernitur in duobus,	est vu en deux choses,
si et judices bonum	si et tu juges bon
id solum	cela seul
quod sit honestum,	qui soit honnête,
et sis liber	et tu es libre
omni perturbatione animi.	de tout désordre de l'âme.
Nam et ducere parva	Car et estimer petites
ea quæ videntur	ces choses qui paraissent
plerisque	à la plupart
eximia et præclara,	supérieures et très-brillantes,
contemnereque ea	et mépriser elles
ratione stabili firmaque,	d'une raison constante et ferme,
ducendum est	doit être estimé
animi fortis magnique ;	le *propre* d'une âme forte et grande ;
et ferre ea,	et supporter ces choses,
quæ videntur acerba,	qui paraissent douloureuses,
quæ versantur multa	qui se trouvent nombreuses
et varia	et variées
in vita fortunaque	dans la vie et la fortune
hominum,	des hommes,
ita ut discedas nihil	de telle-sorte que tu *ne* t'éloignes en rien

nihil a dignitate sapientis, robusti animi est magnæque constantiæ.

Non est autem consentaneum, qui metu non frangatur, eum frangi cupiditate, nec, qui invictum se a labore præstiterit, vinci a voluptate. Quamobrem et hæc videnda sunt, et pecuniæ fugienda cupiditas. Nihil enim est tam angusti animi tamque parvi quam amare divitias ; nihil honestius magnificentiusque quam pecuniam contemnere, si non habeas ; si habeas, ad beneficentiam liberalitatemque conferre. Cavenda est etiam gloriæ cupiditas, ut supra dixi. Eripit enim libertatem, pro qua magnanimis viris omnis debet esse contentio. Nec vero imperia expetenda, ac potius aut non accipienda interdum, aut deponenda nonnunquam. Vacandum autem est omni animi perturbatione, tum cupiditate, et metu, tum etiam ægritudine, et voluptate animi, et iracundia ; ut tranquillitas

son assiette, sans rien perdre de la dignité du sage, c'est le propre d'une âme ferme et constante.

Il ne conviendrait pas que celui qui est impassible à la crainte fût accessible à la cupidité ; que celui qui aurait triomphé de tous les travaux fût vaincu par la volupté. Il faut donc y prendre garde, et se préserver surtout de l'avarice, car rien ne prouve plus la bassesse et la petitesse de l'âme que l'amour de l'argent ; rien au contraire n'annonce mieux la grandeur d'âme et la noblesse de cœur, que le mépris des richesses quand on ne les possède pas, et, quand on les possède, le bon usage qu'on en fait en libéralité et en bienfaisance. Il faut encore, comme je l'ai dit plus haut, être en garde contre l'amour de la gloire ; car il nous ravit cette liberté pour laquelle les grands cœurs doivent lutter de tout leur pouvoir. Ne briguons pas les commandements ; sachons plutôt, selon les circonstances, ou les refuser ou les quitter. Tenons-nous libres de toute passion, non-seulement de la convoitise et de la crainte, mais aussi de l'inquiétude, de la joie, de la colère ; gardons cette tranquillité, cette sécurité, qui

a statu naturæ,	de l'assiette de *ton* naturel,
nihil a dignitate sapientis,	en rien de la dignité du sage,
est animi robusti,	est *le propre* d'une âme vigoureuse,
magnæque constantiæ.	et d'une grande constance.
Non est autem	Or il n'est pas
consentaneum	conséquent
eum qui non frangatur metu	celui qui n'est pas brisé par la crainte
frangi cupiditate ;	être brisé par la cupidité ;
nec qui se præstiterit	ni celui qui s'est montré
invictum a labore,	non-vaincu par la fatigue,
vinci a voluptate.	être vaincu par la volupté.
Quamobrem	C'est-pourquoi
et hæc videnda,	et ces choses *sont* à-voir (il faut y prendre
et cupiditas pecuniæ	et le désir de l'argent [garde),
fugienda.	doit être fui.
Nihil enim	Rien en effet
est tam animi angusti,	n'est autant *le propre* d'une âme étroite,
tamque parvi,	et autant *le propre* d'une *âme* petite,
quam amare divitias ;	que d'aimer les richesses ;
nihil honestius	rien de plus honnête
magnificentiusque	et de plus grandiose
quam contemnere	que de mépriser
pecuniam,	l'argent,
si non habeas ;	si tu ne *l*'as pas ;
si habeas,	*et* si tu *l*'as, [sance
conferre ad beneficentiam	de *l*'appliquer (l'employer) à la bienfai-
liberalitatemque.	et à la libéralité.
Cupiditas etiam gloriæ	Le désir aussi de la gloire
cavenda est,	doit être-pris-en-défiance,
ut dixi supra :	comme j'ai dit ci-dessus :
eripit enim libertatem,	car il ôte la liberté,
pro qua omnis contentio	pour laquelle tout effort
debet esse	doit être
viris magnanimis.	aux hommes magnanimes.
Nec vero imperia	D'autre-part les commandements
expetenda,	ne doivent pas être recherchés,
ac potius	et plutôt
aut non accipienda	ou ils ne doivent pas être acceptés
interdum,	quelquefois,
aut deponenda	ou ils doivent être quittés
nonnunquam.	quelquefois.
Vacandum autem est	Mais il faut être-exempt
omni perturbatione animi,	de tout désordre de l'âme,
tum cupiditate et metu,	d'une-part de cupidité et de crainte,
tum etiam ægritudine	d'autre-part aussi de chagrin
et voluptate animi	et de volupté de l'âme
et iracundia ;	et de colère ;

et securitas adsit, quæ affert quum constantiam, tum etiam
dignitatem. Multi autem et sunt et fuerunt, qui, eam quam
dico tranquillitatem expetentes, a negotiis publicis se remo-
verint, ad otiumque perfugerint : in his et nobilissimi philosophi longeque principes, et quidam homines severi et graves,
nec populi nec principum mores ferre potuerunt, vixeruntque
nonnulli in agris, delectati re sua familiari. His idem propositum fuit quod regibus, ut ne qua re egerent, ne cui pare-
rent, libertate uterentur ; cujus proprium est sic vivere ut
velis.

XXI. Quare, quum hoc commune sit potentiæ cupidorum
cum iis quos dixi otiosis., alteri se adipisci id posse arbitrantur, si opes magnas habeant ; alteri, si contenti sint et
suo et parvo. In quo quidem neutrorum omnino contemnenda
est sententia : sed et facilior, et tutior, et minus aliis gravis

apportent avec elles la dignité et la constance. C'est l'amour de cette
tranquillité qui a porté tant d'hommes, de tout temps et de nos jours
encore, à s'éloigner des affaires publiques et à chercher un refuge
dans la retraite. De ce nombre ont été les philosophes les plus illustres, et avec eux des personnages graves et austères qui n'ont pu
s'accommoder ni aux mœurs du peuple, ni à celles des grands.
Quelques-uns ont passé leur vie dans les champs, contents de gouverner leurs biens domestiques. Ceux-là se sont proposé le même but
que les rois : n'avoir besoin de rien, ne dépendre de personne, jouir
de la liberté, qui consiste principalement à vivre comme l'on veut.

XXI. Ce but étant donc commun et à ceux qui ambitionnent la
puissance et à ces amants du repos, les premiers pensent l'atteindre
en acquérant de grandes richesses, les autres en se contentant du peu
qu'ils ont. Il ne faut condamner absolument ni les uns ni les autres ;
mais la vie des derniers est plus facile, plus sûre, moins incommode

ut tranquillitas	afin que la tranquillité
et securitas adsit,	et la sécurité soient-présentes,
quæ affert	lesquelles apportent
tum constantiam,	d'une-part la constance,
tum etiam dignitatem.	d'autre-part aussi la dignité.
Multi autem	Or beaucoup d'hommes
et sunt, et fuerunt,	et sont, et ont été,
qui, expetentes	qui, recherchant
eam tranquillitatem	cette tranquillité
quam dico,	que je dis (dont je parle),
se removerint	se sont écartés
a negotiis publicis,	des affaires publiques,
perfugerintque ad otium :	et se sont réfugiés vers le repos :
in his	parmi ceux-ci
et philosophi nobilissimi	et les philosophes les plus célèbres
longeque principes,	et de loin (de beaucoup) les premiers,
et quidam homines	et certains hommes
severi et graves,	sévères et graves,
potuerunt ferre mores	n'ont pu supporter les mœurs
nec populi nec principum,	ni du peuple ni des grands,
nonnullique	et quelques-uns
vixerunt in agris,	ont vécu dans les champs,
delectati	charmés
sua re familiari.	de leur bien de-famille.
Idem propositum fuit his	Le même but fut à ceux-ci
quod regibus,	qu'aux rois, [chose,
ut ne egerent quā re,	qu'ils ne manquassent pas de quelque
ne parerent cui,	qu'ils n'obéissent pas à quelqu'un,
uterentur libertate :	qu'ils fissent-usage de la liberté :
cujus proprium est	de laquelle le propre est
vivere sic ut velis.	de vivre ainsi que tu veux.
XXI. Quare,	XXI. C'est-pourquoi,
quum hoc sit commune	comme ceci est commun
cupidorum potentiæ	aux hommes désireux de la puissance
cum iis otiosis,	avec ces hommes oisifs,
quos dixi,	que j'ai dits,
alteri arbitrantur	les uns estiment
se posse adipisci id,	eux-mêmes pouvoir atteindre cela,
si habeant magnas opes ;	s'ils possèdent de grandes richesses ;
alteri,	les autres,
si sint contenti et suo,	s'ils sont contents d'un bien et à-eux,
et parvo.	et petit.
In quo	En quoi [tres
sententia neutrorum	la manière-de-voir ni-des-uns-ni-des-au-
contemnenda est omnino :	ne doit être méprisée absolument :
sed vita otiosorum	mais la vie des hommes oisifs
est et facilior, et tutior,	est et plus facile, et plus sûre,

aut molesta vita est otiosorum ; fructuosior autem hominum
generi et ad claritatem amplitudinemque aptior eorum, qui
se ad rempublicam et ad res magnas gerendas accommoda-
verunt. Quapropter et iis forsitan concedendum sit rempublicam non capessentibus, qui, excellenti ingenio, doctrinæ sese
dediderunt, et iis qui, aut valetudinis imbecillitate, aut aliqua graviore causa impediti, a republica recesserunt, quum
ejus administrandæ potestatem aliis laudemque concederent.
Quibus autem talis nulla sit causa , si despicere se dicant ea
quæ plerique mirentur, imperia et magistratus, iis non modo
non laudi, verum etiam vitio dandum puto. Quorum judicium
in eo, quod gloriam contemnant et pro nihilo putent, difficile
factu est non probare ; sed videntur labores et molestias tum
offensionum, tum repulsarum, quasi quamdam ignominiam

et moins à charge aux autres ; celle des hommes qui se sont consa-
crés à l'administration des affaires publiques et à la conduite des
grandes choses, est plus utile au genre humain, plus entourée d'éclat
et de considération. Peut-être ne faudrait-il rien dire à ceux qui
s'éloignent des affaires, parce qu'un génie éminent les porte vers les
sciences, et à ceux qui, à cause de la faiblesse de leur santé ou de
quelque autre raison sérieuse, renoncent à l'administration, et laissent à d'autres l'autorité et la gloire. Quant à ceux qui n'ont aucune
excuse de ce genre, mais qui dédaignent, disent-ils, ces commandements et ces magistratures dont la plupart se laissent éblouir, je
crois que, loin de les en louer, on ne peut que les blâmer. En effet,
il serait difficile de ne pas approuver le sentiment qui leur ferait
mépriser et compter pour rien la gloire ; mais ils semblent bien
plutôt redouter, comme une espèce de honte et d'infamie, les soins
qu'entraînent les rivalités, les mortifications qu'apportent les refus.

et minus gravis	et moins à-charge
aut molesta aliis;	ou *moins* importune aux autres;
eorum autem	mais *la vie* de ceux
qui se accommodaverunt	qui se sont appliqués
ad rempublicam	à la république [nistrées
et ad magnas res gerendas	et aux grandes affaires devant-être admi-
fructuosior	*est* plus profitable
generi hominum,	à la race des hommes,
et aptior	et plus propre
ad claritatem	à l'éclat
amplitudinemque.	et à la grandeur.
Quapropter	C'est pourquoi
forsitan concedendum sit	peut-être faudrait-il pardonner
et iis,	et à ceux-là;
non capessentibus	ne prenant pas *en main*
rempublicam,	la république,
qui, ingenio excellenti,	qui, *étant* d'un génie supérieur,
sese dediderunt doctrinæ;	se sont adonnés à l'étude;
et iis qui impediti	et à ceux qui empêchés
aut imbecillitate	ou par faiblesse
valetudinis,	de santé,
aut aliqua causa graviore,	ou par quelque motif assez-sérieux,
recesserunt a republica,	se sont retirés de la république,
quum concederent aliis	alors qu'ils cédaient à d'autres
potestatem laudemque	le pouvoir et la gloire
ejus administrandæ.	de l'administrer.
Quibus autem	Mais *ceux* à qui
nulla causa talis sit,	aucun motif tel ne serait,
si dicant	s'ils disaient
se despicere ea,	eux-mêmes mépriser ces choses,
quæ plerique mirentur,	que la plupart admirent,
imperia et magistratus,	les commandements et les magistratures,
puto dandum iis	je pense *cela* devoir être donné (imputé)
non modo non laudi,	non seulement pas à louange, [à eux
sed etiam vitio.	mais même à faute.
Quorum	Desquels
est difficile factu	il est difficile à être fait (il est difficile)
non probare judicium,	de ne pas approuver le jugement,
in eo quod	en ce que
contemnant gloriam	ils méprisent la gloire
et putent pro nihilo;	et *l'*estiment pour (comme) rien;
sed videntur timere	mais ils paraissent craindre
labores et molestias	les fatigues et les ennuis
tum offensionum,	d'une-part des inimitiés,
tum repulsarum,	d'autre-part des refus,
quasi	comme
quamdam ignominiam	une sorte-de honte

timere et infamiam. Sunt enim qui in rebus contrariis parum
sibi constent ; voluptatem severissime contemnant, in dolore
sint molliores ; gloriam negligant, frangantur infamia : atque
ea quidem non satis constanter. Sed iis, qui habent a natura
adjumenta rerum gerendarum , abjecta omni cunctatione,
adipiscendi magistratus et gerenda respublica est. Nec enim
aliter aut regi civitas aut declarari animi magnitudo potest.
Capessentibus autem rempublicam nihilominus quam philosophis, haud scio an magis etiam et magnificentia et despicientia adhibenda sit rerum humanarum , et , quam sæpe dico,
tranquillitas animi atque securitas ; siquidem nec anxii futuri
sunt, et cum gravitate constantiaque victuri. Quæ eo faciliora
sunt philosophis, quo minus multa patent in eorum vita quæ

On trouve en effet des hommes qui ne sont plus les mêmes quand la
fortune leur est contraire : ils méprisent souverainement les voluptés,
mais ils ne peuvent modérer la douleur ; ils dédaignent la gloire,
mais un affront les abat ; et certes ce n'est pas là prouver une grande
constance. Mais enfin tous ceux que la nature a faits propres aux affaires, doivent sans hésiter rechercher les emplois et l'administration.
Autrement, comment la république serait-elle administrée, et quelle
occasion aurait-on de faire paraître sa grandeur d'âme ? Mais les
hommes publics, autant et peut-être plus que les philosophes, ont
besoin de cette élévation de sentiments, de ce mépris des choses
humaines dont je parle si souvent, de cette tranquillité de l'âme, de
cette sécurité parfaite ; car ce n'est que par là qu'ils peuvent se
défendre du trouble et de l'inquiétude, et conserver de la dignité et
de l'égalité dans leur conduite. C'est ce qui coûte d'autant moins
aux philosophes que leur vie est beaucoup moins exposée aux traits

et infamiam.	et d'infamie.
Sunt enim	En effet il est *des gens*
qui constent parum sibi	qui sont-d'accord peu avec eux-mêmes
in rebus contrariis,	dans les choses contraires,
contemnant voluptatem	méprisent la volupté
severissime,	avec-une-très-grande-austérité,
sint molliores in dolore ;	sont trop mous dans la douleur ;
negligant gloriam,	dédaignent la gloire,
frangantur infamia :	sont brisés (abattus) par l'affront :
atque ea quidem	et ces choses à la vérité
non satis constanter.	pas assez avec-constance.
Sed iis	Mais à ceux
qui habent a natura	qui ont reçu de la nature
adjumenta	les aides (moyens)
rerum gerendarum,	des affaires devant être administrées,
magistratus adipiscendi	les magistratures doivent être recher-
omni cunctatione	toute hésitation [chées
abjecta,	étant jetée-de-côté,
et respublica gerenda est.	et la république doit être administrée.
Nec enim aliter	Et en effet autrement
aut civitas	ou (ni) la cité
potest regi,	ne peut être gouvernée,
aut magnitudo animi	ou (ni) leur grandeur d'âme
declarari.	ne peut être manifestée.
Capessentibus autem	Mais à ceux qui prennent en main
rempublicam	la république
nihilo minus	en rien moins
quam philosophis,	qu'aux philosophes,
haud scio an etiam magis,	je ne sais si même ce n'est pas davantage,
et magnificentia	et la grandeur
et despicientia	et le mépris
rerum humanarum	des choses humaines
adhibenda sit,	doivent être apportées,
et ea tranquillitas animi	et cette tranquillité d'âme
atque securitas	et sécurité
quam dico sæpe :	que je dis (dont je parle) souvent :
si quidem nec futuri sint	si toutefois et ils ne doivent pas être
anxii,	remplis-d'angoisses,
et victuri	et ils doivent vivre
cum gravitate	avec gravité
constantiaque.	et constance.
Quæ sunt eo faciliora	*Choses* qui sont d'autant plus faciles
philosophis,	aux philosophes,
quo in vita eorum	que dans la vie d'eux
minus multa	des *points* moins nombreux
patent,	sont-à-découvert,
quæ fortuna feriat,	que la fortune puisse frapper,

fortuna feriat, et quo minus multis rebus egent; et quia, si quid adversi eveniat, tam graviter cadere non possunt. Quocirca non sine causa majores motus animorum concitantur, majoraque efficienda rempublicam gerentibus quam quietis ; quo magis his et magnitudo animi est adhibenda, et vacuitas ab angoribus. Ad rem gerendam autem qui accedit, caveat ne id modo consideret, quam illa res honesta sit, sed etiam ut habeat efficiendi facultatem. In quo ipso considerandum est ne aut temere desperet propter ignaviam, aut nimis confidat propter cupiditatem. In omnibus autem negotiis, priusquam aggrediare, adhibenda est præparatio diligens.

XXII. Sed, quum plerique arbitrentur res bellicas majores esse quam urbanas , minuenda est hæc opinio. Multi enim bella sæpe quæsierunt propter gloriæ cupiditatem ; atque id in magnis animis ingeniisque plerumque contingit, eoque

de la fortune, et qu'ils ont bien moins de besoins : s'ils viennent d'ailleurs à éprouver quelque disgrâce, ils ne tombent pas de si haut. Il est donc tout naturel que ceux qui sont à la tête de la république éprouvent des émotions plus fortes que ceux qui vivent dans le repos, puisqu'ils ont de plus grandes choses à faire. Ils ont d'autant plus besoin d'appeler à leur aide la grandeur d'âme et de se mettre au-dessus de toutes les anxiétés. Quand on entre dans les emplois publics, ce n'est pas assez de considérer combien le but est honnête ; il faut voir aussi si l'on a les moyens d'y atteindre, et, sur ce point, on fera bien d'éviter également le découragement que produit la paresse et la présomption qu'inspire l'ambition. Enfin, en toutes choses, avant d'entreprendre, on doit se préparer avec soin.

XXII. Le commun des hommes estime que les grandes actions militaires sont bien au-dessus des grandes actions civiles ; c'est une opinion que nous devons détruire. Tant d'hommes en effet n'ont recherché la guerre que parce qu'ils aspiraient à la gloire ! et d'ordinaire ce sont les grandes âmes, surtout celles qui ont le génie et

et quo egent	et qu'ils ont-besoin
rebus minus multis ;	de choses moins nombreuses ;
et quia,	et parce que,
si quid adversi eveniat,	si quelque chose de contraire arrivait,
non possunt	ils ne peuvent pas
cadere tam graviter.	tomber si lourdement.
Quocirca	C'est-pourquoi
non sine causa	non sans motif
majores motus animorum	de plus grands mouvements des âmes
concitantur,	sont soulevés, [exécutées
majoraque efficienda	et de plus grandes choses doivent être
gerentibus rempublicam	à ceux qui administrent la république
quam quietis ;	qu'aux gens paisibles ;
quo magis	d'autant plus
et magnitudo animi	et la grandeur d'âme
et vacuitas ab angoribus	et l'exemption de tourments
adhibenda est his.	doivent être apportées à (par) ceux-ci.
Qui autem accedit	Mais que celui qui s'approche
ad gerendam rem,	pour administrer la chose publique,
caveat	prenne-garde
ne consideret id modo,	qu'il ne considère ceci seulement,
quam illa res sit honesta,	combien cette chose est honnête,
sed etiam ut habeat	mais encore qu'il ait
facultatem efficiendi.	le pouvoir de l'exécuter.
In quo ipso	Dans laquelle chose elle-même
considerandum est	il faut observer
ne aut desperet	que ou il ne se décourage pas
temere,	sans-raison,
propter ignaviam,	à-cause-de sa paresse,
aut confidat nimis,	ou il n'ait-pas-confiance trop,
propter cupiditatem.	à-cause-de son ambition.
In omnibus autem negotiis,	Or dans toutes les affaires,
prius quam aggrediare,	avant que tu les abordes,
præparatio diligens	une préparation soigneuse
adhibenda est.	doit être apportée.
XXII. Sed quum	XXII. Mais comme
plerique arbitrentur	la plupart jugent
res bellicas esse majores	les actions de-la-guerre être plus grandes
quam urbanas,	que celles de-la-ville (civiles),
hæc opinio minuenda est.	cette opinion doit être détruite.
Multi enim sæpe	Beaucoup en effet souvent
quæsierunt bella	ont cherché des guerres
propter cupiditatem gloriæ:	à-cause-de leur désir de gloire :
atque id contingit	et cela se rencontre
plerumque	le plus souvent
in magnis animis	dans les grandes âmes
ingeniisque,	et les grands génies,

6

magis, si sunt ad rem militarem apti et cupidi bellorum ge-
rendorum. Vere autem si volumus judicare, multæ res exstiterunt urbanæ majores clarioresque quam bellicæ. Quamvis
enim Themistocles jure laudetur, et sit ejus nomen quam
Solonis illustrius, citeturque Salamis clarissimæ testis victoriæ, quæ anteponatur consilio Solonis ei, quo primum constituit Areopagitas, non minus præclarum hoc quam illud judicandum est. Illud enim semel profuit, hoc semper proderit
civitati ; hoc consilio leges Atheniensium, hoc majorum instituta servantur. Et Themistocles quidem nihil dixerit, in quo
ipse Areopagum adjuverit ; at ille vere a se adjutum Themistoclem. Est enim bellum gestum consilio senatus ejus, qui a
Solone erat constitutus. Licet eadem de Pausania Lysan-

la passion de la guerre. Mais si nous voulons juger sainement des
choses, combien trouverons-nous d'actions civiles plus importantes
et plus glorieuses que les hauts faits militaires ! Quelque justes que
soient les louanges qu'on donne à Thémistocle, quoique son nom
soit plus célèbre que celui de Solon, et que sa magnifique victoire
de Salamine soit mise au-dessus de l'établissement de l'Aréopage,
cette dernière gloire ne doit pas nous paraître moins brillante que
la première. L'un a été utile une seule fois à sa patrie, l'autre lui
sera utile toujours : c'est à sa sage institution que les Athéniens
doivent la conservation de leurs lois et des coutumes de leurs ancêtres. Thémistocle ne saurait dire qu'il ait été du moindre secours
à l'Aréopage, tandis que l'Aréopage a été d'un grand secours à Thémistocle. En effet, si la guerre fut entreprise, c'est par les conseils
de ce sénat qu'institua Solon. On peut en dire autant de Pausanias

eoque magis si sunt apti	et d'autant plus s'ils sont propres
ad rem militarem,	à la chose (au métier) de-la-guerre,
et cupidi	et désireux
gerendorum bellorum.	de conduire des guerres.
Si autem volumus	Mais si nous voulons
judicare vere,	juger avec-vérité,
multæ res urbanæ	de nombreuses actions civile
exstiterunt	se sont élevées (ont été)
majores clarioresque	plus grandes et plus éclatantes
quam bellicæ.	que les *actions* guerrières.
Quamvis enim	En effet quoique
Themistocles	Thémistocle
laudetur jure,	soit loué à *bon* droit,
et nomen ejus	et que le nom de lui
sit illustrius	soit plus illustre
quam Solonis,	que *celui* de Solon,
Salamisque citetur	et que Salamine soit citée
testis	*comme* témoin
victoriæ clarissimæ,	d'une victoire très-éclatante,
quæ anteponatur	qui soit mise-au-dessus
ei consilio Solonis,	de cette vue de Solon,
quo primum	par laquelle pour-la-première-fois
constituit Areopagitas :	il institua les Aréopagites :
hoc judicandum est	ceci doit être jugé
non minus præclarum	non moins glorieux
quam illud.	que cela.
Illud enim	Cela (la victoire de Salamine) en effet
profuit semel,	a été utile une-fois *seulement*,
hoc	ceci (l'établissement de l'Aréopage)
proderit semper civitati :	sera-utile toujours à la cité :
hoc consilio	par cette vue
leges Atheniensium,	les lois des Athéniens,
hoc instituta majorum	par cette *vue* les institutions des ancêtres
servantur.	sont conservées.
Et Themistocles quidem	Et Thémistocle en vérité
dixerit nihil	*ne* pourrait dire rien
in quo ipse	en quoi lui-même
adjuverit Areopagum ;	ait aidé l'Aréopage ;
at ille	mais celui-là *pourrait dire*
vere	avec-vérité
Themistoclem	Thémistocle
adjutum a se.	*avoir été* aidé par lui-même.
Bellum enim gestum est	En effet la guerre fut faite
consilio ejus senatus,	par les vues de ce sénat,
qui constitutus erat	qui avait été institué
a Solone.	par Solon.
Licet dicere eadem	Il est-permis de dire les mêmes choses

droque dicere ; quorum rebus gestis quanquam imperium Lacedæmoniis dilatatum putatur, tamen ne minima quidem ex
parte Lycurgi legibus et disciplinæ conferendi sunt. Quinetiam
ob has ipsas causas et parentiores habuerunt exercitus et fortiores. Mihi quidem neque, pueris nobis [1], M. Scaurus C. Mario,
neque, quum versaremur in republica, Q. Catulus [2] Cn. Pompeio cedere videbatur. Parvi enim sunt foris arma, nisi est
consilium domi. Nec plus Africanus, singularis et vir et imperator, in exscindenda Numantia reipublicæ profuit, quam
eodem tempore P. Nasica [3] privatus, quum Tiberium Gracchum
interemit : quanquam hæc quidem res non solum ex domestica est ratione ; attingit etiam bellicam, quoniam vi manuque
confecta est ; sed tamen id ipsum gestum est consilio urbano,

et de Lysandre : quoique la domination des Lacédémoniens ait été
étendue par ces deux généraux, ce qu'ils ont fait n'est nullement
comparable aux lois et à la discipline de Lygurgue ; bien plus, ils
lui sont redévables de la discipline et de la bravoure de leurs trou-
pes. Pour moi, je n'ai jamais trouvé ni Scaurus inférieur à Marius, dans ma plus grande jeunesse ; ni Catulus à Pompée,
lorsque j'étais déjà dans les fonctions publiques : car les armes
sont impuissantes au dehors, s'il n'y a un sage conseil au dedans. Le second Africain, ce grand homme, cet illustre capitaine,
ne servit pas mieux la république en détruisant Numance, que son
contemporain Nasica, homme privé, en tuant Tibérius Gracchus. Il est vrai que l'action de Nasica n'est pas seulement
civile, mais rentre aussi dans les actions guerrrières, puisque ce
fut un coup de main et de vigueur ; mais elle fut toujours le résultat d'une délibération civile, et s'accomplit sans armée. Ainsi,

de Pausania Lysandroque :   sur Pausanias et Lysandre ;
rebus gestis quorum   par les actions accomplies (les exploits)
quanquam imperium   quoique la domination   [desquels
putatur dilatatum   soit crue *avoir été* agrandie
Lacedæmoniis,   aux Lacédémoniens,
tamen conferendi sunt   cependant ils *ne* doivent être comparés
ne ex minima quidem parte   pas même pour la plus petite partie
legibus   aux lois
et disciplinæ Lycurgi.   et à la discipline de Lycurgue.
Quinetiam   Bien plus
ob has causas ipsas   pour ces causes mêmes
habuerunt excreitus   ils ont eu des armées
et parentiores   et plus obéissantes
et fortiores.   et plus braves.
Mihi quidem   A moi à la vérité
neque, nobis pueris,   ni, nous *étant* enfants,
M. Scaurus videbatur   M. Scaurus ne paraissait
cedere C. Mario,   le céder à C. Marius,
neque, quum versaremur   ni, lorsque nous nous trouvions
in republica,   dans les affaires publiques,
Q. Catulus   Q. Catulus
Cn. Pompeio.   à Cn. Pompée.
Arma enim   Les armes en effet
sunt parvi foris,   sont d'un petit *prix* au dehors,
nisi consilium   si la sagesse
est domi.   n'est au logis (au dedans).
Et Africanus,   Et l'Africain,
et vir   et homme
et imperator singularis,   et capitaine unique,
non profuit plus   ne fut-pas-utile plus
reipublicæ   à la république
in excidenda Numantia,   en détruisant Numance,
quam eodem tempore   que dans le même temps
P. Nascica privatus,   P. Nasica simple-particulier,
quum interemit   lorsqu'il tua
Tib. Gracchum :   Tib. Gracchus :
quanquam   quoique
hæc res quidem   cette action à la vérité
non est solum   n'est pas seulement
ex ratione domestica ;   de l'ordre de l'intérieur (civil) ;
attingit etiam bellicam,   elle touche aussi l'*ordre* guerrier,
quoniam confecta est   puisqu'elle a été achevée
vi manuque :   par la force et la main *armée* :
sed tamen id ipsum   mais cependant cela même
gestum est   fut fait
consilio urbano,   par une résolution civile,
sine exercitu.   sans armée.

sine exercitu. Illud autem optimum est, in quod invadi solere
ab improbis et invidis audio :

    Cedant arma togæ ; concedat laurea laudi.

Ut enim alios omittam, nobis rempublicam gubernantibus,
nonne togæ arma cessere? Neque enim in republica periculum fuit gravius unquam, nec majus otium : ita consiliis dili-
gentiaque nostra celeriter de manibus audacissimorum civium
delapsa arma ipsa ceciderunt. Quæ res igitur gesta unquam
in bello tanta? qui triumphus conferendus? Licet enim mihi,
Marce fili, apud te gloriari, ad quem et hereditas hujus gloriæ
et factorum imitatio pertinet. Mihi quidem certe vir abundans
bellicis laudibus, Cn. Pompeius, multis audientibus, hoc tri-
buit, ut diceret frustra se tertium triumphum deportaturum
fuisse, nisi, meo in rempublicam beneficio, ubi triumpharet
esset habiturus. Sunt ergo domesticæ fortitudines non infe-

quoi que puissent dire les méchants et les envieux, c'est une belle
maxime que :

    Cedant arma togæ, concedat laurea laudi.

Car, pour ne point parler des autres, sous mon consulat, les armes
n'ont-elles pas cédé à la toge? Jamais la république ne courut un
danger plus sérieux et ne jouit d'une paix plus profonde. Grâce à
mes conseils, à mon activité, on vit tout d'un coup les armes tomber des mains des citoyens les plus audacieux. A-t-on jamais rien
fait de plus glorieux par la force des armes? et quel triomphe peut
se comparer à mon succès? car il m'est sans doute permis, Marcus
mon fils, de me glorifier auprès de vous d'une gloire dont vous
devez hériter, d'une conduite qu'il vous appartient d'imiter. J'ai d'autant plus de droit de le faire, que Pompée même, qui avait acquis
tant de gloire à la guerre, m'a rendu publiquement ce témoignage, qu'en vain aurait-il mérité pour la troisième fois les
honneurs du triomphe, si ma sagesse ne lui avait conservé une
patrie où il pût les recevoir. Il y a donc une valeur civile qui n'est

Illud autem est optimum,	Or cette *maxime* est très-belle,
in quod audio	contre laquelle j'entends *dire*
solere	la-coutume-être
invadi	des-attaques-être-faites
ab improbis et invidis :	par les méchants et les envieux :
« Arma cedant togæ,	« Que les armes cèdent à la toge,
laurea concedat laudi. »	que le laurier cède à la gloire. »
Ut enim omittam alios,	En effet pour que j'omette les autres,
nobis gubernantibus	nous (moi) gouvernant
rempublicam,	la république,
nonne arma cessere togæ ?	les armes n'ont-elles pas cédé à la toge ?
Neque enim periculum	En effet ni un péril
gravius	plus grave
fuit unquam in republica,	ne fut jamais dans la république,
nec otium majus.	ni une tranquillité plus grande.
Ita consiliis	Tellement par *nos* conseils
nostraque diligentia	et par notre activité
arma delapsa ipsa	les armes ayant glissé elles-mêmes
ceciderunt celeriter	tombèrent promptement
de manibus	des mains
civium audacissimorum.	des citoyens les plus audacieux.
Quæ res igitur tanta	Quelle chose donc si-grande
gesta unquam in bello ?	*a été* faite jamais dans une guerre ?
qui triumphus	quel triomphe
conferendus ?	peut être comparé ?
Licet enim mihi,	car il est permis à moi,
Marce fili,	Macus *mon* fils,
gloriari apud te,	de me glorifier auprès de toi,
ad quem pertinet	à qui se rapporte (appartient)
et hereditas hujus gloriæ	et l'héritage de cette gloire
et imitatio factorum.	et l'imitation de *ces* actions.
Mihi quidem certe	A moi à la vérité du moins
vir abundans	un homme pourvu-abondamment
laudibus bellicis,	de titres-de-gloire guerriers,
Cn. Pompeius,	Cn. Pompée,
tribuit hoc,	a accordé ceci,
multis audientibus,	beaucoup *l'*entendant,
ut diceret	qu'il dit
se deportaturum fuisse	lui-même avoir dû remporter
frustra	vainement
tertium triumphum,	*son* troisième triomphe,
nisi meo beneficio	si par mon bienfait
in rempublicam	envers la république
habiturus esset	il n'avait pas dû avoir *un lieu*
ubi triumpharet.	où il triomphât.
Sunt ergo	Il est donc [l'intérieur)
fortitudines domesticæ	des traits-de-bravoure domestiques (à

riores militaribus; in quibus plus etiam quam in his operæ studiique ponendum est.

XXIII. Omnino enim illud honestum, quod ex animo excelso magnificoque quærimus, animi efficitur, non corporis viribus. Exercendum tamen corpus et ita afficiendum est, ut obedire consilio rationique possit in exsequendis negotiis et in labore tolerando. Honestum autem id quod exquirimus totum est positum in animi cura et cogitatione ; in quo non minorem utilitatem afferunt qui togati reipublicæ præsunt quam qui bellum gerunt. Itaque eorum consilio sæpe aut non suscepta aut confecta bella sunt, nonnunquam etiam illata : ut M. Catonis bellum tertium Punicum, in quo etiam mortui valuit auctoritas[1]. Quare expetenda quidem magis est decernendi ratio quam decertandi fortitudo ; sed cavendum ne id bellandi magis fuga quam utilitatis ratione faciamus. Bellum autem ita

pas de moindre prix que la valeur militaire, et qui réclame même plus de travail et d'application.

XXIII. Enfin, cette honnêteté que nous demandons à une âme grande et élevée dépend de la force de l'esprit, et non pas de celle du corps. Il faut cependant exercer le corps et le mettre en état d'obéir à l'esprit, lorsqu'il s'agit d'achever des entreprises ou de supporter des travaux. Mais, après tout, l'honnêteté que nous cherchons ici réside tout entière dans l'activité de l'esprit et dans la pensée, et c'est par là que les magistrats qui gouvernent la république ne lui sont pas moins utiles que les généraux qui commandent ses armées. Aussi est-ce souvent par leurs conseils que les guerres ont été ou évitées ou terminées, quelquefois même déclarées : ainsi la troisième guerre punique fut entreprise sur le conseil de Caton, dont l'autorité prévalut même après sa mort. La capacité nécessaire pour prendre des résolutions au sujet d'une guerre est donc plus désirable encore que la valeur sur le champ de bataille : mais il faut prendre garde que ce soit l'intérêt de la république, et non pas la crainte de la guerre, qui

non inferiores	non inférieurs
militaribus ;	aux *traits de bravoure* militaires ;
in quibus etiam	dans lesquels même
ponendum est plus operæ	il faut mettre plus de travail
studiique	et d'application
quam in his.	que dans ceux-ci (les exploits guerriers).
XXIII. Omnino	XXIII. En-somme
illud honestum,	cette honnêteté,
quod quærimus	que nous demandons
ex animo excelso	à une âme élevée
magnificoque,	et grande,
efficitur viribus animi,	est produite par les forces de l'âme,
non corporis.	non du corps.
Corpus tamen exercendum	Le corps cependant doit être exercé
et afficiendum est ita,	et doit être disposé de-telle-sorte,
ut possit obedire	qu'il puisse obéir
consilio rationique	à la réflexion et à la raison
in exsequendis negotiis,	en exécutant les affaires,
et in tolerando labore.	et en supportant le travail.
Id autem honestum,	Mais cette honnêteté,
quod exquirimus,	que nous cherchons,
est positum totum	est placée tout-entière
in cura animi	dans le soin (l'action) de l'esprit
et cogitatione ;	et dans la pensée :
in quo qui togati	en quoi ceux qui vêtus-de-la-toge
præsunt reipublicæ	sont-à-la-tête-de la république
non afferunt	n'apportent pas
utilitatem minorem	une utilité moindre
quam qui gerunt bellum.	que ceux qui font la guerre.
Itaque consilio eorum	Aussi par le conseil d'eux
sæpe bella	souvent les guerres
aut non suscepta sunt,	ou n'ont pas été entreprises,
aut confecta,	ou ont été terminées,
nonnunquam etiam illata :	quelquefois même apportées (déclarées) :
ut tertium bellum Punicum	comme la troisième guerre punique
M. Catonis,	de M. Caton,
in quo valuit	dans laquelle prévalut
auctoritas etiam mortui.	l'autorité de *lui* même mort.
Quare ratio decernendi	C'est-pourquoi la sagesse de décider
expetenda est quidem	doit être recherchée certes
magis	plus
quam fortitudo decertandi :	que la bravoure de combattre :
sed cavendum	mais il faut prendre-garde
ne faciamus id	que nous ne fassions cela
fuga bellandi	par aversion de faire-la-guerre
magis quam ratione	plus que par calcul
utilitatis.	d'utilité.

suscipiatur, ut nihil aliud nisi pax quæsita videatur. Fortis vero et constantis est non perturbari in rebus asperis, nec tumultuantem de gradu dejici, ut dicitur, sed præsentis animi uti consilio, nec a ratione discedere. Quanquam hoc animi, illud etiam ingenii magni est, præcipere cogitatione futura et aliquanto ante constituere quid accidere possit in utramque partem, et quid agendum sit quum quid evenerit, nec committere ut aliquando dicendum sit : « Non putaram. » Hæc sunt opera magni animi et excelsi, et prudentia consilioque fidentis. Temere autem in acie versari, et manu cum hoste confligere, immane quiddam et belluarum simile est. Sed quum tempus necessitasque postulat, decertandum manu est, et mors servituti turpitudinique anteponenda.

XXIV. De evertendis autem diripiendisque urbibus, valde illud considerandum est, ne quid temere, ne quid crudeliter.

règle nos sentiments. Décide-t-on la guerre, il faut paraître ne chercher que la paix. C'est la marque d'une âme forte et constante de ne pas se troubler dans les mauvais succès et de ne pas se laisser jeter hors de son assiette, mais de conserver sa présence d'esprit et de ne pas s'écarter de la raison. Quant au grand génie, il embrasse l'avenir par la pensée et règle d'avance tout ce qui devra se faire, de quelque côté que les choses tournent; il ne s'expose pas à jamais avoir à se dire : « Je ne l'avais pas prévu. » Voilà ce que savent faire ceux qui ont l'âme véritablement grande, et qui se confient dans leur prudence et leur sagesse. Mais de se lancer tête baissée au combat, de se mesurer corps à corps avec l'ennemi, c'est une pure férocité, qui tient plus de la bête que de l'homme. Toutefois, lorsqu'il y a nécessité, il faut savoir engager la lutte, et préférer la mort à l'esclavage et au déshonneur.

XXIV. Lorsqu'il s'agira de résoudre si l'on doit raser ou saccager une ville prise, il faudra y regarder de bien près, pour ne rien

Bellum autem	Mais que la guerre
suscipiatur ita,	soit entreprise de-telle-sorte,
ut nihil aliud,	que rien (nulle) autre chose,
nisi pax,	si-ce-n'est la paix,
videatur quæsita.	ne paraisse *avoir été* cherchée.
Est vero fortis	Or c'est *le propre* d'un *homme* fort
et constantis	et constant
non perturbari	de n'être pas troublé
in rebus asperis,	dans les affaires difficiles,
nec dejici de gradu	et de n'être pas jeté-hors de *son* pas
tumultuantem,	étant plein-de-désordre,
ut dicitur,	comme on dit,
sed uti consilio	mais de faire-usage du conseil
animi præsentis,	d'un esprit présent,
nec discedere a ratione.	et de ne pas s'écarter de la raison.
Quanquam hoc est animi,	Quoique ceci est d'une âme *grande*,
illud etiam ingenii magni,	*mais* cela *est* même d'un génie grand,
præcipere cogitatione	de saisir-d'avance par la pensée
futura,	les choses futures,
et constituere aliquanto ante	et d'établir quelque-peu auparavant
quid possit accidere	ce qui peut arriver
in utramque partem,	dans l'un-et-l'autre sens,
et quid agendum sit,	et ce qu'il faut faire,
quum quid evenerit ;	lorsque quelque chose sera arrivé ;
nec committere	et de ne pas risquer
ut aliquando dicendum sit :	que quelque-jour il doive être dit :
« Non putaram. »	« Je ne *l*'avais pas pensé. »
Hæc sunt opera	Celles-là sont les œuvres
animi magni et excelsi,	d'une âme grande et élevée,
et fidentis prudentia	et se confiant dans *sa* prudence
consilioque.	et *sa* sagesse.
Versari autem temere	Mais s'agiter témérairement
in acie,	dans la bataille,
et confligere manu	et se-mettre-aux-prises par la main
cum hoste,	avec l'ennemi,
est quiddam immane	est quelque chose de sauvage
et simile belluarum.	et de semblable aux bêtes.
Sed quum tempus	Mais lorsque le temps
necessitasque postulat,	et la nécessité *le* réclame,
decertandum est manu,	il faut lutter avec la main,
et mors anteponenda	et la mort doit être préférée
servituti turpitudinique.	à l'esclavage et à la honte.
XXIV. De urbibus autem	XXIV. Mais au sujet des villes
evertendis	devant être renversées
diripiendisque,	et devant être pillées,
considerandum est valde	il faut considérer grandement
ne quid temere,	que *nous* ne *fassions* rien témérairement,

Idque est viri magni, rebus agitatis, punire sontes, multitudinem conservare, in omni fortuna recta atque honesta retinere. Ut enim sunt, quemadmodum supra dixi, qui urbanis
rebus bellicas anteponant, sic reperies multos, quibus periculosa et calida consilia quietis cogitationibus et splendidiora
et majora videantur. Nunquam omnino periculi fuga committendum est ut imbelles timidique videamur ; sed fugiendum
etiam illud, ne offeramus nos periculis sine causa : quo nihil
potest esse stultius. Quapropter in adeundis periculis consuetudo imitanda medicorum est, qui leviter ægrotantes leviter
curant, gravioribus autem morbis periculosas curationes et
ancipites adhibere coguntur. Quare in tranquillo tempestatem
adversam optare dementis est ; subvenire autem tempestati

faire avec témérité, rien avec cruauté. Il est alors d'un cœur ma-
gnanime de n'agir qu'après y avoir bien réfléchi, de punir seulement
les coupables, d'épargner la multitude, et en tout cas de suivre
exactement ce que l'équité et l'honnêteté prescrivent. S'il en est qui
mettent les exploits militaires au-dessus des belles actions civiles,
à d'autres les conseils violents et téméraires paraissent plus beaux
et plus brillants que les délibérations tranquilles. La crainte du péril ne doit jamais nous rien faire faire qui ait un air de faiblesse ou
de lâcheté. Mais il ne faut pas non plus nous exposer inutilement et
de gaieté de cœur, car il n'y a rien de plus insensé. Il faut imiter
sur cela la conduite des médecins, qui n'emploient que des remèdes
doux dans les maladies légères, et ne viennent aux remèdes violents
et hasardeux que lorsque la grandeur du mal les y force. Il y a de
la folie, sur une mer calme, à désirer la tempête ; mais quand la
tempête est venue, il est d'un sage de lui faire tête, surtout lorsqu'il

ne quid crudeliter. que *nous* ne *fassions* rien cruellement.
Idque est magni viri, Et ceci est d'un grand homme,
rebus agitatis, les choses ayant été agitées (examinées),
punire sontes, de punir les coupables,
conservare multitudinem, de sauver la multitude,
retinere in omni fortuna de conserver dans toute fortune
recta atque honesta. la droiture et l'honnêteté.
Ut enim sunt, Car comme il y a *des gens*,
quemadmodum dixi supra, comme j'ai dit ci-dessus,
qui anteponant qui mettent-au-dessus
rebus urbanis des *belles* actions civiles
bellicas, les *belles actions* guerrières,
sic reperies multos, ainsi tu *en* trouveras de nombreux,
quibus consilia periculosa à qui les conseils périlleux
et calida et chauds (inconsidérés)
videantur et splendidiora paraissent et plus éclatants
et majora et plus grands
quietis que les *conseils* paisibles
et cogitatis. et réfléchis.
Nunquam omnino Jamais absolument
fuga periculi par fuite (crainte) du danger
committendum est il ne faut risquer   [guerre
ut videamur imbelles que nous paraissions impropres – à – la-
timidique ; et timides ;
sed illud etiam fugiendum, mais cela aussi doit être évité,
ne offeramus nos periculis que nous n'offrions nous aux dangers
sine causa : sans motif :
quo nihil en comparaison de quoi rien
potest esse stultius. ne peut être plus sot.
Quapropter C'est-pourquoi
in periculis adeundis dans les périls devant être abordés
consuetudo medicorum la coutume des médecins
imitanda est, doit être imitée,
qui curant leniter lesquels soignent doucement
ægrotantes leviter, ceux qui sont-malades légèrement,
coguntur autem mais sont forcés
adhibere d'appliquer
morbis gravioribus aux maladies plus graves
curationes periculosas les traitements périlleux
et ancipites. et douteux.
Quare est dementis C'est-pourquoi il est d'un insensé
in tranquillo dans le calme
optare de souhaiter
tempestatem adversam ; un temps contraire ;
sapientis autem mais d'un sage
subvenire tempestati de faire-tête à la tempête
ratione quavis : par un moyen quelconque :

quavis ratione, sapientis; eoque magis, si plus adipiscare re
explicata boni quam addubitata mali. Periculosæ autem rerum
actiones partim illis sunt qui eas suscipiunt, partim reipublicæ. Itemque alii de vita, alii de gloria et benevolentia civium in discrimen vocantur. Promptiores igitur debemus esse
ad nostra pericula quam ad communia, dimicareque paratius
de honore et gloria quam de ceteris commodis.

Inventi autem multi sunt, qui non modo pecuniam, sed
vitam etiam profundere pro patria parati essent; iidem gloriæ
jacturam ne minimam quidem facere vellent, ne republica
quidem postulante, ut Callicratidas [1], qui, quum Lacedæmoniorum dux fuisset Peloponnesiaco bello, multaque fecisset
egregie, vertit ad extremum omnia, quum consilio non paruit
eorum, qui classem ab Arginusis [2] removendam nec cum Athe-
niensibus dimicandum putabant. Quibus ille respondit Lace-

y a plus de bien à espérer en se décidant que de mal à craindre en
restant dans l'incertitude. Les actions hasardeuses regardent et ceux
qui les entreprennent, et la république. Les uns risquent leur vie,
d'autres leur gloire et l'affection de leurs concitoyens. Or nous devons être bien plus réservés à mettre en péril les affaires de la
république qu'à nous y mettre nous-mêmes, et nous devons combattre bien plus volontiers pour l'honneur et la gloire que pour
quelque autre avantage que ce puisse être.

On a vu cependant des hommes qui n'auraient pas fait difficulté
d'exposer leurs biens et leur vie pour leur patrie, mais qui n'auraient pas voulu lui sacrifier, lors même qu'elle l'eût demandé, la
moindre part de leur gloire. Ainsi Callicratidas, qui avait commandé les Lacédémoniens dans la guerre du Péloponèse, et avait
remporté des succès signalés, les mit à deux doigts de leur ruine
pour n'avoir pas voulu écouter ceux qui lui conseillaient de retirer
la flotte d'Arginuse et de n'en pas venir à un combat avec les Athéniens. Voici ce qu'il répondit : « Quand les Lacédémoniens per-

eoque magis,	et d'autant plus,
si, re explicata,	si, l'affaire étant éclaircie,
adipiscare plus boni	tu dois atteindre (gagner) plus de bien
quam mali,	que tu ne gagnerais de mal,
addubitata.	l'affaire étant laissée-dans-le-doute.
Actiones autem rerum	Mais les conduites des affaires
sunt periculosæ	sont périlleuses
partim iis	en-partie pour ceux
qui suscipiunt eas,	qui entreprennent elles,
partim reipublicæ.	en-partie pour la république.
Itemque	Et de-même
alii vocantur in discrimen	les uns sont appelés en risque
de vita,	pour leur vie,
alii de gloria	les autres pour leur gloire
et benevolentia civium.	et la bienveillance de leurs concitoyens.
Debemus igitur	Nous devons donc
esse promptiores	être plus empressés
ad nostra pericula	pour nos propres dangers
quam ad communia,	que pour les dangers communs,
dimicareque	et combattre
paratius	d'une-manière-plus-prête (plus volontiers)
de honore et gloria	pour l'honneur et la gloire
quam de ceteris commodis.	que pour tous-les-autres avantages.
Multi autem inventi sunt	Mais beaucoup ont été trouvés
qui essent parati	qui étaient prêts
profundere pro patria	à verser pour la patrie
non modo pecuniam,	non seulement leur argent,
sed vitam etiam;	mais leur vie même;
iidem vellent	ces-mêmes hommes n'auraient voulu
facere jacturam gloriæ	faire une perte de gloire
ne minimam quidem,	pas même la plus petite,
ne republica quidem	pas même la république
postulante :	le demandant :
ut Callicratidas,	comme Callicratidas,
qui, quum fuisset	qui, après qu'il avait été
dux Lacedæmoniorum	général des Lacédémoniens
bello Peloponnesiaco,	dans la guerre du-Péloponèse,
fecissetque multa	et avait fait beaucoup de choses
egregie,	d'une-manière-distinguée, [trême,
vertit omnia ad extremum,	tourna toutes choses à une situation ex-
quum non paruit	lorsqu'il n'obéit pas
consilio eorum qui putabant	au conseil de ceux qui croyaient
classem removendam	la flotte devoir être retirée
ab Arginusis,	des Arginuses,
nec dimicandum	et ne devoir pas être combattu (qu'il ne
cum Atheniensibus.	avec les Athéniens. [fallait pas combattre)
Quibus ille respondit	Auxquels celui-là répondit

dæmonios, classe illa amissa, aliam parare posse, se fugere
sine suo dedecore non posse. Atque hæc quidem Lacedæmoniis plaga mediocris fuit; illa pestifera, qua, quum Cleom-
brotus[1], invidiam timens, temere cum Epaminonda conflixis-
set, Lacedæmoniorum opes corruerunt. Quanto Q. Fabius
Maximus[2] melius? de quo Ennius :

> Unus homo nobis cunctando restituit rem;
> Non ponebat enim rumores ante salutem.
> Ergo postque magisque viri nunc gloria claret.

XXV. Quod genus peccandi vitandum est etiam in rebus
urbanis. Sunt enim qui quod sentiunt, etsi optimum sit, tamen
invidiæ metu non audent dicere.

Omnino qui reipublicæ præfuturi sunt duo Platonis præcepta teneant : unum, ut utilitatem civium sic tueantur, ut
quæcumque agunt ad eam referant, obliti commodorum suo-

draient cette flotte, ils pourront en équiper une autre; mais moi,
je ne puis fuir sans me déshonorer. » Il est vrai que l'échec essuyé
par les Lacédémoniens ne fut pas considérable; mais ils reçurent
un coup bien plus funeste lorsque Cléombrote, pour ne pas être en
butte à la haine, livra bataille à Épaminondas. La puissance de Lacédémone en fut ruinée. Combien fut plus digne d'éloges la conduite de Quintus Maximus, de qui Ennius a dit :

> Par sa sage lenteur il releva l'empire;
> Pour sauver les Romains il bravait leurs discours;
> Sa gloire aussi grandit et grandira toujours.

XXV. Il faut éviter ces mêmes fautes dans les affaires civiles;
car il est des hommes qui, pour ne pas s'attirer la haine, n'osent
pas proposer ce qui leur semble le plus utile.

Enfin ceux qui veulent gouverner doivent observer ces deux
règles de Platon : l'une, de n'avoir jamais en vue que le bien public,
sans se préoccuper de leur avantage particulier; l'autre, d'étendre

Lacedæmonios,	les Lacédémoniens,
illa classe amissa,	cette flotte-là ayant été perdue,
posse parare aliam,	pouvoir *en* équiper une autre,
se non posse fugere	*mais* lui-même ne pouvoir fuir
sine suo dedecore.	sans son déshonneur.
Atque hæc quidem plaga	Et ce coup à la vérité
mediocris Lacedæmoniis ;	*fut* médiocre pour les Lacédémoniens ;
illa pestifera ,	*mais* celui-là *fut* pernicieux,
qua, quum Cleombrotus,	par lequel, lorsque Cléombrote,
timens invidiam,	craignant l'envie,
conflixisset temere	se fut-mis-aux-prises témérairement
cum Epaminonda,	avec Épaminondas ,
opes Lacedæmoniorum	la puissance des Lacédémoniens
corruerunt.	croula.
Quanto melius	Combien *agit* mieux
Q. Maximus,	Q. Maximus,
de quo Ennius :	sur lequel Ennius *a dit* :
« Unus homo	« Un seul homme
restituit nobis rem	a rétabli à nous les affaires
cunctando.	en temporisant.
Non ponebat enim	En effet il ne plaçait pas
rumores	les propos *du peuple*
ante salutem.	avant le salut *de la patrie*.
Ergo gloria viri	Aussi la gloire de *cet* homme
claret nunc	est-éclatante maintenant
postque, magisque. »	et après, et davantage. »
XXV. Quod genus	XXV. Lequel genre
peccandi	de faillir (de faute)
vitandum est	doit être évité
etiam in rebus urbanis.	aussi dans les affaires civiles.
Sunt enim qui,	Car il y a des gens qui,
etsi sit optimum,	quoique *ce* soit le meilleur,
tamen metu invidiæ	cependant par crainte de l'envie
non audent dicere	n'osent pas dire
quod sentiunt.	ce qu'ils pensent.
Omnino	En somme
qui præfuturi sunt	que ceux qui doivent être-à-la-tête
reipublicæ	de la république
teneant duo præcepta	gardent (observent) deux préceptes
Platonis :	de Platon :
unum, ut tueantur	l'un, qu'ils protégent
utilitatem civium sic,	l'intérêt des citoyens de-telle-sorte,
ut referant ad eum	qu'ils rapportent à lui
quæcumque agunt,	toutes les choses qu'ils font,
obliti	oubliant
suorum commodorum ;	leurs *propres* intérêts ;
alterum, ut curent	l'autre, qu'ils soignent

rum ; alterum, ut totum corpus reipublicæ curent, ne, dum partem aliquam tuentur, reliquas deserant. Ut enim tutela, sic procuratio reipublicæ ad utilitatem eorum qui commissi sunt, non ad eorum quibus commissa est, gerenda est. Qui autem parti civium consulunt, partem negligunt, rem perniciosissimam in civitatem inducunt, seditionem atque discordiam. Ex quo evenit ut alii populares, alii studiosi optimi cujusque videantur, pauci universorum. Hinc apud Athenienses magnæ discordiæ ortæ ; in nostra republica non solum seditiones, sed pestifera etiam bella civilia : quæ gravis et fortis civis, et in republica dignus principatu, fugiet atque oderit, tradetque se totum reipublicæ, neque opes aut potentiam consectabitur, totamque eam sic tuebitur, ut omnibus consulat. Nec vero criminibus falsis in odium aut invidiam quemquam vocabit, omninoque ita justitiæ honestatique adhærescet, ut,

leurs soins également à tout le corps de l'État, et de ne pas en négliger une partie en faisant du bien à l'autre. Car celui qui gouverne la république est proprement un tuteur, qui doit faire le bien de son pupille et non pas le sien ; et celui qui ne protégerait qu'une partie des citoyens, sans se soucier des autres, introduirait dans l'État le plus pernicieux des fléaux, la discorde et la sédition. C'est là ce qui fait que les uns passent pour amis du peuple, les autres pour défenseurs de l'aristocratie, si peu pour bienfaiteurs de tout l'État. C'est ce qui a causé tant de divisions parmi les Athéniens, et parmi nous, non-seulement des séditions, mais des guerres civiles désastreuses. Voilà les malheurs que doit craindre et prévenir tout homme sage, ferme, et digne de tenir le premier rang dans sa patrie. Il se donnera tout entier à la république entière ; il n'aura jamais pour but de s'élever et de s'enrichir, et ses soins s'étendront également au général et au particulier. Jamais il ne lui arrivera d'exposer personne à la haine publique par de fausses accusations, et il sera si attaché à ce que prescrivent l'honnêteté et la justice, que,

totum corpus reipublicæ,	tout le corps de la république,
ne, dum tuentur	de peur que, tandis qu'ils protégent
aliquam partem,	quelque partie,
deserant reliquas.	ils n'abandonnent les autres.
Ut enim tutela,	Car de même qu'une tutelle,
sic procuratio reipublicæ	ainsi l'administration de la république
gerenda est	doit être gérée
ad utilitatem eorum	selon l'intérêt de ceux
qui commissi sunt,	qui ont été confiés,
non ad eorum	non selon *l'intérêt* de ceux
quibus commissa est.	à qui elle a été confiée.
Qui autem consulunt	Or ceux qui prennent-les-intérêts
parti civium,	d'une partie des citoyens,
negligunt partem,	*mais en* négligent une partie,
inducunt in civitatem	introduisent dans la cité
rem perniciosissimam,	la chose la plus pernicieuse,
seditionem	la sédition
atque discordiam :	et la discorde :
ex quo evenit	par-suite-de quoi il arrive
ut alii videantur	que les uns paraissent
populares,	amis-du-peuple,
alii studiosi	les autres attachés
cujusque optimi,	à tout *citoyen* le meilleur (à l'aristocratie),
pauci universorum.	peu à tous *les citoyens.*
Hinc apud Athenienses	De là chez les Athéniens
magnæ discordiæ ;	de grandes discordes ;
in nostra republica	dans notre république
non solum seditiones,	non seulement des séditions,
sed etiam bella civilia	mais encore des guerres civiles
pestifera :	pernicieuses ;
quæ civis gravis et fortis,	*choses* qu'un citoyen sérieux et fort,
et dignus principatu	et digne du premier-rang
in republica,	dans la république,
fugiet atque oderit,	fuira et haïra,
tradetque se totum	et livrera lui-même tout-entier
reipublicæ,	à la république,
neque consectabitur	et ne recherchera pas
opus aut potentiam ;	les richesses ou la puissance ;
tuebiturque sic	et il protégera de-telle-façon
eam totam,	elle tout-entière,
ut consulat omnibus.	qu'il prenne-les-intérêts de tous.
Nec vero	Et en-vérité
vocabit quemquam	il n'appellera (ne fera tomber) personne
in odium	à (dans) la haine *de ses concitoyens*
aut invidiam	ou *dans leur* envie
criminibus falsis ;	par des accusations fausses ;
omninoque adhærescet ità	et absolument il s'attachera de-telle-sorte

dum ea conservet, quamvis graviter offendat, mortemque op-
petat potius quam deserat illa quæ dixi.

Miserrima est omnino ambitio honorumque contentio ; de
qua præclare apud eumdem est Platonem [1] : Similiter facere
eos, qui inter se contenderent uter potius rempublicam admi-
nistraret, ut si nautæ certarent quis eorum potissimum gu-
bernaret. Idemque præcipit ut eos adversarios existimemus,
qui arma contra ferant, non eos qui suo judicio tueri rempublicam velint : qualis fuit inter P. Africanum et Q. Metellum [2]
sine acerbitate dissensio.

Nec vero audiendi qui graviter irascendum inimicis puta-
bunt, idque magnanimi et fortis viri esse censebunt. Nihil
enim laudabilius, nihil magno et præclaro viro dignius placa-
bilitate atque clementia. In liberis vero populis, et in juris

plutôt que de s'en départir, il sera toujours prêt à braver toutes les
disgrâces, la mort même.

Il n'y a rien de plus misérable que l'ambition et les rivalités dans
la poursuite des honneurs ; et sur cela, Platon dit admirablement
que ceux qui contestent entre eux à qui gouvernera la république, sont
comme des pilotes qui se battraient à qui tiendra le gouvernail. Le
même philosophe dit encore que nous ne devons regarder comme nos
ennemis que ceux qui font la guerre à la république, et non pas ceux
qui veulent qu'elle se gouverne par leurs avis plutôt que par les
nôtres. Ainsi Métellus et Scipion, quoiqu'ils eussent des systèmes
politiques différents, ne se témoignèrent jamais d'animosité.

Qu'on se garde donc bien d'écouter ceux qui croient qu'il faut
haïr ses ennemis, et qui prennent cette haine pour la marque d'une
âme grande et forte : car il n'y a rien au contraire de plus louable,
rien de plus digne d'un noble cœur, que la clémence et l'oubli des
injures. Chez un peuple libre, où les citoyens sont égaux devant la

justitiæ honestatique,	à la justice et à l'honnêteté,
ut, dum conservet ea,	que, pourvu qu'il garde (observe) elles,
offendat	il heurte *ses concitoyens*
quamvis graviter,	aussi lourdement que possible,
oppetatque mortem	et affronte la mort
potius quam deserat illa	plutôt qu'il n'abandonne ces *principes*
quæ dixi.	que j'ai dits.
Omnino	En-somme
ambitio est miserrima,	l'ambition est très-malheureuse,
contentioque honorum ;	et *aussi* la lutte des (pour les) honneurs ;
de qua præclare	sur laquelle *il est dit* d'une-façon-très-
apud eumdem Platonem :	chez le même Platon : [brillante
Eos qui contenderent	Ceux qui luttaient
inter se	entre eux
uter potius	*pour savoir* lequel-des-deux de-préférence
administraret	administrerait
rempublicam,	la république,
facere similiter,	faire semblablement,
ut si nautæ certarent	comme si des matelots se battaient
quis eorum	*pour savoir* lequel d'eux
gubernaret potissimum.	gouvernerait de-préférence.
Idem præcipit	Et le même (Platon) prescrit
ut existimemus	que nous estimions
eos adversarios,	ceux-là *nos* adversaires,
qui ferant arma contra,	qui porteraient les armes contre *la répu-*
non eos qui velint	*et* non ceux qui voudraient [*blique,*
tueri rempublicam	régir la république
suo judicio :	d'après leur jugement (système) :
qualis dissensio fuit	*tel* qu'un dissentiment fut
sine acerbitate	sans aigreur
inter P. Africanum	entre P. l'Africain
et Q. Metellum.	et Q. Métellus. [écoutés
Nec vero audiendi	Et en vérité ils ne doivent pas être
qui putabunt	ceux qui penseront
irascendum graviter	qu'il faut s'irriter fortement
inimicis,	contre *ses* ennemis,
censebuntque	et estimeront
id esse viri magnanimi	cela être d'un homme magnanime
et fortis.	et fort.
Nihil enim laudabilius,	En effet rien n'*est* plus louable,
nihil dignius	rien n'*est* plus digne
viro magno et præclaro	d'un homme grand et noble
placabilitate	que la facilité-à-s'apaiser
atque clementia.	et la clémence.
In populis vero liberis,	Mais chez les peuples libres,
et in æquabilitate juris,	et dans l'égalité du droit,
facilitas	la facilité *de caractère* (douceur)

æquabilitate, exercenda etiam est facilitas et altitudo animi quæ dicitur, ne, si irascamur aut intempestive accedentibus aut impudenter rogantibus, in morositatem inutilem et odiosam incidamus. Et tamen ita probanda est mansuetudo atque clementia, ut adhibeatur, reipublicæ causa, severitas, sine qua administrari civitas non potest. Omnis autem et animadversio et castigatio contumelia vacare debet, neque ad ejus qui punitur aliquem aut verbis castigat, sed ad reipublicæ utilitatem referri. Cavendum est etiam ne major pœna quàm culpa sit, et ne iisdem de causis alii plectantur, alii ne appellentur quidem. Prohibenda autem maxime est ira in puniendo. Nunquam enim iratus qui accedet ad pœnam mediocritatem illam tenebit, quæ est inter nimium et parum ; quæ placet peripateticis, et recte placet, modo ne laudarent iracundiam, et dicerent utiliter a natura datam. Illa vero omnibus in rebus

loi, il faut encore s'accoutumer à la douceur et à ce qu'on nomme magnanimité : car, si nous repoussons brusquement ou un visiteur importun ou un solliciteur téméraire, nous nous ferons haïr sans utilité. Il faut donc de l'affabilité et de la douceur, mais il faut aussi, quand il s'agit du bien de l'État, une sévérité sans laquelle le gouvernement serait impossible. Quand on est obligé de reprendre, ou même de châtier, il faut s'abstenir de tout outrage, et n'avoir pour but que le bien de la république, sans chercher aucun avantage pour soi-même. Il faut encore prendre garde que la peine ne soit plus grande que la faute, et que, pour les mêmes délits, les uns ne soient punis, tandis que les autres ne sont pas même accusés. Il faut surtout ne pas joindre la colère au châtiment : car jamais celui qui punira avec emportement ne se tiendra dans ces justes bornes entre le trop et le trop peu, qui sont si recommandées par les péripatéticiens. Et ils auraient pleinement raison, s'ils ne faisaient en même temps l'éloge de la colère, comme d'un présent avantageux

exercenda est etiam,	doit être exercée (pratiquée) aussi,
et altitudo animi,	et l'élévation d'âme,
quæ dicitur :	*qualité* qui est appelée *ainsi* :
ne, si irascamur	de peur que, si nous nous irritions
aut accedentibus	contre ceux ou *nous* approchant
intempestive,	à-contre-temps,
aut rogantibus impudenter,	ou demandant sans-retenue, [meur
incidamus in morositatem	nous ne tombions dans une mauvaise-hu-
inutilem et odiosam.	funeste et odieuse.
Et tamen	Et cependant
mansuetudo	la douceur
atque clementia	et la clémence
probanda est ita,	doivent être approuvées de-telle-sorte,
ut severitas adhibeatur	que la sévérité soit employée
causa reipublicæ,	en vue de l'intérêt-public,
sine qua civitas	*la sévérité* sans laquelle une cité
non potest administrari.	ne peut pas être administrée.
Omnis autem	Mais toute
et animadversio	et punition
et castigatio	et réprimande
debet vacare contumelia,	doit être-exempte d'outrage,
neque referri	et ne *doit* pas être rapportée
ad utilitatem	à l'intérêt
ejus qui punitur aliquem	de celui qui punit quelqu'un
aut castigat verbis,	ou *le* châtie en paroles,
sed ad reipublicæ.	mais à *celui* de la république.
Cavendum est etiam	Il faut prendre-garde aussi
ne pœna	que le châtiment
sit major quam culpa,	ne soit pas plus grand que la faute,
et ne de iisdem causis	et que pour les mêmes motifs
alii plectantur,	les uns ne soient frappés, [jugement.
alii ne appellentur quidem.	les autres ne soient pas même appelés *en*
Ira autem maxime	Mais la colère surtout
prohibenda est in puniendo:	doit être écartée en punissant :
nunquam enim	car jamais
qui accedet iratus	celui qui s'avancera irrité
ad pœnam	pour le châtiment
tenebit	ne gardera
illam mediocritatem	ce milieu
quæ est inter nimium	qui est entre le trop
et parum,	et le trop-peu,
quæ placet peripateticis,	qui plaît aux péripatéticiens,
et placet recte,	et *leur* plaît avec-raison
modo ne laudarent	pourvu qu'ils ne louassent pas (si seule-
iracundiam,	la colère, [ment ils ne louaient pas)
et dicerent	et ne dissent (ne disaient) pas
datam utiliter	*elle avoir été* donnée utilement

repudianda est ; optandumque ut ii qui præsunt reipublicæ, legum similes sint, quæ ad puniendum non iracundia, sed æquitate ducuntur.

XXVI. Atque etiam, in rebus prosperis et ad voluntatem nostram fluentibus, superbiam, fastidium arrogantiamque magnopere fugiamus. Nam ut adversas res, sic secundas immoderate ferre levitatis est ; præclaraque est æquabilitas in omni vita, et idem semper vultus, eademque frons, ut de Socrate, itemque de C. Lælio[1] accepimus. Philippum quidem , Macedonum regem, rebus gestis et gloria superatum a filio, facilitate et humanitate video superiorem fuisse. Itaque alter semper magnus, alter sæpe turpissimus fuit ; ut recte præcipere videantur, qui monent ut, quanto superiores simus, tanto submissius nos geramus. Panætius quidem auditorem Africa-

de la nature. Certes elle n'est jamais permise, et il serait à désirer que ceux qui gouvernent la république fussent comme les lois, qui punissent non par colère, mais par justice.

XXVI. Quand la fortune nous sourit et que tout nous réussit à souhait, c'est alors que nous devons avoir le plus de soin de nous défendre de l'orgueil, du dédain et de l'arrogance. Car il y a la même petitesse d'esprit à ne savoir pas porter la bonne fortune ou la mauvaise ; rien n'est plus beau que de conserver dans toutes les situations de la vie une âme toujours égale, un front toujours serein, comme ont fait, dit-on, Socrate et Lélius. Philippe, roi de Macédoine, a été surpassé par son fils, en gloire et en exploits militaires ; mais il a été bien au-dessus de lui par l'humanité et la douceur. Aussi, l'un a toujours été grand, l'autre s'est laissé plus d'une fois aller à des choses honteuses. Rien donc n'est plus sage que cette règle, que plus nous sommes élevés, plus nous devons mettre de modestie dans notre conduite. Panétius rapporte cette comparaison, faite plus d'une

a natura.
Illa vero repudianda est
in omnibus rebus,
optandumque ut ii
qui præsunt reipublicæ
sint similes legum,
quæ ducuntur
ad puniendum
non iracundia,
sed æquitate.

XXVI. Atque etiam
in rebus prosperis,
et fluentibus
ad nostram voluntatem,
fugiamus magno opere
superbiam, fastidium
arrogantiamque.
Nam ut ferre immoderate
res adversas,
sic
secundas
est levitatis;
æquabilitasque in omni vita
est præclara,
vultusque semper idem,
fronsque eadem,
ut accepimus
de Socrate,
item de C. Lælio.
Video quidem Philippum,
regem Macedonum,
superatum a filio
rebus gestis et gloria,
fuisse superiorem
facilitate et humanitate.
Itaque alter
fuit semper magnus,
alter sæpe turpissimus :
ut videantur
præcipere recte,
qui monent ut,
quanto simus superiores,
tanto nos geramus
submissius.
Panætius quidem ait
Africanum,
suum auditorem

par la nature.
Celle-là en vérité doit être rejetée
en toutes choses,
et il faut souhaiter que ceux
qui sont-à-la-tête de la république
soient semblables aux lois,
qui sont amenées
à punir
non par colère,
mais par équité.

XXVI. Et aussi
dans les affaires prospères,
et qui coulent (ont leurs cours)
selon notre volonté,
fuyons avec grand soin
l'orgueil, le dédain
et l'arrogance.   [ration
Car de-même-que supporter sans-modé-
les choses contraires,
ainsi *supporter sans modération*
les choses heureuses
est *le propre* de la légèreté ;
et l'égalité dans toute la vie
est très-glorieuse,
et un visage toujours le même,
et un front le même,
comme nous avons reçu *la tradition*
sur Socrate,
de-même sur C. Lélius.
Je vois à la vérité Philippe,
roi des Macédoniens,
surpassé par *son* fils
par les actions accomplies et la gloire,
lui avoir été supérieur
par la facilité *de caractère* et l'humanité.
C'est-pourquoi l'un
fut toujours grand,
l'autre souvent très-honteux :
de telle sorte qu'ils paraissent
donner-ce-précepte avec-raison,
ceux qui *nous* avertissent que,   [autres.
plus nous sommes plus élevés *que les*
plus nous nous conduisions
d'une-manière-plus-abaissée (**modérée**).
Panétius à la vérité dit
l'Africain,
son auditeur

7

num et familiarem suum solitum ait dicere : Ut equos, propter
crebras contentiones proeliorum ferocitate exsultantes, domi-
toribus tradere soleant, ut his facilioribus possint uti, sic homines secundis rebus effrenatos, sibique praefidentes, tanquam
in gyrum rationis et doctrinae duci oportere, ut perspicerent
rerum humanarum imbecillitatem varietatemque fortunae.
Atque etiam in secundissimis rebus maxime est utendum
consilio amicorum, hisque major etiam quam ante tribuenda
est auctoritas ; iisdemque temporibus cavendum est ne assen-
tatoribus patefaciamus aures, nec adulari nos sinamus : in quo
falli facile est. Tales enim nos esse putamus ut jure laudemur.
Ex quo nascuntur innumerabilia peccata , quum homines in-
flati opinionibus turpiter irridentur, et in maximis versantur
erroribus. Sed haec quidem hactenus.

fois par l'Africain, son disciple et son ami : de même que quand le
bruit et le tumulte des combats a rendu des chevaux trop farouches,
on les donne à des écuyers pour les dompter et les rendre plus ma-
niables, de même quand les hommes se sont laissé enfler par la prospérité et qu'elle les a remplis d'une confiance présomptueuse, ils ont
besoin d'être soumis au joug de la raison, et d'apprendre à connaître
le peu de solidité des choses humaines et l'inconstance de la fortune.
C'est dans la prospérité surtout qu'il faut prendre conseil de nos
amis, leur donner sur nous plus d'autorité que jamais ; c'est alors
aussi qu'on doit être le plus en garde contre les flatteurs, et fermer
l'oreille à ces adulations par lesquelles on se laisse si facilement
séduire, car il est dans notre nature que nous croyions mériter les
louanges qu'on nous donne. De là une infinité de fautes chez les
hommes trop infatués de leur mérite, qui s'attirent les railleries de
tout le monde et se jettent dans les plus grands écarts. Mais c'est
assez sur ce sujet.

et familiarem,	et *son* ami,
solitum dicere,	avoir eu-coutume de dire,
ut soleant	de-même-qu'on a-coutume
tradere domitoribus	de remettre à des dompteurs
equos	les chevaux
exsultantes ferocitate	transportés d'humeur-farouche
propter	à cause
crebras contentiones	des fréquentes luttes
prœliorum,	des combats,
ut possint uti	afin qu'on puisse se servir
his facilioribus,	de ces *chevaux rendus* plus faciles,
sic oportere	ainsi falloir (qu'il fallait)
homines effrenatos	les hommes débarrassés-du-frein
rebus secundis,	par les affaires prospères,
præfidentesque sibi,	et confiants-à-l'excès en eux-mêmes,
duci tanquam in gyrum	être conduits comme dans le cercle
rationis et doctrinæ,	de la raison et de la science,
ut perspicerent	afin qu'ils vissent-à-fond
imbecillitatem	la fragilité
rerum humanarum	des choses humaines
varietatemque fortunæ.	et l'inconstance de la fortune.
Atque etiam	Et même
in rebus secundissimis	dans les affaires les plus heureuses
utendum est maxime	il faut faire-usage le plus
consilio amicorum,	du conseil de *ses* amis,
auctoritasque major etiam	et une autorité plus grande encore
quam ante	qu'auparavant
tribuenda his :	doit être accordée à ceux-ci :
iisdemque temporibus	et dans les mêmes circonstances
cavendum est	il faut prendre-garde
ne patefaciamus aures	que nous n'ouvrions pas *nos* oreilles
assentatoribus,	aux flatteurs,
nec sinamus	et que nous ne permettions pas
nos adulari ;	nous être adulés ;
in quo est facile falli.	en quoi il est facile de se tromper.
Putamus enim	Nous pensons en effet
nos esse tales	nous être tels
ut laudemur jure.	que nous soyons loués à *bon* droit.
Ex quo nascuntur	De quoi naissent (de là proviennent)
peccata innumerabilia,	des fautes innombrables,
quum homines	lorsque les hommes
inflati opinionibus	enflés de *ces* opinions
irridentur turpiter	sont raillés honteusement
et versantur	et s'agitent
in maximis erroribus.	dans les plus grandes erreurs.
Sed hæc quidem	Mais ces choses à la vérité
hactenus.	*suffisent* jusqu'ici.

Illud autem sic est judicandum, maximas geri res et maximi
animi ab iis qui rempublicam regant, quod earum admini-
stratio latissime pateat ad plurimosque pertineat; esse autem
magni animi et fuisse multos etiam in vita otiosa, qui aut
investigarent aut conarentur magna quædam, seseque suarum
rerum finibus continerent, aut, interjecti inter philosophos
et eos qui rempublicam administrarent, delectarentur re sua
familiari, non eam quidem omni ratione exaggerantes, neque
excludentes ab ejus usu suos, potiusque et amicis impertien-
tes et reipublicæ, si quando usus esset. Quæ primum bene
parta sit, nullo neque turpi quæstu neque odioso; tum quamplurimis, modo dignis, se utilem præbeat; deinde augeatur
ratione, diligentia, parsimonia, nec libidini potius luxuriæque
quam liberalitati et beneficentiæ pateat. Hæc præscripta ser-

Le gouvernement des États est sans doute ce qui donne lieu de
faire les plus grandes choses et ce qui exige le plus de force d'âme, à
cause de l'étendue même de cette administration qui embrasse tant
d'intérêts; mais on ne peut nier qu'il n'y ait aussi beaucoup de
grandeur d'âme chez ceux qui de tout temps, et de nos jours même,
se sont renfermés dans un certain cercle, et ont pris le parti de la
retraite pour se livrer à des études ardues, à des recherches importantes. Il en est d'autres qui, tenant le milieu entre les philosophes
et les hommes d'État, trouvent la douceur de leur vie dans la conduite
de leurs affaires, non pour augmenter leur bien par tous les moyens
et en jouir sans partage, mais au contraire pour aider leurs amis,
et au besoin, la république. Que votre fortune soit d'abord bien
acquise, sans aucun trafic honteux ou odieux; qu'elle soit utile au
plus grand nombre possible, pourvu que ce soient des gens de bien;
qu'elle s'augmente par l'ordre, l'activité, l'économie; qu'elle ne
serve pas au luxe et à la débauche, mais à la libéralité et à la bienfaisance. Par l'observation de ces préceptes, on peut vivre avec

Illud autem	Mais cela
judicandum est sic,	doit être jugé ainsi,
res maximas	les affaires les plus grandes [grande
animique maximi	et de l'âme (qui exigent l'âme) la plus
geri ab iis	être dirigées par ceux
qui regant rempublicam,	qui gouvernent l'État,
quod administratio earum	parce que l'administration d'elles
pateat latissime	s'étend le plus au large [breux :
pertineatque ad plurimos :	et aboutit aux (intéresse les) plus nom-
multos autem	mais beaucoup d'hommes
esse et fuisse	être et avoir été
magni animi	d'une grande âme
etiam in vita otiosa,	même dans la vie oisive (privée),
qui aut investigarent	qui ou cherchaient
aut conarentur	ou tentaient
quædam magna,	certaines choses grandes,
seseque continerent	et se renfermaient
finibus suarum rerum ;	dans les limites de leurs affaires ;
aut interjecti	ou placés-dans-l'intervalle
inter philosophos	entre les philosophes
et eos qui administrarent	et ceux qui administraient
rempublicam,	l'État,
delectabantur	étaient charmés
sua re familiari, [eam	par leur bien-de-famille,
non exaggerantes quidem	ne grossissant pas à la vérité lui
omni ratione,	par tout moyen,
neque excludentes suos	et n'excluant pas les leurs
ab usu ejus,	de l'usage de ce bien,
potiusque impertientes	et plutôt en faisant-part
et amicis et reipublicæ,	et à leurs amis et à la république,
si quando usus esset.	si parfois besoin était.
Quæ primum	Que ce bien d'abord
parta sit bene,	ait été acquis bien (honorablement),
nullo quæstu	par aucun gain
neque turpi neque odioso ;	ni honteux ni odieux ;
tum se præbeat utilem	puis qu'il se montre utile
quam plurimis,	aux plus nombreux qu'il est possible,
modo dignis ;	pourvu que ce soit à des gens dignes ;
deinde augeatur	ensuite qu'il soit augmenté
ratione, diligentia,	par l'ordre, l'industrie,
parsimonia ;	l'économie ;
nec pateat	et qu'il ne soit pas ouvert (ne serve pas
libidini luxuriæque	à la passion et à la débauche
potius quam liberalitati	plutôt qu'à la libéralité
et beneficentiæ.	et à la bienfaisance.
Licet	Il est-permis
servantem hæc præscripta	celui qui observe ces préceptes

vantem licet magnifice, graviter animoseque vivere, atque
etiam simpliciter, fideliter vitæque hominum amice.

XXVII. Sequitur ut de una reliqua parte honestatis dicendum sit; in qua verecundia, et quasi quidam ornatus vitæ,
temperantia et modestia, omnisque sedatio perturbationum
animi et rerum modus cernitur. Hoc loco continetur id quod
dici Latine decorum potest; Græce enim πρέπον dicitur. Hujus
vis ea est ut ab honesto non queat separari. Nam et quod
decet honestum est, et quod honestum est decet. Qualis
autem differentia sit honesti et decori, facilius intelligi quam
explanari potest. Quidquid enim est quod deceat, id tum
apparet, quum antegressa est honestas. Itaque non solum
in hac parte honestatis, de qua hoc loco disserendum est,
sed etiam in tribus superioribus, quid deceat, apparet.

éclat, dignité, magnificence, et en même temps être simple, loyal,
utile à ses semblables.

XXVII. Il nous reste à parler de la dernière source de l'honnête,
qui comprend la modestie, la tempérance, la retenue, ces ornements
de la vie, l'apaisement de toutes les passions de l'âme et la mesure
en toutes choses. Ici se place la bienséance, que les Grecs appellent
τὸ πρέπον. Sa nature est telle, qu'on ne saurait la séparer de l'honnête, car ce qui est bienséant est honnête, et ce qui est honnête est
bienséant. S'il y a quelque différence de l'un à l'autre, c'est une différence qu'il est plus aisé de concevoir que d'expliquer. On ne voit
jamais mieux ce que prescrit la bienséance que lorsque l'honnêteté
marche la première. Mais ce n'est pas seulement dans cette dernière
branche de l'honnête que la bienséance trouve sa place, elle la trouve
aussi dans les trois autres. Par exemple, il sied bien de consulter la

vivere magnifice, — vivre magnifiquement,
graviter animoseque, — dignement et noblement,
atque etiam simpliciter, — et aussi simplement,
fideliter, — fidèlement,
amiceque — et d'une-manière-bienveillante
vitæ hominum. — pour la vie des hommes (la société).

XXVII. Sequitur, — XXVII. *Ceci* vient-ensuite,
ut dicendum sit — qu'il doive être parlé
de una parte honestatis — de la seule partie de l'honnêteté
reliqua : — qui-reste :
in qua cernitur verecundia, — dans laquelle est vue la modestie,
et temperantia, — et la tempérance,   [la vie,
quasi quidam ornatus vitæ, — *qui est* comme un certain ornement de
et modestia, — et la retenue,
sedatioque omnis — et l'apaisement complet
perturbationum animi, — des désordres de l'âme,
et modus rerum. — et la mesure des actions.
Hoc loco continetur — Dans ce lieu (point) est renfermé
id quod latine — ce qui en-latin
potest dici decorum : — peut être appelé la bienséance :
græce enim — car en grec
dicitur πρέπον. — *cela* est appelé πρέπον.
Vis hujus est ea, — La nature de celle-ci est telle,
ut non queat — qu'elle ne peut pas
separari ab honesto. — être séparée de l'honnête.
Nam et quod decet — Car et ce qui est-bienséant
est honestum ; — est honnête ;
et quod est honestum — et ce qui est honnête
decet. — est-bienséant.
Qualis autem sit differentia — Mais quelle est la différence
honesti et decori, — de l'honnête et du bienséant,
potest intelligi — *cela* peut être compris
facilius quam explanari. — plus facilement qu'être expliqué.
Quidquid est enim — Car tout ce qu'il y a
quod deceat, — qui soit-bienséant,
id apparet tum, — cela apparaît alors,
quum honestas — lorsque l'honnêteté
antegressa est. — a marché-en-avant.
Itaque apparet — C'est-pourquoi il paraît (on voit)
quid deceat — quoi est-bienséant
non solum in hac parte — non seulement dans cette partie
honestatis, — de l'honnêteté,
de qua disserendum est — sur laquelle il faut discourir
hoc loco, — dans cet endroit-ci,
sed etiam — mais encore
in tribus superioribus. — dans les trois *parties* précédentes.
Nam decet — Car il est-bienséant

Nam et ratione uti atque oratione prudenter, et agere
quod agas considerate, omnique in re quid sit veri videre et tueri decet; contraque falli, errare, labi, decipi, tam
dedecet quam delirare et mente esse captum. Et justa omnia
decora sunt ; injusta contra, ut turpia, sic indecora. Similis
est ratio fortitudinis. Quod enim viriliter animoque magno
fit, id dignum viro et decorum videtur ; quod contra, id ut
turpe, sic indecorum.

Quare pertinet quidem ad omnem honestatem hoc quod
dico decorum ; et ita pertinet, ut non recondita quadam ratione cernatur, sed sit in promptu. Est enim quiddam, idque
intelligitur in omni virtute, quod deceat, quod cogitatione
magis a virtute potest quam re separari. Ut venustas et pulchritudo corporis secerni non potest a valetudine, sic hoc de

raison, de parler sagement, de bien considérer ce qu'on fait, de voir
en chaque chose ce qu'il y a de vrai et de le défendre ; comme au
contraire il sied mal d'être dans l'erreur, de se tromper, de prendre
le faux pour le vrai, aussi bien que d'extravaguer et d'être hors de
son bon sens. Tout ce qui est juste est conforme à la bienséance ; au
contraire, tout ce qui est injuste blesse la bienséance autant que les
bonnes mœurs. Il en est de même de ce qui regarde la force : toute
action courageuse, toute action virile est digne d'un grand cœur et
conforme à la bienséance ; toute action contraire est à la fois mal-
séante et honteuse.

Ce que j'appelle bienséance est donc tellement de l'essence de tout
ce qui est honnête, qu'on l'y aperçoit du premier coup d'œil, sans
avoir besoin de l'y chercher. On sent que toute vertu est accompagnée d'une certaine bienséance, et si l'on peut séparer l'une de
l'autre, c'est plutôt par la pensée que dans la réalité : car il
n'est non plus possible de les séparer que de séparer la beauté de la
santé. Mais quoique la vertu et la bienséance soient inséparables jus-

et uti prudenter	et de faire-usage sagement
ratione atque oratione,	du raisonnement et de la parole,
et agere considerate	et de faire avec-réflexion
quod agas,	ce que tu fais,
videreque et tueri	et de voir et de maintenir
in omni re	en toute chose
quid sit veri :	ce qu'il y a de vrai :
contraque falli,	et au-contraire se tromper,
errare, labi, decipi,	errer, faillir, être séduit,
dedecet	est malséant
tam quam delirare	autant que déraisonner
et esse captum mente.	et être pris par l'esprit (être fou).
Et omnia justa	Et toutes les choses justes
sunt decora ;	sont bienséantes ;
injusta contra,	les choses injustes au-contraire,
ut turpia,	de-même-qu'*elles sont* honteuses,
sic indecora.	ainsi *sont* malséantes.
Ratio fortitudinis	Le système de la force d'*âme*
est similis :	est semblable :
quod enim fit	en effet ce qui se fait
viriliter animoque magno,	virilement et d'une âme grande,
id videtur dignum viro	cela paraît digne d'un homme
et decorum :	et bienséant :
quod contra,	ce qui *se fait* d'une-manière-contraire,
id ut turpe,	cela de-même-que *cela est* honteux,
sic indecorum.	ainsi *est* malséant.
Quare hoc decorum,	C'est-pourquoi cette bienséance,
quod dico,	que j'appelle *ainsi*,
pertinet quidem	a-rapport à la vérité
ad omnem honestatem ;	à toute l'honnêteté ;
et pertinet ita,	et elle y a-rapport de-telle-sorte,
ut non cernatur	qu'elle ne soit pas vue
quadam ratione recondita,	par une certaine relation cachée,
sed sit in promptu.	mais soit en évidence.
In omni enim virtute	En effet dans toute vertu
est quiddam,	il y a quelque chose,
idque intelligitur,	et ceci est aperçu,
quod deceat ;	qui est-bienséant ;
quod potest	*chose* qui peut
separari a virtute	être séparée de la vertu
cogitatione magis quam re.	par la pensée plus que par le fait.
Ut venustas	Comme la grâce
et pulchritudo corporis	et la beauté du corps
non potest secerni	ne peuvent pas être séparées
a valetudine ;	de la santé ;
sic hoc decorum,	ainsi cette bienséance,
de quo loquimur,	de laquelle nous parlons,

quo loquimur decorum totum illud quidem est cum virtute confusum, sed mente et cogitatione distinguitur.

Est autem ejus descriptio duplex. Nam et generale quoddam decorum intelligimus, quod in omni honestate versatur, et aliud huic subjectum, quod pertinet ad singulas partes honestatis. Atque illud superius sic fere definiri solet : Decorum id esse quod consentaneum sit hominis excellentiæ, in eo in quo natura ejus a reliquis animantibus differat. Quæ autem pars subjecta generi est, eam sic definiunt, ut id decorum esse velint, quod ita naturæ consentaneum sit, ut in eo moderatio et temperantia appareat cum specie quadam liberali.

XXVIII. Hæc ita intelligi a philosophis possumus existimare ex eo decoro, quod poetæ sequuntur ; de quo alio loco [1] plura dici solent. Sed tum servare illud poetas dicimus quod

qu'à se confondre l'une avec l'autre, on peut, comme j'ai dit, les distinguer par la pensée.

Il y a deux sortes de bienséance : l'une générale, qui se trouve dans tout ce qui est honnête ; l'autre particulière, qui appartient à chaque vertu en particulier. La première se définit d'ordinaire à peu près ainsi : La bienséance est ce qui convient à l'excellence de l'homme, dans ce qui le distingue des animaux. Pour la seconde, on la définit en disant que c'est un certain air de noblesse et de dignité qui résulte de la tempérance et de la modération commandée par la nature.

XXVIII. Pour voir que ce que nous venons de dire est vrai, examinons les convenances que les poëtes même observent ; mais ce n'est pas ici le lieu de s'étendre. Il suffit de remarquer que nous disons qu'un poëte a observé les convenances, lorsqu'il a fait parler et

illud quidem totum	celle-là à la vérité tout-entière
est confusum cum virtute;	est confondue avec la vertu;
sed distinguitur	mais elle en est distinguée
mente et cogitatione.	par l'esprit et par la pensée.
Descriptio autem ejus	Or la classification d'elle
est duplex :	est double :
nam intelligimus	car nous concevons
et quoddam decorum	et une certaine bienséance
generale,	générale,
quod versatur	qui se trouve
in omni honestate ;	dans toute l'honnêteté;
et aliud subjectum huic,	et une autre placée-sous celle-ci,
quæ pertinet	qui appartient
ad omnes partes honestatis.	à toutes les parties de l'honnêteté.
Atque illud superius	Et cette première
solet definiri	a-coutume d'être définie
sic fere :	ainsi à-peu-près :
Id esse decorum,	Cela être bienséant,
quod sit consentaneum	qui est conforme
excellentiæ hominis,	à l'excellence de l'homme,
in eo in quo natura ejus	dans ce en quoi la nature de lui
differat	diffère
a reliquis animantibus.	du reste-des êtres-animés.
Quæ autem pars	Mais la partie qui
est subjecta generi,	est placée-sous le genre,
definiunt eam sic,	ils définissent elle ainsi,
ut velint	qu'ils veuillent
id esse decorum,	ceci être bienséant,
quod sit consentaneum	qui soit conforme
naturæ	à la nature
ita, ut in eo	de-telle-sorte, qu'en cela
moderatio et temperantia	la modération et la tempérance
appareat	se-montrent
cum quadam specie	avec une certaine apparence
liberali.	de-noblesse.
XXVIII. Possumus	XXVIII. Nous pouvons
existimare	estimer
hæc intelligi ita	ces choses être comprises ainsi
ex eo decoro	d'après cette bienséance
quod poetæ sequuntur :	que les poëtes suivent :
de quo plura	sur laquelle des choses plus nombreuses
solent dici	ont-coutume d'être dites
alio loco.	dans un autre endroit.
Sed dicimus poetas	Mais nous disons les poëtes
servare illud quod deceat	observer ce qui est-bienséant
tum quum id	alors que cela
quod est dignum	qui est digne

deceat, quum id quod quaque persona dignum est et fit et dicitur. Ut, si Æacus aut Minos diceret :

> Oderint, dum metuant [1],

aut :

> Natis sepulcro est ipse parens [2];

indecorum videretur, quod eos fuisse justos accepimus. At Atreo dicente, plausus excitantur : est enim digna persona oratio. Sed poetæ quid quemque deceat ex persona judicabunt ; nobis autem personam imposuit ipsa natura, magna cum excellentia præstantiaque animantium reliquarum. Quocirca poetæ, in magna varietate personarum, etiam vitiosis quid conveniat et quid deceat videbunt ; nobis autem quum a natura constantiæ, moderationis, temperantiæ, verecundiæ partes datæ sint, quumque eadem natura doceat non negligere quemadmodum nos adversus homines geramus, efficitur ut et illud, quod ad omnem honestatem pertinet, decorum, quam late fusum sit, appareat, et hoc, quod spectatur in unoquoque genere virtutis. Ut enim pulchritudo corporis apta

agir chaque personnage selon son caractère. Par exemple, si l'on faisait dire à Minos et à Éaque :

> Ils peuvent me haïr pourvu qu'ils me redoutent;

ou bien :

> Le père à ses enfants va servir de tombeau,

on trouverait que la convenance ne serait pas gardée, parce que nous savons que c'étaient des hommes justes. Mais quand Atrée parle ainsi, on applaudit, parce que le discours convient au personnage. Mais les poëtes jugeront eux-mêmes ce qui convient à chacun de leurs personnages. Pour nous, la nature nous a donné aussi notre rôle, quand elle nous a mis si fort au-dessus des autres animaux. Si donc c'est aux poëtes à voir, dans la grande variété de leurs personnages, ce qui convient à chacun, et même aux plus pervers ; nous, que la nature a doués de constance, de modération, de tempérance, de modestie, et à qui cette même nature enseigne à ne pas négliger la manière de nous conduire envers nos semblables, il nous est aisé de voir jusqu'où s'étend cette bienséance générale qui est inséparable de tout ce qui est honnête, et cette bienséance particulière qui paraît dans chaque vertu. Or, comme la beauté, qui consiste dans la dispo-

quaque persona	de chaque personnage
et fit et dicitur.	et se fait et est dit.
Ut, si Æacus aut Minos	*De telle sorte* que, si Éaque ou Minos
diceret : « Oderint,	disait : « Qu'ils *me* haïssent,
dum metuant; »	pourvu qu'ils *me* craignent ; »
aut : « Parens ipse	ou : « Le père lui-même
est sepulcro natis, »	est à (sert de) tombeau à *ses* enfants, »
videretur indecorum,	*cela* paraîtrait malséant,
quod accepimus	parce que nous avons reçu *par tradition*
eos fuisse justos.	eux avoir été justes.
At Atreo dicente,	Mais Atrée *le* disant,
plausus excitantur :	des applaudissements sont soulevés :
oratio enim	en effet le langage
est digna persona.	est digne du personnage.
Sed poetæ	Mais les poëtes
judicabunt ex persona	jugeront d'après le personnage
quid deceat quemque.	quelle chose est bienséante à chacun.
Natura autem ipsa	Mais la nature elle-même
imposuit nobis personam,	a imposé à nous un personnage,
cum magna excellentia	avec une grande supériorité
præstantiaque	et prééminence
reliquarum animantium.	de (sur) le reste-des êtres-animés.
Quocirca poetæ	C'est-pourquoi les poëtes
in magna varietate	dans une grande variété
personarum	de personnages
videbunt quid conveniat	verront quelle chose convient
etiam vitiosis,	même aux *personnages* vicieux,
et quid deceat :	et quelle chose est-bienséante :
quum autem partes	mais puisque le rôle
constantiæ, moderationis,	de la constance, de la modération,
temperantiæ, verecundiæ,	de la tempérance, de la modestie,
datæ sint nobis a natura ;	a été donné à nous par la nature ;
quumque eadem natura	et puisque cette-même nature
doceat non negligere	*nous* enseigne à ne pas négliger
quemadmodum	comment
nos geramus	nous nous conduisions
adversus homines :	envers les hommes :
efficitur ut appareat	il est produit qu'il soit-évident
quam late sit fusum	combien au-large est répandue
et illud decorum,	et cette bienséance-là,
quod pertinet	qui a-rapport
ad omnem honestatem,	à toute l'honnêteté,
et hoc, quod spectatur	et celle-ci, qui est vue
in unoquoque genere	dans chaque espèce
virtutis.	de vertu.
Ut enim pulchritudo	Car comme la beauté
corporis	du corps

compositione membrorum movet oculos, et delectat hoc ipso quod inter se omnes partes cum quodam lepore consentiunt ; sic hoc decorum, quod elucet in vita, movet approbationem eorum quibuscum vivitur, ordine et constantia et moderatione dictorum omnium atque factorum. Adhibenda est igitur quædam reverentia adversus homines, et optimi cujusque, et reliquorum. Nam negligere quid de se quisque sentiat non solum arrogantis est, sed etiam omnino dissoluti. Est autem quod differat, in hominum ratione habenda, inter justitiam et verecundiam. Justitiæ partes sunt non violare homines ; verecundiæ, non offendere : in quo maxime perspicitur vis decori. His igitur expositis, quale sit id quod decere dicimus, intellectum puto.

Officium autem quod ab eo ducitur hanc primam habet viam, quæ deducit ad convenientiam conservationemque na-

sition et la convenance des parties d'un même corps, plaît naturellement aux yeux, et que c'est par cette convenance même qu'elle leur plaît ; ainsi la bienséance qui se fait remarquer dans notre vie, nous attire, par l'ordre et la convenance de notre conduite, par la juste mesure de nos paroles et de nos actions, l'estime de ceux avec qui nous vivons. Nous devons donc avoir pour tous les hommes un certain respect, d'abord pour les plus honnêtes, et ensuite pour les autres ; car pour ne pas se mettre en peine de ce qu'on pense de nous, il faudrait être non-seulement orgueilleux, mais même complétement dépravé. Il est cependant une différence à faire, dans nos rapports avec nos semblables, entre ce que commande la justice et ce que prescrit la modération. La justice nous défend de faire du tort aux autres ; la modération, de les choquer ; et c'est en quoi la bienséance se fait le mieux remarquer. Mais je crois en avoir assez dit pour bien faire comprendre ce qu'on entend par bienséance.

Quant aux devoirs qui en découlent, leur premier effet est de nous conduire à l'observation des lois de la nature et au maintien de

movet oculos	touche les yeux
compositione apta	par l'assemblage proportionné
membrorum,	des membres,
et delectat hoc ipso,	et charme par cela même,
quod omnes partes	que toutes les parties
consentiunt inter se	sont-en-harmonie entre elles
cum quodam lepore :	avec une certaine grâce :
sic hoc decorum,	ainsi cette bienséance,
quod elucet in vita,	qui brille dans la vie,
movet approbationem	attire l'approbation
eorum quibuscum vivitur,	de ceux avec lesquels on vit,
ordine et constantia	par l'ordre et la constance
et moderatione	et la mesure
omnium dictorum	de toutes *nos* paroles
atque factorum.	et de *toutes nos* actions.
Quædam igitur reverentia	Donc un certain respect
adhibenda est	doit être montré
adversus homines,	envers les hommes,
et cujusque optimi,	*respect* et de tout *homme* le meilleur,
et reliquorum.	et de tous-les-autres.
Nam negligere	Car ne-pas-se-soucier
quid quisque sentiat	quelle chose chacun pense
de se,	sur lui-même, [gueilleux,
est non solum arrogantis,	est *le fait* non-seulement d'un *homme* or-
sed etiam	mais même
omnino dissoluti.	d'un *homme* absolument dépravé.
Est autem quod differat,	Or il y a *quelque chose* qui fait-différence,
in ratione habenda	dans le compte à-tenir
hominum,	des hommes,
inter justitiam	entre la justice
et verecundiam.	et la modération.
Partes justitiæ sunt	Le rôle de la justice est
non violare homines;	de ne pas faire-tort aux hommes;
verecundiæ,	*celui* de la modération,
non offendere :	de ne pas *les* choquer :
in quo maxime	en quoi surtout
vis decori perspicitur.	la force de la bienséance est vue-à-fond.
His igitur expositis,	Ces choses donc ayant été exposées,
puto intellectum	je pense *avoir été* compris
quale sit id	de-quelle nature est cela
quod dicimus decere.	que nous disons être-bienséant.
Officium autem	Mais le devoir
quod ducitur ab eo,	qui est tiré de cette *bienséance*,
habet hanc primam viam,	a cette première route,
quæ deducit	qui conduit
ad convenientiam	à l'observation
conservationemque	et au maintien

turæ ; quam si sequemur ducem, nunquam aberrabimus, consequemurque et id quod acutum et perspicax natura est, et
id quod ad hominum consociationem accommodatum, et id
quod vehemens atque forte. Sed maxima vis decori in hac
inest parte, de qua disputamus. Neque enim solum corporis
qui ad naturam apti sunt, sed multo etiam magis animi motus
probandi, qui item ad naturam accommodati sunt. Duplex
est enim vis animorum atque naturæ : una pars in appetitu
posita est, quæ est ὁρμὴ Græce, quæ hominem huc et illuc
rapit ; altera in ratione, quæ docet et explanat quid faciendum fugiendumve sit. Ita fit ut ratio præsit, appetitus obtemperet.

XXIX. Omnis autem actio vacare debet temeritate et negligentia, nec vero agere quidquam, cujus non possit causam
probabilem reddere. Hæc est enim fere descriptio officii. Effi-

l'ordre qu'elle a établi : en la prenant pour guide, nous ne nous
égarerons jamais, ni dans la recherche de ce qui peut se découvrir
par les lumières de l'esprit, ni dans ce qui convient à la société humaine, ni dans ce qui demande de la force et du courage ; mais c'est
surtout dans les vertus dont nous parlons maintenant que la bienséance prend un caractère plus sensible. Elle ne doit pas seulement,
en effet, régler les mouvements intérieurs et corporels, mais encore,
et à plus forte raison, ceux de l'esprit : car il faut que les uns et les
autres soient réglés selon l'intention de la nature. Il est deux puis-
sances qui agissent sur nous : l'une est l'appétit, que les Grecs appellent ὁρμή, qui nous porte tantôt d'un côté et tantôt de l'autre ; la
seconde est la raison, qui nous instruit, nous montre ce que nous
devons faire et ce que nous devons éviter. Il faut donc que la raison
gouverne, et que l'appétit lui soit soumis.

XXIX. Gardons-nous, dans toutes nos actions, de la témérité
et de la négligence ; ne faisons jamais rien dont nous ne puissions
rendre un compte plausible : c'est là en quelque sorte le sommaire

naturæ ;

de la nature ;

quam si sequemur ducem,

laquelle si nous suivons *pour* guide,

nunquam aberrabimus ;

jamais nous ne nous égarerons ;

consequemurque

et nous atteindrons

et id quod est natura

et ce qui est de *sa* nature

acutum et perspicax,

pénétrant et subtil,

et id quod accommodatum

et ce qui *est* approprié

ad consociationem

à la société

hominum,

des hommes,

et id quod vehemens

et ce qui *est* ardent

atque forte.

et énergique.   [ce

Sed maxima vis decori

Mais la plus grande force de la bienséan-

inest in hac parte,

est dans cette partie *de l'honnêteté*,

de qua disputamus.

sur laquelle nous discourons.

Neque enim solum

Et en effet non seulement

motus corporis

les mouvements du corps

qui sunt apti ad naturam,

qui sont agencés selon la nature,

sed multo magis etiam

mais beaucoup plus encore

animi,

ceux de l'âme,

qui item sunt accommodati

qui de-même sont réglés

ad naturam,

selon la nature,

probandi.

doivent être approuvés.

Vis enim animorum

En effet la force (l'action) des âmes

atque naturæ

et de la nature

est duplex :

est double :

una pars est posita

une partie est placée (consiste)

in appetitu,

dans l'appétit,

quæ est græce ὁρμή,

laquelle est (s'appelle) en-grec ὁρμή,

quæ rapit hominem

laquelle entraîne l'homme

huc et illuc ;

ici et là ;

altera in ratione,

l'autre dans la raison,

quæ docet et explanat

laquelle enseigne et explique

quid faciendum est

quelle chose doit être faite

fugiendumve.

ou doit être évitée.

Ita fit

Ainsi il se fait

ut ratio præsit,

que la raison commande,

appetitus obtemperet.

l'appétit obéisse.

XXIX. Omnis autem

XXIX. Mais toute

actio

action

debet vacare temeritate

doit être-exempte de témérité

et negligentia ;

et de négligence ;

nec vero agere quidquam,

et en vérité ne pas faire quoi-que-ce-soit,

cujus non possit

dont elle ne puisse

reddere causam

rendre (donner) un motif

probabilem.

plausible.

Hæc enim est fere

Tel en effet est à peu près

descriptio officii.

le sommaire du devoir.

ciendum autem est ut appetitus rationi obediant, eamque
neque præcurrant propter temeritatem, nec propter pigritiam
aut ignaviam deserant, sintque tranquilli, atque omni perturbatione animi careant. Ex quo elucebit omnis constantia omnisque moderatio. Nam qui appetitus longius evagantur, et
tanquam exsultantes sive cupiendo, sive fugiendo, non satis
a ratione retinentur, hi sine dubio finem et modum transeunt.
Relinquunt enim et abjiciunt obedientiam, nec rationi parent,
cui sunt subjecti lege naturæ ; a quibus non modo animi perturbantur, sed etiam corpora. Licet ora ipsa cernere iratorum,
aut eorum qui aut libidine aliqua aut metu commoti sunt, aut
voluptate nimia gestiunt; quorum omnium vultus, voces,
motus statusque mutantur. Ex quibus illud intelligitur (ut ad
officii formam revertamur), appetitus omnes contrahendos

de tous nos devoirs. Il faut donc que l'appétit soit soumis à la raison,
sans jamais la prévenir par témérité, ou, par lâcheté ou par paresse,
refuser de la suivre ; il faut qu'il soit calme et ne porte aucun désordre
dans l'esprit. Telle est la source de toute constance, de toute modération. Car tant qu'il y a de la fougue dans l'appétit, et qu'il est sujet à
des mouvements violents de désir ou de crainte, il n'est pas possible
que la raison en soit maîtresse, et on ne saurait garder les mesures
qu'elle prescrit. Ainsi, au lieu que les lois de la nature veulent que
l'appétit soit soumis à la raison, il en secouera le joug, et ne se con-
duisant plus par elle, il mettra le corps même en désordre aussi bien
que l'esprit. Il n'y a qu'à voir ceux qui sont transportés de colère ou
de quelque autre passion violente, soit de désir ou de crainte, et
même de quelque mouvement extraordinaire de joie : quel changement dans leur visage, leur ton de voix, leurs gestes et
tout leur extérieur ! Concluons de là, pour en revenir aux règles du
devoir, qu'il faut absolument réprimer et calmer les mouvements de

Efficiendum est autem	Mais il faut faire-en-sorte
ut appetitus	que les appétits
obediant rationi,	obéissent à la raison,
et neque præcurrant eam	et ne devancent pas elle
propter temeritatem,	par témérité,
nec deserant	et ne l'abandonnent pas
propter pigritiam	par paresse
aut ignaviam,	ou nonchalance,
sintque tranquilli,	et soient tranquilles,
atque careant	et soient-exempts
omni perturbatione animi.	de tout désordre de l'âme.
Ex quo elucebit	De quoi brillera (de là sortira)
omnis constantia	toute constance
omnisque moderatio.	et toute modération.
Nam appetitus	Car les appétits
qui evagantur longius	qui s'égarent trop loin
et tanquam exsultantes,	et qui comme étant-en-des-transports,
sive cupiendo,	soit en désirant,
sive fugiendo,	soit en évitant,
non retinentur satis	ne sont pas retenus assez
a ratione,	par la raison,
hi sine dubio	ceux-ci sans aucun doute
transeunt finem et modum.	passent la borne et la mesure.
Relinquunt enim	En effet ils laissent-de-côté
et abjiciunt obedientiam,	et rejettent l'obéissance,
nec parent rationi,	et n'obéissent pas à la raison,
cui sunt subjecti	à laquelle ils sont soumis
lege naturæ :	par la loi de la nature :
a quibus non modo animi,	par lesquels non seulement les âmes,
sed etiam corpora	mais encore les corps
perturbantur.	sont troublés.
Licet cernere	Il est-permis de voir
ora ipsa iratorum,	les visages mêmes des hommes irrités,
aut eorum qui commoti sunt	ou de ceux qui ont été émus
aut aliqua libidine	ou par quelque passion
aut metu,	ou par la crainte,
aut gestiunt	ou sont transportés
voluptate nimia :	par un plaisir excessif :
quorum omnium vultus,	desquels tous les physionomies,
voces, motus	les voix, les mouvements
statusque mutantur.	et les poses sont changés.
Ex quibus,	D'après lesquelles choses,
ut revertamur	afin que nous revenions
ad formam officii,	à la règle du devoir,
illud intelligitur,	cela est compris,
omnes appetitus	tous les appétits
contrahendos	devoir être resserrés

sedandosque, excitandamque animadversionem et diligentiam, ut ne quid temere ac fortuito, inconsiderate negligenterque agamus. Neque enim ita generati a natura sumus, ut ad ludum et jocum facti esse videamur, sed ad severitatem potius et ad quædam studia graviora atque majora. Ludo autem et joco, uti illis quidem licet, sed sicut somno et quietibus ceteris, tum quum gravibus seriisque rebus satisfecerimus. Ipsumque genus jocandi non profusum nec immodestum, sed ingenuum et facetum esse debet. Ut enim pueris non omnem licentiam ludendi damus, sed eam quæ ab honestis actionibus non sit aliena, sic in ipso joco aliquod probi ingenii lumen eluceat.

Duplex omnino est jocandi genus : unum illiberale, petulans, flagitiosum, obscenum ; alterum elegans, urbanum, ingeniosum, facetum. Quo genere non modo Plautus noster et Atticorum antiqua comœdia [1], sed etiam philosophorum Socra-

---

l'appétit, exercer sur nous-mêmes une censure continuelle, afin de ne jamais agir témérairement et à l'aventure, et de ne rien faire où il paraisse de l'étourderie ou de la négligence. Aussi la nature ne nous a-t-elle pas faits pour les jeux et les amusements, mais plutôt pour les études sévères, pour les occupations graves et importantes. Ce n'est pas qu'on ne puisse quelquefois se permettre les amusements; mais on n'en doit user que comme on use du sommeil et de tout autre délassement, et ce ne doit être qu'après avoir satisfait aux affaires sérieuses. Il faut même prendre garde que nos divertissements n'aient rien d'emporté ni d'excessif, mais qu'ils soient enjoués et honnêtes. Car si nous ne permettons pas aux enfants toute sorte de jeux, mais seulement ceux qui peuvent s'accorder avec l'honnêteté, à plus forte raison devons-nous avoir soin qu'il paraisse jusque dans nos plaisanteries un certain air de noblesse.

Il y a deux espèces de plaisanterie : l'une, grossssière, basse, honteuse, obscène; l'autre, délicate, fine, ingénieuse, piquante. On trouve des traits de celle-ci dans Plaute, dans les anciens comiques grecs, dans les livres des disciples de Socrate, et il est un grand nombre

sedandosque,	et devoir être apaisés,
animadversionemque	et l'attention
et diligentiam excitandam,	et l'application devoir être excitée,
ut ne agamus quid	pour que nous ne fassions rien
temere ac fortuito,	témérairement et au hasard,
inconsiderate	inconsidérément
negligenterque.	et négligemment.
Neque enim generati sumus	Et en effet nous n'avons pas été engendrés
a natura	par la nature
ita ut videamur	de-telle-sorte que nous paraissions
facti esse ad ludum	avoir été faits pour le jeu
et jocum,	et l'amusement,
sed potius ad severitatem,	mais plutôt pour la sévérité,
et ad quædam studia	et pour certaines études
graviora atque majora.	plus sérieuses et plus grandes.
Ludo autem et joco	Mais du jeu et de l'amusement
licet quidem uti illo,	il est-permis à la vérité d'user de lui,
sed sicut somno,	mais comme du sommeil
et ceteris quietibus,	et de tous-les-autres repos,
tum quum satisfecerimus	alors que nous aurons satisfait
rebus gravibus seriisque.	aux affaires graves et sérieuses. [ment)
Genusque ipsum jocandi	Et l'espèce même de s'amuser (d'amuse-
non debet esse profusum	ne doit pas être trop-libre
nec immodestum,	ni immodérée,
sed ingenuum et facetum.	mais honnête et enjouée.
Ut enim	En effet de-même-que
non damus pueris	nous ne donnons pas aux enfants
omnem licentiam ludendi,	toute permission de jouer,
sed eam	mais *seulement* celle
quæ non sit aliena	qui n'est pas éloignée
ab actionibus honestis,	des actions honnêtes,
sic in joco ipso	qu'ainsi dans le divertissement même
aliquod lumen	quelque lueur
ingenii probi	de caractère vertueux
eluceat.	brille.
Genus jocandi	L'espèce de plaisanter
est duplex omnino :	est double en-tout :
unum illiberale, petulans,	l'une grossière, insolente,
flagitiosum, obscenum ;	honteuse, obscène ;
alterum elegans, urbanum,	l'autre délicate, fine,
ingeniosum, facetum :	ingénieuse, spirituelle :
quo genere	de laquelle espèce
non modo noster Plautus	non seulement notre Plaute
et comœdia antiqua	et la comédie ancienne
Atticorum,	des Attiques,
sed etiam libri [rum	mais encore les livres
philosophorum Socratico-	des philosophes socratiques

ticorum libri referti sunt ; multaque multorum facete dicta,
ut ea, quæ a sene Catone sunt collecta, quæ vocant ἀποφθέγ-
ματα. Facilis igitur est distinctio ingenui et illiberalis joci.
Alter est, si tempore fit ac remisso animo, libero dignus;
alter ne homine quidem, si rerum turpitudini adhibetur verborum obscenitas. Ludendi etiam est quidam modus retinen-
dus, ut ne nimis omnia profundamus, elatique voluptate in
aliquam turpitudinem delabamur. Suppeditant autem et Campus noster et studia venandi honesta exempla ludendi.

XXX. Sed pertinet ad omnem officii quæstionem semper
in promptu habere quantum natura hominis pecudibus reli-
quisque belluis antecedat. Illæ enim nihil sentiunt nisi voluptatem, ad eamque feruntur omni impetu ; hominis autem
mens discendo alitur et cogitando, semper aliquid aut anquirit
aut agit, videndique et audiendi delectatione ducitur. Quine-

de bons mots du même genre, recueillis et conservés par Caton
l'Ancien dans ses *Apophthegmes*. Il est facile de distinguer la plaisanterie des gens de bon ton de celle de la populace : autant l'une
peut convenir à un honnête homme, pourvu qu'elle vienne à propos
et ait un air de douceur, autant l'autre est indigne même du dernier
des hommes, surtout lorsqu'à la grossièreté des choses se joignent
la bassesse et l'obscénité des paroles. Enfin, les divertissements
doivent avoir leurs bornes, et il ne faut pas les pousser trop loin,
de peur que le plaisir ne nous emporte et ne nous fasse faire quelque chose de messéant et de honteux. La chasse et les exercices
du Champ de Mars nous offrent des exemples d'amusements honnêtes.

XXX. Sur tout ce qui regarde les devoirs, il faut toujours se
souvenir combien la nature de l'homme est au-dessus de celle des
bêtes. Les bêtes ne sont sensibles qu'aux plaisirs du corps, et elles
s'y portent avec impétuosité ; mais l'esprit de l'homme se nourrit
d'instruction ; sa pensée est toujours en action, et le plaisir de voir,
d'entendre, a pour lui un attrait continuel. S'il y en a même,

sunt referti ;	sont remplis ;
dictaque facete	et les *paroles* dites spirituellement
multorum	de nombreux
multa,	*sont* nombreuses,
ut ea quæ collecta sunt	comme celles qui ont été recueillies
a sene Catone,	par le vieux Caton,
quæ vocant ἀποφθέγματα.	qu'on appelle apophthegmes.
Distinctio igitur	La dictinction donc
joci ingenui	de la plaisanterie de-bon-ton
et illiberalis	et de la *plaisanterie* grossière
est facilis.	est facile.
Alter est dignus libero,	L'une est digne d'un *homme* libre,
si fit tempore	si elle est faite à propos
ac animo remisso ;	et de sens rassis ;
alter ne homine quidem,	l'autre n'*est* pas même *digne* d'un homme,
si obscenitas verborum	si l'obscénité des paroles
adhibetur	est jointe
turpitudini rerum.	à la turpitude des choses.
Quidam modus ludendi	Une certaine mesure de se divertir
retinendus est etiam,	doit être conservée aussi, [ces
ut ne profundamus nimis	pour que nous ne répandions pas à-l'ex-
omnia,	toutes choses,
elatique voluptate	et que emportés par le plaisir
delabamur	nous ne tombions pas
in aliquam turpitudinem.	dans quelque turpitude.
Et noster autem Campus	Or et notre champ *de Mars*
et studia venandi	et les goûts de chasser (de la chasse)
suppeditant	fournissent
honesta exempla ludendi.	d'honnêtes exemples de se divertir.
XXX. Sed pertinet	XXX. Mais il est-intéressant
ad omnem quæstionem	pour toute question
officii	de devoir
habere in promptu	d'avoir à portée (de se rappeler)
semper	toujours
quantum natura hominis	combien la nature de l'homme
antecedat pecudibus	surpasse les troupeaux
reliquisque belluis.	et le reste-des bêtes.
Illæ sentiunt nihil	Celles-là *ne* sentent rien
nisi voluptatem,	si-ce-n'est le plaisir,
ferunturque ad eam	et se portent vers lui
omni impetu ;	de tout *leur* élan ;
mens autem hominis	mais l'âme de l'homme
alitur discendo	se nourrit en apprenant
et cogitando,	et en pensant,
semper aut anquirit	toujours ou cherche
aut agit aliquid,	ou fait quelque chose,
duciturque delectatione	et est attirée par le charme

tiam, si quis est paulo ad voluptates propensior, modo ne sit
ex pecudum genere (sunt enim quidam homines non re, sed
nomine); sed si quis est paulo erectior, quamvis voluptate
capiatur, occultat et dissimulat appetitum voluptatis, propter
verecundiam. Ex quo intelligitur corporis voluptatem non
satis esse dignam hominis præstantia, eamque contemni et
rejici oportere; sin sit quispiam qui aliquid tribuat voluptati,
diligenter ei tenendum esse ejus fruendæ modum. Itaque
victus cultusque corporis ad valetudinem referantur et ad vires,
non ad voluptatem. Atque etiam, si considerare volumus quæ
sit in natura excellentia et dignitas, intelligemus quam sit
turpe diffluere luxuria et delicate ac molliter vivere, quamque
honestum parce, continenter, severe, sobrie.

Intelligendum est etiam duabus quasi nos a natura indutos

parmi ceux qui ne sont pas tout à fait des brutes (car on voit des
hommes qui ne sont hommes que de nom), qui se sentent un peu
violemment emportés vers la volupté, une secrète honte fait qu'ils
s'en cachent, et cela montre assez que dans les plaisirs du corps il
y a quelque chose qui déroge à la noblese de notre nature, et
qu'ainsi nous devons les mépriser et les rejeter. Si pourtant on veut
donner quelque chose au plaisir, au moins faut-il y garder beaucoup de mesure. Il ne faut donc chercher dans la nourriture et dans
toutes les autres choses qui ont rapport au corps, que la conservation des forces et de la santé, et non pas là volupté : car pour peu
qu'on se souvienne de l'excellence et de la dignité de notre nature,
on verra clairement qu'il n'y a rien de plus honteux qu'une vie
molle, délicate et abandonnée au plaisir ; rien au contraire de plus
honnête qu'une vie frugale, sévère, sobre et tempérante.

Il est à remarquer que la nature nous a donné en quelque sorte

videndi et audiendi.	de voir et d'entendre.
Quinetiam,	Bien-plus,
si quis est paulo propensior	si quelqu'un est un peu trop enclin
ad voluptates,	aux plaisirs,
modo ne sit	pourvu qu'il ne soit pas
ex genere pecudum	de l'espèce des bêtes
(quidam enim	(certains en effet
sunt homines non re,	sont hommes non de fait,
sed nomine),	mais de nom),
sed si quis	mais si quelqu'un
est paulo erectior,	est un peu plus élevé *de sentiments*,
quamvis capiatur	quoiqu'il soit séduit
voluptate,	par le plaisir,
occultat et dissimulat	il cache et dissimule
propter verecundiam	par pudeur
appetitum voluptatis.	*son* appétit du plaisir.
Ex quo intelligitur	D'après quoi il est compris
voluptatem corporis	le plaisir du corps
non esse satis dignam	n'être pas assez digne
præstantia hominis,	de la prééminence de l'homme,
oportereque	et falloir (qu'il faut)
eam contemni et rejici ;	lui être méprisé et être rejeté,
sin sit quispiam,	mais s'il y a quelqu'un,
qui tribuat aliquid	qui accorde quelque chose
voluptati,	au plaisir,
modum fruendæ ejus	une mesure de jouir de lui (du plaisir)
tenendum esse ei	devoir être gardée à (par) lui
diligenter.	avec-soin.
Itaque victus	En-conséquence que la nourriture
cultusque corporis	et le soin du corps
referantur ad valetudinem	soient rapportés à la santé
et ad vires,	et aux forces,
non ad voluptatem.	non au plaisir.
Atque etiam,	Et même,
si volumus considerare	si nous voulons considérer
quæ excellentia et dignitas	quelle excellence et *quelle* dignité
sit in natura,	est dans la nature *de l'homme*,
intelligemus	nous comprendrons
quam sit turpe	combien il est honteux
diffluere luxuria	de nager dans les délices
et vivere delicate	et de vivre délicatement
ac molliter ;	et mollement;
quamque honestum	et combien *il est* honnête
parce, continenter,	*de vivre* avec-épargne, avec-retenue,
severe, sobrie.	avec-austérité, avec-sobriété.
Intelligendum est etiam	Il faut comprendre aussi
nos indutos esse a natura	nous avoir été revêtus par la nature

8

esse personis : quarum una est communis, ex eo quod omnes
participes sumus rationis præstantiæque ejus, qua antecelli-
mus bestiis, a qua omne honestum decorumque trahitur, et
ex qua ratio inveniendi officii exquiritur; altera autem, quæ
proprie singulis est tributa. Ut enim in corporibus magnæ
dissimilitudines sunt (alios enim videmus velocitate ad cursum,
alios viribus ad luctandum valere ; itemque in formis aliis
dignitatem inesse, aliis venustatem), sic in animis exsistunt
etiam majores varietates.

Erat in L. Crasso[1] et in L. Philippo[2] multus lepos; major
etiam magisque de industria in C. Cæsare[3], Lucii filio. At,
iisdem temporibus, in M. Scauro[4] et in M. Druso[5] adolescente
singularis severitas; in C. Lælio multa hilaritas ; in ejus
familiari Scipione ambitio major, vita tristior. De Græcis

deux personnages à jouer. L'un est commun à tous les hommes, et
nous met en partage de la raison et de cette dignité qui nous élève
si fort au-dessus des bêtes, qui est le principe de tous nos devoirs,
et d'où dérive tout ce qui s'appelle honnêteté et bienséance; l'autre
est commun à chacun de nous. Car autant il y a de différence entre
les hommes par les qualités du corps, qui font que celui-là est léger
et propre à la course, celui-ci robuste et propre à la lutte, que dans
l'un il y a de la dignité et dans l'autre de l'agrément, autant il y en
a entre les esprits, et même davantage.

L. Crassus et L. Philippus avaient beaucoup de grâce ; C. César,
fils de Lucius, en avait encore davantage, mais ce n'était pas sans
art. Dans le même temps on remarquait en M. Scaurus et en
M. Drusus, tout jeune qu'il était, une rare sévérité ; dans C. Lælius
beaucoup d'enjouement, et dans Scipion son ami plus d'ambition et

quasi duabus personis :	comme de deux caractères :
quarum una	desquels l'un
est communis,	est commun,
ex eo quod omnes	par-suite-de ce que tous
sumus participes rationis	nous sommes ayant-part à la raison
ejusque præstantiæ	et à cette prééminence [bêtes,
qua antecellimus bestiis,	par laquelle nous l'emportons sur les
a qua trahitur	de laquelle est tirée
omne honestum	toute honnêteté
decorumque,	et *toute* bienséance,
et ex qua exquiritur	et dans laquelle est cherchée
ratio inveniendi officii ;	la méthode de trouver le devoir ;
altera autem,	mais le second *caractère*,
quæ tributa est proprie	qui a été accordé en-propre
singulis.	à chacun-en-particulier.
Ut enim in corporibus	En effet comme dans les corps
sunt	il y a
magnæ dissimilitudines	de grandes différences
(videmus enim alios	(nous voyons en effet les uns
valere	être-puissants
velocitate ad cursum,	par la rapidité à la course,
alios viribus	les autres par les forces
ad luctandum ,	pour lutter,
itemque in formis	et de-même dans les extérieurs
dignitatem inesse aliis,	la dignité être-dans les uns,
venustatem aliis),	la grâce dans les autres),
sic in animis	ainsi dans les esprits,
existunt varietates	se produisent des diversités
etiam majores.	encore plus grandes.
Lepos multus	Une grâce abondante
erat in L. Crasso	était dans L. Crassus
et in L. Philippo ;	et dans L. Philippus ;
major etiam,	une *grâce* plus grande encore,
magisque de industria,	et *venant* plus de l'art,
in C. Cæsare,	dans C. César,
filio Lucii.	fils de Lucius.
At iisdem temporibus	Mais dans ces-mêmes temps
in M. Scauro,	dans M. Scaurus,
et in M. Druso	et dans M. Drusus
adolescente,	jeune-homme,
severitas singularis;	*était* une gravité singulière ;
in C. Lælio	dans C. Lélius
multa hilaritas;	une grande gaieté ;
in familiari ejus Scipione	dans l'ami de lui Scipion
ambitio major,	une ambition plus grande,
vita tristior.	une vie plus triste.
De Græcis autem	Mais quant aux Grecs,

autem dulcem et facetum, festivique sermonis, atque in omni
oratione simulatorem, quem εἴρωνα Græci nominaverunt, Socratem accepimus; contra Pythagoram et Periclem summam
auctoritatem consecutos sine ulla hilaritate. Callidum Annibalem ex Pœnorum, ex nostris ducibus Q. Maximum accepimus : facile celare, tacere, dissimulare, insidiari, præripere
hostium consilia. In quo genere Græci Themistoclem Athe-
niensem et Pheræum Jasonem' ceteris anteponunt; imprimisque
versutum et callidum factum Solonis, qui, quo et tutior vita
ejus esset et plus aliquando reipublicæ prodesset, furere se
simulavit.

Sunt his alii multum dispares, simplices et aperti, qui nihil
ex occulto, nihil ex insidiis agendum putant, veritatis cultores,
fraudis inimici. Itemque alii qui quidvis perpetiantur, cuivis

des mœurs plus austères. Parmi les Grecs, Socrate, nous dit-on,
était doux et enjoué, d'une conversation réjouissante, et il aimait à
se servir de ce tour ingénieux qui le fit surnommer l'*Ironique*. Pythagore au contraire et Périclès, sans aucun enjouement dans
l'esprit, acquirent une grande autorité. Nous savons qu'entre les
généraux carthaginois, Annibal était le plus rusé, et parmi les
nôtres, Q. Maximus : habiles tous deux à cacher, à dissimuler,
à donner le change sur leurs desseins, à tendre des embuscades, à
prévenir les plans des ennemis. Sur ce point, les Grecs mettent au
premier rang Thémistocle et Jason de Phères. On cite comme un
trait de la plus grande habileté la ruse de Solon, qui contrefit
l'insensé pour mettre sa vie en sûreté et mieux servir sa patrie.

D'autres, tout opposés à ceux-ci, ont des manières simples et ouvertes; ils croient qu'on ne doit jamais user d'artifice ni de surprise;
ils aiment la vérité, ils ont horreur de toute tromperie. D'autres
encore, pour arriver à leur but, souffriront tout et se mettront au

accepimus Socratem	nous avons appris Socrate
dulcem et facetum,	doux et enjoué,
sermonisque festivi,	et d'une conversation divertissante,
atque simulatorem	et employant-la-feinte
in omni oratione,	dans toute conversation,
quem Græci	*Socrate* que les Grecs
nominaverunt εἴρωνα :	nommèrent ironique :
contra	au-contraire
Pythagoram et Periclem	Pythagore et Périclès
consecutos	ayant obtenu
summam auctoritatem,	la plus haute autorité,
sine ulla hilaritate.	sans aucune gaieté.
Accepimus	Nous avons appris
Annibalem callidum	Annibal *avoir été* rusé
ex Pœnorum,	entre *les généraux* des Carthaginois,
ex nostris ducibus	*et* entre nos généraux
Q. Maximum :	Q. Maximus :
celare facile,	cacher facilement,
tacere, dissimulare,	taire, dissimuler,
insidiari,	tendre des-embûches,
præripere	saisir-d'avance
consilia-hostium.	les plans des ennemis.
In quo genere	Dans lequel genre
Græci anteponunt ceteris	les Grecs placent-avant tous-les-autres
Themistoclem	Thémistocle
et Jasonem Pheræum :	et Jason de-Phères :
imprimisque	et *ils louent* principalement
factum versutum	l'action rusée
et callidum	et adroite
Solonis,	de Solon,
qui, quo et vita ejus	qui, afin que et la vie de lui
esset tutior,	fût plus-en-sûreté,
et prodesset plus	et il fût-utile davantage
aliquando	quelque-jour
reipublicæ,	à l'État,
simulavit se furere.	feignit lui-même être-fou.
Sunt alii	Il *en* est d'autres
multum dispares his,	beaucoup différents de ceux-ci,
simplices et aperti ;	simples et ouverts ;
qui putant nihil agendum	qui pensent rien ne devoir être fait
ex occulto,	en cachette,
nihil ex insidiis,	rien par embûches,
cultores veritatis,	pratiquant la vérité,
inimici fraudis.	ennemis de la fraude.
Itemque alii,	Et de-même *il en est* d'autres,
qui perpetiantur quidvis,	qui souffriraient quoi-que-ce-soit,
deserviant cuivis,	serviraient qui-que-ce-soit,

deserviant, dum quod velint consequantur, ut Sullam et
M. Crassum videbamus. Quo in genere versutissimum et pa-
tientissimum Lacedæmonium Lysandrum[1] accepimus; contraque Callicratidam, qui præfectus classi proximus pòst Lysandrum fuit. Itemque in sermonibus alium, quamvis præpotens
sit, efficere ut unus de multis esse videatur; quod in Catulo,
et in patre et in filio[2], idemque in Q. Mucio Mancia vidimus.
Audivi ex majoribus natu hoc idem fuisse in P. Scipione
Nasica; contraque patrem ejus, illum qui Tiberii Gracchi
conatus perditos vindicavit, nullam comitatem habuisse sermonis; ne Xenocratem[3] quidem, severissimum philosophorum,
ob eamque rem ipsam magnum clarumque fuisse. Innumerabiles aliæ dissimilitudines sunt naturæ morumque, minime
tamen vituperandorum.

XXXI Admodum autem tenenda sunt sua cuique, non

service de qui voudra : tels nous avons vu M. Crassus, et Sylla. Le
Lacédémonien Lysandre passe pour avoir été le plus rusé et le plus
patient des capitaines; Callicratidas, qui commanda la flotte après
lui, était d'une humeur toute contraire. Nous voyons aussi des
hommes d'une grande autorité mettre tant de simplicité dans leur
conversation, qu'on les prendrait pour des hommes ordinaires : tels
furent les deux Catulus, le père et le fils, et Q. Mucius Mancia. Nos
anciens m'ont raconté la même chose de P. Scipion Nasica. Au
contraire son père, qui vengea la république des attentats de Tib.
Gracchus, n'avait aucune affabilité dans la conversation; on en dit
autant de Xénocrate, le plus sévère des philosophes, qui, par cette
sévérité même, se fit une grande réputation. On peut remarquer
encore parmi les hommes une infinité de caractères différents, dont
il n'y a aucun que l'on puisse condamner.

XXXI. Si l'on veut donc atteindre à cette bienséance dont nous

dum consequantur	pourvu qu'ils obtiennent
quod velint :	ce qu'ils veulent :
ut videbamus Sullam.	comme nous voyions Sylla
et M. Crassum.	et M. Crassus.
In quo genere accepimus	Dans lequel genre nous avons appris
Lysandrum	Lysandre
Lacedæmonium	le Lacédémonien
versutissimum	*avoir été* le plus rusé
et patientissimum ;	et le plus patient ;
contraque Callicratidam,	et au-contraire Callicratides,
qui præfectus fuit classi	qui fut mis-à-la-tête-de la flotte [dre.
proximus post Lysandrum.	le plus proche (le premier) après Lysan-
Itemque in sermonibus	Et de même dans les conversations
alium,	un autre,
quamvis sit præpotens,	quoiqu'il soit très-puissant,
efficere ut videatur esse	faire qu'il paraisse être [naire):
unus de multis :	un d'entre les nombreux (un homme ordi-
quod vidimus in Catulo,	ce que nous avons vu dans Catulus,
et in patre, et in filio ;	et dans le père, et dans le fils ;
idemque	et la même chose
in Q. Mucio Mancia.	dans Q. Mucius Mancia.
Audivi	J'ai entendu [lards)
ex majoribus natu	de *gens* plus grands par l'âge (de vieil-
hoc idem fuisse	cette même chose avoir été
in P. Scipione Nasica ;	dans P. Scipion Nasica ;
contraque patrem ejus,	et au-contraire le père de lui
illum qui vindicavit	celui-là qui punit
conatus perditos	les tentatives perverses
Tib. Gracchi,	de Tib. Gracchus,
habuisse	*n'*avoir eu
nullam comitatem	aucune affabilité
sermonis :	d'entretien :
ne Xenocratem quidem,	*et* pas même Xénocrate,
severissimum	le plus sévère
philosophorum,	des philosophes,
obque eam rem ipsam	et pour ce fait même
fuisse magnum	*lui* avoir été grand
clarumque.	et illustre.
Sunt aliæ dissimilitudines	Il y a d'autres différences
innumerabiles	innombrables
naturæ morumque,	de naturel et de mœurs,
minime vituperandorum	nullement blâmables
tamen.	toutefois.
XXXI. Sua autem	XXXI. Mais ses *inclinations*
tenenda sunt cuique	doivent être conservées à (par) chacun
admodum,	tout à fait,
non vitiosa,	non pas les *inclinations* vicieuses,

vitiosa, sed tamen propria, quo facilius decorum illud quod
quærimus retineatur. Sic enim est faciendum, ut contra universam naturam nihil contendamus, ea tamen conservata,
propriam naturam sequamur; ut, etiamsi sint alia graviora
atque meliora, tamen nos studia nostra nostræ naturæ regula
metiamur. Neque enim attinet repugnare naturæ, nec quidquam sequi quod assequi nequeas. Ex quo magis emergit
quale sit decorum illud, ideo quia nihil decet invita, ut aiunt,
Minerva, id est adversante et repugnante natura. Omnino si
quidquam est decorum, nihil est profecto magis quam æquabilitas universæ vitæ, tum singularum actionum; quam conservare non possis, si, aliorum naturam imitans, omittas
tuam. Ut enim sermone eo debemus uti qui notus est nobis,
ne, ut quidam, Græca verba inculcantes, jure optimo irri-

parlons, il faut que chacun s'en tienne à son naturel, pourvu qu'il
n'y ait rien de mauvais et de vicieux. Car nous devons nous conduire de telle sorte que, sans jamais aller contre ce que la nature
exige généralement de tous les hommes, nous demeurions dans notre
caractère particulier, et que, sans prétendre à des occupations plus
graves et plus élevées, nous choisissions celles qui conviennent à
notre esprit. Car en vain irait-on contre la nature, en vain tendrait-on
où l'on ne peut atteindre; et rien ne fait mieux comprendre ce
qu'est la bienséance que ce proverbe : « Ce qui se fait en dépit de
Minerve, c'est-à-dire de la nature, ne sied jamais bien. » Rien
ne sied si bien qu'une parfaite uniformité de vie et de conduite :
or on ne la saurait garder quand on sort de son naturel pour imiter
celui des autres. Comme il faut parler chacun sa langue et ne point
entremêler de mots grecs dans le discours, ainsi que font certaines
gens qui par là se rendent ridicules; de même il faut que chacun

sed tamen propria,	mais cependant les *inclinations* propres,
quo illud decorum	afin que cette bienséance
quod quærimus	que nous cherchons
retineatur facilius.	soit maintenue plus facilement.
Faciendum est enim sic,	En effet il faut faire de-telle-sorte,
ut contendamus nihil	que nous ne fassions-effort en rien
contra naturam universam,	contre la nature générale *de l'homme*,
ea tamen conservata,	*que* toutefois celle-ci étant observée,
sequamur	nous suivions
naturam propriam :	*notre* nature propre :
ut, etiamsi	de-sorte-que, quand même [rieuses
sint alia graviora	il y aurait d'autres *occupations* plus sé-
atque meliora,	et meilleures,
nos tamen metiamur	nous cependant nous mesurions
nostra studia	nos occupations
regula nostræ naturæ.	sur la règle de notre nature.
Neque enim attinet	Et en effet il ne sert pas
repugnare naturæ,	de lutter contre la nature,
nec sequi quidquam,	ni de poursuivre quoi-que-ce-soit,
quod nequeas assequi.	que tu ne-puisses-pas atteindre.
Ex quo emergit magis	De quoi ressort davantage
quale sit illud decorum,	quelle est cette bienséance,
ideo quia nihil decet,	parce que rien n'est-bienséant,
ut aiunt,	comme on dit,
Minerva invita,	Minerve ne-voulant-pas,
id est natura	cela est (c'est-à-dire) la nature
adversante et repugnante.	s'opposant et résistant.
Omnino	En-somme
si quidquam est decorum,	si quoi-que-ce-soit est bienséant,
nihil profecto est magis	rien assurément *ne l'*est plus
quam æquabilitas	que l'égalité
vitæ universæ,	de la vie en-général,
tum actionum	puis des actions
singularum :	en-particulier :
quam non possis	laquelle tu ne pourrais
conservare,	conserver,
si, imitans	si, imitant
naturam aliorum,	la nature des autres,
omittas tuam.	tu laissais-de-côté la tienne.
Ut enim debemus	En effet de-même-que nous devons
uti eo sermone	faire-usage de cette langue
qui est notus nobis,	qui est connue de nous,
ne, ut quidam	de peur que, comme quelques-uns,
inculcantes verba Græca	introduisant des mots grecs
irrideamur	nous ne soyons raillés
optimo jure ;	à très-bon droit ;
sic debemus conferre	ainsi nous devons n'apporter

deamur, sic in actiones omnemque vitam nullam discrepantiam
conferre debemus. Atque hæc differentia naturarum tantam
habet vim, ut nonnunquam mortem sibi ipse consciscere alius
debeat, alius in eadem causa non debeat. Num enim alia in
causa M. Cato[1] fuit, alia ceteri qui se in Africa Cæsari tradi-
derunt? Atqui ceteris forsitan vitio datum esset, si se intere-
missent, propterea quod eorum vita lenior et mores fuerant
faciliores. Catoni autem quum incredibilem tribuisset natura
gravitatem, eamque ipse perpetua constantia roboravisset,
semperque in proposito susceptoque consilio permansisset,
moriendum potius[2] quam tyranni vultus adspiciendus fuit.
Quam multa passus est Ulysses in illo errore diuturno, quum
et mulieribus, si Circe et Calypso mulieres appellandæ sunt,
inserviret, et in omni sermone omnibus affabilem se esse

demeure dans son caractère, et qu'on ne voie point de bigarrure
dans la vie ni dans les actions. Cette différence du caractère propre
à chacun est si prononcée, que quelquefois, dans une même conjonc-
ture, l'un doit se donner la mort, et non pas l'autre. Caton et ceux
qui se rendirent à César en Afrique n'étaient-ils pas dans la même
situation? Cependant on aurait peut-être désapprouvé que ces autres
se fussent donné la mort, parce que leur vie avait été moins austère
et leurs mœurs plus faciles. Mais pour Caton, à qui la nature avait
donné une fermeté d'âme incroyable, et qui l'avait encore augmentée
par une constance qui ne s'était jamais démentie, il était de son
caractère de mourir plutôt que de voir le visage du tyran. Que n'a
point souffert Ulysse dans cette longue suite de voyages et d'aven-
tures, réduit à servir des femmes, si ce sont des femmes que Circé
et Calypso, et obligé dans tous ses discours de s'accommoder et de
complaire à chacun de ses hôtes! Combien d'outrages a-t-il essuyés

nullam discrepantiam	aucune disparate
in actiones	dans nos actions
omnemque vitam.	et toute *notre* vie.
Atque hæc differentia	Et cette différence
naturarum	des natures
habet tantam vim,	a une si-grande force,
ut nonnunquam alius	que quelquefois l'un
debeat consciscere mortem	doit prononcer la mort
ipse sibi,	lui-même contre lui-même,
alius in eadem causa	l'autre dans la même cause (situation)
non debeat.	ne *le* doit pas.
Num enim M. Cato	En effet est-ce que M. Caton
fuit in alia causa,	fut dans une autre situation,
ceteri	*et* tous-les-autres
qui in Africa	qui en Afrique
se tradiderunt Cæsari	se livrèrent à César
alia ?	*furent* dans une autre ?
Atqui forsitan	Et-pourtant peut-être
datum esset vitio	il eût été donné à tort (on eût reproché)
ceteris,	à tous-les-autres,
si interemissent se,	s'ils avaient tué eux-mêmes,
propterea quod vita eorum	parce que la vie d'eux
lenior,	*avait été* plus douce (moins austère),
et mores fuerant faciliores :	et *leurs* mœurs avaient été plus faciles :
quum autem natura	mais comme la nature
tribuisset Catoni	avait accordé à Caton
gravitatem incredibilem,	une sévérité incroyable,
ipseque roboravisset eam	et que lui-même avait fortifié elle
constantia perpetua,	par une constance continuelle,
permansissetque semper	et qu'il avait persévéré toujours
in consilio proposito	dans la résolution formée
susceptoque,	et prise,
moriundum fuit	nécessité-de-mourir fut à lui
potius quam	plutôt que
vultus tyranni	le visage du tyran
adspiciendus.	ne dut être vu.
Quam multa	Combien nombreux *malheurs*
passus est Ulysses	souffrit Ulysse
in illo diuturno errore,	dans ce long voyage-errant,
quum et inserviret	lorsque et il était asservi
mulieribus,	à des femmes,
si Circe et Calypso	si Circé et Calypso
appellandæ sunt mulieres,	doivent être appelées des femmes,
et in omni sermone	et en tout discours
vellet	il voulait
se esse affabilem omnibus !	lui-même être affable pour tous !
Domi vero etiam	Mais à la maison (chez lui) même

vellet! Domi vero etiam contumelias servorum ancillarumque pertulit, ut ad id aliquando quod cupiebat perveniret. At Ajax, quo animo traditur, millies oppetere mortem quam illa perpeti maluisset. Quæ contemplantes expendere oportebit quid quisque habeat sui, eaque moderari, nec velle experiri quam se aliena deceant. Id enim maxime quemque decet, quod est cujusque maxime suum. Suum igitur quisque noscat ingenium, acremque se et vitiorum et bonorum suorum judicem præbeat, ne scenici plus quam nos videantur habere prudentiæ : illi enim non optimas, sed sibi accommodatissimas fabulas eligunt. Qui voce freti sunt, Epigonos Medumque [1] ; qui gestu, Menalippam, Clytæmnestram [2] ; semper Rupilius [3], quem ego memini, Antiopam ; non sæpe Æsopus Ajacem [4]. Ergo histrio hoc videbit in scena, non videbit vir sapiens in vita ? Ad quas

dans sa propre maison, des valets même et des servantes ! Enfin à quoi ne s'est-il pas résigné pour parvenir à son but ? Ajax au contraire, de l'humeur dont on nous le dépeint, aurait mille fois mieux aimé mourir que d'en souffrir autant. Toutes ces considérations nous apprennent qu'il faut que chacun s'étudie à bien connaître son caractère, qu'il se borne à le régler, et qu'il ne lui prenne jamais envie de voir si le caractère d'un autre lui siérait bien : car ce qui est du caractère de chacun est toujours ce qui lui sied le mieux. Que chacun donc connaisse son naturel et se juge sévèrement lui-même sur ce qu'il a de bon et de mauvais. Ayons au moins autant de prudence et de jugement que les comédiens, qui choisissent entre les pièces de théâtre non les meilleures, mais celles qui leur conviennent le mieux. Ceux qui ont la voix forte jouent volontiers *les Épigones* et *Médus ;* ceux qui brillent par le geste préfèrent *Ménalippe* et *Clytemnestre.* Je me souviens que Rupilius jouait toujours *Antiope,* et qu'Ésope évitait tant qu'il pouvait de jouer *Ajax.* Quoi ! un comédien verra ce qui lui convient sur le théâtre, et un honnête homme ne verra pas ce qui

pertulit contumelias	il endura les outrages
servorum ancillarumque,	des esclaves et des servantes,
ut perveniret aliquando	afin qu'il arrivât quelque-jour
ad id quod cupiebat.	à ce qu'il désirait.
At Ajax,	Mais Ajax,
quo animo traditur,	avec l'âme dont il est rapporté *avoir été*,
maluisset	aurait mieux-aimé
oppetere mortem millies,	aller-au-devant de la mort mille-fois,
quam perpeti illa.	que de souffrir ces choses-là.
Quæ oportebit	Lesquels *faits* il faudra
contemplantes	*nous* considérant
expendere quid quisque	peser quoi chacun
habeat sui,	a de sien (a en propre),
moderarique ea,	et régler ces inclinations *propres à lui*,
nec velle experiri	et ne pas vouloir essayer
quam aliena	combien les *inclinations* d'-autrui
deceant se :	conviennent à lui-même :
id enim	en effet cela
decet maxime cuique,	convient le plus à chacun,
quod est maxime	qui est le plus
suum cujusque.	propre à chacun.
Quisque igitur	Que chacun donc
noscat suum ingenium,	connaisse son caractère,
præbeatque se	et montre lui-même
judicem acrem	juge pénétrant
suorum bonorum	de ses qualités
et vitiorum,	et de *ses* défauts,
ne scenici	de peur que les comédiens
videantur habere	ne paraissent avoir
plus prudentiæ quam nos.	plus de sagesse que nous.
Illi enim non eligunt	En effet ceux-là ne choisissent pas
fabulas optimas,	les pièces les meilleures,
sed accommodatissimas	mais les plus appropriées
sibi.	à eux-mêmes.
Qui sunt freti voce	Ceux qui sont comptant sur *leur* voix
Epigonos Medumque ;	*choisissent* les Épigones et Médus ;
qui gestu,	ceux qui *comptent* sur *leur* geste,
Menalippam,	*choisissent* Ménalippe,
Clytæmnestram ;	Chytemnestre ;
Rupilius,	Rupilius,
quem ego memini,	que je me rappelle,
semper Antiopam ;	*choisissait* toujours Antiope ;
Æsopus	Ésope
non sæpe Ajacem.	ne *choisissait* pas souvent Ajax.
Ergo histrio	Ainsi un comédien
videbit hoc in scena,	verra ceci sur la scène,
vir sapiens	un homme sage

igitur res aptissimi erimus, in iis potissimum elaborabimus. Sin aliquando necessitas nos ad ea detruserit, quæ nostri ingenii non erunt, omnis adhibenda erit cura, meditatio, diligentia, ut ea, si non decore, at quam minimum indecore facere possimus. Nec tam est enitendum ut bona quæ nobis data non sint sequamur, quam ut vitia fugiamus.

XXXII. Ac duabus iis personis, quas supra dixi, tertia adjungitur, quam casus aliquis vel tempus imponit; quarta etiam, quam nobismet ipsis judicio nostro accommodamus. Nam regna, imperia, nobilitates, honores, divitiæ, opes, eaque quæ sunt his contraria, in casu sita, temporibus gubernantur. Ipsi autem gerere quam personam velimus, a nostra voluntate proficiscitur. Itaque se alii ad philosophiam, alii ad jus civile, alii ad eloquentiam applicant, ipsarumque virtutum in

lui convient dans la vie ! Appliquons-nous principalement aux choses auxquelles nous sommes le plus propres ; et s'il arrive que nous soyons forcés de nous charger de quelques-unes de celles qui ne sont pas de notre génie, faisons en sorte, à force de soin, d'exercice, d'application, que, si nous ne pouvons y réussir parfaitement, au moins nous nous en acquittions le moins mal possible. Ne songeons pas tant à acquérir les qualités que la nature ne nous a pas données, qu'à éviter les défauts.

XXXII. A ces deux caractères dont j'ai parlé plus haut s'en joint un troisième, que la fortune et les conjonctures nous imposent. Il y en a encore un quatrième, qui est entièrement de notre choix. La royauté, le commandement des armées, la noblesse, les dignités, les richesses, le crédit, et toutes les choses qui sont l'opposé de celles-là, dépendent de la fortune ou des circonstances ; mais le personnage que nous voulons faire est un pur effet de notre volonté. Ainsi les uns s'appliquent à la philosophie, les autres à l'étude des lois, d'autres à l'éloquence ; il y a même des vertus qui plaisent à celui-ci plus

non videbit in vita?	ne *le* verra pas dans la vie ?
Elaborabimus igitur	Nous nous appliquerons donc
potissimum in iis,	de préférence à ces choses,
ad quas res	auxquelles choses
erimus aptissimi.	nous serons le plus propres.
Sin aliquando necessitas	Mais si quelque-jour la nécessité
detruserit nos ad ea	aura poussé nous à ces (des) choses
quæ non erunt	qui ne seront pas
nostri ingenii,	de notre génie,
omnis cura, meditatio,	tout *notre* soin, *notre* exercice,
diligentia	*notre* zèle
adhibenda erit,	devra être appliqué *à ceci*,
ut possimus facere ea	que nous puissions faire ces choses
si non decore, [re-	sinon avec-convenance, [qu'il *est possible.*
at quam minimum indeco-	toutefois le moins avec-inconvenance
Enitendum est	Il faut nous efforcer
non tam	non pas tant
ut sequamur bona	pour que nous atteignions aux qualités
quæ non data sint nobis,	qui n'ont pas été données à nous,
quam ut fugiamus vitia.	que pour que nous évitions les défauts.
XXXII. Ac	XXXII. Et
iis duabus personis	à ces deux caractères,
quas dixi supra,	que j'ai dits ci-dessus,
tertia adjungitur,	un troisième s'ajoute,
quam aliqui casus	que certaines circonstances
aut tempus imponit;	ou le temps *nous* impose;
quarta etiam,	un quatrième même,
quam ipsi	que nous-mêmes
accommodamus nobismet	nous adaptons à nous-mêmes
nostro judicio.	par notre jugement (choix).
Nam regna, imperia,	Car les royautés, les commandements,
nobilitates, honores,	les dignités, les honneurs,
divitiæ, opes,	les richesses, la puissance,
eaque quæ sunt	et ces (les) choses qui sont
contraria his,	contraires à celles-ci,
sita in casu,	placées sur le (dépendant du) hasard,
gubernantur temporibus :	sont gouvernés par les circonstances :
proficiscitur autem	mais *ceci* part
a nostra voluntate,	de notre volonté,
quam personam ipsi	quel personnage nous-mêmes
velimus gerere.	nous voulons faire.
Itaque alii	C'est-pourquoi les uns
se applicant	s'appliquent
ad philosophiam,	à la philosophie,
alii ad jus civile,	d'autres au droit civil,
alii ad eloquentiam;	d'autres à l'éloquence;
aliusque mavult	et un autre aime-mieux

alia alius mavult excellere. Quorum vero patres aut majores aliqua gloria præstiterunt, ii student plerumque eodem in genere laudis excellere : ut Q. Mucius, Publii filius, in jure civili; Pauli filius Africanus, in re militari. Quidam autem ad eas laudes quas a patribus acceperunt, addunt aliquam suam : ut hic idem Africanus eloquentia cumulavit gloriam. Quod idem fecit Timotheus [1], Cononis filius ; qui, quum belli laude non inferior fuisset quam pater, ad eam laudem doctrinæ et ingenii gloriam adjecit. Fit autem interdum ut nonnulli, omissa imitatione majorum, suum quoddam institutum consequantur ; maximeque in eo plerumque elaborant ii qui magna sibi proponunt, obscuris orti majoribus. Hæc igitur omnia, quum quærimus quid deceat, complecti animo et cogitatione debemus.

Imprimis autem constituendum est quos nos et quales esse

qu'à celui-là. Ceux dont les pères se sont illustrés par quelque genre de gloire cherchent d'ordinaire à exceller dans la même carrière. C'est ainsi que Q. Mucius, fils de Publius, s'attacha à l'étude des lois, et l'Africain, fils de Paul Émile, à l'art de la guerre. Il y en a qui ajoutent quelque nouveau mérite à celui dont ils ont hérité de leurs pères ; comme ce même Scipion, qui joignit la gloire de l'éloquence à la gloire militaire. C'est ce que fit encore Timothée, fils de Conon, qui, n'étant point inférieur à son père par les qualités militaires, les rehaussa encore par un grand fonds d'esprit et de science. Mais il arrive quelquefois que, sans s'attacher à marcher sur les traces de ses pères, on prend une route différente, et c'est ce que font surtout ceux qui, étant d'une naissance obscure, ne laissent pas d'aspirer à quelque chose de grand. Ce sont autant d'objets qu'il faut embrasser par la pensée, lorsque nous voulons trouver ce qui est bienséant.

Commençons par voir ce que nous voulons être, et quel genre de

excellere in alia	exceller dans une autre
virtutum ipsarum.	des vertus mêmes.
Quorum vero patres	Mais *ceux* dont les pères
aut majores	ou les ancêtres
præstiterunt aliqua gloria,	l'ont emporté par quelque gloire,
ii plerumque	ceux-ci le plus souvent
student excellere	cherchent à exceller
in eodem genere laudis :	dans le même genre de gloire :
ut Q. Mucius, filius Publii,	comme Q. Mucius, fils de Publius,
in jure civili,	dans le droit civil,
Africanus filius Pauli	l'Africain fils de Paul
in re militari.	dans l'art militaire.
Quidam autem	Mais certains
ad eas laudes	à ces titres-de-gloire
quas acceperunt a patribus	qu'ils ont reçus de *leurs* pères
addunt aliquam suam ;	ajoutent quelque *titre de gloire* à-eux :
ut hic idem Africanus	comme ce même Africain
cumulavit eloquentia	mit-le-comble par l'éloquence
gloriam bellicam.	à *sa* gloire guerrière.
Quod idem fecit Timotheus,	Laquelle même chose fit Timothée,
filius Cononis,	fils de Conon,
qui, quum laude belli	qui, comme par la gloire de la guerre
non fuisset inferior	il n'avait pas été moindre
quam pater,	que *son* père,
adjecit ad eam laudem	ajouta à cette gloire
gloriam doctrinæ	la gloire de la science
et ingenii.	et du génie.
Fit autem interdum	D'autre-part il se fait parfois
ut nonnulli,	que quelques-uns,
imitatione majorum	l'imitation de *leurs* ancêtres
omissa,	étant laissée-de-côté,
consequantur	atteignent
quoddam institutum	un certain but
suum :	propre-à-eux :
maximeque plerumque	et surtout le plus souvent
ii elaborant in eo,	ceux-là travaillent à cela, [choses,
qui proponunt sibi magna,	qui proposent à eux-mêmes de grandes
orti majoribus obscuris.	issus d'ancêtres obscurs.
Debemus igitur,	Nous devons donc,
quum quærimus	lorsque nous cherchons
quid deceat,	ce qui est bienséant,
complecti hæc omnia	embrasser toutes ces choses
animo et cogitatione.	dans *notre* esprit et *notre* pensée.
Imprimis autem	Mais tout-d'abord
constituendum est	il faut établir
quos et quales	qui et quels
velimus nos esse,	nous voulons nous être,

velimus, et in quo genere vitæ ; quæ deliberatio est omnium
difficillima. Ineunte enim adolescentia, quum est maxima im-
becillitas consilii, tum id sibi quisque genus ætatis degendæ
constituit, quod maxime adamavit. Itaque ante implicatur
aliquo certo genere cursuque vivendi, quam potuit quod optimum esset judicare. Nam quod Herculem Prodicium[1] dicunt,
ut est apud Xenophontem, quum primum pubesceret, quod
tempus a natura ad deligendum quam quisque viam vivendi
sit ingressurus datum est, exisse in solitudinem, atque ibi
sedentem diu secum multumque dubitasse, quum duas cer-
neret vias, unam Voluptatis, alteram Virtutis, utram ingredi
melius esset, hoc Herculi, Jovis satu edito, potuit fortasse
contingere ; nobis non item, qui imitamur quos cuique visum
est, atque ad eorum studia institutaque impellimur. Plerumque autem, parentum præceptis imbuti, ad eorum consuetu-

vie nous devons suivre : détermination la plus difficile de toutes.
Car dans la jeunesse, comme on n'a pas encore la raison assez forte
pour se conduire par elle, on se laisse aller à ce qui flatte le plus ; et
ainsi l'on se trouve engagé dans un genre de vie, avant d'avoir été
en état de juger quel est le meilleur. Je sais bien que Xénophon,
après Prodicus, rapporte qu'Hercule, dès la première jeunesse,
époque destinée par la nature au choix d'un genre de vie, se retira
dans la solitude, et que là, voyant devant lui le chemin de la Volupté et celui de la Vertu, il délibéra longtemps en lui-même pour
savoir lequel des deux il prendrait ; mais ce qui a pu arriver au fils
de Jupiter n'est pas possible pour nous, qui imitons chacun ceux qu'il
nous plaît et sommes portés à suivre leur exemple. La plupart, im-
bus des préceptes de leurs parents, se laissent aller à leurs goûts et

et in quo genere vitæ :	et dans quel genre de vie :
quæ deliberatio	laquelle délibération
est difficillima omnium.	est la plus difficile de toutes.
Adolescentia enim	En effet l'adolescence
ineunte,	commençant,
quum imbecillitas consilii	lorsque la faiblesse du conseil
est maxima,	est la plus grande,
tum quisque constituit sibi	alors chacun établit pour soi-même
id genus degendæ ætatis	cette espèce (manière) de passer sa vie
quod adamavit maxime.	qu'il a aimée le plus.
Itaque implicatur	C'est-pourquoi il est engagé
aliquo genere certo	dans quelque espèce déterminée
cursuque vivendi,	et quelque carrière de vivre (de vie),
antequam potuit judicare	avant qu'il ait pu juger
quod esset optimum.	ce qui était le meilleur.
Nam quod dicunt	Car quant à ce qu'on dit
Herculem Prodicium,	l'Hercule de-Prodicus,
ut est apud Xenophontem,	comme cela est dans Xénophon,
quum primum pubesceret,	lorsque d'abord il devenait-jeune-homme,
quod tempus	lequel moment
datum est a natura	a été donné par la nature
ad deligendum	pour choisir
quam viam vivendi	dans quelle route de vivre
quisque ingressurus sit,	chacun doit entrer,
exisse in solitudinem,	être sorti dans une solitude,
atque ibi sedentem,	et là étant assis,
dubitasse secum	avoir douté avec lui-même
diu multumque,	longtemps et beaucoup,
quum cerneret duas vias,	lorsqu'il voyait deux routes,
unam Voluptatis,	l'une de la Volupté,
alteram Virtutis,	l'autre de la Vertu,
utram	dans laquelle-des-deux
esset melius ingredi :	il était meilleur d'entrer :
hoc potuit fortasse	ceci a pu peut-être
contingere Herculi,	échoir à Hercule,
edito satu Jovis ;	né de la semence de Jupiter ;
non item nobis,	mais pas de-même à nous,
qui imitamur	qui imitons
quos visum est cuique,	ceux qu'il a paru bon à chacun d'imiter,
atque impellimur	et qui sommes poussés
ad studia	vers les goûts
institutaque eorum.	et les principes d'eux.
Plerique autem,	Mais la plupart,
imbuti præceptis	imbus des préceptes
parentum,	de nos parents,
deducimur	nous sommes entraînés
ad consuetudinem	vers l'habitude

dinem moremque deducimur. Alii multitudinis judicio feruntur, quæque majori parti pulcherrima videntur, ea maxime
exoptant. Nonnulli tamen sive felicitate quadam, sive bonitate
naturæ, sive parentum disciplina, rectam vitæ secuti sunt
viam.

XXXIII. Illud autem maxime rarum genus est eorum qui,
aut excellentis ingenii magnitudine, aut præclara eruditione
atque doctrina, aut utraque re ornati, spatium deliberandi
habuerunt, quem potissimum vitæ cursum sequi vellent; in
qua deliberatione ad suam cujusque naturam consilium est
omne revocandum. Nam quum, in omnibus quæ aguntur, ex
eo modo quo quisque natus est, ut supra dictum est, quid
deceat exquirimus, tum, in tota vita constituenda, multo est
cura major adhibenda ut constare in vitæ perpetuitate possimus nobismet ipsis, nec in ullo officio claudicare. Ad hanc
autem rationem quoniam maximam vim natura habet, fortuna

à leurs habitudes ; d'autres sont entraînés par l'opinion de la multitude et ne trouvent rien de beau que ce qu'elle admire. Quelques-uns
cependant, soit par un bonheur extraordinaire, soit par l'avantage
d'un bon naturel ou d'une excellente éducation, entrent dans la
bonne voie.

XXXIII. On en voit même, mais ce sont les plus rares, qui,
ayant beaucoup de lumières naturelles ou acquises, ou s'étant même
trouvés également pourvus des unes et des autres, n'ont formé le
plan de leur vie qu'après s'être donné le temps d'y bien penser.
Toutes ces sortes de délibérations doivent rouler principalement sur
ce qui convient au naturel et au caractère de chacun. Car si, pour
réussir dans chaque action particulière et pour s'en acquitter avec
bienséance, il faut, comme nous avons dit plus haut, que chacun
consulte son caractère, combien plus doit-on y prendre garde lorsqu'il s'agit de former le plan de toute la vie, si l'on veut être toujours d'accord avec soi-même et ne faillir à aucun de ses devoirs?
Cela dépend un peu de la fortune aussi bien que du naturel, mais beaucoup moins de l'une que de l'autre ; il faut donc tenir compte des deux,

moremque eorum.　et la tournure-d'esprit d'eux.
Alii feruntur　D'autres sont emportés
judicio multitudinis,　par le jugement de la multitude,
exoptantque maxime ea　et souhaitent surtout ces choses
quæ videntur pulcherrima　qui paraissent très-belles
majori parti.　à la plus grande partie.
Nonnulli tamen,　Quelques-uns cependant,
sive quadam felicitate,　soit par un certain bonheur,
sive bonitate naturæ,　soit par la bonté de *leur* nature,
sive disciplina parentum,　soit par l'instruction de *leurs* parents,
secuti sunt　ont suivi
viam rectam vitæ. [nus　la route droite de la vie.
　XXXIII. Illud autem ge-　XXXIII. Mais cette espèce
est maxime rarum,　est la plus rare,
eorum qui ornati　de ceux qui ornés
aut magnitudine　ou de la grandeur
ingenii excellentis,　d'un génie distingué,
aut eruditione　ou d'une érudition
atque doctrina præclara,　et d'une science brillante,
aut utraque re,　ou de l'une-et-l'autre chose,
habuerunt spatium　ont eu le temps
deliberandi　de délibérer
quem cursum vitæ　quelle carrière de vie
vellent sequi potissimum :　ils voudraient suivre de-préférence :
in qua deliberatione　dans laquelle délibération
omne consilium　toute considération
revocandum est　doit être rappelée [son naturel).
ad suam naturam cujusque.　vers son naturel de chacun (par chacun à
Nam quum,　Car d'une-part,
in omnibus quæ aguntur,　dans toutes les choses qui se font,
exquirimus quid deceat,　nous cherchons ce qui est bienséant,
ex eo modo　d'après cette manière
quo quisque natus est,　dont chacun est né,
ut dictum est supra;　comme il a été dit ci-dessus ;
tum　d'autre-part
in constituenda vita tota,　pour régler la vie tout-entière,
cura multo major　un soin beaucoup plus grand
adhibenda est,　doit être apporté,
ut possimus　pour que nous puissions
constare nobismet ipsis　être-d'accord avec nous-mêmes
in perpetuitate vitæ,　dans le cours-entier de la vie,
nec claudicare　et ne pas clocher
in ullo officio.　dans quelque devoir.
Quoniam autem natura　Or puisque la nature
habet maximam vim　a la plus grande influence
ad hanc rationem,　sous ce rapport, [conde),
fortuna proximam,　la nature *l'influence* la plus proche (la se-

proximam, utriusque omnino ratio habenda est in deligendo
genere vitæ, sed naturæ magis. Multo enim et firmior est et
constantior ; ut fortuna nonnunquam, tanquam ipsa mortalis,
cum immortali natura pugnare videatnr. Qui igitur ad naturæ
suæ non vitiosæ genus consilium vivendi omne contulerit, is
constantiam teneat. Id enim maxime decet, nisi forte se in-
tellexerit errasse in deligendo genere vitæ. Quod si acciderit
(potest autem accidere), facienda morum institutorumque
mutatio est. Eam mutationem si tempora adjuvabunt, facilius
commodiusque faciemus ; sin minus, sensim erit pedetentim-
que facienda : ut amicitias quæ minus delectent et minus
probentur magis decere censent sapientes sensim dissuere
quam repente præcidere. Commutato autem genere vitæ,
omni ratione curandum est ut id bono consilio fecisse videamur.

  Sed, quoniam paulo ante dictum est imitandos esse majo-

mais surtout de la nature ; car elle est plus ferme et plus constante,
comme on le voit quelquefois quand elle est aux prises avec la fortune, qui paraît alors une mortelle combattant contre une immortelle. Quand on aura donc choisi un genre de vie conforme à son
naturel, pourvu que ce ne soit pas un naturel vicieux, rien ne sied
mieux que de s'y tenir. Si néanmoins on s'apercevait qu'on eût fait
un mauvais choix, comme il peut fort bien arriver, il faut changer
sans hésiter. Si les conjonctures favorisent ce changement, il coûte
moins et on le fait avec plus de succès. Sinon, il faut le faire peu à
peu et d'une manière insensible. C'est ainsi que, lorsqu'on ne se trouve
pas bien de certaines amitiés, et qu'on a un motif légitime de s'en dé-
tacher, les sages jugent à propos qu'on s'en retire peu à peu plutôt que
de rompre brusquement. Mais, lorsqu'on change de genre de vie, il
faut faire en sorte qu'on paraisse s'y être décidé par de bonnes raisons.

  Nous avons dit plus haut qu'il est bon d'imiter ses ancêtres :

ratio utriusque	compte de l'une-et-l'autre
habenda est omnino	doit être tenu tout à fait
in deligendo genere vitæ,	en choisissant un genre de vie,
sed naturæ magis.	mais de la nature davantage.
Est enim multo	Elle est en effet de beaucoup
et firmior et constantior;	et plus ferme et plus constante ;
ut fortuna	de-telle-sorte-que la fortune
videatur nonnunquam,	paraît quelquefois,
tanquam ipsa mortalis,	comme elle-même mortelle,
pugnare	combattre
cum natura immortali.	avec la nature immortelle.
Qui igitur contulerit	Celui donc qui a rapporté
omne consilium vivendi	tout *son* plan de vivre
ad genus suæ naturæ	à l'espèce de sa nature
non vitiosæ,	non vicieuse,
is teneat constantiam.	que celui-là garde la constance.
Id enim	Ceci en-effet
decet maxime :	est bienséant le plus :
nisi forte intellexerit	à moins que par hasard il n'ait compris
se errasse	lui-même s'être trompé
in deligendo genere vitæ.	en choisissant un genre de vie.
Quod si acciderit,	Si cela est arrivé,
potest autem accidere,	or *cela* peut arriver,
mutatio morum	un changement de mœurs
institutorumque	et de principes
facienda est.	doit être fait.
Faciemus eam mutationem	Nous ferons ce changement
facilius commodiusque,	plus facilement et plus avantageusement,
si tempora adjuvabunt;	si les circonstances *nous* aideront (nous
sin minus,	mais-si *elles nous aident* moins, [aident);
facienda erit sensim	il devra être fait peu-à-peu
pedetentimque,	et par-degrés,
ut sapientes censent	de-même-que les sages pensent
decere magis	être bienséant davantage
dissuere sensim	de découdre peu-à-peu
amicitias	les amitiés
quæ delectent minus	qui charment moins
et probentur minus,	et sont approuvées moins,
quam præcidere repente.	*plutôt* que de *les* couper tout à coup.
Genere autem vitæ	Mais *notre* genre de vie
commutato,	ayant été changé,
curandum est omni ratione	il faut prendre-soin par tout moyen
ut videamur fecisse id	que nous paraissions avoir fait cela
bono consilio.	avec une bonne raison.
Sed quoniam	Mais puisque
dictum est paulo ante	il a été dit un peu auparavant
majores imitandos esse,	les ancêtres devoir être imités,

res, primum illud exceptum sit, ne vitia sint imitanda ; deinde, si natura non feret ut quædam imitari possint, ut superioris Africani filius, qui hunc Paulo natum adoptavit, propter infirmitatem valetudinis non tam potuit patris similis esse, quam ille fuerat sui. Si igitur non poterit sive causas defensitare, sive populum concionibus tenere, sive bella gerere, illa tamen præstare debebit quæ erunt in ipsius potestate, justitiam, fidem, liberalitatem, modestiam, temperantiam, quo minus ab eo id quod desit requiratur. Optima autem hereditas a patribus traditur liberis, omnique patrimonio præstantior, gloria virtutis rerumque gestarum ; cui dedecori esse nefas et impium judicandum est.

XXXIV. Et quoniam officia non eadem disparibus ætatibus tribuuntur, aliaque sunt juvenum, alia seniorum, aliquid etiam de hac distinctione dicendum est. Est igitur adolescentis

mais d'abord il faut bien se garder d'imiter leurs vices ; il ne faut pas non plus entreprendre de les imiter dans ce qui dépasse nos forces. C'est ainsi que le fils du premier Africain, celui qui adopta le fils de Paul Émile, ne put, à cause de la faiblesse de sa santé, être aussi semblable à son père que son fils adoptif le fut au sien. Si l'on ne se trouve donc pas capable ni de plaider au barreau ni de haranguer le peuple, ni de porter les armes, qu'au moins on soit exact à s'acquitter de ce qui dépend de soi, c'est-à-dire de tous les devoirs de la justice, de la probité, de la libéralité, de la modestie et de la tempérance, afin qu'on s'aperçoive moins par là de ce qui peut manquer. Or, l'héritage le plus précieux, le plus magnifique, qui puisse passer des pères aux enfants, c'est la gloire qu'ils ont acquise par leur vertu et par leurs grandes actions ; et c'est un crime, c'est une impiété de la ternir par quelque chose de honteux.

XXXIV. Comme les devoirs changent selon les âges, et que ceux des jeunes gens ne sont pas ceux des vieillards, il faut dire quelque chose de cette différence. Il est du devoir des jeunes gens d'avoir du

îllud primum exceptum sit,	que ceci d'abord soit excepté,
ne vitia imitanda sint;	que *leurs* vices ne doivent pas être imités;
deinde,	ensuite *exceptons ceci*,
si natura non feret	si la nature ne comportera (comporte) pas
ut possint imitari quædam,	qu'on puisse imiter certaines choses,
ut filius	comme le fils
superioris Africani,	du premier Africain,
qui adoptavit hunc	qui adopta celui-ci (le second Africain)
natum Paulo,	né de Paul *Émile*,
propter infirmitatem	à-cause-de la faiblesse
valetudinis,	de *sa* santé,
non potuit	ne put pas
esse tam similis patris	être aussi semblable à *son* père
quam ille	que celui-là (son fils adoptif)
fuerat sui.	l'avait été au sien.
Si igitur non poterit	Si donc il ne pourra (ne peut) pas
sive defensitare causas,	soit défendre des causes,
sive tenere populum	soit captiver le peuple
concionibus,	par *ses* harangues,
sive gerere bella,	soit conduire des guerres,
debebit tamen præstare illa	il devra cependant reproduire ces choses
quæ erunt	qui seront
in potestate ipsius,	au pouvoir de lui-même,
justitiam, fidem,	la justice, la bonne-foi,
liberalitatem,	la libéralité,
modestiam, temperantiam,	la modération, la tempérance,
quo id quod desit	afin que ce qui manque
requiratur minus ab eo.	soit réclamé moins de lui.
Hereditas autem optima	Or l'héritage le meilleur
traditur liberis	*qui* est transmis aux enfants
a patribus,	par les pères,
præstantiorque	et plus beau
omni patrimonio,	que tout patrimoine,
gloria virtutis	*c'est* la gloire de *leur* vertu
rerumque gestarum :	et de *leurs* actions accomplies :
cui esse dedecori	à laquelle *gloire* être à déshonneur
judicandum est	doit être jugé
nefas et impium.	un sacrilége et une chose impie.
XXXIV. Et quoniam	XXXIV. Et parce que
officia non eadem	des devoirs non les mêmes
tribuuntur	sont assignés
ætatibus disparibus,	aux âges différents,
aliaque sunt juvenum,	et que autres sont *ceux* des jeunes-gens,
alia seniorum,	autres *ceux* des vieillards,
aliquid dicendum est	quelque chose doit être dit
etiam de hac distinctione.	aussi sur cette distinction.
Est igitur adolescentis	Il est donc d'un jeune-homme

9

majores natu vereri, ex hisque deligere optimos et probatissi-
mos, quorum consilio atque auctoritate nitatur. Ineuntis enim
ætatis inscitia senum constituenda et regenda prudentia est.
Maxime autem hæc ætas a libidinibus arcenda est, exercen-
daque in labore patientiaque animi et corporis, ut eorum et in
bellicis et in civilibus officiis vigeat industria. Atque etiam,
quum relaxare animos et dare se jucunditati volent, caveant
intemperantiam, meminerint verecundiæ; quod erit facilius,
si in ejusmodi quoque rebus majores natu interesse velint.

Senibus autem labores corporis minuendi, exercitationes
animi etiam augendæ videntur; danda vero opera ut et amicos,
et juventutem, et maxime rempublicam consilio et prudentia
quam plurimum adjuvent. Nihil autem magis cavendum est
senectuti quam ne languori se desidiæque dedat. Luxuria vero

respect pour ceux qui sont avancés en âge, et entre ceux-là ils doivent choisir les plus gens de bien et ceux qui se sont acquis le plus
de réputation par leur vertu, et s'attacher à eux pour se conduire
par leurs exemples : car l'inexpérience des jeunes gens a besoin
d'être gouvernée par la sagesse des vieillards. Surtout ils doivent
se prémunir contre les passions, et s'accoutumer au travail du
corps et de l'esprit, afin de se rendre capables de soutenir les emplois
de la guerre et ceux de la vie civile. Lors même qu'ils voudront
donner quelque délassement à leur esprit et se livrer à quelque
divertissement, qu'ils évitent l'intempérance et ne perdent jamais
de vue la modestie : cela leur sera plus facile, si dans leurs plaisirs
même ils sont bien aises d'avoir pour spectateurs des personnes
d'un âge plus mûr.

Pour les vieillards, moins ils sont capables des exercices du corps,
plus ils doivent s'appliquer à ceux de l'esprit. Leur principale occupation doit être d'assister les jeunes gens, leurs amis, et surtout la
république, des conseils que leur sagesse et leur expérience les mettent en état de donner. Ce qu'ils doivent le plus éviter, c'est de se
laisser aller à la langueur et à la paresse. Quant à la volupté, il n'y

vereri	de respecter [âgés),
majores natu,	ceux plus grands par la naissance (plus
deligereque ex his	et de choisir de ceux-ci
optimos et probatissimos,	les meilleurs et les plus estimés,
consilio	sur le conseil
atque auctoritate quorum	et l'autorité desquels
nitatur.	il s'appuie.
Inscitia enim	En effet l'ignorance
ætatis ineuntis	de l'âge qui commence (de la jeunesse)
constituenda et regenda est	doit être réglée et dirigée
prudentia senum.	par la prudence des vieillards.
Hæc autem ætas maxime	Or cet âge surtout
arcenda est a libidinibus,	doit être écarté des passions,
exercendaque	et doit être exercé
in labore patientiaque	dans le travail et la patience
animi et corporis :	de l'esprit et du corps :
ut industria eorum	afin que l'activité d'eux
vigeat	ait-de-la-vigueur
et in officiis bellicis	et dans les emplois de-la-guerre
et in civilibus.	et dans les *emplois* civils.
Atque etiam quum volent	Et même lorsqu'ils voudront
relaxare animos	relâcher *leurs* esprits
et dare se jucunditati,	et livrer eux-mêmes au divertissement,
caveant intemperantiam,	qu'ils prennent-garde à l'intempérance,
meminerint verecundiæ :	qu'ils se souviennent de la pudeur ;
quod erit facilius,	ce qui sera plus facile,
si velint	s'ils veulent [âgés)
majores natu	des *gens* plus grands de naissance (plus
interesse	être-présents
in rebus ejusmodi.	dans des choses de-cette-sorte.
Senibus autem	Mais pour les vieillards
labores corporis	les travaux du corps
videntur minuendi,	semblent devoir être diminués,
exercitationes animi	les exercices de l'esprit
etiam augendæ;	même devoir être augmentés;
opera vero danda	mais soin devra être donné
ut adjuvent	à ce qu'ils aident
quamplurimum	le-plus-possible
consilio et prudentia	par *leur* conseil et *leur* prudence
et amicos, et juventutem,	et *leurs* amis, et la jeunesse,
et maxime rempublicam.	et surtout la république.
Nihil autem	Or rien
cavendum magis	ne doit être évité plus
senectuti,	à (par) la vieillesse,
quam ne se dedat	que *ceci*, qu'elle ne se livre
languori desidiæque.	à la langueur et à la paresse.
Luxuria vero	Mais la volupté

quum omni ætati turpis, tum senectuti fœdissima est. Sin autem libidinum etiam intemperantia accesserit, duplex malum est, quod et ipsa senectus concipit dedecus, et facit adolescentium impudentiorem intemperantiam.

Ac ne illud quidem alienum est, de magistratuum, de privatorum, de civium, de peregrinorum officiis dicere. Est igitur proprium munus magistratus, intelligere se gerere personam civitatis, debereque ejus dignitatem et decus sustinere, servare leges, jura describere, ea fidei suæ commissa meminisse. Privatum autem oportet æquo et pari cum civibus jure vivere, neque submissum et abjectum, neque se efferentem ; tum in republica ea velle, quæ tranquilla et honesta sint. Talem enim et sentire bonum civem et dicere solemus. Peregrini autem et incolæ officium est nihil præter suum negotium agere, nihil de alieno anquirere, minimeque in aliena esse republica cu-

a rien de plus honteux, à quelque âge que l'on soit, mais surtout dans la vieillesse ; quand la licence des mœurs s'y joint, le vieillard est doublement coupable, et par l'infamie dont il se couvre, et par le mal qu'il fait aux jeunes gens, dont l'insolence devient plus intempérante par de tels exemples.

Il n'est pas hors de mon sujet de parler des devoirs des magistrats et des hommes privés, des citoyens et des étrangers. Les magistrats doivent se pénétrer de cette idée, qu'ils représentent la république et que c'est à eux à en soutenir la dignité, à maintenir les lois, et à rendre la justice, toutes choses dont ils sont les dépositaires. Le devoir des simples particuliers est de respecter envers leurs concitoyens les lois de la justice et de l'égalité, d'éviter également la hauteur et la bassesse, d'aimer à voir régner dans l'État l'honnêteté et la tranquillité. C'est à ce prix que nous pensons et que nous disons d'un homme qu'il est bon citoyen. Pour les étrangers et les simples habitants, leur devoir est de faire chacun leurs affaires sans se mêler de celles des autres, encore moins d'un pays qui n'est pas le leur. C'est

quum est turpis omni ætati, | d'une-part est honteuse pour tout âge,
tum fœdissima senectuti. | d'autre-part *est* très-dégradante pour la
Sin autem etiam | Mais si de plus [vieillesse.
intemperantia libidinum | le déréglement des passions
accesserit, | s'est ajouté,
malum est duplex ; | le mal est double ;
quod et senectus ipsa | parce que et la vieillesse elle-même
concipit dedecus, | reçoit du déshonneur,
et facit impudentiorem | et elle fait plus éhonté
intemperantiam | le déréglement
adolescentium. | des jeunes-gens.
  Ac ne illud quidem | Et pas même ceci
est alienum, | n'est étranger *à mon sujet*,
dicere de officiis | de parler des devoirs
magistratuum, | des magistrats,
de civium, | de *ceux* des citoyens,
de peregrinorum. | de *ceux* des étrangers.
Est igitur munus proprium | C'est donc la fonction propre
magistratus | du magistrat
intelligere | de comprendre [présentant)
se gerere personam | lui-même porter le masque (être le re-
civitatis, | de la cité,
debereque meminisse | et devoir se souvenir [foi,
ea commissa suæ fidei, | ces choses avoir été confiées à sa bonne-
sustinere | soutenir
dignitatem et decus ejus, | la dignité et l'honneur d'elle,
servare leges, | garder les lois,
describere jura. | déterminer les droits.
Oportet autem privatum | Mais il faut l'*homme* privé
vivere cum civibus | vivre avec *ses* concitoyens
jure æquo et pari, | avec un droit égal et pareil,
neque submissum | ni abaissé
et abjectum, | et ravalé,
neque se efferentem ; | ni s'enorgueillissant ;
tum velle in republica | puis vouloir dans la république
ea quæ sint tranquilla | ces (des) choses qui soient tranquilles
et honesta. | et honnêtes.
Solemus enim | En effet nous avons-coutume
et sentire et dicere | et de penser et de dire
talem bonum civem. | un tel *homme être* un bon citoyen.
Officium autem | Mais le devoir
peregrini et incolæ | de l'étranger et du *simple* habitant
est agere nihil | est de *ne* faire rien
præter suum negotium, | en-dehors-de son affaire,
anquirere nihil | de *ne* rechercher rien
de alieno, | sur l'*affaire* d'-autrui,
esseque minime curiosum | et d'être très-peu curieux

riosum. Ita fere officia reperientur, quum quæretur quid deceat, et quid aptum sit personis, temporibus, ætatibus. Nihil
est autem quod tam deceat quam in omni re gerenda consilioque capiendo servare constantiam.

XXXV. Sed, quoniam decorum illud in omnibus factis et
dictis, in corporis denique motu et statu cernitur, idque positum est in tribus rebus, formositate, ordine, ornatu ad
actionem apto, difficilibus ad eloquendum (sed satis erit intelligi), in his autem tribus continetur cura etiam illa, ut probemur iis quibuscum apud quosque vivamus, his quoque de
rebus pauca dicantur.

Principio, corporis nostri magnam natura ipsa videtur habuisse rationem ; quæ formam nostram reliquamque figuram,
in qua esset species honesta, eam posuit in promptu ; quæ
partes autem corporis, ad naturæ necessitatem datæ, adspectum essent deformem habituræ atque turpem , eas contexit

ainsi qu'on déterminera tous les devoirs, en recherchant ce qui
convient et ce qui est propre aux personnes, aux temps, aux âges.
Mais, en somme, rien ne convient mieux que l'uniformité dans les
actions et la constance dans les résolutions.

XXXV. La bienséance doit se montrer, non-seulement dans les
paroles et dans les actions, mais jusque dans les mouvements du
corps et dans tout l'extérieur; et ici elle consiste dans trois choses,
la grâce, la régularité des mouvements, et la manière convenable de
s'habiller. Ce sont encore des choses qui se sentent mieux qu'elles
ne s'expliquent; elles renferment le désir de plaire à ceux avec qui
et chez qui nous vivons. Il est donc bon d'en dire quelques mots.

Il faut remarquer d'abord que la nature a apporté beaucoup d'art
à la construction de notre corps, mettant en évidence, non-seulement le visage, mais encore toutes les autres parties dont la forme
est agréable, tandis qu'elle cachait et dérobait aux yeux celles qui
ne sont faites que pour certaines nécessités et dont la vue aurait été

in republica aliena. — dans une république étrangère.

Ita fere — Ainsi à-peu-près

officia reperientur, — les devoirs seront trouvés,

quum quæretur — lorsqu'on cherchera

quid deceat, — quelle chose convient,

et quid sit aptum — et quelle chose est propre

personis, temporibus, — aux personnes, aux temps,

ætatibus. — aux âges.

Est autem nihil — Or il n'y a rien

quod deceat tam, — qui convienne autant,

quam servare constantiam — que de garder la constance

in omni re gerenda — dans toute chose à-faire

consilioque capiendo. — et *toute* résolution à-prendre.

XXXV. Sed quoniam — XXXV. Mais puisque

illud decorum — cette décence

cernitur in omnibus factis — se voit dans toutes les actions

et dictis, — et les paroles,

denique in motu — enfin dans le mouvement

et statu corporis, — et l'attitude du corps,

idque est positum — et que cette *décence* est établie (consiste)

in tribus rebus, — dans trois choses,

formositate, ordine, — la grâce, la régularité,

ornatu apto ad actionem, — le costume propre à l'action,

difficilibus ad eloquendum, — choses difficiles à exprimer,

in his autem tribus — que d'autre-part dans ces trois choses

continetur etiam illa cura, — est contenu aussi ce soin,

ut probemur — que nous soyons approuvés

iis quibuscum — de ceux avec qui

apud quosque vivamus, — et chez qui nous vivons,

pauca dicantur — que quelques *mots* soient dits

de his rebus quoque. — sur ces choses aussi.

Principio, — D'abord,

natura ipsa — la nature elle-même

videtur habuisse — semble avoir eu (tenu)

magnam rationem — grand compte

nostri corporis : — de notre corps :

quæ posuit in promptu — *elle* qui a placé en évidence

nostram formam, — notre visage,

reliquamque figuram, — et le reste-de l'extérieur,

eam in qua esset — celui en qui était

species honesta; — une apparence honnête;

contexit autem — mais a couvert

atque abdidit — et a caché

eas partes corporis, — ces parties du corps,

quæ datæ — lesquelles données

ad necessitatem naturæ, — pour la nécessité de la nature,

habituræ essent adspectum — auraient eu un aspect

atque abdidit. Hanc naturæ tam diligentem fabricam imitata
est hominum verecundia. Quæ enim natura occultavit, eadem
omnes qui sana mente sunt removent ab oculis; ipsique necessitati dant operam ut quam occultissime pareant; quarum-
que partium corporis usus sunt necessarii, eas neque partes
neque earum usus suis nominibus appellant; quodque facere
turpe non est, modo occulte, id dicere obscenum est. Itaque
nec aperta actio rerum illarum petulantia vacat, nec orationis
obscenitas. Nec vero audiendi sunt cynici, aut si fuerunt
stoici pæne cynici, qui reprehendunt et irrident, quod ea,
quæ turpia re non sint, nominibus ac verbis flagitiosa dicamus, illa autem, quæ turpia sint, nominibus appellemus suis.
Latrocinari, fraudare, adulterari, re turpe est, sed dicitur

choquante et désagréable. La pudeur de l'homme a suivi cette admirable disposition de la nature : tous ceux qui n'ont pas perdu
le sens ne manquent pas de tenir couvert ce que la nature même a
caché, et ce n'est jamais qu'en secret qu'ils satisfont à de certains
besoins du corps. Ils ne nomment jamais par leurs noms ni les
parties qui nous ont été données pour ces sortes de besoins, ni
l'usage qu'on en fait. Car, quoiqu'il n'y ait rien de honteux dans ces
actions, pourvu qu'elles se fassent en secret, on n'en saurait parler
sans honte, et autant il y aurait d'impudence à ne les pas cacher,
autant il y en aurait à en parler ouvertement. Il ne faut donc écouter ni les cyniques ni les stoïciens à demi cyniques, qui se moquent
de cette retenue et trouvent mauvais qu'on nous fasse une espèce de
crime de nommer des choses qu'il n'est point honteux de faire, pendant que nous nommons par leurs noms des choses que l'on ne saurait commettre sans infamie. Y a-t-il rien, disent-ils, de plus honteux que le vol, la fraude, l'adultère ? cependant nous n'avons point

deformem atque turpem.	désagréable et honteux.
Verecundia hominum	La pudeur des hommes
imitata est	a imité
hanc fabricam	cette disposition
tam diligentem	si ingénieuse
naturæ.	de la nature.
Omnes enim	En effet tous ceux
qui sunt mente sana	qui sont d'un esprit sain
removent ab oculis	éloignent des yeux
eadem,	ces-mêmes choses,
quæ natura occultavit ;	que la nature a cachées ;
dantque operam	et ils donnent *leur* soin
ut pareant	à ce qu'ils obéissent (satisfassent)
quam occultissime	le plus secrètement qu'*il est possible*
necessitati ipsi ;	à la nécessité elle-même :
appellantque	et ils *n*'appellent
suis nominibus	par leurs noms
neque eas partes,	ni ces parties,
quarumque partium	desquelles parties
corporis	du corps
usus sunt necessarii,	les usages sont nécessaires,
neque usus earum :	ni les usages d'elles :
quodque non est turpe	et ce qu'il n'est pas honteux
facere,	de faire,
modo occulte,	pourvu qu'*on le fasse* secrètement,
est obscenum dicere id.	il est obscène de dire cela.
Itaque	C'est-pourquoi
nec actio aperta	ni l'œuvre découverte (publique)
illarum rerum,	de ces choses,
nec obscenitas orationis,	ni l'obscénité de la parole,
vacat petulantia.	ne sont-exemptes d'impudence.
Nec vero cynici	Et d'autre-part les cyniques
audiendi sunt,	ne doivent pas être écoutés,
aut si qui fuerunt	ou si quelques-uns ont été
stoici pæne cynici,	stoïciens presque cyniques,
qui reprehendunt	qui blâment
et irrident,	et raillent,
quod ducamus flagitiosa	parce que nous estimons déshonorantes
nominibus ac verbis	par les noms et les termes
ea quæ re	ces choses qui dans la réalité
non sint turpia,	ne sont pas honteuses,
appellemus autem	mais appelons
suis nominibus	de leurs noms
illa quæ sint turpia.	celles qui sont honteuses.
Latrocinari, fraudare,	Voler, tromper,
adulterare,	commettre-l'adultère,
est turpe re,	est honteux en réalité,

non obscene; liberis dare operam, re honestum est, nomine obscenum : pluraque in eam sententiam ab eisdem contra verecundiam disputantur. Nos autem naturam sequamur, et ab omni quod abhorret ab oculorum auriumque comprobatione fugiamus. Status, incessus, sessio, accubatio, vultus, oculi, manuum motus, teneant illud decorum.

Quibus in rebus duo sunt maxime fugienda : ne quid effeminatum aut molle, et ne quid durum aut rusticum sit. Nec vero histrionibus oratoribusque concedendum est ut iis hæc apta sint, nobis dissoluta. Scenicorum quidem mos tantam habet a veteri disciplina verecundiam, ut in scenam sine subligaculo prodeat nemo : verentur enim ne, si quo casu evenerit ut corporis partes quædam aperiantur, adspiciantur non decore. Nostro quidem more cum parentibus puberes filii, cum soceris generi non lavantur. Retinenda est igitur

de honte de les nommer. Il n'y a rien au contraire que d'honnête à travailler à avoir des enfants, et il est obscène d'en parler. C'est par ces sortes de discours qu'ils attaquent les règles de la pudeur. Quant à nous, suivons la nature, et gardons-nous de tout ce qui choque les oreilles et les yeux. Que notre maintien, notre démarche, notre manière de nous tenir à table, que nos yeux, notre air, nos gestes, soient toujours conformes à la décence.

En tout cela, évitons également les allures molles et efféminées, et un extérieur rustique et sauvage. Ne disons pas que c'est aux orateurs et aux comédiens à observer ces sortes de bienséance, mais que nous n'avons que faire de nous y assujettir. Les comédiens ont porté si loin les règles de la bienséance, que, par une loi établie chez eux, ils ne viennent jamais sur la scène sans être vêtus de manière à ce que, quand leurs habits viendraient à s'entr'ouvrir, on ne voie rien de ce qui pourrait blesser la pudeur. Il est même établi parmi nous que les enfants qui ont atteint l'âge de puberté ne se baignent jamais avec leurs pères, ni les gendres avec leurs beaux-pères. Nous

sed dicitur	mais est dit (nommé)
non obscene ;	non d'une-manière-obscène ;
dare operam liberis	donner *son* soin à *procréer* des enfants
est honestum re,	est honnête par la réalité,
obscenum nomine :	obscène par le nom :
pluraque	et de plus nombreuses choses
in eam sententiam	dans ce sens
disputantur ab eisdem	sont discutées par ces-mêmes *hommes*
contra verecundiam.	contre la pudeur.
Nos autem	Mais nous
sequamur naturam	suivons la nature
et fugiamus	et fuyons
ab omni quod abhorret	*loin* de tout ce qui répugne
ab approbatione oculorum	à l'approbation des yeux
auriumque.	et des oreilles.
Status, incessus,	Que *notre* maintien, *notre* démarche,
sessio,	*notre* manière-de-nous-asseoir,
accubatio,	*notre* posture-à-table,
vultus, oculi,	*notre* visage, *nos* yeux,
motus manuum,	les mouvements de *nos* mains,
teneant illud decorum.	gardent cette bienséance.
Quibus in rebus	Dans lesquelles choses
duo maxime	deux *défauts* surtout
fugienda sunt :	doivent être évités :
ne sit quid effeminatum	qu'il n'y ait quelque chose d'efféminé
aut molle,	ou de mou,
et ne quid durum	et qu'*il n'y ait* quelque chose de dur
aut rusticum.	ou de rustique.
Nec vero concedendum est	Et en-vérité il ne faut pas concéder
histrionibus oratoribusque	aux comédiens et aux orateurs
ut hæc sint apta iis,	que ces *préceptes* soient convenables à eux,
dissoluta nobis.	indifférents pour nous.
Mos quidem scenicorum	Certes la coutume des acteurs
habet tantam verecundiam	a une si-grande pudeur
veteri disciplina,	d'après l'ancienne discipline,
ut nemo prodeat in scenam	que personne ne s'avance sur la scène
sine subligaculo :	sans un caleçon :
verentur enim,	ils craignent en effet,
ne, si evenerit quo casu	que, s'il arrivait par quelque accident
ut quædam partes corporis	que certaines parties du corps
aperiantur,	fussent découvertes, [cente.
adspiciantur non decore.	elles soient vues non d'une-manière-dé-
Nostro quidem more	Dans nos mœurs certes
filii puberes	les fils arrivés-à-la-puberté
non lavantur	ne se baignent pas
cum parentibus,	avec les pères,
non generi cum soceris.	ni les gendres avec les beaux-pères.

hujus generis verecundia, præsertim natura ipsa magistra et
duce.

XXXVI. Quum autem pulchritudinis duo genera sint, quorum in altero venustas sit, in altero dignitas, venustatem muliebrem ducere debemus, dignitatem virilem. Ergo et a forma
removeatur omnis viro non dignus ornatus, et huic simile
vitium in gestu motuque caveatur. Nam et palæstrici motus
sæpe sunt odiosiores, et histrionum nonnulli gestus inepti non
vacant offensione ; et in utroque genere quæ sunt recta et
simplicia laudantur. Formæ autem dignitas coloris bonitate
tuenda est ; color, exercitationibus corporis. Adhibenda est
præterea munditia, non odiosa neque exquisita nimis, tantum
quæ fugiat agrestem et inhumanam negligentiam. Eadem
ratio habenda est vestitus, in quo, sicut in plerisque rebus,
mediocritas optima est.

Cavendum est autem ne aut tarditatibus utamur in gressu

devons donc observer ces règles de pudeur, surtout puisque nous
avons pour guide la nature elle-même.

XXXVI. Il y a deux sortes de beauté : l'une est la grâce, l'autre
la dignité ; l'une est proprement le partage des femmes, l'autre
celui des hommes. Évitons donc, tout ce qui pourrait démentir cette
dignité, soit dans la parure, soit dans le maintien et le geste : car il
y a quelque chose de ridicule et de choquant dans de certains mouvements qui sentent le maître d'armes, et dans de certains gestes
étudiés comme ceux des comédiens ; aussi n'aime-t-on que ceux qui
sont simples et naturels. La dignité de la figure se maintient par la
bonne couleur, qui est le fruit de l'exercice. L'homme doit avoir une
sorte de propreté qui n'ait rien de recherché ni de choquant, et qui
soit seulement exempt de tout ce qui marquerait de la grossièreté ou
de la négligence. Il faut suivre la même règle dans la manière de
s'habiller ; et sur cela, comme sur une infinité d'autres choses, la
modestie est ce qui convient le mieux.

Verecundia igitur
hujus generis
retinenda est,
præsertim natura ipsa
magistra et duce.
XXXVI. Quum autem
sint duo genera
pulchritudinis,
in altero quorum
sit venustas,
in altero dignitas,
debemus ducere
venustatem muliebrem,
dignitatem virilem.
Ergo et omnis ornatus
non dignus viro
removeatur a forma ;
et vitium simile huic
caveatur in gestu
motuque.
Nam et motus palæstrici
sæpe sunt odiosiores ;
et nonnulli gestus inepti
histrionum
non vacant offensione :
et in utroque genere
quæ sunt recta
et simplicia
laudantur.
Dignitas autem formæ
tuenda est
bonitate coloris ;
color,
exercitationibus corporis.
Præterea adhibenda est
munditia non odiosa,
neque nimis exquisita,
tantum quæ fugiat
negligentiam agrestem
et inhumanam.
Eadem ratio vestitus
habenda est ;
in quo,
sicut in plerisque rebus,
mediocritas est optima.
Cavendum est autem
ne aut utamur

La pudeur donc
de cette sorte
doit être conservée,
surtout la nature elle-même
étant notre maîtresse et *notre* guide.
XXXVI. Mais comme
il y a deux sortes
de beauté,
dans l'une desquelles
est la grâce,
dans l'autre la dignité,
nous devons estimer
la grâce *être* de-la-femme,
la dignité de-l'homme.
Donc et que tout ornement
non digne d'un homme
soit écarté de *notre* extérieur ;
et qu'un défaut semblable à celui-ci
soit évité dans *notre* geste
et *notre* mouvement.
Car et les mouvements des-lutteurs
souvent sont très-déplaisants ;
et quelques gestes déplacés
des comédiens
ne sont-pas-exempts d'un effet-choquant :
et dans l'un-et-l'autre genre
les choses qui sont droites
et simples
sont louées.
Mais la dignité de l'extérieur
doit être maintenue
par la bonté du teint ;
le teint,
par les exercices du corps.
En-outre doit être employée
une propreté non affectée,
ni trop recherchée,
mais seulement qui évite
une négligence rustique
et grossière.
La même règle de vêtement
doit être tenue ;
dans lequel,
comme dans la plupart des-choses,
le juste-milieu est le meilleur.
D'autre-part il faut prendre-garde
que ou nous fassions-usage

mollioribus, ut pomparum ferculis similes esse videamur, aut
in festinationibus suscipiamus nimias celeritates, quæ quum
fiunt, anhelitus moventur, vultus mutantur, ora torquentur ;
ex quibus magna significatio fit non adesse constantiam. Sed
multo etiam magis elaborandum est ne animi motus a natura
recedant; quod assequemur, si cavebimus ne in perturbationes
atque exanimationes incidamus, et si attentos animos ad decori conservationem tenebimus. Motus autem animorum du-
plices sunt, alteri cogitationis, alteri appetitus. Cogitatio in
vero exquirendo maxime versatur ; appetitus impellit ad
agendum. Curandum est igitur ut cogitatione ad res quam
optimas utamur, appetitum rationi obedientem præbeamus.

XXXVII. Et, quoniam magna vis orationis est, eademque
duplex, altera contentionis, altera sermonis, contentio discep-
tationibus tribuatur judiciorum, concionum, senatus ; sermo

En marchant, il faut également éviter une certaine lenteur molle
et composée, comme celle de ces gens qui, dans les fêtes publiques,
portent les images des dieux, et une précipitation turbulente, qui
met hors d'haleine et qui change le visage; car il n'y a pas une plus
grande marque de légèreté d'esprit. Mais nous devons travailler
avec bien plus de soin à ce que les mouvements de l'âme ne s'écartent
pas de la nature ; c'est à quoi nous parviendrons, si nous savons
nous défendre de tout ce qui jette dans le trouble et l'abattement, et
si nous avons une attention perpétuelle à ce qui convient à la dignité
de notre nature. Il y a dans l'âme deux sortes de mouvements : celui
de la pensée et celui de l'appétit. La pensée nous porte principalement à la recherche de la vérité, et l'appétit nous porte à l'action.
Ayons donc soin que nos pensées ne s'appliquent qu'à de bonnes
choses et que notre appétit suive toujours les règles de la raison.

XXXVII. Le discours est d'une grande influence; il est de deux
espèces, le discours soutenu et le discours familier : l'un ne s'emploie qu'au barreau, au forum et au sénat ; l'autre est réservé pour

tarditatibus mollioribus	de lenteurs trop molles
in gressu,	dans la marche, [semblables
ut videamur esse similes	de-telle-sorte-que nous paraissions être
ferculis pomparum;	aux mets des processions;
aut in festinationibus	ou que dans les marches-hâtées
suscipiamus	nous prenions
celeritates nimias,	des vitesses excessives,
quæ quum fiunt,	lesquelles lorsqu'elles ont lieu,
anhelitus moventur,	des essoufflements sont provoqués,
vultus mutantur,	les visages sont changés,
ora torquentur :	les traits sont contournés :
ex quibus	d'après lesquelles choses
magna significatio fit,	un grand signe se fait,
constantiam non adesse.	la gravité n'être-pas-présente.
Sed elaborandum est	Mais il faut travailler
multo magis etiam,	beaucoup plus encore,
ne motus animi	pour que les mouvements de l'âme
recedant a natura :	ne s'écartent pas de la nature :
quod assequemur,	ce que nous obtiendrons,
si cavebimus	si nous prenons-garde
ne incidamus	que nous ne tombions
in perturbationes	dans les désordres
atque exanimationes,	et les saisissements,
et si tenebimus	et si nous tenons
animos attentos	*nos* esprits appliqués
ad conservationem decoris.	au maintien de la décence.
Motus autem animorum	Or les mouvements des âmes
sunt duplices :	sont doubles (de deux sortes) :
alteri, cogitationis;	les uns, de pensée ;
alteri, appetitus.	les autres, de désir.
Cogitatio versatur maxime	La pensée se meut principalement
in exquirendo vero :	en recherchant le vrai ;
appetitus	le désir
impellit ad agendum.	pousse à agir.
Curandum est igitur	Il faut donc prendre-soin
ut utamur cogitatione	que nous usions de la pensée
ad res quam optimas,	pour les choses les meilleures que *possible,*
præbeamus appetitum	que nous montrions le désir
obedientem rationi.	obéissant à la raison.
XXXVII. Et quoniam	XXXVII. Et puisque
vis orationis est magna,	l'influence du discours est grande,
eaque duplex,	et cette *influence* double,
altera contentionis,	l'une du discours-soutenu,
altera sermonis :	l'autre du discours-familier :
contentio tribuatur	que le discours-soutenu soit affecté
disceptationibus	aux contestations
judiciorum,	des jugements,

in circulis, disputationibus, congressionibus familiarium versetur, persequatur etiam convivia. Contentionis præcepta
rhetorum sunt; nulla sermonis : quanquam haud scio an
possint hæc quoque esse. Sed discentium studiis inveniuntur
magistri; huic autem qui studeant sunt nulli; rhetorum turba
referta omnia : quanquam quæ verborum sententiarumque
præcepta sunt, eadem ad sermonem pertinebunt. Sed, quum
orationis indicem vocem habeamus, in voce autem duo sequamur, ut clara sit, ut suavis, utrumque omnino a natura pe-
tendum est; verum alterum exercitatio augebit, alterum imitatio presse loquentium et leniter. Nihil aliud fuit in Catulis
ut eos exquisito judicio putares uti litterarum; quanquam
erant litterati : sed et alii; hi autem optime uti lingua Latina
putabantur. Sonus erat dulcis; litteræ neque expressæ neque

les cercles, les entretiens, les conversations familières, enfin les festins. Les rhéteurs ont donné les préceptes du discours soutenu; il
n'y en a pas pour la conversation, et pourtant je crois qu'on
pourrait en donner quelques-uns. Mais pour qu'il y ait des maîtres
il faut des disciples : or personne n'étudie l'art de la conversation,
et les rhéteurs abondent partout. D'ailleurs les règles oratoires sur
les mots et les pensées peuvent s'appliquer aussi à la conversation.
Comme c'est par la voix que la parole se fait entendre, il faut que
la voix soit claire et douce. L'une et l'autre qualité viennent de la
nature; mais on peut se perfectionner sur l'une par l'exercice, et sur
l'autre en imitant ceux qui ont dans la prononciation de la netteté
et de la douceur. Ce mérite seul fit aux deux Catulus une réputation de délicatesse et de goût; sans doute ils avaient de la littérature, mais ils effacèrent bien des gens qui n'en avaient pas moins
qu'eux, et qu'on ne citait pas pour leur talent de parole. Leur son
de voix était doux et gracieux, les articulations ni sourdes ni trop mar-

concionum, senatus ;	des assemblées-du-peuple, du sénat ;
sermo versetur	que le discours-familier soit mis en pra-
in circulis,	dans les cercles, [tique
disputationibus,	les discussions,
congressionibus	les assemblées
familiarium,	d'amis,
persequatur etiam	qu'il accompagne aussi
convivia.	les festins.
Sunt præcepta contentionis	Il y a des préceptes du discours-soutenu
rhetorum ;	des (donnés par les) rhéteurs ;
nulla sermonis :	*il n'y a* nuls *préceptes* du discours-familier:
quanquam haud scio	toutefois je ne sais pas
an hæc	si ces *préceptes de discours familier*
possent esse quoque.	*ne* pourraient *pas* exister aussi.
Sed magistri inveniuntur	Mais des maîtres sont trouvés [nent :
studiis discentium :	par l'empressement de ceux qui appren-
nulli autem sunt	or nuls *disciples* ne sont
qui studeant huic ;	qui étudient ce *discours familier* ;
omnia referta	tout *est* rempli
turba rhetorum :	de la foule des rhéteurs :
quanquam præcepta	toutefois les préceptes
verborum sententiarumque	de mots et de pensées
quæ sunt,	qui existent,
eadem pertinebunt	ces-mêmes *préceptes* s'appliqueront
ad sermonem.	au discours-familier.
Sed quum habeamus	Mais comme nous avons
vocem	la voix
indicem orationis,	*pour* révélatrice (organe) du discours,
in voce autem	et que d'autre-part dans la voix
sequamur duo,	nous recherchons deux choses,
ut sit clara, ut suavis :	qu'elle soit claire, qu'*elle soit* douce :
utrumque omnino	l'une-et-l'autre *qualité* absolument
petendum est a natura ;	doit être demandée à la nature ;
verum exercitatio	mais l'exercice
augebit alterum,	augmentera l'une,
imitatio loquentium	l'imitation de ceux qui parlent
presse et leniter	d'une-manière-contenue et avec-douceur
alterum.	*augmentera* l'autre.
Nihil aliud fuit in Catulis,	Rien autre ne fut dans les Catulus,
ut putares eos	pour que tu crusses eux
uti judicio exquisito	faire-usage d'un jugement exquis
litterarum :	des lettres (en littérature) :
quanquam erant litterati :	toutefois ils étaient lettrés :
sed et alii ;	mais aussi d'autres *l'étaient* ;
hi autem putabantur	or ceux-ci (les Catulus) étaient crus
uti optime lingua Latina.	faire-usage le mieux de la langue latine.
Sonus erat dulcis ;	Le son *de leur voix* était doux ;

oppressæ, ne aut obscurum esset aut putidum; sine contentione vox, nec languens nec canora. Uberior oratio L. Crassi,
nec minus faceta; sed bene loquendi de Catulis opinio non
minor. Sale vero et facetiis Cæsar, Catuli patris frater[1], vicit
omnes, ut in ipso illo forensi genere dicendi contentiones
aliorum sermone vinceret.

In omnibus igitur his elaborandum est, si in omni re quid
deceat exquirimus. Sit igitur hic sermo, in quo Socratici
maxime excellunt, lenis minimeque pertinax; insit in eo
lepos. Nec vero, tanquam in possessionem venerit, excludat
alios; sed quum reliquis in rebus, tum in sermone communi,
vicissitudinem non iniquam putet. Ac videat imprimis quibus
de rebus loquatur : si seriis, severitatem adhibeat; si jocosis,
leporem. Imprimisque provideat ne sermo vitium aliquod in-

quées, d'où résultait une prononciation qui n'avait rien d'affecté ni
de confus; leur voix était naturelle, sans être ni faible ni enflée.
La diction de L. Crassus était plus riche et n'avait pas moins de
grâce; cependant la réputation des Catulus sur le bien parler n'a
pas été moindre que la sienne. Mais César, frère de Catulus le père,
avait encore plus de sel et de grâce qu'eux tous, et au barreau
même son langage simple effaçait l'éloquence des autres.

Ce que je viens de dire mérite qu'on en fasse une étude particulière, si l'on veut rechercher en toutes choses ce qui sied le mieux.
Il faut avoir soin que dans le langage ordinaire, où les disciples de
Socrate ont excellé, il y ait de la douceur, de la grâce, jamais rien
de tendu. Surtout qu'on ne s'empare pas de la conversation comme
d'une chose dont on serait le maître et dont on aurait le droit
d'exclure les autres; il faut au contraire trouver bon que chacun ait son tour dans un entretien comme dans tout le reste.
Il faut voir d'abord de quoi l'on parle, et traiter sérieusement
les matières sérieuses, plaisamment les choses enjouées. Mais
ce qui est le plus important, c'est de ne laisser jamais rien échapper

litteræ neque expressæ	les lettres ni proférées-avec-force
neque oppressæ,	ni étouffées,
ne esset aut obscurum	de peur que *cela* ne fût ou peu-distinct
aut putidum ;	ou affecté ;
vox sine contentione,	la voix sans effort,
nec languens, nec canora.	ni languissante, ni sonore.
Oratio L. Crassi	La diction de L. Crassus
uberior,	*était* plus abondante,
nec minus faceta ;	et pas moins agréable ;
sed opinio bene loquendi	mais l'opinion de bien parler
de Catulis	*qu'on avait* sur les Catulus
non minor.	ne *fut* pas moindre.
Cæsar vero,	César d'autre-part,
frater Catuli patris,	frère de Catulus le père,
vicit omnes	*les* surpassa tous
sale et facetiis,	par le sel et les grâces,
ut in illo genere ipso	de-sorte-que dans ce genre même
dicendi	de parler (d'éloquence)
forensi	du-barreau [milier
vinceret sermone	il vainquait (effaçait) par le discours-fa-
contentiones aliorum.	les discours-soutenus des autres.
Elaborandum est igitur	Il faut travailler donc
in omnibus his,	en toutes ces choses,
si exquirimus in omni re	si nous cherchons en toute chose
quid deceat.	quoi convient.
Hic igitur sermo,	Donc que ce discours-familier,
in quo Socratici	dans lequel les *disciples* de-Socrate
excellunt maxime,	excellent le plus,
sit lenis	soit doux
minimeque pertinax :	et nullement entêté :
lepos insit in eo.	que de la grâce soit en lui. [tres,
Nec vero excludat alios,	Et que *celui qui parle* n'exclue pas les au-
tanquam venerit	comme s'il était venu (entré)
in possessionem ;	en possession *de la conversation* ;
sed quum	mais d'une-part
in reliquis rebus,	dans le reste-des-choses,
tum in sermone communi,	d'autre-part dans une conversation com-
non putet vicissitudinem	qu'il ne pense pas le tour *de parole* [mune,
iniquam.	*être* injuste.
Ac videat imprimis	Et qu'il voie d'abord
de quibus rebus loquatur :	sur quelles choses il parle :
si seriis,	si *c'est* sur des choses sérieuses,
adhibeat severitatem ;	qu'il apporte de la gravité ;
si jocosis,	si sur des choses plaisantes,
leporem.	de l'enjouement.
Imprimisque provideat	Et que surtout il prenne-garde
ne sermo indicet	que le discours ne révèle

dicet inesse in moribus; quod maxime tum solet evenire, quum studiose de absentibus, detrahendi causa, aut per ridiculum, aut severe, maledice contumelioseque dicitur.

Habentur autem plerumque sermones aut de domesticis negotiis, aut de republica, aut de artium studiis atque doctrina. Danda igitur opera est ut, etiamsi aberrare ad alia cœperit, ad hæc revocetur oratio, sed utcumque aderunt; neque enim omnes iisdem de rebus, nec omni tempore, nec similiter delectamur. Animadvertendum est etiam quatenus sermo delectationem habeat, et, ut incipiendi ratio fuerit, ita sit desinendi modus.

XXXVIII. Sed, quomodo in omni vita rectissime præcipitur ut perturbationes fugiamus, id est motus animi nimios, rationi non obtemperantes, sic ejusmodi motibus sermo debet vacare, ne aut ira exsistat, aut cupiditas aliqua, aut ignavia,

qui marque quelque vice dans le caractère; or rien n'en marque plus que de mal parler des absents, soit qu'on les tourne en ridicule, soit qu'on les déchire par des médisances et des outrages.

La conversation roule d'ordinaire sur les affaires particulières de chacun ou sur ce qui regarde la république, ou sur les arts et les sciences; quand elle s'en écarte, il faut avoir soin de l'y ramener, mais sans oublier que tout le monde n'est pas du même goût, et que les choses mêmes qui plairaient à tout le monde ne plaisent pas en tout temps ni également à chacun. Remarquons aussi à quel moment la conversation peut cesser d'être agréable, et comme nous avons pris notre temps pour la commencer, prenons-le pour la finir.

XXXVIII. Comme toute la vie doit être exempte de passions c'est-à-dire de tous ces mouvements violents dont la raison n'est point maîtresse, il faut aussi que nos discours en soient exempts et qu'il n'y paraisse ni colère, ni ardeur excessive pour quoi que ce soit, ni lâcheté, ni paresse, ni aucune autre sorte de vice, et qu'ils

aliquod vitium	quelque vice
inesse in moribus ;	être dans les mœurs;
quod solet evenire	ce qui a-coutume d'arriver
maxime tum,	surtout alors,
quum dicitur studiose	lorsqu'on parle avec-animation
de absentibus,	sur les absents,
causa detrahendi,	en vue d'ôter *à leur mérite*,
aut per ridiculum,	ou par moquerie,
aut severe,	ou avec-sévérité,
maledice contumelioseque.	avec-médisance et avec-outrage.
Plerumque autem	Or la-plupart-du-temps
sermones habentur	les conversations sont tenues
aut de negotiis domesticis,	ou sur les affaires domestiques,
aut de republica,	ou sur la république,
aut de studiis	ou sur l'étude
atque doctrina	et l'enseignement
artium.	des beaux-arts.
Opera igitur danda erit	Le soin donc devra être donné
ut, etiamsi cœperit	que, lors même qu'il aura commencé
aberrare ad alia,	à s'égarer vers d'autres *sujets*,
oratio revocetur ad hæc :	le discours soit rappelé à ceux-ci :
sed utcumque aderunt ;	mais comme ils se présenteront ;
neque enim omnes	et en effet tous [ment
delectamur similiter	nous ne sommes pas charmés semblable-
de iisdem rebus,	touchant les mêmes choses,
nec omni tempore.	ni en tout temps.
Animadvertendum est	Il faut faire-attention
etiam	aussi
quatenus sermo	jusqu'à-quel-moment la conversation
habeat delectationem ;	a du charme ;
et, ut ratio incipiendi	et, comme un arrangement de commencer
fuerit,	aura été,
ita sit modus desinendi.	qu'ainsi il y ait une mesure de finir.
XXXVIII. Sed quomodo	XXXVIII. Mais de-même-que
præcipitur rectissime	il est prescrit très-sagement
in omni vita	dans toute la vie
ut fugiamus	que nous évitions
perturbationes,	les troubles,
id est motus nimios	c'est-à-*dire* les mouvements trop-grands
animi,	de l'âme,
non obtemperantes rationi,	qui n'obéissent pas à la raison,
sic sermo	ainsi la conversation
debet vacare	doit être-exempte
motibus ejusmodi,	de mouvements de-ce-genre,
ne aut ira existat,	de peur que ou la colère ne s'élève,
aut aliqua cupiditas,	ou quelque passion,
aut pigritia, aut ignavia,	ou la paresse, ou la lâcheté,

aut pigritia, aut tale aliquid appareat. Maximeque curandum
est ut eos quibuscum sermonem conferimus et vereri et diligere videamur. Objurgationes etiam nonnunquam incidunt
necessariæ, in quibus utendum est fortasse et vocis contentione majore et verborum gravitate acriore. Id agendum etiam,
ut ne ea facere videamur irati ; sed, ut ad urendum et secan-
dum, sic et ad hoc genus castigandi raro invitique veniemus,
necunquam nisi necessario, si nulla reperietur alia medicina.
Sed tamen ira procul absit, cum qua nihil recte fieri, nihil
considerate potest. Magna autem parte clementi castigatione
licet uti, gravitate tamen adjuncta, ut et severitas adhibeatur,
et contumelia repellatur. Atque etiam illud ipsum, quod acer-
bitatis habet objurgatio, significandum est ipsius causa qui
objurgetur susceptum esse. Rectum est autem, etiam in illis

soient même toujours accompagnés de quelques marques d'amitié
et de considération pour ceux à qui nous parlons. On se trouve
quelquefois obligé de faire des réprimandes, et elles demandent un
ton de voix plus élevé et des paroles plus fortes ; mais elles doivent
être exemptes de tout ce qui aurait un air de colère. Nous ne devons
même en venir là que le moins possible, et malgré nous, comme les
médecins n'emploient le fer et le feu que lorsqu'il n'y a plus d'autre
remède. Même alors bannissons la colère, puisqu'il n'y a jamais rien
de juste ni de mesuré dans ce qu'on fait avec emportement. Les réprimandes doivent donc se faire avec douceur, en y joignant toutefois
l'air grave qui doit accompagner la sévérité, et en s'abstenant de
tout outrage. Il faut même avoir soin de marquer que, si l'on se
sert de termes un peu forts, c'est pour le bien de ceux qu'on re-
prend. Dans les contestations même où nous pouvons entrer avec
nos plus grands ennemis, quelques choses piquantes qu'on nous dise,
il faut garder la modération et le sang-froid, et se défendre de la

aut aliquid tale appareat.	ou quelque chose de tel n'apparaisse.
Maximeque curandum est	Et surtout il faut prendre-soin
ut videamur	que nous paraissions
et vereri et diligere eos	et respecter et aimer ceux
quibuscum	avec lesquels
conferimus sermonem.	nous engageons la conversation.
Nonnunquam etiam	Parfois aussi
objurgationes necessariæ	des réprimandes nécessaires
incidunt,	tombent (se présentent),
in quibus	dans lesquelles
utendum est forte	il faut se servir peut-être
et contentione vocis	et d'une tension de voix
majore,	plus grande,
et gravitate verborum	et d'une gravité de paroles
acriore.	plus pénétrante.
Id agendum etiam,	Ceci doit être exécuté aussi,
ut ne videamur	que nous ne paraissions pas
facere ea irati :	faire ces choses étant-en-colère :
sed ut ad urendum	mais comme on vient rarement à brûler
et secandum,	et à tailler,
sic et veniemus	ainsi aussi nous en viendrons
raro invitique	rarement et malgré-nous
ad hoc genus castigandum,	à cette espèce de châtier (de châtiment),
nec unquam,	et jamais,
nisi necessario,	sinon nécessairement,
si nulla alia medicina	si aucun autre remède
reperietur.	ne sera (n'est) trouvé.
Sed tamen ira absit procul,	Mais cependant que la colère soit loin,
cum qua nihil	la colère avec laquelle rien
potest fieri recte,	ne peut se faire bien,
nihil considerate.	rien avec-réflexion.
Licet autem uti	Mais il est permis de faire-usage
magna parte	en grande partie
castigatione leni,	d'une réprimande douce,
gravitate tamen adjuncta,	la gravité toutefois étant jointe,
ut et severitas	de-façon-que et la sévérité
adhibeatur,	soit employée,
et contumelia repellatur.	et l'outrage soit écarté.
Atque etiam	Et de plus
significandum est	il faut témoigner
illud ipsum,	cela même,
quod objurgatio	que la réprimande
habet acerbitatis,	a (renferme) d'amertume,
susceptum esse	avoir été pris
causa ipsius	dans l'intérêt de celui-là même
qui objurgetur.	qui est réprimandé.
Est autem rectum,	Mais il est droit (honnête),

contentionibus quæ cum inimicissimis fiunt, etiamsi nobis
indigna audiamus, tamen gravitatem retinere, iracundiam
repellere. Quæ enim cum aliqua perturbatione fiunt, ea neque
constanter fieri possunt, nec ab iis qui adsunt approbari.
Deforme etiam est de se ipso prædicare, falsa præsertim, et,
cum irrisione audientium, imitari militem gloriosum[1].

XXXIX. Et quoniam omnia persequimur, volumus quidem
certe, dicendum est etiam qualem hominis honorati et prin-
cipis domum placet esse : cujus finis est usus, ad quem accommodanda est ædificandi descriptio; et tamen adhibenda dignitatis commoditatisque diligentia. Cn. Octavio[2], qui primus
ex illa familia consul factus est, honori fuisse accepimus quod
præclaram ædificasset in Palatio et plenam dignitatis domum, quæ, quum vulgo viseretur, suffragata domino, novo
homini, ad consulatum putabatur. Hanc Scaurus demolitus[3],

colère : car ce que l'on fait avec emportement ne peut jamais rester dans la mesure convenable, ni être approuvé de ceux qui sont
présents. Enfin, rien ne sied si mal que de se vanter, surtout quand
c'est à faux ; on devient alors le soldat fanfaron de la comédie, et on
s'attire les railleries de tout le monde.

XXXIX. Puisque le plan de cet ouvrage s'étend à tout ce qui
peut regarder les devoirs et la bienséance, ou qu'au moins nous
voudrions ne rien oublier, il faut dire un mot de la manière dont un
citoyen honorable doit être logé. Comme sa maison est faite pour le
besoin, il faut que tout s'y rapporte dans la construction ; mais il
faut avoir égard tout à la fois à la dignité et à la commodité. Une
maison magnifique, bâtie sur le mont Cœlius par Cn. Octavius, qui
fut le premier consul de sa famille, le mit en honneur, et comme
cette maison était très-agréable et que chacun allait la voir, elle ne
lui servit pas peu, à ce qu'on croit, pour obtenir le consulat. Scau-

etiam	même
in illis contentionibus,	dans ces contestations,
quæ fiunt cum inimicis,	qui se font avec des ennemis,
etiamsi audiamus	quand-même nous entendrions
indigna nobis,	des choses indignes de nous,
tamen retinere gravitatem,	cependant de garder *notre* gravité,
repellere iracundiam :	d'éloigner l'emportement :
quæ enim fiunt	en effet les choses qui se font
cum aliqua perturbatione	avec quelque trouble
possunt nec fieri	*ne* peuvent ni se faire
constanter,	avec-constance,
nec probari	ni être approuvées
ab iis qui adsunt.	par ceux qui sont-présents.
Est etiam deforme	Il est de plus indécent
prædicare de se ipso,	de parler-avec-éloge de soi-même,
præsertim falsa,	surtout *en disant* des choses fausses,
et imitari	et d'imiter
militem gloriosum,	le soldat fanfaron,
cum irrisione audientium.	avec la moquerie de ceux qui écoutent.
XXXIX. Et quoniam	XXXIX. Et puisque
persequimur omnia,	nous parcourons toutes choses,
volumus quidem certe,	*que* nous *le* voulons à la vérité du moins,
dicendum est etiam	il faut dire aussi
qualem placeat esse	quelle il *nous* plaît être (que soit)
domum hominis honorati	la maison d'un homme revêtu-d'honneurs
et principis :	et du-premier-rang :
cujus finis est usus ;	de laquelle le but est le besoin ;
ad quem	auquel *besoin*
descriptio ædificandi	le plan de bâtir (de construction)
accommodanda est ;	doit être adapté ;
et tamen diligentia	et cependant le soin
dignitatis commoditatisque	de la dignité et de la commodité
adhibenda.	doit être apporté.
Accepimus	Nous avons appris
fuisse honori Cn. Octavio,	*ceci* avoir été à honneur à Cn. Octavius,
qui primus ex illa familia	qui le premier de cette famille
factus est consul,	fut fait consul,
quod ædificasset in Palatio	qu'il avait bâti sur le mont-Palatin
domum præclaram,	une maison magnifique,
et plenam dignitatis :	et pleine d'un caractère-imposant :
quæ, quum viseretur	laquelle, comme elle était visitée
vulgo,	par le public,
putabatur	était crue
suffragata domino,	avoir gagné-des-suffrages à *son* maître
homini novo,	homme nouveau,
ad consulatum.	pour le consulat.
Scaurus, demolitus hanc,	Scaurus, ayant démoli cette *maison*,

10

accessionem adjunxit ædibus. Itaque ille in suam domum consulatum primus attulit; hic, summi et clarissimi viri filius, in domum multiplicatam non repulsam solum retulit, sed ignominiam etiam et calamitatem. Ornanda est enim dignitas domo, non ex domo dignitas tota quærenda; nec domo dominus, sed domino domus honestanda est. Et, ut in ceteris habenda ratio non sua solum, sed etiam aliorum, sic in domo clari hominis, in quam et hospites multi recipiendi et admittenda hominum cujusque generis multitudo, adhibenda est cura laxitatis. Aliter ampla domus dedecori domino sæpe fit, si est in ea solitudo, et maxime si aliquando, alio domino, solita est frequentari. Odiosum est enim, quum a prætereuntibus dicitur :

O domus antiqua, heu quam dispari dominaris domino!

Quod quidem his temporibus in multis licet dicere.

rus la démolit depuis pour agrandir la sienne. Mais au lieu que cet homme nouveau apporta le consulat dans la maison qu'il avait bâtie, celui-ci, d'un si grand nom et né d'un père si illustre, n'apporta dans celle qu'il avait si fort augmentée que la honte d'un refus, l'ignominie et le malheur. On doit faire servir sa maison d'accompagnement à sa dignité, et non faire consister sa dignité dans sa maison : que le maître honore sa maison, et non la maison son maître. En ceci, comme en beaucoup d'autres choses, il faut songer aux autres aussi bien qu'à soi; un citoyen distingué, fait pour recevoir dans sa maison un grand nombre d'hôtes et pour l'ouvrir à une foule de personnes de toutes les classes, doit prendre soin qu'elle soit spacieuse. Mais quand il n'y vient personne et qu'une grande maison n'est qu'une solitude, elle fait plus de honte que d'honneur, surtout si du temps d'un autre maître on l'a vue pleine de monde. Car il est fâcheux d'entendre dire par les passants :

Noble séjour! où donc est ton maître d'hier?

Et c'est ce qu'on peut dire aujourd'hui de bien des gens.

adjunxit accessionem	l'ajouta comme accessoire
ædibus.	à sa demeure.
Itaque ille primus	Et-ainsi celui-là le premier
intulit consulatum	apporta le consulat
in suam domum ;	dans sa demeure ;
hic, filius viri	celui-ci, fils d'un homme
summi et clarissimi,	très-grand et très-illustre,
retulit	rapporta
in domum multiplicatam	dans sa demeure agrandie
non solum repulsam,	non-seulement un refus,
sed ignominiam,	mais l'ignominie,
etiam calamitatem.	et en-outre le malheur.
Dignitas enim	En effet la dignité
ornanda est domo,	doit être ornée (relevée) par la demeure,
non quærenda tota	ne doit pas être cherchée (tirée) tout-en-
ex domo ;	de la demeure ; [tière
nec dominus domo,	et le maître ne doit pas être honoré par la
sed domus	mais la demeure [demeure,
honestanda est domino.	doit être honorée par le maître,
Et ut in ceteris	Et comme dans toutes-les-autres choses
ratio habenda	compte doit être tenu
non sua solum,	non de-soi seulement,
sed etiam aliorum,	mais aussi des autres
sic in domo hominis clari,	ainsi dans la maison d'un homme illustre,
in qua et hospites multi	dans laquelle et des hôtes nombreux
recipiendi,	doivent être reçus,
et multitudo	et une multitude
hominum cujusque modi	d'hommes de chaque sorte
admittenda,	doit être admise,
cura laxitatis	le soin d'un vaste-espace
adhibenda est.	doit être apporté.
Aliter domus ampla	Autrement une maison vaste
fit sæpe dedecori	devient souvent à déshonneur
domino,	à son maître,
si solitudo est in ea ;	si la solitude est dans elle ;
et maxime, si aliquando,	et surtout, si autrefois,
alio domino,	sous un autre maître,
solita est frequentari.	elle a eu-coutume d'être fréquentée.
Est enim odiosum,	C'est en effet désagréable,
quum dicitur	lorsqu'il est dit
a prætereuntibus :	par les passants :
« O domus antiqua,	« O maison antique,
heu ! dominare	hélas ! tu es possédée
domino quam dispari ! »	par un maître combien différent ! »
Quod quidem licet dicere	Ce que à la vérité il est-permis de dire
in multis	au-sujet-de beaucoup
his temporibus.	dans ces temps-ci.

Cavendum autem est, præsertim si ipse ædifices, ne extra modum sumptu et magnificentia prodeas; quo in genere multum mali etiam in exemplo est. Studiose enim plerique, præsertim in hanc partem, acta principum imitantur : ut L. Luculli[1], summi viri, virtutem quis? quam multi villarum magnificentiam imitati sunt! quarum quidem certe est adhibendus motus, ad mediocritatemque revocandus. Eademque mediocritas ad omnem usum cultumque vitæ transferenda est. Sed hæc hactenus.

In omni autem actione suscipienda, tria sunt tenenda : primum, ut appetitus rationi pareat, quo nihil est ad officia conservanda accommodatius; deinde, ut animadvertatur quanta illa res sit quam efficere velimus, ut neve major neve minor cura et opera suscipiatur quam causa postulet; tertium est ut caveamus ut ea quæ pertinent ad liberalem speciem et dignitatem moderata sint. Modus autem est optimus, decus

Il faut bien prendre garde, surtout quand on bâtit soi-même, de ne pas pousser la dépense et la magnificence trop loin; car on s'expose à faire beaucoup de mal, quand ce ne serait que par le mauvais exemple, puisque la plupart des hommes s'empressent, sur ce point, de rivaliser avec les personnes du premier rang. Qui s'est mis en peine d'imiter les vertus du grand Lucullus? et combien de gens l'ont imité dans la magnificence de ses maisons de campagne! Il faut n'en faire ni trop ni trop peu, et mettre de la mesure dans ses dépenses aussi bien que dans toutes les autres choses de la vie. Mais en voilà assez sur ce sujet.

Quoi que l'on entreprenne, il y a trois choses à observer : la première, de subordonner nos désirs à la raison, et c'est le meilleur moyen de remplir nos devoirs; la seconde, de bien examiner quel est l'objet que nous nous proposons, afin de régler nos travaux et nos soins sur son importance plus ou moins grande; la troisième, de ne pas passer les bornes de la modération, dans les choses même d'éclat et de dignité. Or, la mesure la plus juste est de se tenir dans

Cavendum est autem,	Mais il faut prendre-garde,
præsertim si ipse ædifices,	surtout si toi-même tu bâtis,
ne prodeas extra modum	que tu ne t'avances hors de la limite
sumptu et magnificentia :	par la dépense et par la magnificence :
in quo genere	dans lequel genre
multum mali	beaucoup de mal
est etiam in exemplo.	est même dans l'exemple.
Plerique enim	La plupart en effet
imitantur studiose	imitent avec-ardeur
acta principum	les actions des grands,
præsertim in hanc partem:	surtout dans ce sens:
ut quis virtutem	par-exemple qui imite la vertu
L. Luculli, viri summi ?	de Lucullus, homme très-grand ?
at quam multi imitati sunt	mais de combien nombreux ont imité
magnificentiam villarum !	la magnificence de *ses* villas !
quarum quidem certe	desquelles à la vérité du moins
modus adhibendus est,	une mesure doit être appliquée.
vocandusque	et doit être rappelée
ad mediocritatem.	au juste-milieu.
Eademque mediocritas	Et le même juste-milieu
transferenda est	doit être transporté
ad usum	à la pratique
cultumque vitæ.	et à la tenue de la vie. [dessus].
Sed hæc hactenus.	Mais ces choses jusqu'ici (c'est assez là-
In omni autem actione	Or dans toute action
suscipienda,	devant être entreprise, [rées) :
tria tenenda sunt :	trois choses doivent être tenues(considé-
primum, ut appetitus	d'abord, que l'appétit
pareat rationi,	obéisse à la raison,
quo nihil	en comparaison de quoi
est accommodatius	rien n'est plus approprié
ad conservanda officia :	pour observer les devoirs :
deinde, ut animadvertatur	ensuite, qu'il soit remarqué
quanta sit illa res	combien-grande est cette chose
quam velimus efficere,	que nous voudrions exécuter,
ut cura et opera	afin qu'un soin et un travail
suscipiatur	soit entrepris
neve major neve minor	ni plus grand ni plus petit
quam causa postulet ;	que la cause *ne le* réclame ;
tertium est	la troisième chose est
ut caveamus	que nous prenions-garde
ut ea quæ pertinent	que ces choses qui se rapportent
ad speciem liberalem	à l'apparence noble
et dignitatem,	et à la dignité,
sint moderata.	soient modérées.
Modus autem optimus	Or la mesure la meilleure
est tenere decus ipsum;	est de garder la bienséance même,

ipsum tenere de quo ante diximus, nec progredi longius. Horum tamen trium præstantissimum est, appetitum obtemperare rationi.

XL. Deinceps de ordine rerum et temporum opportunitate dicendum est. Hac autem scientia continetur ea quam Græci εὐταξίαν nominant, non hæc quam interpretamur modestiam, quo in verbo modus inest; sed illa est εὐταξία in qua intelligitur ordinis conservatio. Itaque, ut eamdem nos modestiam appellemus, sic definitur a stoicis, ut modestia sit scientia earum rerum quæ agentur aut dicentur loco suo collocandarum. Itaque videtur eadem vis ordinis et collocationis fore; nam et ordinem sic definiunt, compositionem rerum aptis et accommodatis locis. Locum autem actionis, opportunitatem temporis esse dicunt. Tempus autem actionis opportunum Græce εὐκαιρία, Latine appellatur *occasio*. Sic fit ut modestia hæc, quam ita interpretamur ut dixi, scientia sit opportuni-

cette bienséance dont nous avons déjà parlé, et de s'y tenir exactement. Mais de ces trois règles, la plus importante est celle qui nous prescrit de subordonner nos désirs à la raison.

XL. Il nous reste à parler de l'ordre des choses et de leur à-propos. Cette sorte de science consiste dans ce que les Grecs nomment εὐταξία, ce qui ne signifie point modération, c'est-à-dire règle et mesure ; εὐταξία veut dire proprement conservation de l'ordre. Nous pouvons toutefois nommer cette vertu modération, puisque les stoïciens la définissent l'art de ne rien faire et de ne rien dire qui ne soit à sa place. L'ordre et l'arrangement paraissent donc être une même chose. Aussi selon les mêmes philosophes l'ordre ne consiste-t-il que dans cet arrangement qui met chaque chose à sa place. Quant au lieu et au moment d'une action, ils le nomment à-propos. Cette opportunité d'une action, les Grecs l'appellent εὐκαιρία, et nous, nous l'appelons occasion. Ainsi cette modération, prise dans le sens que nous venons d'expliquer, sera le discernement du temps

de quo diximus ante,	de laquelle nous avons parlé auparavant,
nec progredi longius.	et de ne pas s'avancer plus loin.
Horum trium tamen	De ces trois choses toutefois
præstantissimum est	la plus importante est
appetitum	l'appétit
obtemperare rationi.	obéir à la raison.
XL. Deinceps	XL. En-continuant
dicendum est	il faut parler
de ordine rerum	de l'ordre des choses
et opportunitate	et de l'opportunité
temporum.	des temps.
Hac autem scientia	Or dans cette science
continetur	est contenue
ea quam Græci	cette *qualité* que les Grecs
nominant εὐταξίαν,	nomment εὐταξία,
non hæc	non pas celle
quam interpretamur	que nous traduisons
modestiam ;	modération ;
in quo verbo modus inest :	dans lequel mot mesure est :
sed illa εὐταξία est	mais cette εὐταξία est *une qualité*
in qua intelligitur	dans laquelle est comprise
conservatio ordinis.	la conservation de l'ordre.
Itaque, ut nos appellemus	Et ainsi, pour que nous appelions
eamdem modestiam,	cette-même *qualité* modération,
definitur sic a stoicis,	elle est définie ainsi par les stoïciens,
ut modestia sit scientia	que la modération est la science
collocandarum suo loco	de mettre à leur place
earum rerum quæ agentur	ces (les) choses qui seront faites
aut dicentur.	ou seront dites.
Itaque vis	C'est-pourquoi la valeur
ordinis et collocationis	de l'ordre et de l'arrangement
videtur fore eadem.	paraît devoir être la même.
Nam definiunt sic	Car ils définissent ainsi
et ordinem,	aussi l'ordre,
compositionem rerum	l'établissement des choses
locis aptis	dans des lieux convenables
et accommodatis.	et appropriés.
Dicunt autem	Or ils disent
opportunitatem temporis	l'opportunité de temps
esse locum actionis.	être le lieu d'une action.
Tempus autem opportunum	Or le temps opportun
actionis	d'une action
appellatur Græce εὐκαιρία,	est appelé en-grec εὐκαιρία,
Latine occasio.	en-latin occasion.
Sic fit ut hæc modestia,	Ainsi il se fait que cette modération,
quam interpretamur ita,	que nous traduisons ainsi,
ut dixi,	comme j'ai dit,

tatis idoneorum ad agendum temporum. Sed potest esse
eadem prudentiæ definitio, de qua principio diximus; hoc
autem loco de moderatione et temperantia et harum similibus
virtutibus quærimus. Itaque, quæ erant prudentiæ propria,
suo loco dicta sunt : quæ autem harum virtutum, de quibus
jamdiu loquimur, quæ pertinent ad verecundiam, et ad eorum
approbationem quibuscum vivimus, nunc dicenda sunt.

Talis est igitur ordo actionum adhibendus, ut, quemadmodum in oratione constanti, sic in vita sint omnia apta et inter
se convenientia. Turpe est enim valdeque vitiosum in re se-
vera convivii dicta aut delicatum aliquem inferre sermonem.
Bene Pericles, quum haberet collegam in prætura [1] Sophoclem
poetam, hique de communi officio convenissent, et casu for-
mosus puer præteriret, dixissetque Sophocles : « O puerum

où il est à propos de faire chaque chose. Il semble que cette définition pourrait s'appliquer aussi à la prudence, dont nous avons parlé
au commencement ; mais c'est de la modération, de la tempérance
et d'autres vertus semblables, qu'il est présentement question. Or,
comme nous avons dit en son lieu ce qui était propre à la prudence,
il faut montrer ici ce qui, de ces vertus dont nous parlons depuis
longtemps, appartient à la modération et aux moyens de mériter
l'approbation de ceux avec qui nous vivons.

Il faut donc garder un si grand ordre dans toutes nos actions,
que toutes choses dans notre vie, comme dans un discours bien
suivi, s'accordent et se tiennent entre elles. C'est, par exemple, une
chose honteuse et une faute grossière, de mêler dans une matière
sérieuse des plaisanteries et des propos de table. Périclès avait Sophocle pour collègue dans le commandement de l'armée. Un jour
qu'ils étaient ensemble à traiter des intérêts communs, Sophocle,
voyant passer un jeune homme fort bien fait, s'écria : « O le beau

sit scientia opportunitatis	est la science de l'opportunité
temporum idoneorum	des temps convenables
ad agendum.	pour agir.
Sed definitio prudentiæ,	Mais la définition de la prudence,
de quá diximus principio,	de laquelle nous avons parlé au commen-
potest esse eadem :	peut être la même : [cement,
hoc autem loco	or dans cet endroit
quærimus	nous faisons-des-recherches
de moderatione	sur la modération
et temperantia,	et la tempérance,
et virtutibus	et les vertus
similibus harum.	semblables à celles-ci.
Itaque,	C'est-pourquoi,
quæ erant propria	les choses qui étaient propres
prudentiæ	à la prudence
dicta sunt suo loco ;	ont été dites en leur lieu ;
quæ autem	mais celles qui sont propres
harum virtutum	à ces vertus [temps,
de quibus loquimur jamdiu,	sur lesquelles nous parlons depuis long-
quæ pertinent	qui ont-rapport
ad verecundiam	à la retenue
et ad approbationem	et à l'approbation
eorum quibuscum vivimus,	de ceux avec qui nous vivons
dicenda sunt nunc.	doivent être dites maintenant.
Ordo igitur actionum	Donc l'ordre des actions
adhibendus est talis,	doit être employé tel,
ut, quemadmodum	que, comme
in oratione constanti,	dans un discours bien-suivi,
sic in vita	ainsi dans la vie
omnia sint apta inter se	toutes choses soient adaptées entre elles
et convenientia.	et se convenant.
Est enim turpe	Il est en effet honteux
valdeque vitiosum,	et grandement fautif,
in re severa	dans un sujet sérieux
inferre dicta convivii	d'apporter des propos de festin
aut aliquem sermonem	ou quelque conversation
delicatum.	frivole.
Pericles bene,	Périclès dit bien,
quum haberet collegam	lorsqu'il avait pour collègue
in prætura	dans la préture
Sophoclem poetam,	Sophocle le poëte,
hique convenissent	et que ceux-ci (tous deux) s'étaient réunis
de officio communi,	touchant leur fonction commune,
et casu	et que par hasard
formosus puer præteriret,	un beau jeune-garçon passait,
Sophoclesque dixisset :	et que Sophocle avait dit :
« O pulchrum puerum,	« O le beau jeune-garçon,

pulchrum, Pericle! — At enim prætorem, Sophocle, decet non solum manus, sed etiam oculos abstinentes habere. » Atque hoc idem Sophocles si in athletarum probatione dixisset, justa reprehensione caruisset : tanta vis est et loci et temporis. Ut si quis, quum causam sit acturus, in itinere aut in ambulatione secum ipse meditetur, aut si quid aliud attentius cogitet, non reprehendatur ; at hoc idem si in convivio faciat, inhumanus videatur, inscientia temporis. Sed ea quæ multum ab humanitate discrepant, ut si quis in foro cantet, aut si qua est alia magna perversitas, facile apparent, nec magnopere admonitionem et præcepta desiderant. Quæ autem parva videntur esse delicta, neque a multis intelligi possunt, ab iis est diligentius declinandum. Ut in fidibus aut in tibiis, quamvis paulum discrepent, tamen id a sciente animadverti solet ; sic

jeune homme ! — Sophocle, répondit avec raison Périclès, ceux qui occupent des fonctions publiques ne doivent pas avoir moins de retenue dans les yeux que dans les mains. » S'il avait été question de choisir des athlètes, le mot de Sophocle n'aurait pas mérité d'être repris, et cela nous fait voir combien les choses changent de nature, par les circonstances des temps et des lieux. Qu'un homme qui aura une grande cause à plaider, ou quelque autre affaire à méditer, s'en occupe en marchant ou à la promenade, on n'y saurait trouver à redire ; mais s'il apportait la même préoccupation dans un festin, on dirait qu'il ne sait pas vivre, parce qu'il n'aurait pas fait la différence des temps. Les choses qui choquent grossièrement les règles de la bienséance, comme de chanter dans les rues, et autres extravagances semblables, sont aisées à remarquer, et on n'a pas besoin de préceptes sur ce sujet. Mais il y a une infinité d'autres fautes que l'on compte pour rien, et dont peu de gens sont capables de s'apercevoir ; c'est contre celles-là surtout qu'il faut se tenir en garde. Comme les bons musiciens ne peuvent souffrir le moindre défaut de justesse dans les tons, de même nous devons éviter la moindre

Pericle !
— At enim, Sophocle,
decet prætorem
habere non solum manus,
sed etiam oculos
abstinentes. »
Atque si Sophocles
dixisset hoc idem
in probatione athletarum,
caruisset
justa reprehensione :
tanta est vis
et loci et temporis.
Ut si quis,
quum acturus sit causam,
meditetur ipse secum
in itinere
aut in ambulatione,
aut si cogitet attentius
quid aliud,
non reprehendatur :
at si faciat hoc idem
in convivio,
videatur inhumanus,
inscientia temporis.
Sed ea,
quæ discrepant multum
ab humanitate,
ut si quis cantet
in foro,   [versitas
aut si qua alia magna per-
est,
apparent facile,
nec desiderant magnopere
admonitionem et præcepta.
Quæ autem videntur
esse parva delicta,
neque possunt intelligi
a multis,
declinandum ab iis
diligentius :
ut in fidibus
aut in tibiis,
quamvis paulum discrepent,
tamen id solet
animadverti a sciente;
sic videndum est in vita

Périclès !
— Mais en vérité, Sophocle,
il convient un préteur
avoir non seulement les mains,
mais aussi les yeux
retenus. »
Et si Sophocle
avait dit cette même chose
dans un examen d'athlètes,
il aurait été-exempt
d'un juste blâme:
si-grande est la valeur
et du lieu et du temps.
De-même-que si quelqu'un,
lorsqu'il doit plaider une cause,
s'exerçait lui-même avec lui-même
dans une marche
ou dans une promenade,
ou s'il méditait avec-contention
quelque chose d'autre,
il ne serait pas blâmé :
mais s'il faisait cette même chose
dans un repas,
il paraîtrait impoli,
par ignorance du temps (de l'à-propos).
Mais ces choses,
qui sont-en-désaccord beaucoup
avec le bon-ton,
comme si quelqu'un chantait
sur la place-publique,
ou si quelque autre grand travers
existe *en lui*,
se montrent facilement,
et ne désirent pas grandement
un avertissement et des préceptes.
Mais *les fautes* qui paraissent
être de petites fautes,
et ne peuvent pas être aperçues
par beaucoup *de gens*,
il faut s'éloigner d'elles (les éviter)
avec-plus-de-soin :
de-même-que sur les instruments-à-corde
ou sur les instruments-à-vent,
si peu qu'ils soient discordants,
cependant cela a-coutume
d'être remarqué par un connaisseur ; [vie
ainsi il faut voir (prendre garde) dans la

videndum est in vita ne forte quid discrepet, vel multo etiam magis quo major et melior actionum quam sonorum concentus est.

XLI. Itaque, ut in fidibus musicorum aures vel minima sentiunt, sic nos, si acres ac diligentes esse volumus animadversores vitiorum, magna sæpe intelligemus ex parvis. Ex oculorum obtutu, ex superciliorum aut remissione aut contractione, ex mœstitia, ex hilaritate, ex risu, ex locutione, ex reticentia, ex contentione vocis, ex submissione, ex ceteris similibus, facile judicabimus quid eorum apte fiat, quid ab officio naturaque discrepet. Quo in genere non est incommodum quale quodque eorum sit ex aliis judicare, ut, si quid dedeceat in illis, vitemus et ipsi. Fit enim, nescio quo modo, ut magis in aliis cernamus quam in nobismet ipsis, si quid delinquitur. Itaque facillime corriguntur in

dissonance dans le concert de nos actions, avec d'autant plus de soin, que l'accord des actions est bien plus beau et plus important que celui des sons.

XLI. Si nous voulons prendre garde à tous les défauts où l'on peut tomber, nous ne les sentirons pas moins finement que les musiciens sentent le moindre défaut de justesse dans un instrument mal d'accord, et les plus petites choses nous en feront découvrir de fort grandes. Nous verrons sans peine, par le mouvement des yeux ou des sourcils, par l'air gai ou chagrin, par le rire, par la liberté ou la réserve des paroles, par le ton de la voix plus ou moins élevé, et autres choses semblables, si l'on se conforme à la bienséance ou si l'on s'éloigne de ce que le devoir et la nature prescrivent. Pour nous apprendre à en bien juger, il n'y a rien de meilleur que de prendre garde à ce que nous apercevons dans les autres, afin d'éviter ce qui, selon nous, leur sied mal. Car nous voyons sans comparaison mieux les défauts dans les autres que dans nous-mêmes, et c'est ce qui fait que le meilleur moyen dont nos maîtres se puissent

ne quid
discrepet forte,
vel multo magis etiam
quo concentus actionum
est major et melior
quam sonorum.
   XLI. Itaque,
ut aures musicorum
sentiunt vel minima
in fidibus,
sic nos,
si volumus esse
animadversores vitiorum
acres ac diligentes,
sæpe intelligemus magna
ex parvis.
Ex obtutu oculorum,
ex aut remissione
aut contractione
superciliorum,
ex mœstitia, ex hilaritate,
ex risu,
ex locutione, ex reticentia,
ex contentione vocis,
ex submissione,
ex ceteris similibus,
judicabimus facile
quid eorum
fiat apte,
quid discrepet
ab officio naturaque.
In quo genere
non est incommodum
judicare ex aliis
quale sit quodque eorum,
ut, si quid
dedecent in illis,
vitemus et ipsi.
Fit enim,
nescio quo modo,
ut cernamus in aliis
magis
quam in nobismet ipsis
si quid delinquitur.
Itaque
corriguntur facillime
in discendo,

que quelque chose
ne soit-discordant par hasard,
ou (et) beaucoup plus encore
parce que l'accord des actions
est plus grand et meilleur
que *celui* des sons.
   XLI. C'est-pourquoi,
comme les oreilles des musiciens
sentent même les plus petites choses
sur les instruments-à-cordes,
ainsi nous,
si nous voulons être
des remarqueurs de vices
pénétrants et soigneux,   [choses
souvent nous comprendrons de grandes
d'après de petites.
D'après le regard des yeux,
d'après ou le relâchement
ou la contraction
des sourcils,
d'après la tristesse, d'après la gaieté,
d'après le rire,
d'après la parole, d'après le silence,
d'après la tension de la voix,
d'après *son* abaissement,   [bles,
d'après toutes-les-autres choses sembla-
nous jugerons facilement
laquelle de ces choses
se fait convenablement,
laquelle est-en-désaccord
avec le devoir et la nature.
Dans lequel genre
il n'est pas déplacé
de juger d'après d'autres
quelle est chacune de ces choses,
afin que, si quelque chose
est messéant en eux,
nous l'évitions aussi nous-mêmes.
Il se fait en effet,
je ne-sais de quelle-manière,
que nous voyons dans d'autres
plus
que dans nous-mêmes
si quelque chose est fait-avec-faute.
C'est-pourquoi
ceux-là sont corrigés le plus facilement
en apprenant,

discendo quorum vitia imitantur emendandi causa magistri.

Nec vero alienum est, ad ea eligenda quæ dubitationem
afferunt, adhibere doctos homines vel etiam usu peritos, et
quid his de unoquoque officii genere placeat exquirere. Major
enim pars eo fere deferri solet, quo a natura ipsa deducitur.
In quibus videndum est non modo quid quisque loquatur, sed
etiam quid quisque sentiat, atque etiam qua de causa quisque
sentiat. Ut enim pictores et ii qui signa fabricantur, et vero
etiam poetæ, suum quisque opus a vulgo considerari vult, ut, si
quid reprehensum sit a pluribus, id corrigatur, hique et secum
et cum aliis quid in eo peccatum sit exquirunt : sic aliorum
judicio permulta nobis et facienda et non facienda, et mutanda
et corrigenda sunt. Quæ vero more aguntur institutisque civilibus, de iis nihil est præcipiendum. Illa enim ipsa præcepta

servir pour nous corriger de nos défauts, c'est de les contrefaire
devant nous.

Avant de prendre parti sur des choses qui paraissent douteuses, il
est bon de consulter ceux qui ont de l'étude ou de l'expérience, et de
leur demander avis, de quelque sorte de devoirs qu'il s'agisse. Car la
plupart des hommes vont d'ordinaire d'eux-mêmes où la nature les
conduit. Mais il ne faut pas seulement faire attention à ce qu'on nous
dit ; il faut tâcher de pénétrer ce que chacun pense, et pourquoi il
pense comme il fait. Les peintres, les sculpteurs, et même les poëtes,
sont très-aises d'exposer leurs ouvrages aux yeux du public, et,
lorsque plusieurs se rencontrent à trouver une même chose défectueuse, ils tâchent de découvrir, et par leurs propres lumières, et
par celles des autres, d'où peut venir le défaut, et ne manquent pas
de le corriger ; de même il faut que le jugement des autres nous serve
de règle pour nous déterminer à faire ou ne pas faire, à changer et à
corriger bien des choses. Il n'y a point de préceptes à donner sur ce

quorum magistri	dont les maîtres
imitantur vitia,	imitent les défauts,
causa emendandi.	en vue de *les* rectifier.
Nec vero est alienum	Et en vérité il n'est pas mal-à-propos
ad eligenda ea	pour choisir ces choses
quæ afferunt dubitationem,	qui apportent du doute,
adhibere homines doctos,	d'employer des hommes instruits,
vel etiam peritos usu,	ou encore expérimentés par la pratique,
et exquirere	et de, s'informer
quid placeat his	quelle chose plaît à ceux-ci
de quoque genere officii.	sur chaque genre de devoir.
Major enim pars	En effet la plus grande partie
solet deferri eo,	a-coutume de se porter là,
quo deducitur a natura ipsa.	où elle est conduite par la nature même.
In quibus videndum est	Dans lesquels il faut voir
non modo	non seulement
quid quisque loquatur,	quelle chose chacun dit,
sed etiam	mais encore
quid quisque sentiat,	quelle chose chacun pense,
atque etiam	et encore
de qua causa	sur quel motif
quisque sentiat.	chacun pense *ainsi*.
Ut enim pictores,	En effet comme les peintres,
et ii qui fabricantur signa,	et ceux qui font des statues,
et vero etiam poetæ,	et en vérité aussi les poëtes,
quisque vult suum opus	chacun veut son ouvrage
considerari a vulgo,	être examiné par le public,
ut, si quid reprehensum sit	afin que, si quelque chose a été repris
a pluribus,	par les plus nombreux,
id corrigatur,	cela soit corrigé,
hique et secum	et ceux-ci et avec eux-mêmes
et cum aliis	et avec les autres
exquirunt	recherchent
quid peccatum sit in eo :	quelle chose a été faite-avec-faute en cela :
sic permulta	ainsi de très-nombreuses choses
et facienda sunt,	et doivent être faites,
et non facienda,	et ne doivent pas être faites,
et mutanda,	et doivent être changées,
et corrigenda nobis,	et doivent être corrigées à (par) nous,
judicio aliorum.	d'après le jugement d'autres. [tume
Quæ vero aguntur more	Mais les choses qui se font d'après la cou-.
institutisque civilibus,	et les institutions civiles,
nihil præcipiendum est	rien ne doit être prescrit
de iis.	sur elles.
Illa enim ipsa	Ces choses en effet elles-mêmes
sunt præcepta :	sont des préceptes :
nec oportet	et il ne faut pas

sunt; nec quemquam hoc errore duci oportet, ut, si quid Socrates aut Aristippus[1] contra morem consuetudinemque civilem
fecerint locutive sint, idem sibi arbitretur licere. Magnis illi
et divinis bonis hanc licentiam assequebantur. Cynicorum
vero ratio tota est ejicienda; est enim inimica verecundiæ,
sine qua nihil rectum esse potest, nihil honestum. Eos autem,
quorum vita perspecta in rebus honestis atque magnis est,
bene de republica sentientes ac bene meritos aut merentes,
sicut aliquo honore aut imperio affectos observare et colere
debemus; tribuere etiam multum senectuti, cedere iis qui
magistratum habebunt; habere delectum civis et peregrini;
in ipsoque peregrino privatimne an publice venerit; ad summam, ne agam de singulis, communem totius generis hominum conciliationem et consociationem colere, tueri, servare
debemus.

qui est réglé par les lois et les coutumes de chaque peuple, puisque
les lois mêmes et les usages nous tiennent lieu de préceptes sur cela.
Or, que sous prétexte qu'il est échappé à Socrate ou à Aristide quelque mot ou quelque action contraire aux lois et aux coutumes de
leur pays, nous crussions pouvoir nous donner la même liberté, ce
serait nous tromper beaucoup : c'est comme une licence que ces
hommes divins s'étaient acquise par le grand bien qu'ils avaient
fait. Quant aux maximes des cyniques, il faut les rejeter absolument,
puisqu'elles vont directement contre la pudeur, sans laquelle il n'y a
ni vertu ni honnêteté. Il est du devoir d'un honnête homme d'honorer
et de respecter ceux dont la vie a été estimable et utile, ceux qui
n'ont que des vues et des intentions droites sur ce qui regarde la république ; ceux qui l'ont servie ou qui la servent actuellement, et
ceux qui ont passé par les charges et les commandements ; de témoigner beaucoup de déférence aux vieillards, de céder aux magistrats, de savoir faire la différence du citoyen et de l'étranger, et,
entre les étrangers mêmes, celle d'un particulier qui vient de son
chef ou d'un homme qui est revêtu d'une mission publique ; enfin,
pour ne pas entrer dans un plus grand détail, d'observer inviolable-
ment et de maintenir l'union générale et la société commune du
genre humain.

quemquam duci	qui-que-ce-soit être entraîné
hoc errore,	par cette erreur,
ut, si Socrates	que, si Socrate
aut Aristippus	ou Aristippe
fecerint locutive sint quid	ont fait ou ont dit quelque chose
contra morem [lem,	contre l'usage
consuetudinemque civi-	et la coutume civile,
arbitretur	il juge
idem licere sibi.	la même chose être permise à lui.
Illi assequebantur	Ceux-là arrivaient à (obtenaient)
hanc licentiam	cette licence [avaient faits.
bonis magnis et divinis.	par les biens grands et divins qu'ils
Ratio vero cynicorum	Mais la doctrine des cyniques
ejicienda est tota :	doit être rejetée tout-entière :
est enim inimica	en effet elle est ennemie
verecundiæ,	de la pudeur,
sine qua	sans laquelle
nihil potest esse rectum,	rien ne peut être droit,
nihil honestum.	rien honnête.
Eos autem quorum vita	D'autre-part ceux dont la vie
perspecta est	a été éprouvée
in rebus honestis	dans des choses honnêtes
atque magnis,	et grandes,
sentientes bene	pensant bien
de republica,	touchant la république,
ac meritos	et ayant mérité
aut merentes bene,	ou méritant bien,
debemus observare	nous devons les respecter
et colere sic	et les honorer ainsi
ut affectos aliquo honore	comme pourvus de quelque dignité
aut imperio ;	ou de quelque commandement ;
tribuere etiam multum	accorder en outre beaucoup
senectuti ;	à la vieillesse ;
cedere iis	céder à ceux
qui habebunt magistratum;	qui auront une magistrature;
habere delectum	tenir (faire) une différence
civis et peregrini ;	du citoyen et de l'étranger ;
in peregrinoque ipso,	et dans l'étranger lui-même,
veneritne privatim	s'il est venu en-simple-particulier
an publice ;	ou avec-un-caractère-public ;
ad summam,	en résumé, [à-une,
ne agam de singulis,	pour que je ne traite pas des choses une
debemus colere,	nous devons respecter,
tueri, servare	défendre, maintenir
conciliationem [nem	l'union
et consociationem commu-	et la société commune
totius generis hominum.	de toute la race des hommes.

XLII. Jam de artificiis et quæstibus, qui liberales habendi, qui sordidi sint, hæc fere accepimus. Primum improbantur ii quæstus qui in odia hominum incurrunt, ut portitorum, ut fœneratorum. Illiberales autem et sordidi quæstus mercenariorum omniumque quorum operæ, non quorum artes emuntur. Est enim in illis ipsa merces auctoramentum servitutis. Sordidi etiam putandi qui mercantur a mercatoribus quod statim vendant; nihil enim proficiunt, nisi admodum mentiantur; nec vero quidquam est turpius vanitate. Opificesque omnes in sordida arte versantur : nec enim quidquam ingenuum potest habere officina. Minimeque artes hæ probandæ, quæ ministræ sunt voluptatum ,

  Cetarii, lanii, coqui, fartores, piscatores¹,

ut ait Terentius. Adde his, si placet, unguentarios, saltatores, totumque ludum talarium.

Quibus autem artibus aut prudentia major inest aut non

XLII. Quant aux arts et aux gains qu'ils procurent, voici, en général, quels sont ceux qui passent pour libéraux, et ceux qui passent pour serviles. D'abord on désapprouve les métiers qui attirent la haine publique; tel est celui des usuriers et des collecteurs d'impôts. On doit encore regarder comme bas le profit de tous ceux dont on paye la peine, et non le talent : car quiconque vend son travail se vend lui-même, et se met au rang des esclaves. Il en faut dire autant de ceux qui prennent des gros marchands pour revendre sur-le-champ à plus haut prix, puisqu'ils ne gagnent qu'à force de mentir et qu'il n'y a rien de plus honteux que le mensonge. Tous les métiers d'artisans sont bas et serviles; une boutique est indigne d'un homme libre. Enfin on ne saurait avoir que du mépris pour toutes ces sortes de gens qui sont comme les ministres de la volupté : tels sont les poissonniers, les bouchers, les cuisiniers, les charcutiers, les pêcheurs, comme dit Térence; et l'on peut y ajouter les parfumeurs, les danseurs, et tous ceux qui tiennent des académies de jeux de hasard.

Quant aux professions qui exigent plus de savoir et sont d'une

XLII. Jam
accepimus
fere hæc
de artificiis et quæstibus,
qui habendi liberales,
qui sint sordidi.
Primum ii quæstus,
qui incurrunt in odia
hominum,
ut portitorum,
ut fœneratorum,
improbantur.
Quæstus autem
mercenariorum,   [ræ,
omniumque quorum ope-
non quorum artes emuntur,
illiberales et sordidi.
Merces enim ipsa
est illis
auctoramentum servitutis.
Putandi etiam sordidi,
qui mercantur
a mercatoribus
quod vendant statim :
proficiunt enim nihil,
nisi mentiantur admodum ;
nec vero est quidquam
turpius vanitate.
Omnesque opifices
versantur in arte sordida :
nec enim officina
potest habere
quidquam ingenuum.
Hæque artes
probandæ minime,
quæ sunt ministræ
voluptatum,
« cetarii, lanii,
coqui, fartores,
piscatores, »
ut ait Terentius.
Adde huc, si placet,
unguentarios, saltatores,
omnemque ludum
talarium.
Quibus autem artibus
aut prudentia major inest,

XLII. Maintenant
nous avons reçu (on nous a appris)
à peu près ces choses
sur les arts et les gains,   [libéraux,
pour savoir quels doivent être tenus *pour*
quels sont vils.
D'abord ces gains,
qui tombent dans (encourent) les haines
des hommes,
comme *les gains* des exacteurs,
comme *ceux* des usuriers,
sont désapprouvés.
D'autre-part les gains
des mercenaires,
et de tous ceux desquels le travail,
non desquels le talent est acheté,
sont non-libéraux *et* vils.
En effet le salaire lui-même
est à eux
le prix de la servitude.
Ils doivent aussi être réputés vils,
ceux qui achètent
des marchands
une marchandise qu'ils revendent aussitôt :
en effet ils *ne* profitent en rien,
à moins qu'ils *ne* mentent beaucoup ;
et en vérité il n'est rien
de plus honteux que la tromperie.
Et tous les ouvriers
vivent dans un métier vil :
et en effet une boutique
ne peut pas avoir   [libre.
quoi-que-ce-soit de digne-d'un-homme-
Et ces métiers
ne doivent être approuvés nullement,
qui sont les ministres
des voluptés,
« poissonniers, bouchers,
cuisiniers, charcutiers,
pêcheurs, »
comme dit Térence.
Ajoute ici (à cela), si *cela te* plaît,
les parfumeurs, les danseurs,
et toute l'école
de-dés.
Mais *les métiers* dans lesquels métiers
ou une science plus grande est,

mediocris utilitas quæritur, ut medicina, ut architectura, ut doctrina rerum honestarum, hæ sunt iis quorum ordini conveniunt honestæ. Mercatura autem, si tenuis est, sordida putanda est; sin magna et copiosa, multa undique apportans multisque sine vanitate impertiens, non est admodum vituperanda. Atque etiam, si satiata quæstu, vel contenta potius, ut sæpe ex alto in portum, ex ipso portu se in agros possessionesque contulerit, videtur jure optimo posse laudari. Omnium autem rerum ex quibus aliquid acquiritur, nihil est agricultura melius, nihil uberius, nihil dulcius, nihil homine libero dignius. De qua quoniam in Catone majore ¹ satis multa diximus, illinc assumes quæ ad hunc locum pertinebunt.

grande utilité, comme la médecine et l'architecture, elles peuvent être exercées sans déshonneur par ceux au rang de qui elles conviennent. Le commerce est ignoble, s'il se fait au détail; s'il se fait en grand, au contraire, s'il amène l'abondance, s'il est profitable au grand nombre et exempt de fraude, on ne saurait le blâmer. Si le commerçant, lorsqu'il s'est enrichi, ou plutôt qu'il est content de sa fortune, se retire du port dans les champs, comme souvent il s'est retiré de la mer dans le port, et y apporte ses richesses, il me semble même avoir droit à des éloges. Mais de tous les moyens de s'enrichir, il n'y en a point de meilleur, de plus utile, de plus agréable, ni de plus digne d'un honnête homme, que l'agriculture. C'est une matière que j'ai traitée amplement dans le livre où je fais parler le vieux Caton, et vous y trouverez sur ce sujet tout ce qu'on peut désirer.

aut utilitas non mediocris	ou une utilité non médiocre
quæritur,	est cherchée,
ut medicina,	comme la médecine,
ut architectura,	comme l'architecture,
ut doctrina	comme l'enseignement
rerum honestarum;	des choses honnêtes,
hæ sunt honestæ	ceux-ci sont honnêtes
iis ordini quorum	pour ceux au rang desquels
conveniunt.	ils conviennent.
Mercatura autem,	D'autre-part le commerce,
si est tenuis,	s'il est mince (fait en petit),
putanda est sordida;	doit être réputé vil ;
sin magna	si-au-contraire *il est* grand
et copiosa,	et abondant,
apportans multa	apportant beaucoup de choses
undique,	de-toutes-parts,
impartiensque multis	et *les* répartissant à beaucoup
sine vanitate,	sans tromperie,
non est	il n'est pas
admodum vituperanda.	grandement à-blâmer.
Atque etiam,	Et même,
si satiata quæstu,	si rassasié de gain,
vel potius contenta,	ou plutôt content, [mer
ut sæpe ex alto	comme souvent *il s'est retiré* de la haute
in portum,	dans le port,
se contulerit	il s'est transporté (se retire)
ex portu ipso	du port même
in agros	dans des champs
possessionesque,	et des domaines,
videtur posse laudari	il paraît pouvoir être loué
jure optimo.	du droit le meilleur.
Omnium autem rerum	Mais de toutes les choses (professions,
ex quibus	desquelles
aliquid acquiritur,	quelque chose est acquis,
nihil est melius	rien n'est meilleur
agricultura,	que l'agriculture,
nihil uberius,	rien plus fécond,
nihil dulcius,	rien plus doux,
nihil dignius	rien plus digne
homine libero.	d'un homme libre.
De qua	Sur laquelle
quoniam diximus	puisque nous avons dit
satis multa	des choses assez nombreuses
in Catone majore,	dans Caton l'ancien,
assumes illinc	tu prendras de là *les choses*
quæ pertinebunt	qui se rapporteront
ad hunc locum.	à cet endroit-ci.

XLIII. Sed ab iis partibus quæ sunt honestatis quemadmodum officia ducerentur, satis expositum videtur. Eorum autem ipsorum quæ honesta sunt potest incidere sæpe contentio et comparatio de duobus honestis utrum honestius; qui locus a Panætio est prætermissus. Nam quum omnis honestas manet a partibus quatuor, quarum una sit cognitionis, altera communitatis, tertia magnanimitatis, quarta moderationis, hæ in deligendo officio sæpe inter se comparentur necesse est. Placet igitur aptiora esse naturæ ea officia quæ ex communitate, quam ea quæ ex cognitione ducantur; idque hoc argumento confirmari potest, quod, si contigerit ea vita sapienti, ut in omnium rerum affluentibus copiis, quamvis omnia quæ cognitione digna sint summo otio secum ipse consideret et contem-

XLIII. Je crois avoir assez montré comment nos devoirs découlent des différentes sources de l'honnêteté. Mais il y a une infinité d'occasion où plusieurs choses honnêtes se trouvent en concurrence, et il faut nécessairement alors en faire la comparaison, pour déterminer laquelle est la plus honnête : c'est ce que Panétius a oublié de traiter. En effet, puisque toute honnêteté dérive de quatre sources, dont l'une est la prudence, l'autre la justice, la troisième la magnanimité, et la quatrième la modération, il est souvent nécessaire de les comparer pour choisir entre les devoirs. Ainsi l'on admet que les devoirs que la justice prescrit sont plus essentiels et plus conformes à la nature que ceux qui roulent sur la recherche de la vérité ; et voici, ce me semble, par où il est aisé de le prouver. Supposons qu'un sage se trouve dans une situation où il ait abondance de toutes choses, et où il jouisse d'un repos et d'un loisir qui lui permette de méditer et de considérer tout ce qui mérite le plus que nous désirions le con-

XLIII. Sed videtur
expositum satis
quemadmodum officia
ducerentur
ab iis partibus
quæ sunt honestatis.
Contentio autem
et comparatio
eorum ipsorum,
quæ sunt honesta,
potest incidere sæpe,
de duobus honestis
utrum honestius ;
qui locus
prætermissus est
a Panætio,
Nam quum omnis honestas
manet a quatuor partibus,
quarum una
sit cognitionis,
altera communitatis,
tertia magnanimitatis,
quarta moderationis ;
est necesse
hæ comparentur sæpe
inter se
in deligendo officio.
Placet igitur
ea officia,
quæ ducantur
ex communitate,
esse aptiora naturæ
quam ea
quæ ex cognitione ;
idque potest confirmari
hoc argumento,
quod, si ea vita
contigerit sapienti,
ut in copiis affluentibus
omnium rerum,
quamvis ipse
consideret secum
et contempletur
summo otio
omnia
quæ sint digna cognitione;
tamen, si solitudo

XLIII. Mais il semble
avoir été exposé assez
comment les devoirs
se tiraient
de ces parties
qui sont celles de l'honnêteté.
Mais une confrontation
et une comparaison
de ces choses mêmes,
qui sont honnêtes,
peut tomber (se présenter) souvent,
de deux choses honnêtes
laquelle est plus honnête :
lequel lieu (point)
a été omis
par Panétius.
Car puisque toute honnêteté
découle de quatre parties (sources),
desquelles l'une
est de la connaissance
l'autre de la justice,
la troisième de la magnanimité,
la quatrième de la modération ;
il est nécessaire
que celles-ci soient comparées souvent
entre elles
en choisissant (pour choisir) le devoir.
Il plaît (on est d'avis) donc
ces devoirs,
qui sont tirés
de la justice,
être plus conformes à la nature
que ceux
qui sont tirés de la prudence ;
et cela peut être confirmé
par cette preuve,
que, si cette (une telle) vie
était échue au sage,
que dans l'abondance affluant
de toutes choses,
quoique lui-même
considérât avec lui-même
et contemplât
dans le plus grand loisir
toutes les choses
qui sont dignes de connaissance (d'être
cependant, si la solitude   [connues) ;

pletur; tamen, si solitudo tanta sit ut hominem videre non possit, excedat e vita. Princepsque omnium virtutum est illa sapientia quam σοφίαν vocant : prudentiam enim, quam Græci φρόνησιν dicunt, aliam quamdam intelligimus; quæ est rerum expetendarum fugiendarumque scientia. Illa autem sapientia, quam principem dixi, rerum est divinarum atque humanarum scientia; in qua continetur deorum et hominum communitas, et societas ipsorum inter ipsos. Ea si maxima est, ut est certe, necesse est, quod a communitate ducatur officium, id esse maximum. Etenim cognitio contemplatioque naturæ manca quodam modo atque inchoata sit, si nulla actio rerum consequatur. Ea autem actio in hominum commodis tuendis maxime cernitur. Pertinet igitur ad societatem generis humani. Ergo hæc cognitioni anteponenda est. Atque id optimus quisque re

naître; s'il est dans une si grande solitude qu'il ne puisse jamais voir personne, il voudra sortir de la vie. La plus noble de toutes les vertus est cette sagesse que les Grecs appellent σοφία ; par la prudence, qu'ils nomment φρόνησις, nous entendons une autre chose, à savoir la connaissance de ce qu'il faut éviter et de ce qu'il faut rechercher ; tandis que la sagesse, que j'ai appelée la première des vertus, comprend la connaissance de toutes les choses divines et humaines, laquelle renferme les rapports entre les dieux et les hommes, et la société des hommes entre eux. Or, si elle est la plus grande des vertus, comme elle l'est sans doute, il s'ensuit que les devoirs qui regardent la société humaine sont au-dessus de tous les autres. Car la contemplation, la connaissance des choses de la nature est imparfaite et défectueuse, si elle n'aboutit pas à l'action, et l'action qui lui convient le plus est assurément celle qui a le bien des hommes pour objet. La justice appartient donc plus spécialement à la société du genre humain, et on doit, pour cette raison, la préférer à la prudence. C'est ainsi que tous les gens de bien en jugent, et leur con-

sit tanta,	était si-grande,
ut non possit	qu'il ne pût
videre hominem,	voir un homme,
excedat e vita.	il sortirait de la vie.
Illaque sapientia,	Et cette sagesse,
quam Græci vocant σοφία,	que les Grecs appellent σοφία,
est princeps	est la première
omnium virtutum :	de toutes les vertus :
intelligimus enim	car nous comprenons
prudentiam,	la prudence,
quam Græci	que les Grecs
dicunt φρόνησις	disent (nomment) φρόνησις
quamdam aliam ;	comme une certaine autre vertu ;
quæ est scientia	laquelle est la science
rerum expetendarum	des choses à-rechercher
fugiendarumque.	et à-fuir.
Illa autem sapientia,	Mais cette sagesse,
quam dixi principem,	que j'ai dite la première des vertus,
est scientia	est la science
rerum divinarum	des choses divines
atque humanarum :	et humaines :
in qua continetur	dans laquelle est contenue
communitas et societas	la relation et la société
deorum et hominum	des dieux et des hommes
inter ipsos.	entre eux-mêmes.
Si ea maxima est,	Si cette relation est très-grande,
ut est certe,	comme elle l'est certainement,
est necesse id officium,	il est nécessaire ce devoir,
quod ducatur	qui est tiré
a communitate,	de la relation,
esse maximum.	être très-grand.
Etenim cognitio	En effet la connaissance
contemplatioque naturæ	et la contemplation de la nature
sit manca quodam modo	serait manchote en quelque sorte
atque inchoata,	et seulement ébauchée,
si nulla actio rerum	si aucun accomplissement de choses
consequatur.	ne suivait.
Ea autem actio	Or cet accomplissement
cernitur maxime	est vu surtout
in commodis hominum	dans les avantages des hommes
tuendis.	devant être protégés.
Pertinet igitur	Il appartient donc
ad societatem	à la société
generis humani.	du genre humain.
Ergo hæc	En conséquence cette action
anteponenda est cognitioni.	doit être préférée à la connaissance.
Atque quisque optimus	Et tout citoyen très-bon

11

ipsa ostendit et judicat. Quis est enim tam cupidus in perspicienda cognoscendaque rerum natura, ut, si ei tractanti contemplantique res cognitione dignissimas, subito sit allatum periculum discrimenque patriæ, cui subvenire opitularique possit, non illa omnia relinquat atque abjiciat, etiamsi dinumerare se stellas aut metiri mundi magnitudinem posse arbitretur? Atque hoc idem in parentis, in amici re aut periculo fecerit. Quibus rebus intelligitur studiis officiisque scientiæ præponenda esse officia justitiæ quæ pertinent ad hominum utilitatem, qua nihil homini debet esse antiquius

XLIV. Atque illi, quorum studia vitaque omnis in rerum cognitione versata est, tamen ab augendis hominum utilitatibus et commodis non recesserunt. Nam erudiverunt multos, quo meliores cives utilioresque in rebus suis publicis essent;

duite le prouve. Car entre ceux même qui sont le plus attachés à l'étude des choses naturelles, qui est celui qui, au plus fort de son application à ce qu'on doit le plus désirer de connaître, et sur le point même de trouver au juste le nombre des étoiles et les dimensions de toutes les parties de l'univers, ne quitte tout sans hésiter pour courir au secours de sa patrie menacée de quelque accident funeste, et qui n'en fasse autant pour son père ou pour son ami? Voilà par où il est aisé de voir que les devoirs que prescrit la justice, suites naturelles de cette affection que les hommes doivent avoir les uns pour les autres, et qui est toujours au-dessus de tout, sont préférables à ceux qui n'ont pour objet que l'étude des sciences.

LXIV. Aussi ne faut-il pas croire que ceux qui ont passé leur vie à l'étude et à l'acquisition des connaissances aient perdu de vue le bien et les avantages du genre humain. N'est-ce pas par les lumières des gens d'étude que tant de grands personnages sont devenus meilleurs citoyens et plus utiles à la république? C'est ainsi qu'Épami-

ostendit id re ipsa | montre cela par le fait même
et judicat. | et juge *ainsi.*
Quis enim est tam cupidus | Qui en effet est si avide
in perspicienda | à pénétrer
cognoscendaque | et à connaître
natura rerum, | la nature des choses,
ut si ei, | que si à lui,
tractanti contemplantique | maniant (étudiant) et contemplant
res dignissimas cognitione, | les choses les plus dignes de connaissance,
periculum | un danger
discrimenque patriæ | et un moment-critique de la patrie
allatum sit subito, | était apporté (annoncé) tout à coup,
cui possit subvenire | à laquelle *patrie* il puisse venir-en-aide
opitularique, | et porter-secours,
non relinquat | il ne laisse
atque abjiciat | et ne jette
omnia illa, | toutes ces choses,
etiamsi arbitretur | quand même il croirait
se posse dinumerare stellas | lui-même pouvoir compter les étoiles
aut metiri | ou mesurer
magnitudinem mundi ? | la grandeur du monde ?
atque fecerit hoc idem | et il aurait fait (ferait) cela même
in re aut periculo | dans l'affaire ou le danger
parentis, | d'un père,
in amici. | dans *l'affaire ou le danger* d'un ami.
Quibus rebus intelligitur | D'après lesquelles choses il est compris
officia justitiæ | les devoirs de la justice
præponenda esse | devoir être préférés
studiis officiisque scientiæ, | aux études et aux devoirs de la science,
quæ pertinent | lesquels *devoirs de justice* se rapportent
ad utilitatem hominum ; | à l'utilité des hommes ;
qua nihil | en comparaison de laquelle rien
debet esse antiquius | ne doit être plus cher
homini. | à l'homme.

XLIV. Atque illi | XLIV. Et ceux
quorum studia | dont les études
vitaque omnis | et la vie entière
versata est | ont été occupées
in cognitione rerum, | à la connaissance des choses,
tamen non recesserunt | cependant ne se sont pas éloignés
ab utilitatibus | des utilités
et commodis hominum | et des avantages des hommes
augendis. | devant être augmentés.
Nam et erudiverunt multos, | Car et ils *en* ont instruit beaucoup,
quo essent meliores cives | afin qu'ils fussent meilleurs citoyens
utilioresque | et plus utiles   [tries);
in suis rebus publicis | dans leurs affaires publiques (à leurs pa-

ut Thebanum Epaminondam Lysis Pythagoræus, Syracusium
Dionem Plato, multique multos; nosque ipsi, quidquid ad
rempublicam attulimus, si modo aliquid attulimus, a doctori-
bus atque a doctrina instructi ad eam et ornati accessimus.
Neque solum vivi atque præsentes studiosos discendi erudiunt
atque docent, sed hoc idem etiam post mortem monumentis
litterarum assequuntur. Nec enim locus ullus prætermissus
est ab iis, qui ad leges, qui ad mores, qui ad disciplinam
reipublicæ pertineret : ut otium suum ad nostrum negotium
contulisse videantur.

Ita illi ipsi, doctrinæ studiis et sapientiæ dediti, ad hominum utilitatem suam intelligentiam prudentiamque potissimum
conferunt. Ob eamque causam eloqui copiose, modo prudenter,
melius est quam vel acutissime sine eloquentia cogitare, quod

nondas de Thèbes fut formé par le pythagoricien Lysis, Dion de Syracuse par Platon, et tant d'autres. Nous-mêmes, nous n'avons servi
utilement la république, si toutefois nous pouvons dire que nous
l'ayons utilement servie, que grâce aux préceptes de nos maîtres et
aux connaissances dont ils ornèrent notre esprit. Et non-seulement
ces grands génies instruisent pendant leur vie ceux qui sont désireux
d'apprendre; ils continuent de le faire après leur mort par leurs ouvrages, où ils n'ont rien oublié de tout ce qui regarde les mœurs, les
lois et la conduite de la vie : ainsi on peut dire que c'est à nos intérêts qu'ils ont consacré leurs loisirs.

Ainsi les hommes mêmes qui s'appliquent tout entiers à l'étude
des sciences et de la sagesse, rapportent au bien de la société humaine tout ce qu'ils ont de lumières et de connaissances. De tout ce
que nous venons de dire, il s'ensuit que l'éloquence, quand elle est
accompagnée de la prudence, est préférable aux spéculations les plus
ingénieuses de ceux qui n'ont pas le don de la parole : car toutes ces
spéculations sont renfermées dans la pensée, au lieu que par l'élo-

ut Lysis	comme Lysis
Pythagoræus	le Pythagoricien
Thebanum Epaminondam,	a *instruit* le Thébain Epaminondas,
Plato	Platon a *instruit*
Dionem Syracusium,	Dion de-Syracuse,
multique multos ;	et beaucoup *ont instruit* beaucoup ;
nosque ipsi,	et nous-mêmes,
quidquid attulimus	tout ce que nous avons apporté
ad rempublicam	à la république
(si modo	(si toutefois
attulimus aliquid),	nous avons apporté quelque chose),
accessimus ad eam	nous nous sommes approchés vers elle
instructi et ornati	munis et équipés
a doctoribus	par *nos* maîtres
atque a doctrina.	et par la science.
Neque solum	Et non-seulement
vivi atque præsentes	vivants et présents
erudiunt atque docent	ils instruisent et enseignent
studiosos discendi ;	les *hommes* désireux d'apprendre,
sed assequuntur hoc idem	mais ils arrivent à cela même
etiam post mortem	encore après la mort
monumentis litterarum.	par les monuments des lettres.
Nec enim ullus locus	Et en effet aucun endroit (point)
prætermissus est ab iis,	n'a été omis par eux,
qui pertineret ad leges,	qui eût-rapport aux lois,
qui ad mores,	qui *eût rapport* aux mœurs,
qui ad disciplinam	qui *eût rapport* au système
reipublicæ :	de la république :
ut videantur	de-sorte-qu'ils paraissent
contulisse suum otium	avoir appliqué (consacré) leur loisir
ad nostrum negotium.	à nos occupations.
Ita illi ipsi	Ainsi ces *hommes* mêmes
dediti studiis doctrinæ	adonnés aux études de la science
et sapientiæ,	et de la sagesse,
conferunt potissimum	appliquent de-préférence
suam intelligentiam	leur intelligence
prudentiamque	et *leur* prudence
ad utilitatem hominum.	à l'utilité des hommes.
Ob eamque causam	Et pour cette cause
est melius	il est meilleur
eloqui copiose,	de s'exprimer avec-abondance,
modo prudenter,	pourvu-que *ce soit* avec-prudence,
quam cogitare	que de penser
vel acutissime	même d'une-manière-très-pénétrante
sine eloquentia :	sans éloquence :
quod cogitatio	parce que la pensée
vertitur ipsa in se ;	roule elle-même en elle-même ;

cogitatio in se ipsa vertitur, eloquentia complectitur eos quibuscum communitate juncti sumus.

Atque ut apum examina non fingendorum favorum causa congregantur, sed, quum congregabilia natura sint, fingunt favos, sic homines, ac multo etiam magis, natura congregati, adhibent agendi cogitandique solertiam. Itaque nisi ea virtus, quæ constat ex hominibus tuendis, id est ex societate generis humani, attingat rerum cognitionem, solivaga cognitio et jejuna videatur; itemque magnitudo animi, remota communitate conjunctioneque humana, feritas sit quædam et immanitas. Ita fit ut vincat cognitionis studium consociatio hominum atque communitas. Nec verum est quod dicitur a quibusdam¹, propter necessitatem vitæ, quod ea quæ natura desideraret consequi sine aliis atque efficere non possemus, idcirco istam esse cum hominibus communitatem et societa-

quence on se communique à ceux avec qui l'on est uni par les liens de la société.

Ce n'est pas précisément pour former des ruches que les abeilles s'assemblent; mais, portées par la nature à s'assembler, elles construisent leurs rayons : de même les hommes, que la nature unit encore davantage, mettent en commun leurs pensées et leurs actions. Il est donc clair que, si cette vertu qui tend à maintenir la société humaine n'influe pas sur l'amour des connaissances, cette passion de savoir n'est plus qu'une vaine et utile curiosité. Il en est de même de la force; si elle ne se rapporte au bien de la société humaine, c'est plutôt férocité que vertu. Concluons donc que ce qui va à maintenir la société humaine est beaucoup au-dessus de l'étude et des connaissances. Et il ne faut pas écouter ceux qui disent que la société humaine doit son existence à la nécessité, c'est-à-dire à l'impossibilité où nous aurions été de faire et de nous procurer, sans secours étranger, tout ce que demande la nature, et que, si quelque baguette de fée

eloquentia	l'éloquence
complectitur eos	embrasse ceux
quibuscum	avec lesquels
sumus juncti communitate.	nous sommes unis par la société.
Atque ut examina apum	Et comme les essaims d'abeilles
non congregantur	ne s'assemblent pas
causa	en vue
fingendorum favorum,	de fabriquer des rayons,
sed, quum sint	mais, comme ils sont
congregabilia	disposés-à-s'assembler
natura,	de *leur* nature,
fingunt favos,	fabriquent des rayons,
sic, ac multo magis etiam,	ainsi, et beaucoup plus encore,
homines,	les hommes,
congregati natura,	rassemblés par la nature,
adhibent solertiam	apportent *en commun leur* industrie
agendi cogitandique.	d'agir et de penser.
Itaque nisi ea virtus,	C'est-pourquoi si cette vertu,
quæ constat	qui se forme
ex hominibus tuendis,	des hommes à-protéger,
id est ex societate	c'est-*à-dire* de la société
generis humani,	du genre humain,
attingat	ne touchait pas
cognitionem rerum,	à la connaissance des choses,
videatur	elle paraîtrait [lement
cognitio solivaga	une connaissance marchant-dans-l'iso-.
et jejuna.	et à-jeun (stérile).
Itemque magnitudo animi,	Et de-même la grandeur d'âme,
remota communitate	séparée de l'association
conjunctioneque humana,	et de l'union humaine,
sit quædam feritas	serait une certaine (sorte de) sauvagerie
et immanitas.	et férocité.
Ita fit	Ainsi il se fait
ut consociatio	que l'association
atque communitas	et la communauté
hominum	des hommes
vincat	soit-supérieure
studium cognitionis.	à l'ardeur de la connaissance.
Nec est verum,	Et *ceci* n'est pas vrai,
quod dicitur a quibusdam,	qui est dit par quelques-uns,
propter necessitatem vitæ,	à-cause-de la nécessité de la vie,
quod non possemus	parce que nous ne pouvions pas
consequi sine aliis	atteindre (nous procurer) sans d'autres
atque efficere ea	et exécuter ces choses
quæ natura desideraret,	que la nature désirait,
idcirco	pour-cela
istam communitatem	cette communauté

tem; quod si omnia nobis, quæ ad victum cultumque pertinent, quasi virgula divina, ut aiunt, suppeditarentur, tum
optimo quisque ingenio, negotiis omnibus omissis, totum se
in cognitione et scientia collocaret. Non est ita. Nam et solitudinem fugeret, et socium studii quæreret; tum docere vellet,
tum discere, tum audire, tum dicere. Ergo omne officium
quod ad conjunctionem hominum et ad societatem tuendam
valet, anteponendum est illi officio quod cognitione et scientia continetur.

XLV. Illud forsitan quærendum sit, num hæc communitas,
quæ maxime est apta naturæ, sit etiam moderationi modestiæque semper anteponenda. Non placet. Sunt enim quædam
partim ita fœda, quædam partim ita flagitiosa, ut ea ne conservandæ quidem patriæ causa sapiens facturus sit. Ea Posidonius[1] collegit permulta, sed ita tetra quædam, ita obscena,

---

nous fournissait à point nommé tout ce qui est indispensable pour la
subsistance et pour les commodités de la vie, alors tout homme d'un
bon esprit, sans s'embarrasser dans aucune sorte d'affaires, s'appli-
querait tout entier à l'étude des sciences. Il s'en faut bien que cela
soit ainsi; il fuirait la solitude, il voudrait un compagnon de ses
travaux; il voudrait tantôt enseigner, tantôt apprendre, tantôt parler, tantôt écouter. Il est donc bien vrai que les devoirs qui ont rapport au maintien de la société humaine sont préférables à ceux qui
n'ont pour objet que les sciences et les connaissances.

XLV. On demandera peut-être si ces sortes de devoirs qui tendent
au maintien de la société, et qui sont si propres à notre nature, doivent aussi être préférés à ceux que la modestie et la pudeur prescrivent. C'est de quoi je ne saurais convenir. Car il est des choses si
honteuses, si infâmes, qu'il n'y a point d'honnête homme qui les
voulût faire, même pour sauver sa patrie. Posidonius en a fait une
longue énumération; mais il y en a de si honteuses, de si obscènes,

et societatem — et *cette* société

esse cum hominibus; — être avec les hommes;

quod si omnia — parce que si toutes les choses

quæ pertinent — qui ont-rapport

ad victum cultumque — au vivre et à l'entretien

suppeditarentur nobis — étaient fournies à nous

virgula divina, — par une baguette divine,

ut aiunt, — comme on dit,

tum quisque — alors tout *homme*

optimo ingenio, — d'un excellent esprit,

omnibus negotiis omissis, — toutes les affaires étant laissées-de-côté,

se collocaret totum — se mettrait (livrerait) tout-entier

in cognitione et scientia. — dans (à) la connaissance et la science.

Non est ita : — Il n'*en* est pas ainsi :

nam et fugeret solitudinem — car et il fuirait la solitude,   [étude ;

et quæreret socium studii ; — et il chercherait un compagnon de *son*

vellet tum docere, — il voudrait tantôt enseigner,

tum discere, — tantôt apprendre,

tum audire, tum dicere. — tantôt écouter, tantôt parler.

Ergo omne officium, — Donc tout devoir,

quod valet — qui a-de-la-valeur

ad tuendam conjunctionem — pour maintenir l'union

hominum — des hommes

et ad societatem, — et pour *maintenir leur* société,

anteponendum est — doit être préféré

illi officio, — à ce devoir,

quod continetur cognitione — qui est enfermé dans la connaissance

et scientia. — et la science.

  XLV. Illud forsitan — XLV. Ceci peut-être

quærendum sit, — devrait être cherché,

num hæc communitas, — si cette communauté,

quæ est maxime apta — qui est le plus propre

naturæ, — à *notre* nature,

anteponenda sit semper — doit être préférée toujours

etiam moderationi — même à la modestie

modestiæque. — et à la pudeur.

Non placet : — *Cela* ne *nous* plaît pas :

quædam enim sunt — certaines choses en effet sont

partim ita fœda, — en-partie tellement honteuses,

partim ita flagitiosa, — en-partie tellement infâmes,

ut sapiens facturus sit ea — que le sage *ne* ferait elles

ne causa quidem — pas même en vue

conservandæ patriæ. — de sauver la patrie.

Posidonius — Posidonius

collegit ea permulta, — a rassemblé ces choses fort-nombreuses,

sed quædam ita tetra, — mais quelques-unes si affreuses,

ita obscena, — si obscènes,

••

ut dictu quoque videantur turpia. Hæc igitur non suscipiet quisquam reipublicæ causa; ne res quidem publica pro se suscipi volet. Sed hoc commodius se res habet, quod non potest accidere tempus ut intersit reipublicæ quidquam illorum facere sapientem.

Quare hoc quidem effectum sit, in officiis deligendis id genus officiorum excellere, quod teneatur hominum societate. Etenim cognitionem prudentiamque sequetur considerata actio. Ita fit ut agere considerate pluris sit quam cogitare prudenter. Atque hæc quidem hactenus. Patefactus est enim locus ipse, ut non sit difficile in exquirendo officio, quod cuique sit præponendum, videre. In ipsa autem communitate sunt gradus officiorum, ex quibus quid cuique præstet intelligi possit : ut prima diis immortalibus, secunda patriæ, tertia parentibus, deinceps gradatim reliquis debeantur. Quibus ex rebus breviter disputatis intelligi potest non solum

que je rougirais de les rapporter. On ne les fera donc jamais pour la république; jamais d'ailleurs la république ne voudra qu'on les fasse pour elle. La nature en a bien mieux ordonné : il ne peut point se présenter de circonstance où il soit utile à la patrie qu'un honnête homme se déshonore.

Il est donc constant que, quand il sera question de se déterminer sur différents devoirs, on devra préférer ceux qui vont au bien de la société humaine. Une action sage devant être le résultat de toute science et de toute prudence, concluons-en qu'il vaut mieux bien faire que bien parler. Mais en voilà assez sur ce sujet; il ne sera pas difficile, après ce que nous avons dit, de choisir entre des devoirs différents, et de distinguer lequel doit être préféré aux autres. Mais entre ceux mêmes qui regardent la société humaine, il y a différents degrés, et il est évident pour tout le monde que ce que nous devons aux dieux immortels passe avant tout; ce que nous devons à la patrie vient après; ensuite ce que nous devons à nos pères et à nos mères, et ainsi du reste. Le peu que nous avons dit fait voir assez clairement

ut videantur turpia	qu'elles paraissent honteuses
dictu quoque.	à être dites (à dire) aussi.
Non suscipiet igitur hæc	Il n'entreprendra donc pas ces choses
causa reipublicæ;	en vue de la république;
ne respublica quidem volet	pas même la république ne voudra
suscipi pro se.	*ces choses* être entreprises pour elle.
Sed res se habet	Mais la chose se trouve
hoc commodius,	d'autant plus avantageusement,
quod tempus	qu'une circonstance
non potest accidere,	ne peut pas arriver,
ut intersit reipublicæ	qu'il soit-avantageux à la république
sapientem	le sage
facere quidquam illorum.	faire quoi-que-ce-soit de ces choses.
Quare hoc quidem	C'est-pourquoi que ceci du moins
effectum sit,	ait été produit (démontré),
in officiis deligendis	dans les devoirs à-choisir
id genus officiorum	cette sorte de devoirs
excellere,	l'emporter,
quod teneatur	qui se rattache
societate hominum.	à la société des hommes.
Etenim actio considerata	En effet l'action réfléchie
sequitur cognitionem	suit la connaissance
prudentiamque.	et la prudence.
Ita fit	Ainsi il se fait
ut agere considerate	que agir d'une-manière-réfléchie
sit pluris	est de plus *de prix*
quam cogitare prudenter.	que penser avec-prudence.
Atque hæc quidem	Et ces choses à la vérité
hactenus :	*iront* jusqu'ici (sont assez exposées) :
locus enim ipse	en effet le lieu (ce point) lui-même
patefactus est,	a été découvert (éclairci),
ut in exquirendo officio	de-sorte qu'en recherchant le devoir
non sit difficile videre	il ne soit pas difficile de voir
quod præponendum sit	lequel doit être préféré
cuique.	à (par) chacun.
In communitate autem ipsa	Mais dans la communauté même
sunt gradus officiorum,	il y a des degrés de devoirs,
ex quibus possit intelligi	d'après lesquels il puisse être compris
quid præstet cuique :	quelle chose l'emporte pour chacun :
ut prima debeantur	de-sorte-que les premiers *devoirs* soient
diis immortalibus,	aux dieux immortels, [dus
secunda patriæ,	les seconds à la patrie,
tertia parentibus,	les troisièmes aux parents,
deinceps reliquis gradatim.	ensuite à tous-les-autres par-degrés.
Ex quibus rebus	D'après lesquelles choses
disputatis breviter	exposées brièvement
potest intelligi	il peut être compris

id homines solere dubitáre, honestumne an turpe sit, sed etiam,
duobus propositis honestis, utrum honestius. Hic locus a Pa-
næbio est , ut supra dixi, prætermissus. Sed jam ad reliqua
pergamus. ,

que non-seulement on peut être en doute si une chose est honnête
ou non, mais entre deux choses honnêtes, laquelle doit être préférée.
Panétius, comme je l'ai déjà dit, a oublié cette question. Mais il est
temps de poursuivre.

homines solere dubitare	les hommes avoir-coutume de douter
non solum id,	non-seulement de ceci,
sitne honestum an turpe,	si *une chose* est honnête ou honteuse,
sed etiam,	mais encore,
duobus honestis	deux choses honnêtes
propositis,	étant proposées,
utrum honestius.	laquelle des deux *est* la plus honnête.
Hic locus, ut dixi supra,	Ce point, comme j'ai dit ci-dessus,
prætermissus est	a été omis
a Panætio.	par Panétius.
Sed pergamus jam	Mais marchons dès-à-présent
ad reliqua.	vers le reste.

NOTES

SUR LE PREMIER LIVRE.

Page 10 : 1. Ce traité fut commencé sous le cinquième consulat de Jules-César et sous celui d'Antoine, l'an de Rome 709, quarante-quatre ans avant Jésus-Christ. Cicéron avait alors soixante-trois ans. Il fut terminé en novembre de la même année.

Voici ce que Cicéron dit lui-même de son ouvrage (*Lettres à Atticus*, XVI, XI : « J'ai renfermé dans les deux premiers livres *des Devoirs* ce que Panétius a mis en trois. Quant au titre, je ne doute point que notre *officium* ne réponde au καθῆκον des Grecs; mais *de Officiis* est une expression plus pleine. J'adresse l'ouvrage à mon fils, il m'a paru que cela convenait assez. »

Ce fils donna dans sa jeunesse les plus belles espérances. Après la mort de Pompée, son père l'envoya à Athènes pour s'y perfectionner dans l'étude de la philosophie et des lettres, sous Cratippe, le plus célèbre péripatéticien de son temps.

Comme les jeunes gens de tous les siècles, il abusa de sa liberté pour faire de folles dépenses, entraîné surtout par le rhéteur Gorgias, qui, suivant Plutarque, aimait trop le vin et la débauche. « Gorgias, dit le jeune Cicéron, m'était assurément fort utile pour m'exercer à la déclamation ; mais je n'ai rien mis en balance avec les ordres de mon père, qui a voulu absolument que je cessasse de le voir. » (*Lett. fam.*, XVI, XXI.)

Le jeune Cicéron se montra dès lors docile aux avis et aux conseils de son père, et il mérita toujours dans la suite les éloges des principaux citoyens d'Athènes et des Romains que leurs affaires appelaient en Grèce.

A l'âge de vingt ans, Brutus lui donna un commandement dans son armée ; après la mort de ce chef, il alla joindre en Sicile Sextus Pompée, et demeura à la tête de l'un de ses corps de cavalerie (voy. *de Officiis*, II, XIII), jusqu'à ce que Sextus eût obtenu son pardon et se fût réconcilié avec les triumvirs. Dès lors Cicéron rentra dans Rome et se réfugia dans la vie privée.

Il s'y livra quelque temps à l'ivrognerie, et, suivant Pline le naturaliste, Tergilla reproche à Cicéron, fils de l'orateur, la coutume de boire deux conges à la fois, c'est-à-dire plus de sept litres. Il lui reproche encore d'avoir, étant ivre, jeté sa coupe à M. Agrippa, qui tenait le premier rang de l'empire après Auguste. « Mais sans doute, dit-il, Cicéron voulut ravir cette gloire de l'ivresse au meurtrier de son père, car, avant lui, M. Antoine avait ambitionné ce triomphe. »

Auguste néanmoins le fit entrer dans le collége des Augures, et plus tard il le prit pour son collègue dans la dignité de consul. « Sous ce consulat, les statues d'Antoine furent abattues par l'ordre du sénat ; tous ses honneurs furent révoqués, et il fut défendu aux membres de la famille de porter le nom de Marcus. Ainsi, par une tardive justice, le fils de Cicéron acheva sur Antoine la vengeance des dieux. » (Plutarque, *Vie de Cicéron*, LXV.)

Le fils de Cicéron fut ensuite nommé proconsul d'Asie ou de Syrie. A partir de cette époque, l'histoire garde sur lui un profond silence, « et, dit M. Leclerc, il est vraisemblable qu'il mourut avant que la maturité de l'âge et l'expérience des affaires ne lui eussent donné l'occasion de réparer le tort qu'il s'était fait par son intempérance. » (*Note de M. Marchand.*)

— 2. Cratippe de Mitylène, ville de l'île de Lesbos, où il reçut Pompée après la bataille de Pharsale. Voy. Plutarque, *Vie de Pompée*, ch. LXXV.

Page 12 : 1. *Socratici*. Socrate était le maître de Platon, et Platon celui d'Aristote, chef des péripatéticiens, et de Xénocrate, chef des académiciens; Carnéade était le chef de la nouvelle Académie du temps de Cicéron. Cicéron place le souverain bien dans la vertu ; les stoïciens prétendaient que l'on ne doit rechercher que l'honnête ; les péripatéticiens, qu'il faut vivre conformément aux lois de la nature, mais non indépendamment de la vertu. (*Note de M. Marchand.*)

Page 14 : 1. Démétrius de Phalère gouverna Athènes pendant dix ans au nom de Cassandre. Chassé par Antigone et Démétrius Poliorcète, il se retira en Égypte auprès du premier des Ptolémées, et dirigea la bibliothèque d'Alexandrie. Il mourut en 284 avant Jésus-Christ.

Page 18 : 1. *Alio loco*. Voy. le traité *de Finibus bonorum et malorum*, le livre IV des *Tusculanes*.

Page 20 : 1. Ariston de Chio et Hérillus de Carthage, disciples de Pyrrhon d'Élis.

— 2. Panétius de Rhodes, ami du premier Africain.

Page 34 : 1. Platon, *Phèdre*, LXV : Δεινοὺς γὰρ ἂν παρεῖχεν Ἔρωτας, εἴ τι τοιοῦτον ἑαυτῆς ἐναργὲς εἴδωλον παρείχετο εἰς ὄψιν ἰόν.

Page 38 : 1. Sulpicius Gallus, consul en 587 avec Marcellus. Lorsqu'il était tribun des soldats, il rassura les Romains sur une éclipse de lune dans la nuit qui précéda la victoire de Paul-Émile sur Persée, en leur expliquant les causes de ce phénomène.

— 2. Sextus Pompée, frère de Cn. Pompée Strabon, oncle du grand Pompée.

Page 42 : 1. Arpinum, ville des Volsques, patrie de Cicéron ; Tusculum, ville du Latium.

— 2. *Lettre II à Archytas de Tarente* : Ἕκαστος ἡμῶν οὐχ αὐτῷ μόνῳ γέγονεν, ἀλλὰ τῆς γενήσεως ἡμῶν τὸ μέν τι ἡ πατρὶς μερίζεται, τὸ δέ τι οἱ γεννήσαντες, τὸ δὲ λοιπὸν φίλοι.

Page 44 : 1. On sait que les anciens n'étaient pas heureux en étymologies. Il paraît que Cicéron n'était pas mécontent de celle-ci, car il dit à son affranchi Tiron, *Ép. fam.*, XVI, x : « Ma promesse sera remplie au jour marqué. Je vous ai appris l'étymologie du mot *fides* ». Il la répétait encore dans le IV⁰ livre de *la République*, comme on le voit par un fragment extrait de Nonius, I, xciv. (*Note de M. Leclerc.*)

Page 46 : 1. M. Crassus le Riche, qui périt dans un combat contre les Parthes, l'an 699 de Rome.

Page 48 : 1. César était mort aux ides du mois de mars précédent, an 709 de Rome.

Page 50 : 1. *Apud Platonem.* Dans les livres VI et VII de la *République*.

Page 54 : 1. Térence, *Heautontimorumenos*, act. I, sc. I, v. 25 :

Homo sum ; humani nihil a me alienum puto.

— 2. *Qui vetant quidquam agere*, etc. Maxime de Zoroastre, bien des fois louée par Voltaire : « Dans le doute si une action est juste ou injuste, abstiens-toi. »

Page 56 : 1. *Ex tribus optatis.* Selon le scoliaste d'Euripide, ces trois vœux étaient : de revenir des enfers, de sortir du labyrinthe, de voir périr Hippolyte.

Page 58 : 1. Térence, *Heautontimorumenos*, act. IV, sc. v, v. 48 :

Jus summum sæpe summa est injuria.

Racine, *les Frères ennemis*, act. IV, sc. III :

>   Une extrême justice est souvent une injure.

— 2. *Ille.* Cléomène, roi de Sparte, qui régna de 519 à 489 avant Jésus-Christ. Le fait dont parle Cicéron eut lieu pendant une guerre contre les Argiens. Plutarque le rapporte dans ses *Apophthegmes lacédémoniens.*

Page 60 : 1. Q. Fabius Labéon, consul en 570 avec Marcellus.

Page 64 : 1. *Si mihi esset obtemperatum.* Cicéron n'avait cessé de travailler à un accommodement entre César et Pompée.

— 2. C. Popilius Lénas, consul en 581 avec Paulus Ælius Ligus.

— 3. *Catonis filius.* Le fils de Caton le Censeur ; il prit part à la guerre contre Persée.

Page 70 : 1. Ces vers sont tirés du V⁰ livre des *Annales* d'Ennius, qui les met dans la bouche de Pyrrhus répondant à Fabricius.

Page 72 : 1. M. Attilius Régulus, consul en 486 et 497 de Rome. Il était proconsul en 498 lorsqu'il fut fait prisonnier, et fut envoyé à Rome en 502.

— 2. *Ærariis.* Ceux qui payaient les impôts sans jouir des droits de citoyens.

Page 78 : 1. *L. Sullæ et C. Cæsariis.* Allusion aux proscriptions de Sylla et à la dictature de César.

Page 84 : 1. Voici les vers d'Hésiode :

$$\text{Εὖ μὲν μετρεῖσθαι παρὰ γείτονος, εὖ δ' ἀποδοῦναι}$$
$$\text{Αὐτῷ τῷ μέτρῳ, καὶ λώϊον, αἴκε δύνηαι.}$$

Page 96 : 1. *Istorum immanitas.* Allusion à César, et surtout à Antoine.

Page 102 : 1. *Vos etenim.* Vers du IV⁰ livre des *Annales* d'Ennius (éloge de Clélie). C'est le même éloge que Xerxès faisait d'Artémise après la bataille de Salamine. Clélie, livrée en otage avec neuf de ses compagnes à Porsenna, roi des Étrusques, en 247 de Rome, traversa le Tibre à la nage au milieu d'une grêle de javelots, et rentra dans la ville. Les Romains la renvoyèrent à Porsenna ; mais ce prince, plein d'admiration pour son courage, lui rendit la liberté et lui donna un cheval richement harnaché. Le sénat fit ériger une statue équestre à Clélie.

— 2. *Salmaci.* Nom donné par antonomase à un homme efféminé. Voy. dans Ovide, *Métam.*, IV, 6, la fable de la nymphe Salmacis.

Page 102 : 3. *Marathone*, etc. Marathon, célèbre par la victoire de Miltiade, d'Aristide et de Thémistocle, en 490. — Salamine, près de laquelle Thémistocle remporta une victoire navale sur les Perses, en 480.—Platée, ville de Béotie, près de laquelle Pausanias, secondé par Aristide, battit les Perses en 479. — Les Thermopyles, défilé célèbre par la mort de Léonidas et de ses trois cents Spartiates, en 480. — Leuctres, bourg de Béotie, célèbre par la victoire d'Épaminondas sur les Lacédémoniens.

— 4. *Decii*. On sait qu'il y a eu trois Décius. Le premier, P. Décius, collègue de Manlius Torquatus dans la guerre des Latins, se dévoua pour assurer la victoire à l'armée romaine, en 340. Le second, fils du précédent, consul et collègue de Fabricius, se dévoua dans la guerre des Samnites, en 296. Le troisième, fils de celui-ci, se dévoua dans la guerre contre Fabricius, en 280.

— 5. Le père et l'oncle du premier Africain. Ils furent tués en Espagne, l'an 542 de Rome.

— 6. M. Marcellus, qui prit Syracuse l'an 212 avant Jésus-Christ.

Page 104 : 1. *Platonis illud*. Platon, *le Ménexène*, XIX : Πᾶσά τε ἐπιστήμη, χωριζομένη δικαιοσύνης καὶ τῆς ἄλλης ἀρετῆς, πανουργία, οὐ σοφία, φαίνεται.

Page 106 : 1. Platon, *Lachès* : Οἷς οὐδὲν ἄλλο μέλει ἐν τῷ βίῳ ἢ τοῦτο ζητεῖν καὶ ἐπιτηδεύειν, ὅ τι ἂν μαθόντες καὶ ἐπιτηδεύσαντες πλεονεκτοῖεν τῶν ἄλλων περὶ τὸν πόλεμον.

Page 124 : 1. *Pueris nobis*. Cicéron était né en 647 de Rome, 106 ans avant Jésus-Christ. M. Scaurus avait été consul en 638 et en 645. Il fut prince du sénat et censeur.

— 2. *Q. Catulus*. Le même qui, s'opposant à ce qu'on chargeât Pompée de la guerre contre Mithridate, et demandant au peuple: « Si Pompée vient à mourir, à qui confierez-vous dorénavant le salut de Rome? » en reçut cette réponse si glorieuse pour lui : « A vous, Catulus. »

— 3. P. Nasica, arrière-petit-fils de ce Cn. Scipion, qui fut tué en Espagne l'an 542 de Rome.

Page 128 : 1. *In quo... auctoritas*. Caton mourut sous le consulat de Censorinus et de Manilius, trois ans avant la destruction de Carthage, qu'il n'avait cessé de demander dans ses discours au sénat.

Page 134 : 1. *Callicratidas*. Il avait pris d'assaut Méthymne, dans l'île de Lesbos, et assiégé Conon dans Mitylène. Les Athéniens envoyèrent contre lui cent cinquante vaisseaux ; [Callicratidas engagea le combat malgré Hermon, pilote de son vaisseau, et malgré son devin qui lui prédisait qu'il périrait dans le combat. Voici ce qu'il leur répondit (Xénophon, *Histoire grecque*, I, VI, 32) : ῞Οτι ἡ Σπάρτη οὐδὲν κάκιον οἰκεῖται αὐτοῦ ἀποθανόντος, φεύγειν δὲ αἰσχρὸν εἶναι ἔφη. Il livra la bataille, il y périt, et la flotte lacédémonienne fut défaite, en 407 avant Jésus-Christ. (*Note de M. Marchand.*)

— 2. Les Arginuses, trois petites îles entre Lesbos et l'Éolide.

Page 136 : 1. Cléombrote, arrière-petit-fils du Pausanias qui vainquit les Grecs à Platée, périt à la bataille de Leuctres, qu'Épaminondas gagna sur lui.

— 2. Q. Fabius Maximus, dictateur pendant la seconde guerre punique, mérita par ses sages lenteurs le surnom de *Cunctator*.

Page 140 : 1. Platon, livre VI de la *République*.

— 2. *P. Africanum*. Le second Africain. — *Q. Metellum*. Métellus le Macédonique.

Page 144 : 1. C. Lélius, consul en 614, vainqueur de Viriathe, et célèbre par l'amitié du second Africain. On l'avait surnommé *le Sage*. Il est le principal interlocuteur du traité *de Amicitia*.

Page 154 : 1. *Alio loco*. Par exemple l'*Orator* de Cicéron et l'*Art poétique* d'Horace.

Page 156 : 1. *Oderint, dum metuant.* On ignore d'où ce vers est tiré. Chénier, *Tibère* :

> Rome peut me haïr, pourvu qu'elle me craigne.

— 2. *Natis... parens.* Vers tiré d'une ancienne tragédie intitulée *Thyeste*.

Page 164 : 1. Cratinus, Eupolis et Aristophane sont les principaux représentants de l'ancienne comédie.

Page 170 : 1. *L. Crasso*. L. Licinius Crassus, célèbre orateur (Voy. *Brutus*, XXXVIII.)

— 2. *L. Philippo*. L. Marcius Philippus, consul en 662. C'est après avoir prononcé contre lui, dans le sénat, une harangue que Cicéron appelle divine, que Crassus tomba malade et mourut. (Voy. *de Oratore*, III, I et II, et *Brutus*, XLVII.)

— 3. *C. Cæsare*. C. Julius César Strabon, qui fut tué par Cinna, et dont la tête fut attachée, ainsi que celle d'Antonius, à la tribune aux harangues.

Page 170 : 4. *M. Scauro.* Marcus Scaurus, prince du sénat. (Voy. *Brutus*, XXIX.)

— 5. *M. Druso.* M. Drusus, fils de Caius, qui, dans son tribunat, arrêta les entreprises de son collègue C. Gracchus. (Voy. *Brutus*, XXVIII.)

Page 172 : 1. Jason de Phères, ville de Thessalie. Voy. Xénophon, *Histoire grecque*, VI, VI, 20.

Page 174 : 1. Lysandre, général lacédémonien, qui mit fin, par la prise d'Athènes, à la guerre du Péloponèse. Plutarque et Cornélius Népos ont écrit sa vie.

— 2. Catulus le père, consul en 650, fut proscrit par Marius et se donna la mort en 665. — Catulus le fils, consul en 674 avec Émilius Lépidus, fit la dédicace du nouveau Capitole en 683.

— 3. Xénocrate de Chalcédoine, disciple de Platon et maître de Démosthène. Platon lui répétait sans cesse : Θύε ταῖς Χάρισιν.

Page 178 : 1. *M. Cato.* Caton d'Utique, arrière-petit-fils de Caton le Censeur.

— 2. *Moriendum potius.* Les anciens en général, et surtout les stoïciens, pensaient qu'il était permis de se donner la mort lorsqu'on ne pouvait vivre sans honte ; et c'est dans cette opinion que l'action de Caton d'Utique a été tant célébrée. Il semble pourtant que cette opinion des stoïciens était en contradiction avec leurs principes, puisqu'ils soutenaient qu'il n'y a de honte que dans les mauvaises actions, et que la vertu consiste à vivre conformément aux lois de la nature. Cicéron, qui approuve ici la mort de Caton, établit d'autres principes dans le *Songe de Scipion*, où il dit formellement qu'il n'est aucun cas où il soit permis à l'homme de sortir de la vie sans l'ordre de Dieu, qui nous l'a donnée, et cette doctrine est conforme à celle de Socrate, le premier des philosophes. Elle est même développée dans le *Phédon*, que Caton lisait lorsqu'il voulut mourir ; mais il n'y cherchait que l'immortalité de l'âme. (*Note de M. Le Clerc.*)

Page 180 : 1. *Épigonos*, les Épigones. Ce sont les fils aînés des sept chefs qui périrent devant Thèbes, dans la guerre d'Étéocle et de Polynice. Les Épigones prirent Thèbes sous la conduite d'Alcméon, fils d'Amphiaraüs. — Médus, fils de Médée et d'Égée, était le sujet d'une tragédie de Pacuvius. Livré à Persée, son grand-oncle maternel, et reconnu par sa mère, il tua lui-même Persée, et régna à sa place.

— 2. Ménalippe et Clytemnestre, deux tragédies d'Accius, imitées d'Euripide.

— 3. Rupilius ou Rutilius, comédien qui jouait dans une tragédie de Pacuvius le rôle d'Antiope, mère de Zéthus et d'Amphion. Opprimée par Dircé, femme de son oncle, Antiope implora le secours de ses fils, qu'elle ne connaissait pas, et auxquels elle était inconnue, elle fut enfin reconnue et sauvée par eux. La tragédie de Pacuvius était imitée d'Euripide.

— 4. *Æsopus Ajacem*. La tragédie d'Ajax, que jouait le comédien Ésope, était d'Ennius ou de Livius Andronicus.

Page 184 : 1. — Timothée, fils de Conon, aida son père à vaincre les Lacédémoniens à la bataille de Cnide, en 376.

Page 186 : 1. — *Herculem Prodicium*. Voici cette allégorie, telle qu'elle est racontée par Xénophon, *Entretiens mémorables*, liv. II, ch. I :

Le sage Prodicus, dans son ouvrage sur Hercule, dont il a fait des lectures à tant de personnes, exprime les mêmes idées sur la vertu; voici, autant que je me le rappelle, à peu près ce qu'il dit. Hercule, à peine sorti de l'enfance, arrivait à cet âge où les jeunes gens, déjà maîtres d'eux-mêmes, laissent voir s'ils entreront dans la vie par le chemin de la vertu ou par celui du vice; il se retira dans la solitude et s'y reposa, indécis sur la route qu'il allait choisir. Deux femmes d'une taille extraordinaire se présentèrent à ses yeux : l'une se faisait remarquer par sa décence et sa noblesse : elle portait une robe blanche; l'autre avait de l'embonpoint et de la mollesse; elle s'était ornée de fard pour se donner des couleurs plus blanches et plus vermeilles, et tâchait, par son maintien, d'ajouter à la hauteur de sa taille : ses yeux étaient ouverts; sa parure étudiée pour faire briller ses charmes; elle se contemplait sans cesse, observait si on la regardait, et tournait souvent la tête pour voir son ombre. Elles s'approchèrent ensemble; mais tandis que la première conservait la même démarche, l'autre, voulant la prévenir, courut vers le jeune homme et lui dit : « Je le vois, Hercule, tu hésites sur la route que tu dois suivre : si tu veux me prendre pour amie, je te conduirai par le chemin le plus heureux et le plus facile; tu goûteras tous les plaisirs et tu vivras exempt de peines. Tu ne t'occuperas ni de guerres ni d'affaires; mais tu passeras ta vie à chercher des mets et des boissons agréables; à découvrir ce qui pourra réjouir tes yeux et tes oreilles, flatter ton odorat et ton toucher, quelles sont les beautés dont le commerce pourra te plaire, comment tu dormiras avec le plus de mollesse comment tu pourras te donner avec le moins de

peine toutes ces jouissances. Si jamais tu viens à craindre que ce
qui procure tous ces plaisirs puisse te manquer, n'appréhende pas
que je t'engage à les acquérir par la fatigue et les labeurs du corps
et de l'esprit : tu tireras profit du travail des autres, et toutes les
sources de gain seront légitimes pour toi ; car je donne à ceux qui
me suivent le pouvoir de faire tout ce qui peut leur être utile. —
Femme, quel est ton nom ? dit Hercule après l'avoir écoutée. —
Mes amis, répondit-elle, m'appellent la Félicité ; mes ennemis, pour
m'outrager, me nomment la Mollesse. » Alors l'autre femme s'avan-
çant : « Je viens aussi vers toi, Hercule, lui dit-elle ; je connais
ceux qui t'ont donné le jour, et dès ton enfance j'ai pénétré ton caractère. J'espère, si tu prends la route qui mène vers moi, que tu
feras un jour de belles et glorieuses actions, et que j'acquerrai par
toi, auprès des hommes vertueux, plus d'honneur et de considération. Je ne veux point te tromper par des promesses de plaisirs ;
mais je t'expliquerai les choses avec vérité, telles que les dieux les
ont établies. Sans le travail et la constance, les dieux ne donnent
rien aux hommes de ce qu'il y a de beau et d'honorable ; si tu veux
que les dieux te soient propices, tu dois les honorer ; si tu veux que
tes amis te chérissent, tu dois être leur bienfaiteur ; si tu veux qu'un
pays t'honore, tu dois le servir ; si tu veux que toute la Grèce admire
ta vertu, tu dois essayer de te rendre utile à toute la Grèce ; si tu
veux que la terre te donne libéralement ses fruits, tu dois la cultiver ; si tu désires t'enrichir par tes troupeaux, tu dois les soi-
gner ; si tu désires devenir grand par la guerre, si tu veux rendre
libres tes amis et asservir tes ennemis, tu dois apprendre l'art de la
guerre auprès de ceux qui le possèdent, et t'exercer à mettre en pratique leurs leçons ; si tu veux acquérir la force du corps, tu dois
habituer ton corps à se soumettre à l'intelligence, tu dois l'assouplir
par les travaux et les mœurs. » La Mollesse reprit alors : « Com-
prends-tu, Hercule, combien est pénible et longue la route que cette
femme te trace pour arriver au bonheur ? Mais moi c'est par un chemin facile et court que je te conduirai à la félicité. — Misérable !
lui dit la Vertu, quels biens possèdes-tu donc ? quels plaisirs peux tu
connaître, toi qui ne veux rien faire pour les acheter ? Tu ne laisses
pas même naître le désir ; mais, rassasiée de tout avant d'avoir
souhaité, tu manges avant la faim, tu bois avant la soif ; pour manger avec plaisir, tu cherches d'habiles cuisiniers ; pour boire avec
plaisir, tu te procures à grands frais des vins délicats, et pendant

l'été tu cours cherchant de la neige de toutes parts ; pour goûter un sommeil agréable, il te faut des couvertures délicates, une couche molle et des tapis sur cette couche. Ce n'est pas la fatigue, mais l'oisiveté, qui te fait désirer le sommeil. Dans l'amour, tu préviens et tu outrages la nature. C'est ainsi que tu formes tes amis ; tu les dégrades pendant la nuit, tu les endors pendant la partie la plus précieuse du jour. Immortelle, tu as été rejetée par les dieux, tu es méprisée des hommes honnêtes ; jamais tu n'as entendu le son le plus flatteur de tous, celui d'une louange ; et jamais tu n'as vu le spectacle le plus agréable de tous, car jamais tu n'as contemplé une bonne action que tu aies faite. Qui voudrait ajouter foi à tes paroles ? Qui voudrait te secourir dans le besoin ? Quel homme sensé oserait se mêler à ton cortége ? Ceux qui te suivent ont une jeunesse débile et une vieillesse insensée ; nourris dans l'oisiveté et florissants d'embonpoint lorsqu'ils étaient jeunes, maintenant, le corps amaigri, ils traversent une laborieuse vieillesse ; rougissant de ce qu'ils ont fait, accablés de ce qu'ils ont à faire, ils ont volé de plaisirs en plaisirs dans le premier âge, et se sont réservé les peines pour le dernier temps de leur vie. Moi, au contraire, je suis avec les dieux, je suis avec les hommes vertueux ; sans moi rien de beau ne se fait ni chez les dieux ni chez les hommes ; plus que personne, je reçois des dieux et des hommes de justes hommages, compagne chérie du travail de l'artisan, gardienne fidèle de la maison du maître, protectrice bienveillante du serviteur, associée utile dans les travaux de la paix, alliée constante dans les fatigues de la guerre, intermédiaire dévouée de l'amitié. Mes amis jouissent avec plaisir et sans apprêt des aliments et des boissons, car ils attendent le désir pour manger et pour boire. Le sommeil leur est plus agréable qu'à ces hommes oisifs ; ils se réveillent sans chagrin, et ne sacrifient pas les affaires au repos. Les jeunes gens sont heureux des éloges des vieillards, et les vieillards reçoivent avec bonheur les respects de la jeunesse ; ils aiment à se rappeler ce qu'ils ont fait autrefois, ils trouvent du plaisir à ce qu'ils ont à faire ; par moi, ils sont aimés des dieux, chéris de leurs amis, honorés de leur patrie. Lorsqu'est venue l'heure marquée par le destin, ils ne restent point dans la tombe oubliés et sans honneur, mais le souvenir des hommes fait fleurir leur mémoire pendant l'éternité. Hercule, fils de parents vertueux, c'est par de tels travaux que tu peux acquérir le suprême bonheur. » C'est à peu près ainsi que Prodicus raconte la leçon donnée à Hercule par la Vertu ;

mais il ornait ses pensées d'une expression plus noble que je ne le
fais aujourd'hui.

Page 210 : 1. Ce César était fils de Lucius, cousin germain de Catulus; mais les Romains donnaient quelquefois le nom de frères aux
cousins germains.

Page 216 : 1. Allusion au soldat fanfaron, Pyrgopolinice, de la
comédie de Plaute intitulée *Miles gloriosus*.

— 2. Cn. Octavius, préteur l'an 586 de Rome, consul l'an 588,
gagna sur Persée une bataille navale. Cicéron l'appelle homme nouveau par cela seul qu'aucun des siens n'était encore parvenu au consulat; car, du reste, il était d'une très-ancienne famille.

— 3. Scaurus, fils de Marcus, édile en 696, puis préteur, ne put
obtenir le consulat. Accusé de concussion après sa préture de Sardaigne, il fut défendu par Cicéron et absous; mais deux ans plus
tard il s'exila sur une accusation de brigue.

Page 220 : 1. L. Lucullus, le vainqueur de Mithridate et de
Tigrane.

Page 224 : 1. *Collegam in prætura*. Sophocle fut collègue de Périclès pendant la guerre contre les Lacédémoniens, selon Strabon et
Justin, ou, selon Thucydide, pendant la guerre de Samos.

Page 232 : 1. Aristippe de Cyrène, chef de l'école Cyrénaïque.

Page 234 : 1. Vers de Térence, *l'Eunuque*, act. II, sc. v, 26.

Page 236 : 1. Voy. le traité *de Senectute*, ch. xv et suivants.

Page 244 : 1. Le pythagoricien Lysis vivait au quatrième siècle
avant Jésus-Christ.

Page 246 : 1. *Quod dicitur a quibusdam*. Platon, la *République*, II :
Γίγνεται πόλις ἐπειδὴ τυγχάνει ἡμῶν ἕκαστος οὐκ αὐτάρκης, ἀλλὰ
πολλῶν ἐνδεής.

Page 248 : 1. Posidonius d'Apamée, en Syrie, enseigna à Rhodes
la philosophie stoïcienne.

ARGUMENT ANALYTIQUE

DU LIVRE DEUXIÈME,

————

I. Cicéron va examiner quelles sont les choses utiles, quelles sont les choses nuisibles, et, entre plusieurs choses utiles, laquelle est plus utile qu'une autre ou la plus utile de toutes. Mais, auparavant, il dira un mot de son dessein et de la pensée qui l'a inspiré. — Tant que la République a été bien gouvernée, tous ses soins ont été pour elle ; quand il l'a vue soumise au despotisme d'un seul, comme son esprit ne pouvait rester oisif, il s'est adonné à la philosophie.

II. Éloge de la sagesse. — Soit que l'on cherche un amusement et une distraction pour l'esprit, soit que l'on attache du prix à la constance et à la vertu, c'est dans la sagesse qu'on trouvera les moyens de bien vivre et les règles qui enseignent la vertu. — Réfutation d'une objection faite par des hommes pleins de savoir : Est-ce être conséquent avec soi-même que d'enseigner qu'il n'y a rien de certain, et de se proposer cependant des questions à résoudre ?

III. Il ne faut pas séparer l'utile de l'honnête. — Parmi les objets qui contribuent au soutien de la vie, il y en a d'inanimés et d'animés. Ces derniers se divisent en deux classes, les êtres privés de raison et les êtres raisonnables. — Les êtres raisonnables se subdivisent en deux branches, les dieux et les hommes. — On ne peut supposer que les dieux nous nuisent ; c'est donc l'homme qui fait le plus de mal à l'homme. — La plupart des choses inanimées sont l'ouvrage de l'homme.

IV. Si les hommes n'étaient pas réunis en commun, nous n'aurions ni maisons, ni aqueducs, ni canaux, etc. — A quoi nous serviraient les animaux, si nous ne les avions domptés ? — Comment pourrions-nous soutenir et embellir notre vie sans l'invention des arts ? — Construction des villes, lois, coutumes, tout cela est l'ouvrage des hommes réunis en société.

V. Les grands généraux, les grands politiques n'ont rien fait sans la coopération des autres hommes. — Mais l'homme est aussi pour ses semblables la cause la plus active des maux les plus affreux. — Le propre de la vertu est donc de gagner la bienveillance des hommes

12

et de s'en faire des auxiliaires dévoués. — Or, disposer des volontés humaines et les intéresser à notre agrandissement et à notre bonheur, c'est l'œuvre de la sagesse.

VI. Réflexions sur l'influence et sur les coups soudains de la fortune. — Les événements les plus extraordinaires n'arriveraient pas sans les moyens dont les hommes disposent, et sans les passions qui les animent. — Comment donc pourrons-nous mériter l'attachement des hommes et les mettre dans nos intérêts ? — Les hommes sont conduits en tout par la bienveillance, l'estime, la confiance, la crainte, par l'espérance ou par l'attrait de la récompense.

VII. De tous les moyens de fonder sa grandeur, il n'en est pas de meilleur que de se faire aimer, de plus mauvais que de se faire craindre. — La crainte est une mauvaise garantie de durée; la bienveillance est fidèle à jamais. — Exemples de Denys l'Ancien, d'Alexandre de Phères, de Phalaris, de Démétrius et des Lacédémoniens.

VIII. Exemple de Rome : domination de Sylla et de César ; humiliation de Marseille. — Malheur de Rome, que les citoyens ne doivent qu'à l'envie d'avoir voulu inspirer la crainte plutôt que l'attachement et la reconnaissance. — Il en est des particuliers comme des États.— Il faut donc avoir des amis sûrs et fidèles.

IX. De la gloire. — Elle se forme de trois éléments : l'amour du peuple, sa confiance, l'admiration qui le porte à nous croire dignes des honneurs. — Le meilleur moyen de gagner l'amour du peuple, ce sont les bienfaits, et la volonté de faire le bien, lors même qu'on n'en aurait pas le pouvoir. — Nous pouvons obtenir la confiance, si l'on reconnaît en nous la réunion de la prudence et de la justice. — C'est la justice qui est la plus efficace.

X. Le troisième moyen est l'admiration publique. — Quels sont ceux qui attirent l'admiration, et ceux que l'on dédaigne.

XI. C'est la justice qui excite chez la multitude les plus vifs transports. — Or, nul ne peut être juste, s'il craint la mort, la douleur et l'indigence, ou s'il préfère à l'équité le contraire de ces choses. — La justice est nécessaire à tous, même à celui qui vit seul à la campagne, à plus forte raison à ceux qui sont dans le commerce. — Elle existe même chez les brigands et les pirates. — Exemples de Bardylis et de Viriathe.

XII. Motifs de la création des rois et de l'institution des lois. — Nécessité de pratiquer la justice. — Distinguer la gloire véritable et le fausse gloire. — Exemples de Tibérius Gracchus et de ses fils.

XIII. Nous devons paraître tels que nous sommes. — Le premier titre d'un jeune homme à la gloire, c'est de se distinguer dans la carrière des armes. — La première qualité qui recommande un jeune homme, c'est la modestie jointe à la piété filiale et à l'affection pour ses proches. — S'attacher aux hommes illustres, sages et dévoués à la République. — Exemples de P. Rutilius et de L. Crassus.

XIV. L'éloquence est aussi un moyen efficace pour conduire à la gloire. — Une grande admiration est assurée à celui qui parle avec abondance et avec sagesse. — Or, c'est dans les jugements que la parole obtient les plus beaux triomphes ; elle s'y exerce de deux manières, dans l'accusation et dans la défense. — La défense est plus louable. — L'accusation a aussi été souvent approuvée. — Exemples de Crassus, d'Antonius et de Sulpicius. — Il ne faut pas accuser souvent ; dans quelles circonstances on doit le faire. — Ne jamais intenter à un innocent une accusation capitale. — Ne pas toujours se faire un scrupule de défendre un coupable, pourvu que ce ne soit pas un impie et un scélérat. — Cicéron cite son propre exemple.

XV. De la bienséance et de la générosité. — Double aspect de ces deux vertus. — Nous pouvons aider ou de nos services ou de notre argent. — Le dernier moyen est plus facile ; l'autre, plus honorable. — Lettre de Philippe à Alexandre. — Beaucoup de patrimoines ont été dissipés en largesses irréfléchies. — Il ne faut ni fermer sa bourse, ni la tenir ouverte à tous, mais savoir garder une certaine mesure.

XVI. Deux espèces de gens qui donnent, le prodigue et le libéral. — Définition de l'un et de l'autre. — Pensées de Théophraste et d'Aristote à ce sujet. — Les profusions excessives ne soulagent personne, n'augmentent la dignité de personne. — Dépenses honorables de la part des édiles à Rome. — Plusieurs exemples de magnificence en ce genre.

XVII. Éviter le soupçon d'avarice. — Exemples de Mamercus, d'Orestès et de Séius, de Milon, de Cicéron lui-même. — Critique des théâtres, des portiques, des temples nouveaux. — Ces dépenses doivent être proportionnées à la fortune et limitées par la modération.

XVIII. Mettre du discernement dans ses largesses. — La bienfaisance doit pencher de préférence vers le malheureux, à moins qu'il n'ait mérité son sort. — Il est des actes généreux qui profitent même à la République, comme de racheter des captifs, d'enrichir des familles pauvres. — D'un autre côté, ne pas exiger avec dureté ce qui

nous est dû. — Il faut savoir être équitable, se relâcher quelquefois
de son droit et fuir les procès, sans abandonner le soin de sa fortune.
— Éloge de l'hospitalité. — Exemple de Cimon.

XIX. Les services qui coûtent un travail personnel ont pour
objet ou l'État ou les particuliers. — La connaissance ou l'interprétation du droit civil étaient autrefois très-importantes; c'était le partage des chefs de la cité. — Vient en second lieu l'éloquence, à laquelle les anciens Romains donnaient le premier rang parmi les arts
de la paix. — Décadence de l'éloquence. — On peut rendre encore
service en sollicitant pour les autres, en les recommandant aux magistrats, en leur procurant des conseils ou des défenseurs. Cependant
il ne faut pas offenser les uns pour obliger les autres.

XX. Quand on oblige, on a tort de préférer le crédit de l'homme
riche et puissant à la cause de l'honnête homme pauvre. — Différence entre les résultats d'un service rendu à un riche et d'un service
rendu à un pauvre. — Un bienfait est mieux placé chez l'honnête
homme que chez le riche. — Parole de Thémistocle. — Ne rien prétendre contre l'équité et la justice.

XXI. Bienfaits qui se rapportent à l'État et aux citoyens en général. — Ils n'excluent pas les services rendus aux particuliers, à condition toutefois que la République en retire de l'avantage ou n'en soit
pas lésée. — Exemples de C. Gracchus et de M. Octavius. — Mot de
Philippe au sujet de la loi agraire. — Éviter les impôts. — Entretenir dans l'État l'abondance des choses nécessaires à la vie. — Écarter
de soi, dans la gestion des affaires publiques, le soupçon d'avarice.
— Parole de Pontius le Samnite. — Loi de Pison sur les concussions, suivie d'autres plus sévères, qui n'ont pas arrêté les rapines
et les déprédations.

XXII. Éloge du désintéressement. — Exemples du second Africain,
de Paul Émile, de L. Mummius, de Sparte. — Blâme sévère contre
ceux qui, en vue de la popularité, remettent en question la loi
agraire.

XXIII. Suite de cette idée. — Conduite des Lacédémoniens à l'é-
gard de l'éphore Lysandre et du roi Agis. — Conduite des Gracques.
— Conduite contraire d'Aratus de Sicyone. — Critique des lois sur
l'abolition des dettes.

XXIV. Plusieurs moyens d'éviter que l'on contracte des dettes qui
mettent la République en danger. — Le plus solide appui de l'ordre
public, c'est la confiance. — Éloge de ce qui s'est fait à cet égard

sous le consulat de Cicéron. — Allusion à César. — Faire en sorte qu'une équitable distribution de la justice assure à chacun son droit. — Que la mauvaise foi n'abuse point à son profit de la faiblesse du pauvre, et que le riche qui veut conserver ou recouvrer son bien n'en soit pas empêché par l'envie. — Ne pas omettre le soin de sa santé et de sa fortune; conserver l'une par l'éloignement des plaisirs, l'autre par la vigilance et l'économie.

XXV. La comparaison de l'utile avec l'utile est souvent nécessaire. — Comparaison des avantages corporels avec les biens extérieurs. — Comparaison des avantages du corps entre eux, des biens extérieurs entre eux. — Paroles du vieux Caton à ce sujet.

DE OFFICIIS

LIBER SECUNDUS.

I. Quemadmodum officia ducerentur ab honestate, Marce fili, atque ab omni genere virtutis, satis explicatum arbitror libro superiore. Sequitur ut hæc officiorum genera persequar, quæ pertinent ad vitæ cultum, et ad earum rerum quibus utuntur homines facultatem, ad opes, ad copias. In quo tum quæri dixi quid utile, quid inutile; tum ex utilibus quid utilius, aut quid maxime utile. De quibus dicere aggrediar, si pauca prius de instituto ac de judicio meo dixero.

Quanquam enim libri nostri complures non modo ad legendi, sed etiam ad scribendi studium excitaverunt, tamen interdum vereor ne quibusdam bonis viris¹ philosophiæ nomen

I. Je crois, mon cher fils, avoir assez expliqué dans le livre précédent comment les devoirs découlent de l'honnêteté et de toute sorte de vertu. Il me reste à parler de ceux qui ont rapport aux divers soins de la vie et à ce qui sert à la soutenir ou à lui donner de l'éclat, je veux dire la richesse et les honneurs. Sur cela on peut, comme j'ai dit, considérer dans chaque chose si elle est utile ou nuisible; où de plusieurs choses utiles, si l'une l'est plus que l'autre, ou s'il y en a quelqu'une qui le soit souverainement. C'est ce dont je vais m'occuper, après avoir dit d'abord quelques mots de mon dessein et des raisons qui m'ont déterminé.

Quoique mes ouvrages aient inspiré à plusieurs le goût de lire, et même d'écrire, je crains cependant que d'autres, honnêtes gens d'ail-

DES DEVOIRS

LIVRE DEUXIÈME.

___

I. Arbitror, Marce fili,
satis explicatum
libro superiore
quemadmodum officia
ducerentur ab honestate
atque ab omni genere
virtutis.
Sequitur ut persequar
hæc genera officiorum,
quæ pertinent
ad cultum vitæ,
et ad facultatem
earum rerum,
quibus homines utuntur,
ad opes, ad copias.
In quo dixi quæri
tum quid utile,
quid inutile;
tum ex utilibus
quid utilius,
aut quid maxime utile.
De quibus
aggrediar dicere,
si dixero prius pauca
de instituto
ac de judicio meo.
  Quanquam enim
nostri libri
excitaverunt complures
non modo
ad studium legendi,
sed etiam ad scribendi,
interdum vereor
ne nomen philosophiæ
sit invisum
quibusdam viris bonis,

I. Je pense, Marcus mon fils,
avoir été assez expliqué
dans le livre précédent
comment les devoirs
setiraient de l'honnêteté
et de toute espèce
de vertu.
Il suit (reste) que je poursuive
ces espèces de devoirs,
qui ont-rapport
au soin de la vie,
et à la manière-de-se-procurer
ces choses,
dont les hommes font-usage,
à la puissance, aux richesses.
En quoi j'ai dit être cherché
d'une part quelle chose est utile,
quelle chose est non-utile (nuisible);
d'autre-part entre les choses utiles
quelle chose est plus utile,
ou quelle chose est le plus utile.
Sur lesquelles choses
j'entreprendrai de parler,
si j'ai dit d'abord quelques paroles
sur le but
et sur la manière-de-voir mienne.
  En effet quoique
nos livres
aient excité beaucoup d'hommes
non seulement
au goût de lire,
mais encore à celui d'écrire,
parfois je crains
que le nom de philosophie
ne soit odieux
à certains hommes de-bien,

sit invisum, mirenturque in ea me tantum operæ et temporis ponere. Ego autem, quandiu respublica per eos gerebatur quibus se ipsa commiserat, omnes meas curas cogitationesque in eam conferebam : quum autem dominatu unius [1] omnia tenerentur, neque esset usquam consilio aut auctoritati locus, socios denique tuendæ reipublicæ [2], summos viros, amisissem, nec me angoribus dedidi, quibus essem confectus, nisi iis restitissem, nec rursum indignis homine docto voluptatibus.

Atque utinam respublica stetisset quo cœperat statu, nec in homines non tam commutandarum rerum quam evertendarum cupidos incidisset! Primum enim, ut stante republica facere solebamus, in agendo plus quam in scribendo operæ poneremus; deinde ipsis scriptis non ea, quæ nunc, sed actiones nostras mandaremus, ut sæpe fecimus. Quum autem respublica, in qua omnis mea cura, cogitatio, opera poni solebat, nulla esset omnino, illæ scilicet litteræ conticuerunt,

leurs, à qui la philosophie est antipathique, ne s'étonnent que je puisse y donner tant de temps et d'application. Tant que la république a été gouvernée par ceux qu'elle choisissait elle-même, elle a été le seul objet de mes soins et de mes pensées. Mais depuis qu'elle est tombée au pouvoir d'un seul et qu'il n'y a plus place pour le conseil et pour l'autorité, depuis que je me suis vu privé des grands hommes avec qui je défendais la patrie, je n'ai voulu ni me laisser aller à la tristesse, qui m'aurait consumé si je ne lui eusse résisté, ni rechercher des occupations ou des plaisirs indignes d'un homme qui a quelque savoir.

S'il avait plu aux dieux que la république se maintînt dans son premier état et ne fût point tombée à la merci de ceux qui, sous prétexte de changer la constitution, n'ont cherché qu'à l'anéantir, je ferais encore comme j'ai fait autrefois; on m'aurait vu plus appliqué à agir qu'à écrire, et même en écrivant, je m'occuperais, non des matières que je traite aujourd'hui, mais, suivant mon usage, de mes discours. Mais comme cette république, à qui je donnais avec tant de plaisir tous mes soins et toutes mes pensées, ne subsiste plus, et qu'ainsi tout travail a cessé pour moi au sénat et au

mirenturque	et qu'ils ne s'étonnent
me ponere in ea	moi placer en elle (lui consacrer)
tantum operæ et temporis.	tant de travail et de temps.
Ego autem,	Mais moi,
quandiu respublica,	aussi longtemps-que la république
gerebatur per eos	était administrée par ceux
quibus ipsa se commiserat,	auxquels elle-même s'était confiée,
conferebam in eam	je portais sur elle
omnes meas curas	tous mes soins
cogitationesque :	et mes pensées :
quum autem omnia	mais lorsque toutes choses
tenerentur	étaient possédées
dominatu unius,	par la domination d'un seul,
neque esset usquam locus	et qu'il n'y avait nulle-part place
consilio aut auctoritati,	pour le conseil ou pour l'autorité,
denique amisissem	enfin que j'avais perdu [république,
socios tuendæ reipublicæ,	mes compagnons de (pour) défendre la
viros summos ;	les hommes les plus éminents ;
nec me dedidi angoribus,	et je ne me suis pas livré aux chagrins,
quibus confectus essem,	par lesquels j'aurais été accablé,
nisi restitissem iis ;	si je n'avais résisté à eux ;
nec rursum voluptatibus	ni d'autre-part à des plaisirs
indignis homine docto,	indignes d'un homme instruit.
Atque utinam	Et plût-à-Dieu [l'état
respublica stetisset statu	que la république se fût maintenue dans
quo cœpisset,	dans lequel elle avait commencé,
nec incidisset	et ne fût pas tombée
in homines cupidos	sur des hommes désireux
non tam	non pas tant
commutandarum rerum	de changer les choses
quam evertendarum !	que de les renverser !
Primum enim,	D'abord en effet,
ut solebamus facere	comme nous avions-coutume de faire
republica stante,	la république se-tenant-debout,
poneremus plus operæ	nous mettrions plus de travail
in agendo	à agir
quam in scribendo ;	qu'à écrire ;
deinde mandaremus	puis nous confierions
scriptis ipsis	aux écrits mêmes
non ea quæ nunc,	non ce que nous leur confions maintenant,
sed nostras actiones,	mais nos discours,
ut fecimus sæpe.	comme nous avons fait souvent.
Quum autem respublica,	Mais comme la république,
in qua omnis mea cura,	sur laquelle tout mon soin,
cogitatio, cura,	ma pensée, mon travail,
solebat poni,	avait-coutume d'être placé,
esset nulla omnino,	était n'existant-plus du tout,

forenses et senatoriæ. Nihil agere autem quum animus non posset, in his studiis ab initio versatus ætatis, existimavi honestissime molestias posse deponi, si me ad philosophiam retulissem. Cui quum multum adolescens, discendi causa, temporis tribuissem, posteaquam honoribus inservire cœpi meque totum reipublicæ tradidi, tantum erat philosophiæ loci, quantum superfuerat amicorum et reipublicæ temporibus. Id autem omne consumebatur in legendo; scribendi otium non erat.

II. Maximis igitur in malis hoc tamen boni assecuti videmur, ut ea litteris mandaremus, quæ nec satis erant nota nostris[1], et erant cognitione dignissima. Quid est enim, per Deos! optabilius sapientia? quid præstantius? quid homini melius? quid homine dignius? Hanc igitur qui expetunt philosophi nominantur; nec quidquam aliud est philosophia, si interpretari velis, quam studium sapientiæ. Sapientia autem est, ut a

barreau, que d'ailleurs je ne pourrais rester dans l'inaction, j'ai repris les études auxquelles je me suis appliqué dès mes premières années. J'ai même cru que je ne pouvais me consoler d'une manière plus digne d'un honnête homme qu'en revenant à cette philosophie, à laquelle j'avais consacré tant de temps dans ma jeunesse pour me former l'esprit, mais que j'avais comme abandonnée depuis que je suis entré dans les charges et que je me suis dévoué tout entier à la république : car je n'ai pu lui donner, depuis ce temps-là, que le peu de loisirs que les affaires publiques et celles de mes amis me laissaient; encore me contentais-je de la lecture, et n'avais-je pas le temps d'écrire.

II. J'ai donc au moins tiré cet avantage des maux extrêmes qui nous accablent, que je me suis trouvé en état d'écrire des choses qui n'étaient pas assez connues parmi nous, et qui pourtant méritaient de l'être. Qu'y a-t-il en effet de plus excellent et de plus désirable que la sagesse? que peut-on concevoir de meilleur et de plus digne de l'homme? Or, c'est uniquement ce que cherchent ceux qu'on appelle philosophes, et le mot même de philosophie ne signifie autre chose que l'amour de la sagesse. Et qu'est-ce que la sagesse? C'est,

scilicet illæ litteræ / certes ces lettres (exercices littéraires)
forenses et senatoriæ / du-barreau et du-sénat
conticuerunt. / se sont tues (ont cessé).
Quum autem animus, / Mais comme *mon* esprit,
versatus in his studiis / exercé dans ces études
ab initio ætatis, / depuis le commencement de *ma* vie,
non posset nihil agere, / ne pouvait pas ne rien faire,
existimavi meas molestias / j'ai pensé mes ennuis [ment,
posse deponi honestissime, / pouvoir être quittés le plus honorable-
si me retulissem / si je m'étais reporté
ad philosophiam. / à la philosophie.
Cui quum adolescens / A laquelle comme *étant* jeune
tribuissem / j'avais consacré
multum temporis / beaucoup de temps
causa discendi, / en vue d'apprendre,
postea quam cœpi / après que j'ai commencé
inservire honoribus, / à m'attacher aux honneurs,
tradidique me totum / et que j'ai livré moi tout-entier
reipublicæ, / à la république,
tantum loci / *seulement* autant de place
erat philosophiæ / était à la philosophie
quantum superfuerat / qu'il *en* avait été-de-trop
temporibus amicorum / aux circonstances (besoins) de *mes* amis
et reipublicæ. / et de la république.
Omne autem id / Or tout ce *temps*
consumebatur in legendo : / était employé à lire :
otium scribendi / le loisir d'écrire
non erat. / n'était pas *à moi*.
II. Videmur igitur / II. Nous paraissons donc
in malis maximis / dans des maux très-grands
assecuti tamen hoc boni, / avoir atteint toutefois ceci de bon,
ut mandaremus litteris / que nous confiassions aux lettres
ea quæ nec erant / ces choses qui et n'étaient pas
satis nota nostris, / assez connues des nôtres (des Romains),
et erant dignissima / et étaient très-dignes
cognitione. / de connaissance (d'être connues).
Quid est enim, per deos ! / Qu'y a-t-il en effet, par les dieux !
optabilius scientia ? / de plus souhaitable que la science ?
quid præstantius ? / quoi de plus beau ?
quid melius homini ? / quoi de meilleur pour l'homme ?
quid dignius homine ? / quoi de plus digne de l'homme ?
Qui igitur expetunt hanc / Ceux qui donc recherchent celle-ci
nominantur philosophi : / se nomment philosophes :
nec philosophia, / et la philosophie,
si velis interpretari, / si tu veux interpréter *le mot*,
est quidquam aliud / n'est pas quelque chose autre
quam studium sapientiæ. / que l'étude de la sagesse.

veteribus philosophis definitum est, rerum divinarum et humanarum, causarumque quibus hæ res continentur, scientia; cujus studium qui vituperat, haud sane intelligo quidnam sit quod laudandum putet. Nam, sive oblectatio quæritur animi requiesque curarum, quæ conferri cum eorum studiis potest, qui semper aliquid anquirunt quod spectet et valeat ad bene beatequevivendum? sive ratio constantiæ virtutisque ducitur, aut hæc ars est, aut nulla omnino, per quam eas assequamur. Nullam dicere maximarum rerum artem esse, quum minimarum sine arte nulla sit, hominum est parum considerate loquentium atque in maximis rebus errantium. Si autem est aliqua disciplina virtutis, ubi ea quæretur, quum ab hoc discendi genere discesseris? Sed hæc, quum ad philosophiam cohortamur, accuratius disputari solent; quod alio quodam

disent les anciens philosophes, la connaissance des choses divines et humaines, et des causes dont elles dépendent. Si l'on blâme une telle étude, je ne sais trop ce qui paraîtra digne de louange. Car si l'on cherche à occuper agréablement son esprit ou à se délasser des soins et des agitations de la vie, quelle étude est comparable à la philosophie, qui fait faire sans cesse quelque nouvelle découverte dans ce qui peut contribuer à rendre la vie bonne et heureuse? Que si c'est à une vertu solide et à une fermeté d'âme inébranlable que l'on aspire, la philosophie est l'art d'atteindre ce but, ou bien cet art n'existe nulle part. Or dire qu'il n'y a point de règles pour parvenir à la plus grande chose du monde, lorsque l'on convient qu'il y en a pour les moindres, ce serait parler en insensé, ce serait errer sur les objets les plus importants. Si donc il existe des règles pour acquérir la vertu, où les trouverons-nous, une fois que nous aurons rejeté les études de la sagesse? Mais il n'est pas nécessaire d'insister sur ce sujet, que j'ai traité plus à fond dans un ouvrage

Sapientia autem,	Or la sagesse,
ut definitum est	comme *cela* a été défini
a veteribus philosophis,	par les anciens philosophes,
est scientia	est la science
rerum divinarum	des choses divines
et humanarum,	et humaines,
causarumque quibus	et des causes dans lesquelles
hæres continentur :	ces choses sont contenues :
cujus	de laquelle
qui vituperat studium,	celui qui blâme l'étude,
haud intelligo sane	je ne comprends pas assurément
quidnam sit	quelle chose est
quod putet laudandum.	qu'il pense devoir être louée.
Nam sive oblectatio animi	Car soit qu'un amusement de l'esprit
requiesque curarum	et un repos des soucis
quæritur,	soit cherché,
quæ potest conferri	lequel peut être comparé
cum studiis eorum	avec les études de ceux
qui semper	qui toujours
anquirunt aliquid	cherchent quelque chose
quod spectet valeatque	qui ait-son-but et ait-sa-force
ad vivendum bene	pour vivre bien
beateque ?	et heureusement ?
sive ratio	soit qu'un système
constantiæ virtutisque	de constance et de vertu
ducitur,	soit déduit,
aut hæc est ars,	ou c'est *là* l'art,
aut nulla omnino,	ou aucun *art n'existe* absolument,
per quam assequamur eas.	par lequel nous puissions atteindre elles.
Dicere	Dire
esse nullam artem	être (qu'il n'y a) aucun art
rerum maximarum,	des choses les plus grandes,
quum nulla minimarum	lorsque aucune des plus petites
sit sine arte,	n'est sans art,
est hominum loquentium	est *le fait* d'hommes qui parlent
parum considerate,	peu avec-réflexion,
atque errantium	et qui se trompent
in rebus maximis.	dans les choses les plus grandes.
Si autem est	Mais s'il existe
aliqua disciplina virtutis,	quelque enseignement de la vertu,
ubi ea quæretur,	où cet *enseignement* sera-t-il cherché,
quum discesseris	quand tu te seras éloigné
ab hoc genere discendi ?	de ce genre d'apprendre (d'étude) ?
Sed hæc,	Mais ces choses,
quum cohortamur	lorsque nous exhortons
ad philosophiam,	à la philosophie,
solent disputari	ont-coutume d'être traitées

libro¹ fecimus. Hoc autem tempore tantum nobis declarandum
fuit cur, orbati reipublicæ muneribus, ad hoc nos studium
potissimum contulissemus.

Occurritur autem nobis, et quidem a doctis et eruditis,
quærentibus satisne constanter facere videamur, qui, quum
percipi nihil posse² dicamus, tamen et aliis de rebus disserere
soleamus, et hoc ipso tempore præcepta officii persequamur.
Quibus vellem satis cognita esset nostra sententia. Non enim
sumus ii, quorum vagetur animus errore, nec habeat unquam
quid sequatur. Quæ enim ista esset mens, vel quæ vita potius,
non modo disputandi, sed etiam vivendi ratione sublata? Nos
autem, ut ceteri alia certa, alia incerta esse dicunt, sic, ab
his dissentientes, alia probabilia, contra alia non probabilia
esse dicimus. Quid est igitur quod me impediat ea, quæ mihi

fait exprès pour inspirer aux hommes le goût de la philosophie. C'est
assez d'avoir expliqué pourquoi, après avoir été éloigné des fonctions publiques, je me suis particulièrement appliqué à cette sorte
d'étude.

Mais on me fait une autre objection. Des hommes qui ne
manquent ni d'étude ni de science demandent si, tout en disant
qu'il n'y a pas de certitude absolue, nous sommes bien conséquents
de venir traiter toute sorte de sujets et donner des préceptes sur
les devoirs de la vie. Il serait à désirer que ceux qui parlent ainsi
fussent mieux instruits de nos opinions. Il s'en faut bien que
nous soyons de ceux qui flottent toujours dans le doute et n'ont
d'idée arrêtée sur quoi que ce soit. Que serait notre esprit, ou plutôt que serait notre vie, s'il n'y avait rien d'arrêté ni dans nos principes ni dans notre conduite? La seule différence qu'il y ait entre
nous et les autres philosophes, c'est qu'au lieu qu'ils disent qu'il y
a des choses certaines et des choses incertaines, nous disons qu'il y
a des choses probables et des choses improbables. Qui m'empêche

accuratius ;	avec-plus-de-soin :
quod fecimus	ce que nous avons fait
quodam alio libro.	dans un certain autre livre.
Hoc autem tempore	Mais dans ce moment
tantum	*ceci* seulement
declarandum fuit nobis,	a dû être déclaré à (par) nous,
cur orbati	pourquoi privés
muneribus reipublicæ	des fonctions de la république
nos contulissemus	nous nous étions portés
ad hoc studium	vers cette étude
potissimum.	de-préférence.
Occurritur autem nobis,	Mais il est fait-objection à nous,
et quidem a doctis	et à la vérité par des *hommes* savants
et eruditis,	et instruits,
quærentibus, videamurne	demandant si nous paraissons
facere satis constanter,	agir assez conséquemment,
qui, quum dicamus	*nous* qui, lorsque nous disons
nihil posse percipi,	rien ne pouvoir être perçu,
tamen et soleamus	cependant et avons-coutume
disserere de aliis rebus,	de disserter sur d'autres choses,
et hoc tempore ipso	et dans ce moment même
persequamur	poursuivons (exposons)
præcepta officii.	des préceptes du devoir.
Quibus vellem	Auxquels je voudrais
nostra sententia	que notre manière-de-voir
esset satis cognita.	fût suffisamment connue.
Non enim sumus ii,	Car nous ne sommes pas ces (des) *gens*
quorum animus	dont l'esprit
vagetur errore,	s'égare par l'erreur,
nec habeat unquam	et n'ait jamais
quid sequatur.	quelle chose il suive.
Quæ enim esset ista mens,	Quel en effet serait cet esprit,
vel quæ vita potius,	ou quelle vie plutôt,
ratione	la méthode
non modo disputandi,	non-seulement de discuter,
sed vivendi, sublata ?	mais de vivre, ayant été enlevée ?
Nos autem,	Mais nous,
ut ceteri dicunt	comme tous-les-autres disent
alia esse certa,	les unes *des choses* être certaines
alia incerta ;	les autres incertaines ;
sic dissentientes ab his,	ainsi différant-d'avis d'eux,
dicimus alia	nous disons les unes *des choses*
esse probabilia,	être probables,
contra alia non probabilia.	au-contraire les autres non probables.
Quid est igitur	Quelle chose y a-t-il donc
quod impediat me	qui puisse empêcher moi
sequi ea	de suivre ces choses

probabilia videantur, sequi ; quæ contra, improbare ; atque,
affirmandi arrogantiam vitantem, fugere temeritatem, quæ a
sapientia dissidet plurimum? Contra autem omnia disputatur
a nostris, quod hoc ipsum probabile elucere non posset, nisi
ex utraque parte causarum esset facta contentio. Sed hæc
explanata sunt in Academicis nostris [1] satis, ut arbitror, diligenter. Tibi autem, mi Cicero, quanquam in antiquissima
nobilissimaque philosophia, Cratippo auctore, versaris, iis
simillimo qui ista præclara pepererunt, tamen hæc nostra finitima vestris ignota esse nolui. Sed jam ad instituta pergamus.

III. Quinque igitur rationibus propositis officii perse-
quendi, quarum duæ ad decus honestatemque pertinent,
duæ ad commoda vitæ, copias, opes, facultates, quinta ad
eligendi judicium, si quando ea quæ dixi pugnare inter se

donc de suivre ce qui me paraît probable et de rejeter ce qui ne me
paraît pas tel, ainsi que d'éviter le ton présomptueux et affirmatif,
et la témérité, qui est si éloignée de la sagesse? Que si nos Académiciens mettent tout en discussion, c'est parce que ce probable que
nous cherchons ne se peut découvrir qu'à force d'agiter le pour et
le contre. C'est ce que je crois avoir expliqué avec assez de soin dans
mes *Questions académiques*. Pour vous, mon cher Cicéron, quoique
vous soyez appliqué à une philosophie qui n'est pas moins illustre
qu'ancienne, et que vous en preniez des leçons d'un maître qui peut
aller de pair avec ceux qui en sont les fondateurs, je suis bien aise
que notre doctrine, peu éloignée d'ailleurs de la vôtre, ne vous
soit pas inconnue. Mais revenons à notre sujet.

III. Des cinq divisions que j'ai établies en matière de devoirs, et
dont les deux premières se rapportent à l'honnête, les deux suivantes
aux intérêts de la vie, aux biens, aux richesses, au crédit, la cinquième au choix à faire entre l'honnête et l'utile lorsqu'ils semblent

quæ videantur mihi	qui paraissent à moi
probabilia ;	probables ;
improbare	de désapprouver
quæ contra ;	celles qui *me paraissent* en-sens-contraire ;
atque vitantem	et évitant
arrogantiam affirmandi,	la présomption d'affirmer,
fugere temeritatem,	d'éviter la témérité,
quæ dissidet plurimum	qui est éloignée le plus
a sapientia ?	de la sagesse ?
Disputatur autem	Or il est discuté
contra omnia	contre toutes choses
a nostris,	par les nôtres (ceux de notre école).
quod hoc probabile ipsum	parce que ce probable même
non posset elucere,	ne pourrait être mis-en-lumière
nisi contentio causarum	si une discussion des causes
facta esset	n'avait été faite
ex utraque parte.	de l'un-et-l'autre sens.
Sed hæc explanata sunt	Mais ces choses ont été développées
satis diligenter, ut arbitror,	assez soigneusement, comme je pense,
in nostris Academicis.	dans nos Académiques.
Tibi autem, mi Cicero,	Mais pour toi, mon Cicéron,
quanquam versaris	quoique tu vives
in philosophia	dans la philosophie
antiquissima	la plus ancienne
nobilissimaque,	et la plus noble,
Cratippo auctore,	Cratippe *étant ton* maître,
simillimo iis	*Cratippe* très-semblable à ceux
qui pepererunt	qui ont enfanté
ista præclara,	ces brillantes *doctrines*,
tamen nolui	cependant je n'ai-pas-voulu
hæc nostra,	ces *préceptes* nôtres,
finitima vestris,	voisins des vôtres,
esse ignota.	être inconnus.
Sed pergamus jam	Mais poursuivons dès-à-présent
ad instituta. [tiones	vers les choses commencées.
III. Quinque igitur ra-persequendi officii	III. Donc cinq méthodes de poursuivre le devoir
propositis,	ayant été proposées (établies),
quarum duæ pertinent	desquelles deux ont-rapport
ad decus honestatemque ,	à la bienséance et l'honnêteté,
duo ad commoda vitæ,	deux aux avantages de la vie,
copias, opes, facultates,	richesses, puissances, ressources,
quinta	la cinquième
ad judicium eligendi,	au jugement de choisir (au choix),
si quando ea quæ dixi	si quelquefois ces choses que j'ai dites
viderentur	paraissaient
pugnare inter se,	combattre entre elles,

viderentur, honestatis pars confecta est, quam quidem tibi
cupio esse notissimam. Hoc autem de quo nunc agimus, id
ipsum est quod utile appellatur. In quo lapsa consuetudo de-
flexit de via, sensimque eo deducta est, ut, honestatem ab
utilitate secernens, et constitueret honestum esse aliquid,
quod utile non esset, et utile, quod non honestum ; qua nulla
pernicies major hominum vitæ potuit afferri. Summa quidem
auctoritate philosophi, severe sane atque honeste, hæc tria
genera confusa cogitatione distinguunt. Quidquid enim justum sit, id etiam utile esse censent ; itemque quod honestum,
idem justum : ex quo efficitur ut, quidquid honestum sit, idem
sit utile. Quod qui parum prospiciunt, hi sæpe, versutos
homines et callidos admirantes, malitiam sapientiam judicant.
Quorum error eripiendus est, opinioque omnis ad eam spem

en opposition, j'ai traité ce qui regarde l'honnête, et c'est sur quoi
je désire que vous soyez le mieux instruit. Il s'agit maintenant de
ce que l'on appelle l'utile ; et là-dessus le langage et le sentiment
des hommes se sont insensiblement écartés de la vérité : on s'est
accoutumé à distinguer l'utile de l'honnête ; on en est venu à croire
qu'il y a des choses honnêtes qui ne sont pas utiles, et qu'il y en a
qui sont utiles, quoiqu'elles ne soient pas honnêtes. Or rien n'est
si pernicieux et si capable de corrompre les mœurs des hommes. De
très-grands philosophes confondent avec raison ces trois choses,
le juste, l'honnête et l'utile, et ne les distinguent que par la pensée.
Selon eux, rien n'est utile qui ne soit juste, rien n'est juste qui ne
soit honnête ; d'où il s'ensuit que rien n'est utile qui ne soit honnête. C'est faute d'avoir compris ce que je viens de dire, que quelques-uns admirent l'adresse et la finesse de certaines gens, qui prennent pour sagesse ce qui est méchanceté. Il faut donc les tirer de
cette erreur, et leur faire comprendre que ce n'est que par des ac-

pars honestatis,	la partie de l'honnêteté,
quam quidem cupio	laquelle à la vérité je désire
esse notissimam tibi,	être très-connue à toi,
confecta est.	a été achevée.
Hoc autem de quo	Mais ce de quoi
agimus nunc	nous traitons maintenant
est id ipsum	est cela même
quod appellatur utile.	qui est appelé l'utile.
In quo consuetudo lapsa	En quoi l'usage ayant fait un faux-pas
deflexit de via,	s'est détourné de la *vraie* route,
sensimque deducta est eo,	et peu-à-peu a été amené là,
ut secernens honestatem	que séparant l'honnêteté
ab utilitate,	de l'utilité,
constitueret	il établît
et aliquid esse honestum,	et quelque chose être honnête,
quod non esset utile,	qui ne fût pas utile,
et utile,	et *quelque chose être* utile,
quod non honestum :	qui ne *fût* pas honnête :
qua	en comparaison duquel *usage*
nulla pernicies major	aucun fléau plus grand
potuit afferri	n'a pu être apporté
vitæ hominum.	à la vie des hommes.
Philosophi	Des philosophes
summa quidem auctoritate	d'une très-haute autorité à la vérité
distinguunt cogitatione,	distinguent *seulement* par la pensée,
severe sane	avec-sévérité assurément
atque honeste,	et avec-honnêteté,
hæc tria genera confusa.	ces trois genres confondus.
Censent enim	Ils pensent en effet
quidquid sit justum,	toute chose qui est juste,
id esse etiam utile ;	celle-là être aussi utile ;
itemque quod honestum,	et de même *une chose qui est* honnête,
idem justum :	cette-même chose *être* juste :
ex quo efficitur	de quoi il est produit (il résulte)
ut quidquid sit honestum,	que toute chose qui est honnête,
idem sit utile.	cette-même chose est utile.
Quod	Laquelle chose
qui perspiciunt parum,	ceux qui pénètrent peu,
hi sæpe, admirantes	ceux-ci souvent, admirant
homines versutos	les hommes retors
et callidos,	et adroits,
judicant malitiam	jugent la méchanceté
sapientiam.	*être* sagesse.
Quorum error	Desquels l'erreur
eripiendus est,	doit être arrachée,
omnisque opinio	et toute l'opinion
traducenda ad eam spem,	doit être amenée à cette espérance,

traducenda, ut honestis consiliis justisque factis, non fraude et malitia, se intelligant ea quæ velint consequi posse.

Quæ ergo ad vitam hominum tuendam pertinent, partim sunt inanima, ut aurum, argentum, ut ea quæ gignuntur e terra, ut alia ejusdem generis; partim animalia, quæ habent suos impetus et rerum appetitus. Eorum autem alia rationis expertia sunt, alia ratione utentia. Expertes rationis, equi, boves, reliquæ pecudes, apes, quarum opere efficitur aliquid ad hominum usum atque vitam. Ratione autem utentium duo genera ponuntur : unum, deorum ; alterum, hominum. Deos placatos pietas efficiet et sanctitas ; proxime autem et secundum deos homines hominibus maxime utiles esse possunt Earumque item rerum quæ noceant et obsint, eadem divisio est. Sed quia deos nocere non putant, his exceptis, homines

tions et des intentions droites et honnêtes, jamais par l'astuce et la perfidie, qu'ils peuvent espérer d'arriver à ce qui est le but de leurs désirs.

Parmi les objets qui sont utiles à la vie de l'homme, il en est d'inanimés, comme l'or, l'argent, les fruits de la terre et autres du même genre; il y en a d'animés, qui ont leurs mouvements et leurs appétits. De ceux-ci, les uns sont sans raison, comme les chevaux, les bœufs, et toutes les autres espèces de quadrupèdes, les abeilles qui produisent aussi quelque chose d'utile à l'homme; les autres ont de la raison, et ce sont les hommes et les dieux. Quant aux dieux, ce qui nous les rend favorables, c'est la piété et la sainteté de la vie. Après eux, il n'y a rien dont les hommes tirent tant de secours que des hommes mêmes. On divise également en deux espèces les objets qui peuvent nuire. A l'égard des dieux, on est persuadé qu'ils ne nous font jamais aucun mal; mais les hommes peu-

ut intelligant	qu'ils comprennent
se posse consequi ea	eux-mêmes pouvoir atteindre ces choses
quæ velint	qu'ils veulent
consiliis honestis	par des vues honnêtes
factisque justis,	et des actions justes,
non fraude et malitia.	non par la fraude et la méchanceté.
Quæ ergo pertinent	Les choses donc qui ont-rapport
ad vitam hominum	à la vie des hommes
tuendam,	devant être protégée,
partim sunt inanima,	en-partie sont inanimées,
ut aurum, argentum,	comme l'or, l'argent,
ut ea	comme ces choses
quæ gignuntur e terra,	qui sont produites de la terre,
ut alia ejusdem generis;	comme d'autres du même genre;
partim animalia,	en-partie animées,
quæ habent suos impetus	qui ont leurs élans (passions)
et appetitus rerum.	et appétits des choses.
Eorum autem	Mais de celles-ci
alia sunt expertia rationis,	les unes sont dépourvus de raison,
alia utentia ratione.	les autres faisant-usage de la raison.
Expertes rationis	*Sont* dépourvus de raison
equi, boves,	les chevaux, les bœufs,
reliquæ pecudes,	le reste des quadrupèdes,
apes, opere quarum	les abeilles, par le travail desquelles
aliquid efficitur	quelque chose est produit
ad usum hominum	pour l'usage des hommes
atque vitam.	et la vie *humaine*.
Duo autem genera	Mais deux espèces
ponentur	seront établies
utentium ratione:	des *êtres* faisant-usage de la raison:
unum, deorum;	l'une, *celle* des dieux;
alterum, hominum.	l'autre, *celle* des hommes.
Pietas et sanctitas	La piété et la sainteté
efficiet deos placatos:	rendra les dieux apaisés (propices):
proxime autem,	mais immédiatement après,
et secundum deos,	et à-la-suite des dieux,
homines possunt esse	les hommes peuvent être
maxime utiles hominibus.	le plus utiles aux hommes.
Itemque	Et de même
eadem divisio est	la même division est
rerum quæ noceant	des choses qui peuvent nuire
et obsint.	et peuvent faire-obstacle.
Sed quia non putant	Mais parce que *les hommes* ne croient pas
deos nocere,	les dieux nuire,
his exceptis,	ceux-ci étant exceptés,
arbitrantur homines	ils estiment les hommes
obesse plurimum	nuire le plus

hominibus obesse plurimum arbitrantur. Ea enim ipsa, quæ inanima diximus, pleraque sunt hominum operis effecta, quæ
nec haberemus, nisi manus et ars accessissent ; nec his sine
hominum administratione uteremur. Neque enim valetudinis
curatio, neque navigatio, neque agricultura, neque frugum
fructuumque reliquorum perceptio et conservatio sine hominum opera ulla esse potuisset. Jam vero et earum rerum
quibus abundaremus exportatio, et earum quibus egeremus
invectio certe nulla esset, nisi his muneribus homines funge-
rentur. Eademque ratione nec lapides e terra exciderentur
ad usum nostrum necessarii,

Nec ferrum, aurum, æs, argentum effoderetur penitus abditum,

sine hominum labore et manu.

IV. Tecta vero, quibus et frigorum vis pelleretur et calo-
rum molestiæ sedarentur, unde aut initio generi humano
dari potuissent, aut postea subveniri, si aut vi tempestatis,

vent entre eux se nuire ou se servir beaucoup. Les choses même
inanimées qui nous sont de quelque utilité, ne les devons-nous
pas, pour la plupart, aux soins et au travail des hommes? et
n'est-ce pas leur main et leur industrie qui non-seulement nous
les fait avoir, mais les rend propres à notre usage? Aurions-nous
sans elles ni médecine, ni navigation, ni agriculture? Pourrions-
nous même recueillir et conserver le blé et les autres fruits de la
terre? N'est-ce pas à l'industrie des hommes que nous devons ce
commerce si utile à la société humaine, qui porte chez les étrangers les choses qui viennent chez nous en abondance, et tire d'eux
celles qui nous manquent? Enfin n'est-ce pas la main des hommes
qui va chercher

L'or et l'argent cachés dans le sein de la terre,

le fer, le cuivre, les pierres même dont nos maisons sont bâties?
IV. Comment, dans l'origine des sociétés, aurait-on eu des maisons pour se défendre des rigueurs du froid et de la violence de la
chaleur, et comment aurait-on pu les relever à mesure qu'elles

hominibus.	aux hommes.
Ea enim ipsa,	En effet ces *objets* mêmes,
quæ diximus inanima,	que nous avons dits inanimés,
pleraque effecta sunt	la plupart ont été produits
operis hominum,	par les travaux des hommes,
quæ nec haberemus,	lesquels et nous n'aurions pas,
nisi manus et ars	si la main et l'industrie
accessissent,	ne s'étaient ajoutés,
nec uteremur his	et nous ne ferions-pas-usage d'eux
sine administratione	sans l'aide
hominum.	des hommes.
Neque enim ulla curatio	Et en effet ni aucun soin
valetudinis,	de la santé,
neque navigatio,	ni navigation,
neque agricultura,	ni agriculture,
neque perceptio	ni récolte
et conservatio frugum	et conservation des grains
reliquorumque fructuum,	et du reste-des fruits,
potuisset esse	n'aurait pu être
sine opera hominum.	sans le travail des hommes.
Jam vero	Mais en outre
et exportatio earum rerum	et l'exportation de ces objets
quibus abundaremus,	dont nous aurions-surabondance,
et invectio earum	et l'importation de ces *objets*
quibus egeremus,	dont nous aurions-manque,
esset certe nulla,	serait assurément nulle,
nisi homines fungerentur	si les hommes ne s'acquittaient
his muneribus.	de ces fonctions.
Eademque ratione	Et par la même analogie
nec lapides necessarii	ni les pierres nécessaires
ad nostrum usum	pour notre usage
exciderentur e terra,	ne seraient tirées de la terre,
nec ferrum, æs, aurum,	ni le fer, le cuivre, l'or,
abditum penitus,	caché profondément,
effoderetur,	ne serait déterré,
sine labore	sans le travail
et manu hominum.	et la main des hommes.
IV. Tecta vero,	IV. Mais les maisons,
quibus et vis frigorum	par lesquelles et la rigueur des **froids**
pelleretur,	serait écartée,
et molestiæ calorum	et les inconvénients des chaleurs
sedarentur,	seraient adoucis,
unde potuissent	d'où auraient-elles pu
aut initio	ou bien au commencement
dari generi humano,	être données au genre humain,
aut postea	ou ensuite *d'où aurait-il pu*
subveniri,	être porté-secours,

aut terræ motu, aut vetustate cecidissent, nisi communis
vita ab hominibus harum rerum auxilia petere didicisset?
Adde ductus aquarum, derivationes fluminum, agrorum
irrigationes, moles oppositas fluctibus, portus manu factos,
quæ unde sine hominum opera habere possemus? ex quibus
multisque aliis perspicuum est, qui fructus quæque utilitates
ex rebus iis quæ sunt inanimæ percipiantur, eas nos nullo
modo sine hominum manu atque opera capere potuisse. Qui
denique ex bestiis fructus aut quæ commoditas, nisi homines
adjuvarent, percipi posset? Nam et qui principes inveniendi
fuerunt quem ex quaque bellua usum habere possemus, homines certe fuerunt; nec hoc tempore sine hominum opera
aut pascere eas, aut domare, aut tueri, aut tempestivos fructus ex his capere possemus; ab eisdemque et eæ quæ nocent
interficiuntur, et quæ usu possunt esse capiuntur. Quid enu-

étaient renversées par un orage, un tremblement de terre, ou qu'elles
tombaient de vétusté, si la vie commune n'avait appris aux hommes
à se prêter de mutuels secours? La conduite et la dérivation des
eaux, l'irrigation des terres, les digues opposées aux flots, les ports
creusés par l'art, n'en serions-nous pas privés sans le travail des
hommes? Il est donc aisé de voir, par ces exemples et par beaucoup
d'autres, que l'utilité que nous tirons des choses même inanimées ne
peut être que le fruit de l'industrie humaine. De quelle utilité enfin
ou de quelle commodité nous seraient les animaux sans le secours
des hommes? N'est-ce pas eux qui, les premiers, découvrirent l'usage
qu'on pouvait faire de chaque animal? et aujourd'hui encore, sans
leur concours, pourrions-nous les dompter, les nourrir, les conserver
et en recueillir le profit qui s'en peut tirer? N'est-ce pas eux qui détruisent les bêtes nuisibles et prennent celles qui peuvent servir à nos
besoins? Que dirai-je de cette multitude d'arts sans lesquels il serait

si cecidissent	si elles étaient tombées
aut vi tempestatis,	ou par la violence d'une tempête [terre,
aut motu terræ,	ou par un mouvement (tremblement) de
aut vetustate,	ou par la vétusté,
nisi vita communis	si la vie commune
didicisset	n'avait pas appris
petere ab hominibus	à demander aux hommes
auxilia harum rerum?	les secours de ces choses?
Adde ductus aquarum,	Ajoute les conduites d'eaux,
derivationes fluminum,	les dérivations de fleuves,
irrigationes agrorum,	les irrigations de champs,
moles oppositas fluctibus,	les digues opposées aux flots,
portus factos manu,	les ports faits par la main des hommes,
quæ unde possimus habere	lesquelles choses d'où pourrions-nous
sine opera hominum?	sans le travail des hommes? [avoir
Ex quibus, multisque aliis,	D'après lesquelles, et beaucoup d'autres,
est perspicuum	il est évident
qui fructus	lesquels fruits
quæque utilitates	et lesquels avantages
percipiantur ex iis rebus	sont recueillis de ces choses
quæ sunt inanimæ,	qui sont inanimées,
nos potuisse nullo modo	nous n'avoir pu d'aucune façon
capere eas	recueillir ces avantages
sine manu	sans la main
atque opera hominum.	et le travail des hommes.
Denique qui fructus	Enfin quel fruit
aut quæ commoditas	ou quelle commodité
posset percipi ex bestiis,	pourraient être tirés des bêtes,
nisi homines adjuvarent?	si les hommes ne nous aidaient?
Nam et qui fuerunt	Car et ceux qui ont été
principes inveniendi	les premiers à trouver
quem usum	quel usage
possemus habere	nous pourrions avoir (faire)
ex quaque bellua,	de chaque animal,
fuerunt certe homines;	ont été assurément des hommes;
nec possemus hoc tempore	et nous ne pourrions pas dans ce temps-ci
aut pascere eas,	ou nourrir eux,
aut domare, aut tueri,	ou les dompter, ou les conserver,
aut capere ex his	ou tirer d'eux
fructus tempestivos,	des fruits opportuns,
sine opera hominum:	sans le travail des hommes:
ab eisdemque	et par ces mêmes hommes
et ea quæ nocent	et ces bêtes qui nuisent
interficiuntur,	sont tuées,
et quæ possunt esse usui	et celles qui peuvent être à utilité (utiles)
capiuntur.	sont prises.
Quid enumerem	Pourquoi énumérerais-je

13

merem artium multitudinem, sine quibus vita omnino nulla
esse potuisset? Quis enim ægris subveniret? quæ esset oblectatio valentium, qui victus aut cultus, nisi tam multæ nobis
artes ministrarent? Quibus rebus exculta hominum vita tantum distat a victu et cultu bestiarum. Urbes vero sine hominum cœtu non potuissent nec ædificari nec frequentari : ex
quo leges moresque constituti, tum juris æqua descriptio, cer-
taque vivendi disciplina. Quas res et mansuetudo animorum
consecuta et verecundia est, effectumque ut esset vita muni-
tior, atque ut dando et accipiendo, permutandisque facultatibus et commodis, nulla re egeremus.

V. Longiores hoc loco sumus quam necesse est. Quis enim
est cui non perspicua sint illa quæ pluribus verbis a Panætio
commemorantur, neminem neque ducem bello nec principem
domi magnas res et salutares sine hominum studiis gerere

impossible de vivre? Sans les arts, quels soulagements aurions-nous
dans la maladie? quels plaisirs dans la santé? comment pourrions-
nous nous nourrir et nous vêtir? Ce sont les arts qui ont embelli la
vie de l'homme et qui l'ont mise si fort au-dessus de celle des bêtes.
Les villes auraient-elles jamais pu être bâties ou peuplées, si les hommes ne s'étaient rassemblés en société? C'est de cette union qu'on a
vu naître les lois et les coutumes; alors s'établirent les règles du
droit et une forme de vie certaine et réglée. C'est par là que les esprits se sont adoucis, que les hommes ont appris à se respecter entre
eux, que leur vie est devenue plus assurée, et qu'ils ont pu, en donnant et en recevant, par un échange mutuel de services et de secours, satisfaire à tous leurs besoins.

V. Je ne me suis que trop étendu sur cette matière, et il n'y a rien
là qui ne soit connu de tout le monde; il en est de même de ce que
Panétius à pris à tâche d'exposer longuement, que ni les généraux ni
les hommes d'État n'auraient pu rien faire de grand et d'utile sans le

multitudinem artium,	la multitude des arts,
sine quibus	sans lesquels
nulla vita omnino	aucune vie absolument
potuisset esse?	n'aurait pu être?
Quis enim	Qui en effet
subveniret ægris,	secourrait les malades,
quæ oblectatio esset	quel charme serait
valentium,	de ceux qui se portent-bien, [vivre,
qui victus aut cultus,	quelle nourriture ou *quelle* manière-de-
nisi àrtes tam multæ	si des arts si nombreux
ministrarent?	ne *nous* aidaient pas?
Quibus rebus exculta	Par lesquelles choses embellie,
vita hominum	la vie des hommes
distat tantum	est éloignée tant
a victu	de la nourriture
et cultu bestiarum.	et de la manière-de-vivre des bêtes.
Urbes vero	Mais les villes
sine cœtu hominum	sans réunion d'hommes
non potuissent	n'auraient pu
nec ædificari	ni être bâties
nec frequentari :	ni être peuplées :
ex quo leges	par-suite-de quoi des lois
moresque constituti,	et des mœurs *ont été* établies,
tum descriptio æqua	puis un règlement égal
juris,	du droit,
disciplinaque certa vivendi.	et un système fixe de vivre (de vie).
Quas res	Lesquelles choses
et mansuetudo animorum	et la douceur des esprits,
et verecundia consecuta est,	et la pudeur suivit,
effectumque	et il fut produit
ut vita esset munitior,	que la vie fût plus assurée,
atque ut dando	et que en donnant
et accipiendo,	et en recevant,
mutandisque facultatibus	et en échangeant les ressources
et commodis,	et les avantages,
egeremus nulla re.	nous ne manquassions d'aucune chose.
V. Sumus hoc loco	V. Nous sommes en cet endroit
longiores quam est necesse.	plus longs qu'il *n'*est nécessaire.
Quis est enim,	Qui est (y a-t-il quelqu'un) en effet,
cui non sint perspicua	pour qui ne soit pas évidentes
illa quæ commemorantur	ces choses qui sont rapportées
pluribus verbis	en plus nombreuses paroles
a Panætio,	par Panétius,
neminem	personne
neque ducem belli,	ni chef à la guerre,
nec principem domi,	ni tenant-le-premier-rang à l'intérieur,
potuisse gerere	n'avoir pu faire

potuisse? Commemoratur ab eo Themistocles, Pericles, Cyrus,
Agesilaus, Alexander, quos negat sine adjumentis hominum
tantas res efficere potuisse. Utitur in re non dubia testibus
non necessariis.

Atque, ut magnas utilitates adipiscimur conspiratione hominum atque consensu, sic nulla tam detestabilis pestis est
quæ non homini ab homine nascatur. Est Dicæarchi[1] liber de
interitu hominum, peripatetici magni et copiosi, qui, collectis
ceteris causis, eluvionis, pestilentiæ, vastitatis, belluarum
etiam repentinæ multitudinis, quarum impetu docet quædam
hominum genera esse consumpta, deinde comparat quanto
plures deleti sint homines hominum impetu, id est bellis aut
seditionibus, quam omni reliqua calamitate.

Quum igitur hic locus nihil habeat dubitationis quin homines plurimum hominibus et prosint et obsint, proprium hoc

secours des autres hommes. Il cite sur cela Thémistocle, Périclès,
Cyrus, Agésilas, Alexandre, et soutient qu'ils n'auraient pu exécuter
tant de si grandes choses, s'ils n'avaient été secondés par les hommes. Il ne fallait pas tant de témoins pour prouver ce dont personne ne doute.

Mais s'il n'y a point d'avantages comparables à ceux que les
hommes peuvent retirer les uns des autres, quand ils sont de
concert pour s'entr'aider, il n'y a pas non plus de calamités pareilles à celles qui arrivent aux hommes par les hommes mêmes.
Dicéarque, habile et éloquent péripatéticien, a fait un livre sur la
destruction de l'espèce humaine; il y énumère les inondations, les
pestes, les invasions de bêtes farouches qui ont détruit des peuplades
entières; et il montre ensuite, par la comparaison, combien il a péri
plus d'hommes par la fureur des hommes mêmes, c'est-à-dire par les
guerres et les séditions, que par toutes les autres calamités.

Puis donc qu'il est hors de doute que rien ne saurait faire tant de
bien ni tant de mal aux hommes que les hommes eux-mêmes, je crois

res magnas et salutares	des choses grandes et utiles
sine studiis hominum ?	sans les travaux des hommes ?
Themistocles	Thémistocle
commemoratur ab eo,	est cité par lui,
Pericles, Cyrus,	*et aussi* Périclès, Cyrus,
Agesilaus, Alexander,	Agésilas, Alexandre,
quos negat	lesquels il nie
potuisse efficere res tantas	avoir pu accomplir des choses si-grandes
sine adjumentis hominum.	sans l'aide des hommes.
Utitur in re non dubia	Il se sert dans une chose non douteuse
testibus non necessariis.	de témoins non nécessaires.
Atque, ut adipiscimur	Et, comme nous obtenons
magnas utilitates	de grands avantages
conspiratione	par l'accord
atque consensu hominum,	et le consentement des hommes,
sic est nulla pestis	ainsi il *n*'est aucun fléau
tam detestabilis	si exécrable
quæ non nascatur homini	qui ne naisse à l'homme
ab homine.	de l'homme.
Est liber Dicæarchi,	Il existe un livre de Dicéarque,
peripatetici magni	péripatéticien grand
et copiosi,	et abondant,
de interitu hominum :	sur la destruction des hommes :
qui, ceteris causis	lequel *Dicéarque*, toutes-les-autres causes
collectis,	ayant été rassemblées,
eluvionis, pestilentiæ,	*celles* de l'inondation, de la peste,
vastitatis,	de la dépopulation,
etiam	même
multitudinis repentinæ	la multitude soudaine
belluarum,	des bêtes,
impetu quarum	par l'attaque desquelles
docet	il enseigne
quædam genera hominum	certaines espèces (peuplades) d'hommes
consumpta esse,	avoir été anéanties,
deinde comparat	ensuite compare
quanto plures homines	combien de plus nombreux hommes
deleti sunt	ont été détruits
impetu hominum,	par l'attaque des hommes,
id est bellis	c'est-*à-dire* par les guerres
aut seditionibus,	ou les séditions,
quam omni calamitate	que par toute calamité
reliqua.	restant (autre que celles-là).
Quum igitur hic locus	Puisque donc cet endroit
habeat nihil dubitationis,	*n*'a (n'offre) rien de (aucun) doute,
quin homines	que les hommes
et prosint	et ne soient-utiles
et obsint plurimum	et ne nuisent le plus

statuo esse virtutis, conciliare sibi animos hominum et ad usus suos adjungere. Itaque, quæ in rebus inanimis quæque in usu et tractatione belluarum fiunt utiliter ad hominum vitam, artibus ea tribuuntur operosis; hominum autem studia, ad amplificationem nostrarum rerum prompta ac parata, virorum præstantium sapientia et virtute excitantur.

Etenim virtus omnis in tribus rebus fere vertitur : quarum una est in perspiciendo quid in quaque re verum sincerumque sit, quid consentaneum cuique, quid consequens, ex quo quæque gignantur, quæ cujusque rei causa sit; alterum, cohibere motus animi turbatos, quos Græci πάθη nominant, appetitionesque, quas illi ὁρμάς, obedientes efficere rationi ; tertium, iis quibuscum congregamur uti moderate et scienter,

que le principal objet de la vertu est de se concilier leur esprit et de le tourner à son avantage. Laissons aux métiers l'utilité qu'on peut retirer des choses inanimées et des animaux même; le partage des grands hommes et le véritable emploi de la vertu, c'est de gagner la bienveillance, d'exciter l'industrie des autres, et de faire en sorte qu'ils augmentent la somme de nos biens.

L'exercice de tout ce qui s'appelle vertu consiste dans l'un de ces trois points : ou pénétrer la véritable nature de chaque chose, ses propriétés, son origine, ses causes, ses effets; ou réprimer ces mouvements turbulents de l'esprit que les Grecs appellent πάθη, et soumettre à la raison ces appétits qu'ils nomment ὁρμάς; ou enfin user avec tant de sagesse et de discrétion de ceux avec qui nous vivons, que

hominibus,	aux hommes,
statuo	j'établis
hoc esse proprium virtutis,	ceci être le propre de la vertu,
conciliare	de gagner
animos hominum	les esprits des hommes
et adjungere ad suos usus.	et de *les* attacher (tourner) à son utilité.
Itaque	C'est-pourquoi
quæ fiunt utiliter	*les choses* qui se font utilement
ad vitam hominum	pour la vie des hommes
in rebus inanimis,	dans les choses inanimées,
quæque	et celles qui *se font utilement*
in usu et tractatione	dans l'usage et le maniement
belluarum,	des animaux *domestiques*,
ea tribuuntur	celles-ci sont attribuées
artibus operosis;	aux arts pénibles ;
studia autem hominum	mais les inclinations des hommes
prompta ac parata	empressées et préparées
ad amplificationem	à l'agrandissement
nostrarum rerum,	de nos affaires,
excitantur	sont excitées
sapientia et virtute	par la sagesse et la vertu
virorum præstantium.	des hommes éminents.
Etenim omnis virtus	En effet toute vertu
vertitur fere	se meut (consiste) généralement
in tribus rebus :	en trois choses :
quarum una est	desquelles l'une est (consiste)
in perspiciendo	à pénétrer
quid sit verum	quoi est vrai
sincerumque	et pur
in quaque re,	dans chaque chose,
quid consentaneum cuique,	quoi *est* d'-accord avec chaque *chose*,
quid consequens,	quoi *est* venant-à-la-suite,
ex quo quæque gignantur,	de quoi chaque chose est produite,
quæ sit causa cujusque rei ;	quelle est la cause de chaque chose;
alterum, cohibere	l'autre, *c'est* de réprimer
motus turbatos animi,	les mouvements troublés de l'âme,
quos Græci	que les Grecs
nominant πάθη,	nomment πάθη,
efficereque	et de rendre
obedientes rationi	obéissants à la raison
appetitiones,	les appétits,
quas illi ὁρμάς ;	qu'ils *nomment* ὁρμάς ;
tertium,	la troisième,
uti moderate et scienter	d'user avec-modération et avec-sagesse
iis quibuscum	de ceux avec qui
congregamur,	nous nous associons,
studiis quorum,	par le travail desquels,

quorum studiis ea quæ natura desiderat expleta cumulataque
habeamus ; per eos denique, si quid importetur nobis incom-
modi, propulsemus, ulciscamurque eos qui nocere nobis co-
nati sunt, tantaque pœna afficiamus, quantam æquitas hu-
manitasque patitur.

VI. Quibus autem rationibus hanc facultatem assequi possimus, ut hominum studia complectamur eaque teneamus,
dicemus, neque ita multo post ; sed pauca ante dicenda sunt.
Magnam vim esse in fortuna in utramque partem, vel secundas ad res vel adversas, quis ignorat ? Nam et, quum prospero
flatu ejus utimur, ad exitus pervehimur optatos ; et, quum
reflavit, affligimur. Hæc igitur ipsa fortuna ceteros casus ra-
riores habet, primum ab inanimis procellas, tempestates,
naufragia, ruinas, incendia ; deinde a bestiis ictus, morsus,
impetus. Hæc ergo, ut dixi, rariora. At vero interitus exerci-

nous ayons abondamment, par leurs soins, tout ce que les besoins de
la nature demandent, et que nous soyons plus en état, avec leur secours, de nous défendre contre ceux qui voudraient nous faire du
mal, de les punir même autant que l'équité et l'humanité le peuvent
permettre.

VI. Nous dirons tout à l'heure par quels moyens on peut gagner
et se conserver la bienveillance des hommes ; mais il n'est pas inutile de faire d'abord une réflexion. Personne n'ignore combien la
fortune peut faire de bien et de mal. Quand elle nous est favorable,
tout réussit au gré de nos désirs ; devient-elle contraire, elle nous
écrase. Mais entre les accidents de la fortune, ceux qui viennent par
les choses inanimées, comme les orages, les tempêtes, les naufrages,
les mines, les incendies, sont les plus rares, aussi bien que ceux
causés par les bêtes, qui frappent, qui mordent ou qui ruent. Mais

habeamus expleta	nous puissions avoir accomplies
cumulataque	et comblées
ea quæ natura desiderat;	ces choses que la nature désire;
propulsemusque	et nous repoussions
per eosdem	par les (avec l'aide des) mêmes
si quid incommodi	si quelque chose de (quelque) dommage
importetur nobis,	est apporté à nous,
ulciscamurque eos	et nous punissions ceux
qui conati sint	qui ont tenté
nocere nobis,	de nuire à nous,
afficiamusque	et *les* frappions
pœna tanta	d'un châtiment aussi-grand
quantam æquitas	que l'équité
humanitasque patitur.	et l'humanité *le* souffrent.
VI. Dicemus autem	VI. Mais nous dirons
quibus rationibus	par quels moyens
possimus assequi	nous pouvons atteindre
hanc facultatem,	cette facilité,
ut complectamur	que nous embrassions (gagnions)
studia hominum,	les sympathies des hommes,
teneamusque ea;	et gardions elles; [après (bientôt):
neque ita multo post:	et *nous le dirons* pas tellement beaucoup
sed pauca	mais peu-de-choses
dicenda sunt ante.	doivent être dites auparavant.
Quis ignorat	Qui ignore
magnam vim	une grande influence
esse in fortuna	être dans la fortune
in utramque partem,	de l'un-et-l'autre côté,
vel ad res secundas,	soit pour les choses favorables,
vel adversas?	soit *pour les choses* contraires?
nam et quum utimur	car et lorsque nous faisons-usage
flatu prospero ejus,	du souffle prospère d'elle,
provehimur	nous sommes portés
ad exitus optatos;	aux succès souhaités;
et, quum reflavit,	et, lorsqu'elle a soufflé-en-sens-contraire,
affligimur.	nous sommes jetés-à-bas.
Hæc igitur fortuna ipsa	Donc cette fortune même
habet ceteros casus	a tous-les-autres accidents
rariores,	plus rares,
ab inanimis	du-côté des choses inanimées
procellas, tempestates,	les orages, les tempêtes,
naufragia, ruinas,	les naufrages, les ruines,
incendia;	les incendies;
deinde a bestiis,	ensuite du-côté des bêtes
ictus, morsus, impetus.	les coups, les morsures, les attaques.
Hæc ergo, ut dixi,	Ces *accidents* donc, comme j'ai dit,
rariora.	*sont* plus rares.

tuum, ut proxime trium¹, sæpe multorum; clades imperatorum, ut nuper summi ac singularis viri²; invidiæ præterea multitudinis, atque ob eas bene meritorum sæpe civium expulsiones, calamitates, fugæ; rursusque secundæ res, honores, imperia, victoriæ, quanquam fortuita sunt, tamen sine hominum opibus et studiis neutram in partem effici possunt.

Hoc igitur cognito, dicendum est quonam modo hominum studia ad utilitates nostras allicere atque excitare possimus. Quæ si longior fuerit oratio, cum magnitudine utilitatis comparetur; ita fortassis etiam brevior videbitur.

Quæcumque igitur homines homini tribuunt ad eum augendum atque honestandum, aut benevolentiæ gratia faciunt, quum aliqua de causa quempiam diligunt; aut honoris, si

---

la destruction des armées, comme celle des trois que nous avons perdues dernièrement, et de beaucoup d'autres dans d'autres temps; la perte des généraux, comme celle de ce personnage illustre qui vient de nous être enlevé; les haines populaires, qui font quelquefois chasser ceux qui ont le mieux servi la république, et les jettent dans l'exil et le malheur; et d'autre part les prospérités, les honneurs, les commandements, les victoires; toutes ces choses, bien que fortuites, sont en même temps des effets des diverses passions des hommes.

Cela admis, il faut voir de quelle manière nous pouvons nous concilier la bienveillance de nos semblables et la faire tourner à notre avantage. Si ce que je dirai sur ce sujet paraît un peu trop long, qu'on réfléchisse quelle en est l'importance, et peut-être alors trouvera-t-on que j'ai été court.

Tout ce que l'on fait pour quelqu'un et qui tend à l'honorer et à l'élever en dignité, se fait d'ordinaire ou par pure affection, quand on a quelque raison particulière de l'aimer; ou par respect pour

At vero	Mais vraiment
interitus exercituum,	les destructions d'armées,
ut proxime trium,	comme dernièrement de trois,
sæpe multorum ;	souvent de plusieurs ;
clades imperatorum,	les pertes de généraux,
ut nuper	comme récemment
viri summi ac singularis ;	d'un homme éminent et unique ;
præterea	outre-cela
invidiæ multitudinis,	les haines de la multitude,
atque ob eas	et à-cause d'elles
expulsiones,	les bannissements,
calamitates, fugæ,	les malheurs, les exils,
sæpe civium	souvent de citoyens
meritorum bene ;	ayant mérité bien ;
rursusque res secundæ,	et d'autre part les affaires heureuses,
honores, imperia,	les honneurs, les commandements,
victoriæ,	les victoires,
quanquam sunt fortuita,	quoique ce soient choses fortuites,
tamen possunt effici	cependant ne peuvent être accomplis
in neutram partem	de ni-l'un-ni-l'autre côté
sine opibus	sans les ressources (l'action)
et studiis hominum.	et les dispositions des hommes.
Hoc igitur cognito,	Ceci donc étant connu,
dicendum est	il faut dire
quonam modo possimus	de quelle manière nous pouvons
allicere atque excitare	attirer et exciter
ad nostras utilitates	pour nos avantages
studia hominum.	les sympathies des hommes.
Quæ oratio	Lequel discours
si fuerit longior,	s'il a été (est) un-peu-long,
comparetur	qu'il soit comparé
cum magnitudine	avec la grandeur
utilitatis ;	de l'utilité :
ita fortassis	ainsi peut-être
videbitur etiam brevior.	il paraîtra même trop court.
Igitur	En-conséquence
quæcumque homines	toutes les choses que les hommes
tribuunt homini	accordent à l'homme
ad eum augendum	pour l'agrandir
atque honestandum,	et l'honorer,
faciunt	ils les font
aut gratia benevolentiæ,	ou par un motif de bienveillance,
quum diligunt quempiam	lorsqu'ils chérissent quelqu'un
de aliqua causa ;	pour quelque cause ;
aut honoris,	ou par un motif d'honneur (de respect),
si suspiciunt	s'ils regardent-avec-admiration
virtutem cujus,	la vertu de quelqu'un,

cujus virtutem suspiciunt, quemque dignum fortuna quam
amplissima putant ; aut cui fidem habent, et bene rebus suis
consulere arbitrantur ; aut cujus opes metuunt ; aut contra
a quibus aliquid exspectant, ut quum reges popularesve homines largitiones aliquas proponunt ; aut postremo pretio ac
mercede ducúntur : quæ sordidissima est illa quidem ratio et
inquinatissima, et his qui ea tenentur, et illis qui ad eam
confugere conantur. Male enim se res habet, quum, quod
virtute effici debet, id tentatur pecunia. Sed, quoniam nonnunquam hoc subsidium necessarium est, quemadmodum sit
utendum eo dicemus, si prius iis de rebus, quæ virtuti pro-
piores sunt, dixerimus. Atque etiam subjiciunt se homines
imperio alterius et potestati de causis pluribus. Ducuntur
enim aut benevolentia, aut beneficiorum magnitudine, aut
dignitatis præstantia, aut spe sibi id utile futurum, aut metu

son mérite et sa vertu, quand il en paraît assez en lui pour le faire
trouver digne d'une grande fortune ; ou par la confiance qu'on a
en lui et par les grandes choses qu'on en espère pour la république ;
ou par la crainte de son crédit et de son pouvoir ; ou parce qu'on en
attend quelque chose, comme lorsque des rois ou des hommes populaires promettent des largesses ; ou enfin parce qu'on est payé pour
cela, et c'est le plus bas et le plus sordide de tous les motifs qui
peuvent porter à faire plaisir à quelqu'un. S'il y a de la honte pour
ceux que l'on gagne par de tels moyens, il n'y en a pas moins pour
ceux qui les emploient. Les choses vont mal, en effet, lorsqu'on
cherche à obtenir au prix de l'or ce qui doit être la récompense de la
vertu. Mais comme il y a des occasions où ce moyen même se trouve
nécessaire, nous dirons de quelle manière on s'en peut servir, après
que nous aurons parlé de ceux qui sont plus conformes à la vertu.
Les hommes se soumettent de même pour plusieurs causes à l'empire
et à la domination d'un autre homme : ou par amitié, ou par reconnaissance pour de grands bienfaits, ou par la considération de son
mérite, ou par l'espérance qu'on s'en trouvera bien, ou par la crainte

arbitranturque quem	et estiment quelqu'un
dignum fortuna	digne d'une fortune
quam amplissima ;	la plus grande qu'*il est possible* ;
aut habent fidem cui,	ou s'ils ont foi en quelqu'un,
et arbitrantur	et jugent
bene consulere suis rebus;	*lui* bien pourvoir à leurs intérêts ;
aut metuunt opes cujus ;	ou s'ils craignent la puissance de quel-
aut contra,	ou au contraire, 　　　　　　　[qu'un ;
a quibus exspectant	*ceux* de qui ils attendent
aliquid,	quelque chose,
ut quum reges	comme lorsque les rois
hominesve populares	ou les hommes populaires
proponunt	proposent
aliquas largitiones,	quelques largesses ;
aut postremo	ou enfin
ducuntur pretio	ils sont conduits (attirés) par le prix
ac mercede :	et la récompense :
quæ ratio est sordidissima	lequel motif est le plus sordide
illa quidem,	celui-là à la vérité,
et inquinatissima,	et le plus infâme, 　　　　　　　[par lui,
et his qui tenentur ea,	et pour ceux qui sont tenus (séduits)
et illis qui conantur	et pour ceux qui essayent
confugere ad eam.	d'avoir-recours à lui.
Res enim se habet male,	En effet la chose se comporte mal,
quum id quod debet effici	lorsque ce qui doit être produit
virtute	par la vertu
tentatur pecunia.	est tenté par l'argent.
Sed quoniam nonnunquam	Mais parce que quelquefois
hoc subsidium	cette ressource
est necessarium,	est nécessaire,
dicemus quemadmodum	nous dirons comment
utendum sit eo,	il faut faire-usage de lui,
si dixerimus prius	si nous avons parlé d'abord
de iis rebus	de ces choses
quæ sunt propiores virtuti.	qui sont plus proches de la vertu.
Atque etiam homines	Et de-plus les hommes
se subjiciunt imperio	se soumettent au commandement
et potestati alterius	et au pouvoir d'un autre
de pluribus causis :	pour plusieurs motifs :
ducuntur enim	ils y sont amenés en effet
aut benevolentia,	ou par la bienveillance,
aut magnitudine	ou par la grandeur
beneficiorum,	des bienfaits,
aut præstantia dignitatis,	ou par l'éminence de la dignité,
aut spe	ou par l'espérance
id futurum utile sibi,	cela devoir être utile à eux-mêmes,
aut metu	ou par la crainte

ne vi parere cogantur, aut spe largitionis promissisque capti, aut postremo, ut sæpe in nostra republica videmus, mercede conducti.

VII. Omnium autem rerum nec aptius est quidquam ad opes tuendas ac tenendas quam diligi, nec alienius quam timeri. Præclare enim Ennius :

Quem metuunt oderunt[1]; quem quisque odit, periisse expetit.

Multorum autem odiis nullas opes posse obsistere, si antea fuit ignotum, nuper est cognitum[2]. Nec vero hujus tyranni solum, quem armis oppressa pertulit civitas, paretque quum maxime mortuo[3], interitus declarat quantum odium hominum valeat ad pestem, sed reliquorum similes exitus tyrannorum : quorum haud fere quisquam interitum talem effugit. Malus enim custos diuturnitatis metus; contraque benevolentia fidelis est vel ad perpetuitatem. Sed iis, qui vi oppressos imperio coercent, sit sane adhibenda sævitia, ut heris in famulos,

d'y être forcés, ou par l'attrait des largesses et des promesses, ou enfin, comme nous l'avons vu si souvent dans notre république, parce qu'on est gagné à prix d'argent.

VII. Le meilleur moyen de conserver notre pouvoir, c'est de nous faire aimer, et le plus mauvais, c'est de nous faire craindre. Car, comme a fort bien dit Ennius, *on hait celui que l'on craint, et l'on souhaite de voir périr celui que l'on hait.* Quand nous n'aurions pas su d'ailleurs qu'il n'y a pas de puissance qui puisse tenir contre la haine publique, ce que nous avons vu naguère nous l'aurait appris. Mais le meurtre de ce tyran qui a opprimé la république par la force des armes, et qui la tient encore en servitude, tout mort qu'il est, n'est pas le seul exemple qui ait fait voir combien la haine des peuples est funeste aux plus grandes fortunes ; nous le voyons encore par la fin de tant d'autres tyrans, qui presque tous ont péri de la même manière. Il faut donc convenir que la crainte est un mauvais garant d'une longue vie ; la bienveillance au contraire est la garde la plus sûre et la plus solide. Il peut être utile d'user de rigueur pour contenir ceux que l'on a asservis par la force, et c'est ce que font les

ne cogantur vi
parere,
qu'ils ne soient contraints par la force
à obéir,

aut capti spe largitionis
promissisque,
ou séduits par l'espoir de largesses
et par des promesses,

aut postremo,
ou enfin,

ut videmus sæpe
in nostra republica,
conducti mercede. [rum
comme nous le voyons souvent
dans notre république,
loués par un salaire.

VII. Omnium autem re-
nec quidquam est aptius
ad tuendas ac tenendas opes
quam diligi,
nec alienius
quam timeri.
VII. Or de toutes les choses
et rien n'est plus propre
à protéger et maintenir sa fortune
que d'être aimé,
et rien n'est plus étranger (contraire)
que d'être craint.

Ennius enim præclare:
« Oderunt quem metuunt;
quem quisque odit,
expetit periisse. »
En effet Ennius a dit fort-bien : [gnent ;
« Les hommes haïssent celui qu'ils crai-
celui que chacun hait,
il souhaite lui avoir péri. »

Nuper autem cognitum est,
si fuit ignotum antea,
nullas opes posse obsistere
odiis multorum.
Or récemment il a été connu,
si cela a été ignoré auparavant,
aucune puissance ne pouvoir résister
aux haines des nombreux (de la foule).

Nec vero solum
interitus hujus tyranni,
quem civitas oppressa armis
pertulit,
mortuoque
paret quummaxime,
declarat
quantum odium hominum
valeat ad pestem,
sed exitus similes
reliquorum tyrannorum :
quorum
fere haud quisquam
effugit talem interitum.
Et en vérité ce n'est pas seulement
la mort de ce tyran,
que la cité opprimée par les armes
a supporté,
et auquel mort
elle obéit plus-que-jamais,
qui fait-voir
combien la haine des hommes
est-puissante pour la perte,
mais aussi les fins semblables
des autres tyrans :
desquels
presque pas un
n'a échappé à une telle mort.

Metus enim
malus custos diuturnitatis;
contraque benevolentia
est fidelis
vel ad perpetuitatem.
La crainte en effet   [longue vie) ;
est une mauvaise gardienne de durée (de
et au contraire la bienveillance
est fidèle
même jusqu'à la perpétuité.

Sed sane,
sævitia adhibenda sit
iis qui coercent imperio
oppressos vi,
ut heris in famulos,
si non possunt
Mais soit,   [ployée)
que la rigueur doive être appliquée (em-
à (par) ceux qui contiennent par l'autorité
les hommes opprimés par la force,
comme par les maîtres envers les esclaves,
s'ils ne peuvent pas

si aliter teneri non possunt; qui vero in libera civitate ita se
instruunt ut metuantur, his nihil esse potest dementius.
Quamvis enim demersæ sint leges alicujus opibus, quamvis
timefacta libertas, emergunt tamen hæc aliquando aut judiciis
tacitis aut occultis de honore suffragiis. Acriores autem morsus sunt intermissæ libertatis quam retentæ. Quod igitur latissime patet, neque ad incolumitatem solum, sed etiam ad
opes et potentiam valet plurimum, id amplectamur, ut metus
absit, caritas retineatur. Ita facillime quæ volemus, et privatis
in rebus et in republica, consequemur. Etenim, qui se metui
volent, a quibus metuentur, eosdem metuant ipsi necesse est.
Quid enim censemus superiorem illum Dionysium, quo cru-
ciatu timoris angi solitum? qui, cultros metuens tonsorios,
candenti carbone sibi adurebat capillum? Quid? Alexandrum

maîtres à l'égard de leurs esclaves; mais se comporter, dans un État
libre, de manière à se faire craindre, c'est le comble de la folie. Car
quoique la puissance fasse taire les lois et intimide la liberté, il peut
arriver que celle-ci se montre quelquefois, soit par de sourds mur-
mures, soit par les suffrages secrets des élections, et les morsures de
la liberté sont d'autant plus profondes qu'elle a été plus comprimée.
Attachons-nous donc à ce qui est d'un meilleur et d'un plus grand
usage, et qui est le plus propre non-seulement à établir notre sûreté,
mais encore à nous faire acquérir des biens, du crédit, de la considération. Ne pensons qu'à nous faire aimer, gardons-nous de nous
faire craindre; c'est le moyen le plus sûr d'arriver à ce que nous désirons dans la vie publique comme dans la vie privée : car quiconque
voudra se faire craindre des autres les craindra nécessairement lui-
même. Dans quelles transes mortelles devait être nuit et jour ce
premier Denys, tyran de Syracuse, qui, craignant jusqu'au rasoir de
son barbier, était réduit à se brûler lui-même la barbe avec des char-
bons ardents! Quelle a pu être la vie d'Alexandre de Phères, qui

teneri aliter ;	être contenus autrement ;
qui vero in civitate libera	mais ceux qui dans une cité libre
se instruunt ita	s'arrangent de-telle-sorte
ut metuantur,	qu'ils soient craints,
nihil potest esse	rien ne peut-être
dementius his.	plus insensé que ceux-là.
Quamvis enim leges	En effet quoique les lois
demersæ sint	aient été coulées-à-fond
opibus alicujus,	par la puissance de quelqu'un,
quamvis libertas timefacta,	quoique la liberté *ait été* intimidée,
tamen hæc	cependant ces choses (lois et liberté)
emergunt aliquando	reviennent-à-flot quelque jour
aut judiciis tacitis	ou par les jugements tacites
aut suffragiis occultis	ou par les suffrages secrets
de honore.	sur une charge-publique.
Morsus autem	Or les morsures
libertatis intermissæ	de la liberté suspendue
sunt acriores	sont plus vives
quam retentæ.	que *celles* de la *liberté* maintenue.
Amplectamur igitur id	Embrassons donc ceci,
quod patet latissime ,	qui s'étend le-plus-au-large,
neque solum	et non-seulement
ad incolumitatem,	pour le salut,
sed etiam ad opes	mais encore pour les ressources
et potentiam,	et le pouvoir,
valet plurimum,	a-de-l'influence le plus,
ut metus absit,	*à savoir* que la crainte soit-absente,
caritas retineatur.	que la tendresse soit maintenue.
Ita consequemur	Ainsi nous atteindrons (obtiendrons)
facillime	le plus facilement
quæ volemus,	les choses que nous voudrons,
et in rebus privatis	et dans les affaires privées
et in republica.	et dans la république.
Etenim qui volent	En effet ceux qui voudront
se metui,	eux-mêmes être craints,
est necesse ipsi	il est nécessaire qu'eux-mêmes
metuant eosdem,	craignent ces-mêmes *hommes*,
a quibus metuentur.	par lesquels ils seront craints.
Quid enim censemus	En effet que pensons-nous
illum Dionysium	ce Denys
superiorem,	l'ancien,
quo cruciatu timoris	par quelle torture de crainte
solitum angi?	*lui* avoir eu-coutume d'être oppressé ?
qui metuens	*lui* qui craignant
cultros tonsorios,	les couteaux de-barbier,
adurebat sibi capillum	brûlait à lui-même le poil *de la barbe*
carbone candenti.	avec un charbon blanc (ardent).

Pheræum [1] quo animo vixisse arbitramur? qui, ut scriptum
legimus, quum uxorem Theben admodum diligeret, tamen ad
eam ex epulis in cubiculum veniens, barbarum, et eum quidem, ut scriptum est, compunctum notis Threiciis, destricto
gladio jubebat anteire ; præmittebatque de stipatoribus suis
qui scrutarentur arculas muliebres, et, ne quod in vestimentis
occultaretur telum, exquirerent. O miserum, qui fideliorem
et barbarum et stigmatiam putaret quam conjugem! Nec
eum fefellit; ab ea est enim ipse propter pellicatus suspicio-
nem interfectus. Nec vero ulla vis imperii tanta est, quæ,
premente metu, possit esse diuturna. Testis est Phalaris [2],
cujus est præter ceteros nobilitata crudelitas; qui non ex insidiis interiit, ut is quem modo dixi Alexander, non a paucis,
ut hic noster [3], sed in quem universa Agrigentinorum multitudo

allant le soir, au sortir de table, chez sa femme Thébé, qu'il aimait
passionnément, faisait marcher devant lui, l'épée nue à la main, un
satellite de Thrace, marqué au front, selon la coutume de ces bar
bares, et envoyait même devant, à ce que l'on dit, quelques-uns de
ses gardes pour fouiller dans les coffres de sa femme et voir si, parmi
ses hardes, il n'y aurait pas quelque poignard caché? O le malheureux, qui croyait qu'un barbare au front marqué de stigmates lui
serait plus fidèle que sa propre femme! Il ne s'y trompait pas néanmoins, car ce fut elle qui le tua, sur un soupçon d'infidélité. Il n'y a.
donc point de domination qui puisse durer, quand elle ne subsiste
que par la crainte. Témoin Phalaris lui-même, si célèbre par sa
cruauté entre tous les autres tyrans, qui périt non par des embûches
secrètes, comme cet Alexandre dont je viens de parler, ni par les
coups d'un petit nombre de conjurés, comme notre César, mais par
un soulèvement général de tous les Agrigentins, qui vinrent tout

Quid! quo animo	Quoi ? avec quelle disposition-d'esprit
arbitramur	estimons-nous
Alexandrum Pheræum	Alexandre de-Phères
vixisse?,	avoir vécu ?
qui, ut legimus scriptum,	*lui* qui, comme nous lisons la chose écrite,
quum diligeret admodum	tandis qu'il chérissait extrêmement
uxorem Theben,	*son* épouse Thébé,
tamen veniens ad eam	cependant venant vers elle
in cubiculum	dans *sa* chambre-à-coucher
ex epulis,	au-sortir du repas,
jubebat barbarum,	ordonnait un barbare,
et eum quidem,	et celui-ci à la vérité,
ut scriptum est,	comme il a été écrit,
compunctum	tatoué
notis threiciis,	de marques thraces,
anteire gladio destricto;	marcher-devant avec un glaive tiré ;
præmittebatque	et envoyait-en-avant
de suis stipatoribus,	*quelques-uns* de ses satellites,
qui scrutarentur	qui fouillassent
arculas muliebres,	les petits-coffres de-femme,
et exquirerent	et recherchassent
ne quod telum occultaretur	de peur que quelque arme ne fût cachée
in vestimentis.	dans les vêtements.
O miserum,	O *homme* malheureux,
qui putaret et barbarum	qui estimait et un barbare
et stigmatiam	et un homme-couvert-de-stigmates
fideliorem quam conjugem!	plus fidèle que *sa* femme !
Nec fefellit eum :	Et *cette opinion* ne trompa pas lui :
ipse enim	car lui-même
interfectus est ab ea	fut tué par elle
propter suspicionem	à-cause du soupçon
pellicatus.	d'infidélité.
Nec vero ulla vis	Et vraiment aucune force
imperii	de commandement
est tanta,	n'est si-grande,
quæ, metu premente,	qui, la crainte opprimant,
possit esse diuturna.	puisse être de-longue-durée.
Phalaris est testis,	Phalaris *en* est témoin,
cujus crudelitas	*lui* de qui la cruauté
nobilitata est,	a été rendue-fameuse
præter ceteros :	plus-que tous-les-autres :
qui non interiit ex insidiis,	*lui* qui n'a pas péri à-la-suite d'embûches,
ut is Alexander,	comme cet Alexandre,
quem dixi modo;	que j'ai dit tout-à-l'heure;
non a paucis,	non par un petit-nombre,
ut hic noster;	comme ce *tyran* nôtre ;
sed in quem	mais sur lequel

impetum fecit. Quid? Macedones nonne Demetrium[1] reliquerunt, universique se ad Pyrrhum[2] contulerunt? Quid? Lace-
dæmonios injuste imperantes nonne repente omnes fere socii
deseruerunt, spectatoresque se otiosos[3] præbuerunt Leuc-
tricæ calamitatis?

VIII. Externa libentius in tali re quam domestica recordor.
Verumtamen, quandiu imperium populi Romani beneficiis
tenebatur, non injuriis, bella aut pro sociis aut de imperio
gerebantur, exitus erant bellorum aut mites, aut necessarii[4].
Regum, populorum, nationum portus erat et refugium senatus.
Nostri autem magistratus imperatoresque ex hac una re
maximam laudem capere studebant, si provincias, si socios
æquitate et fide defendissent. Itaque illud patrocinium orbis
terræ verius quam imperium poterat nominari. Sensim hanc

d'un coup fondre sur lui. Les Macédoniens ne se révoltèrent-ils pas
contre Démétrius pour se donner à Philippe? Et les Lacédémoniens,
dont la domination était devenue injuste, ne se virent-ils pas abandonnés tout à coup de presque tous leurs alliés, qui restèrent spectateurs oisifs du désastre de Leuctres?

VIII. J'aime mieux, sur ce sujet, prendre des exemples chez les
étrangers que chez nous. Cependant, tant que la domination du peuple
romain s'est maintenue par des bienfaits plutôt que par des injustices, la guerre se faisait ou pour soutenir nos alliés, ou pour la
gloire de commander ; aussi se terminait-elle toujours d'une manière
douce pour les vaincus même, à moins d'une absolue nécessité. Le
sénat était alors le port et l'asile des rois, des peuples, des nations,
et nos magistrats et nos généraux faisaient consister leur plus grande
gloire à défendre les provinces et à soutenir les alliés avec une justice
et une fidélité inviolable : ainsi, nous étions les protecteurs plutôt que
les maîtres du monde. On s'était peu à peu écarté de ces coutumes

universa multitudo	toute la multitude
Agrigentinorum	des Agrigentins
fecit impetum.	fit irruption.
Quid? Macedones	Quoi? les Macédoniens
nonne reliquerunt	ne laissèrent-ils pas
Demetrium,	Démétrius,
universique	et tous-ensemble
se contulerunt	*ne* se transportèrent-ils *pas*
ad Pyrrhum?	vers Pyrrhus?
Quid? fere omnes socii	Quoi? presque tous *leurs* alliés
nonne deseruerunt repente	n'abandonnèrent-ils pas tout à coup
Lacedæmonios	les Lacédémoniens
imperantes injuste,	commandant injustement,
seque præbuerunt	et *ne* se montrèrent-ils *pas*
spectatores otiosos	spectateurs oisifs
calamitatis Leuctricæ?	du désastre de-Leuctres?
VIII. In tali re,	VIII. Sur un tel sujet,
recordor libentius	je me rappelle plus volontiers
externa	les *exemples* étrangers
quam domestica.	que les *exemples* domestiques.
Verumtamen	Cependant
quandiu imperium	tant que l'empire
populi Romani	du peuple romain
tenebatur beneficiis,	était maintenu par des bienfaits,
non injuriis,	non par des injures,
bella gerebantur	les guerres étaient faites
aut pro sociis,	ou pour les alliés,
aut de imperio :	ou au-sujet de l'empire :
exitus bellorum	les issues des guerres
erant aut mites,	étaient ou douces,
aut necessarii.	ou nécessaires.
Senatus	Le sénat
erat portus et refugium	était le port et le refuge
regum, populorum,	des rois, des peuples,
nationum.	des nations.
Nostri autem magistratus	Or nos magistrats
imperatoresque	et *nos* généraux
studebant	s'appliquaient
capere maximam laudem	à recueillir la plus grande gloire
ex hac una re,	de cette unique chose,
si defendissent provincias,	s'ils avaient défendu les provinces,
si socios	*s'ils avaient défendu* les alliés
æquitate et fide.	avec équité et bonne-foi.
Itaque illud	C'est-pourquoi cela
potest nominari	peut être nommé
patrocinium orbis terræ	patronage du cercle de la terre
verius quam imperium.	plus véritablement qu'empire.

consuetudinem et disciplinam jam antea minuebamus ; post
vero Sullæ victoriam penitus amisimus. Desitum est enim
videri quidquam in socios iniquum, quum exstitisset etiam in
cives tanta crudelitas. Ergo in illo secuta est honestam causam non honesta victoria : est enim ausus dicere, hasta posita,
quum bona in foro venderet et bonorum virorum et locuple-
tum, et certe civium, prædam suam se vendere. Secutus est
qui in causa impia, victoria etiam fœdiore, non singulorum
civium bona publicaret, sed universas provincias regionesque
uno calamitatis genere comprehenderet. Itaque, vexatis et
perditis exteris nationibus, ad exemplum amissi imperii por-
tari in triumpho Massiliam,¹ vidimus, et ex ea urbe triumphari,
sine qua nunquam nostri imperatores ex Transalpinis bellis
triumpharunt. Multa præterea commemorarem nefaria in so-

et de cette discipline avant Sylla ; mais après sa victoire, on y re-
nonça tout à fait. De si horribles cruautés exercées contre les citoyens mêmes firent qu'on ne trouva plus rien d'injuste contre les
alliés. Il souilla la justice de sa cause par l'injustice de sa victoire,
jusque-là que, faisant vendre à l'encan, sur le forum, les biens
des honnêtes et riches citoyens, qu'il ne pouvait du moins s'empêcher
de reconnaître pour citoyens, il osa dire que c'était son butin qu'il
faisait vendre. Il en vint un autre après lui qui, dans une cause impie et une victoire plus abominable, ne se contenta pas de confisquer
les biens des particuliers, mais enveloppa dans la même calamité des
provinces et des nations tout entières. Après la ruine et la désolation
des étrangers, nous l'avons vu, pour dernière marque de l'anéan-
tissement de la république, porter en triomphe l'image de la ville de
Marseille ; et l'on n'a pas eu honte de triompher d'une ville sans laquelle nos généraux n'auraient jamais triomphé des peuples de delà
les Alpes. Je pourrais ajouter beaucoup d'autres injustices commises
envers nos alliés, si celle-là n'était la plus odieuse que le soleil ait

Jam antea	Déjà auparavant
minuebamus sensim	nous affaiblissions peu-à-peu
hanc consuetudinem	cette coutume
et disciplinam ;	et *ce* système ;
post vero victoriam Sullæ	mais après la victoire de Sylla
amisimus penitus.	nous *les* avons perdus tout à fait.
Quidquam enim	En effet quoi-que-ce-fût
desitum est videri iniquum	cessa de paraître injuste
in socios,	envers les alliés,
quum tanta crudelitas	après qu'une si-grande cruauté
exstitisset in cives.	s'était élevée contre les citoyens.
Ergo in illo	Donc en celui-là (Sylla)
victoria non honesta	une victoire non honnête
secuta est	suivit
causam honestam :	une cause honnête :
ausus est enim dicere,	en effet il osa dire,
hasta posita,	la pique étant placée,
quum venderet in foro	lorsqu'il vendait sur le forum
bona et virorum bonorum,	les biens et d'hommes de-bien,
et locupletum,	et de riches,
et certe civium,	et assurément de citoyens,
se vendere suam prædam.	lui-même vendre son butin.
Secutus est,	*Un homme le* suivit,
qui in causa impia,	qui dans une cause impie,
victoria etiam foediore,	une victoire encore plus honteuse,
non publicaret bona	ne confisquait pas les biens
civium singulorum,	des citoyens isolés,
sed comprehenderet	mais embrassait
uno jure calamitatis	dans un seul (même) droit de malheur
provincias	des provinces
regionesque universas.	et des contrées tout-entières.
Itaque, nationibus exteris	C'est-pourquoi, les nations étrangères
vexatis perditisque,	ayant été maltraitées et ruinées,
vidimus	nous avons vu
ad exemplum	pour exemple
imperii amissi	de l'empire perdu
Massiliam	Marseille
portari in triumpho,	être portée dans le triomphe,
et triumphari	et un triomphe-être-mené
ex ea urbe,	sur cette ville,
sine qua nunquam	sans laquelle jamais
nostri imperatores	nos généraux
triumpharunt	n'ont triomphé
ex bellis transalpinis.	à-la-suite des guerres transalpines.
Commemorarem præterea	Je rapporterais en outre
multa nefaria	de nombreux *actes* criminels
in socios,	envers les alliés,

cios, si hoc uno sol quidquam vidisset indignius. Jure igitur
plectimur. Nisi enim multorum impunita scelera tulissemus,
nunquam ad unum tanta pervenisset licentia, a quo quidem
rei familiaris ad paucos, cupiditatum ad multos improbos
venit hereditas.

Nec vero unquam bellorum civilium semen et causa deerit,
dum homines perditi hastam illam cruentam et meminerint et
sperabunt; quam P. Sulla [1] quum vibrasset, dictatore propinquo suo, idem, sexto et tricesimo anno post [2], a sceleratiore
hasta non recessit. Alter [3] autem, qui in illa dictatura scriba
fuerat, in hac fuit quæstor urbanus. Ex quo debet intelligi,
talibus præmiis propositis, nunquam defutura bella civilia.
Itaque parietes urbis modo stant et manent, iique ipsi jam
extrema scelera metuentes; rem vero publicam penitus amisimus.

Atque in has clades incidimus (redeundum est enim ad

jamais vue. Nous n'avons donc que ce que nous méritons, et cet
homme qui a laissé autant d'héritiers de son avidité qu'il en a eu
peu de ses biens, ne serait jamais venu à un tel excès d'insolence,
si les crimes de tant d'autres n'étaient pas demeurés impunis. Jamais le germe des guerres civiles ne sera étouffé, tant que les scélérats se rappelleront et espéreront revoir encore cette pique san-
glante que P. Sylla fit dresser au milieu de Rome, sous la dictature
de son parent, et qu'il releva, trente-six ans après, pour des spoliations plus criminelles encore. Un autre, qui n'était que greffier sous la première dictature, devint questeur de Rome sous la
seconde. Or, quelle fin pouvons-nous espérer aux guerres civiles,
tant que l'on pourra se promettre de telles récompenses pour de
telles actions? Il n'y a donc plus que les murs de la ville qui sub-
sistent; encore sont-ils tous les jours menacés des derniers attentats.
Pour la république, elle est anéantie.

Et, pour en revenir à notre propos, nous ne sommes tombés dans

si sol vidisset — si le soleil avait vu
quidquam indignius — quoi-que-ce-fût de plus indigne
hoc uno. — que ce seul *acte.*
Plectimur igitur jure : — Nous sommes frappés donc à *bon* droit :
nisi enim tulissemus — en effet si nous n'avions pas supporté
scelera impunita — les crimes impunis
multorum, — de *citoyens* nombreux,
nunquam tanta licentia — jamais une si-grande licence
pervenisset ad unum : — ne serait arrivée à un seul :
a quo quidem — duquel à la vérité
hereditas rei familiaris — l'héritage du bien de-famille
venit ad paucos, — est venu à de peu-nombreux,
cupiditatum — *celui* des passions
ad multos improbos. — à de nombreux *citoyens* pervers.
Nec vero unquam — Et en vérité jamais
semen et causa — la semence et la cause
bellorum civilium — des guerres civiles
deerit, — ne manquera,
dum homines perditi — tant que des *hommes* perdus
et meminerint et sperabunt — et se rappelleront et espéreront
illam hastam cruentam; — cette pique ensanglantée;
quam quum P. Sulla — laquelle lorsque P. Sylla
vibrasset, — eut brandie,
suo propinquo dictatore, — son parent *étant* dictateur,
idem, — le même,
tricesimo sexto anno post, — la trente-sixième année après,
non recessit — ne s'est pas éloigné
ab hasta sceleratiore. — d'une pique plus criminelle.
Alter autem, — Mais un autre,
qui fuerat scriba — qui avait été greffier
in illa dictatura, — pendant cette dictature-là,
fuit quæstor urbanus — fut questeur de-la-ville
in hac. — pendant celle-ci.
Ex quo debet intelligi, — D'après quoi il doit être compris,
talibus præmiis propositis, — de telles récompenses étant proposées,
bella civilia — les guerres civiles
defutura nunquam. — *ne* devoir manquer jamais.
Itaque parietes urbis — C'est-pourquoi les murs de la ville
modo — seulement
stant manentque, — sont-debout et restent,
iique ipsi jam — et ceux-ci même déjà
mutuentes extrema scelera; — craignant les derniers crimes;
amisimus vero penitus — mais nous avons perdu tout à fait
rempublicam. — la république.
Atque incidimus — Et nous sommes tombés
in has clades — dans ces désastres
(redeundum est enim — (car il faut revenir

14.

propositum), dum metui quam cari esse et diligi maluimus. Quæ si populo Romano injuste imperanti accidere potuerunt, quid debent putare singuli?

Quod quum perspicuum sit, benevolentiæ vim esse magnam, metus imbecillam, sequitur ut disseramus quibus rebus possimus facillime eam quam volumus adipisci cum honore et fide caritatem. Sed ea non pariter omnes egemus. Nam ad cujusque vitam institutam accommodandum est a multisne opus sit an satis a paucis diligi. Certum igitur hoc sit, idque et primum et maxime necessarium, familiaritates habere fidas amantium nos amicorum et nostra mirantium. Hæc enim est una res prorsus, ut non multum differat inter summos et mediocres viros; eaque est utrisque propemodum comparanda. Honore et gloria et benevolentia civium fortasse non æque omnes egent; sed tamen, si cui hæc suppetunt, adju-

cet abîme de malheurs que parce que nous avons mieux aimé nous faire craindre que de nous faireaimer. Or, si une domination injuste et violente a pu attirer tant de maux sur le peuple romain, à quoi doivent s'attendre les particuliers?

Puisqu'il y a donc tant d'avantage à se faire aimer et qu'il est si dangereux de se faire craindre, voyons par où nous pouvons le plus facilement nous attirer l'amour, le respect et la confiance de tout le monde. C'est de quoi tous les hommes n'ont pas également besoin, et c'est notre état qui décide s'il nous faut beaucoup d'amis, ou s'il nous suffit d'un petit nombre. Ce qu'il y a de certain, c'est que rien n'est si nécessaire que d'avoir des amis fidèles et sincères, et qui soient heureux de notre bonheur. Il n'y a guère ici de différence entre les grands et les petits, et tous en ont à peu près un égal besoin ; mais les honneurs et la gloire, ainsi que la bienveillance des citoyens, ne sont peut-être pas également nécessaires à tous. Cepen-

ad propositum),
dum maluimus
metui
quam esse cari et diligi.
Quæ si potuerunt
accidere populo Romano
imperanti injuste,
quid debent putare singuli?
  Quod quum
sit perspicuum,
vim benevolentiæ
esse magnam,
metus imbecillam,
sequitur ut disseramus
quibus rebus
possimus facillime
adipisci cum honore et fide
eam caritatem,
quam volumus.
Sed non egemus ea
omnes pariter.
Nam accommodandum est
ad vitam institutam
cujusque
sitne opus
diligi a multis,
an satis
a paucis.
Hoc igitur sit certum,
idque et primum
et maxime necessarium,
habere fidas familiaritates
amicorum amantium nos
et mirantium nostra.
Hæc enim res
est una prorsus,
ut non differat multum
inter viros summos
et mediocres;
eaque comparanda est
propemodum
utrisque.
Omnes fortasse
non egent æque
honore et gloria,
et benevolentia civium;
sed tamen si hæc

à *notre* propos),   [aimé
tandis que (parce que) nous avons mieux-
être craints
qu'être chers et être aimés.
Si ces choses ont pu
arriver au peuple romain
commandant injustement,
que doivent penser les particuliers?
    Puisque ceci
est évident,
la force de la bienveillance
être grande,
celle de la crainte *être* faible,
il suit que nous exposions
par quelles choses (quels moyens)
nous pouvons le plus facilement
atteindre avec honneur et bonne-foi
cette affection,
que nous voulons.
Mais nous n'avons-pas-besoin d'elle
tous pareillement.
Car il doit être adapté
à la vie organisée
de chacun
s'il est besoin
d'être aimé par de nombreux,
ou *si c'est* assez
d'*être aimé* par de peu-nombreux.
Que ceci donc soit établi,
et cela et le premier
et le plus nécessaire,
d'avoir de fidèles liaisons
d'amis qui aiment nous
et qui voient-avec-bonheur nos *succès*.
En effet cette chose
est une (la même) absolument,   [coup
de-sorte-qu'il n'y a-pas-différence beau-
entre les hommes les plus élevés
et *ceux* de-condition-moyenne;
et celle-ci doit être acquise
presque-semblablement
aux-uns-et-aux-autres.
Tous peut-être
n'ont-pas-besoin également
de l'honneur et de la gloire
et de la bienveillance des citoyens;
mais cependant si ces *avantages*

vant aliquantum, quum ad cetera, tum ad amicitias comparandas.

IX. Sed de amicitia alio libro dictum est, qui inscribitur *Lælius*. Nunc dicamus de gloria, quanquam ea quoque de re duo sunt nostri libri[1]; sed attingamus, quandoquidem ea in rebus majoribus administrandis adjuvat plurimum.

Summa igitur et perfecta gloria constat ex tribus his : si diligit multitudo ; si fidem habet ; si cum admiratione quadam honore dignos putat. Hæc autem, si est simpliciter breviterque dicendum, quibus rebus parantur a singulis, eisdem fere a multitudine. Sed est alius quoque quidam aditus ad multitudinem, ut in universorum animos tanquam influere possimus.

Ac primum de illis tribus, quæ ante dixi, benevolentiæ præcepta videamus : quæ quidem beneficiis capitur maxime ; secundo autem loco benefica voluntate benevolentia movetur,

dant, quand cela se trouve, on en tire de grands avantages pour se faire des amis, aussi bien que pour tout le reste.

IX. Mais j'ai parlé de l'amitié dans un autre livre intitulé *Lélius*. Parlons maintenant de la gloire : quoique j'aie fait aussi deux livres sur ce sujet, j'en veux dire quelques mots, parce qu'elle est d'un merveilleux secours pour venir à bout de ce qu'on peut entreprendre de plus grand.

Pour arriver au plus haut point de la gloire, nous n'avons que trois choses à désirer : que le peuple nous aime, qu'il ait confiance en nous, qu'il nous admire et nous respecte. Si l'on demande comment on peut inspirer ces sentiments au peuple, je réponds en un mot que c'est de la même manière qu'on les inspire à chacun en particulier ; mais il est encore une autre voie à suivre pour se concilier les esprits de la multitude.

Voyons d'abord, sur ces trois sentiments dont je viens de parler, comment on parvient à se faire aimer. Le moyen le plus sûr, c'est de faire du bien, et le meilleur après celui-là, c'est d'en avoir au moins

suppetunt cui,	sont-à-la-portée de quelqu'un,
adjuvant aliquantum	ils *l'*aident quelque-peu
quum ad cetera,	et pour toutes-les-autres choses,
tum ad amicitias	et pour les amitiés
comparandas.	devant être acquises.
IX. Sed dictum est	IX. Mais il a été parlé
de amicitia	de l'amitié
alio libro	dans un autre livre
qui inscribitur Lælius.	qui est intitulé Lélius.
Nunc dicamus de gloria :	Maintenant parlons de la gloire :
quanquam de ea re quoque	quoique sur cette chose aussi
duo libri nostri sunt;	deux livres nôtres existent;
sed attingamus,	mais effleurons *ce sujet*,
quandoquidem ea	puisque celle-ci (la gloire)
adjuvat plurimum	*nous* aide le plus
in rebus majoribus	dans les affaires plus importantes
administrandis.	devant être conduites.
Igitur gloria	Donc la gloire
summa et perfecta	suprême et parfaite
constat ex his tribus :	consiste en ces trois choses :
si multitudo diligit,	si la multitude *nous* aime,
si habet fidem,	si elle a confiance *en nous*,
si putat dignos	si elle *nous* croit dignes
honore	d'honneur
cum quadam admiratione.	avec une certaine admiration.
Hæc autem,	Or ces *sentiments*,
si dicendum est	s'il faut parler
simpliciter breviterque,	simplement et brièvement,
parantur a multitudine	sont acquis (obtenus) de la multitude
fere eisdem rebus	à peu près par les mêmes choses [liers.
quibus a singulis.	par lesquelles *ils sont obtenus* des particu-
Sed est quoque	Mais il est aussi
quidam alius aditus	un certain autre accès
ad multitudinem,	auprès de la multitude,
ut possimus	de-sorte-que nous puissions
tanquam influere	comme nous couler
in animos universorum.	dans les esprits des *citoyens* tous-ensemble.
Ac primum	Et d'abord
de illis tribus,	sur ces trois choses,
quæ dixi ante,	que j'ai dites auparavant,
videamus	voyons
præcepta benevolentiæ :	les préceptes de la bienveillance :
quæ quidem capitur	laquelle à la vérité est recueillie
beneficiis maxime ;	par les bienfaits surtout;
secundo autem loco	mais en second lieu
benevolentia movetur	la bienveillance est excitée
voluntate benefica,	par la volonté bienfaisante,

etiamsi res forte non suppetit. Vehementer autem amor multitudinis commovetur ipsa fama et opinione liberalitatis, beneficentiæ, justitiæ, fidei, omniumque earum virtutum quæ
pertinent ad mansuetudinem morum ac facilitatem. Etenim
illud ipsum quod honestum decorumque dicimus, quia per se
nobis placet animosque omnium natura et specie sua com-
movet, maximeque quasi pellucet ex eis quas commemoravi
virtutibus, idcirco illos, in quibus eas virtutes esse remur, a
natura ipsa diligere cogimur. Atque hæ quidem causæ diligendi gravissimæ; possunt enim præterea nonnullæ esse leviores.

Fides autem ut habeatur, duabus rebus effici potest, si
existimabimur adepti conjunctam cum justitia prudentiam.
Nam et iis fidem habemus, quos plus intelligere quam nos
arbitramur, quosque et futura prospicere credimus, et, quum
res agatur in discrimenque ventum sit, expedire rem et con-

la volonté, si l'on ne peut aller jusqu'à l'effet. La seule réputation
d'être libéral, bienfaisant, équitable, fidèle, et d'avoir toutes les autres vertus qui font la douceur et la facilité des mœurs, est très-ca-
pable de toucher le cœur des hommes et de les porter à nous aimer.
Car comme ce qu'on appelle honnêteté et bienséance a de certains
charmes qui plaisent naturellement, et que c'est dans ces sortes de
vertus que l'honnêteté brille avec le plus d'éclat, la nature nous porte
d'elle-même à aimer ceux en qui nous croyons qu'elles se rencontrent. Voilà les moyens principaux de gagner la bienveillance publique ; car il en est d'autres encore, mais moins importants.

Quant à la confiance, il faut, pour nous l'attirer, une grande réputation non-seulement de prudence, mais de justice. Nous avons en
effet volontiers confiance en ceux que nous croyons plus habiles que
nous, et qui nous paraissent capables de prévoir l'avenir, féconds en
expédients dans les circonstances embarrassantes, et sachant prendre

etiamsi forte
quand même par hasard

ros non suppetit.
l'effet ne se présente pas.

Amor autem multitudinis
Mais l'amour de la multitude

commovetur vehementer
est excité fortement

fama ipsa
par la renommée même

et opinione liberalitatis,
et la réputation de libéralité,

beneficentiæ,
de bienfaisance,

justitiæ, fidei,   [tum,
de justice, de bonne-foi,

omniumque earum virtu-
et de toutes ces vertus,

quæ pertinent
qui ont-rapport

ad mansuetudinem
à la douceur

ac facilitatem morum.
et à la facilité des mœurs.

Etenim quia illud ipsum,
En effet parce que cela même,

quod dicimus honestum
que nous appelons l'honnête

decorumque,
et le bienséant,

per se placet nobis,
par lui-même plaît à nous,

commovetque
et émeut

animos omnium
les cœurs de tous

sua natura et specie,
par sa nature et *son* apparence,

quasique perlucet
et en-quelque-sorte brille

maxime ex eis virtutibus,
surtout d'après ces vertus,

quas commemoravi,
que j'ai rappelées,

idcirco cogimur
pour-cela nous sommes forcés

a natura ipsa
par la nature elle-même

diligere illos
à chérir ceux

in quibus remur
dans lesquels nous pensons

eas virtutes esse.
ces vertus exister.

Atque quidem
Et à la vérité

hæ causæ diligendi
ces motifs d'aimer (d'affection)

gravissimæ;
sont les plus importants ;

nonnullæ enim leviores
en effet quelques-uns plus légers

possunt esse præterea.
peuvent être en outre.

  Potest autem effici
  D'autre-part il peut être produit

duabus rebus
par deux choses

ut fides habeatur :
que confiance soit eue (mise) *en nous* :

si existimabimur
si nous sommes présumés

adepti prudentiam
avoir acquis la prudence

conjunctam cum justitia.
unie avec la justice.

Nam et habemus fidem
Car et nous avons confiance

iis quos arbitramur
en ceux que nous estimons

intelligere plus quam nos,
avoir-intelligence plus que nous,

quosque credimus
et que nous croyons

et prospicere futura,
et voir-d'avance les choses futures,

et posse expedire rem,
et pouvoir dégager l'affaire,

quum res agatur
quand l'affaire s'accomplit

ventumque sit in discrimen,
et qu'on est venu au moment-critique,

et capere consilium
et prendre une résolution

silium ex tempore capere posse : hanc enim utilem omnes existimant veramque prudentiam. Justis autem et fidis homini-bus, id est viris bonis, ita fides habetur, ut nulla sit in his fraudis injuriæque suspicio. Itaque his salutem nostram, his fortunas, his liberos rectissime committi arbitramur. Harum igitur duarum ad fidem faciendam justitia plus pollet; quippe quum ea sine prudentia satis habeat auctoritatis, prudentia sine justitia nihil valeat ad faciendam fidem. Quo enim quis versutior et callidior est, hoc invisior et suspectior, detracta opinione probitatis. Quamobrem intelligentiæ justitia conjuncta quantum volet habebit ad faciendam fidem virium : justitia sine prudentia multum poterit; sine justitia nihil valebit pru-dentia.

X. Sed, ne quis sit admiratus cur, quum inter omnes phi-losophos constet a meque ipso sæpe disputatum sit, qui unam haberet, omnes habere virtutes, nunc ita sejungam, quasi

un parti sur-le-champ : car c'est là ce que les hommes appellent la prudence véritable et utile. Mais on a une confiance si entière dans les gens de bien, c'est-à-dire les hommes justes et fidèles, que l'on ne saurait les soupçonner de la moindre injustice : aussi est-on toujours prêt à leur confier ses biens, ses enfants, sa vie même. De la justice et de la prudence, la première est celle qui attire le plus la confiance ; elle suffit à elle seule, quand même elle ne serait pas accompagnée de la prudence ; au lieu que celle-ci, sans la justice, ne saurait gagner les esprits. En effet, plus on est habile, plus aussi on est suspect et odieux, si l'on ne passe pas pour homme de bien. On s'attire donc, avec l'une et l'autre, autant de confiance qu'on peut le désirer : la justice, sans la prudence, sera encore très-puissante ; mais la prudence sans la justice ne mène à rien.

X. On s'étonnera peut-être que, tous les philosophes conve-nant, et moi-même ayant établi en plusieurs endroits que quiconque a une vertu, possède aussi toutes les autres, je les sépare mainte-

ex tempore : | d'après la circonstance :
omnes enim existimant | tous en effet estiment
hanc prudentiam | cette prudence
utilem veramque. | *être* l'utile et la vraie.
Fides autem | Mais la confiance
habetur hominibus justis | est eue (mise) dans les hommes justes
fidisque, | et sûrs,
id est bonis, | c'est-*à-dire* vertueux,
ita ut nulla suspicio | de-telle-sorte qu'aucun soupçon
fraudis injuriæque | de fraude et d'injustice
sit in his. | ne soit en (contre) eux.
Itaque arbitramur | C'est-pourquoi nous estimons
nostram salutem | notre salut
committi his rectissime, | être confié à ceux-ci très-à-propos,
his fortunas, his liberos. | à ceux-ci *nos* biens, à ceux-ci *nos* enfants.
Harum duarum igitur | De ces deux *vertus* donc
justitia pollet plus | la justice a-pouvoir davantage
ad faciendam fidem : | pour faire (inspirer) la confiance :
quippe quum ea | à savoir puisque celle-ci
sine prudentia | sans la prudence
habeat satis auctoritatis, | a assez d'autorité,
prudentia sine justitia | *et* que la prudence sans la justice
valeat nihil | *n'*a-de-force en rien
ad faciendam fidem. | pour faire (inspirer) la confiance.
Quo enim quis | En effet plus quelqu'un
est versutior et callidior, | est retors et fin,
hoc invisior et suspectior, | plus *il est* odieux et suspect,
opinione probitatis | la réputation de probité
detracta. | étant ôtée.
Quamobrem justitia | C'est-pourquoi la justice
conjuncta intelligentiæ | unie à l'intelligence
habebit virium | aura *autant* de forces
quantum volet | qu'elle voudra
ad faciendam fidem : | pour faire (inspirer) la confiance :
justitia sine prudentia | la justice sans la prudence
poterit multum ; | pourra beaucoup ;
prudentia sine justitia | la prudence sans la justice
valebit nihil. | *n'*aura-de-pouvoir en rien.
   X. Sed, ne quis | X. Mais, de peur que quelqu'un
admiratus sit, cur, | ne se soit étonné, pourquoi,
quum constat | alors qu'il est établi
inter omnes philosophos, | entre tous les philosophes,
disputatumque sit sæpe | et qu'il a été soutenu souvent
a me ipso, | par moi-même,
qui haberet unam, | celui qui *en* avait une seule,
habere omnes virtutes, | avoir toutes les vertus,
nunc sejungam ita, | maintenant je *les* sépare de-telle-sorte,

possit quisquam, qui non idem prudens sit, justus esse, alia
est illa, quum veritas ipsa limatur in disputatione, subtilitas;
alia, quum ad opinionem communem omnis accommodatur
oratio. Quamobrem, ut vulgus, ita nos hoc loco loquimur, ut
alios fortes, alios bonos viros, alios prudentes dicamus : po-
pularibus enim verbis est agendum et usitatis, quum loquimur
de opinione populari; idque eodem modo fecit Panætius. Sed
ad propositum revertamur.

Erat igitur ex tribus. quæ ad gloriam pertinent, hoc tertium,
ut cum admiratione hominum honore ab iis digni judicare-
mur. Admirantur igitur communiter illi quidem omnia quæ
magna et præter opinionem suam animadverterunt; separatim
autem in singulis, si perspiciunt necopinata quidem bona.
Itaque eos viros suspiciunt maximisque efferunt laudibus, in
quibus existimant se excellentes quasdam et singulares virtutes perspicere; despiciunt autem eos et contemnunt, in

nant, comme si l'on pouvait être juste sans être prudent. Mais le
langage est différent, selon qu'il est question ou d'une discussion
exacte de la vérité, ou de matières qui demandent qu'on s'accommode
aux opinions communes. Je parle donc présentement comme le
peuple, quand je dis qu'il y a chez les uns de la force, chez les
autres de la probité, chez d'autres de la justice; car il faut nécessairement se servir des façons de parler populaires et qui sont de
l'usage commun, lorsqu'on parle des opinions populaires; et c'est
ainsi que Panétius même en a usé. Mais revenons à notre sujet.

Des trois moyens d'acquérir de la gloire, le dernier est cette
admiration mêlée de respect que nous inspirons aux hommes. Les
hommes admirent généralement tout ce qui leur paraît grand et qui
passe leurs idées; ils admirent aussi, dans chaque personne, les
belles qualités qu'ils ne s'attendaient pas à y trouver. Mais comme
ils ne se lassent point de louer et d'admirer ceux en qui ils croient

quasi quisquam	comme si quelqu'un
possit esse justus,	pouvait être juste, [prudent,
qui non sit idem prudens,	qui ne soit pas le même (en même temps)
illā subtilitas est alia,	cette subtilité est autre,
quum veritas ipsa	quand la vérité elle-même
limatur in disputatione,	est scrutée dans la discussion
alia quum omnis oratio	autre quand tout le discours
accommodatur	est conformé
ad opinionem communem.	à l'opinion commune.
Quamobrem	C'est-pourquoi
nos loquimur hoc loco	nous parlons en cet endroit
ita ut vulgus,	ainsi comme le vulgaire,
ut dicamus	de-telle-sorte-que nous appelions
alios fortes,	les uns forts,
alios viros bonos,	les autres hommes de-bien,
alios prudentes :	les autres prudents :
agendum est enim	en effet il faut discourir
verbis popularibus	avec les termes populaires
et usitatis,	et usités,
quum loquimur	lorsque nous parlons
de opinione populari;	de l'opinion populaire ;
Panætiusque fecit id	et Panétius a fait cela
eodem modo.	de la même manière.
Sed revertamur	Mais revenons
ad propositum.	à *notre* sujet.
Ex tribus igitur	Des trois choses donc
quæ pertinent ad gloriam,	qui ont-rapport à la gloire,
hoc erat tertium,	celle-ci était la troisième,
ut cum admiratione	que avec l'admiration
hominum	des hommes
judicaremur ab iis	nous fussions jugés par eux
digni honore.	dignes d'honneur.
Illi igitur quidem	Ceux-là donc à la vérité
admirantur communiter	admirent en-général
omnia	toutes les choses
quæ animadverterunt	qu'ils ont remarquées
magna	grandes
et præter suam opinionem;	et au delà de leur opinion ;
separatim autem	mais en-particulier
in singulis	dans chacun
si perspiciunt	s'ils découvrent
bona necopinata quidem.	des qualités non-soupçonnées du moins.
Itaque suspiciunt	C'est-pourquoi ils regardent-avec-admira-
efferuntque	et exaltent [tion
maximis laudibus	par les plus grandes louanges
eos viros, in quibus	ces hommes, dans lesquels
existimant se perspicere	ils jugent eux-mêmes découvrir

quibus nihil virtutis, nihil animi, nihil nervorum putant. Non enim omnes éos contemnunt, de quibus male existimant. Nam quos improbos, maledicos, fraudulentos putant, et ad faciendam injuriam instructos, eos contemnunt quidem neutiquam, sed de iis male existimant. Quamobrem, ut ante dixi, contemnuntur ii qui nec sibi nec alteri, ut dicitur, in quibus nullus labor, nulla industria, nulla cura est. Admiratione afficiuntur ii qui anteire ceteros virtute putantur, et quum omni carere dedecore, tum vero iis vitiis quibus alii non facile possunt obsistere. Nam et voluptates, blandissimæ dominæ, majores partes animi a virtute detorquent; et dolorum quum admoventur faces, præter modum plerique exterrentur : vita, mors, divitiæ, paupertas, omnes homines vehementissime permovent. Quæ qui in utramque partem excelso

voir des vertus rares et extraordinaires, ils méprisent aussi ceux en qui ils ne voient ni vertu, ni courage, ni vigueur. Ils ne méprisent pas tous ceux dont ils ont mauvaise opinion ; ceux, par exemple, qu'ils jugent méchants, calomniateurs, trompeurs, et toujours prêts à commettre l'injustice, ils ne les méprisent pas, mais ils ont d'eux mauvaise opinion. Ils ne méprisent donc, à proprement parler, que ceux qui, comme on dit, ne sont bons ni pour les autres ni pour eux-mêmes, incapables d'aucun travail, d'aucune industrie, d'aucune espèce de soin. On admire donc ceux que l'on croit au-dessus des autres par la vertu, et qui sont exempts, non-seulement des vices honteux, mais de ceux même auxquels le commun des hommes n'est pas capable de résister. Car la volupté, cette flatteuse maîtresse, emporte la meilleure partie de notre âme et la détourne de la vertu. La douleur, de son côté, effraye et abat outre mesure la plupart des hommes, et il n'y en a point que l'amour de la vie et des richesses, la crainte de la pauvreté et de la mort, n'émeuvent fortement. Qui peut donc s'empêcher d'admirer l'éclat et la beauté de la vertu, dans

quasdam virtutes	certaines vertus
excellentes	éminentes
et singulares ;	et singulières (extraordinaires) ;
despiciunt autem	mais ils regardent-avec-mépris
et contemnunt	et dédaignent
eos in quibus putant	ceux dans lesquels ils croient *n'être*
nihil virtutis, nihil animi,	rien de (aucune) vertu, rien de (aucune)
nihil nervorum.	rien de nerf (nul courage). [*force d'*âme ;
Non enim contemnunt	En effet ils ne dédaignent pas
omnes eos	tous ceux
de quibus existimant male :	sur lesquels ils pensent mal :
nam quos putant	car ceux qu'ils croient
improbos, maledicos,	méchants, médisants,
fraudulentos,	trompeurs,
contemnunt quidem eos	ils ne dédaignent à la vérité eux
neutiquam,	nullement,
sed existimant male de his.	mais pensent mal de ceux-ci. [vant,
Quamobrem, ut dixi ante,	C'est-pourquoi, comme j'ai dit aupara-
ii contemnuntur,	ceux-là sont dédaignés,
qui, ut dicitur,	lesquels, comme il est dit, [autrui,
nec sibi nec alteri,	*ne sont bons* ni pour eux-mêmes ni pour
in quibus est nullus labor,	dans lesquels *n'*est aucun travail,
nulla industria, nulla cura.	aucune industrie, aucun soin.
Ii afficiuntur admiratione,	Ceux-là sont gratifiés d'admiration,
qui putantur	qui sont crus
anteire ceteros virtute,	devancer tous-les-autres en vertu,
et carere	et être-exempts
quum omni dedecore,	d'une-part de tout déshonneur,
tum vero iis vitiis,	mais d'autre-part de ces vices,
quibus alii	auxquels les autres
non possunt facile	ne peuvent pas facilement
obsistere.	résister.
Nam et voluptates,	Car et les voluptés,
dominæ blandissimæ,	*ces* maîtresses très-flatteuses,
detorquent a virtute	détournent de la vertu
majores partes animi ;	les plus grandes parties de l'âme ;
et quum faces dolorum	et lorsque les feux des douleurs
admoventur,	sont approchés,
plerique exterrentur	la plupart sont épouvantés
præter modum :	outre mesure :
vita, mors,	la vie, la mort,
divitiæ, paupertas,	les richesses, la pauvreté,
permovent vehementissime	émeuvent très-violemment
omnes homines.	tous les hommes.
Quæ in utramque partem	Lesquelles choses dans l'un-et-l'autre sens
qui despiciunt	ceux qui méprisent
animo excelso magnoque,	d'une âme élevée et grande,

animo magnoque despiciunt, quumque aliqua his ampla et honesta res objecta est, totos ad se convertit et rapit, tum quis non admiretur splendorem pulchritudinemque virtutis?

XI. Ergo et hæc animi despicientia admirabilitatem magnam facit, et maxime justitia, ex qua una virtute viri boni appellantur, mirifica quædam multitudini videtur; nec injuria. Nemo enim justus esse potest, qui mortem, qui dolorem, qui exsilium, qui egestatem timet, aut qui ea, quæ his sunt contraria, æquitati anteponit. Maximeque admirantur eum qui pecunia non movetur; quod in quo viro perspectum sit, hunc igni spectatum arbitrantur. Itaque illa tria, quæ proposita sunt ad gloriam, omnia justitia conficit : et benevolentiam, quod prodesse vult plurimis; et ob eamdem causam, fidem; et admirationem, quod eas res spernit et negligit, ad quas plerique inflammati aviditate rapiuntur.

ceux qui, ayant l'âme assez grande et assez élevée pour mépriser également tout ce qu'il y a d'agréable et de fâcheux dans la vie, se portent tout entiers vers ce qui est honnête et glorieux?

XI. Ce mépris de la douleur et de la volupté attire donc aux hommes de l'admiration et du respect; mais rien n'en imprime tant que cette justice, qui est précisément le caractère de l'homme de bien. Et ce n'est pas sans raison, car il ne peut y avoir de justice dans celui sur qui la crainte de la mort, de l'exil, de la pauvreté, ou les charmes de la vie, du repos et de l'abondance, auraient plus de pouvoir que les lois de l'équité et de l'honnêteté. On admire surtout ceux sur qui l'argent ne peut rien; et quand quelqu'un a résisté à cette épreuve, il est regardé comme aussi pur que l'or qui a passé par le feu. Ainsi la justice seule renferme les trois choses dans lesquelles nous avons fait consister la gloire : la bienveillance d'abord, puisque l'homme juste veut faire du bien à tout le monde; ensuite, et par la même raison, la confiance; enfin l'admiration, parce qu'il méprise ce qui séduit et entraîne la plupart des hommes.

quumque aliqua res | et *que*, lorsque quelque chose
ampla et honesta | magnifique et honnête
objecta est his, | a été offerte à eux, [même
convertit totos ad se | *cette chose* tourne tout-entiers vers elle-
et rapit, | et entraîne,
tum quis non admiretur | alors qui n'admirerait
splendorem. | l'éclat
pulchritudinemque | et la beauté
virtutis ? | de la vertu ?

XI. Ergo | XI. Donc
et hæc despicientia animi | et ce mépris de l'âme
facit | fait (produit)
magnam admirabilitatem ; | un grand penchant-à-l'admiration ;
et maxime justitia | et surtout la justice
(ex qua virtute una | (d'après laquelle vertu seule
appellantur viri boni) | sont appelés les hommes de-bien)
videtur multitudini | semble à la multitude
quædam mirifica ; | une certaine *vertu* merveilleuse ;
nec injuria. | et non à tort.
Nemo enim | Personne en effet
potest esse justus, | ne peut être juste,
qui timet mortem, | qui craint la mort,
qui dolorem, qui exsilium, | qui *craint* la douleur, qui *craint* l'exil,
qui egestatem, | qui *craint* la pauvreté,
aut qui anteponit æquitati | ou qui place-avant l'équité
quæ sunt contraria his. | les choses qui sont contraires à celles-ci.
Admiranturque maxime | Et ils admirent le plus
eum qui non movetur | celui qui n'est pas ému
pecunia ; | par l'argent ;
quod in quo viro, | parce que *l'homme* dans lequel homme
perspectum sit, | *cela* a été découvert,
arbitrantur hunc | ils estiment celui-ci
spectatum igni. | éprouvé par le feu.
Itaque justitia | C'est-pourquoi la justice
conficit omnia illa tria | complète (réunit) toutes ces trois choses
quæ proposita sunt | qui ont été proposées
ad gloriam : | pour la gloire :
et benevolentiam, | et la bienveillance,
quod vult prodesse | parce qu'elle veut être-utile
plurimis ; | aux plus nombreux *possible* ;
et, ob eamdem causam, | et, pour le même motif,
fidem ; | la bonne-foi ;
et admirationem, | et l'admiration,
quod spernit | parce qu'elle dédaigne
et negligit eas res, | et néglige ces choses,
ad quas plerique rapiuntur | vers lesquelles la plupart sont entraînés
inflammati aviditate. | enflammés de cupidité.

Ac mea quidem sententia omnis ratio atque institutio vitæ adjumenta hominum desiderat, imprimisque ut habeas quibuscum possis familiares conferre sermones ; quod est difficile, nisi speciem præ te boni viri feras. Ergo etiam solitario homini atque in agro vitam agenti opinio justitiæ necessaria est, eoque etiam magis, quod si eam non habebunt, injusti habebuntur ; nullis præsidiis septi, multis afficientur injuriis. Atque iis etiam qui vendunt, emunt, conducunt, locant, contrahendisque negotiis implicantur, justitia ad rem gerendam necessaria est. Cujus tanta vis est, ut ne illi quidem, qui maleficio et scelere pascuntur, possint sine ulla particula justitiæ vivere. Nam qui eorum cuipiam, qui una latrocinantur, furatur aliquid aut eripit, is sibi ne in latrocinio quidem relinquit locum ; ille autem qui archipirata dicitur, nisi æquabiliter prædam dispertiat, aut interficiatur a sociis, aut relinquatur. Quinetiam leges latronum esse dicuntur, quibus

Il n'y a aucune sorte de vie où l'on n'ait besoin du secours des hommes, quand ce ne serait que pour avoir quelqu'un avec qui l'on puisse s'entretenir familièrement et en liberté. Or, c'est ce qu'on ne trouvera pas aisément, à moins d'être tenu pour homme de bien. Ainsi, les solitaires même, qui passent leur vie à la campagne, ont besoin d'être en réputation de probité ; et d'autant plus que, s'ils n'ont pas le renom de gens de bien, ils auront infailliblement celui de méchants, et qu'étant dépourvus de tout secours, ils seront exposés à toute sorte d'insultes. La probité et la justice sont encore plus nécessaires aux marchands et à tous ceux qui exercent quelque sorte de trafic que ce puisse être. Enfin la nécessité en est si grande et si universelle, que les brigands même, qui ne vivent que de crimes et de rapines, ne sauraient subsister entre eux sans quelque sorte de justice. Car si quelqu'un de ceux qui volent en commun mettait à part une portion du butin, ou l'ôtait de force aux autres, il ne serait pas supporté, même dans une troupe de brigands, et un chef de pirates qui ne garderait pas l'équité dans le partage des prises, serait infailliblement assassiné ou abandonné par les autres. Aussi dit-on que les brigands ont entre eux certaines lois qu'ils observent invio-

Ac mea sententia quidem	Et à mon sens à la vérité
omnis ratio	tout plan
atque institutio vitæ	et système de vie
desiderat	désire (réclame)
adjumenta hominum,	l'aide des hommes,
imprimisque ut habeas	et surtout que tu aies *des hommes*
quibuscum possis conferre	avec lesquels tu puisses engager
sermones familiares ;	des entretiens familiers ;
quod est difficile,	ce qui est difficile,
nisi feras præ te	à moins que tu ne portes devant toi
speciem viri boni.	l'apparence d'un homme de-bien.
Ergo opinio justitiæ	Donc la réputation de justice
est necessaria	est nécessaire
etiam homini solitario	même à l'homme solitaire
atque agenti vitam in agro:	et passant *sa* vie à la campagne:
eoque magis etiam,	et d'autant plus même,
quod si non habebunt eam,	que s'ils n'ont pas elle,
habebuntur injusti ;	ils seront tenus *pour* injustes ;
septi nullis præsidiis,	entourés de nuls appuis,
afficientur multis injuriis.	ils seront frappés de nombreuses injures.
Atque justitia	Et la justice
est necessaria	est nécessaire
ad gerendam rem	pour faire affaire
iis etiam qui vendunt,	à ceux même qui vendent,
emunt,	achètent,
conducunt, locant,	prennent-à-loyer, donnent-à-loyer,
implicanturque	et sont impliqués
negotiis contrahendis.	dans des affaires à-contracter.
Cujus vis est tanta,	De laquelle *justice* la force est si-grande,
ut ne illi quidem,	que pas même ceux-là,
qui pascuntur	qui se nourrissent
maleficio et scelere,	de méfait et de crime,
possint vivere	ne pourraient vivre
sine ulla particula justitiæ.	sans quelque parcelle de justice.
Nam qui furatur	Car celui qui dérobe
aut eripit aliquid	ou ravit quelque chose
cuipiam eorum	à quelqu'un de ceux [lui),
qui latrocinantur una,	qui font-le-brigandage ensemble (avec
is relinquit locum sibi	celui-là *ne* laisse place à lui-même
ne in latrocinio quidem ;	pas même dans une compagnie-de-bri-
ille autem,	d'autre-part celui-là, [gands ;
qui dicitur archipirata,	qui est dit (appelé) chef-de-pirates,
nisi dispertiat prædam	s'il ne distribuait pas le butin
æquabiliter,	d'une-manière-égale,
aut interficiatur a sociis,	ou serait tué par *ses* compagnons,
aut relinquatur.	ou serait abandonné.
Quinetiam leges latronum	Bien plus des lois des brigands

pareant, quas observent. Itaque, propter æquabilem prædæ
partitionem, et Bardylis [1], Illyricus latro, de quo est apud
Theopompum, magnas opes habuit, et multo majores Viria-
tus [2] Lusitanus, cui quidem etiam exercitus nostri imperatoresque [3] cesserunt; quem C. Lælius, is qui sapiens usurpatur,
prætor fregit et comminuit, ferocitatemque ejus ita repressit,
ut facile bellum reliquis [4] traderet. Quum igitur tanta vis justitiæ sit, ut ea etiam latronum opes firmet atque augeat,
quantam ejus vim inter leges et judicia, in constituta republica, fore putamus?

XII. Mihi quidem non apud Medos [5] solum, ut ait Herodotus,
sed etiam apud majores nostros, justitiæ fruendæ causa, videntur olim bene morati reges constituti. Nam, quum preme-
retur inops multitudo ab iis qui majores opes habebant, ad
unum aliquem confugiebant, virtute præstantem, qui, quùm

lablement. Ce fut la fidélité dans le partage du butin, qui donna tant
de puissance à Bardylis, ce fameux voleur d'Illyrie, dont il est parlé
dans Théopompe, et plus encore à Viriate de Lusitanie, puisque nos
armées et nos généraux lui cédèrent. Mais ce Lélius, surnommé le
Sage, étant préteur, réprima son audace et le réduisit à tel point,
qu'il laissa une guerre facile à ses successeurs. Si donc la puissance
de la justice est telle, qu'elle affermit et augmente les forces même
des brigands, quel doit être son pouvoir au milieu des lois, et dans
une république bien ordonnée?

XII. Les Mèdes, selon Hérodote, et nos ancêtres aussi, selon moi,
n'instituèrent autrefois la royauté et ne mirent sur le trône des
hommes de bien que pour jouir de la justice. Car dans ces premiers
temps, la multitude faible et pauvre, se trouvant opprimée par la
puissance des riches, recourait à quelque homme distingué par sa

dicuntur esse,	sont dites exister,
quibus pareant,	auxquelles ils obéissent,
quas observent.	qu'ils observent.
Itaque,	C'est-pourquoi,
propter partitionem	à-cause du partage
æquabilem	équitable
prædæ,	du butin,
et Bardylis latro Illyricus,	et Bardylis brigand d'-Illyrie,
de quo est	duquel il est *parlé*
apud Theopompum,	dans Théopompe,
habuit magnas opes ;	eut une grande puissance ;
et Viriatus Lusitanus	et Viriate le Lusitanien
multo majores,	une beaucoup plus grande,
cui quidem	*Viriate* auquel à la vérité
etiam nostri exercitus	même nos armées
imperatoresque cesserunt ;	et *nos* généraux ont cédé ;
quem C. Lælius,	*Viriate* que C. Lélius,
is qui usurpatur sapiens,	celui qui est nommé le sage,
prætor fregit	*étant* préteur brisa
et comminuit,	et affaiblit,
repressitque ita	et réprima tellement
ferocitatem ejus,	l'audace de lui,
ut traderet reliquis	qu'il remit aux autres *généraux*
bellum facile.	une guerre facile.
Quum igitur vis justitiæ	Puisque donc la puissance de la justice
est tanta,	est si-grande,
ut ea firmet atque augeat	que celle-ci affermit et augmente
opes etiam latronum,	la force même des brigands,
quantam putamus	combien-grande pensons-nous
vim ejus fore	la force d'elle devoir être
inter leges et judicia,	parmi les lois et les tribunaux,
in republica constituta ?	dans une république organisée ?
XII. Reges	XII. Des rois
bene morati	bien doués-de-mœurs (gens de bien)
videntur quidem mihi	paraissent en vérité à moi
constituti olim	*avoir été* établis autrefois
non apud Medos solum,	non chez les Mèdes seulement,
ut ait Herodotus,	comme dit Hérodote,
sed etiam	mais aussi
apud nostros majores,	chez nos ancêtres,
causa fruendæ justitiæ.	en vue de jouir de la justice.
Nam quum multitudo inops	Car lorsque la multitude sans-ressources
premeretur ab iis	était opprimée par ceux
qui habebant opes majores,	qui avaient des ressources plus grandes,
confugiebant	ils se réfugiaient
ad unum aliquem,	vers un quelqu'un,
præstantem virtute,	éminent par la vertu,

prohiberet injuria tenuiores, æquitate constituenda summos
cum infimis pari jure retinebat. Eademque constituendarum
legum fuit causa, quæ regum. Jus enim semper quæsitum est
æquabile, neque enim aliter esset jus. Id si ab uno justo et
bono viro consequebantur, eo erant contenti. Quum id minus
contingeret, leges sunt inventæ, quæ cum omnibus semper
una atque eadem voce loquerentur. Ergo hoc quidem perspicuum est, eos ad imperandum deligi solitos, quorum de justitia magna esset opinio multitudinis. Adjuncto vero hoc, ut
iidem etiam prudentes haberentur, nihil erat quod homines
his auctoribus non posse consequi se arbitrarentur. Omni
igitur ratione colenda et retinenda justitia est, tum ipsa
propter sese, nam aliter justitia non esset, tum propter am-

vertu, qui garantissait les faibles de l'injustice et de la violence, et
qui, faisant régner l'équité, soumettait à un droit égal les grands et
les petits. Ce qui avait fait établir les rois a fait depuis établir les
lois ; car on a toujours voulu avoir un droit égal pour tout le monde,
et autrement ce ne serait pas un droit. Tant que ce droit se maintint
par la justice et la probité d'un seul homme, on s'en contenta ; lorsqu'il cessa de se maintenir, on établit des lois, dont la voix ne
change jamais, et qui parlent toujours le même langage à tout le
monde. Il est donc clair que c'est le maintien de la justice que les
hommes ont eu en vue, quand ils ont établi des rois, et que c'est ce
qui leur a fait choisir pour commander ceux qui passaient pour les
plus gens de bien. Que si avec cela on les croyait encore habiles, il
n'y avait point d'avantages qu'on ne se promît de leur gouvernement. Il faut donc s'attacher avec tout le soin possible à cultiver et
à conserver la justice : premièrement pour elle-même, autrement ce
ne serait plus justice ; et aussi pour augmenter ses honneurs et sa

qui	lequel
quum prohiberet injuria	lorsqu'il mettait-à-l'abri de l'injure
tenuiores,	les plus humbles,
constituenda æquitate	en établissant l'égalité
retinebat jure pari	maintenait dans un droit égal
summos cum infimis.	les plus élevés avec les plus bas.
Causaque	Et la cause
constituendarum legum	d'établir des lois
fuit eadem	fut la même
quæ regum.	que *celle d'établir* des rois.
Jus enim æquabile	En effet un droit égal
quæsitum est semper :	a été cherché toujours :
neque enim aliter	et en effet autrement
esset jus.	*ce* ne serait pas le droit.
Si consequebantur id	S'ils obtenaient cela
ab uno viro	d'un seul homme
justo et bono,	juste et bon, [cet *homme*.
erant contenti eo.	ils étaient contents (se contentaient) de
Quum id	Lorsque cela
contingeret minus,	arrivait moins (n'arrivait pas),
leges inventæ sunt,	des lois furent inventées,
quæ loquerentur	qui parlassent
cum omnibus	avec (à) tous
semper una	toujours d'une seule
atque eadem voce.	et même voix.
Ergo hoc quidem	Donc ceci à la vérité
est perspicuum	est évident,
eos solitos deligi	ceux-là avoir eu-coutume d'être choisis
ad imperandum,	pour commander,
de justitia quorum	sur la justice desquels
opinio multitudinis	l'opinion de la multitude
esset magna.	était grande.
Hoc vero adjuncto ,	Mais ceci étant ajouté,
ut iidem	que ces-mêmes *hommes*
haberentur etiam	fussent tenus aussi
prudentes,	*pour* prudents,
nihil erat, quod homines,	rien n'était, que les hommes,
his auctoribus,	ceux-ci *étant* les promoteurs,
non arbitrarentur	ne jugeassent
se posse consequi.	eux-mêmes pouvoir obtenir.
Justitia igitur	La justice donc
colenda est et retinenda	doit être cultivée et gardée
omni ratione,	de toute façon,
tum ipsa propter sese,	d'une-part elle-même pour elle-même,
nam aliter	car autrement
non esset justitia,	elle ne serait pas justice,
tum	d'autre-part

plificationem honoris et gloriæ. Sed, ut pecuniæ quærendæ
non solum ratio est, sed etiam collocandæ, quæ perpetuos
sumptus suppeditet, nec solum necessarios, sed etiam liberales, sic gloria et quærenda et collocanda ratione est. Quanquam præclare Socrates hanc viam ad gloriam proximam et
quasi compendiariam dicebat esse, si quis id ageret ut, qualis
haberi vellet, talis esset. Quod si qui simulatione, et inani
ostentatione, et ficto non modo sermone, sed etiam vultu, sta-
bilem se gloriam consequi posse rentur, vehementer errant.
Vera gloria radices agit, atque etiam propagatur ; ficta omnia
celeriter, tanquam flosculi, decidunt, nec simulatum potest
quidquam esse diuturnum. Testes sunt permulti in utramque
partem ; sed, brevitatis causa, familia erimus contenti una.
Tiberius enim Gracchus[1], Publii filius, tandiu laudabitur, dum
memoria rerum Romanarum manebit ; at ejus filii nec vivi

gloire. Mais comme ce n'est pas assez de savoir amasser de l'argent,
et qu'il faut encore le bien placer, pour en tirer un revenu perpétuel
qui fournisse à nos besoins et à nos libéralités ; de même ce n'est pas
assez de chercher la gloire, il faut savoir la bien placer. Socrate a
dit excellemment à ce propos que le moyen le plus sûr et le plus
court d'arriver à la gloire, c'est d'être ce que l'on veut paraître.
Aussi n'y a-t-il pas de plus grande erreur que de s'imaginer qu'on
arrivera à une gloire solide et durable par la dissimulation, par une
vaine ostentation, en composant son visage et ses paroles. La vraie
gloire jette de profondes racines et va croissant de jour en jour ; tout
ce qui est feint, au contraire, tombe tout d'un coup, comme une
fleur, et rien de faux ne peut être durable. Il y a mille exemples de
cette double vérité ; mais, pour abréger, nous nous contenterons de
ceux qu'une seule famille nous fournit. Tibérius Gracchus, fils de
Publius, sera loué de tout le monde, tant que Rome vivra dans la
mémoire des hommes. Ses enfants au contraire n'ont jamais été

propter amplificationem	en-vue d'augmentation
honoris et gloriæ.	d'honneur et de gloire.
Sed ut ratio est	Mais comme un système est
pecuniæ	de l'argent
non solum quærendæ,	non seulement devant être acquis,
sed etiam collocandæ,	mais encore devant être placé,
quæ suppeditet	lequel puisse fournir
sumptus perpetuos,	les dépenses perpétuelles,
nec solum necessarios,	et non seulement les *dépenses* nécessaires,
sed etiam liberales,	mais encore *celles* des-libéralités,
sic gloria	ainsi la gloire
et quærenda est	et doit être acquise
et collocanda	et doit être placée
ratïone.	d'après la raison (convenablement).
Quanquam Socrates	Quoique Socrate
dicebat præclare	disait très-bien
hanc viam ad gloriam	cette route vers la gloire
esse proximam	être la plus proche
et quasi compendiariam,	et comme abrégée,
si quis ageret id,	si quelqu'un faisait (s'appliquait à) cela,
ut esset talis	qu'il fût tel
qualis vellet haberi.	qu'il voudrait être tenu (jugé).
Quod si qui rentur	Que si quelques-uns croient
se posse consequi	eux-mêmes pouvoir acquérir
gloriam stabilem	une gloire stable
simulatione,	par la dissimulation,
et inani ostentatione,	et par une vaine ostentation,
et non modo sermone,	et non seulement par un langage,
sed etiam vultu ficto,	mais encore par un visage composé,
errant vehementer.	ils se trompent fortement.
Vera gloria agit radices,	La vraie gloire pousse des racines,
atque etiam propagatur ;	et même s'étend ;
omnia ficta	toutes les choses feintes
decidunt celeriter,	tombent promptement,
tanquam flosculi,	comme de petites-fleurs,
nec quidquam simulatum	et rien de simulé
potest esse diuturnum.	ne peut être de-longue-durée.
Permulti testes sünt	De très-nombreux témoins sont
in utramque partem ;	dans l'un-et-l'autre sens ;
sed, causa brevitatis,	mais, en vue de la brièveté,
erimus contenti	nous serons contents
una familia.	d'une seule famille.
Tiberius enim Gracchus,	En effet Tibérius Gracchus,
filius Publii,	fils de Publius,
laudabitur tandiu	sera loué aussi-longtemps
dum memoria	que la mémoire
rerum Romanarum	des choses de-Rome

probabantur bonis, et mortui numerum obtinent jure cæ-
sorum.

XIII. Qui igitur adipisci veram gloriam volet, justitiæ fun-
gatur officiis. Ea quæ essent, dictum est libro superiore. Sed,
ut facillime, quales simus, tales esse videamur, etsi in eo
ipso vis maxima est, ut simus ii qui haberi velimus, tamen
quædam præcepta danda sunt. Nam, si quis ab ineunte ætate
habet causam celebritatis et nominis, aut a patre acceptam,
quod tibi, mi Cicero, arbitror contigisse, aut aliquo casu atque
fortuna, in hunc oculi omnium conjiciuntur, atque in eo quid
agat, quemadmodum vivat, inquiritur; et, tanquam in cla-
rissima luce versetur, ita nullum obscurum potest nec dictum
ejus esse nec factum. Quorum autem prima ætas propter humilitatem et obscuritatem in hominum ignoratione versatur,
hi simul ac juvenes esse cœperunt, magna spectare et ad ea
rectis studiis debent contendere; quod eo firmiore animo fa-

estimés des gens de bien pendant leur vie, et depuis leur mort ils
sont comptés au nombre des hommes que l'on a pu légitimement faire
périr.

XIII. Que celui donc qui voudra arriver à la véritable gloire rem-
plisse ces devoirs de la justice, que nous avons expliqués dans le
premier livre. Or, quoiqu'il n'y ait pas de meilleur moyen que
d'être ce qu'on veut paraître, il y a pourtant quelques règles à observer pour paraître plus aisément ce qu'on est. Lorsqu'un jeune
homme entre dans le monde avec un nom, une célébrité qu'il a
reçue de son père (et je crois, mon cher Cicéron que vous êtes dans
ce cas), ou qui lui vient de quelque événement particulier ou de la
fortune, tous ont les yeux sur lui; on l'observe, on remarque ce
qu'il fait, comment il vit, et il est comme environné d'une lumière
qui ne permet pas qu'aucune de ses actions ni de ses paroles échappe
à la connaissance du public. Quant à ceux dont une naissance
obscure met le début moins en vue, ils doivent, dès qu'ils sont hors
de la première jeunesse, se proposer tout ce qu'il y a de meilleur ou
de plus grand et y tendre par les meilleures voies; ils peuvent le

manebit ;	subsistera ;
at filii ejus	mais les fils de lui
nec vivi probabantur	et vivants n'étaient pas approuvés
bonis,	des *gens* de-bien,
et mortui	et morts
obtinent numerum	occupent le (sont placés au) nombre
cæsorum jure.	des *hommes* tués avec droit.
XIII. Qui igitur volet	XIII. Que celui donc qui voudra
adipisci veram gloriam,	acquérir la véritable gloire,
fungatur officiis justitiæ.	s'acquitte des devoirs de la justice.
Dictum est libro superiore	Il a été dit dans le livre précédent
quæ essent ea.	quels étaient ces *devoirs*. [facilement
Sed ut videamur facillime	Mais pour que nous paraissions le plus
esse tales quales simus,	être tels que nous sommes,
etsi vis maxima	quoique la force la plus grande
est in eo ipso,	est en cela même,
ut simus ii	que nous soyons ceux-là (tels)
qui velimus haberi,	que nous voulons être tenus (jugés),
tamen quædam præcepta	cependant certains préceptes
danda sunt.	doivent être donnés.
Nam, si quis	Car, si quelqu'un [sa vie)
ab ætate ineunte	dès l'âge commençant (dès le début de
habet causam celebritatis	a une cause de célébrité
et nominis,	et de renom,
aut acceptam a patre,	ou reçue de *son* père,
quod arbitror, mi Cicero,	ce que je pense, mon Cicéron,
contigisse tibi,	être échu à toi,
ut aliquo casu	ou par quelque hasard
atque fortuna,	et bonne-chance,
oculi omnium	les yeux de tous
conjiciuntur in hunc,	sont jetés sur celui-ci,
atque inquiritur in eo	et on s'informe sur lui
quid agat,	quelle chose il fait,
quemadmodum vivat ;	comment il vit ;
et, tanquam versetur	et, comme s'il se mouvait
in luce clarissima,	dans une lumière très-éclatante,
ita nullum nec dictum	ainsi aucune ni parole
nec factum ejus	ni action de lui
potest esse obscurum.	ne peut être obscure.
Hi autem	Mais ceux
quorum prima ætas,	de qui le premier âge,
propter humilitatem	à-cause-de l'humilité
et obscuritatem,	et de l'obscurité *de leur naissance*,
versatur	se meut (se passe) [mes,
in ignoratione hominum,	dans l'ignorance (étant ignoré) des hom-
simul ac cœperunt	dès qu'ils ont commencé
esse juvenes,	à être jeunes-hommes,

15

cient, quia non modo non invidetur illi ætati, verum etiam favétur. Prima igitur est adolescenti commendatio ad gloriam, si qua ex bellicis rebus comparari potest; in qua multi apud majores nostros exstiterunt : semper enim fere bella gerebantur. Tua autem ætas[1] incidit in id bellum, cujus altera pars sceleris nimium habuit, altera felicitatis parum. Quo tamen in bello, quum te Pompeius alæ alteri præfecisset, magnam laudem et a summo viro et ab exercitu consequebare equitando, jaculando, omniaque militari labore tolerando. Atque ea quidem tua laus pariter cum republica cecidit. Mihi autem hæc oratio suscepta non de te est, sed de genere toto. Quamobrem pergamus ad ea quæ restant.

Ut igitur in reliquis rebus multo majora sunt opera animi

faire avec d'autant plus de courage, que cet âge-là n'est point exposé à l'envie, et que tout le monde, au contraire, lui est favorable. La première chose qui peut ouvrir le chemin de la gloire à un jeune homme, c'est la guerre; et c'est par là que plusieurs, du temps de nos pères, ont commencé à se distinguer, car il y a toujours eu des guerres. Pour vous, mon cher fils, vous êtes venu à l'époque d'une lutte où l'un des deux partis a été aussi malheureux que l'autre était criminel. Cependant Pompée vous ayant donné le commandement d'un corps de cavalerie, vous avez su vous attirer l'estime et les louanges de ce grand homme et de toute l'armée par votre adresse à mener un cheval, à lancer le javelot, et par votre courage à supporter les fatigues de la guerre. Mais ce commencement de gloire est tombé avec la république. Toutefois, comme ce n'est pas pour vous seul que j'ai entrepris ce travail, mais pour l'utilité de tous les hommes, je reviens à mon sujet.

En général les travaux de l'esprit sont bien plus importants que

debent spectare magna	doivent regarder de grandes choses
et contendere ad ea	et tendre vers elles
studiis rectis;	avec une application droite;
quod facient	ce qu'ils feront
animo eo firmiore,	d'une âme d'autant plus ferme,
quia non modo	parce que non-seulement
non invidetur	on n'envie pas
illi ætati,	cet âge-là,
verum etiam favetur.	mais même on le favorise.
Prima igitur commendatio	Donc la première recommandation
ad gloriam	pour la gloire
est adolescenti,	est à un jeune-homme,
si qua potest comparari	si quelqu'une peut être acquise
ex rebus bellicis;	d'après les choses de-la-guerre;
in qua multi	dans laquelle de nombreux
exstiterunt	se sont élevés
apud nostros majores:	chez nos ancêtres:
fere enim semper	en effet presque toujours
bella gerebantur.	des guerres se faisaient.
Tua autem ætas	Or ton âge
incidit in id bellum,	est tombé sur cette guerre,
cujus altera pars	de laquelle un côté
habuit nimium sceleris,	a eu trop de crime,
altera parum felicitatis.	l'autre trop-peu de bonheur.
In quo bello tamen,	Dans laquelle guerre cependant,
quum Pompeius	lorsque Pompée
te præfecisset	t'eut mis-à-la-tête
alteri alæ,	de l'un-des-deux corps-de-cavalerie,
consequebare	tu obtenais
magnam laudem	une grande louange
et a viro summo	et de cet homme éminent
et ab exercitu	et de l'armée
equitando, jaculando,	en allant-à-cheval, en lançant-le-javelot,
tolerandoque omnia	et en supportant tout
labore militari.	par un travail militaire.
Atque ea quidem laus tua	Et à la vérité cette gloire tienne
cecidit pariter	est tombée pareillement (en même temps
cum republica.	avec la république.
Hæc autem oratio	Mais ce discours
suscepta est mihi	a été entrepris à (par) moi
non de te,	non sur toi,
sed de genere toto.	mais sur l'espèce humaine tout-entière.
Quamobrem pergamus	C'est-pourquoi poursuivons
ad ea quæ restant.	vers ces (les) choses qui restent.
Ut igitur	De-même-que donc
in reliquis rebus	dans toutes-les-autres choses
opera animi	les œuvres de l'âme

quam corporis, sic hæ res, quas persequimur ingenio ac ratione, graviores sunt quam illæ, quas viribus. Prima igitur
commendatio proficiscitur a modestia, tum pietate in parentes, tum in suos benevolentia. Facillime autem et in optimam
partem cognoscuntur adolescentes qui se ad claros et sapientes
viros, bene consulentes reipublicæ, contulerunt; quibuscum
si frequentes sunt, opinionem afferunt populo eorum fore se
similes, quos sibi ipsi delegerunt ad imitandum. P. Rutilii[1]
adolescentiam ad opinionem et innocentiæ et juris scientiæ
P. Mucii[2] commendavit domus. Nam Lucius quidem Crassus[3],
quum esset admodum adolescens, non aliunde mutuatus est,
sed sibi ipse peperit maximam laudem ex illa accusatione no-
bili et gloriosa. Et qua ætate qui exercentur laude affici
solent, ut de Demosthene accepimus, ea ætate L. Crassus

ceux du corps; aussi les objets auxquels nous appliquons notre esprit
et notre intelligence ont plus de noblesse que ceux qui ne demandent
que des forces. Un jeune homme se recommande d'abord par sa
modestie, par sa piété filiale, par son affection envers les siens; il
a de plus un moyen très-facile et très-sûr de donner bonne opinion de lui-même : c'est de s'attacher à des personnes distinguées
par leur sagesse et leur vertu, et qui servent utilement la république.
Car en se tenant assidu auprès d'eux, il donne lieu à tout le monde
de présumer qu'il ressemblera quelque jour à ceux qu'il a choisis
pour modèles. C'est ainsi que P. Rutilius, pour s'être attaché à
Mucius, acquit dès sa jeunesse une grande réputation de probité et
d'habileté dans le droit civil. L. Crassus se fit aussi un nom dès ses
premières années; mais il ne l'emprunta de personne, il ne le dut
qu'à lui-même et à cette glorieuse accusation qu'il entreprit. Ainsi,
dans un âge où l'on compte pour beaucoup aux jeunes gens les efforts
qu'ils font afin de se rendre habiles, Crassus, comme un autre
Démosthèn . fit voir en plein barreau qu'il était déjà maître dans

sunt majora	sont plus grandes
quam corporis	que *celles* du corps,
sic hæ res,	ainsi ces choses,
quas persequimur ingenio	que nous poursuivons par l'intelligence
ac ratione	et la raison
sunt graviores quam illæ	sont plus importantes que celles
quas viribus.	que *nous poursuivons* par *nos* forces.
Prima igitur commendatio	La première recommandation donc
proficiscitur a modestia,	part de la modestie,
tum pietate in parentes,	puis de la piété envers *ses* parents,
tum benevolentia in suos.	puis de la bienveillance envers les siens.
Adolescentes autem	Or *ces* jeunes-gens
cognoscuntur facillime	se-font-connaître le plus facilement
et in optimam partem,	et dans le meilleur sens,
qui se contulerunt	qui se sont attachés
ad viros claros et sapientes,	à des hommes illustres et sages,
consulentes bene	pourvoyant bien
reipublicæ;	à la république;
quibuscum	avec lesquels
si sunt frequentes,	s'ils sont assidus,
afferunt populo	ils apportent (inspirent) au peuple
opinionem	la croyance
se fore similes	eux-mêmes devoir être semblables
eorum quos ipsi	à ceux qu'eux-mêmes
delegerunt sibi	ont choisis à eux-mêmes
ad imitandum.	pour *les* imiter.
Domus P. Mucii	La maison de P. Mucius
commendavit	recommanda
adolescentiam P. Rutilii	la jeunesse de P. Rutilius
ad opinionem et innocentiæ	pour la réputation et d'intégrité
et scientiæ juris.	et de science du droit.
Nam	Car
Lucius quidem Crassus,	Lucius Crassus à la vérité,
quum esset	bien qu'il fût
admodum adolescens,	tout à fait jeune,
non mutuatus est aliunde,	n'emprunta pas d'ailleurs,
sed ipse peperit sibi	mais lui-même enfanta à lui-même
maximam laudem	la plus grande gloire,
ex illa accusatione	par-suite-de cette accusation
nobili et gloriosa.	fameuse et glorieuse.
Et ea ætate,	Et à cet âge,
qua ætate qui exercentur	auquel âge ceux qui s'exercent
solent	ont-coutume *pour cela seul*
affici laude,	d'être gratifiés de louange,
ut accepimus	comme nous avons entendu-dire
de Demosthene,	de Démosthène,
L. Crassus ostendit	L. Crassus montra

ostendit id se in foro optime jam facere, quod etiamtum poterat domi cum laude meditari.

XIV. Sed, quum duplex ratio sit orationis, quarum in
altera sermo sit, in altera contentio, non est id quidem dubium, quin contentio orationis plurimum valeat, et majorem
vim habeat ad gloriam; ea est enim quam eloquentiam dicimus : sed tamen difficile dictu est quantopere conciliet animos
hominum comitas affabilitasque sermonis. Exstant epistolæ,
et Philippi ad Alexandrum, et Antipatri ad Cassandrum[1], et
Antigoni ad Philippum filium[2], trium prudentissimorum (sic
enim accepimus), quibus præcipiunt ut oratione benigna
multitudinis animos ad benevolentiam alliciant, militesque
blande appellando deleniant. Quæ autem in multitudine
cum contentione habetur oratio, ea sæpe universam excitat.
Magna est enim admiratio copiose sapienterque dicentis;

un art auquel il eût été honorable pour lui de se préparer encore
dans le silence du cabinet.

XIV. Il y a deux sortes de discours, le discours familier et le
discours soutenu. Il n'est pas douteux que ce dernier ne soit le
plus capable de donner de la gloire : c'est en effet ce qu'on appelle
l'éloquence; mais on ne saurait croire combien l'autre est propre à
gagner les cœurs des hommes, quand il est accompagné d'affabilité
et de douceur. Nous avons encore des lettres de Philippe à Alexandre, d'Antipater à Cassandre et d'Antigone à Philippe son fils (tous
gens d'une grande sagesse, selon le portrait qu'on nous en a fait),
par lesquelles ils leur recommandent de parler toujours avec douceur pour gagner les cœurs de la multitude, et d'adresser aux soldats
des paroles qui les flattent. Quant à cette autre manière de parler
dont on se sert dans les discours au peuple, on voit souvent qu'elle
l'enlève et le transporte. Car un homme qui s'exprime avec facilité,
et en même temps avec sagesse, se fait infailliblement admirer, et

se jam facere optime
in foro
id quod etiamtum
poterat meditari domi
cum laude.
    XIV. Sed, quum sit
duplex ratio orationis,
in altera quarum
sit sermo,
in altera contentio,
id quidem non est dubium,
quin contentio orationis
valeat plurimum
et habeat vim majorem
ad gloriam;
ea est enim
quam dicimus
eloquentiam :
sed tamen
est difficile dictu
quantopere comitas
affabilitasque sermonis
conciliet animos hominum.
Exstant epistolæ,
et Philippi
ad Alexandrum,
et Antipatri
ad Cassandrum,
et Antigoni
ad Philippum filium,
trium prudentissimorum
(accepimus enim sic),
quibus præcipiunt
ut alliciant
ad benevolentiam
animos multitudinis
oratione benigna,
deleniantque milites
appellando blande.
Oratio autem
quæ habetur in multitudine
cum contentione,
ea sæpe
excitat universam.
Admiratio enim
dicentis copiose
sapienterque

lui-même déjà faire très-bien
sur le forum
ce que alors-encore
il pouvait étudier au logis
avec gloire.
    XIV. Mais, comme il y a
un double système de discours,
dans l'un desquels
est la parole-familière,
dans l'autre la parole-soutenue,
ceci à la vérité n'est pas douteux,
que le ton-soutenu du discours
soit-puissant le plus
et ait une force plus grande
pour la gloire ;
c'est en effet
celui que nous appelons
éloquence:
mais cependant
il est difficile à être dit (de dire)
combien la politesse
et l'affabilité du discours-familier
gagne les cœurs des hommes.
Il existe des lettres,
et de Philippe
à Alexandre,
et d'Antipater
à Cassandre,
et d'Antigone
à Philippe son fils,
trois princes très-prudents
(car nous l'avons entendu-dire ainsi),
dans lesquelles ils leur recommandent
qu'ils attirent
à la bienveillance
les cœurs de la multitude
par un langage bienveillant,
et qu'ils charment les soldats
en leur adressant-la-parole avec-caresse.
Mais le discours
qui est tenu dans (devant) la multitude
avec un ton-soutenu,
ce discours souvent
la soulève tout-entière.
En effet l'admiration   [dance
de (pour) un homme parlant avec-abon-
et avec-sagesse

quem qui audiunt intelligere etiam et sapere plus quam ceteros arbitrantur. Si vero inest in oratione mixta modestiæ
gravitas, nil admirabilius fieri potest, eoque magis, si ea
sunt in adolescente. Sed, quum sint plurima causarum genera
quæ eloquentiam desiderant, multique in nostra republica
adolescentes et apud judices et apud senatum dicendo laudem
assecuti sint, maxima admiratio est in judiciis, quorum ratio
duplex est : nam ex accusatione et defensione constat., quarum etsi laudabilior est defensio, tamen etiam accusatio pro-
bata persæpe est. Dixi paulo ante de Crasso. Idem fecit adolescens M. Antonius[1]. Etiam P. Sulpicii[2] eloquentiam accusatio
illustravit, quum seditiosum et inutilem civem, C. Norbanum,
in judicium vocavit. Sed hoc quidem non est sæpe faciendum,

ceux qui l'écoutent ne peuvent s'empêcher de croire qu'il a plus
d'esprit et d'habileté que les autres. Que si avec cela on remarque
dans ses discours une modestie accompagnée de gravité, il n'y a
rien qu'on admire davantage, surtout quand ces qualités se rencontrent dans un jeune homme. Plusieurs carrières sont ouvertes à
l'éloquence, et bien des jeunes gens, dans notre république, se sont
fait une réputation en parlant soit au barreau, soit au sénat; mais
c'est surtout dans les tribunaux qu'on peut exciter l'admiration. Ce
sont toujours ou des accusations ou des défenses; et, quoique les
défenses fassent d'ordinaire plus d'honneur, il y a eu des gens qui
en ont acquis beaucoup par des accusations. J'ai parlé de celle qui
rendit Crassus si célèbre. Marc-Antoine en entreprit une dans sa
jeunesse, et P. Sulpicius signala son éloquence par l'accusation de
C. Norbanus, un des plus mauvais citoyens qui aient été dans la
république. Mais il ne faut que rarement se porter accusateur,
et seulement dans l'intérêt de la république, comme ceux dont je

est magna ;	est grande ;
quem qui audiunt	lequel ceux qui écoutent
arbitrantur	croient
etiam intelligere	même avoir-de-l'intelligence
et sapere	et avoir-de-la-sagesse
plus quam ceteros.	plus que tous-les-autres.
Si vero gravitas	Mais si la gravité
mixta modestiæ	mêlée à la modestie
inest in oratione,	est dans le discours,
nil admirabilius	rien de plus admirable
potest fieri,	ne peut être fait,
eoque magis,	et d'autant plus,
si ea sunt in adolescente.	si ces *qualités* sont dans un jeune-homme.
Sed, quum sint	Mais, comme il y a
plurima genera causarum	de très-nombreuses espèces de causes
quæ desiderant	qui exigent
eloquentiam,	de l'éloquence,
multique adolescentes	et que de nombreux jeunes-gens
in nostra republica	dans notre république
assecuti sint laudem	ont obtenu de la gloire
dicendo et apud judices	en parlant et devant les juges
et apud senatum,	et devant le sénat,
admiratio maxima	l'admiration la plus grande
est in judiciis,	est dans les procès,
quorum ratio est duplex :	desquels le système est double :
nam constat	car il se compose
ex accusatione	de l'accusation
et defensione ;	et de la défense ;
quarum etsi defensio	desquelles quoique la défense
est laudabilior,	soit la plus louable,
tamen etiam accusatio	cependant aussi l'accusation
probata est persæpe.	a été approuvée très-souvent.
Dixi paulo ante	J'ai parlé peu auparavant
de Crasso.	de Crassus.
M. Antonius adolescens	M. Antonius étant jeune-homme
fecit idem.	a fait la même chose.
Accusatio illustravit	L'accusation a mis-en-lumière
eloquentiam	l'éloquence
etiam P. Sulpicii,	aussi de P. Sulpicius,
quum vocavit in judicium	lorsqu'il appela en jugement
civem seditiosum	un citoyen séditieux
et inutilem,	et pernicieux,
C. Norbanum.	C. Norbanus.
Sed hoc quidem	Mais ceci à la vérité
non faciendum est sæpe,	ne doit pas être fait souvent,
nec unquam,	et ne *doit être fait* jamais,
nisi aut causa reipublicæ,	si-ce-n'est ou en vue de la république,

nec unquam, nisi aut reipublicæ causa, ut ii, quos ante dixi;
aut ulciscendi, ut duo Luculli[1]; aut patrocinio, ut nos pro
Siculis[2], pro Sardis in T. Albucium Julius[3]. In accusando etiam
M'. Aquilio L. Fufii[4] cognita industria est. Semel igitur, aut
non sæpe certe. Sin erit cui faciendum sit sæpius, reipublicæ
tribuat hoc muneris, cujus inimicos ulcisci sæpius non est reprehendendum. Modus tamen adsit. Duri enim hominis, vel
potius vix hominis videtur periculum capitis inferre multis.
Id quum periculosum ipsi est, tum etiam sordidum ad famam,
committere ut accusator nominere; quod contigit M. Bruto[5],
summo genere nato, illius filio, qui juris civilis in primis pe-
ritus fuit. Atque etiam hoc præceptum officii diligenter tenendum est, ne quem unquam innocentem judicio capitis arces-
sas; id enim sine scelere fieri nullo pacto potest. Nam quid
est tam inhumanum quam eloquentiam, a natura ad salutem

viens de parler, ou par un juste ressentiment, comme les deux
Lucullus, ou pour défendre des opprimés, comme j'ai fait pour les
Siciliens, et Jules César pour les Sardes contre T. Albucius. L. Fufius
aussi fit voir son mérite dans l'accusation de M'. Aquilius. Il ne
convient donc pas de se faire accusateur plus d'une fois, ou, si l'on
est contraint d'y revenir, ce ne doit être que pour quelque besoin
pressant de la république, dont il est toujours honorable de poursuivre les ennemis. Encore faut-il garder des mesures; car il y a
non-seulement de la dureté, mais encore de l'inhumanité à mettre
souvent la vie des hommes en péril, sans compter que l'on compro-
met à la fois sa personne et sa réputation en s'exposant au surnom
d'accusateur, comme il arriva à M. Brutus, homme d'une naissance
illustre, dont le père s'était distingué par une grande connaissance du droit civil. Mais surtout c'est un devoir indispensable de ne
jamais mettre en péril par une accusation capitale la vie d'un
homme innocent; car on ne saurait le faire sans crime. Qu'y a-t-il
en effet de plus contraire aux devoirs de l'humanité que d'employer

ut ii quo dixi ante ;	comme ceux que j'ai dits auparavant ;
aut ulciscendi,	ou *en vue* de se venger,
ut duo Luculli ;	comme les deux Lucullus ;
aut patrocinio,	ou par patronage,
ut nos pro Siculis,	comme nous pour les Siciliens,
Julius pro Sardis	Jules *César* pour les Sardes
in T. Albucium.	contre T. Albucius.
Industria etiam L. Fufii	Le talent aussi de L. Fufius
cognita est	a été connu
in accusando M'. Aquilio.	en accusant M'. Aquilius.
Semel igitur,	*Il faut accuser* une-seule-fois donc,
aut certe non sæpe.	ou du moins pas souvent.
Sin erit cui	Mais s'il sera (s'il est) *quelqu'un* à (par) qui
faciendum sit sæpius,	*cela* doive être fait plus souvent,
tribuat hoc muneris	qu'il accorde cela de (ce) service
reipublicæ,	*seulement* à la république,
cujus ulcisci inimicos	de laquelle punir les ennemis
sæpius	assez-souvent
non est reprehendendum.	n'est pas *chose* à-reprendre.
Tamen modus adsit.	Toutefois qu'une mesure soit-là.
Videtur enim hominis duri,	Il semble en effet d'un homme dur,
vel potius vix hominis,	ou plutôt à peine d'un homme,
inferre multis	d'apporter à de nombreux
periculum capitis.	un danger de tête.
Id quum est periculosum	Cela d'une-part est dangereux
ipsi,	à toi-même,
tum etiam sordidum	d'autre-part encore salissant
ad famam,	pour la renommée,
committere	de t'exposer
ut nominere accusator ;	à ce que tu sois nommé accusateur ;
quod contigit M. Bruto,	ce qui est arrivé à M. Brutus,
nato genere summo,	né d'une race très-élevée,
filio illius,	fils de ce *Brutus*,
qui fuit in primis	qui fut entre les premiers
peritus juris civilis.	ayant-l'expérience du droit civil.
Atque etiam	Et de plus
hoc præceptum officii	ce précepte de devoir
tenendum est diligenter,	doit être gardé soigneusement,
ne arcessas unquam	que tu ne provoques jamais
judicio capitis	par un procès de tête (capital)
quem innocentem ;	quelqu'un d'innocent ;
id enim nullo pacto	car ceci en aucune façon
potest fieri sine scelere.	ne peut se faire sans crime.
Nam quid est	Car qu'y a-t-il
tam inhumanum	de si inhumain
quam convertere	que de tourner (d'employer)
ad pestem perniciemque	à la perte et à la ruine

hominum et ad conservationem datam, ad bonorum pestem
perniciemque convertere? Nec tamen, ut hoc fugiendum est,
ita habendum est religioni nocentem aliquando, modo ne nefarium impiumque, defendere. Vult hoc multitudo, patitur
consuetudo, fert etiam humanitas. Judicis est semper in
causis verum sequi; patroni, nonnunquam verisimile, etiamsi
minus sit verum, defendere : quod scribere, præsertim quum
de philosophia scriberem, non auderem, nisi idem placeret
gravissimo stoicorum Panætio. Maxime autem et gloria paritur
et gratia defensionibus, eoque major, si quando accidit ut
ei subveniatur, qui potentis alicujus opibus circumveniri ur-
gerique videatur, ut nos et sæpe alias, et adolescentes contra
L. Sullæ dominantis opes pro S. Roscio Amerino[1] fecimus;
quæ, ut scis, exstat oratio.

pour faire périr des innocents cette éloquence que la nature nous a
donnée pour faire du bien aux hommes? Mais quoiqu'on ne doive
jamais accuser l'innocent, il ne faut pas se faire un crime de défendre quelquefois le coupable, pourvu que ce ne soit pas tout à fait un
scélérat et un impie : le peuple le veut, la coutume le souffre, et
l'humanité même y porte. Le juge ne doit s'arrêter qu'au vrai; mais
l'avocat peut quelquefois soutenir le vraisemblable, quoiqu'il ne soit
pas tout à fait vrai. C'est ce que je n'aurais jamais osé écrire, surtout dans un traité philosophique comme celui-ci, si Panétius, le
plus sévère des stoïciens, ne l'avait dit avant moi. Mais c'est dans
la défense des accusés qu'on trouve le plus de gloire et de crédit,
surtout lorsque l'on vient au secours du faible que le puissant veut
opprimer. C'est ce que j'ai fait quelquefois; jeune encore, j'ai défendu
S. Roscius d'Amérie contre le crédit et la toute-puissance de Sylla,
et vous savez que j'ai publié ce discours.

bonorum	des *gens* de-bien
eloquentiam,	l'éloquence,
datam a natura	donnée par la nature
ad salutem	pour le salut
et ad conservationem	et pour la conservation
hominum ?	des hommes ?
Nec tamen,	Et cependant,
ut hoc fugiendum est,	comme ceci doit être évité,
habendum est ita religioni	il ne faut pas tenir ainsi à scrupule
defendere aliquando	de défendre quelquefois
nocentem,	un coupable,
modo ne	pourvu que *nous* ne *défendions* pas
nefarium impiumque.	un scélérat et un impie.
Multitudo vult hoc,	La multitude veut (approuve) ceci,
consuetudo patitur,	la coutume *le* souffre,
humanitas etiam fert.	l'humanité même *le* tolère.
Est judicis	Il est d'un juge
sequi semper verum	de suivre toujours la vérité
in causis ;	dans les causes ;
patroni,	*il est* d'un avocat,
defendere nonnunquam	de défendre (soutenir) quelquefois
verisimile,	le vraisemblable,
etiamsi sit minus verum :	bien qu'il soit moins vrai :
quod non auderem	ce que je n'oserais pas
scribere,	écrire,
præsertim quum scriberem	surtout tandis que j'écrirais
de philosophia,	sur la philosophie,
nisi idem placeret	si la même chose ne plaisait pas
gravissimo stoicorum,	au plus grave des stoïciens,
Panætio.	à Panétius.
Et gloria autem et gratia	D'autre-part et la gloire et le crédit
paritur maxime	sont enfantés (acquis) le plus
defensionibus,	par les défenses,
eoque major,	et d'autant plus grands,
si quando accidit	si quelquefois il arrive
ut subveniatur ei,	que l'on secoure cet (un) *homme*,
qui videatur circumveniri	qui paraisse être enveloppé
urgerique	et être pressé
opibus alicujus potentis,	par les forces de quelque *citoyen* puissant,
ut nos fecimus	comme nous avons fait
et alias sæpe,	et d'autres-fois souvent,
et adolescentes	et étant-jeune
contra opes L. Sullæ	contre les forces de L. Sylla
dominantis	dominant *dans Rome*
pro S. Roscio Amerino ;	pour S. Roscius d'-Amérie ;
quæ oratio exstat,	lequel discours existe,
ut scis.	comme tu sais.

XV. Sed, expositis adolescentium officiis quæ valeant ad
gloriam adipiscendam, deinceps de beneficentia ac liberalitate
dicendum est. Cujus est ratio duplex. Nam aut opera benigne
fit indigentibus, aut pecunia. Facilior est hæc posterior, locupleti præsertim; sed illa lautior ac splendidior, et viro
forti claroque dignior. Quanquam enim in utroque inest gratificandi liberalis voluntas, tamen altera ex arca, altera ex
virtute depromitur; largitioque quæ fit ex re familiari fontem
ipsum benignitatis exhaurit. Ita benignitate benignitas tollitur; qua quo in plures usus sis, eo minus in multos uti possis. At qui opera, id est virtute et industria, benefici et liberales erunt, primum, quo pluribus profuerint, eo plures ad
benigne faciendum adjutores habebunt; deinde consuetudine

XV. Après avoir parlé de ce que les jeunes gens ont à faire pour
s'acquérir de la gloire, venons à la bienfaisance et à la générosité.
Il y en a de deux sortes; l'une consiste à aider de ses services, l'autre de son argent. Donner de l'argent est le plus facile, surtout aux
riches; mais l'autre genre de bienfaisance est plus noble et plus
grand, plus digne d'un homme de cœur et de mérite. Car, encore
que l'une et l'autre sorte de bienfaisance partent de l'intention libérale de faire du bien, c'est la bourse qui fournit à l'une, tandis que
la vertu fait les frais de l'autre. Ainsi l'une épuise la source même
dont elle sort; la libéralité se trouve enfin détruite par elle-même,
et plus on a fait de bien, moins on se trouve en état d'en faire. Ceux
au contraire qui n'exercent leur générosité que par leurs services,
c'est-à-dire par leur volonté et leur vertu, plus ils ont obligé de
gens, plus ils en ont sous la main pour les aider à obliger encore,
sans compter qu'à force de s'exercer à faire du bien, ils en contrac-

XV. Sed, officiis
adolescentium
quæ valeant
ad adipiscendam gloriam
expositis,
dicendum est deinceps
de beneficentia
ac liberalitate.
Cujus ratio est duplex.
Nam fit benigne
indigentibus
aut opera, aut pecunia.
Hæc posterior
est facilior,
præsertim locupleti ;
sed illa lautior
ac splendidior,
et dignior viro forti
claroque.
Quanquam enim
voluntas liberalis
gratificandi
inest in utroque,
tamen altera
depromitur ex arca,
altera ex virtute;
largitioque quæ fit
ex re familiari
exhaurit fontem ipsum
benignitatis.
Ita benignitas
tollitur benignitate;
qua quo usus sis
in plures,
eo minus possis uti
in multos:
At qui erunt
benifici et liberales
opera,
id est virtute et industria,
quo profuerint pluribus,
eo habebunt
adjutores plures
ad faciendum benigne;
deinde consuetudine
beneficentiæ
erunt paratiores

XV. Mais, les devoirs
des jeunes-gens
qui peuvent-avoir-force
pour acquérir la gloire
ayant été exposés,
il faut parler ensuite
de la bienfaisance
et de la libéralité.
De laquelle la méthode est double.
Car il est fait bien (on fait du bien)
à ceux qui ont-besoin   [gent.
ou par l'aide *qu'on leur prête*, ou par l'ar-
Cette dernière *méthode*
est plus facile,
surtout pour un *homme* riche ;
mais celle là (la première) *est* plus belle
et plus brillante,
et plus digne d'un homme de cœur
et illustre.
En effet quoique
la volonté libérale
de faire-plaisir
soit dans l'une-et-l'autre chose.
cependant l'une-des-deux
est tirée de la cassette,
l'autre de la vertu ;
et la largesse qui se fait
avec le bien de-famille
épuise la source même
de la bienfaisance.
Ainsi la bienfaisance
est détruite par la bienfaisance ;
de laquelle d'autant tu as usé
envers de plus nombreux,
d'autant moins tu pourrais user
envers de nombreux.
Mais ceux qui seront
bienfaisants et généreux
par l'aide *qu'ils prêtent*,
c'est-à-dire par *leur* vertu et *leur* activité,
d'autant ils auront été utiles à de plus
d'autant ils auront   [nombreux,
des aides plus nombreux
pour faire *du* bien ;
puis par l'habitude
de la bienfaisance
ils seront plus préparés

beneficentiæ paratiores erunt et tanquam exercitatiores ad bene
de multis promerendum. Præclare epistola quadam[1] Alexandrum filium Philippus accusat, quod largitione benevolentiam
Macedonum consectetur. « Quæ te malum, inquit, ratio in
istam spem induxit, ut eos tibi fideles putares fore, quos pecunia corrupisses? An tu id agis, ut Macedones non te regem
suum, sed ministrum et præbitorem sperent fore? » Bene ministrum et præbitorem, quia sordidum regi; melius etiam,
quod largitionem corruptelam esse dixit. Fit enim deterior qui
accipit, atque ad idem semper exspectandum paratior. Hoc
ille filio; sed præceptum putemus omnibus.

Quamobrem id quidem non est dubium, quin illa benignitas, quæ constat ex opera et industria, et honestior sit, et
latius pateat, et possit prodesse pluribus; nonnunquam tamen
est largiendum, nec hoc benignitatis genus omnino repudian-

tent une sorte d'habitude qui les rend de plus en plus empressés à obliger. Philippe, dans une de ses lettres à son fils Alexandre, lui reproche
d'une manière très-noble de chercher à gagner les Macédoniens par
des largesses. « Qui a pu vous faire croire, lui dit-il, que vous trou-
veriez de la fidélité dans ceux que vous corrompez à force d'argent?
Voulez-vous que les Macédoniens vous regardent comme leur ministre
et leur trésorier plutôt que comme leur roi? » Il disait vrai : cet office
de ministre, de trésorier, serait honteux pour un roi; et il avait
encore plus de raison de dire que ces sortes de largesses corrompent
les hommes. Car ceux à qui on les fait deviennent pires et s'accou-
tument à en attendre toujours de nouvelles. Philippe n'a prétendu
faire cette leçon qu'à son fils; mais il n'est personne qui ne doive
la prendre pour soi.

On ne saurait donc douter que la libéralité qui consiste à faire du
bien par ses talents et ses bons offices ne soit la plus honnête et en
même temps la plus étendue, celle qui peut obliger le plus de monde.
Il ne faut pourtant pas rejeter l'autre; il faut quelquefois donner

et tanquam exercitatiores
ad promerendum bene
de multis.
Quadam epistola
Philippus accusat præclare
Alexandrum filium,
quod consectetur
largitione
benevolentiam
Macedonum.
« Quæ ratio, inquit,
induxit te malum
in istam spem,
ut putares eos
fore fideles tibi,
quos corrupisses pecunia ?
An tu agis id,
ut Macedones sperent
te fore non suum regem,
sed ministrum
et præbitorem ? »
Bene ministrum
et præbitorem,
quia sordidum regi ;
melius etiam,
quod dixit largitionem
esse corruptelam.
Qui enim accipit
fit deterior,
atque paratior
ad expectandum semper
idem.
Ille hoc filio ;
sed putemus
præceptum omnibus.
Quamobrem id quidem
non est dubium,
quin illa benignitas,
quæ constat ex opera
et industria,
et sit honestior,
et pateat latius,
et possit prodesse
pluribus ;
nonnunquam tamen
largiendum est,
nec hoc genus benignitatis

et comme plus exercés
à mériter bien
de nombreux.
Dans une certaine lettre
Philippe accuse avec-raison
Alexandre *son* fils,
parce qu'il recherche
par les largesses
la bienveillance
des Macédoniens.
« Quel raisonnement, dit-il,
a induit toi insensé
en cet espoir,
que tu crusses ceux-là
devoir être fidèles à toi,
que tu aurais corrompus par de l'argent ?
Est-ce que toi tu t'appliques à cela,
que les Macédoniens espèrent
toi devoir être non leur roi,
mais *leur* ministre
et *leur* trésorier ? »
Il disait bien ministre
et trésorier,
parce que *c'est* honteux pour un roi ;
il disait mieux encore,
en ce qu'il dit les largesses
être une corruption.
En effet celui qui reçoit
devient pire,
et plus prêt
pour attendre toujours
la même chose.
Celui-là *prescrivit* ceci à *son* fils ;
mais pensons
cela avoir été prescrit à tous.
C'est-pourquoi ceci à la vérité
n'est pas douteux,
que cette bienfaisance,
qui consiste dans l'aide *qu'on prête*
et l'activité *qu'on déploie,*
et ne soit plus honnête,
et ne s'étende plus-au-large,
et ne puisse être-utile
à de plus nombreux ;
quelquefois cependant
il faut faire-des-largesses,
et ce genre de bienfaisance

dum est, et sæpe idoneis hominibus indigentibus de re familiari impertiendum; sed diligenter atque moderate. Multi enim
patrimonia effuderunt inconsulte largiendo. Quid autem est
stultius quam, quod libenter facias, curare ut id diutius facere non possis? Atque etiam sequuntur largitionem rapinæ.
Quum enim dando egere cœperint, alienis bonis manus afferre coguntur. Ita, quum benevolentiæ comparandæ causa
benefici esse velint, non tanta studia assequuntur eorum quibus dederunt, quanta odia eorum quibus ademerunt. Quamobrem nec ita claudenda est res familiaris, ut eam benignitas
aperire non possit, nec ita reseranda, ut pateat omnibus.
Modus adhibeatur, isque referatur ad facultates. Omnino meminisse debemus id quod, a nostris hominibus sæpissime
usurpatum, jam in proverbii consuetudinem venit, largitionem

du sien, et il y a des occasions où l'on doit faire part de son bien à
d'honnêtes gens dans le besoin; mais que cela se fasse avec choix et
avec mesure. Que d'hommes ont dissipé leur fortune par des largesses inconsidérées! Or qu'y a-t-il de plus insensé que de se mettre
hors d'état de pouvoir continuer ce qu'on aime à faire? Les prodigalités entraînent souvent aussi les rapines : car, comme on se
trouve dans la gêne pour avoir donné, on est réduit à porter la
main sur le bien d'autrui. Ainsi ces libéralités exagérées, qui sem-
blaient si propres à gagner la bienveillance des hommes, n'aboutissent
qu'à se faire plus haïr de ceux à qui l'on prend, qu'on ne s'est fait
aimer de ceux à qui l'on a donné. Il ne faut donc tenir son coffre-
fort ni si fermé que la libéralité ne puisse l'ouvrir, ni si ouvert que
tout le monde y puise. Il faut en cela des bornes, et chacun doit se
régler selon ses facultés. Surtout souvenons-nous de ce mot de nos
pères, qui est passé en proverbe : *La prodigalité n'a point de fond.* Où

repudiandum est omnino,	ne doit pas être rejeté absolument,
et sæpe impertiendum	et souvent il faut faire-part
de re familiari	de *son* bien de famille
hominibus indigentibus ;	à des hommes ayant-besoin ;
sed diligenter	mais avec-discernement
atque moderate.	et avec-modération.
Multi enim	De nombreux en effet
effuderunt patrimonia	ont épuisé *leurs* patrimoines
largiendo inconsulte.	en faisant-des-largesses inconsidérément.
Quid autem est stultius	Or qu'y a-t-il-de plus sot
quam curare	que de prendre-soin
ut non possis facere diutius	que tu ne puisses pas faire plus longtemps
id quod facias libenter?	ce que tu fais avec-plaisir ?
Atque etiam rapinæ	Et de plus les rapines
sequuntur largitionem.	suivent les largesses.
Quum enim dando	En effet lorsque en donnant
cœperint egere,	ils ont commencé à être-dans-le-besoin,
coguntur afferre manus	ils sont forcés de porter les mains
bonis alienis.	sur les biens-d'autrui.
Ita, quum velint	Ainsi, lorsqu'ils voudraient
esse benefici	être bienfaisants
causa [tiæ,	en vue
comparandæ benevolen-	de gagner la bienveillance,
non assequuntur	ils n'obtiennent pas
studia tanta	des sympathies aussi-grandes
eorum quibus dederunt,	de ceux à qui ils ont donné,
quanta odia	que-sont-grandes les haines
eorum quibus ademerunt.	de ceux à qui ils ont ôté.
Quamobrem	C'est-pourquoi
nec res familiaris	ni le bien de-famille
claudenda est ita,	ne doit être fermé de-telle-sorte,
ut benignitas	que la bienfaisance
non possit aperire eam,	ne puisse pas ouvrir lui,
nec reseranda ita,	ni il ne doit être ouvert de-telle-sorte,
ut pateat omnibus.	qu'il soit-accessible à tous.
Modus adhibeatur,	Qu'une mesure soit appliquée,
isque referatur	et que cette *mesure* soit rapportée
ad facultates.	aux ressources.
Omnino	Absolument
debemus meminisse	nous devons nous souvenir
id, quod	de ce *mot,* qui
usurpatum sæpissime	employé très-souvent
a nostris hominibus,	par nos hommes (les Latins),
venit jam	est venu (est passé) déjà
in consuetudinem	en coutume
proverbii,	de proverbe,
largitionem	la prodigalité

fundum non habere. Etenim quis potest esse modus, quum et idem qui consuerunt, et idem illud alii desiderent?

XVI. Omnino duo sunt genera largorum, quorum alteri prodigi, alteri liberales. Prodigi, qui epulis, et viscerationibus, et gladiatorum muneribus, ludorum venationumque apparatu, pecunias profundunt in eas res, quarum memoriam aut brevem aut nullam omnino sint relicturi. Liberales autem, qui suis facultatibus aut captos a prædonibus redimunt, aut æs alienum suscipiunt amicorum, aut in filiarum collocatione adjuvant, aut opitulantur in re vel quærenda vel augenda. Itaque miror quid in mentem venerit Theophrasto in eo libro quem de divitiis scripsit; in quo multa præclare, illud absurde. Est enim multus in laudanda magnificentia et apparatione popularium munerum, taliumque sumptuum facultatem

pourrons-nous nous arrêter, quand ceux que nous avons accoutumés à recevoir demandent sans cesse, et quand sans cesse il en vient de nouveaux, à qui l'exemple de ceux-là apprend aussi à demander?

XVI. Il y a deux manières de faire des largesses : celle du prodigue et celle de l'homme véritablement libéral. Le prodigue consume son bien en festins et en distributions publiques, en spectacles, en combats de gladiateurs ou de bêtes, et autres choses pareilles, dont la mémoire est de peu de durée ou se perd même sur-le-champ; l'homme libéral emploie le sien à racheter des captifs, à payer les dettes de ses amis, à les aider à marier leurs filles, à les mettre en état d'acquérir de l'aisance ou d'augmenter celle qu'ils ont. C'est sur quoi je ne puis assez m'étonner que Théophraste, dans un livre qu'il a fait sur les richesses, et où il dit beaucoup de bonnes choses, ait pu tomber dans une aussi grande absurdité que de louer l'appareil et la magnificence des spectacles que l'on donne au peuple, et de faire consister l'avantage de l'opulence à pouvoir se permettre de

non habere fundum.	ne pas avoir de fond.
Etenim	En effet
quis modus potest esse,	quelle mesure peut exister, [*réussir*
quum et qui consuerunt	lorsque et ceux qui sont accoutumés *à*
desiderent idem,	désirent la même chose,
et alii illud idem ?	et que d'autres *désirent* cette même chose ?
XVI. Sunt omnino	XVI. Il y a en-tout
duo genera largorum,	deux espèces de *gens* faisant-largesses,
quorum alteri prodigi,	dont les uns *sont* prodigues,
alteri liberales.	les autres libéraux.
Prodigi,	*Ceux-là sont* prodigues,
qui epulis,	qui en repas,
et viscerationibus,	et distributions-de-viandes,
et muneribus gladiatorum,	et en spectacles de gladiateurs,
apparatu ludorum	en appareil de jeux
venationumque,	et de chasses,
profundunt pecunias	épuisent *leur* argent
in eas res,	à ces choses,
quarum relicturi sint	dont ils doivent laisser
memoriam aut brevem	une mémoire ou courte
aut nullam omnino.	ou nulle absolument.
Liberales autem,	D'autre-part *ceux-là sont* libéraux,
qui suis facultatibus	qui avec leurs ressources
aut redimunt	ou rachètent
captos a prædonibus,	des *citoyens* pris par des pirates,
aut suscipiunt	ou prennent-sur-eux (se chargent-de)
æs alienum amicorum,	l'argent d'-autrui (les dettes) de *leurs*
aut adjuvant	où *les* aident [amis,
in collocatione filiarum,	dans l'établissement de *leurs* filles,
aut opitulantur	ou *les* secourent
in re vel quærenda	dans le bien ou devant être acquis
vel augenda.	ou devant être augmenté.
Itaque miror	C'est-pourquoi je m'étonne
quid venerit in mentem	quelle chose est venue en l'esprit
Teophrasto	à Théophraste
in eo libro quem scripsit	dans ce livre qu'il a écrit
de divitiis ;	sur les richesses ;
in quo multa	dans lequel *il dit* beaucoup de choses
præclare,	d'-une-façon-brillante,
illud absurde.	celle-ci d'-une-façon-absurde.
Est enim multus	Il est en effet abondant (insiste beaucoup)
in laudanda magnificentia	en louant la magnificence
et apparatione	et l'appareil
munerum popularium,	des fêtes publiques,
putatque facultatem	et il pense la facilité
talium sumptuum	de telles dépenses
fructum divitiarum.	*être* le fruit des richesses.

fructum divitiarum putat. Mihi autem ille fructus liberalitatis, cujus exempla pauca posui, multo et major videtur et certior. Quanto Aristoteles gravius et verius nos reprehendit, qui has effusiones pecuniarum non admiremur, quæ fiunt ad multitudinem deleniendam! At ii qui ab hoste obsidentur, si emere aquæ sextarium mina [1] cogantur, hoc primo incredibile nobis videri, omnesque mirari ; sed, quum attenderimus, veniam necessitati dare : in his immanibus jacturis infinitisque sumptibus, nihil nos magnopere mirari, quum præsertim neque necessitati subveniatur, nec dignitas augeatur, ipsaque illa delectatio multitudinis sit ad breve exiguumque tempus, eaque a levissimo quoque; in quo tamen ipso una cum satietate memoria quoque moriatur voluptatis. Bene etiam colligit hæc pueris et mulierculis, et servis, et servorum simillimis liberis esse grata; gravi vero homini, et ea quæ fiant

telles prodigalités. Pour moi, le fruit de la libéralité dont je viens de donner quelques exemples me paraît bien plus noble et bien plus assuré. Combien y a-t-il plus de sagesse et de vérité dans Aristote, quand il nous reproche de n'être pas épouvantés de voir faire de telles profusions pour le divertisement du peuple ! Quand on apprend, dit-il, que dans une ville assiégée un setier d'eau a été payé une mine, il n'y a personne qui n'en soit frappé, et on ne le pardonne qu'à la nécessité. D'où vient donc qu'on trouve si peu étrange ces dépenses extravagantes qui ne sont faites pour le soulagement d'aucune nécessité, et qui n'augmentent la dignité de personne ? Le plaisir même qu'elles font au peuple n'est qu'un plaisir de quelques moments, goûté seulement des esprits les plus légers, et dont la satiété fait perdre même le souvenir. Il fait encore remarquer, avec beaucoup de raison, que ces pompes ne plaisent qu'aux enfants, aux femmes, aux esclaves et à ceux des hommes libres qui leur

Ille autem fructus	Mais ce fruit
liberalitatis,	de la libéralité,
cujus posui	de laquelle j'ai établi
pauca exempla,	quelques exemples,
videtur mihi	paraît à moi
multo et major	beaucoup et plus grand
et certior.	et plus sûr.
Quanto gravius	Combien avec-plus-de-force
et verius	et avec-plus-de-vérité
Aristoteles nos reprehendit,	Aristote nous reprend,
qui non admiremur	*nous* qui ne nous étonnons pas
has effusiones pecuniarum,	de ces profusions d'argent,
quæ fiunt	qui se font
ad deleniendam	pour charmer
multitudinem !	la multitude !
At si ii	Mais si ceux
qui obsidentur ab hoste	qui sont assiégés par l'ennemi
coguntur emere mina	sont forcés d'acheter une mine
sextarium aquæ,	un setier d'eau,
hoc primo	ceci d'abord
videri nobis incredibile,	paraître à nous incroyable,
omnesque mirari ;	et tous s'*en* étonner ;
sed, quum attenderimus,	mais, lorsque nous avons réfléchi,
dare veniam necessitati :	accorder indulgence à la nécessité :
in his jacturis immanibus	dans ces pertes immenses
sumptibusque infinitis,	et *ces* dépenses sans-mesure,
nos mirari nihil	nous ne nous étonner de rien
magnopere,	beaucoup,
præsertim quum	surtout lorsque
neque subveniatur	et l'on ne subvient pas
necessitati,	à la nécessité,
nec dignitas augeatur,	et la dignité n'est pas augmentée,
illaque delectatio ipsa	et cet amusement même
multitudinis	de la multitude
sit ad tempus breve	est pour un temps court
exiguumque,	et restreint, [le plus léger ;
eaque a quoque levissimo ;	et cet *amusement* en-faveur-de tout *citoyen*
in quo tamen ipso	dans lequel pourtant même
memoria quoque voluptatis	le souvenir aussi du plaisir
moriatur una	meurt en-même-temps
cum satietate.	avec la satiété.
Colligit etiam bene	Il remarque de plus bien
hæc esse grata	ces choses être agréables
pueris et mulierculis,	aux enfants et aux femmes,
et servis,	et aux esclaves,
et liberis	et aux *hommes* libres
simillimis servorum ;	très-semblables aux esclaves ;

judicio certo ponderanti, probari posse nullo modo. Quanquam intelligo in nostra civitate inveterasse jam bonis temporibus ut splendor aedilitatum ab optimis viris postuletur. Itaque et P. Crassus[1], quum cognomine dives, tum copiis, functus est aedilicio maximo munere. Et paulo post L. Crassus, cum omnium hominum moderatissimo Q. Mucio, magnificentissima aedilitate functus est; deinde C. Claudius[2] Appii filius; multi post, Luculli[3], Hortensius, Silanus. Omnes autem P. Lentulus, me consule, vicit superiores. Hunc est Scaurus imitatus. Magnificentissima vero nostri Pompeii munera secundo consulatu; in quibus omnibus quid mihi placeat vides.

XVII. Vitanda tamen est suspicio avaritiae. Mamerco, homini divitissimo, praetermissio aedilitatis consulatus repulsam attulit. Quare et, si postulatur a populo, bonis viris si non

ressemblent, et que les gens de quelque poids, et qui jugent sainement des choses, ne les approuvent en aucune façon. Je sais néanmoins que, dès les meilleurs temps de la république, on a toujours exigé de la magnificence dès édiles; et les meilleurs citoyens se sont conformés à cet usage. C'est ainsi que P. Crassus, à qui l'on a donné le surnom de riche et qui l'était beaucoup en effet, se signala dans cette charge par de grandes magnificences. Peu de temps après, L. Crassus et son collègue Q. Mucius, le plus modéré de tous les hommes, en firent autant de leur côté; puis C. Claudius, fils d'Appius, et beaucoup d'autres après lui, les deux Lucullus, Hortensius, Silanus. Mais P. Lentulus les surpassa tous, dans l'année de mon consulat, et Scaurus, qui vint après, n'en fit pas moins que lui. Notre grand Pompée fut aussi d'une magnificence extraordinaire dans les jeux qu'il donna pendant son second consulat. Vous voyez, sur tout cela, quel est mon avis.

XVII. Toutefois il faut éviter le soupçon d'avarice. Le riche Mamercus se fit refuser le consulat pour n'avoir point passé par l'édilité. Lorsque le peuple demande une chose, si les honnêtes gens,

posse vero probari	mais *ne* pouvoir être approuvées
nullo modo	d'aucune façon
homini gravi	par l'homme grave
et ponderanti judicio certo	et pesant avec un jugement certain
ea quæ fiant.	ces choses qui se font.
Quanquam intelligo	Toutefois je remarque
inveterasse	*ceci* s'être établi
jam bonis temporibus	déjà dans les bons temps
in nostra civitate,	dans notre cité,
ut splendor ædilitatum	que l'éclat des édilités
postuletur a viris optimis.	soit réclamé des hommes les meilleurs.
Itaque et P. Crassus,	C'est-pourquoi aussi P. Crassus,
dives quum cognomine,	riche d'une-part par le surnom,
tum copiis,	d'autre-part par les ressources,
functus est	s'acquitta [d'-édilité.
maximo munere ædilicio.	d'une très-grande (très-belle) célébration
Et paulo post L. Crassus,	Et peu après L. Crassus,
cum Q. Mucio,	avec Q. Mucius,
moderatissimo	le plus modéré
omnium hominum,	de tous les hommes,
functus est ædilitate	s'acquitta d'une édilité
magnificentissima ;	très-magnifique ;
deinde C. Claudius,	puis C. Claudius,
filius Appii,	fils d'Appius,
multi post,	*et* de nombreux après,
Luculli, Hortensius,	les Lucullus, Hortensius,
Silanus.	Silanus.
P. Lentulus autem,	Mais P. Lentulus,
me consule,	moi *étant* consul,
vicit omnes superiores.	surpassa tous *ses* prédécesseurs.
Scaurus imitatus est hunc.	Scaurus a imité celui-ci.
Munera vero	Mais les jeux
nostri Pompeii	de notre Pompée
secundo consulatu	dans *son* second consulat
magnificentissima ;	*ont été* très-magnifiques ;
in quibus omnibus	dans lesquelles choses toutes
vides quid placeat mihi.	tu vois ce qui plaît à moi.
XVII. Tamen	XVII. Toutefois
suspicio avaritiæ	le soupçon d'avarice
vitanda est.	doit être évité.
Prætermissio ædilitatis	L'omission de l'édilité
attulit Mamerco,	apporta à Mamercus,
homini divitissimo,	homme très-riche,
repulsam consulatus.	le refus du consulat.
Quare et,	C'est-pourquoi et,
si postulatur a populo,	si *cela* est réclamé par le peuple,
viris bonis	les hommes de-bien

16

desiderantibus, attamen approbantibus, faciendum est, modo
pro facultatibus, ipsi ut nos fecimus ; et, si quando aliqua res
major atque utilior populari largitione acquiritur, ut Oresti[1]
nuper prandia in semitis decumæ nomine magno honori fuerunt. Ne M. quidem Seio[2] vitio datum est, quod in annonæ
caritate asse modium[3] populo dedit ; magna enim se et invete-
rata invidia, nec turpi jactura, quando erat ædilis, nec maxima
liberavit. Sed honori summo nuper nostro Miloni fuit quod,
gladiatoribus emptis reipublicæ causa, quæ salute nostra con-
tinebatur, omnes P. Clodii conatus furoresque compressit.
Causa igitur largitionis est, si aut necesse est aut utile.

In his autem ipsis mediocritatis regula optima est. L. quidem Philippus, Quinti filius, magno vir ingenio in primisque
clarus, gloriari solebat se sine ullo munere adeptum esse

sans la désirer, l'approuvent cependant, il faut la faire, mais selon
ses facultés, comme j'ai fait moi-même, surtout lorsque d'une
largesse accordée au peuple il peut sortir quelque grand avantage :
c'est ainsi que ces festins offerts dernièrement au peuple dans les
rues par Orestès sous le nom de dîmes, lui firent grand honneur. On
ne reprocha pas non plus à M. Seius d'avoir, dans une grande
cherté, vendu le blé au peuple à un as le boisseau ; par là il se
délivra d'une haine invétérée qu'on avait contre lui, et cette dépense
ne fut ni honteuse, puisqu'il était alors édile, ni excessive. Quel
honneur ne se fit point aussi mon ami Milon, lorsque avec des
gladiateurs achetés pour le service de la république, dont le salut
alors dépendait du mien, il réprima la fureur et rompit toutes les
mesures de Clodius ? Ces dépenses peuvent donc se faire lorsqu'elles
sont nécessaires ou utiles.

Mais il faut toujours garder la modération. L. Philippus, fils de
Quintus, homme d'un grand génie et d'une haute considération, se

si non desiderantibus,	si non *le* désirant,
attamen approbantibus,	du moins *l'*approuvant,
faciendum est	il faut *le* faire,
modo pro facultatibus,	pourvu que *ce soit* selon *nos* moyens,
ut nos ipsi fecimus ;	comme nous-mêmes avons fait ;
et, si quando	et, si quelquefois
aliqua res major	quelque chose plus grande
atque utilior	et plus utile
acquiritur	est acquise
largitione populari,	par une largesse populaire,
ut nuper	comme récemment
prandia in semitis	les repas dans les rues
nomine decumæ	sous le nom de dîme
fuerunt magno honori	ont été à grand honneur
Oresti.	à Orestès.
Ne datum est quidem vitio	Il ne fut pas même donné (imputé) à faute
M. Seio,	à M. Séius,
quod in caritate annonæ	que dans une cherté de vivres
dedit populo	il donna au peuple
modium asse ;	le boisseau pour un as ;
liberavit enim se	en effet il délivra lui-même
invidia magna	d'une haine grande
et inveterata,	et invétérée,
jactura nec turpi,	avec une perte (dépense) ni honteuse,
quando erat ædilis,	puisqu'il était édile,
nec maxima.	ni très-grande.
Sed nuper	Mais dernièrement
fuit summo honori	*ceci* a été à très-grand honneur
nostro Miloni,	à notre Milon,
quod, gladiatoribus emptis	que, des gladiateurs ayant été achetés
causa reipublicæ,	en vue de la république,
quæ continebatur	qui dépendait
nostra salute,	de notre salut,
compressit omnes conatus	il a réprimé toutes les tentatives
furoresque P. Clodii.	et les fureurs de P. Clodius.
Causa igitur largitionis est,	Une cause donc de largesses est,
si est aut necesse	si *cela* est nécessaire
aut utile.	ou utile.
In his autem ipsis	Mais dans ces choses mêmes
regula mediocritatis	la règle de la modération
est optima.	est la meilleure.
L. Philippus quidem,	L. Philippus à la vérité,
filius Quinti,	fils de Quintus,
vir magno ingenio	homme d'un grand génie
clarusque in primis,	et célèbre entre les premiers,
solebat gloriari	avait-coutume de se glorifier
se adeptum esse	lui-même avoir obtenu

omnia quæ haberentur amplissima. Dicebat idem C. Curio.
Nobis quoque licet in hoc quodam modo gloriari. Nam pro
amplitudine honorum quos cunctis suffragiis adepti sumus
nostro quidem anno, quod contigit eorum nemini quos modo
nominavi, sane exiguus sumptus ædilitatis fuit.

Atque etiam illæ impensæ meliores, muri, navalia, portus,
aquarum ductus, omniaque quæ ad usum reipublicæ pertinent.
Quanquam quod præsens tanquam in manum datur jucundius est, tamen hæc in posterum gratiora. Theatra, porticus,
nova templa verecundius reprehendo, propter Pompeium; sed
doctissimi non probant, ut et hic ipse Panætius, quem multum in his libris secutus sum, non interpretatus, et Phale-
ræus Demetrius, qui Periclem, principem Græciæ, vitupera-
bat, quod tantam pecuniam in præclara illa propylæa
conjecerit. Sed de hoc genere toto in iis libris, quos de

vantait d'être parvenu aux premières charges sans avoir jamais fait
de ces sortes de largesses. C. Curion en disait autant, et je pourrais
aussi m'en vanter, puisque, pour tous les grands honneurs que j'ai
obtenus à l'unanimité des suffrages, l'année même où j'avais atteint
l'âge légal (ce qui n'est arrivé à aucun de ceux que je viens de
nommer), je n'ai fait que les dépenses très-modérées de mon édilité.

Les dépenses les plus honorables sont celles qui ont pour objet la
construction des murs de la ville, des ports, des havres, des aqueducs, et toutes les autres choses qui sont utiles à la république.
Celles qui sont comme des présents de la main à la main font un
plaisir plus vif; mais le plaisir qui revient de ces autres largesses est
plus solide et plus durable. Quant aux dépenses qui se font en
théâtres, en portiques et en nouveaux temples, la considération de
Pompée me rend plus réservé à les blâmer; mais des hommes fort
éclairés ne les approuvent pas, et de ce nombre est Panétius (que j'ai
beaucoup suivi dans cet ouvrage, sans toutefois le traduire), ainsi
que Démétrius de Phalère, qui blâme ouvertement Périclès, le premier citoyen de la Grèce, d'avoir employé tant d'argent à ses
magnifiques propylées. Mais j'ai traité toute cette matière à fond

sine ullo munere	sans aucune largesse
omnia	toutes *les charges*
quæ haberentur	qui étaient tenues
amplissima	*pour* les plus considérables.
C. Curio dicebat idem.	C. Curion disait la même chose.
Licet nobis quoque	Il est permis à nous aussi [sure
gloriari quodam modo	de nous glorifier dans une certaine me-
in hoc.	à-propos-de ceci.
Nam pro amplitudine	Car eu-égard-à l'importance
honorum	des honneurs
quos adepti sumus	que nous avons obtenus
cunctis suffragiis	avec tous les suffrages
nostro quidem anno,	dans notre année à la vérité,
quod contigit nemini eorum	ce qui *n'est* arrivé à aucun de ceux
quos nominavi modo,	que j'ai nommés naguère,
sumptus ædilitatis	la dépense de *notre* édilité
fuit sane exiguus.	fut assurément modique.
Atque etiam	Et encore [norables),
illæ impensæ meliores,	ces dépenses-là *sont* meilleures (plus ho-
muri, navalia,	les murs, les arsenaux-maritimes,
portus, ductus aquarum,	les ports, les conduites d'eaux,
omniaque quæ pertinent	et toutes les choses qui se rapportent
ad usum reipublicæ.	à l'utilité de la république.
Quanquam quod datur	Quoique ce qui est donné
præsens	sur-le-moment
tanquam in manum	comme dans la main
est jucundius,	soit plus doux,
tamen hæc gratiora	cependant ces choses *sont* plus agréables
in posterum.	pour la suite.
Reprehendo verecundius	Je reprends avec-plus-de-retenue
theatra, porticus,	les théâtres, les portiques,
templa nova,	les temples nouveaux,
propter Pompeium;	à-cause-de Pompée;
sed doctissimi	mais *les hommes* les plus instruits
non probant,	ne *les* approuvent pas,
ut et hic Panætius ipse,	comme aussi ce Panétius lui-même,
quem secutus sum multum	que j'ai suivi beaucoup
in his libris,	dans ces livres,
non interpretatus,	*mais* non traduit,
et Demetrius Phalereus,	et Démétrius de-Phalère,
qui vituperabat Periclem,	qui blâmait Périclès,
principem Græciæ,	le premier *citoyen* de la Grèce,
quod conjecerit	de ce qu'il avait jeté
tantam pecuniam	tant d'argent
in illa præclara propylæa.	dans ces magnifiques propylées.
Sed disputatum est	Mais il a été discuté
diligenter	avec-soin

republica' scripsi, diligenter est disputatum. Tota igitur ratio
talium largitionum genere vitiosa est, temporibus necessaria;
et tum ipsa et ad facultates accommodanda, et mediocritate
moderanda est.

XVIII. In illo autem altero genere largiendi, quod a liberalitate proficiscitur, non uno modo in disparibus causis affecti
esse debemus. Alia causa est ejus qui calamitate premitur, et
ejus qui res meliores quærit, nullis suis rebus adversis. Propensior benignitas esse debebit in calamitosos, nisi forte
erunt digni calamitate. In his tamen qui se adjuvari volent,
non ut ne affligantur, sed ut altiorem gradum ascendant, re-
stricti omnino esse nullo modo debemus, sed in deligendis
idoneis judicium et diligentiam adhibere. Nam præclare
Ennius :

> Benefacta male locata malefacta arbitror.

Quod autem tributum est bono viro et grato, in eo quum ex

dans mes livres *de la République.* Concluons donc que toutes ces
profusions sont vicieuses, qu'elles deviennent pourtant nécessaires
dans de certains temps, mais qu'elles ne doivent jamais être excessives, et que nous devons les proportionner à nos facultés.

XVIII. Ces autres sortes de largesses qui partent d'une véritable
libéralité, doivent aussi avoir leurs précautions, et elles demandent
qu'on fasse la différence des occasions qui se présentent de les
exercer. Autre, en effet, est la condition d'un homme accablé de
misère, et autre celle d'un homme dont les affaires ne sont point
mauvaises, et qui cherche seulement à les rendre meilleures. On doit
toujours être plus porté à soulager les malheureux, à moins que
leur malheur ne soit mérité. Il ne faut pas néanmoins fermer
absolument la main à ceux même qui demandent, non de quoi se
tirer la misère, mais de quoi améliorer leur sort, pourvu qu'entre
ceux-là on choisisse ceux qui sont les plus dignes d'être assistés.
Car, comme dit Ennius :

> Un bienfait mal placé mérite un nom contraire.

Mais lorsqu'on oblige un homme juste et reconnaissant, on en

de hoc genere toto	sur cette classe *de choses* tout entière
in iis libris	dans ces livres
quos scripsi de republica.	que j'ai écrits sur la république.
Tota igitur ratio	Donc tout le système
talium largitionum	de telles largesses
est vitiosa genere,	est vicieux dans l'espèce,
necessaria temporibus ;	nécessaire par les circonstances ;
et tum ipsa	et alors lui-même
et accommodanda est	et doit être proportionné
ad facultates,	aux ressources,
et moderanda mediocritate.	et tempéré par la modération.
XVIII. In illo autem	XVIII. Mais dans cette
altero genere	autre sorte
largiendi,	de faire-des-largesses,
quod proficiscitur	qui part
a liberalitate,	de la libéralité,
non debemus esse affecti	nous ne devons pas être touchés
uno modo	d'une seule manière
in causis disparibus.	dans des causes différentes.
Alia est causa	Différente est la cause (condition)
ejus qui premitur	de celui qui est accablé
calamitate,	par le malheur,
et ejus qui quærit	et de celui qui cherche
res meliores,	des affaires meilleures, [res.
nullis rebus suis adversis.	aucunes affaires siennes n'*étant* contrai-
Benignitas	La bienfaisance
debet esse propensior	doit être plus inclinée
in calamitosos,	vers les malheureux,
nisi forte	à-moins-que par hasard
erunt digni calamitate.	ils ne soient dignes de *leur* malheur.
In his tamen	Envers ceux cependant
qui volent se adjuvari	qui voudront eux-mêmes être aidés
non ut ne affligantur,	non pour qu'ils ne soient pas abattus,
sed ut ascendant	mais afin qu'ils montent
gradum altiorem,	un échelon plus élevé,
debemus nullo modo	nous *ne* devons en aucune façon
esse omnino restricti,	être absolument resserrés,
sed adhibere	mais appliquer
judicium et diligentiam	du jugement et du soin
in deligendis idoneis.	à choisir des *gens* convenables.
Nam Ennius præclare :	Car Ennius *a dit* fort-bien :
« Arbitror malefacta	« J'estime des méfaits
benefacta male locata. »	les bienfaits mal placés. »
Quod autem tributum est	Mais ce qui a été accordé
viro bono et grato,	à un homme bon et reconnaissant,
in eo est fructus	en cela il y a un fruit *à tirer*
quum ex ipso,	d'une-part de lui-même,

ipso fructus est, tum etiam ex ceteris. Temeritate enim remota, gratissima est liberalitas, eoque eam studiosius plerique
laudant, quod summi cujusque bonitas commune perfugium
est omnium. Danda igitur opera est ut his beneficiis quam-
plurimos afficiamus, quorum memoria liberis posterisque
prodatur, ut iis ingratis esse non liceat. Omnes enim imme-
morem beneficii oderunt; eamque injuriam in deterrenda liberalitate sibi etiam fieri, eumque qui faciat communem hostem tenuiorum putant. Atque hæc benignitas etiam reipublicæ
utilis est, redimi e servitute captos, locupletari tenuiores,
quod quidem vulgo solitum fieri ab ordine nostro in oratione
Crassi scriptum copiose videmus. Hanc ergo consuetudinem
benignitatis largitioni munerum longe antepono. Hæc est
gravium hominum atque magnorum; illa quasi assentatorum
populi, multitudinis levitatem voluptate quasi titillantium.

recueille un double fruit dans sa reconnaissance et dans celle du
public. Car la libéralité bien placée fait plaisir à tout le monde,
et chacun la loue d'autant plus volontiers, que cette vertu, dans les
personnes élevées, est regardée comme un recours assuré pour tous
ceux qui peuvent être dans le besoin. Il faut donc répandre sur le
plus de gens que l'on peut de ces sortes de bienfaits dont la mémoire
passe des pères aux enfants, afin qu'ils ne puissent être ingrats. Car
l'ingratitude attire la haine de tout le monde, et, comme on croit
qu'elle tarit la source des libéralités, c'est une sorte d'injure à
laquelle tout le monde prend part; aussi l'ingrat est-il regardé
comme l'ennemi commun de tous les malheureux. Une autre sorte
de libéralité qui est utile à la république même, c'est de racheter les
captifs et d'enrichir les citoyens pauvres : c'est ce qui a été de tout
temps familier à nos sénateurs, comme Crassus l'a fait voir au
long dans une de ses harangues. Combien une semblable bienfaisance n'est-elle pas au-dessus des largesses ! C'est-elle qui est digne des grands hommes, des citoyens sérieux ; l'autre n'appartient qu'à ces adulateurs uniquement occupés de flatter les goûts de
la multitude.

tum etiam ex ceteris.	d'autre-part aussi de tous-les-autres.
Temeritate enim remota,	En effet l'irréflexion étant écartée,
liberalitas est gratissima,	la libéralité est très-agréable,
et plerique laudant eam	et la plupart louent elle
eo studiosius,	d'autant avec-plus-de-sympathie,
quod bonitas	que la bonté
cujusque summi	de tout *citoyen* très-élevé
est perfugium commune	est le refuge commun
omnium.	de tous.
Opera danda est igitur	Le soin doit être donné donc
ut afficiamus	que nous gratifiions
quamplurimos	les-plus-nombreux-possible
his beneficiis,	de ces bienfaits,
quorum memoria prodatur	dont la mémoire soit transmise
liberis posterisque,	aux enfants et aux descendants,
ut non liceat iis	de-façon-qu'il ne soit pas permis à eux
esse ingratis.	d'être ingrats.
Omnes enim oderunt	Tous en effet haïssent
immemorem beneficii ;	l'*homme* sans-mémoire du bienfait ;
putantque eam injuriam	et ils pensent cette injure
fieri etiam sibi	être faite aussi à eux-mêmes
in deterrenda liberalitate,	en décourageant la libéralité,
eumque qui faciat	et celui qui *la* fait
hostem communem	*être* l'ennemi commun
tenuiorum.	des pauvres.
Atque hæc benignitas	Et cette bienfaisance
est utilis etiam reipublicæ,	est utile aussi à la république,
captos redimi e servitute,	les *citoyens* pris être rachetés de servitude,
tenuiores locupletari,	les plus pauvres être enrichis,
quod quidem	laquelle chose à la vérité
videmus scriptum copiose	nous voyons écrit avec-abondance
in oratione Crassi	dans le discours de Crassus
solitum fieri	avoir eu-coutume d'être faite
vulgo	communément
a nostro ordine.	par notre ordre.
Antepono ergo longe	Je préfère donc loin (de beaucoup)
hanc consuetudinem	cette pratique
benignitatis	de bienfaisance
largitioni munerum.	aux largesses de jeux.
Hæc est	Celle-ci est *le fait*
hominum gravium	d'hommes graves
et magnorum ;	et grands ;
illa	celle-là *est le fait*
quasi assentatorum populi,	en-quelque-sorte de flatteurs du peuple,
quasi titillantium	comme chatouillant
voluptate	par le plaisir
levitatem multitudinis.	la légèreté de la multitude.

Conveniet autem quum in dando munificum esse, tum in
exigendo non acerbum, in omnique re contrahenda, vendendo,
emendo, conducendo, locando, vicinitatibus et confiniis,
æquum et facilem, multa multis de jure suo cedentem, a litibus vero quantum liceat, et nescio an paulo plus etiam quam
liceat, abhorrentem. Est enim non modo liberale paulum
nonnunquam de suo jure decedere, sed interdum etiam fructuosum. Habenda autem est ratio rei familiaris, quam quidem
dilabi sinere flagitiosum est; sed ita ut illiberalitatis avaritiæque absit suspicio. Posse enim liberalitate uti, non spoliantem
se patrimonio, nimirum is est pecuniæ fructus maximus.

Recte etiam a Theophrasto est laudata hospitalitas. Est enim,
ut mihi quidem videtur, valde decorum patere domos hominum illustrium illustribus hospitibus; idque etiam reipublicæ

Que si l'honnêteté demande que nous soyons empressés à donner,
elle ne veut pas moins que nous ne mettions jamais de dureté quand
nous réclamons ce qui nous est dû. Dans toute espèce de transaction
pour vendre, acheter, donner ou prendre à loyer, dans toutes les relations avec ses voisins de ville ou de campagne, il faut être équitable et
facile, se relâcher souvent sur son droit, avoir pour les procès autant
d'éloignement qu'il convient, peut-être même un peu plus encore :
car il est non-seulement généreux, mais souvent même avantageux
de quitter quelque chose de son droit. Ce n'est pas qu'on ne doive
avoir soin de ses affaires ; il y aurait même une espèce de crime à
les négliger et à les laisser périr. Mais il faut les conduire de telle
sorte, qu'on ne fasse jamais rien de sordide ni qui sente l'avarice, et
se souvenir toujours que le plus grand avantage de l'opulence, c'est
de pouvoir faire des libéralités sans se ruiner.

L'hospitalité est encore une vertu que Théophraste a eu raison de
louer. Rien n'est plus beau, à mon gré, que de voir les maisons des
personnes illustres ouvertes à d'illustres hôtes, et il y va de l'honneur de la république, que les étrangers trouvent chez nous cette

Conveniet autem
quum in dando
esse munificum,
tum in exigendo
non acerbum,
in omnique re contrahenda,
vendendo, emendo,
conducendo, locando,
vicinitatibus
et confiniis,
æquum et facilem,
cedentem multa multis
de suo jure,
abhorrentem vero a litibus
quantum liceat,
et nescio an
etiam paulo plus
quam liceat.
Est enim non modo liberale,
sed interdum etiam
fructuosum, decedere
paulum nonnunquam
de suo jure.
Ratio autem habenda est
rei familiaris,
quam quidem sinere dilabi
est flagitiosum ;
sed ita ut suspicio
illiberalitatis avaritiæque
absit.
Posse enim
uti liberalitate,
non spoliantem se
patrimonio,
nimirum
is est fructus maximus
pecuniæ.
    Hospitalitas etiam
laudata est recte
a Theophrasto.
Est enim valde decorum,
ut videtur mihi quidem,
domos hominum illustrium
patere
hospitibus illustribus ;
idque etiam est ornamento
reipublicæ,

Or il conviendra
d'une-part en donnant
d'être généreux,
d'autre-part en exigeant
de n'*être* pas dur,
et dans toute affaire à-contracter,
en vendant, en achetant,
en prenant-à-loyer, en donnant-à-loyer,
dans les relations-de-voisinage
et les relations-de-proximité,
d'*être* équitable et facile,
cédant beaucoup de choses à beaucoup
de son droit,
d'autre-part ayant-aversion des procès
autant qu'il est-possible,
et je ne-sais-pas s'*il ne faut pas*
même un peu plus
qu'il *n*'est-possible.
Il est en effet non-seulement libéral,
mais quelquefois aussi
avantageux, de se désister
un peu parfois
de son droit.
D'autre-part compte doit être tenu
du bien de-famille,
lequel à la vérité laisser se dissiper
est honteux ;
mais de-telle-sorte que le soupçon
de manque-de-générosité et d'avarice
soit-absent.
En effet pouvoir
faire-usage de (pratiquer) la libéralité,
ne dépouillant pas soi-même
de *son* patrimoine,
assurément
c'est le fruit le plus grand
de l'argent.
    L'hospitalité aussi
a été louée avec-raison
par Théophraste.
Il est en effet fort honorable,
comme il semble à moi du moins,
les maisons des hommes illustres
être-ouvertes
à des hôtes illustres ;
et cela même est à ornement
à la république,

est ornamento, homines externos hoc liberalitatis genere in urbe nostra non egere. Est autem etiam vehementer utile iis, qui honeste posse multum volunt, per hospites apud externos populos valere opibus et gratia. Theophrastus quidem scribit Cimonem Athenis etiam in suos curiales Laciadas [1] hospitalem fuisse; ita enim instituisse et villicis imperavisse, ut omnia præberentur, quicumque Laciades in villam suam devertisset.

XIX. Quæ autem opera, non largitione, beneficia dantur, hæc tum in universam rempublicam, tum in singulos cives conferuntur. Nam in jure cavere, consilio juvare, atque hoc scientiæ genere prodesse quamplurimis, vehementer et ad opes augendas pertinet, et ad gratiam. Itaque quum multa præclara majorum, tum quod optime constituti juris civilis summo semper in honore fuit cognitio atque interpretatio; quam quidem ante hanc confusionem temporum in possessione

sorte de libéralité. Il n'y a même rien de plus utile pour ceux qui cherchent à s'assurer par de bonnes voies un grand crédit dans la république, puisque rien n'est meilleur pour cela que d'en acquérir beaucoup chez les étrangers par des procédés généreux envers leurs hôtes. Théophraste rapporte sur ce sujet que Cimon, à Athènes même, exerçait l'hospitalité envers ses compatriotes de Lacia : il avait donné ordre à ses intendants de fournir toujours ce qui serait nécessaire aux habitants de Lacia qui voudraient descendre dans sa maison de campagne.

XIX. Les bienfaits qui consistent non à donner de l'argent, mais à employer son industrie, se répandent sur le corps entier de la république, aussi bien que sur les particuliers. La science du droit est une des choses par lesquelles on peut acquérir le plus de considération et faire plaisir à un plus grand nombre de citoyens, en leur donnant des conseils et les dirigeant dans leurs affaires. Aussi voyons-nous, entre beaucoup d'autres coutumes très-sagement établies par nos ancêtres, que la science et l'interprétation du droit ont toujours été en grand honneur parmi nous ; et même, avant la confusion de ces derniers temps, cette science était demeurée le

homines externos non egere — les hommes étrangers ne pas manquer
hoc genere liberalitatis — de cette sorte de libéralité
in nostra urbe. — dans notre ville.
Est autem etiam — D'autre-part il est encore
vehementer utile iis, — fortement utile à ces *hommes*,
qui volunt posse multum — qui veulent pouvoir beaucoup
honeste, — d'une-manière-honnête, [crédit
valere opibus et gratia — d'être-puissants par les ressources et le
per hospites — au-moyen-de *leurs* hôtes
apud populos externos. — chez les peuples étrangers.
Theophrastus quidem — Théophraste à la vérité
scribit Cimonem Athenis — écrit Cimon à Athènes
fuisse hospitalem — avoir été hospitalier
etiam in suos curiales — même envers ses compatriotes
Laciadas ; — de-Lacia ;
instituisse enim ita — *lui* en effet avoir établi ainsi
et imperavisse villicis, — et avoir commandé à *ses* fermiers,
ut omnia præberentur, — que toutes choses fussent fournies,
quicumque Laciades — quel-que fût le Laciade
devertisset in suam villam. — qui se fût détourné vers sa villa.
.XIX. Beneficia autem — XIX. Mais les bienfaits
quæ dantur opera, — qui sont donnés par l'aide *qu'on prête*,
non largitione, — non par les largesses,
hæc conferuntur — ceux-là sont appliqués
tum in rempublicam — soit à la république
universam, — tout-entière ;
tum in cives singulos. — soit à des citoyens isolés.
Nam cavere in jure, — Car garantir en justice,
juvare consilio, — aider de *son* conseil,
atque prodesse — et être-utile
hoc genere scientiæ — par ce genre de science
quamplurimis, — aux-plus-nombreux-possible,
pertinet vehementer — tend grandement
et ad augendas opes — et à augmenter la puissance
et ad gratiam. — et à *augmenter* le crédit.
Itaque — C'est-pourquoi [cêtres
quum multa majorum — d'une-part de nombreux *traits* de nos an-
præclara, — *sont* très-beaux,
tum quod cognitio — d'autre-part *ceci*, que la connaissance
atque interpretatio — et l'interprétation
juris civilis — d'un droit civil
optime constituti — parfaitement établi
fuit semper — ont été toujours
in summo honore ; — en très-grand honneur,
quam quidem — lesquelles à la vérité
ante hanc confusionem — avant cette confusion
temporum — des temps

sua principes retinuerunt ; nunc, ut honores, ut omnes dignitatis gradus, sic hujus scientiæ splendor deletus est ; idque
eo indignius, quod eo tempore hoc contigit, quum is esset,
qui omnes superiores, quibus honore par esset, scientia facile
vicisset. Hæc igitur opera grata multis et ad beneficiis obstringendos homines accommodata.

Atque huic arti finitima est dicendi gravior facultas, et
gratior, et ornatior. Quid enim eloquentia præstabilius, vel
admiratione audientium, vel spe indigentium, vel eorum qui
defensi sunt gratia? Huic quoque ergo a majoribus nostris est
in toga dignitatis principatus datus. Diserti igitur hominis, et
facile laborantis, quodque in patriis est moribus[1], multorum
causas et non gravate et gratuito defendentis, beneficia et patrocinia late patent. Admonebat me res ut hoc quoque loco

privilége des premiers de l'État. Mais tout son lustre est effacé présentement, aussi bien que celui des grandes magistratures ; et cela
est d'autant plus indigne, qu'il existe de nos jours un homme qui,
égal en tout le reste à tous les anciens jurisconsultes, aurait été
au-dessus d'eux tous par la science du droit. Ainsi cette science
permet de faire plaisir à un grand nombre d'hommes, et de se les
attacher par des bienfaits.

Une autre science, voisine de celle-là, mais plus utile encore et
plus brillante, c'est celle de l'éloquence. Est-il rien en effet au-
dessus de l'éloquence, soit par l'admiration qu'elle inspire, soit par
la confiance qu'elle donne à ceux qui ont besoin de son secours,
soit par la reconnaissance de ceux qu'elle a défendus? Aussi nos
pères l'ont-ils mise au premier rang parmi les arts de la paix. Quel
secours ne tire-t-on point d'un homme éloquent, qui ne craint pas le
travail, et qui se charge gratuitement, selon l'usage de nos ancêtres,
d'un grand nombre de causes ? Jusqu'où ne s'étend pas son influence
tutélaire? Ce discours me porterait naturellement à déplorer la déca-

principes retinuerunt
in sua possessione ;
nunc, ut honores,
ut omnes gradus dignitatis,
sic splendor hujus scientiæ
deletus est;
idque eo indignius,
quod hoc contigit
eo tempore,
quum is esset,
qui vicisset facile
scientia
omnes superiores,
quibus esset par honore.
Hæc opera igitur
grata multis
et accommodata
ad obstringendos homines
beneficiis.
   Atque facultas dicendi
gravior, et gratior,
et ornatior,
est finitima huic arti.
Quid enim præstabilius
eloquentia,
vel admiratione
audientium,
vel spe indigentium,
vel gratia
eorum qui defensi sunt ?
Huic quoque ergo
principatus dignitatis
in toga
datus est
a nostris majoribus.
Beneficia igitur
et patrocinia
hominis diserti,
et laborantis facile,
quodque est
in moribus patriis,
defendentis non gravate
et gratuito
causas multorum,
patent late.
Res admonebat me
ut hoc loco quoque

les principaux *citoyens* ont gardées
dans leur possession ;
maintenant, comme les honneurs,
comme tous les échelons de dignité,
ainsi l'éclat de cette science
a été effacé ;
et cela d'autant plus indignement,
que cela est arrivé
dans ce temps,
lorsque cet (un) *homme* était,
qui eût surpassé facilement
par la science
tous *ses* prédécesseurs,
auxquels il était égal en honneur.
Cette aide donc
est agréable à de nombreux
et appropriée
pour enchaîner les hommes
par des bienfaits.
   Et la faculté de parler
plus grave, et plus agréable,
et plus brillante,
est voisine de cet art.
Qu'*y a-t-il* en effet de plus éminent
que l'éloquence,
soit par l'admiration
de ceux qui écoutent,
soit par l'espoir de ceux qui ont-besoin,
soit par la reconnaissance
de ceux qui ont été défendus ?
A celle-ci aussi donc
le premier-rang de dignité
sous la toge (en temps de paix)
a été donné
par nos maîtres.
Les bienfaits donc
et les patronages
d'un homme éloquent,
et travaillant facilement (avec-plaisir),
et ce qui est
dans les mœurs du-pays,
défendant non avec mauvaise-grâce
et gratuitement
les causes de nombreux *citoyens*,
s'étendent au loin.
Le sujet avertissait moi
qu'en cet endroit aussi

intermissionem eloquentiæ, ne dicam interitum, deplorarem, ni vererer ne de me ipso aliquid viderer queri. Sed tamen videmus, quibus exstinctis oratoribus, quam in paucis spes, quanto in paucioribus facultas, quam in multis sit audacia.

Quum autem omnes non possint, ne multi quidem, aut juris periti esse aut diserti, licet tamen opera prodesse multis, beneficia petentem, commendantem judicibus et magistratibus, vigilantem pro re alterius, eos ipsos, qui aut consuluntur aut defendunt, rogantem : quod qui faciunt plurimum gratiæ consequuntur, latissimeque eorum manat industria. Jam illud non sunt admonendi (est enim in promptu), ut animum advertant, quum alios juvare velint, ne quos offendant. Sæpe enim aut eos lædunt quos non debent, aut eos quos non expedit. Si imprudentes, negligentiæ est; si scientes, temeritatis. Utendum etiam est excusatione adversus eos, quos invitus

dence, pour ne pas dire l'extinction entière de l'éloquence, si je ne craignais qu'on ne crût que c'est moi-même que je plains. Nous voyons cependant quels grands orateurs nous avons perdus, combien il en reste peu qui donnent des espérances, et combien n'ont que de la présomption.

Il n'est pas donné à tout le monde d'être jurisconsulte ni orateur; il y en a même bien peu qui en soient capables. Mais, quoiqu'on ne soit ni l'un ni l'autre, on ne laisse pas de pouvoir faire plaisir à bien des gens, en demandant pour eux, en les recommandant aux juges et aux magistrats, en veillant à leurs intérêts, en sollicitant pour eux les jurisconsultes et les avocats. C'est un moyen de se faire beaucoup d'amis et de partisans. Il faut prendre garde toutefois (mais la chose est si évidente, qu'il est à peine besoin d'en avertir) de ne pas offenser les uns pour faire plaisir aux autres. Car souvent on offense des hommes qu'on devrait ménager ou craindre, et l'on est toujours coupable ou de négligence, quand on le fait sans y prendre garde, ou de témérité, quand on le fait avec dessein. S'il arrive qu'on ne puisse s'empêcher

deplorarem	je déplorasse
intermissionem	l'interruption
eloquentiæ,	de l'éloquence,
ne dicam interitum,	pour que je ne dise pas *sa* perte,
ni vererer	si je ne craignais [chose
ne viderer queri aliquid	que je ne parusse me plaindre en quelque.
de me ipso.	au-sujet-de moi-même.
Sed tamen videmus	Mais cependant nous voyons
quibus oratoribus	quels orateurs
exstinctis,	étant éteints (morts),
in quam paucis	sur de combien peu-nombreux
sit spes,	est *notre* espérance,
in quanto paucioribus	en de combien moins-nombreux
facultas,	*est* le talent,
in quam multis audacia.	en de combien nombreux *est* l'audace.
Quum autem omnes,	Mais puisque tous,
ne multi quidem,	*et* pas même de nombreux,
non possint esse	ne peuvent pas être
aut periti juris aut diserti,	ou instruits du droit ou éloquents,
licet tamen prodesse multis	il est-possible cependant d'être-utile a de
opera,	par l'aide *qu'on leur prête*, [nombreux
petentem beneficia,	en demandant des bienfaits *pour eux*,
commendantem judicibus	en *les* recommandant aux juges
et magistratibus,	et aux magistrats,
vigilantem pro re alterius,	en veillant pour l'intérêt d'autrui,
rogantem eos ipsos	en sollicitant *pour eux* ceux mêmes
qui aut consuluntur	qui ou sont consultés
aut defendunt :	ou défendent :
quod qui faciunt	laquelle chose ceux qui font
consequuntur	obtiennent
plurimum gratiæ,	beaucoup de crédit,
industriaque eorum	et l'activité d'eux
manat latissime.	se répand très-au-large.
Jam non admonendi sunt	Or ils ne doivent pas être avertis
illud,	de cela,
est enim in promptu,	car *cela* est à la portée (évident),
ut advertant animum,	qu'ils tournent *leur* esprit *vers ceci*,
quum velint juvare alios,	lorsqu'ils veulent aider les uns, [tres).
ne offendant quos.	qu'ils ne lèsent pas quelques-uns (les au-
Sæpe enim lædunt	Souvent en effet ils blessent
aut eos quos non debent,	ou ceux qu'ils ne doivent pas *blesser*,
aut eos quos non expedit.	ou ceux qu'il n'est-pas-avantageux *de bles-*
Si imprudentes,	S'*ils le font* ne-s'en-apercevant-pas, [*ser*.
est negligentiæ ;	c'est *le fait* de négligence ;
si scientes,	s'*ils le font le* sachant,
temeritatis.	c'est *le fait* de témérité.
Utendum est etiam	Il faut user aussi

offendas, quacumque possis, quare id quod feceris necesse
fuerit, nec aliter facere potueris; ceterisque operis et officiis
erit quod violatum est compensandum.

XX. Sed, quum in hominibus juvandis aut mores spectari
aut fortuna soleat, dictu quidem est proclive, itaque vulgo
loquuntur, se in beneficiis collocandis mores hominum, non
fortunam sequi. Honesta oratio est. Sed quis est tandem qui
inopis et optimi viri causæ non anteponat in opera danda
gratiam fortunati et potentis? A quo enim expeditior et cele-
rior remuneratio fore videtur, in eum fere est voluntas nostra
propensior. Sed animadvertendum est diligentius quæ natura
rerum sit. Nimirum enim inops ille, si bonus est vir, etiamsi
referre gratiam non potest, habere certe potest. Commode
autem quicumque dixit pecuniam qui habeat non reddidisse;

de faire déplaisir à quelqu'un, il faut s'en excuser sur la nécessité
où l'on a été d'agir comme on l'a fait, sur l'impossibilité d'agir
autrement, et réparer le mal par tous les bons offices possibles.

XX. Quand on se porte à faire plaisir à quelqu'un, c'est d'ordinaire par considération pour son caractère ou pour sa fortune.
Chacun ne manque pas de dire qu'il a plus d'égard au mérite qu'à
la fortune. Le langage est honnête : mais où sont ceux qui ne soient
pas plus disposés à servir un homme riche et puissant qu'un pauvre,
quelque homme de bien qu'il soit? Nous penchons toujours plutôt
vers celui dont nous espérons une récompense plus considérable et
plus prompte; mais entrons un peu plus avant dans le fond des
choses. Si ce pauvre est homme de bien, il sera reconnaissant du
service reçu, lors même qu'il ne pourrait le rendre. Quelqu'un a dit
ingénieusement à ce propos que l'homme qui a encore l'argent qu'on
lui a donné ne l'a pas rendu, ou que, s'il l'a rendu, il ne l'a plus,

excusatione	d'excuse
adversus eos quos offendas	envers ceux que tu offenserais
invitus,	ne-le-voulant pas,
quacumque possis,	de-quelque-façon-que tu *le* puisses,
quare id quod feceris	*en expliquant* pourquoi ce que tu as fait
fuerit necesse,	a été nécessaire,
nec potueris facere aliter ;	et tu n'as pas pu faire autrement ;
quodque violatum est	et ce qui a été fait-en-causant-du-tort
compensandum erit	devra être compensé
ceteris operis	par tous-les-autres services
et officiis.	et bons-offices.
XX. Sed,	XX. Mais,
quum aut mores	comme ou les mœurs
aut fortuna	ou la fortune
soleat spectari	ont-coutume d'être considérées
in juvandis hominibus,	en aidant (quand on aide) les hommes
est quidem proclive	il est à la vérité facile
dictu,	à être dit (de dire),
itaque loquuntur vulgo,	et aussi *les hommes* disent communément,
se in collocandis beneficiis	eux-mêmes en plaçant *leurs* bienfaits
sequi mores hominum,	suivre les mœurs des hommes,
non fortunam.	non *leur* fortune.
Oratio est honesta.	*Ce* langage est honnête.
Sed qui est tandem	Mais qui est enfin (où est l'homme)
qui in danda opera	qui en donnant *son* aide
non anteponat	ne préfère pas
causæ viri inopis	à la cause d'un homme pauvre
et optimi	et excellent
gratiam fortunati	la reconnaissance d'un *homme* riche
et potentis ?	et puissant?
Fere enim nostra voluntas	D'ordinaire en effet notre volonté
est propensior in eum	est plus inclinée vers celui
a quo remuneratio	duquel une récompense
expeditior et celerior	plus dégagée (sûre) et plus prompte
videtur fore.	paraît devoir être.
Sed animadvertendum est	Mais il faut remarquer
diligentius	plus soigneusement
quæ sit natura rerum.	quelle est la nature des choses.
Nimirum enim ille inops,	Sans doute en effet cet *homme* pauvre,
si est vir bonus,	s'il est homme de-bien,
etiamsi non potest	bien qu'il ne puisse pas
referre gratiam,	rendre de la reconnaissance,
potest certe habere.	peut du moins *en* avoir.
Commode autem	Mais *il s'est exprimé* ingénieusement
quicumque dixit	quel-que-soit-celui-qui a dit
qui habeat pecuniam	celui qui a de l'argent *prêté*
non reddidisse ;	ne *l'*avoir pas rendu ;

qui reddiderit non habere : gratiam autem et qui retulerit habere, et qui habeat retulisse. At qui se locupletes , honoratos, beatos putant, hi ne obligari quidem beneficio volunt. Quinetiam beneficium se dedisse arbitrantur, quum ipsi quamvis magnum aliquod acceperint : atque etiam a se postulari aut exspectari aliquid suspicantur; patrocinio vero se usos, et clientes appellari, mortis instar putant. At vero ille tenuis, quum, quidquid factum sit, se spectatum , non fortunam putet, non modo illi qui est meritus, sed etiam illis a quibus exspectat (eget enim multis), gratum se videri studet. Neque vero verbis auget suum munus, si quo forte fungitur, sed etiam extenuat. Videndumque illud est, quod si opulentum fortunatumque defenderis, in illo uno aut forte in liberis ejus manet gratia; sin autem inopem, probum tamen et modestum, omnes non improbi humiles, quæ magna in populo

tandis que la reconnaissance d'un bienfait subsiste quoiqu'on l'ait rendu, et que c'est même l'avoir rendu que d'en avoir de la reconnaissance. Mais les riches, les grands, les heureux, ne veulent pas même se sentir obligés par un bienfait. Ils comptent, au contraire, qu'ils obligent eux-mêmes ceux qui leur rendent les services les plus considérables, et les soupçonnent de désirer ou d'attendre d'eux quelque chose. C'est une mort pour eux de penser que vous les avez pris sous votre protection et que vous les appelez vos clients. Le pauvre, au contraire, qui sait que dans le plaisir qu'on lui a fait c'est lui qu'on a regardé et non sa fortune, n'oublie rien pour marquer sa reconnaissance à son bienfaiteur et même à ceux (ils sont nombreux) de qui il peut attendre quelque chose. Et s'il arrive qu'il puisse rendre quelque bon office, loin de le faire valoir par ses discours, il le rabaisse au contraire. D'ailleurs, quand vous avez obligé un homme riche et puissant, lui seul vous en sait gré, ou tout au plus ses enfants ; si c'est, au contraire, à un citoyen humble, mais honnête, que vous avez rendu service, tous ses semblables, qui sont en grand

qui reddidérit	celui qui *l*'a rendu
non habere :	ne *l*'avoir pas :
autem et qui retulerit	mais et celui qui a rendu
gratiam	de la reconnaissance
habere,	*l*'avoir,
et qui habeat retulisse.	et celui qui *l*'a *l*'avoir rendue.
At qui putant se	Mais ceux qui estiment eux-mêmes
locupletes, honoratos,	riches, honorés,
beatos,	heureux,
hi ne volunt quidem	ceux-là ne veulent même pas
obligari beneficio.	être liés par un bienfait.
Quinetiam arbitrantur	Bien-plus ils jugent
se dedisse beneficium,	eux-mêmes avoir donné un bienfait,
quum ipsi	lorsqu'eux-mêmes
acceperint aliquod	*en* ont reçu quelqu'un
quamvis magnum :	quelque grand qu'*il soit* :
atque etiam suspicantur	et même ils soupçonnent
aliquid postulari	quelque chose être réclamé
aut exspectari a se ;	ou être attendu d'eux-mêmes ;
putant vero instar mortis	mais ils estiment à l'égal de la mort
se usos patrocinio	eux-mêmes avoir usé d'un patronage
et appellari clientes.	et être appelés clients.
At vero ille tenuis,	Mais en vérité ce *citoyen* humble,
quum, quidquid factum sit,	lorsque, quelque chose qui ait été faite,
putet se spectatum,	il pense lui-même *avoir été* considéré,
non fortunam,	non *sa* fortune, [naissant
studet se videri gratum	s'applique *à ceci*, lui-même paraître recon-
non modo illi	non seulement à celui
qui meritus est,	qui *l*'a mérité,
sed etiam illis	mais aussi à ceux
a quibus exspectat,	desquels il attend *des bienfaits*,
eget enim multis.	en effet il a-besoin de nombreux. [roles
Neque vero auget verbis	Et en vérité il n'augmente pas par les pa-
suum munus,	son service, [rend un),
si forte fungitur quo,	si par hasard il s'acquitte de quelqu'un (en
sed etiam extenuat.	mais même *l*'amoindrit.
Illudque videndum est,	Et ceci doit être vu,
quod si defenderis	que si tu as défendu
opulentum fortunatumque,	un *homme* puissant et riche,
gratia manet in illo uno	la reconnaissance reste en celui-là seul
aut forte in liberis ejus ;	ou peut-être dans les enfants de lui ;
sin autem inopem,	mais si-au-contraire *tu as défendu* un
probum tamen	probe toutefois [*homme* pauvre,
et modestum,	et modeste,
omnes humiles	tous les *citoyens* humbles
non improbi,	non malhonnêtes,
quæ multitudo est magna	laquelle multitude est grande

multitudo est, præsidium sibi paratum vident. Quamobrem
melius apud bonos quam apud fortunatos beneficium collocari
puto. Danda omnino opera est ut omni generi satisfacere
possimus; sed, si res in contentionem veniet, nimirum Themistocles est auctor adhibendus. Qui quum consuleretur utrum
bono viro pauperi an minus probato diviti filiam collocaret :
« Ego vero, inquit, malo virum qui pecunia egeat, quam pecuniam quæ viro. » Sed corrupti mores depravatique sunt
admiratione divitiarum ; quarum magnitudo quid ad unum-
quemque nostrum pertinet ? Illum fortasse adjuvat qui habet;
ne id quidem semper : sed fac juvare : utentior sane sit;
honestior vero quomodo ? Quod si etiam bonus erit vir, ne
impediant divitiæ quominus juvetur, modo ne adjuvent,
sitque omne judicium non quam locuples, sed qualis quisque
sit. Extremum autem præceptum in beneficiis, operaque danda

nombre parmi le peuple, vous en sauront gré comme lui, et vous regar-
deront comme leur défenseur commun. Aussi n'hésité-je pas à dire
que les services rendus à des pauvres, gens de bien, sont mieux
placés que ceux qu'on rend à des riches. Il faut néanmoins faire en
sorte d'obliger les uns et les autres. Mais quand un homme de bien
se trouve en concurrence avec un homme riche, il faut prendre
conseil de Thémistocle. On lui demandait à qui il donnerait le plus
volontiers sa fille, d'un honnête homme, mais peu riche, ou d'un
homme riche, mais qui ne serait pas en bonne réputation : « J'aimerais mieux, dit-il, un homme sans argent que de l'argent sans
homme. » Mais nous nous laissons éblouir par les richesses, et c'est
ce qui a corrompu nos mœurs. Que sont pourtant pour chacun de
nous les grandes richesses ? Le bien est un avantage pour ceux qui
en ont ; encore n'en est-ce pas toujours un. Supposons pourtant qu'il
en soit un : on en est plus à son aise, mais en est-on plus honnête
homme ? Si un homme riche se trouve en même temps honnête homme,
on peut le servir, mais que ce soit parce qu'il est honnête, et non
parce qu'il est riche. La dernière règle à donner pour les bienfaits,

in populo,	dans le peuple,
vident præsidium	voient un appui
paratum sibi.	préparé à eux-mêmes.
Quamobrem puto	C'est-pourquoi je pense
beneficium collocari melius	un bienfait être placé mieux
apud bonos	chez les *gens* de-bien
quam apud fortunatos.	que chez les *gens* riches.
Opera danda est omnino	Le soin doit être donné absolument
ut possimus satisfacere	à ce que nous puissions satisfaire
omni generi ;	toute sorte *de personnes* ;
sed, si res veniet	mais, si la chose viendra (vient)
in contentionem,	à concurrence,
nimirum Themistocles	assurément Thémistocle
adhibendus est auctor.	doit être appelé *comme* conseiller.
Qui quum consuleretur	Lequel comme il était consulté
utrum collocaret filiam	s'il placerait (marierait) sa fille
viro bono pauperi	à un homme-de-bien pauvre
an diviti minus probato :	ou à un riche moins estimé :
«Ego vero, inquit,	« Moi en vérité, dit-il,
malo virum	j'aime-mieux un homme
qui egeat pecunia,	qui manque d'argent,
quam pecuniam quæ viro.»	que de l'argent qui *manque* d'un homme. »
Sed mores	Mais les mœurs
corrupti sunt depravatique	ont été corrompues et dépravées
admiratione divitiarum ;	par l'admiration des richesses ;
quarum quid magnitudo	desquelles en quoi la grandeur
pertinet	a-t-elle-un-intérêt
ad unumquemque nostrum?	pour chacun de nous?
Adjuvat fortasse	Elle aide peut-être
illum qui habet ;	celui qui *la* possède ;
ne id quidem semper :	*et* pas même cela toujours : [l'aide] :
sed fac juvare :	mais fais (suppose) *elle* l'aider (qu'elle
sane sit	assurément qu'il soit
utentior ;	plus pourvu-de-choses-à-son-usage ;
quomodo vero honestior?	mais comment *sera-t-il* plus honnête?
Quod si etiam	Que si de plus
erit vir bonus,	il sera (est) homme de-bien,
divitiæ ne impediant.	que *ses* richesses n'empêchent pas
quominus juvetur,	qu'il soit aidé *par nous*, [services,
modo ne adjuvent,	pourvu qu'elles ne *l'*aident pas *à obtenir nos*
omneque judicium sit,	et que tout *notre* jugement soit *celui-ci*,
non quam quisque,	non combien chacun
sit locuples,	est riche,
sed qualis.	mais quel *il est*.
Extremum autem	Mais le dernier
præceptum	précepte
in beneficiis,	dans les bienfaits,

est, ne quid contra æquitatem contendas, ne quid per injuriam : fundamentum enim perpetuæ commendationis et famæ est justitia, sine qua nihil potest esse laudabile.

XXI. Sed, quoniam de eo genere beneficiorum dictum est, quæ ad singulos spectant, deinceps de iis, quæ ad universos quæque ad rempublicam pertinent, disputandum est. Eorum autem ipsorum partim ejusmodi sunt, ut ad universos cives pertineant, partim singulos ut attingant, quæ sunt etiam gratiora. Danda est opera omnino, si possit, utrisque, nec minus ut etiam singulis consulatur; sed ita ut ea res aut prosit aut certe ne obsit reipublicæ. C. Gracchi frumentaria magna largitio [1]; exhauriebat igitur ærarium : modica M. Octavii, et reipublicæ tolerabilis, et plebi necessaria ; ergo et civibus et reipublicæ salutaris. Imprimis autem videndum erit ei qui

c'est que l'envie qu'on a d'obliger ne porte jamais à entreprendre rien d'injuste et qui puisse faire préjudice à personne. Car nulle réputation ne saurait être durable si elle n'a la justice pour fondement, et sans elle il n'y a rien d'estimable.

XXI. Après avoir parlé des services que l'on peut rendre aux particuliers, venons aux bienfaits qui se rapportent au peuple tout entier et à la république. Il y en a de deux sortes : les uns dont l'utilité est plus générale, les autres qui sont mieux sentis de chacun en particulier ; et ces derniers sont ceux qui inspirent le plus de reconnaissance. Il faut s'acquitter, s'il est possible, des uns et des autres, et tout autant de ceux qui font plaisir à chaque particulier; mais il faut qu'ils se trouvent utiles à la république, ou du moins qu'ils ne lui portent pas de préjudice. Les largesses de blé de C. Gracchus étaient considérables ; aussi épuisaient-elles le trésor public ; celles de M. Octavius, au contraire, se faisant avec plus de réserve, ne chargeaient pas la république, et ne laissaient pas de fournir suffisamment aux besoins du peuple. Ainsi, elles furent également salutaires et à chaque particulier et à tout l'État. Un des premiers

operaque danda est,	et le soin doit être donné,
ne contendas quid	à ce que tu ne prétendes pas quelque chose
contra æquitatem,	contre l'équité,
ne quid	à ce que *tu* ne *prétendes* pas quelque chose
per injuriam :	par injustice :
justitia enim,	la justice en effet,
sine qua nihil	sans laquelle rien
potest esse laudabile,	ne peut être louable,
est fundamentum	est le fondement
commendationis et famæ	d'une estime et d'une renommée
perpetuæ.	qui-dure-toujours.
XXI. Sed;	XXI. Mais,
quoniam dictum est	puisqu'il a été parlé
de eo genere beneficiorum,	de ce genre de bienfaits,
quæ spectant ad singulos,	qui ont-rapport aux *hommes* isolés,
disputandum est deinceps	il faut discourir ensuite
de iis quæ pertinent	de ceux qui ont-rapport
ad universos	aux *hommes* tous-ensemble
quæque ad rempublicam.	et qui *ont rapport* à la république.
Eorum autem ipsorum	Mais de ces *bienfaits* mêmes
partim sunt ejusmodi	en partie (les uns) sont de-telle-sorte
ut pertineant	qu'ils ont-rapport
ad cives universos,	aux citoyens tous ensemble,
partim	en partie (les autres) *de telle sorte*
ut attingant singulos,	qu'ils touchent les *citoyens* isolés,
quæ sunt etiam gratiora.	lesquels sont encore plus agréables.
Opera danda est omnino	Le soin doit être donné en-général
utrisque,	aux-uns-et-aux-autres,
si possit,	si *cela* se peut, [térêts
nec minus ut consulatur	et non moins à ce que l'on veille-aux-in-
etiam singulis,	même des *citoyens* isolés,
sed ita ut ea res	mais de-telle-façon que cette chose
aut prosit	ou soit-utile
aut certe ne obsit	ou du moins ne nuise pas
reipublicæ.	à la république.
Largitio frumentaria	La largesse de-blé
C. Gracchi	de C. Gracchus
magna ;	*fut* grande ;
exhauriebat igitur	en-conséquence elle épuisait
ærarium ;	le trésor :
M. Octavii modica,	*celle* de M. Octavius *fut* modique,
et tolerabilis reipublicæ,	et tolérable pour la république,
et necessaria plebi ;	et nécessaire au peuple ;
ergo salutaris	donc *elle fut* salutaire
et civibus et reipublicæ.	et aux citoyens et à la république.
Imprimis autem	Mais surtout
videndum erit ei	il devra être vu à (par) celui

17

rempublicam administrabit, ut suum quisque teneat, neque de bonis privatorum publice deminutio fiat. Perniciose enim Philippus[1] in tribunatu, quum legem agrariam ferret, quam tamen antiquari facile passus est, et in eo vehementer se moderatum præbuit ; sed quum in agendo multa populariter, tum illud male : non esse in civitate duo millia hominum qui rem haberent. Capitalis oratio, et ad æquationem bonorum pertinens; qua peste quæ potest esse major? Hanc enim ob causam maxime, ut sua tenerent, respublicæ civitatesque constitutæ sunt. Nam etsi, duce natura, congregabantur homines, tamen, spe custodiæ rerum suarum, urbium præsidia quærebant.   '

Danda etiam opera est ne, quod apud majores nostros sæpe fiebat propter ærarii tenuitatem assiduitatemque bellorum, tributum sit conferendum; idque ne eveniat, multo ante erit

soins de l'homme d'État doit être que chacun conserve son bien, et que l'autorité publique ne porte aucune atteinte aux propriétés particulières. Il n'y avait donc rien de plus pernicieux que la loi agraire proposée par Philippus lorsqu'il était tribun du peuple. Il est vrai qu'il la laissa rejeter sans grande résistance, et en cela il montra beaucoup de modération. Mais dans les discours tout populaires qu'il prononça, il eut tort de dire qu'il n'y avait pas dans Rome deux mille citoyens qui eussent un patrimoine. C'était un discours criminel, et qui n'allait pas à moins qu'à un partage de tous les biens. Peut-on imaginer rien de plus pernicieux? En effet, les hommes n'ont formé de républiques que pour pouvoir garder plus facilement chacun sa propriété. Quoique la nature les porte d'elle-même à vivre en société, ils n'ont cependant cherché la protection des villes que pour être en état de mieux conserver leurs biens.

Une autre chose que l'on doit observer aussi, c'est de ne pas recourir aux impôts, comme nos ancêtres ont souvent été obligés de le faire par la continuité des guerres et l'épuisement du trésor. Il faut pourvoir de bonne heure à ce que cela n'arrive pas ; mais si cela de-

qui administrabit	qui administrera
rempublicam	la république,
ut quisque teneat suum,	que chacun garde le sien,
neque deminutio fiat	et qu'un retranchement ne se fasse pas
publice	au-nom-du-peuple
de bonis privatorum.	sur les biens des particuliers.
Philippus enim perniciose	Philippe en effet *a agi* pernicieusement
in tribunatu,	dans *son* tribunat,
quum ferret	lorsqu'il portait
legem agrariam,	une loi agraire,
quam tamen	laquelle cependant
passus est facile	il souffrit facilement
antiquari,	être abrogée,
et in eo se præbuit	et en cela il se montra
vehementer moderatum;	fort modéré ;
sed quum in agendo	mais d'une-part en haranguant
multa	*il dit* beaucoup de choses
populariter,	d'une-manière-populaire
tum illud male :	d'autre-part *il dit* ceci mal :
non esse in civitate	n'être (qu'il n'y avait pas) dans la cité
duo millia hominum	deux milliers d'hommes
qui haberent rem.	qui eussent du bien.
Oratio capitalis,	Discours criminel
et pertinens	et tendant
ad æquationem bonorum ;	à l'égalité des biens ;
qua peste	en comparaison duquel fléau
quæ potest esse major ?	lequel peut être plus grand ?
Ob hanc enim causam	En effet *c'est* pour ce motif
maxime,	surtout,
ut tenerent sua,	que *les citoyens* gardassent leurs *biens*,
respublicæ civitatesque	*que* les États et les cités
constitutæ sunt.	ont été établis.
Nam etsi, natura duce,	Car quoique, la nature *étant* le guide,
homines congregabantur,	les hommes se rassemblaient,
tamen, spe	cependant, *c'est* dans l'espoir
custodiæ suarum rerum,	de la garde (protection) de leurs biens,
quærebant	*qu'*ils cherchaient
præsidia urbium.	les appuis de villes.
Opera danda est etiam	Le soin doit être donné aussi
ne, quod fiebat sæpe	à ce que, ce qui se faisait souvent
apud nostros majores	chez nos ancêtres
propter tenuitatem ærarii	à-cause-de la pauvreté du trésor
assiduitatemque bellorum,	et de la continuité des guerres,
tributum conferendum sit;	un impôt ne doive pas être payé ;
providendumque erit	et il faudra pourvoir
multo ante	beaucoup d'avance
ne id eveniat.	à ce que cela n'arrive pas.

providendum. Sin qua necessitas hujus muneris alicui reipublicæ obvenerit (malo enim alteri quam nostræ ominari, neque
tamen de nostra, sed de omni republica disputo), danda erit
opera ut omnes intelligant, si salvi esse velint, necessitati
esse parendum. Atque etiam omnes qui rempublicam gubernabunt consulere debebunt ut earum rerum copia sit, quæ
sunt necessariæ. Quarum qualis comparatio fieri soleat et
debeat, non est necesse disputare; est enim in promptu : tantum locus attingendus fuit.

Caput autem est in omni procuratione negotii et muneris
publici, ut avaritiæ pellatur etiam minima suspicio. « Utinam,
inquit C. Pontius[1] Samnis, ad illa tempora fortuna me reservasset et tum essem natus, si quando Romani dona accipere
cœpissent! Non essem passus diutius eos imperare. » Næ illi
multa sæcula exspectanda fuerunt; modo enim hoc malum
in hanc rempublicam invasit. Itaque facile patior tum potius

vient nécessaire dans une république (car je parle en général, et
j'aime mieux d'ailleurs faire ce présage pour d'autres que pour nous),
au moins faut-il faire en sorte que tous les citoyens comprennent
que c'est là pour eux l'unique moyen de salut. Enfin ceux qui gouvernent la république doivent avoir grand soin d'entretenir l'abondance des choses nécessaires à la vie. Je n'ai pas besoin de les marquer
en détail, tout le monde les connaît assez ; je devais seulement
effleurer ce point.

Mais dans l'administration des affaires publiques il faut surtout
se conduire de telle sorte qu'on évite jusqu'au moindre soupçon d'a-
varice. « Plût à Dieu, disait le Samnite Pontius, que le destin m'eût
fait naître à un moment où les Romains se seraient accoutumés à
recevoir des présents! je n'aurais pas souffert qu'ils gardassent plus
longtemps l'empire. » Il aurait eu quelques siècles à laisser passer,
car il n'y a pas longtemps que cette peste s'est glissée parmi nous;
et, puisque c'était un homme de tant de vigueur, je suis bien aise

Sin qua necessitas
hujus muneris
obvenerit alicui reipublicæ
(malo enim ominari
alteri quam nostræ ;
neque tamen disputo
de nostra,
sed de omni republica),
opera danda erit
ut omnes intelligant,
si velint esse salvi,
parendum esse necessitati.
Atque etiam omnes
qui gubernabunt
rempublicam,
debebunt consulere
ut sit copia earum rerum,
quæ sunt necessariæ.
Quarum non est necesse
disputare
qualis comparatio
soleat et debeat fieri ;
est enim in promptu :
locus
attingendus fuit tantum.
Caput autem
in omni procuratione
negotii et muneris publici,
est ut suspicio avaritiæ
etiam minima
pellatur.
« Utinam,
inquit C. Pontius Samnis,
fortuna me reservasset
ad illa tempora
et natus essem tum,
si quando Romani
cœpissent accipere dona ;
non passus essem
eos imperare diutius. »
Næ multa secula
exspectanda fuerunt illi ;
modo enim hoc malum
invasit
in hanc rempublicam.
Itaque patior facile
Pontium fuisse tum potius,

Mais si quelque nécessité
de cette charge
est arrivée à quelque république
(j'aime-mieux en effet le présager
pour une autre que pour la nôtre ;
et d'ailleurs je ne discours pas
sur la nôtre,
mais sur toute république),
le soin devra être donné
à ce que tous comprennent,
s'ils veulent être sauvés,
falloir (qu'il faut) obéir à la nécessité.
Et aussi tous ceux
qui gouverneront
une république,
devront veiller
à ce qu'il y ait abondance de ces choses,
qui sont nécessaires.
Desquelles il n'est pas nécessaire
d'expliquer
quelle acquisition
a-coutume de se faire et doit se faire ;
en effet cela est à la portée :
ce point
a dû être effleuré seulement.
Mais le principal
dans tout soin
d'affaire et de charge publique,
est que le soupçon d'avarice
même le moindre
soit écarté.
« Plût-aux-dieux,
dit C. Pontius le Samnite,
que la fortune m'eût réservé
pour ces temps
et que je fusse né alors,
si un jour les Romains
avaient commencé à recevoir des présents ;
je n'aurais pas souffert
eux commander plus longtemps. »
Assurément de nombreux siècles
auraient été attendus par celui-là ;
car naguère seulement ce mal
a fait-invasion
dans cette république.
C'est-pourquoi je souffre facilement
Pontius avoir existé alors plutôt,

Pontium fuisse, siquidem in illo tantum fuit roboris. Nondum centum et decem anni sunt quum de pecuniis repetundis a L. Pisone[1] lata est lex, nulla antea quum fuisset. At vero postea tot leges, et proximæ quæque duriores; tot rei, tot damnati; tantum Italicum bellum[2] propter judiciorum metum excitatum; tanta, sublatis legibus et judiciis, expilatio direptioque sociorum, ut imbecillitate aliorum, non nostra virtute valeamus.

XXII. Laudat Africanum[3] Panætius quod fuerit abstinens. Quidni laudet? Sed in illo alia majora. Laus abstinentiæ non hominis est solum, sed etiam temporum illorum. Omni Macedonum gaza, quæ fuit maxima, potitus est Paulus; tantum in ærarium pecuniæ invexit, ut unius imperatoris præda finem attulerit tributorum. At hic nihil in domum suam, præter memoriam nominis sempiternam, detulit. Imitatus patrem

qu'il ait vécu du temps de nos pères. Il n'y a pas encore cent dix ans que L. Pison a proposé la première loi contre les concussionnaires. Mais depuis on en a tant vu, et toujours de plus en plus dures, il y a eu tant d'accusés, tant de condamnés, une si grande guerre a été allumée en Italie par ceux qui craignaient le même sort; enfin, au mépris des lois et de toute justice, on a tellement maltraité et pillé nos alliés, que, si nous subsistons encore, c'est à la faiblesse des autres que nous le devons, et nullement à notre vertu.

XXII. Panétius loue l'Africain d'avoir toujours eu les mains pures, et il a raison. Mais il avait à louer en lui de bien plus grandes qualités; celle-là était une vertu du temps plutôt que de la personne. Paul-Émile se rendit maître de tous les trésors des Macédoniens; et ces trésors étaient si considérables, que ces seules dépouilles, mises dans les coffres de l'État par un seul de nos généraux, firent cesser tous les impôts qu'on levait alors sur les citoyens; quant à lui, il n'en rapporta rien dans sa maison qu'une gloire immortelle pour son nom et sa vertu. Scipion, marchant sur les traces de son père,

siquidem tantum roboris	si-en-vérité tant de force
fuit in illo.	a été en lui.
Centum et decem anni	Cent et dix ans
nondum sunt,	ne sont pas encore,
quum lex lata est	que (depuis que) une loi a été portée
a L. Pisone	par L. Pison [concussions),
de pecuniis repetundis,	sur les sommes-d'argent à-réclamer (les
quum fuisset nulla	alors qu'il *n*'y en avait eu aucune
antea.	auparavant. [de lois,
At vero postea tot leges,	Mais en vérité dans-la-suite *il y eut* tant
et quæque proximæ	et toutes les plus récentes
duriores ;	plus dures ;
tot rei, tot damnati ;	tant d'accusés, tant de condamnés ;
tantum bellum Italicum	une si-grande guerre italique
excitatum	soulevée
propter metum judiciorum;	à-cause-de la crainte de jugements :
tanta expilatio	une si-grande spoliation
direptioque sociorum,	et un *tel* pillage des alliés,
legibus et judiciis	les lois et les jugements
sublatis,	étant abolis,
ut valeamus	que nous sommes-puissants
imbecillitate aliorum,	par la faiblesse des autres,
non nostra virtute.	non par notre force.
XXII. Panætius	XXII. Panétius
laudat Africanum	loue *Scipion* l'Africain
quod fuerit abstinens.	de ce qu'il a été intègre.
Quidni laudet?	Pourquoi ne *le* louerait-il pas?
Sed in illo	Mais *il y eut* en celui-là
alia majora.	d'autres *qualités* plus grandes.
Laus abstinentiæ	La gloire de l'intégrité
non est solum hominis,	n'est pas seulement de l'homme,
sed etiam	mais aussi
illorum temporum.	de ces temps-là.
Paulus potitus est	Paul *Émile* s'empara
omni gaza Macedonum,	de tout le trésor des Macédoniens,
quæ fuit maxima ;	qui fut très-grand;
invexit in ærarium	il apporta dans le trésor-public
tantum pecuniæ,	tant d'argent,
ut præda unius imperatoris	que le butin d'un-seul général
attulerit finem tributorum	apporta la fin des (mit fin aux) impôts.
At hic detulit nihil	Mais celui-ci *ne* transporta rien
in suam domum,	dans sa maison,
præter memoriam	excepté une mémoire
sempiternam	éternelle
nominis.	de *son* nom.
Africanus imitatus patrem	L'Africain ayant imité *son* père
locupletior nihilo	*ne fut* plus riche en rien

Africanus, nihilo locupletior Carthagine eversa. Quid ? qui
ejus collega in censura fuit, L. Mummius, numquid copiosior,
quum copiosissimam urbem funditus sustulisset ? Italiam or-
nare quam domum suam maluit; quanquam, Italia ornata,
domus ipsa mihi videtur ornatior. Nullum igitur vitium tetrius, ut eo unde degressa est referat se oratio, quam avaritia,
præsertim in principibus rempublicam gubernantibus. Habere
enim quæstui rempublicam non modo turpe est, sed sceleratum etiam et nefarium. Itaque quod Apollo Pythius ' oraculum
edidit, Spartam nulla re alia nisi avaritia esse perituram, id
videtur non solum Lacedæmoniis, sed et omnibus opulentis
populis prædixisse. Nulla autem re conciliare facilius benevolentiam multitudinis possunt ii qui reipublicæ præsunt,
quam abstinentia et continentia. Qui vero se populares volunt, ob eamque causam aut agrariam rem tentant, ut

ne se trouva pas plus riche après avoir détruit Carthage. L. Mummius, son collègue dans la censure, fut-il plus opulent après avoir
renversé une des plus riches villes du monde? Il aima mieux orner
l'Italie que sa maison; mais, à mon gré, c'était un grand embellis-
sement pour sa maison que celui de l'Italie. Mais revenons à notre
sujet, et concluons que l'avarice est le plus honteux de tous les vices,
surtout dans ceux qui sont chargés du gouvernement de la république, et que de faire des fonctions publiques un moyen de s'enrichir, c'est la chose non-seulement la plus infâme, mais la plus
odieuse et la plus criminelle. On peut même dire que cet oracle
d'Apollon, qui déclara que Sparte ne périrait jamais que par l'avarice, est une prédiction pour tous les peuples qui sont dans l'opulence, aussi bien que pour les Lacédémoniens. Il n'est pour les chefs
d'un État aucun moyen plus facile de se concilier la bienveillance
des peuples que l'intégrité et le désintéressement. Quant à ceux qui,
pour être populaires, proposent une loi agraire qui chasserait les pro-

Carthagine eversa.	Carthage ayant été renversée.
Quid ? qui fuit collega ejus	Quoi ? celui qui fut collègue de lui
in censura,	dans la censure,
numquid copiosior,	est-ce qu'*il fut* plus opulent,
quum sustulisset funditus	après qu'il eut détruit de-fond-en-comble
urbem copiosissimam ?	une ville très-opulente ?
Maluit ornare Italiam	Il aima-mieux orner l'Italie
quam suam domum ;	que sa maison ;
quanquam, Italia ornata,	quoique, l'Italie étant ornée,
domus ipsa	la maison elle-même
videtur mihi ornatior.	semble à moi plus ornée.
Igitur, ut oratio	Donc, pour que le discours
se referat eo	se reporte là
unde degressa est,	d'où il s'est écarté,
nullum vitium tetrius	aucun vice *n'est* plus hideux
quam avaritia,	que l'avarice,
præsertim in principibus	surtout chez les principaux *citoyens*
gubernantibus	gouvernant
rempublica	la république.
Habere enim quæstui	En effet avoir à profit (tirer profit de)
rempublicam.	la république,
est non modo turpe,	est non seulement honteux,
sed etiam sceleratum	mais encore criminel
et nefarium.	et impie.
Itaque oraculum	C'est-pourquoi l'oracle
quod Apollo Pythius	qu'Apollon Pythien
edidit,	a rendu,
Spartam perituram esse	Sparte *ne* devoir périr
nulla alia re	par aucune autre chose
nisi avaritia,	si-ce-n'est par l'avarice,
videtur prædixisse id	paraît avoir prédit cela
non solum Lacedæmoniis,	non seulement aux Lacédémoniens,
sed et omnibus populis	mais aussi à tous les peuples
opulentis.	opulents.
Ii autem qui præsunt	Mais ceux qui commandent
reipublicæ	à la république
possunt conciliare	*ne* peuvent gagner
benevolentiam	la bienveillance
multitudinis	de la multitude
nulla re facilius	par aucune chose plus facilement
quam abstinentia	que par l'intégrité
et continentia.	et la retenue.
Qui vero volunt	Mais ceux qui veulent
se populares,	eux-mêmes *être* populaires,
ob eamque causam	et pour ce motif
tentant rem agrariam,	tentent une opération agraire,
ut possessores	pour que les propriétaires

possessores suis sedibus pellantur, aut pecunias creditas
debitoribus condonandas putant, ii labefactant fundamenta
reipublicæ : concordiam primum, quæ esse non potest, quum
aliis adimuntur, aliis condonantur pecuniæ ; deinde æquitatem, quæ tollitur omnis, si habere suum cuique non licet. Id
enim est proprium, ut supra dixi, civitatis atque urbis, ut sit
libera et non sollicita suæ rei cujusque custodia. Atque in
hac pernicie reipublicæ ne illam quidem consequuntur quam
putant gratiam. Nam, cui res erepta est, est inimicus; cui
data, etiam dissimulat se accipere voluisse, et maxime in
pecuniis creditis occultat suum gaudium, ne videatur non
fuisse solvendo. At vero ille, qui accipit injuriam, et memi-
nit, et præ se fert dolorem suum; nec, si plures sunt ii quibus
improbe datum est, quam illi quibus injuste ademptum est,

priétaires de leurs maisons, ou veulent faire prononcer l'abolition
des dettes, ils ébranlent les deux principaux fondements de la république, la concorde des citoyens, qui ne saurait subsister quand on
fera perdre son bien au créancier pour en gratifier le débiteur, et la
justice, qui est renversée de fond en comble, dès que personne ne
peut plus s'assurer de demeurer paisible possesseur de ce qui lui
appartient. Car, comme je l'ai dit, il est de l'essence de toute ville,
de tout État, que chacun y puisse posséder en sûreté ce qui est à lui,
sans craindre qu'on le lui ôte. Il y a plus; en ruinant ainsi la
république, ils ne s'attireraient même pas ces bonnes grâces du
peuple auxquelles ils aspirent. Car non-seulement ceux à qui on ôte
leur bien deviennent ennemis déclarés de quiconque le leur ôte, mais
ceux mêmes à qui on le donne ne veulent pas qu'on pense qu'ils l'ont
désiré; le débiteur surtout cache sa joie, de peur qu'on ne le croie
insolvable. D'ailleurs, quiconque a reçu une injure s'en souvient et
garde son ressentiment; et quand même ceux à qui on a donné
méchamment seraient plus nombreux que ceux qu'on a injustement

pellantur suis sedibus,	soient chassés de leurs demeures,
aut putant	ou pensent
pecunias creditas	les sommes-d'argent prêtées
condonandas debitoribus,	devoir être remises aux débiteurs,
ii labefactant	ceux-ci ébranlent
fundamenta reipublicæ :	les fondements de la république :
concordiam primum,	la concorde d'abord,
quæ non potest esse,	qui ne peut pas exister,
quum pecuniæ	lorsque des sommes-d'argent
adimuntur aliis,	sont enlevées aux uns,
condonantur aliis ;	sont données aux autres ;
deinde æquitatem,	ensuite l'équité,
quæ tollitur omnis,	qui est supprimée tout-entière,
si non licet cuique	s'il n'est-pas-permis à chacun
habere suum.	d'avoir le sien (ce qui lui appartient).
Id enim, ut dixi supra,	Ceci en effet, comme j'ai dit ci-dessus,
est proprium	est le propre
civitatis atque urbis,	d'une cité et d'une ville,
ut custodia	que la garde
suæ rei cujusque	de son bien de chacun
sit libera	soit libre
et non sollicita.	et non inquiétée.
Atque in hac pernicie	Et dans cette ruine
reipublicæ	de la république
ne consequuntur quidem	ils n'obtiennent même pas
illam gratiam	ces bonnes-grâces
quam putant.	qu'ils croient *devoir obtenir*
Nam cui res erepta est	Car *celui* à qui *son* bien a été ravi
est inimicus ;	est ennemi ;
cui data,	*celui* à qui *il a été* donné,
etiam dissimulat	même dissimule
se voluisse accipere,	lui-même avoir voulu *le* recevoir,
et maxime	et surtout
in pecuniis creditis	à-propos des sommes-d'argent prêtées
occultat suum gaudium,	cache sa joie,
ne videatur	de peur qu'il ne paraisse
non fuisse solvendo.	n'avoir pas été *apte* à payer.
At vero ille,	Mais en vérité celui-là,
qui accipit injuriam,	qui reçoit une injure,
et meminit,	et s'en souvient,
et fert præ se	et porte devant lui-même (laisse éclater)
suum dolorem;	son ressentiment ;
nec, si ii	et *il n'est* pas *vrai que* si ceux
quibus datum est improbe	à qui il a été donné malhonnêtement
sunt plures quam illi	sont plus nombreux que ceux
quibus ademptum est	auxquels il a été ôté
injuste,	injustement,

idcirco plus etiam valent : non enim numero hæc judicantur, sed pondere. Quam autem habet æquitatem ut agrum, multis annis aut etiam sæculis ante possessum, qui nullum habuit habeat, qui autem habuit amittat ?

XXIII. Ac propter hoc injuriæ genus Lacedæmonii Lysandrum ephorum [1] expulerunt, Agin regem [2], quod nunquam antea apud eos acciderat, necaverunt ; ex eoque tempore tantæ discordiæ secutæ sunt, ut et tyranni [5] exsisterent, et optimates exterminarentur, et præclarissime constituta respublica dilaberetur. Nec vero solum ipsa cecidit, sed etiam reliquam Græciam evertit contagionibus malorum quæ, a Lacedæmoniis profectæ, manarunt latius. Quid ? nostros Gracchos, Tiberii Gracchi, summi viri filios, Africani nepotes, nonne agrariæ contentiones perdiderunt ? At vero Aratus Sicyonius jure laudatur, qui, quum ejus civitas quinquaginta annos a ty-

dépouillés, ils ne seraient pas pour cela les plus forts : car ce n'est pas ici le nombre qui l'emporte, mais la qualité. Or où est l'équité, d'ôter à un homme le fonds qu'il possède de père en fils depuis une longue suite d'années, ou même depuis des siècles, pour le donner à un autre qui n'a jamais rien possédé ?

XXIII. N'est-ce pas pour une injustice de ce genre que les Lacédémoniens chassèrent l'éphore Lysandre et tuèrent le roi Agis, ce qui n'avait pas encore eu d'exemple parmi eux ? Dès lors on ne vit chez eux que dissensions, il s'éleva des tyrans, les plus gens de bien furent bannis, et enfin cette république si bien organisée tomba en ruine. La contagion de ce mal passa même dans le reste de la Grèce, et la perdit entièrement. Et parmi nous, ne sont-ce pas les troubles de la loi agraire qui ont fait périr les Gracques, fils de l'illustre Tibérius Gracchus, et petits-fils de Scipion. Aratus de Sicyone a mérité, au contraire, les plus grands éloges. Sa patrie ayant été cinquante ans

idcirco valent etiam plus :
hæc enim judicantur
non numero, sed pondere.
Quam autem æquitatem
habet,
ut qui habuit nullum
habeat agrum
possessum multis annis
aut etiam sæculis
ante,
qui autem habuit
amittat?
XXIII. Ac Lacedæmonii
expulerunt
propter hoc genus injuriæ
ephorum Lysandrum,
necaverunt regem Agin,
quod acciderat apud eos
nunquam antea ;
ex eoque tempore
tantæ discordiæ
secutæ sunt,
ut et tyranni existerent,
et optimates
exterminarentur,
et respublica
constituta præclarissime
dilaberetur.
Nec vero solum ipsa cecidit,
sed etiam evertit
reliquam Græciam
contagionibus malorum
quæ,
profectæ a Lacedæmoniis,
manarunt latius.
Quid? nonne contentiones
agrariæ
perdiderunt
nostros Gracchos,
filios Tiberii Gracchi,
viri summi,
nepotes Africani ?
At vero Aratus Sicyonius
laudatur jure,
qui, quum civitas ejus
teneretur
quinquaginta annis

pour-cela ils sont-forts aussi davantage :
car ces choses se jugent
non par le nombre, mais par le poids.
Or quelle équité
ceci a-t-il (y a-t-il en ceci),
que celui qui *n*'a eu aucun *champ*
ait un champ
possédé de nombreuses années
ou même de *nombreux* siècles
auparavant,
mais que celui qui *l*'a eu
le perde ?
XXIII. Et les Lacédémoniens
chassèrent
à-cause-de cette espèce d'injustice
l'éphore Lysandre,
et tuèrent le roi Agis,
ce qui *n*'était arrivé chez eux
jamais auparavant ;
et depuis ce temps
de si-grandes discordes
suivirent,
que et des tyrans s'élevèrent,
et les principaux *citoyens*
furent bannis,
et une république
organisée d'une-manière-très-brillante
fut dissoute.   [tomba,
Et en vérité non seulement elle-même
mais encore elle renversa
le reste-de la Grèce
par la contagion des maux
qui,
partie des Lacédémoniens,
s'étendit plus au loin.
Quoi ? est-ce que les luttes
agraires
n'ont pas perdu
nos Gracques,
fils de Tibérius Gracchus,
homme éminent,
petits-fils de l'Africain ?
Mais en vérité Aratus de-Sicyone
est loué à *bon* droit,
lequel, comme la cité de lui
était occupée
depuis cinquante ans

rannis teneretur, profectus Argis Sicyonem, clandestino in-
troitu urbe est potitus, quumque tyrannum Nicoclem impro-
viso oppressisset, sexcentos exsules, qui fuerant ejus civitatis
locupletissimi, restituit, remque publicam adventu suo liberavit. Sed, quum magnam animadverteret in bonis et possessionibus difficultatem, quod et eos, quos ipse restituerat,
quorum bona alii possederant, egere iniquissimum arbitrabatur, et quinquaginta annorum possessiones moveri non nimis
æquum putabat, propterea quod tam longo spatio multa he-
reditatibus, multa emptionibus, multa dotibus tenebantur
sine injuria, judicavit neque illis adimi, neque his non satis-
fieri, quorum illa fuerant, oportere. Quum igitur statuisset
opus esse ad eam rem constituendam pecunia, Alexandriam
se proficisci velle dixit, remque integram ad reditum suum
jussit esse; isque celeriter ad Ptolemæum¹ suum hospitem

durant opprimée par des tyrans, il sortit d'Argos où il s'était retiré,
et, étant entré secrètement dans Sicyone, il s'en rendit maître, sur-
prit le tyran Nicoclès et le fit mourir, rappela six cents des plus
riches citoyens que les tyrans avaient chassés, après leur avoir ôté
tout leur bien, et rendit la liberté à la république. Mais il se trouva
dans un grand embarras au sujet des biens de ces citoyens rappelés.
D'un côté, il ne lui paraissait pas juste qu'ils fussent dans l'indigence, pendant que d'autres jouissaient de ce qu'on leur avait ôté.
Mais il trouvait aussi quelque sorte d'injustice à troubler une possession de cinquante ans, et d'autant plus que, pendant ce temps-là,
une grande partie de ces biens ayant passé de main en main, par des
successions, des ventes ou des mariages, étaient possédés de bonne
foi par ceux qui s'en trouvaient revêtus. Il jugea donc qu'il ne fallait
pas les leur ôter, mais qu'on ne pouvait non plus s'empêcher de satisfaire les anciens propriétaires; et voyant que les choses ne se
pouvaient accommoder que par de l'argent, il déclara qu'il avait un
voyage à faire à Alexandrie, et ordonna que tout demeurât dans le
même état jusqu'à son retour. Il alla donc promptement trouver son
ancien hôte Ptolémée, qui régnait alors à Alexandrie, et qui était

a tyrannis,	par des tyrans,
profectus Argis Sicyonem,	parti d'Argos pour Sicyone,
potitus est urbe	s'empara de la ville
introitu clandestino,	par une entrée clandestine,
quumque oppressisset	et lorsqu'il eut accablé
improviso	à-l'improviste
tyrannum Nicoclem,	le tyran Nicoclès,
restituit sexcentos exsules,	rétablit six-cents exilés,
qui fuerant locupletissimi	qui avaient été les plus opulents
ejus civitatis,	de cette cité,
liberavitque rempublicam	et affranchit la république
suo adventu.	par son arrivée.
Sed, quum animadverteret	Mais, comme il remarquait
magnam difficultatem	une grande difficulté *être*
in bonis et possessionibus,	dans les biens et les propriétés,
quod arbitrabatur	parce qu'il estimait
iniquissimum	très-injuste
et eos quos ipse restituerat,	et ceux que lui-même avait rétablis,
quorum alii	desquels d'autres
possederant bona,	avaient acquis les biens,
egere,	être-dans-le-besoin,
et putabat	et qu'il croyait
non nimis æquum	n'*être* pas trop juste
possessiones	des possesions
quinquaginta annorum	de cinquante ans
moveri,	être ébranlées,
propterea quod	parce que
spatio tam longo	dans un espace si long
multa tenebantur	beaucoup de choses étaient possédées
sine injuria	sans injustice
hereditatibus,	par les héritages,
multa emptionibus,	beaucoup par les achats,
multa dotibus,	beaucoup par les dots,
judicavit oportere	il jugea falloir (qu'il ne fallait)
neque adimi illis,	ni *les biens* être ôtés à ceux-là,
neque non satisfieri his	ni satisfaction-ne-pas-être-donnée à ceux
quorum illa fuerant.	de (à) qui ces *biens* avaient été.
Quum igitur statuisset	Comme donc il avait décidé
esse opus pecunia	être besoin d'argent
ad constituendam eam rem,	pour arranger cette affaire,
dixit se velle proficisci	il dit lui-même vouloir partir
Alexandriam,	pour Alexandrie,
jussitque rem	et il ordonna l'affaire
esse integram	être laissée-dans-l'état
ad suum reditum ;	jusqu'à son retour ;
isque venit celeriter	et celui-ci vint promptement
ad Ptolemæum	vers Ptolémée

venit, qui tum regnabat alter post Alexandriam conditam;
cui quum exposuisset patriam se liberare velle, causamque
docuisset, a rege opulento vir summus facile impetravit ut
grandi pecunia adjuvaretur. Quam quum Sicyonem attulisset,
adhibuit sibi in consilium quindecim principes, cum quibus
causas cognovit et eorum qui aliena tenebant, et eorum qui
sua amiserant ; perfecitque, æstimandis possessionibus, ut
persuaderet aliis ut pecuniam accipere mallent, possessionibus cederent, aliis ut commodius putarent numerari sibi quod
tanti esset, quam suum recuperare. Ita perfectum est ut
omnes, concordia constituta, sine querela discederent. O virum magnum, dignumque qui in nostra republica natus esset!
Sic par est agere cum civibus, non, ut bis ¹ jam vidimus, hastam in foro ponere et bona civium voci subjicere præconis. At

le second roi depuis la fondation de cette ville. Il lui exposa le dessein
qu'il avait de rendre la liberté à sa patrie, l'intruisit de la situation
des choses, et obtint facilement de cet opulent monarque une somme
considérable. De retour à Sicyone avec cet argent, Aratus choisit
quinze des principaux citoyens pour l'aider de leurs conseils dans
cette affaire, et après avoir entendu les raisons de ceux à qui on avait
ôté leur bien et de ceux qui le possédaient, il fit faire une estimation
du total ; et enfin, en persuadant aux uns qu'il leur était plus avantageux de remettre ce qu'ils possédaient et d'en recevoir le prix, et
aux autres qu'il était meilleur pour eux de prendre de l'argent que de
rentrer dans leurs biens, il vint à bout de les mettre tous d'accord
sans donner à personne aucun sujet de se plaindre. O le grand
homme ! et qu'il aurait été digne de naître dans notre république!
Voilà comment il en faut user avec les citoyens, et non pas faire
vendre leurs biens à l'encan en plein forum, comme nous l'avons vu

suum hospitem,	son hôte,
qui tum regnabat alter	qui alors régnait le second
post Alexandriam	après (depuis) Alexandrie
conditam ;	fondée ;
cui quum exposuisset	auquel lorsqu'il eut exposé
se velle	lui-même vouloir
liberare patriam,	affranchir sa patrie,
docuissetque causam,	et l'eut instruit de la situation,
vir summus	cet homme éminent
impetravit facile	obtint facilement
a rege opulento	de ce roi opulent
ut adjuvaretur	qu'il fût secouru
grandi pecunia.	d'une grosse somme-d'argent.
Quam quum attulisset	Laquelle lorsqu'il eut apportée
Sicyonem,	à Sicyone,
adhibuit sibi in consilium	il mit-près de lui-même pour conseil
quindecim principes,	quinze des principaux citoyens,
cum quibus	avec lesquels
cognovit causas	il instruisit les affaires
et eorum	et de ceux
qui tenebant aliena,	qui détenaient les biens d'-autrui,
et eorum qui amiserant sua ;	et de ceux qui avaient perdu les leurs ;
perfecitque,	et il fit-en-sorte,
æstimandis possessionibus,	en estimant les propriétés,
ut persuaderet aliis	qu'il persuadât aux uns
ut mallent	qu'ils aimassent-mieux
accipere pecuniam,	recevoir de l'argent,
cederent possessionibus,	et renonçassent à leurs propriétés,
aliis	aux autres
ut putarent commodius	qu'ils crussent plus avantageux
quod esset tanti	une somme qui fût d'aussi-grande valeur
numerari sibi,	être comptée à eux-mêmes,
quam recuperare suum.	plutôt que de recouvrer leur bien.
Ita perfectum est ut omnes,	Ainsi il fut fait que tous,
concordia constituta,	la concorde étant établie,
discederent sine querela.	se retirassent sans plainte.
O virum magnum	O homme grand
dignumque qui natus esset	et digne qui fût (d'être) né
in nostra republica !	dans notre république !
Est par agere sic	Il est juste d'agir ainsi
cum civibus,	avec des citoyens, [déjà,
non, ut vidimus bis jam,	et non, comme nous avons vu deux-fois
ponere hastam in foro,	d'établir la pique (l'encan) dans le forum,
et subjicere bona civium	et de soumettre les biens des citoyens
voci præconis.	à la voix du crieur.
At ille Græcus,	Mais ce Grec,
id quod fuit	ce qui fut

ille Græcus, id quod fuit sapientis et præstantis viri, omnibus consulendum putavit. Eaque est summa ratio et sapientia boni civis, commoda civium non divellere, atque omnes æquitate eadem continere. Habitent gratis in alieno? Quid ita? Ut, quum ego emerim, ædificarim, tuear, impendam, tu, me invito, fruare meo? Quid est aliud, aliis sua eripere, aliis dare aliena? Tabulæ vero novæ quid habent argumenti, nisi ut emas mea pecunia fundum, eum tu habeas, ego non habeam pecuniam?

XXIV. Quamobrem ne sit æs alienum quod reipublicæ noceat providendum est, quod multis rationibus caveri potest; non, si fuerit, ut locupletes suum perdant, debitores lucrentur alienum. Nec enim ulla res vehementius rempublicam continet quam fides; quæ esse nulla potest, nisi erit necessaria solutio rerum creditarum. Nunquam vehementius

par deux fois. Ce Grec, au contraire, pensa, en homme sage, qu'il fallait ménager les intérêts de tous ; car un bon citoyen aura toujours pour maxime capitale de ne pas toucher au bien d'autrui, et de garder envers tous une justice égale. Quoi ! vous habiterez gratuitement la maison d'autrui ? à quel titre ? Quoi ! j'ai acheté ce fonds de terre, j'ai bâti cette maison, je l'ai entretenue, j'y ai fait de la dépense, et vous en jouirez malgré moi ? Qu'appelle-t-on donc prendre le bien des gens et donner aux uns ce qui appartient aux autres ? Et que signifient ces nouvelles lois pour l'abolition des dettes, sinon que vous achetez un fonds de terre avec mon argent, et que ce fonds vous reste, tandis que je suis dépossédé de mon argent.

XXIV. Il faut donc empêcher, et on le peut de mille manières, les dettes nuisibles à la république; et il ne s'agit pas, une fois le mal fait, de dépouiller les créanciers au profit des débiteurs. Car la bonne foi est le plus ferme appui d'un État, et il n'y a plus de bonne foi, dès que les débiteurs peuvent s'exempter de payer ce qu'ils ont emprunté. On ne fit jamais plus d'efforts pour abolir les dettes

viri sapientis | d'un homme sage
et præstantis, | et éminent,
putavit | pensa [rêts de tous.
consulendum omnibus. | falloir (qu'il fallait) pourvoir-aux-inté
Eaque est summa ratio | Et c'est la suprême raison
et sapientia boni civis, | et sagesse d'un bon citoyen,
non divellere | de ne pas diviser
commoda civium, | les intérêts des citoyens,
atque continere omnes | et de contenir tous
eadem æquitate. | par la même équité.
Habitent gratis | Ils habiteraient gratuitement
in alieno? | dans la *maison* d'-autrui?
Quid ita? | Pourquoi ainsi (pourquoi cela)?
Ut, quum ego emerim, | Que, quand moi j'aurai acheté,
ædificarim, tuear, | j'aurai bâti, j'entretiens,
impendam, | je dépense,
tu, me invito, | toi, moi ne-voulant-pas (malgré moi),
fruare meo? | tu jouisses de *ce qui est* mien?
Qnid est aliud, | Qu'est-*ce* autre chose,
eripere sua aliis, | de ravir leurs *biens* aux uns,
dare aliis aliena? | de donner aux autres les *biens* d'-autrui?
Quid vero argumenti | Mais quoi de (quelle) signification
habent tabulæ novæ, | ont les tables nouvelles,
nisi ut emas fundum | si-ce-n'est que tu achètes un fonds
mea pecunia, | avec mon argent,
tu habeas eum, | que toi tu aies ce fonds,
ego non habeam pecuniam? | *et* moi je n'aie pas *mon* argent?
XXIV. Quamobrem | XXIV. C'est-pourquoi
providendum est | il faut pourvoir [(de dettes)
ne sit æs alienum | à ce qu'il n'y ait pas d'argent d'-autrui
quod noceat reipublicæ, | qui nuise (nuisent) à la république,
quod potest caveri | ce qui peut être-prévenu
multis rationibus; | par beaucoup-de moyens;
non, si fuerit, | *et* non, s'il y en a,
ut locupletes perdant suum, | que les riches perdent leur *bien*,
debitores | que les débiteurs
lucrentur alienum. | gagnent le *bien* d'-autrui.
Nec enim ulla res | Et en effet aucune chose
continet rempublicam | ne soutient la république
vehementius quam fides; | plus fortement que le crédit; [ter),
quæ potest esse nulla, | lequel *ne* peut être aucun (ne peut exis-
nisi solutio | si le payement
rerum creditarum | des choses prêtées
erit necessaria. | n'est pas nécessaire.
Nunquam actum est | Jamais on n'a agi
vehementius | plus vigoureusement
ne solveretur | pour qu'on ne payât pas

actum est quam me consule, ne solveretur. Armis et castris
tentata res est ab omni genere hominum et ordine; quibus
sic restiti, ut hoc tantum malum de republica tolleretur.
Nunquam nec majus æs alienum fuit, nec melius, nec facilius dissolutum est. Fraudandi enim spe sublata, solvendi
necessitas consecuta est. At vero hic nunc victor, tum quidem victus, quæ cogitarat, ea perfecit, quum ejus jam nihil
interesset. Tanta in eo peccandi libido fuit, ut hoc ipsum eum
delectaret, peccare, etiamsi causa non esset.

Ab hoc igitur genere largitionis, ut aliis detur, aliis auferatur, aberunt ii qui rempublicam tuebuntur, imprimisque
operam dabunt ut juris, ut judiciorum æquitate suum quisque teneat, et neque tenuiores propter humilitatem circumveniantur, neque locupletibus ad sua vel tenenda vel recuperanda obsit invidia, præterea, quibuscumque rebus vel belli,
vel domi poterunt, rempublicam augeant, imperio, agris,

que sous mon consulat. Des hommes de toute condition, de tout
ordre, prirent les armes et s'assemblèrent; mais ils trouvèrent en
moi une si vigoureuse résistance, que la république se vit entièrement
délivrée de ce mal-là. Il n'y eut jamais plus de dettes, et jamais
elles ne se payèrent plus facilement : car dès qu'on n'espéra plus
frauder, on dut songer à s'acquitter. Cet homme qui nous a vaincus
depuis, mais que je vainquis alors, a enfin exécuté ce qu'il avait
projeté, bien que cela ne lui fût plus nécessaire; mais il était si
porté au mal qu'il a pris plaisir à le faire, même sans intérêt.

Que ceux qui gouvernent la république se gardent donc bien de
faire des largesses aux uns aux dépens des autres; qu'ils aient soin
surtout que les lois et les tribunaux maintiennent à chacun le sien,
qu'on ne puisse pas abuser de la faiblesse des pauvres, et que
l'envie qu'on a contre les riches ne soit point un prétexte pour les
troubler dans la possession de leurs biens et les empêcher de recouvrer ce qui leur est dû. Du reste, qu'ils se servent de tous les
moyens que la guerre au dehors et l'industrie au dedans leur
peuvent fournir, pour étendre la puissance et augmenter le territoire

quam me consule.
que moi *étant* consul (sous mon consulat).

Res tentata est
La chose fut tentée

armis et castris
par armes et camps (par tous moyens)

ab omni genere
par toute espèce

et ordine hominum ;
et *toute* classe d'hommes ;

quibus restiti sic,
auxquels j'ai résisté de-telle-sorte,

ut hoc malum tantum
que ce mal si-grand

tolleretur de republica.
fût enlevé de la république.

Nunquam nec æs alienum
Jamais ni l'argent d'-autrui (les dettes)

fuit majus,
ne fut plus grand (furent plus grandes),

nec dissolutum est
ni il ne fut payé (elles ne furent payées)

melius nec facilius.
mieux ni plus facilement.

Spe enim fraudandi
En effet l'espoir de frauder

sublata,
étant enlevé,

necessitas solvendi
la nécessité de payer

consecuta est.
suivit. [vainqueur,

At vero hic nunc victor,
Mais en vérité cet *homme* maintenant

tum quidem victus,
alors à la vérité vaincu, [tées,

perfecit ea, quæ cogitarat,
a accompli ces choses, qu'il avait proje-

quum jam
lorsque déjà

interesset ejus nihil.
cela n'intéressait lui en rien.

Tanta libido peccandi
Un si-grand caprice de mal-faire

fuit in eo,
fut en lui,

ut hoc ipsum, peccare,
que cela même, mal-faire,

delectaret eum,
charmait lui,

etiamsi causa non esset.
même-si un motif n'était pas.

Ii igitur
Ceux-là donc

qui tuebuntur rempublicam
qui gouverneront la république

aberunt
seront-éloignés (s'abstiendront)

ab hoc genere largitionis,
de ce genre de largesses,

ut detur aliis,
qu'on donne aux uns,

auferatur aliis,
qu'on ôte aux autres,

imprimisque
et principalement

dabunt operam
ils donneront *leur* soin

ut æquitate juris,
à ce que par l'égalité du droit,

ut judiciorum,
à ce que *par l'égalité* des jugements,

quisque teneat suum,
chacun garde le sien,

et neque tenuiores
et que ni les plus humbles

circumveniantur
ne soient enveloppés (opprimés)

propter humilitatem,
à-cause-de *leur* bassesse *de condition*,

neque invidia
ni l'envie

obsit locupletibus
ne fasse-obstacle aux riches

ad sua vel tenenda
pour leurs *biens* devant être conservés

vel recuperanda,
ou devant être recouvrés,

augeant rempublicam
qu'ils augmentent la république

quibuscumque rebus
par toutes les choses

poterunt
qu'ils pourront

vectigalibus. Hæc magnorum hominum sunt; hæc apud majores nostros factitata; hæc genera officiorum qui persequuntur, cum summa utilitate reipublicæ magnam sibi adipiscentur et gratiam et gloriam.

In his autem utilitatum præceptis Antipater Tyrius [1] stoicus, qui Athenis nuper est mortuus, duo præterita censet esse a Panætio, valetudinis curationem et pecuniæ. Quas res a summo philosopho præteritas arbitror quod essent faciles; sunt certe utiles. Sed valetudo sustentatur notitia sui corporis, et observatione quæ res aut prodesse soleant aut obesse, et continentia in victu omni atque cultu, corporis tuendi causa, et prætermittendis voluptatibus, postremo arte eorum, quorum ad scientiam hæc pertinent. Res autem familiaris quæri debet iis rebus a quibus abest turpitudo, conservari autem diligentia et parsimonia, iisdem etiam rebus

et les revenus de la république. Voilà ce que savent faire les grands hommes; voilà ce que nos ancêtres ont fait tant de fois; et c'est ainsi qu'en travaillant utilement pour la république, on acquiert en même temps beaucoup de considération et de gloire pour soi-même.

Parmi les préceptes qui ont rapport aux intérêts de la vie, Antipater de Tyr, philosophe stoïcien, mort depuis peu à Athènes, trouve que Panétius en a oublié deux, dont l'un regarde le soin de la santé, et l'autre celui de la fortune. Pour moi, je crois que Panétius a négligé d'en parler parce que ce sont choses faciles; mais elles ont assurément leur utilité. On conserve la santé par la connaissance de son tempérament, par l'étude des choses qui font du bien ou du mal, par beaucoup de sobriété, par la propreté et les divers soins que nous devons prendre du corps, par la modération dans les plaisirs, enfin par les secours de la médecine. Pour la fortune, c'est par des moyens honnêtes qu'il faut tâcher de l'acquérir; c'est par le soin, le bon ordre et l'économie qu'on peut la conserver

vel belli, vel domi,
imperio, agris,
vectigalibus.
Hæc sunt
magnorum hominum ;
hæc factitata
apud nostros majores ;
qui persequuntur
hæc genera officiorum,
adipiscentur sibi,
cum summa utilitate
reipublicæ,
magnam et gratiam
et gloriam.
    In his autem præceptis
utilitatum
Antipater Tyrius stoicus,
qui mortuus est nuper
Athenis,
censet duo præterita esse
a Panætio,
curationem valetudinis
et pecuniæ.
Quas res arbitror
præteritas
a philosopho summo,
quod essent faciles ;
sunt certe utiles.
Sed valetudo sustentatur
notitia sui corporis,
et observatione,
quæ res soleant
aut prodesse aut obesse,
et continentia
in omni victu
atque cultu,
causa tuendi corporis,
et prætermittendis
voluptatibus,
postremo arte eorum
ad scientiam quorum
hæc pertinent.
Res autem familiaris
debet quæri iis rebus
a quibus turpitudo abest,
conservari autem
diligentia et parsimonia,

soit à la guerre, soit à l'intérieur,
par le commandement, les terres,
les impôts.
Ces œuvres sont
celles des grands hommes ;
ces œuvres ont été faites-souvent
chez nos ancêtres ;
ceux qui poursuivent
ces espèces de devoirs,
acquerront pour eux-mêmes,
avec la plus grande utilité
de la république,
une grande et faveur
et gloire.
    Mais dans ces préceptes
de (sur les) intérêts
Antipater de-Tyr le stoïcien,
qui est mort dernièrement
à Athènes,
pense deux avoir été passés
par Panétius,
le soin de la santé
et de l'argent.
Lesquelles choses je juge
avoir été passées
par ce philosophe éminent,
parce qu'elles étaient faciles ;
elles sont assurément utiles.
Mais la santé est soutenue
par la connaissance de son corps,
et par l'observation de ceci,
quelles choses ont-coutume
ou d'être-utiles ou d'être-nuisibles,
et la tempérance
dans toute la manière-de-vivre
et la manière-de-se-traiter,
en vue de maintenir son corps,
et en laissant-de-côté
les plaisirs,
enfin par l'art de ceux
à la science desquels
ces choses se rapportent.
D'autre-part le bien de-famille
doit être recherché par ces choses
desquelles la honte est-absente,
mais être conservé
par la vigilance et l'économie,

augeri. Has res commodissime Xenophon Socraticus persecutus est in eo libro qui OEconomicus inscribitur ; quem nos,
ista fere ætate quum essemus qua es tu nunc[1], e Græco in
Latinum convertimus.

XXV. Sed utilitatum comparatio, quoniam hic locus erat
quartus a Panætio prætermissus, sæpe est necessaria. Nam
et corporis commoda cum externis, et externa cum corporis,
et ipsa inter se corporis, et externa cum externis comparari
solent. Cum externis corporis hoc modo comparantur : valere ut malis quam dives esse. Cum corporis externa hoc
modo : dives esse potius quam maximis corporis viribus.
Ipsa inter se corporis sic : ut bona valetudo voluptati anteponatur, vires celeritati. Externorum autem, ut gloria divitiis,
vectigalia urbana rusticis. Ex quo genere comparationis illud

et l'augmenter. Toute cette matière a été fort amplement traitée
par Xénophon dans ses livres de l'*Économie*, que j'ai traduits du grec
en latin, quand j'avais à peu près votre âge.

XXV. Mais la comparaison entre les choses utiles, cette quatrième division dont Panétius n'a rien dit, est souvent nécessaire.
On peut comparer, par exemple, les biens du corps avec les biens
extérieurs, ceux-ci avec ceux du corps, ou les uns et les autres entre
eux. On compare les biens corporels avec les biens extérieurs lorsqu'on recherche, par exemple, s'il vaut mieux se bien porter que
d'être riche. On compare les biens extérieurs avec ceux du corps,
lorsqu'on recherche s'il vaut mieux être riche que d'avoir les forces
d'un athlète. On compare les biens du corps entre eux, lorsqu'on
cherche si la santé est préférable au plaisir, la force à l'agilité.
Enfin, on compare les biens extérieurs entre eux, lorsqu'on cherche
si la gloire est préférable aux richesses, les revenus de la ville à
ceux de la campagne. A cette espèce de comparaison se rapporte le

etiam augeri his rebus. *et* même être augmenté par ces choses.
Xenophon Socraticus Xénophon le disciple-de-Socrate
persecutus est has res a traité ces sujets
commodissime très-convenablement
in eo libro dans ce livre
qui inscribitur qui est intitulé
OEconomicus ; l'Économique ;
quem nos, lequel nous,
quum essemus fere lorsque nous étions à-peu-près
ista aetate à cet âge
qua tu es nunc, auquel toi tu es maintenant.
convertimus e Graeco nous avons traduit du grec
in Latinum. en latin.
   XXV. Sed comparatio   XXV. Mais la comparaison
utilitatum, des intérêts,
quoniam hic locus puisque ce point
erat quartus était le quatrième
praetermissus a Panaetio, passé par Panétius,
est saepe necessaria. est souvent nécessaire.
Nam et commoda corporis Car et les avantages du corps
solent comparari ont-coutume d'être comparés
cum externis, avec les *avantages* étrangers,
et externa et les *avantages* étrangers
cum corporis, avec *ceux* du corps,
et corporis et *les avantages* du corps
ipsa inter se, eux-mêmes entre eux,
et externa cum externis. et les étrangers avec les étrangers.
Corporis *Les avantages* du corps
comparantur hoc modo se comparent de cette manière
cum externis : avec les *avantages* étrangers :
ut malis valere que tu aimes-mieux être-bien-portant
quam esse dives. que d'être riche.
Externa *Les avantages* extérieurs
cum corporis avec *ceux* du corps
hoc modo : de cette manière :
esse potius dives être plutôt riche
quam maximis viribus que *doué* des plus grandes forces
corporis. du corps.   [eux
Corporis ipsa inter se *Les avantages* du corps eux-mêmes entre
sic : ainsi :
ut bona valetudo que la bonne santé
anteponatur voluptati, soit préférée à la volupté,
vires celeritati. les forces à la célérité.
Externorum autem, Mais des *avantages* étrangers,
ut gloria divitiis, que la gloire *soit préférée* aux richesses,
vectigalia urbana les revenus de-la-ville
rusticis. à *ceux* de-la-campagne.

18

est Catonis senis; à quo quum quæreretur quid maxime in re familiari expediret, respondit : « Bene pascere. — Quid secundum? — Satis bene pascere. — Quid tertium ?—Male pascere. — Quid quartum? — Arare. » Et, quum ille qui quæsierat dixisset : « Quid fœnerari? » tum Cato : « Quid hominem, inquit, occidere? » Ex quo, et multis aliis, intelligi debet utilitatum comparationes fieri solere, recteque hoc adjunctum esse quartum exquirendorum officiorum genus.

Sed toto hoc de genere, de quærenda, de collocanda pecunia, etiam de utenda, commodius a quibusdam optimis viris ad medium Janum¹ sedentibus, quam ab ullis philosophis ulla in schola disputatur. Sunt tamen ea cognoscenda : pertinent enim ad utilitatem, de qua hoc libro disputatum est. Reliqua deinceps persequemur.

mot du vieux Caton. On lui demanda un jour quelle était la première richesse dans un patrimoine : « D'avoir de bons troupeaux, répondit-il. — Et la seconde ? — D'avoir des troupeaux moins bons. — La troisième ? — D'avoir de mauvais troupeaux. — Et la quatrième? — De labourer. — Mais, reprit le questionneur, si l'on prêtait son argent à intérêt ? — Et si l'on assassinait? » riposta Caton. Cet exemple et beaucoup d'autres prouvent que l'on compare entre elles les choses utiles, et que cette question devait avoir sa place dans un traité sur la recherche des devoirs.

Mais sur ce qui regarde les moyens d'acquérir de l'argent et de le placer avantageusement, on en apprendra plus auprès de ces honnêtes gens qui stationnent au milieu des portiques de Janus que dans les écoles des philosophes. Il faut pourtant savoir ces choses-là, puisqu'elles appartiennent à l'utile, qui était l'objet de ce livre. Passons à ce qui nous reste à voir.

Ex quo genere
comparationis
est illud senis Catonis ;
a quo quum quæreretur
quid expediret maxime
in re familiari,
respondit :
« Pascere bene.
— Quid secundum ?
— Pascere satis bene.
— Quid tertium ?
— Pascere male.
— Quid quartum ?
— Arare. »
Et, quum ille qui quæsierat
dixisset :
« Quid fœnerari ? »
tum Cato inquit :
« Quid
occidere hominem ? »
Ex quo et multis aliis
debet intelligi
comparationes utilitatum
solere fieri,
hocque quartum genus
exquirendorum officiorum
adjunctum esse recte.
    Sed disputatur
de hoc genere toto,
de pecunia quærenda,
de collocanda,
a quibusdam viris optimis
sedentibus
ad medium Janum
commodius
quam ab ullis philosophis
in ulla schola.
Ea tamen
cognoscenda sunt :
pertinent enim
ad utilitatem,
de qua disputatum est
hoc libro.
Persequemur deinceps
reliqua.

Duquel genre
de comparaison
est cela du vieux Caton :
auquel comme on demandait
quelle chose était-avantageuse le plus
dans le bien de-famille,
il répondit :
« Élever-des-troupeaux bien
— Quelle chose la seconde ?
— Elever-des-troupeaux assez bien.
— Quelle chose la troisième ?
— Elever-des-troupeaux mal.
— Quelle chose la quatrième ?
— Labourer. »
Et, comme celui qui avait demandé
avait dit :
« Quoi (mais) prêter-à-usure ? »
alors Caton dit :
« Quoi (mais)
tuer un homme ? »   [tres
D'après laquelle chose et beaucoup d'au-
il doit être compris
des comparaisons d'intérêts
avoir-coutume de se faire,
et cette quatrième espèce
de rechercher les devoirs
avoir été ajoutée avec-raison.
    Mais il est disserté
sur cette espèce tout-entière,
sur l'argent à-acquérir,
sur *l'argent* à-placer,
par certains hommes excellents
assis
au milieu-de Janus
plus avantageusement
que par aucuns philosophes
dans aucune école.
Ces choses pourtant
doivent être connues :
en effet elles ont-rapport
à l'utilité,
sur laquelle il a été disserté
dans ce livre-ci.
Nous poursuivrons ensuite
ce-qui-reste.

NOTES

SUR LE LIVRE DEUXIÈME.

Page 270 : 1. *Quibusdam bonis viris.* Allusion à Caton et à quelques vieux sénateurs qui avaient conservé les anciens préjugés des Romains contre la Grèce. Cependant depuis longtemps déjà les jeunes Romains étaient dans l'usage d'aller perfectionner leur éducation à Athènes.

Page 272 : 1. *Unius.* Antoine, qui avait succédé à la tyrannie de César.

— 2. *Socios tuendæ reipublicæ.* Pompée, Caton d'Utique et leurs partisans.

Page 274 : 1. *Quæ.... nostris.* Cicéron, *Tusculanes*, liv. I, chap. III: *Philosophia jacuit usque ad hanc ætatem , nec ullum habuit lumen litterarum Latinarum.*

Page 278 : 1. *Alio libro.* Le livre intitulé *Hortensius*, qui existait encore au temps de saint Augustin. Voy. *Confessions*, liv. III, chap. IV: *Ille liber mutavit affectum meum, et ad te ipsum, Domine, mutavit preces meas, ac desideria mea fecit alia.*

— 2. *Percipi nihil posse.* C'était l'opinion de la secte académique, que Cicéron préférait à toutes les autres. Voy. *Académiques*, II, IX.

Page 280 : 1. *Academicis nostris.* Cicéron en avait composé quatre livres. Il n'en reste plus que deux, intitulés *Catulus* et *Lucullus*.

Page 292 : 1. Dicéarque, de Sicile, disciple d'Aristote, philosophe, orateur, géomètre ; ses ouvrages sont perdus.

Page 298 : 1. *Proxime trium.* La première à Pharsale, la seconde en Afrique, la troisième en Espagne, et toutes trois détruites par César.

— 2. *Summi ac singularis viri.* Le grand Pompée.

Page 302 : 1. *Quem metuunt,* etc. Vers de *Thyeste,* dans la tragédie d'Ennius.

— 2. *Nuper est cognitum.* Allusion au meurtre de César (ides de mars 709).

— 3. *Paretque.... mortuo.* Antoine avait fait décréter que l'on obéirait aux actes et ordonnances de César, même après sa mort

Page 306 : 1. Alexandre, tyran de Phères, en Thessalie.

— 2. Phalaris, tyran d'Agrigente, fameux par sa cruauté. On connaît son taureau d'airain fait par Périllus, qui en fut la première victime. Phalaris fut lapidé sur la place publique.

— 3. *Hic noster.* Jules César.

Page 308 : 1. *Demetrium.* Démétrius Poliorcète, fils d'Antigone et lieutenant d'Alexandre.

— 2. Pyrrhus, roi d'Égypte, le même qui fit la guerre aux Romains du temps de Fabricius.

— 3. *Spectatores otiosos.* Voy. Cornélius Népos, *Vie d'Épaminondas.*

— 4. *Necessarii.* Allusion à la ruine de Carthage, de Numance et de Corinthe.

Page 310 : 1. *Massiliam.* Marseille, par reconnaissance pour les bienfaits de Pompée, avait fermé ses portes à César lorsqu'il marcha contre les lieutenants de Pompée, en Espagne. L'image de Marseille portée dans ce triomphe était en ivoire ou en citronnier.

Page 312 : 1. *P. Sylla.* Il était neveu du dictateur, et très-avare ; il présidait aux ventes des biens confisqués aux citoyens proscrits par le dictateur. Trente-six ans après, il s'attacha au parti de César. Cicéron a prononcé un plaidoyer en sa faveur, lorsqu'en 687 de Rome, désigné consul avec Autronius, ils furent accusés tous deux d'avoir eu recours à des voies illicites pour se faire élire.

— 2. *Sexto et tricesimo anno post.* Sous la dictature de César, ce Sylla acheta les biens des Pompéiens mis à l'encan ; c'est ce que Cicéron appelle *hasta sceleratiore.*

— 3. *Alter.* Un autre Sylla, Servius Cornélius, père du précédent.

Page 316 : *Duo nostri libri.* Les deux livres de Cicéron sur la gloire existaient encore au temps de Pétrarque : ils sont aujourd'hui perdus.

Page 330 : 1. L'Illyrien Bardylis fut vaincu par Philippe, fils d'Amyntas. Plutarque dit que Pyrrhus épousa une de ses filles, nommée Circenna.

— 2. Viriathe, berger, puis chef d'une grande armée, après d'éclatants succès, fut tué par des traîtres.

— 3. *Imperatores.* Le préteur Vétilius et C. Plautius Hipséus (an 149).

— 4. *Reliquis.* Q. Fabius Maximus Æmilianus et Q. Servilius Cépion (an 145).

— 5. *Apud Medos.* Voy. le livre I de l'histoire d'Hérodote.

Page 334 : 1. Tibérius Gracchus fut honoré de deux consulats, d'un triomphe et de la censure.

Page 338 : 1. *Tua ætas*. Le fils de Cicéron avait dix-sept ans en 705, lors de la bataille de Pharsale.

Page 340 ; 1. Rutilius est cité dans le *De Amicitia* comme fort attaché à Lélius.

— 2. P. Mucius Scévola, consul en 620, puis grand pontife, père de Q. Mucius Scévola l'augure.

— 3. L. Licinius Crassus, orateur renommé. Il n'avait que dix-neuf ans à l'époque dont parle Cicéron.

Page 342 : 1. Un des lieutenants d'Alexandre, qui, après la mort de ce prince, fut roi de Macédoine, et laissa la couronne à son fils Cassandre.

— 2. Autre lieutenant d'Alexandre, qui fut roi d'Asie.

Page 344 : 1. M. Antonius, aïeul du triumvir et de celui qui fut consul avec Cicéron lors de la conjuration de Catilina.

— 2. *P. Sulpicii*. Né en 629, P. Sulpicius fut proscrit et tué par ordre de Sylla en 665. Cépion avait été accusé pour l'or de Toulouse par le tribun Norbanus, que Sulpicius poursuivit à son tour en 658.

Page 346 : 1. *Duo Luculli*. Lucullus, père du fameux Lucullus, fut accusé de concussion par Servilius, et condamné. Ses deux fils poursuivirent plus tard l'accusateur.

— 2. *Nos pro Siculis*. Allusion aux discours de Cicéron contre Verrès.

— 3. *Pro Sardis.... Julius*. J. César Strabon attaqua Albucius au nom des habitants de la Sardaigne. Ce J. César fut tué en 665, avec l'orateur Antoine.

— 4. *M. Aquilio L. Fufii*. Aquilius fut collègue de Marius dans son cinquième consulat. En 654, il fut accusé de concussion par Fufius, et défendu par l'orateur Antonius, à qui il dut son salut. Voy. *Brutus*, LXII.

— 5. *M. Bruto*. Ce Brutus descendait du premier consul de Rome; il s'était fait haïr de ses concitoyens par les accusations continuelles qu'il intentait. Voy. *Brutus*, XXXIV.

Page 348 : 1. Cicéron, âgé de vingt-six ans, fit absoudre Roscius d'Amérie, accusé de parricide.

Page 352 : 1. *Epistola quadam*. Voy. Valère-Maxime, VII, II.

Page 358 : 1. *Aquæ sextarium mina*. Le setier était le sixième du congius ou le quarante-huitième de l'amphore, qui tenait vingt-six litres et demi. — La mine valait cent drachmes, et le drachme un denier romain ou quatre-vingt-dix cent'mes.

Page 360 : 1. *P. Crassus*. P. Licinius Crassus, qu'il ne faut pas confondre avec le triumvir, donna le premier un spectacle d'éléphants.

— 2. *C. Claudius*. Claudius Pulcher, fils d'Appius Claudius, fit le premier combattre des éléphants dans le cirque en 665, sous le consulat de M. Antonius et d'Aulus Posthumius.

— 3. *Luculli*. Dix ans après, en 675, les deux Lucullus firent battre des éléphants contre des taureaux.

Page 362 : 1. *Oresti*. Un des surnoms de la famille Aurélia. Cn. Aurélius ou Aufidius Orestès fut nommé consul en 682 avec P. Lentulus Sura. « C'était, dit M. Leclerc, une coutume chez les Romains d'offrir aux dieux le dixième de son revenu pour se les rendre favorables. Orestès se servit de ce prétexte pour donner des festins au peuple, dont il voulait gagner les suffrages. »

— 2. M. Séius fut édile en 680.

— 3. *Modium*. Le tiers de l'amphore, et par conséquent à peu près neuf litres.

Page 366 : 1. Le traité de la *République* de Cicéron est perdu. Il n'en reste que le *Songe de Scipion* et quelques fragmens épars dans les livres des Anciens. On en trouve plusieurs dans la *Cité de Dieu* de saint Augustin.

Page 372 : 1. *Curiales Laciadas*. M. Marchand : « Cicéron traduit par *curiales* le mot grec δημότας. L'Attique était divisée en soixante-quatorze dêmes, δῆμοι, répartis en dix tribus, φυλαί. Le dême Lacia était de la tribu OEnéide. »

Page 374 : 1. *In patriis moribus*. La loi Cincia défendait à celui qui plaidait une cause de recevoir un salaire ou même des présents.

Page 384 : 1. *C. Gracchi frumentaria largitio*. La loi de C. Gracchus sur les distributions du blé fut rendue en 630 ; le tribun M. Octavius la fit abroger dès 633.

Page 386 : 1. Philippe, tribun du peuple en 649, consul en 662.

Page 388 : 1. C. Pontius est ce général samnite qui fit passer les Romains sous les fourches caudines (431). Fabius Gurgès le prit et en orna son triomphe, après quoi on trancha la tête à Pontius.

Page 390 : 1. Pison Frugi, tribun du peuple en 604. C'est lui qui fit voter la première loi contre les concussionnaires, connue sous le nom de loi Calpurnia.

Page 390 : 2. La guerre italique fut suscitée en 662 par M. Livius Drusus.

— 3. Le second Africain, fils de Paul Émile, et adopté par Scipion, le fils du premier Africain.

Page 392 : 1. *Quod Apollo Pythius*, etc. Plutarque : Ἀλκαμένει καὶ Θεοπόμπῳ βασιλεῦσι χρησμὸς ἐδόθη· Ἀ φιλοχρηματία Σπάρταν ὀλεῖ. Alcamène et Théopompe étaient rois de Sparte en 747.

Page 396 : 1. Il ne faut pas confondre ce Lysandre avec le vainqueur d'Ægos-Potamos.

— 2. Agis IV, un des derniers rois de Sparte, monté sur le trône en 243. Plutarque a écrit sa vie.

— 3. *Tyranni*. Agésipolis, Machanidas, Nabis.

Page 398 : 1. Ptolémée Philadelphe, fils de Ptolémée Lagide, second roi d'Égypte. Il régna de 282 à 146 av. J. C.

Page 400 : 1. *Bis*. Sous Sylla et sous César.

Page 406 : 1. *Antipater Tyrius*. Il ne faut pas le confondre avec un autre Antipater de Tyr, contemporain de Carnéade.

Page 408 : 1. *Qua es tu nunc*. Le fils de Cicéron avait alors vingt et un ans.

Page 410 : 1. *Medium Janum*. M. Marchand : « Il y avait alors à Rome un quartier qui portait le nom du dieu Janus, et où se tenaient les usuriers, les banquiers, les marchands. Les usuriers occupaient le milieu. » Horace, *Épîtres*, I, ɪ, 54 :

> O cives, cives, quærenda pecunia primum;
> Virtus post nummos. Hæc Janus summus ab i....
> Prodocet.

ARGUMENT ANALYTIQUE

DU LIVRE TROISIÈME.

I. Comparaison des loisirs du premier Africain et de ceux de Cicéron. — Ceux de Cicéron étaient volontaires; celui de Cicéron est forcé, parce qu'il fuit l'aspect des scélérats qu'il rencontre partout. — De plus, Scipion ne s'est livré qu'à la méditation, il n'a rien écrit; Cicéron, au contraire, a rempli le vide de sa solitude par le travail de la composition.

II. Éloge des leçons de Cratippe, qui apprennent au fils de Cicéron les règles et les maximes d'une vie honnête et constante. — On attend de ce jeune homme la continuation des travaux de son père; il serait honteux pour lui de revenir à Rome les mains vides. — Cicéron l'engage donc à se livrer à un travail opiniâtre. — Cicéron rappelle la division établie par Panétius, et la troisième question que ce philosophe n'a pas traitée. — Pourquoi l'a-t-il omise?

III. Il est hors de doute que l'utile ne doit jamais entrer en concurrence avec l'honnête. — C'est l'avis de Socrate et des Stoïciens. — Discussion de leur opinion. — Si les hommes ne peuvent atteindre à la perfection de la sagesse, et par conséquent à la perfection de l'honnête, ils peuvent du moins en approcher. — De là ce que les Stoïciens appellent *devoirs moyens*.

IV. Il y a donc comme une honnêteté de second ordre qui n'appartient pas exclusivement aux sages, mais qui leur est commune avec le genre humain. — Exemples de Décius, des deux Scipions, de Fabricius, d'Aristide, de Caton et de Lélius, qui ne furent pas complétement sages. — Les sept sages eux-mêmes ne le furent pas. — — Lorsque de deux choses l'une semble utile et l'autre honnête, c'est la plus honteuse faiblesse, non-seulement de préférer la première, mais encore d'hésiter sur le choix. — C'est la doctrine des Stoïciens que Cicéron suit de préférence.

V. Le tort que l'on fait à autrui, les avantages que l'on se procure à son préjudice, sont plus contraires à la nature que la mort, que la pauvreté, etc. — De tels actes détruisent l'ordre social. — La nature même ne nous donne pas ce droit. — Les lois, de leur côté, ne veulent que le maintien du pacte social. — La raison naturelle, qui est la loi divine et humaine, l'exige encore davantage. — Erreur de ceux qui croient le contraire, ou qui pensent que les maux du corps sont bien plus à éviter que l'injustice.

VI. Nous devons tous n'avoir qu'un seul but, c'est que l'intérêt particulier se confonde avec l'intérêt général. — La nature veut que tous les intérêts soient communs. — Erreur de ceux qui croient qu'il n'existe aucune relation de droit entre eux et leurs conci-toyens ou les étrangers. — Objection : Le sage sur le point de mourir de faim pourra-t-il ravir un peu de nourriture à un autre homme? — Peut-on dépouiller même un tyran pour ne pas mourir de froid ? — Réfutation.

VII. Cicéron suppose que ce sont là des matières que Panétius au-rait traitées. — Au sujet des doutes qu'elles pourraient faire naître, méditer les deux livres précédents, qui fourniront un assez bon nombre de préceptes. — Cicéron demande qu'on lui accorde que rien, excepté l'honnête, n'est désirable en soi, ou au moins que ce qu'il y a de plus désirable en soi, c'est l'honnête. — Discussion de la doctrine de Panétius au sujet de l'honnête.

VIII. Déduction de raisonnements qui prouvent que l'honnête est le seul bien ; or, ce qui est un bien est certainement utile ; donc tout ce qui est honnête est utile. — Résultats funestes de l'erreur des hommes sans probité qui saisissent le fantôme de l'utile et le séparent de l'honnête. — Il faut repousser ces hommes qui délibèrent s'ils se rangeront du côté où ils voient l'honnête, ou s'ils iront sciemment du côté où est le crime. — Un pareil doute est coupable, aussi bien que l'espérance du secret.

IX. Histoire de Gygès. — Donnez au sage l'anneau de ce roi, il ne se croira pas plus libre de faire mal que s'il ne l'avait point. — Ob-jection de quelques philosophes au sujet de la véracité de ce récit.— Discussion et réfutation.

X. Souvent l'apparence de l'utile nous met dans une grande per-plexité, comme lorsqu'il s'agit de savoir si la chose qui semble utile se peut faire sans honte. — Conduite de Brutus à l'égard de Tarquin Collatin, de Romulus à l'égard de son frère. — Dans la vie, on a le droit de chercher ce qui peut être utile, mais non de l'enlever à au-trui. — Rien de ce qui paraît utile ne doit en aucun cas prévaloir sur l'amitié. — Mais l'honnête homme ne sacrifie pas à son ami l'intérêt public, le serment, la probité. — Trait de Damon et de Phintias.

rait que personne n'en soupçonnera jamais rien. En eût-il été de même de Crassus ? — Une affaire n'est ni bonne ni avantageuse, lorsqu'elle est injuste. — Conduite de Fimbria à l'égard de M. Lutatius Pinthia, dont il était le juge. — Donc une action honteuse, quelque secrète qu'elle soit, ne sera jamais honnête, et ce qui n'est pas honnête ne sera jamais utile en dépit de la nature et contre les lois.

XX. Objection : Un grand intérêt peut excuser certaines fautes. —Conduite de C. Marius lorsqu'il brigua le consulat. — Conduite de Marius Gratidianus lorsque les tribuns s'adjoignirent aux préteurs pour régler l'affaire des monnaies. — Jugement de Cicéron sur ces deux citoyens.

XXI. Il y en a pour qui la justice et l'honnêteté ne sont rien, pourvu qu'ils acquièrent du pouvoir. — Critique de la conduite de Pompée et de César, du gendre et du beau-père, surtout de celle de César, devenu tyran de sa patrie.

XXII. Aucune chose n'est utile à moins qu'elle ne soit honnête.— Vérité prouvée par la conduite de Fabricius dans la guerre de Pyrrhus, à l'égard du médecin de ce roi. — Conduite de L. Philippus au sujet des villes affranchies par Sylla. — Conduite de Caton à l'égard des fermiers de l'État, de Curion à l'égard des Transpadans, qui réclamaient le droit de cité.

XXIII. Examen du sixième livre d'Hécaton sur les devoirs, et des questions qu'il renferme. — Avis opposés de Diogène et d'Antipater.

XXIV. Faut-il toujours exécuter les conventions et les promesses qui ne sont le fait ni de la violence ni du dol ?

XXV. Il ne faut pas non plus accomplir les promesses qui nuiraient à ceux même à qui on les a faites. — Fables de Phaéthon, de Thésée, d'Agamemnon. — Restent deux parties de l'honnête, dont l'une se manifeste par la grandeur et la force de l'âme, l'autre par la mesure qu'on apporte dans sa conduite.

XXVI. Ulysse croyait qu'il lui était utile de feindre la folie ; examen de sa conduite.

XXVII. Histoire de Régulus. Examen de sa conduite.

XXVIII. C'est renverser les lois fondamentales de la nature que de séparer l'utile de l'honnête. — On ne peut trouver l'utile que dans une conduite estimable, bienséante, honnête. — C'est là le bien suprême. — Objections contre la conduite de Régulus.

XXIX. Réfutation de ces objections. — Toute chose jurée doit être accomplie.

DE OFFICIIS

LIBER TERTIUS.

I. Publium Scipionem, Marce fili, eum qui primus Africanus appellatus est, dicere solitum scripsit Cato, qui fuit fere ejus æqualis [1], nunquam se minus otiosum esse quam quum otiosus, nec minus solum quam quum solus esset. Magnifica vero vox et magno viro ac sapiente digna, quæ declarat illum et in otio de negotiis cogitare, et in solitudine secum loqui solitum, ut neque cessaret unquam, et interdum colloquio alterius non egeret. Itaque duæ res, quæ languorem afferunt ceteris, illum acuebant, otium et solitudo. Vellem et nobis hoc idem vere dicere liceret ; sed, si minus imitatione tantam ingenii præstantiam consequi possumus, voluntate

I. P. Scipion, le premier des deux à qui l'on a donné le surnom d'Africain, avait accoutumé de dire, à ce que nous apprend Caton, son contemporain, qu'il n'avait jamais plus d'affaires que lorsqu'il était sans affaires, et qu'il n'était jamais moins seul que lorsqu'il était seul. C'est une belle parole, et bien digne d'un homme à la fois grand et sage. On voit par là que Scipion avait coutume de méditer quand il avait du loisir, et de s'entretenir avec lui-même quand il était seul, de sorte qu'il n'était jamais oisif, et qu'il pouvait à l'occasion se passer de l'entretien d'autrui. Ainsi, deux choses qui engourdissent l'esprit des autres, le loisir et la solitude, aiguisaient au contraire le sien. Plût à Dieu, mon cher fils, que j'en pusse dire autant ! Mais si je ne puis atteindre par l'imitation à la hauteur de ce grand génie, j'en approche du moins par mes désirs.

DES DEVOIRS.

LIVRE TROISIÈME.

I. Marce fili,
Cato, qui fuit fere
æqualis ejus,
scripsit
Publium Scipionem,
eum qui primus
appellatus est Africanus,
solitum dicere,
se esse nunquam
minus otiosum
quam quum esset otiosus,
nec minus solum
quam quum solus.
Vox vero magnifica
et digna viro magno
ac sapiente,
quæ declarat illum
et in otio
solitum cogitare
de negotiis,
et in solitudine
loqui secum,
ut neque cessaret unquam,
et interdum non egeret
colloquio alterius.
Itaque duæ res,
quæ afferunt languorem
ceteris,
acuebant illum,
otium et solitudo.
Vellem liceret et nobis
dicere hoc idem vere ;
sed, si possumus minus
consequi imitatione
tantam præstantiam
ingenii,

I. Marcus *mon* fils,
Caton, qui fut à-peu-près
de-même-âge-que lui (Scipion),
a écrit
Publius Scipion,
celui qui le premier
fut appelé l'Africain,
avoir été accoutumé à dire,
lui-même *n*'être jamais
moins oisif
que lorsqu'il était oisif,
ni moins seul
que lorsqu'*il était* seul.
Parole en vérité magnifique
et digne d'un homme grand
et sage,
qui fait-voir lui
et dans le loisir
avoir été accoutumé à méditer
sur les affaires,
et dans la solitude
à parler avec lui-même,
de façon que et il ne cessait-d'agir jamais,
et parfois il n'avait-pas-besoin
de l'entretien d'un autre.
C'est-pourquoi deux choses,
qui apportent de la langueur
à tous-les-autres,
aiguisaient celui-là,
le loisir et la solitude.
Je voudrais qu'il fût-permis aussi à nous
de dire cette même chose avec-vérité ;
mais, si nous pouvons moins
atteindre par l'imitation
une si-grande supériorité
de génie,

cérte proxime accedimus : nam et, a republica forensibusque,
negotiis armis impiis vique prohibiti, otium persequimur; et
ob eam causam, urbe relicta, rura peragrantes[1], sæpe soli
sumus. Sed nec otium hoc cum Africani otio, nec hæc solitudo cum illa comparanda est. Ille enim, requiescens a
reipublicæ pulcherrimis muneribus, otium sibi sumebat aliquando, et a cœtu hominum frequentiaque interdum, tanquam in portum, se in solitudinem recipiebat. Nostrum autem
otium negotii inopia, non requiescendi studio, constitutum
est. Exstincto enim senatu deletisque judiciis, quid est quod
dignum nobis aut in curia aut in foro agere possimus? Ita,
qui in maxima celebritate atque in oculis civium quondam
viximus, nunc, fugientes conspectum sceleratorum quibus
omnia redundant, abdimus nos quantum licet, et sæpe soli
sumus. Sed quia sic ab hominibus doctis accepimus, non
solum ex malis eligere minima oportere, sed etiam excerpere

Exclu des affaires de la république et de celles du barreau par les
armes et la violence des méchants, j'ai du loisir, et, comme j'ai
quitté la ville et que je parcours les campagnes, je me trouve seul.
Mais mon loisir ne mérite pas d'être comparé avec celui de Scipion,
ou ma solitude avec la sienne. Lui, pour se reposer des plus importantes fonctions de la république, prenait quelquefois du loisir, et
s'éloignant de la foule, cherchait la solitude comme un port tranquille:
mon loisir, à moi, n'est pas tant l'effet de mon amour du repos que
de la cessation des affaires ; car maintenant que le sénat est anéanti,
qu'il n'y a plus de tribunaux, quelle occupation digne de moi pou-
rais-je trouver au Forum ou dans la Curie ? Ainsi, moi qui vivais
autrefois au grand jour et sous les yeux de tous les citoyens, je me
cache maintenant, autant qu'il m'est possible, pour éviter l'aspect
des scélérats qui sont partout en si grand nombre, et je suis presque
toujours seul. Mais comme j'ai appris de gens éclairés qu'il faut
non-seulement de plusieurs maux inévitables choisir les moindres,

voluntate certe	par la volonté du moins
accedimus proxime :	nous en approchons très-près :
nam et, prohibiti	car et, étant écartés
armis impiis vique	par des armes impies et par la violence
a republica	de la république
negotiisque forensibus,	et des affaires du-forum,
persequimur otium ;	nous poursuivons (cherchons) le loisir ;
et ob eam causam,	et pour cette cause,
urbe relicta,	la ville étant quittée,
peragrantes rura,	parcourant les campagnes,
sæpe sumus soli.	souvent nous sommes seuls.
Sed nec hoc otium	Mais ni ce (notre) loisir *n'est à comparer*
cum otio Africani,	avec le loisir de l'Africain,
nec hæc solitudo	ni cette (notre) solitude
est comparanda cum illa.	n'est à-comparer avec celle-là.
Ille enim, requiescens	Celui-là en effet, se reposant
a pulcherrimis muneribus	des plus belles charges
reipublicæ,	de la république,
sumebat aliquando	prenait quelquefois
otium sibi,	du loisir pour lui-même,
et interdum	et quelquefois
se recipiebat a cœtu	se retirait de la fréquentation
frequentiaque hominum	et de l'affluence des hommes
in solitudinem,	dans la solitude,
tanquam in portum.	comme dans un port.
Nostrum autem otium	Mais notre loisir
constitutum est	a été fondé
inopia negotii,	sur le manque d'occupation,
non studio requiescendi.	non sur le goût de nous reposer.
Senatu enim exstincto	Le sénat en effet ayant été éteint
judiciisque deletis,	et les jugements abolis,
quid est dignum nobis	qu'y a-t-il de digne de nous
quod possimus agere	que nous puissions faire
aut in curia aut in foro ?	ou au sénat ou au forum ?
Ita, qui viximus quondam	Ainsi, *nous* qui avons vécu autrefois
in celebritate maxima	dans l'affluence la plus grande
atque in oculis civium,	et dans (sous) les yeux des citoyens,
nunc,	maintenant,
fugientes conspectum	fuyant la vue
sceleratorum	des scélérats
quibus omnia redundant,	dont tout regorge, [sible,
abdimus nos quantum licet,	nous cachons nous *autant* qu'il est-pos-
et sæpe sumus soli.	et souvent nous sommes seuls. [ainsi
Sed, quia accepimus sic	Mais, parce que nous avons reçu (appris)
ab hominibus doctis,	des hommes instruits,
oportere non solum	falloir (qu'il fallait) non seulement
eligere minima ex malis,	choisir les moindres d'entre les maux,

ex his ipsis si quid inesset boni, propterea et otio fruor, non illo quidem, quo debeat is qui quondam peperisset otium civitati, nec eam solitudinem languere patior, quam mihi affert necessitas, non voluntas. Quanquam Africanus majorem laudem vel meo judicio assequebatur : nulla enim ejus ingenii monumenta mandata litteris, nullum opus otii, nullum solitudinis munus exstat. Ex quo intelligi debet illum mentis agitatione, investigationeque earum rerum quas cogitando consequebatur, nec otiosum nec solum unquam fuisse. Nos autem, qui non tantum roboris habemus ut cogitatione tacita a solitudine abstrahamur, ad hanc scribendi operam omne studium curamque convertimus. Itaque plura brevi tempore, eversa, quam multis annis, stante republica, scripsimus.

II. Sed, quum tota philosophia, mi Cicero, frugifera et

mais en tirer même, s'il est possible, quelque sorte d'avantage, je jouis de mon loisir (loisir bien différent de celui que pouvait espérer un homme qui a rendu le repos à la république), et je tâche de ne pas languir dans cette solitude où je me trouve par nécessité plutôt que par choix. Scipion, je le reconnais, s'est acquis plus de gloire : s'il n'a laissé aux lettres aucun monument de son génie, aucun fruit de son loisir, aucun produit de sa solitude. cela même nous fait voir combien il était occupé de ses pensées et des choses que la méditation lui faisait découvrir, et c'est par là qu'il est vrai de dire qu'il n'était jamais oisif, jamais seul. Pour moi, qui n'ai point assez de force d'esprit pour me distraire de ma solitude par la méditation seule, je m'applique à écrire, et je m'y applique tout entier. Aussi j'ai plus écrit en un court espace de temps, depuis le renversement de la république, qu'en de nombreuses années, pendant qu'elle subsistait encore.

II. Quoique la philosophie, mon cher Cicéron, soit un pays où il

sed etiam excerpere	mais encore extraire
ex his ipsis	de ces *maux* mêmes
si quid boni inesset,	si quelque chose de bon y-était,
propterea et fruor otio,	pour-cela et je jouis du loisir;
non quidam illo,	non à la vérité de ce *loisir*,
quo debeat is	duquel devrait *jouir* cet *homme*
qui quondam	qui autrefois
peperisset otium civitati,	avait enfanté (donné) le loisir à la cité,
nec patior languere	et je ne souffre (laisse) pas languir
eam solitudinem,	cette solitude,
quam affert mihi	qu'apporte à moi
necessitas,	la nécessité,
non voluntas.	non la volonté.
Quanquam Africanus	Quoique l'Africain
assequebatur	obtenait
majorem laudem	une plus grande gloire
vel meo judicio :	même à mon jugement :
nulla enim monumenta	en effet aucuns monuments
ingenii ejus	du génie de lui
mandata litteris,	confiés aux lettres,
nullum opus otii,	aucune production de *son* loisir,
nullum munus solitudinis	aucun ouvrage de *sa* solitude
exstat.	n'existe.
Ex quo debet intelligi	D'après quoi il doit être compris
illum agitatione mentis,	celui-là par le mouvement de l'esprit,
investigationeque	et par la recherche
earum rerum,	de ces choses,
quas consequebatur	qu'il atteignait
cogitando,	en réfléchissant,
fuisse unquam	*n'*avoir été jamais
nec otiosum nec solum.	ni oisif ni seul.
Nos autem,	Mais nous,
qui non habemus	qui n'avons pas
tantum roboris	tant de vigueur
ut abstrahamur	que nous soyons arrachés
a solitudine	à la solitude
cogitatione tacita,	par la méditation silencieuse,
convertimus omne studium	nous avons tourné toute *notre* application
curamque	et *tout notre* soin
ad hanc operam scribendi.	vers ce travail d'écrire.　　　[choses
Itaque scripsimus plura	C'est-pourquoi nous avons écrit plus de
tempore brevi,	en un temps court,
republica eversa,	la république étant renversée,
quam multis annis,	qu'en de nombreuses années,
stante.	*la république* étant-debout.
II. Sed, mi Cicero,	II. Mais, mon Cicéron,
quum tota philosophia	bien que toute la philosophie

fructuosa, nec ulla pars ejus inculta ac deserta sit, tamen
nullus feracior in ea locus est nec uberior quam de officiis,
a quibus constanter honesteque vivendi præcepta ducuntur.
Quare, quanquam a Cratippo nostro, principe hujus memoriæ
philosophorum, hæc te assidue audire atque accipere con-
fido, tamen conducere arbitror talibus aures tuas vocibus
undique circumsonare, nec eas, si fieri possit, quidquam
aliud audire. Quod quum omnibus est faciendum qui vitam
honestam ingredi cogitant, tum haud scio an nemini potius
quam tibi. Sustines enim non parvam exspectationem imitan-
dæ industriæ nostræ, magnam honorum, nonnullam fortasse
nominis. Suscepisti onus præterea grave et Athenarum et
Cratippi ; ad quos quum tanquam ad mercaturam bonarum
artium sis profectus, inanem redire turpissimum est, dede-
corantem et urbis auctoritatem et magistri. Quare, quantum

n'y a point de terres incultes ni de landes, et que toutes ses parties
soient fertiles et abondantes, elle n'a point de contrée plus riche que
celle d'où l'on tire les devoirs, c'est-à-dire les règles d'une vie
honnête et bien ordonnée. Je ne doute point que vous ne receviez et
et n'appreniez sans cesse de notre cher Cratippe, le premier des
philosophes de ce siècle, ces préceptes si nécessaires ; mais je pense
qu'il est avantageux que vous en ayez, pour ainsi dire, les oreilles
battues de toutes parts, et que vous n'entendiez pas parler d'autre
chose, s'il est possible. Ces leçons conviennent à tous ceux qui
veulent se faire un plan de vie honnête ; mais je ne sais si vous
n'en avez pas plus besoin que personne : car on s'attend à vous
voir faire tous vos efforts pour imiter les travaux de votre père, pour
arriver aux mêmes honneurs que lui, et peut-être à la même gloire.
Vous vous êtes encore chargé d'une nouvelle obligation dont le poids
n'est pas moindre, le nom d'Athènes et celui de Cratippe : vous êtes
allé, pour ainsi dire, acheter d'eux la sagesse ; il serait bien honteux
pour vous de revenir à vide et de déshonorer à la fois l'autorité de
la ville et celle du maître. Faites donc tous vos efforts et n'épargnez

sit frugifera et fructuosa,	soit portant-des-fruits et avantageuse,
nec ulla pars ejus	et *qu'*aucune partie d'elle
inculta ac deserta,	*ne soit* inculte et déserte,
tamen nullus locus est in ea	cependant aucun lieu n'est dans elle
feracior nec uberior	plus fertile ni plus abondant
quam de officiis,	que *celui* sur les devoirs,
a quibus ducuntur præcepta	desquels se tirent les préceptes
vivendi constanter	de vivre avec-constance
honesteque.	et avec-honnêteté.
Quare, quanquam confido	C'est-pourquoi, quoique j'aie-confiance
te audire assidue	toi entendre assidûment
atque accipere hæc	et recevoir ces *préceptes*
a nostro Cratippo,	de notre Cratippe,
principe philosophorum	le premier des philosophes
hujus memoriæ,	de cette mémoire (ce siècle),
tamen arbitror conducere	cependant j'estime être (qu'il est)-utile
tuas aures	tes oreilles
circumsonare undique	retentir de-tous-côtés
talibus vocibus,	de telles paroles,
nec eas, si possit fieri,	et elles, si *cela* peut se faire,
audire quidquam aliud.	ne pas entendre quoi-que-ce-soit d'autre.
Quod faciendum est	Ce qui doit être fait
quum omnibus	d'une-part à tous ceux
qui cogitant	qui songent
ingredi vitam honestam,	à entrer-dans une vie honnête,
tum haud scio	d'autre-part je ne sais
an nemini	si *cela ne doit pas être fait* à personne
potius quam tibi.	plutôt qu'à toi.
Sustines enim	Tu soutiens (sur toi repose) en effet
exspectationem	une attente
non parvam	non petite
nostræ industriæ imitandæ,	de notre activité à-imiter,
magnam honorum,	une grande de *nos* honneurs,
nonnullam fortasse	quelque *attente* peut-être
nominis.	de *notre* nom.
Suscepisti præterea	Tu as pris-sur-toi en outre
onus grave	le fardeau lourd
et Athenarum et Cratippi ;	et d'Athènes et de Cratippe ;
ad quos quum profectus sis	vers lesquels puisque tu es parti
tanquam ad mercaturam	comme vers un marché
artium bonarum,	d'arts bons (libéraux);
est turpissimum	il est très-honteux
redire inanem,	de revenir vide,
dedecorantem	déshonorant
auctoritatem	l'autorité
et urbis et magistri.	et de la ville et du maître.
Quare, quantum potes	C'est-pourquoi, *autant* que tu peux

conniti animo potes, quantum labore contendere, si discendi
labor est potius quam voluptas, tantum fac ut efficias; neve
committas ut, quum omnia suppeditata sint a nobis, tute
tibi defuisse videare. Sed hæc hactenus. Multa enim sæpe
ad te cohortandi gratia scripsimus. Nunc ad reliquam partem
propositæ divisionis revertamur.

Panætius igitur, qui sine controversia de officiis accura-
tissime disputavit, quemque nos, correctione quadam adhi-
bita, potissimum secuti sumus, tribus generibus propositis,
in quibus deliberare homines et consultare de officio solerent
(uno, quum dubitarent honestumne id esset de quo ageretur,
an turpe; altero, utilene, an inutile; tertio, si id quod speciem haberet honesti pugnaret cum eo quod utile videretur,
quomodo ea discerni oporteret), de duobus generibus primis
tribus libris explicavit; de tertio autem genere deinceps se

ni soin ni travail (si toutefois c'est un travail d'apprendre plutôt
qu'un plaisir) pour profiter de vos avantages ; et ne souffrez pas
qu'on puisse dire qu'ayant reçu tant de secours de ma part, vous
vous soyez manqué à vous-même. Mais c'est assez là-dessus, car je
n'ai laissé passer aucune occasion de vous adresser des recomman-
dations semblables. Revenons au plus vite à la dernière division de
notre sujet.

Panétius, qui, de l'aveu de tout le monde, a traité des devoirs
avec le plus grand soin, et que j'ai particulièrement suivi, en recti-
fiant sur quelques points ses idées; Panétius donc a pris pour division de son sujet les trois espèces de considérations où les hommes
ont coutume d'entrer, quand ils délibèrent sur ce qu'ils ont à faire:
l'une, si la chose est honnête ou non ; l'autre, si elle est utile ou
préjudiciable; et la troisième, quel parti l'on doit prendre, lorsque
ce qui paraît honnête se trouve contraire à l'utile. Il traite des
deux premières dans ses trois premiers livres, et promet de parler de

conniti animo,	faire-effort de l'esprit,
quantum contendere	*autant* que *tu peux* te tendre
labore,	par le travail,
si est labor discendi	s'il y a (si c'est) un travail d'apprendre
potius quam voluptas,	plutôt qu'un plaisir,
fac ut efficias tantum ;	fais que tu produises autant ;
neve committas ut,	et que tu ne risques pas que,
quum omnia	lorsque toutes choses
suppeditata sint a nobis,	ont été fournies par nous,
tute videare defuisse tibi.	toi-même tu paraisses avoir manqué à toi.
Sed hæc hactenus.	Mais ces choses jusqu'ici (assez là-dessus).
Scripsimus enim ad te	Car nous avons écrit à toi
sæpe multa	souvent de nombreuses choses
gratia cohortandi.	en vue de *t'*exhorter.
Nunc revertamur	Maintenant revenons
ad partem reliquam	à la partie qui-reste
divisionis propositæ.	de la division précédemment-établie.
Panætius igitur,	Panétius donc,
qui sine controversia	qui sans contredit
disputavit de officiis	a disserté sur les devoirs
accuratissime,	avec-le-plus-grand-soin,
quemque nos secuti sumus	et que nous avons suivi
potissimum,	de-préférence,
quadam correctione	une certaine correction
adhibita,	étant appliquée,
tribus generibus propositis,	trois genres étant établis,
in quibus homines	dans lesquels les hommes
solerent deliberare	avaient-coutume de délibérer
et consultare de officio	et de consulter sur le devoir
(uno, quum dubitarent	(l'un, lorsqu'ils doutaient
idne de quo ageretur	si ce sur quoi on discutait
esset honestum an turpe;	était honnête ou honteux ;
altero,	le second,
utilene an inutile ;	si *c'était* utile ou non-utile ;
tertio,	le troisième,
si id quod haberet speciem honesti	si ce qui avait l'apparence de l'honnête
pugnaret cum eo quod videretur utile,	était-en-désaccord avec ce qui paraissait utile,
quomodo oporteret ea discerni),	comment il fallait ces choses être discernées),
explicavit tribus libris	s'est développé en trois livres
de duobus primis generibus ;	sur les deux premiers genres ;
de tertio autem genere scripsit	mais sur le troisième genre il a écrit
se dicturum deinceps,	lui-même devoir parler dans-la-suite,

scripsit dicturum, nec exsolvit quod promiserat. Quod eo magis miror, quia scriptum a discipulo ejus Posidonio [1] est triginta annis vixisse Panætium postquam eos libros edidisset. Quem locum miror a Posidonio breviter esse tactum in quibusdam commentariis, præsertim quum scribat nullum esse locum in tota philosophia tam necessarium. Minime vero assentior iis qui negant eum locum a Panætio prætermissum, sed consulto relictum, nec omnino scribendum fuisse, quia nunquam posset utilitas cum honestate pugnare. De quo alterum potest habere dubitationem, adhibendumne fuerit hoc genus quod in divisione Panætii tertium est, an plane omittendum; alterum dubitari non potest, quin a Panætio susceptum sit, sed relictum. Nam qui e divisione tripartita duas partes absolverit, huic necesse est restare tertiam. Præterea in extremo libro tertio de hac parte pollicetur

la troisième dans la suite; mais il n'a pas fait ce qu'il avait promis. J'en suis d'autant plus surpris que Posidonius, son disciple, dit qu'il vécut encore trente ans après avoir publié ces trois livres. Je suis étonné aussi que Posidonius ait traité ce point si brièvement dans quelques-unes de ses réflexions, puisqu'il convient lui-même que c'est ce qu'il y a de plus important dans toute la philosophie. Je ne suis pas de l'avis de ceux qui soutiennent que ce point n'a pas été négligé par Panétius, mais qu'il l'a omis à dessein, et même qu'il ne devait pas en parler, l'utile et l'honnête ne pouvant jamais être en contradiction. Il est permis de mettre en question si l'on devait ou non traiter ce point, qui forme la troisième division de Panétius; mais, que Panétius se soit engagé à le traiter et y ait renoncé, c'est de quoi l'on ne saurait douter : car si des trois points d'une division vous n'avez traité que les deux premiers, il vous reste nécessairement le troisième. En outre, à la fin de son troisième livre, il pro-

nec exsolvit	et n'a pas acquitté (tenu)
quod promiserat.	ce qu'il avait promis.
Quod miror eo magis,	Ce dont je m'étonne d'autant plus,
quia scriptum est	parce qu'il a été écrit
a discipulo ejus Posidonio	par le disciple de lui Posidonius
Panætium	Panétius
vixisse triginta annis	avoir vécu trente ans
postquam edidisset	après qu'il avait mis-au-jour
eos libros.	ces livres.
Quem locum miror	Lequel point je vois-avec-étonnement
tactum esse breviter	avoir été touché *trop* brièvement
a Posidonio [riis,	par Posidonius
in quibusdam commenta-	dans certains mémoires,
præsertim quum scribat	surtout lorsqu'il écrit
nullum locum	aucun point
tam necessarium	si nécessaire
esse in tota philosophia.	n'être dans toute la philosophie.
Assentior vero minime	Mais je donne-mon-assentiment le moins
iis qui negant eum locum	à ceux qui nient ce point
prætermissum a Panætio,	*avoir été* omis par Panétius,
sed relictum consulto,	mais *disent lui* avoir été laissé à dessein,
nec scribendum fuisse	et n'avoir pas dû être écrit
omnino,	du tout,
quia nunquam utilitas	parce que jamais l'utilité
posset pugnare	ne pouvait être-en-lutte
cum honestate.	avec l'honnêteté.
De quo alterum	Sur quoi *de deux choses* l'une
potest habere	peut avoir (offrir)
dubitationem,	du doute,
hocne genus	*savoir* si ce genre
quod est tertium	qui est le troisième
in divisione Panætii	dans la division de Panétius
adhibendum fuerit,	devait être admis,
an plane omittendum ;	ou tout-à-fait omis ;
alterum	l'autre
non potest dubitari,	ne peut être mise-en-doute,
quin susceptum sit	*savoir* que *ce* n'ait été entrepris
a Panætio,	par Panétius,
sed relictum.	mais abandonné.
Nam qui	Car celui qui
e divisione tripartita	d'une division partagée-en-trois
absolverit duas partes,	a achevé deux parties,
est necesse tertiam	il est nécessaire la troisième
restare huic.	rester à celui-ci.
Præterea	En-outre
in extremo tertio libro	à la fin-du troisième livre
pollicetur	il promet

19

434   DE OFFICIIS LIBER III.

se deinceps esse dicturum. Accedit eodem testis locuples
Posidonius, qui etiam scribit in quadam epistola Publium
Rutilium Rufum [1] dicere solere, qui Panætium audiverat, ut
nemo pictor esset inventus qui Coæ Veneris eam partem,
quam Apelles inchoatam reliquisset, absolveret (oris enim
pulchritudo reliqui corporis imitandi spem auferebat), sic ea
quæ Panætius prætermisisset et non perfecisset, propter
eorum quæ perfecisset præstantiam, neminem esse perse-
cutum.

III. Quamobrem de judicio Panætii dubitari non potest;
rectene autem hanc tertiam partem ad exquirendum officium
adjunxerit, an secus, de eo fortasse dubitari potest. Nam sive
honestum solum bonum est, ut stoicis placet; sive quod honestum est, id ita summum bonum est, quemadmodum peripateticis vestris videtur, ut omnia, ex altera parte collocata,
vix minimi momenti instar habeant; dubitandum non est

met d'en parler dans la suite. Nous avons encore sur cela un
témoignage authentique de Posidonius; il rapporte, dans une de
ses lettres, que P. Rutilius Rufus, disciple de Panétius, disait souvent que, comme il ne se trouva aucun peintre pour achever la Vénus
de Cos commencée par Apelle, parce que la tête était si belle qu'on
désespérait de faire un corps qui pût y répondre; de même, ce que
Panétius avait écrit des devoirs était si parfait, que personne n'avait
osé entreprendre d'y ajouter ce qu'il avait omis.

III. On ne saurait donc douter de l'intention de Panétius; mais
aurait-il eu raison d'ajouter cette troisième partie à son Traité des
Devoirs? c'est ce qui peut être mis en question. Car soit qu'il n'y
ait rien de bon que l'honnête, comme les stoïciens le soutiennent,
ou que, comme disent vos péripatéticiens, l'honnête soit un bien si
grand, que tous les autres, comparés à celui-là, ne méritent aucune
considération, il est certain que l'utile ne peut jamais être mis en

se dicturum esse deinceps — lui-même devoir parler ensuite
de hac parte. — sur cette partie.
Éodem accedit — Là-même s'ajoute
testis locuples Posidonius, — un témoin imposant Posidonius,
qui etiam scribit — lequel même écrit
in quadam epistola — dans une certaine lettre
Publium Rutilium Rufum, — Publius Rutilius Rufus,
qui audiverat Panætium, — qui avait entendu Panétius,
solere dicere, — avoir-coutume de dire,
ut nemo pictor — comme aucun peintre
inventus esset — n'avait été trouvé
qui absolveret — qui achevât
eam partem Veneris Coæ, — cette partie de la Vénus de-Cos,
quam Apelles — qu'Apelle
reliquisset inchoatam — avait laissée ébauchée
(pulchritudo enim oris — (en effet la beauté du visage
auferebat spem — enlevait l'espoir
imitandi reliqui corporis), — d'imiter le reste-du corps),
sic neminem — ainsi personne
persecuturum esse — ne devoir poursuivre
ea quæ Panætius — ce que Panétius
prætermisisset — avait omis
et non perfecisset, — et n'avait pas achevé,
propter præstantiam — à-cause-de la supériorité
eorum quæ perfecisset. — de ce qu'il avait achevé.
III. Quamobrem — III. C'est-pourquoi
non potest dubitari — il ne peut pas être douté
de judicio Panætii ; — du jugement (de la pensée) de Panétius ;
fortasse autem — mais peut-être
potest dubitari de eo, — il peut être douté de ceci,
adjunxeritne recte, — s'il a joint avec-raison,
an secus, — ou autrement (à tort),
hanc tertiam partem — cette troisième partie
ad officium exquirendum. — pour le devoir devant être cherché.
Nam sive honestum — Car soit que l'honnête
est solum bonum, — soit le seul bien,
ut placet stoicis ; — comme il plaît aux stoïciens ;
sive quod est honestum, — soit que ce qui est honnête,
id est summum bonum ita, — cela soit le souverain bien de-telle-sorte,
quemadmodum videtur — comme il semble
vestris peripateticis, — à vos péripatéticiens,
ut omnia, — que toutes choses,
collocata ex altera parte, — placées de l'autre côté,
habeant vix instar — aient à peine l'équivalent
minimi momenti ; — du plus petit poids ;
non dubitandum est — il ne faut pas douter
quin utilitas — que l'utilité

quin nunquam possit utilitas cum honestate contendere.
Itaque accepimus Socratem [1] exsecrari solitum eos qui primum
hæc, natura cohærentia, opinione distraxissent. Cui quidem
ita sunt stoici assensi, ut, quidquid honestum esset, id utile
esse censerent, nec utile quidquam, quod non honestum.
Quod si is esset Panætius, qui virtutem propterea colendam
diceret, quod ea efficiens utilitatis esset, ut ii qui res expe-
tendas vel voluptate vel indolentia metiuntur, liceret ei
dicere honestatem aliquando cum utilitate pugnare. Sed,
quum sit is qui id solum bonum judicet quod honestum sit,
quæ autem huic repugnent specie quadam utilitatis, eorum
neque accessione meliorem vitam fieri, nec decessione pejo-
rem, non videtur ejusmodi debuisse deliberationem introdu-
cere, in qua quod utile videretur cum eo quod honestum est
compararetur.

Etenim quod summum bonum a stoicis dicitur, convenien-
ter naturæ vivere, id habet hanc, ut opinor, sententiam,

---

balance avec l'honnête. Nous voyons même que Socrate maudissait
ceux qui les premiers ont séparé dans l'opinion ce que la nature et
la vérité ne séparent point. Et les stoïciens sont tellement entrés
dans ce sentiment de Socrate, que selon eux tout ce qui est honnête
est utile, et qu'il n'y a même rien d'utile que ce qui est honnête. Si
Panétius avait été de ceux qui disent qu'on ne doit pratiquer la
vertu qu'en vue des avantages qu'elle apporte, comme ceux qui
n'apprécient les choses désirables que par le plaisir qu'elles donnent
ou le mal qu'elles épargnent, il lui aurait été permis de prétendre que
l'utilité peut quelquefois se trouver contraire à l'honnêteté. Mais
comme il était, au contraire, de ceux qui soutiennent qu'il n'y a
rien de bon que ce qui est honnête, et que les choses qui ont quelque apparence d'utilité et qui sont contraires à l'honnêteté ne rendent
la vie des hommes ni meilleure quand on les a, ni moins bonne
quand on en manque, il semble qu'il n'a pas dû établir une délibération où ce qui paraît utile serait mis en comparaison avec ce qui
est honnête.

Quand les stoïciens disent que le souverain bien est de vivre conformément à ce que la nature demande de nous, ils entendent par

possit nunquam contendere	ne puisse jamais être-en-lutte
cum honestate.	avec l'honnêteté.
Itaque accepimus	C'est-pourquoi nous avons appris
Socratem solitum exsecrari	Socrate *avoir été* accoutumé à maudire
eos qui primum	ceux qui pour-la-première-fois
distraxissent opinione	avaient séparé par l'opinion
hæc cohærentia natura.	ces choses unies par la nature.
Cui quidem stoici	Auquel à la vérité les stoïciens
assensi sunt ita,	ont donné-leur-assentiment de-telle-sorte,
ut censerent	qu'ils pensassent
quidquid esset honestum,	tout ce qui était honnête,
id esse utile,	cela être utile,
nec quidquam utile,	et rien n'*être* utile,
quod non honestum.	qui ne *fût* pas honnête.
Quod si Panætius esset is	Que si Panétius était celui-ci (un homme)
qui diceret virtutem	qui dît la vertu
colendam propterea,	devoir être cultivée à-cause-de-cela,
quod ea esset	parce qu'elle était
efficiens utilitatis,	productrice de l'utilité,
ut ii qui metiuntur	comme ceux qui mesurent [douleur
vel voluptate vel indolentia	ou par le plaisir ou par l'absence-de-la-
res expetendas,	les choses à-rechercher,
liceret ei dicere	il serait-permis à lui de dire
honestatem	l'honnêteté
pugnare aliquando	lutter quelquefois
cum utilitate.	avec l'utilité.
Sed, quum sit is	Mais, comme il est celui-ci (un homme)
qui judicet id solum bonum	qui juge cela seul *être* bon
quod sit honestum,	qui est honnête,
vitam autem fieri	mais la vie n'être faite
neque meliorem accessione	ni meilleure par l'addition
neque pejorem decessione	ni pire par le retranchement [(l'honnête)
eorum quæ repugnent huic	de ces choses qui répugnent à celui-ci
quadam specie utilitatis,	sous une certaine apparence d'utilité,
non videtur	il ne paraît pas
debuisse introducere	avoir dû introduire
deliberationem ejusmodi,	une délibération de-cette-sorte,
in qua	dans laquelle
quod videretur utile	ce qui paraîtrait utile
comparetur	soit comparé
cum eo quod est honestum.	avec ce qui est honnête.
Etenim	En effet
quod dicitur a stoicis	ce qui est dit par les stoïciens
summum bonum,	*être* le souverain bien,
vivere convenienter	vivre d'accord
naturæ,	avec la nature,
id habet, ut opinor,	ceci a, comme je présume,

cum virtute congruere semper ; cetera autem, quæ secundum naturam essent, ita legere, si ea virtuti non repugnarent. Quod quum ita sit, putant quidam hanc comparationem non recte introductam, nec omnino de eo genere quidquam præcipiendum fuisse. Atque illud quidem honestum, quod proprie vereque dicitur, id in sapientibus est solis, neque a virtute divelli unquam potest; in iis autem, in quibus sapientia perfecta non est, ipsum illud quidem perfectum honestum nullo modo, similitudines honesti esse possunt. Hæc enim omnia officia ; de quibus his libris disputamus (media stoici appellant), ea communia sunt et late patent; quæ et ingenii bonitate multi assequuntur, et progressione discendi : illud autem officium, quod rectum iidem appellant, perfectum atque absolutum est, et, ut iidem dicunt, omnes

là, je crois, que le souverain bien consiste à se conformer toujours à la vertu, et que, pour connaître les choses qui conviennent à la nature, il suffit de voir si elles ne répugnent pas à la vertu. C'est ce qui a fait dire que cette comparaison de l'honnête avec l'utile ne devait pas être établie, et qu'il n'y a pas de préceptes à donner à ce sujet. Mais l'honnêteté parfaite, la seule qui mérite ce nom, ne peut jamais se séparer de la vertu et ne se trouve que dans les seuls sages ; les hommes d'une sagesse imparfaite ne peuvent pas posséder cette honnêteté parfaite, ils n'en ont que l'image. Tous les devoirs dont nous traitons dans cet ouvrage sont ceux que les stoïciens appellent des *devoirs moyens* ; ils sont communs à tous, à la portée de tous, et il est aisé d'y atteindre par l'effet d'un bon naturel ou d'une bonne éducation. Mais pour les devoirs qu'ils appellent *devoirs*

hanc sententiam,	ce sens,
congruere semper	être-d'accord toujours
cum virtute;	avec la vertu ;
legere autem ita	d'autre-part choisir de-telle-sorte
cetera,	toutes-les-autres choses,
quæ essent	qui seraient
secundum naturam,	selon la nature,
si ea non repugnarent	si elles ne répugnaient pas
virtuti.	à la vertu.
Quod quum ita sit,	Puisque cela est ainsi,
quidam putant	quelques-uns pensent
hanc comparationem	cette comparaison
introductam non recte,	*avoir été* introduite non avec-raison,
nec quidem omnino	et rien absolument
præcipiendum fuisse	n'avoir dû être prescrit
de eo genere.	sur ce genre.
Atque quidem	Et à la vérité
illud honestum,	cet honnête,
quod dicitur	qui est appelé *ainsi*
proprie vereque	proprement et véritablement,
id est in sapientibus solis,	celui-ci est dans les sages seuls,
neque potest unquam	et ne peut jamais
divelli a virtute;	être séparé de la vertu ;
in iis autem,	mais dans ces choses,
in quibus	dans lesquelles
sapientia perfecta non est,	la sagesse parfaite n'est pas,
illud honestum	cette honnêteté
perfectum	parfaite
ipsum quidem	elle-même à la vérité
nullo modo,	*ne peut être* d'aucune façon,
similitudines honesti	*mais* des ressemblances de l'honnêteté
possunt esse.	peuvent être.
Hæc enim omnia officia,	En effet tous ces devoirs,
de quibus disputamus	sur lesquels nous dissertons
his libris	dans ces livres
(stoici appellant media),	(les stoïciens *les* appellent *devoirs* moyens),
ea sunt communia	ces *devoirs* sont communs
et patent late;	et s'étendent au loin ;
quæ multi assequuntur	lesquels beaucoup *de gens* atteignent
et bonitate ingenii,	et par la bonté du naturel, [tude):
et progressione discendi:	et par le progrès d'apprendre (dans l'é-
illud autem officium,	mais ce devoir,
quod iidem	que ces-mêmes *philosophe.*
appellant rectum,	appellent *ce qui est* droit,
est perfectum	est parfait
absolutumque,	et absolu,
et, ut iidem dicunt,	et, comme ces-mêmes *philosophes* disent,

numeros habet, nec, præter sapientem, cadere in quemquam
potest.

Quum autem aliquid actum est, in quo media officia com-
pareant, id cumulate videtur esse perfectum, propterea quod
vulgus quid absit a perfecto non fere intelligit; quatenus autem intelligit, nihil putat prætermissum. Quod item in poe-
matibus et in picturis usu evenit, in aliisque compluribus, ut
delectentur imperiti laudentque ea quæ laudanda non sint, ob
eam, credo, causam, quod insit in his aliquid probi quod capiat ignaros, qui iidem, quid in unaquaque re vitii sit, ne-
queant judicare. Itaque, quum sint docti a peritis, facile
desistunt a sententia.

IV. Hæc igitur officia, de quibus his libris disserimus, quasi
secunda quædam honesta dicunt esse, non sapientum modo
propria, sed cum omni hominum genere communia. Itaque his
omnes in quibus est virtutis indoles commoventur. Nec vero,
quum duo Decii aut duo Scipiones fortes viri commemorantur,

parfaits, c'est la perfection absolue, à laquelle il ne manque rien, et
le sage seul y peut atteindre.

Cependant, quand quelqu'un a fait une action conforme à un des
devoirs moyens, on la prend pour une action parfaite, parce que le
vulgaire, qui n'a pas l'idée de la perfection, ne voit pas combien
cette action en est éloignée, et, comme elle remplit son idée, il croit
qu'il n'y manque rien. C'est ce qui arrive tous les jours à propos de
poëmes, de tableaux et d'autres ouvrages, où ceux qui ne sont pas
connaisseurs louent et admirent ce qui ne le mérite pas. Cela vient
de ce qu'ils se laissent séduire par les bonnes qualités, et qu'ils sont
trop ignorants pour apercevoir les défauts. Mais quand de plus
habiles qu'eux les leur font remarquer, ils reviennent aisément de
leur erreur.

IV. Les devoirs que nous étudions ici ne renferment donc, selon
les stoïciens, qu'une honnêteté de second ordre, qui n'est pas particulière au sage, mais peut être commune à tous les hommes, pour
peu qu'ils aient le sentiment de la vertu. Ainsi, quand nous citons
les deux Décius ou les deux Scipion pour leur bravoure, Fabricius

habet omnes numeros,	a tous les nombres (est complet),
nec potest	et ne peut
cadere in quemquam,	tomber en (convenir à) personne,
præter sapientem.	excepté le sage.
Quum autem aliquid	Mais lorsque quelque chose
actum est,	a été fait,
in quo officia media	en quoi les devoirs moyens
compareant,	se montrent,
id videtur esse	cela paraît être
perfectum cumulate,	parfait au-comble (entièrement),
propterea quod vulgus	parce que le vulgaire
non intelligit fere	ne comprend pas d'ordinaire
quid absit a perfecto ;	en quoi *cela* est-éloigné du parfait ;
quatenus autem intelligit,	mais jusqu'au-point-où il comprend,
putat nihil prætermissum.	il pense rien n'*avoir été* omis.
Quod evenit item usu	Ce qui arrive de même dans la pratique
in poematibus et in picturis,	dans les poëmes et dans les peintures,
ut imperiti delectentur	que les *gens* sans-expérience sont charmés
laudentque ea	et louent ces choses
quæ non sint laudanda,	qui ne sont pas à-louer,
ob eam causam, credo,	pour cette raison, je crois,
quod insit in his	qu'il y a dans ces choses
aliquid probi	quelque chose de bien
quod capiat ignaros,	qui séduit les ignorants,
qui iidem	lesquels les mêmes
nequeant judicare	ne-pourraient-pas juger
quid sit vitii	ce qu'il y a de défaut
in unaquaque re.	dans chaque chose.
Itaque, quum docti sint	C'est-pourquoi, quand ils ont été instruits
a peritis,	par ceux qui-ont-l'expérience,
desistunt facile a sententia.	ils se désistent facilement de *leur* avis.
IV. Dicunt igitur	IV. Ils disent donc
hæc officia de quibus	ces devoirs sur lesquels
disserimus his libris,	nous dissertons dans ces livres,
esse quasi	être comme [honnêteté),
quædam secunda honesta,	de secondes choses honnêtes (une seconde
non propria modo	non pas propres seulement
sapientum,	aux sages,
sed communia	mais communes
cum omni genere	avec (à) toute espèce
hominum.	d'hommes.
Itaque omnes	C'est-pourquoi tous ceux
in quibus est indoles	dans lesquels est un naturel
virtutis	de vertu
commoventur his.	sont touchés de ces *devoirs*.
Et vero, quum duo Decii	Et en vérité, quand les deux Décius
aut duo Scipiones	ou les deux Scipions

aut quum Fabricius Aristidesve[1] justus nominatur, aut ab illis
fortitudinis, aut ab his justitiæ; tanquam a sapientibus, pe-
titur exemplum. Nemo enim horum sic sapiens est, ut sapientem volumus intelligi; nec ii, qui sapientes habiti sunt et
nominati, M. Cato et C. Lælius, sapientes fuerunt; ne illi
quidem septem[2] : sed ex mediorum officiorum frequentia similitudinem quamdam gerebant speciemque sapientum. Quocirca
nec id, quod vere honestum est, fas est cum utilitatis repu-
gnantia comparari; nec id, quod communiter appellamus
honestum, quodque colitur ab iis qui bonos se viros haberi
volunt, cum emolumentis unquam est comparandum : tamque
id honestum, quod in nostram intelligentiam cadit, tuendum
conservandumque est nobis, quam id, quod proprie dicitur
vereque est honestum, sapientibus. Aliter enim teneri non
potest, si qua ad virtutem est facta progressio.

Sed hæc quidem de iis qui conservatione officiorum existi-

ou Aristide pour leur justice, nous ne citons pas la bravoure des uns
et la justice des autres comme des exemples donnés par des sages,
puisqu'aucun d'eux n'a possédé ce que nous entendons par la souve-
raine sagesse. Il en est de même de ceux qui ont passé pour sages et
à qui on en a donné le nom, comme Caton, Lélius et les sept sages
de la Grèce; mais il y avait en eux quelque chose qui ressemblait à
la sagesse parfaite, et qui résultait de leur exactitude à s'acquitter
des devoirs moyens. Il n'est donc jamais permis de faire entrer en
comparaison avec cette honnêteté parfaite l'utilité qui lui paraît contraire, ni même avec ce qu'on appelle communément honnêteté; et
qui est exactement observé de ceux qui veulent passer pour gens de
bien ; et nous devons garder et défendre cette honnêteté, qui est à la
portée de notre intelligence, avec autant de soin que celle qui est
appelée par les sages l'honnêteté proprement dite, la vraie honnêteté.
Autrement, nous compromettrions tous les progrès que nous pour-
rions avoir faits dans la vertu.

Mais nous n'avons parlé jusqu'ici que de ceux qu'une grande

commemorantur	sont cités
viri fortes,	*comme* des hommes courageux,
aut quum Fabricius	ou lorsque Fabricius
Aristidesve	ou Aristide
nominatur justus,	est nommé juste,
exemplum non petitur	un exemple n'est pas tiré
aut ab illis fortudinis,	ou de ceux-là de bravoure,
aut ab his justitiæ,	ou de ceux-ci de justice,
tanquam a sapientibus.	comme de sages.
Nemo enim horum	En effet nul de ceux-ci
est sapiens sic,	n'est sage ainsi,
ut volumus	comme nous voulons
sapientem intelligi ;	le sage être entendu ;
nec ii,	ni ces *hommes*,
qui habiti sunt sapientes	qui ont été tenus *pour* sages
et nominati,	et nommés *sages*,
M. Cato et C. Lælius,	M. Caton et C. Lélius,
fuerunt sapientes ;	n'ont été sages ;
ne illi quidem septem :	pas même ces *fameux* sept sages : [bitnel
sed ex frequentia	mais par-suite-de-l'accomplissement-ha-
officiorum mediorum	des devoirs moyens
gerebant	ils portaient
quamdam similitudinem	une certaine ressemblance
speciemque sapientum.	et apparence de sages.
Quocirca nec est fas	C'est-pourquoi et il n'est pas permis
id quod est vere honestum	ce qui est vraiment honnête
comparari	être comparé [lui est opposée) ;
cum repugnantia utilitatis;	avec l'opposition de l'utilité (l'utilité qui
nec id quod communiter	et ce que communément
appellamus honestum,	nous appelons l'honnête,
quodque colitur	et qui est cultivé
ab iis qui volunt	par ceux qui veulent [bien,
se haberi viros bonos,	eux-mêmes être tenus *pour* hommes de-
comparandum est unquam	ne doit être comparé jamais
cum emolumentis :	avec les avantages :
idque honestum,	et cet honnête,
quod cadit	qui tombe (est à la portée)
in nostram intelligentiam,	dans (de) notre intelligence,
tuendum est	doit être défendu
conservandumque nobis	et doit être conservé à (par) nous
tam quam id,	autant que cela,
quod dicitur proprie	qui est dit proprement
estque vere honestum,	et est vraiment honnête,
sapientibus.	*doit être conservé* par les sages. [dites
Sed hæc quidem	Mais *que* ces choses à la vérité *soient*
de iis	au-sujet-de ceux
qui existimantur boni	qui sont estimés *gens* de-bien

mantur boni. Qui autem omnia metiuntur emolumentis et
commodis, neque ea volunt præponderari honestate, hi solent
in deliberando honestum cum eo quod utile putant comparare;
boni viri non solent. Itaque existimo Panætium, quum dixerit
homines solere in hac comparatione dubitare, hoc ipsum sen-
sisse quod dixerit, solere modo, non etiam oportere. Etenim
non modo pluris putare quod utile videatur quam quod honestum, sed hæc etiam inter se comparare et in his addubi-
tare, turpissimum est.

Quid est ergo quod nonnunquam dubitationem afferre soleat
considerandumque videatur? Credo, si quando dubitatio accidit, quale sit id de quo consideretur. Sæpe enim tempore fit
ut, quod plerumque turpe haberi soleat, inveniatur non esse
turpe. Exempli causa ponatur aliquid quod pateat latius.
Quod potest majus esse scelus quam non modo hominem, sed

exactitude à s'acquitter de leurs devoirs fait appeler gens de bien.
Quant à ceux qui ne mesurent les choses que par les profits qu'on
en peut tirer, et qui ne veulent pas que l'honnêteté emporte la balance, ceux-là ont coutume, dans leurs délibérations, de mettre
l'utile en comparaison avec l'honnête; et c'est ce que ne font jamais
les gens de bien. Je crois donc que Panétius, lorsqu'il a dit que les
hommes ont coutume de balancer souvent entre l'utile et l'honnête,
a entendu par là, comme il le dit, qu'ils ont coutume de balancer,
mais non pas qu'ils doivent le faire : car il est honteux, non-seulement de préférer à l'honnête ce qui a quelque apparence d'utilité,
mais même d'être capable de mettre l'un en parallèle avec l'autre et
de balancer entre les deux.

Quand est-ce donc qu'on peut avoir des doutes sur une chose et
en entreprendre l'examen ? c'est, je crois, lorsqu'on ne voit pas bien
de quelle nature elle est. Car le temps et les circonstances font souvent que ce qui est ordinairement honteux cesse de l'être. En voici un
exemple dont l'application est assez étendue. Il n'y a pas de plus
grand crime que de tuer un homme, et surtout un ami. Dira-t-on

conservatione officiorum.	par l'observation des devoirs.
Qui autem metiuntur	Mais ceux qui mesurent
omnia	toutes choses
emolumentis et commodis,	par les avantages et les intérêts,
neque volunt ea	et ne veulent pas ceux-ci
præponderari honestate,	être surpassés-en-poids par l'honnêteté,
hi solent	ceux-ci ont-coutume
in deliberando	en délibérant
comparare honestum	de comparer l'honnête
cum eo quod putant utile;	avec ce qu'ils croient utile; [de le faire.
viri boni non solent.	les hommes de-bien n'ont-pas-coutume
Itaque existimo Panætium,	C'est-pourquoi j'estime Panétius,
quum dixerit homines	lorsqu'il a dit les hommes
solere dubitare	avoir-coutume de douter
in hac comparatione,	dans cette comparaison,
sensisse hoc ipsum	avoir pensé cela même
quod dixerit,	qu'il a dit, *les hommes*
solere modo,	avoir-coutume seulement *de le faire*,
non oportere etiam.	non pas *le* falloir (qu'il le faut aussi.)
Etenim est turpissimum	En effet il est très-honteux
non modo putare pluris	non seulement de croire de plus *de prix*
quod videatur utile	ce qui semble utile
quam quod honestum,	que ce qui *semble* honnête,
sed etiam	mais même
comparare hæc inter se	de comparer ces choses entre elles
et addubitare in his.	et de douter au-sujet-de ces choses.
Quid est ergo	Qu'y a-t-il donc
quod soleat	qui ait-coutume
afferre nonnunquam	d'apporter quelquefois
dubitationem	du doute
videaturque	et paraisse
considerandum?	à-considérer?
Credo, si quando	*C'est*, je crois, si quelquefois
dubitatio accidit,	un doute tombe (se présente) *sur ceci*,
quale sit id	quelle (de quelle nature) est cette chose
de quo consideretur.	sur laquelle on fait-examen.
Sæpe enim	Souvent en effet
fit tempore	il se fait par la circonstance
ut, quod plerumque	que ce qui le-plus-souvent
soleat haberi turpe,	a-coutume d'être tenu *pour* honteux,
inveniatur non esse turpe.	soit trouvé n'être pas honteux.
Ponatur causa exempli	Soit établi en vue d'un exemple
aliquid	quelque chose
quod pateat latius.	qui s'étende plus au-loin.
Quod scelus	Quel crime
potest esse majus	peut être plus grand
quam occidere	que de tuer

etiam familiarem occidere? Num igitur se obstrinxit scelere,
si quis tyrannum occidit, quamvis familiarem? Populo quidem
Romano non videtur, qui ex omnibus præclaris factis illud
pulcherrimum existimat. Vicit ergo utilitas honestatem? imo
vero honestatem utilitas est consecuta.

Itaque, ut sine ullo errore dijudicare possimus, si quando
cum illo quod honestum intelligimus pugnare id videbitur quod
appellamus utile, formula quædam [1] constituenda est; quam
si sequemur in comparatione rerum, ab officio nunquam re-
cedemus. Erit autem hæc formula stoicorum rationi discipli-
næque maxime consentanea; quam quidem in his libris
propterea sequimur, quod, quanquam et a veteribus academicis [2] et a peripateticis vestris, qui quondam iidem erant qui
academici, quæ honesta sunt anteponuntur iis quæ videntur
utilia, tamen splendidius hæc ab eis disseruntur quibus,

pour cela que ce soit un crime de tuer un tyran avec qui on a eu
quelque liaison d'amitié? Ce n'est pas ainsi qu'on en juge, du moins
chez les Romains, et ils sont persuadés au contraire que c'est la plus
belle action qu'on puisse faire. L'utilité l'emporte-t-elle donc alors
sur l'honnêteté? Non, sans doute; mais l'utile a été la conséquence
de l'honnête.

Si nous voulons donc nous mettre en état de bien nous déterminer,
toutes les fois que ce que nous concevons comme honnête paraît
contraire à ce que nous appelons utile, nous devons établir une
certaine règle; et, si nous la suivons dans la comparaison des différents objets, nous ne manquerons jamais de trouver ce que notre
devoir réclame de nous. Cette règle sera parfaitement conforme à la
doctrine des stoïciens, que nous suivons dans cet ouvrage; en effet,
quoique les académiciens, et vos péripatéticiens, qui autrefois étaient
les mêmes, préfèrent l'honnêteté à tout ce qui paraît utile, toute
cette matière est traitée avec bien plus de noblesse et de dignité par

non modo hominem,	non-seulement un homme,
sed etiam familiarem ?	mais de plus un ami ?
Num igitur,	Est-ce que donc,
si quis occidit tyrannum,	si quelqu'un a tué un tyran,
quamvis familiarem,	quoique *son* ami, [d'un) crime ?
se obstrinxit scelere ?	il s'est enchaîné par un (rendu coupable)
Non videtur	*Cela* ne semble pas
populo quidem Romano,	du moins au peuple romain,
qui ex omnibus factis	qui de toutes les actions
præclaris	très-brillantes
existimat illud	estime celle-là
pulcherrimum.	la plus belle.
Utilitas ergo	L'utilité donc
vicit honestatem ?	a vaincu l'honnêteté ?
imo vero utilitas	mais au contraire l'utilité
consecuta est honestatem.	a suivi l'honnêteté.
Itaque,	C'est-pourquoi,
ut possimus dijudicare	afin que nous puissions distinguer
sine ullo errore,	sans aucune erreur,
si quando id	si quelquefois ceci
quod appellamus utile	que nous appelons utile
videbitur pugnare cum illo	semble lutter avec cela
quod intelligimus	que nous comprenons
honestum,	honnête,
quædam formula	une certaine formule
constituenda est ;	doit être établie ;
quam si sequemur	laquelle si nous suivons
in comparatione rerum,	dans la comparaison des choses,
nunquam recedemus	jamais nous ne nous éloignerons
ab officio.	du devoir.
Hæc autem formula	Mais cette formule
erit maxime consentanea	sera le plus d'-accord
rationi disciplinæque	avec le système et la doctrine
stoicorum ;	des stoïciens ;
quam quidem	laquelle *doctrine* à la vérité
sequimur propterea	nous suivons pour-cela
in his libris,	dans ces livres,
quod, quanquam	que, quoique
quæ sunt honesta	les choses qui sont honnêtes
anteponuntur	sont préférées
iis quæ videntur utilia	à celles qui semblent utiles
et a veteribus academicis	et par les anciens académiciens
et a vestris peripateticis,	et par vos péripatéticiens,
qui quondam erant iidem	qui autrefois étaient les mêmes
qui academici,	que les académiciens,
tamen hæc	cependant ces choses
disseruntur splendidius	sont exposées avec-plus-d'éclat

quidquid honestum est, idem utile videtur, nec utile quidquam quod non honestum, quam ab iis quibus aut honestum
aliquid non utile, aut utile non honestum. Nobis autem nostra
Academia magnam licentiam dat ut, quodcumque maxime
probabile occurrat, id nostro jure liceat defendere. Sed redeo
ad formulam.

V. Detrahere igitur aliquid alteri, et hominem hominis
incommodo suum augere commodum, magis est contra naturam quam mors, quam paupertas, quam dolor, quam cetera
quæ possunt aut corpori accidere aut rebus externis. Nam
principio tollit convictum humanum et societatem. Si enim
sic erimus affecti, ut propter suum quisque emolumentum
spoliet aut violet alterum, disrumpi necesse est eam, quæ
maxime est secundum naturam, humani generis societatem.
Ut, si unumquodque membrum sensum hunc haberet, ut

ceux qui tiennent que tout ce qui est honnête est utile, et qu'il n'y
a même que cela seul qui le soit, que par ceux qui prétendent qu'il
y a des choses honnêtes qui ne sont pas utiles et des choses utiles
qui ne sont pas honnêtes. Notre Académie, du reste, nous donne
pleine liberté d'adopter l'opinion qui nous paraît la plus probable.
Mais je reviens à la règle.

V. La mort, la pauvreté, la douleur et les autres accidents corporels et extérieurs ne sont pas tant contre la nature que d'ôter à
quelqu'un ce qui lui appartient et de s'enrichir à ses dépens. D'abord
une telle action ne tend à rien moins qu'à détruire toute société entre
les hommes. En effet, si chacun est disposé à faire violence aux
autres et à les dépouiller de leur bien pour en profiter, il s'ensuivra
nécessairement la dissolution de la société humaine, qui est la chose
la plus conforme à la nature. Si chaque membre de notre corps était

ab eis quibus	par ceux auxquels
quidquid est honestum	tout ce qui est honnête
videtur idem utile,	paraît le même (en même temps) utile,
nec quidquam utile	et rien ne *paraît* utile
quod non honestum,	qui ne *soit* honnête,
quam ab iis quibus	que par ceux pour qui
aut aliquid honestum	ou quelque chose d'honnête
non utile,	n'est pas utile,
aut utile	ou *quelque chose* d'utile
non honestum.	n'est pas honnête.
Nobis autem	Mais à nous
nostra Academia	notre Académie
dat magnam licentiam	donne une grande liberté
ut, quodcumque occurrat	pour que, quelque chose qui se présente
maxime probabile,	comme la plus probable,
liceat defendere id	il *nous* soit-permis de défendre cela
nostro jure.	de notre droit (avec plein droit).
Sed redeo ad formulam.	Mais je reviens à la formule.
V. Igitur	V. Ainsi
hominem detrahere aliquid	un homme ôter quelque chose
alteri,	à un autre *homme*,
et augere suum commodum	et augmenter son avantage
incommodo hominis,	par le désavantage d'un *autre* homme,
est magis contra naturam	est plus contre la nature
quam mors,	que la mort,
quam paupertas,	que la pauvreté,
quam dolor,	que la douleur,
quam cetera	que toutes-les-autres choses
quæ possunt accidere	qui peuvent arriver
aut corpori	ou au corps
aut rebus externis.	ou aux objets extérieurs.
Nam principio tollit	Car d'abord *cela* détruit
convictum humanum	la vie-commune des hommes
et societatem.	et *leur* société. [sorte,
Si enim erimus affecti sic,	Si en effet nous sommes disposés de-telle-
ut quisque [tum	que chacun
propter suum emolumen-	pour son profit
spoliet aut violet alterum,	dépouille ou maltraite autrui,
est necesse eam societatem	il est nécessaire cette société
generis humani,	du genre humain,
quæ est maxime	qui est le plus
secundum naturam,	selon la nature,
disrumpi.	être rompue.
Ut, si	Comme, si
unumquodque membrum	chaque membre
haberet hunc sensum,	avait ce sentiment,
ut putaret	qu'il pensât

posse putaret se valere, si proximi membri valetudinem ad
se traduxisset, debilitari et interire totum corpus necesse
esset; sic, si unusquisque nostrum rapiat ad se commoda
aliorum, detrahatque quod cuique possit, emolumenti sui
gratia, societas hominum et communitas evertatur necesse
est. Nam sibi ut quisque malit quod ad usum vitæ pertineat
quam alteri acquirere, concessum est, non repugnante natura;
illud natura non patitur, ut aliorum spoliis nostras facultates,
copias, opes augeamus. Neque vero hoc solum natura, id est
jure gentium, sed etiam legibus populorum, quibus in singulis
civitatibus respublica continetur, eodem modo constitutum
est, ut non liceat sui commodi causa nocere alteri. Hoc enim
spectant leges, hoc volunt, incolumem esse civium conjunctionem; quam qui dirimunt, eos morte, exsilio, vinculis, damno
coercent. Atque hoc multo magis exigit ipsa naturæ ratio,

organisé de telle sorte qu'il crût se porter mieux en attirant à soi la
substance du membre voisin, le corps se détruirait infailliblement;
de même, dès que chacun tirera à soi ce qui appartient aux autres
et leur prendra tout ce qu'il pourra de leur bien pour augmenter
le sien, la société humaine sera infailliblement détruite. Que chacun
aime mieux acquérir pour soi que pour les autres ce qui est nécessaire à la vie, cela n'est point contraire à la nature; mais aussi cette
même nature ne peut souffrir que nous voulions nous enrichir des
dépouilles d'autrui. Et cela est contraire non-seulement à la nature, c'est-à-dire au droit des gens, mais à toutes les lois sur lesquelles les différentes cités sont établies, puisqu'il n'y en a point
qui ne défendent de faire du mal à autrui pour son propre avantage.
Car le maintien de la société humaine est tellement le but de toutes
les lois, qu'elles punissent non-seulement de peines pécuniaires, mais
encore de prison, d'exil et de mort, tous ceux qui entreprennent de
la troubler. Ce même principe est encore plus fortement recommandé

se posse valere,	lui-même pouvoir être-bien-portant,
si traduxisset ad se	s'il avait fait-passer à lui-même
valetudinem	la santé
membri proximi,	du membre voisin,
esset necesse totum corpus	il serait nécessaire tout le corps
debilitari et interire ;	s'affaiblir et périr ;
sic, si unusquisque nostrum	ainsi, si chacun de nous
rapiat ad se	attirait à lui-même
commoda aliorum,	les avantages des autres,
detrahatque	et enlevait
quod possit cuique,	ce qu'il pourrait *enlever* à chacun,
gratia sui emolumenti,	en vue de son profit,
est necesse societas	il est nécessaire que la société
et communitas hominum	et la communauté des hommes
evertatur.	soit renversée.
Nam concessum est,	Car il a été accordé (il est permis),
natura non repugnante,	la nature n'y répugnant pas,
ut quisque malit	que chacun aime-mieux
acquirere sibi quam alteri	acquérir pour lui-même que pour un autre
quod pertineat	ce qui a-rapport
ad usum vitæ ;	à l'usage de la vie ;
natura non patitur illud,	*mais* la nature ne souffre pas cela,
ut augeamus	que nous augmentions
nostras facultates,	nos moyens,
copias, opes,	*nos* facultés, *nos* ressources,
spoliis aliorum.	par les dépouilles d'autres.
Neque vero hoc	Et en vérité cela
constitutum est solum	n'a pas été établi seulement
natura,	par la nature,
id est jure gentium,	c'est-*à-dire* par le droit des gens,
sed etiam eodem modo	mais aussi de la même manière
legibus populorum,	par les lois des peuples,
quibus respublica	par lesquelles la république
continetur	est maintenue
in singulis civitatibus,	dans chaque cité,
ut non liceat	qu'il ne soit-pas-permis
nocere alteri	de nuire à autrui
causa sui commodi.	en vue de son avantage.
Leges enim spectant hoc,	Les lois en effet ont-en-vue ceci,
volunt hoc,	veulent ceci,
conjunctionem civium	l'union des citoyens
esse incolumem ;	être saine-et-sauve ;
quam qui dirimunt,	laquelle ceux qui divisent,
coercent eos morte,	elles répriment eux par la mort,
exsilio, vinculis, damno.	l'exil, les chaînes, l'amende.
Atque ratio ipsa naturæ,	Et la raison même de la nature,
quæ est lex divina	qui est loi divine

quæ est lex divina et humana; cui parere qui velit (omnes autem parebunt qui secundum naturam volent vivere) nunquam committet ut alienum appetat, et id quod alteri detraxerit sibi assumat.

Etenim multo magis est secundum naturam excelsitas animi et magnitudo, itemque comitas, justitia, liberalitas, quam voluptas, quam vita, quam divitiæ; quæ quidem contemnere et pro nihilo ducere, comparantem cum utilitate communi, magni animi et excelsi est. Detrahere autem alteri sui commodi causa magis est contra naturam quam mors, quam dolor, quam cetera generis ejusdem.

Itemque magis est secundum naturam pro omnibus gentibus, si fieri possit, conservandis aut juvandis, maximos labores molestiasque suscipere, imitantem Herculem illum, quem hominum fama beneficiorum memor in concilio cœlestium collocavit, quam vivere in solitudine, non modo sine ullis moles-

par la raison naturelle, qui est la loi divine et humaine; et quiconque l'observera, c'est-à-dire quiconque voudra vivre selon la nature, ne désirera jamais le bien d'autrui, bien loin de le prendre pour se l'approprier.

L'élévation et la grandeur d'âme, la bonté, la justice, la libéralité, sont sans doute des choses beaucoup plus conformes à la nature que la richesse, la volupté, la vie même, qu'une âme grande doit mépriser et compter pour rien en comparaison du bien public; et par la même raison l'injustice, qui fait envahir le bien d'autrui pour en profiter, est plus contraire à la nature que la mort, la douleur et toutes les autres choses du même genre.

Il est encore bien plus selon la nature d'entreprendre de grands travaux, de s'exposer à de grandes peines, pour secourir, s'il est possible, toutes les nations, à l'exemple d'Hercule, à qui l'opinion des hommes, fondée sur la reconnaissance de ses bienfaits, a donné place entre les dieux, que de vivre à l'écart, quand on serait non-

et humana,
exigit hoc multo magis ;
cui qui velit parere
(omnes autem qui volent
vivere secundum naturam
parebunt)
committet nunquam
ut appetat alienum,
et assumat sibi
id quod detraxerit alteri.
  Etenim excelsitas
et magnitudo animi,
itemque comitas, justitia,
liberalitas,
est magis
secundum naturam
quam voluptas, quam vita,
quam divitiæ ;
quæ quidem contemnere
et ducere pro nihilo,
comparantem
cum utilitate communi,
est animi magni
et excelsi.
Detrahere autem alteri
causa sui commodi
est magis contra naturam
quam mors, quam dolor,
quam cetera
ejusdem generis.
  Itemque
est magis
secundum naturam
suscipere
maximos labores
molestiasque
pro conservandis
aut juvandis,
si possit fieri,
omnibus gentibus,
imitantem illum Herculem,
quem fama hominum
memor beneficiorum
collocavit
in concilio cœlestium,
quam vivere in solitudine,
non modo

et humaine,
exige cela bien davantage;
à laquelle celui qui voudrait obéir
(or tous ceux qui voudront
vivre selon la nature
lui obéiront)
ne commettra jamais
qu'il convoite le bien d'-autrui,
et prenne pour lui-même
ce qu'il aura ôté à un autre.
  En effet l'élévation
et la grandeur de l'âme,
et de même la douceur, la justice,
la libéralité,
sont plus
selon la nature
que la volupté, que la vie,
que les richesses ;
lesquelles à la vérité mépriser
et compter pour rien,
en les comparant
avec l'utilité commune,
est d'une âme grande
et élevée.
Mais enlever quelque chose à autrui
en vue de son avantage
est plus contre la nature
que la mort, que la douleur,
que toutes-les-autres choses
de la même espèce.
  Et de même
il est plus
selon la nature
de prendre-sur-soi
les plus grands travaux
et les plus grands ennuis
pour conserver
ou aider,
si cela pouvait se faire,
toutes les nations,
en imitant cet Hercule,
que la renommée des hommes
se souvenant de ses bienfaits
a placé
dans l'assemblée des habitants-du-ciel,
que de vivre dans la solitude,
non seulement

tiis, sed etiam in maximis voluptatibus, abundantem omnibus copiis, ut excellas etiam pulchritudine et viribus. Quocirca optimo quisque et splendidissimo ingenio longe illam vitam huic anteponit. Ex quo efficitur hominem naturæ obedientem homini nocere non posse.

Deinde, qui alterum violat ut ipse aliquid commodi consequatur, aut nihil se existimat contra naturam facere, aut magis fugiendam censet mortem, paupertatem, dolorem, amissionem etiam liberorum, propinquorum, amicorum, quam facere cuipiam injuriam. Si nihil existimat contra naturam fieri in hominibus violandis, quid cum eo disseras qui omnino hominem ex homine tollat? Sin fugiendum id quidem censet, sed et multo illa pejora, mortem, paupertatem, dolorem,

seulement à l'abri de toute peine, mais encore dans l'abondance de toutes sortes de biens et de délices, en y joignant même les avantages de la force et de la beauté. Un cœur noble et élevé mettra toujours le premier genre de vie bien au-dessus du second. Il résulte de tout cela qu'un homme qui suivra la nature ne fera jamais de mal à un autre homme.

Quand un homme, par l'espérance de quelque sorte d'avantage que ce puisse être, se porte à nuire à quelqu'un, ou bien il croit ne rien faire contre la nature, ou bien il est persuadé que la mort, la pauvreté, la douleur, la perte de ses enfants, de ses proches, de ses amis, sont quelque chose de pire que de commettre une injustice. S'il croit ne rien faire contre la nature en violant les lois de la société humaine, en vain voudrait-on raisonner avec un tel homme, qui va jusqu'à étouffer dans l'homme tout ce qu'il y a d'humain. Si au contraire il reconnaît qu'il faut éviter l'injustice, mais que la mort, la pauvreté et la douleur lui paraissent quelque chose de beaucoup pire,

sine ullis molestiis,	sans aucuns ennuis,
sed etiam	mais même
in maximis voluptatibus,	dans les plus grandes voluptés,
abundantem	regorgeant
omnibus copiis,	de toutes les ressources,
ut excellas	à-supposer-que tu excelles
etiam pulchritudine	même par la beauté
et viribus.	et les forces.
Quocirca quisque	C'est-pourquoi tout *homme*
ingenio optimo	du naturel le meilleur
et splendidissimo	et le plus brillant
anteponit longe	préfère loin (de beaucoup)
illam vitam huic.	cette vie-là à celle-ci.
Ex quo efficitur	De quoi il est produit (d'où il résulte)
hominem	l'homme
obedientem naturæ	obéissant à la nature
non posse	ne pouvoir pas
nocere homini.	nuire à l'homme.
Deinde,	Ensuite,
qui violat alterum	celui qui lèse autrui
ut ipse consequatur	afin que lui-même atteigne (obtienne)
aliquid commodi,	quelque chose de (quelque) avantage,
aut existimat	ou bien estime
se facere nihil	lui-même *ne* faire rien
contra naturam,	contre la nature,
aut censet mortem,	ou pense la mort,
paupertatem, dolorem,	la pauvreté, la douleur,
amissionem etiam	la perte même
liberorum,	des enfants,
propinquorum, amicorum,	des proches, des amis,
fugiendam magis	devoir être évitée plus
quam facere injuriam	que de faire injustice
cuiquam.	à qui-que-ce-soit.
Si existimat	S'il estime
nihil fieri contra naturam	rien ne se faire contre la nature
in violandis hominibus,	en lésant les hommes,
quid disseras cum eo	que discuterais-tu avec celui
qui tollat omnino	qui enlèverait absolument
hominem ex homine?	l'homme de l'homme?
Sin censet	Mais-s'il pense
id quidem fugiendum,	cela à la vérité devoir être évité,
sed et illa,	mais aussi ces choses,
mortem, paupertatem,	la mort, la pauvreté,
dolorem,	la douleur,
multo pejora,	*être* bien pires,
errat in eo	il se trompe en cela
quod existimat	qu'il estime

errat in eo quod ullum aut corporis aut fortunæ vitium animi
vitiis gravius existimat.

VI. Ergo unum debet esse omnibus propositum, ut eadem
sit utilitas uniuscujusque et universorum; quam si ad se
quisque rapiat, dissolvetur omnis humana consortio. Atque si
etiam hoc natura præscribit, ut homo homini, quicumque sit,
ob eam ipsam causam quod is homo sit, consultum velit, necesse est secundum eamdem naturam omnium utilitatem esse
communem. Quod si ita est, una continemur omnes et eadem
lege naturæ; idque ipsum si ita est, certe violare alterum
lege naturæ prohibemur. Verum autem primum; verum igitur
et extremum. Nam illud quidem absurdum est quod quidam
dicunt, parenti se aut fratri nihil detracturos commodi sui
causa, sed aliam rationem esse civium reliquorum. Hi sibi

il croit donc que les maux du corps ou les accidents de la fortune
sont plus à craindre que les vices de l'âme, et il est dans l'erreur.

VI. Ainsi il est un principe qui nous doit être commun à tous,
c'est que l'utilité publique et l'utilité particulière sont une seule et
même chose. Que chacun tire à soi, et la société humaine se trouve
détruite. Si la nature prescrit à l'homme de faire du bien à son semblable, quel qu'il soit, par cette seule raison qu'il est homme, il s'ensuit qu'il n'y a rien d'utile en particulier que ce qui l'est aussi en général. S'il en est ainsi, cette loi de la nature est la même pour tout
le monde, et nous y sommes tous également assujettis; et alors encore
la loi naturelle nous défend de nuire à autrui. Le premier principe
étant vrai, le dernier l'est aussi. C'est donc mal à propos que quelques-
uns disent qu'à la vérité ils n'auraient garde de rien prendre à leur
père ni à leur frère, mais qu'ils ne se font pas la même loi à l'égard
des autres citoyens. Avancer une telle maxime, c'est s'exclure soi-

ullum vitium aut corporis	quelque vice ou du corps
aut fortunæ	ou de la fortune
gravius	*être* plus grave
vitiis animi.	que les vices de l'âme.
VI. Ergo unum	VI. En-conséquence une seule-chose
debet esse propositum	doit être mise-en-vue
omnibus,	à tous,
ut utilitas uniuscujusque	que l'utilité de chacun
et universorum	et de tous-ensemble
sit eadem ;	soit la même ;
quam si quisque	laquelle si chacun
rapiat ad se,	attire vers lui-même,
omnis consortio humana	toute association humaine
dissolvetur.	sera dissoute.
Atque etiam	Et de plus
si natura præscribit hoc,	si la nature prescrit ceci,
ut homo velit	que l'homme veuille
consultum homini,	être pourvu-aux-intérêts de l'homme,
quicumque sit,	quel qu'il soit,
ob eam causam ipsam	pour ce motif même
quod is sit homo,	que celui-ci est homme,
est necesse	il est nécessaire
secundum	selon
eamdem naturam	la même nature
utilitatem	l'utilité
esse communem omnium.	être commune à tous.
Quod si est ita,	Que si cela est ainsi,
omnes continemur	tous nous sommes compris
una et eadem lege	dans une seule et même loi
naturæ ;	de la nature ;
sique id ipsum est ita,	et si cela même est ainsi,
certe prohibemur	certainement nous sommes empêchés
lege naturæ	par la loi de la nature
violare alterum.	de léser autrui.
Primum autem verum ;	Or, la première chose est vraie ;
igitur et extremum verum.	donc aussi la dernière *est* vraie.
Nam illud quidem	Car ceci à la vérité
est absurdum,	est absurde,
quod quidam dicunt,	que certains disent,
se detracturos nihil	eux-mêmes *ne* devoir ôter rien
parenti aut fratri	à un père ou à un frère
causa sui commodi,	en vue de leur *propre* avantage,
sed rationem	mais l'égard
reliquorum civium	du (qui est dû au) reste-des citoyens
esse aliam.	être différent.
Hi statuunt	Ceux-ci établissent
nihil juris	rien de (aucun) droit

20

nihil juris et nullam societatem communis utilitatis causa
statuunt esse cum civibus; quæ sententia omnem societatem
distrahit civitatis. Qui autem civium rationem dicunt esse
habendam, externorum negant, hi dirimunt communem humani generis societatem; qua sublata, beneficentia, liberalitas, bonitas, justitia funditus tollitur; quæ qui tollunt etiam
adversus deos immortales impii judicandi sunt. Ab iis enim
constitutam inter homines societatem evertunt. Cujus societatis arctissimum vinculum est, magis arbitrari esse contra
naturam hominem homini detrahere sui commodi causa, quam
omnia incommoda subire, vel externa, vel corporis, vel etiam
ipsius animi, quæ vacent justitia. Hæc enim una virtus omnium est domina et regina virtutum.

Forsitan quispiam dixerit : « Nonne igitur sapiens, si fame
ipse conficiatur, abstulerit cibum alteri homini ad nullam rem

même des droits sacrés qui lient les citoyens les uns aux autres et
qui les obligent de conspirer tous à l'utilité commune : et ainsi l'on
anéantit toute association dans la cité. Il y en a d'autres qui conviennent qu'il faut respecter les droits des citoyens, mais qui n'en
reconnaissent point à l'égard des étrangers ; ceux-là détruisent cette
autre société générale qui comprend tout le genre humain, et dont
la ruine emporte tout ce qu'on appelle bonté, humanité, justice,
libéralité. Porter atteinte à ces vertus c'est être impie envers les dieux
mêmes, puisque c'est détruire la société qu'ils ont eux-mêmes établie
entre les hommes, et dont le lien le plus fort est de se persuader
qu'il est plus contraire à la nature de dépouiller autrui de son bien
pour en profiter, que de s'exposer à toutes les disgrâces de la fortune, à tous les maux du corps et à toutes les peines de l'esprit,
pourvu que la justice n'y soit pas intéressée. Car la justice est la
vertu par excellence, la maîtresse et la reine des vertus.

Mais, dira-t-on, « est-ce que le sage, sur le point de mourir de faim
ne pourra pas ôter un morceau de pain à un misérable qui n'est bon

et nullam societatem	et aucune société
utilitatis communis	d'utilité commune
esse sibi cum civibus;	n'être à eux-mêmes avec les citoyens ;
quæ sententia	lequel sentiment
distrahit	désunit
omnem societatem	toute société
civitatis.	de la cité.
Qui autem dicunt	D'autre-part ceux qui disent
rationem civium	compte des citoyens
habendam,	devoir être tenu,
negant	*mais nient*
externorum,	*qu'il faille tenir compte* des étrangers,
hi dirimunt	ceux-ci désunissent
societatem communem	la société commune
generis humani;	du genre humain ;
qua sublata,	laquelle étant enlevée,
beneficentia, liberalitas,	la bienfaisance, la libéralité,
bonitas, justitia,	la bonté, la justice,
tollitur funditus;	sont enlevées de-fond-en-comble ;
quæ qui tollunt	lesquelles ceux qui enlèvent
judicandi sunt impii	doivent être jugés impies
etiam adversus deos	aussi vis-à-vis des dieux
immortales.	immortels.
Evertunt enim societatem	Ils renversent en effet la société
constitutam ab iis	établie par eux
inter homines.	entre les hommes.
Cujus societatis	De laquelle société
vinculum arctissimum est	le lien le plus étroit est
arbitrari	d'estimer
esse magis contra naturam	être (qu'il est) plus contre la nature
hominem detrahere homini	l'homme enlever à l'homme
causa sui commodi,	en vue de son avantage
quam subire	que de subir
omnia incommoda,	tous les désavantages,
vel externa, vel corporis,	soit extérieurs, soit du corps,
vel etiam	soit aussi
animi ipsius,	de l'âme même, [qu'on ne les mérite pas).
quæ vacent justitia.	qui soient exempts de justice ('pourvu
Hæc enim una virtus	En effet cette seule vertu
est domina et regina	est la maîtresse et la reine
omnium virtutum.	de toutes les vertus.
Forsitan	Peut-être
quispiam dixerit :	quelqu'un aura dit (dira) :
« Nonne igitur sapiens,	« Est-ce que donc le sage,
si ipse conficiatur fame,	si lui-même est accablé par la faim,
abstulerit cibum	n'ôtera pas la nourriture
alteri homini	à un autre homme

utili? » Minime vero ; non enim mihi est vita mea utilior quam animi talis affectio, neminem ut violem commodi mei gratia. Quid? si Phalarim, crudelem tyrannum et immanem, vir bonus, ne ipse frigore conficiatur, vestitu spoliare possit, nonne faciat? Hæc ad judicandum sunt facillima. Nam, si quid ab homine ad nullam partem utili tuæ utilitatis causa detraxeris, inhumane feceris contraque naturæ legem ; sin autem is tu sis, qui multam utilitatem reipublicæ atque hominum societati, si in vita remaneas, afferre possis, si quid ob eam causam alteri detraxeris, non sit reprehendendum. Sin autem id non sit ejusmodi, suum cuique incommodum ferendum est potius quam de alterius commodis detrahendum. Non igitur magis est contra naturam morbus, aut egestas, aut quid hujusmodi, quam detractio aut appetitio alieni.

Sed communis utilitatis derelictio contra naturam est; est

à rien? » Non, certes ; car cette disposition de son cœur, qui le rend incapable de rien ôter à personne pour son profit particulier, lui est plus chère que la vie. Quoi! dira-t-on, si le même homme, prêt à mourir de froid, se trouvait en état de dépouiller Phalaris, le plus cruel de tous les tyrans, y a-t-il quelque raison qui dût l'en empêcher? C'est ce qui n'est pas difficile à décider : car, si pour votre propre intérêt vous dépouillez un autre homme, fût-il le plus inutile de tous, vous faites une action inhumaine et vous outragez la loi de la nature. Seulement, si la conservation de votre vie était extrêmement utile à la république et à la société humaine, le vol que vous feriez à un autre, dans ce motif, ne serait pas répréhensible. Mais hors de ce cas, il faut que chacun supporte son malheur plutôt que de donner atteinte au bien d'autrui. La maladie, la pauvreté, et toutes les autres choses de même espèce, sont moins contre la nature, je le répète, que l'usurpation et même la convoitise du bien d'autrui.

Mais il est aussi contre la nature d'abandonner le soin de l'utilité

utili ad nullam rem? » — utile pour aucune chose? »
Minime vero ; — Nullement en vérité ;
mea enim vita — en effet ma vie
non est utilior mihi — n'est pas plus utile à moi
quam affectio talis animi, — qu'une disposition telle de l'âme,
ut violem neminem — que je ne lèse personne
gratia mei commodi. — en vue de mon avantage.
Quid ? si vir bonus, — Quoi ? si un homme de-bien,
ne ipse conficiatur — pour que lui-même ne soit pas accablé
frigore, — par le froid
possit spoliare vestitu — pouvait dépouiller de son vêtement
Phalarim, — Phalaris,
tyrannum crudelem — tyran cruel
et immanem, — et affreux,
non faciat ? — il ne le ferait pas?
Hæc sunt facillima — Ces choses sont très-faciles
ad judicandum. — à juger.
Nam, si detraxeris quid — Car, si tu as enlevé quelque chose
causa tuæ utilitatis — en vue de ton utilité
ab homine — à un homme
utili ad nullam partem, — utile d'aucun côté (bon à rien),
feceris inhumane — tu auras agi inhumainement
contraque legem naturæ ; — et contre la loi de nature ;
sin autem tu sis is, — mais-si d'autre-part tu es cet (un) homme,
qui, si remaneas in vita, — qui, si tu restais en vie,
possis afferre — pourrais apporter
multam utilitatem — une grande utilité
reipublicæ — à la république
atque societati hominum, — et à la société des hommes,
si ob eam causam — si pour ce motif
detraxeris quid alteri, — tu as enlevé quelque chose à autrui,
non sit reprehendendum. — cela ne serait pas à-reprendre.
Sin autem — Mais-si d'autre part
id non sit ejusmodi, — cela n'est pas de-cette-sorte,
suum incommodum cuique — son désavantage à chacun
ferendum est — doit être supporté
potius quam detrahendum — plutôt qu'il ne faut ôter
de commodis alterius. — des avantages d'autrui.
Morbus igitur, aut egestas, — La maladie donc, ou le besoin,
aut quid hujusmodi, — ou quelque chose de-cette-sorte,
non est magis — n'est pas plus
contra naturam — contre la nature
quam detractio — que la soustraction
aut appetitio alieni. — ou la convoitise du bien d'-autrui.
Sed derelictio — Mais l'abandon
utilitatis communis — de l'utilité commune
est contra naturam ; — est contre la nature ;

enim injusta. Itaque lex ipsa naturæ, quæ utilitatem hominum conservat et continet, decernit profecto ut ab homine
inerti atque inutili ad sapientem, bonum fortemque virum
transferantur res ad vivendum necessariæ; qui, si occiderit,
multum de communi utilitate detraxerit : modo hoc ita faciat,
ut ne ipse de se bene existimans seseque diligens hanc causam
habeat ad injuriam. Ita semper officio fungetur, utilitati con-
sulens hominum, et ei, quam sæpe commemoro, humanæ societati. Nam, quod ad Phalarim attinet, perfacile judicium est.
Nulla enim societas nobis cum tyrannis, sed potius summa
distractio est; neque est contra naturam spoliare eum, si
possis, quem honestum est necare; atque hoc omne genus
pestiferum atque impium ex hominum communitate extermi-
nandum est. Etenim, ut membra quædam amputantur, si et
ipsa sanguine et tanquam spiritu carere cœperunt, et nocent

publique, puisque cet abandon est une injustice. Ainsi la loi même
de la nature, qui maintient le bien public, prononce en faveur de
cet homme de mérite et de vertu qu'il est de l'intérêt public de ne
pas laisser périr, et lui permet de prendre à l'homme lâche et
inutile ce qu'il lui faut pour sauver sa vie; mais elle veut qu'il ne
se porte jamais à l'injustice par présomption ni par amour-propre,
qu'il n'ait en vue que l'utilité publique, et le bien de cette société
humaine que je rappelle tant de fois. Quant à la question sur
Phalaris, elle est aisée à résoudre : entre nous et les tyrans, il
n'existe point de société, mais plutôt une grande séparation, et il
n'est pas contre la nature d'ôter ses habits à un homme à qui il
serait honnête d'ôter la vie. Il faut purger la terre de toutes ces
pestes du genre humain, et de même que l'on retranche du corps le
membre où le sang et les esprits vitaux ne circulent plus, afin

est enim injusta.	car il est injuste.
Itaque lex ipsa naturæ,	C'est-pourquoi la loi même de la nature,
quæ conservat et continet	qui conserve et maintient
utilitatem hominum,	l'utilité des hommes,
decernit profecto	décide assurément
ut res necessariæ	que les choses nécessaires
ad vivendum	pour vivre
transferantur	soient transportées
ab homine inerti	de l'homme oisif
atque inutili	et inutile
ad virum sapientem,	à l'homme sage,
bonum fortemque ;	bon et fort ;
qui, si occiderit,	lequel, s'il a péri,
detraxerit multum	aura enlevé beaucoup
de utilitate communi :	à l'utilité commune :
modo faciat hoc ita,	pourvu qu'il fasse cela de-telle-sorte,
ut ne habeat hanc causam	qu'il n'ait pas ce motif (ne s'en fasse pas
ad injuriam,	pour l'injustice, [un motif)
ipse existimans bene de se	lui-même pensant bien de lui-même
diligensque sese.	et aimant lui-même.
Ita semper	Ainsi toujours
fungetur officio,	il s'acquittera de *son* devoir,
consulens	pourvoyant
utilitati hominum,	à l'utilité des hommes,
et ei societati humanæ	et à cette société humaine
quam commemoro sæpe.	que je cite souvent.
Nam, quod attinet	Car, *en* ce qui a-rapport
ad Phalarim,	à Phalaris,
judicium est perfacile.	le jugement est très-facile.
Nulla enim societas	En effet aucune société
est nobis cum tyrannis,	n'est à nous avec les tyrans,
sed potius	mais plutôt
summa distractio ;	une extrême séparation ;
neque est contra naturam	et il n'est pas contre la nature
spoliare, si possis,	de dépouiller, si tu *le* peux,
eum quem est honestum	celui qu'il est honnête
necare ;	de tuer ;
atque omne hoc genus	et toute cette espèce
pestiferum atque impium	pernicieuse et impie
exterminandum est	doit être bannie
ex communitate hominum.	de la communauté des hommes.
Etenim,	En effet,
ut quædam membra	comme certains membres
amputantur,	sont amputés,
si et ipsa cœperunt	si et eux-mêmes ont commencé
carere sanguine	de manquer de sang
et tanquam spiritu,	et comme de souffle,

reliquis partibus corporis, sic ista in figura hominis feritas et immanitas belluæ a communi tanquam humanitate corporis segreganda est. Hujus generis sunt quæstiones omnes eæ, in quibus ex tempore officium exquiritur.

VII. Ejusmodi igitur credo res Panætium persecuturum fuisse, nisi aliquis casus aut occupatio consilium ejus peremisset. Ad quas ipsas consultationes ex superioribus libris satis multa præcepta sunt, quibus perspici possit quid sit propter turpitudinem fugiendum; quid sit id quod idcirco fugiendum non sit, quia omnino turpe non est. Sed, quoniam operi inchoato et prope jam absoluto tanquam fastigium imponimus, ut geometræ [1] solent non omnia docere, sed postulare ut quædam sibi concedantur, quo facilius quæ velint explicent, sic ego a te postulo, mi Cicero, ut mihi concedas,

qu'il ne corrompe pas les autres parties, ainsi il faut retrancher du corps de la société ces monstres qui, sous une figure humaine, cachent la rage et la férocité des bêtes les plus cruelles. Toutes les autres questions dans lesquelles les devoirs dépendent des circonstances sont à peu près semblables.

VII. Je crois que Panétius en aurait parlé, si quelque autre occupation, ou peut-être quelque accident, ne l'avait empêché de poursuivre son dessein. Mais enfin on trouvera, dans les deux livres précédents, plusieurs préceptes qui permettent de discerner quelles sont les choses que l'on doit éviter parce qu'elles blessent l'honnêteté, et celles dont on n'est pas obligé de s'abstenir parce qu'elles n'y sont pas contraires. Mais comme notre édifice est déjà bien avancé, et que nous n'avons plus qu'à y poser le faîte, je veux faire comme les géomètres, qui, pour expliquer plus aisément ce qu'ils veulent faire entendre, demandent qu'on leur accorde quelques principes. Accordez-moi donc, mon cher Cicéron, si vous le pouvez, que rien n'est

et nocent reliquis partibus corporis,
et ils nuisent au reste-des parties du corps,

sic feritas
ainsi la sauvagerie

et immanitas belluæ
et la cruauté d'une bête

in ista figura hominis
dans cette figure d'homme

segreganda est
doit être séparée

tanquam ab humanitate communi corporis.
comme de l'humanité commune du corps.

Hujus generis sunt omnes eæ quæstiones, in quibus officium exquiritur ex tempore.
De cette espèce sont toutes ces questions, dans lesquelles le devoir est recherché d'après la circonstance.

VII. Credo igitur Panætium
VII. Je crois donc Panétius

persecuturum fuisse res ejusmodi,
avoir dû poursuivre les choses de-cette-sorte,

nisi aliquis casus aut occupatio peremisset consilium ejus.
si quelque accident ou *quelque* occupation n'avait anéanti le projet de lui.

Ad quas consultationes ipsas
Pour lesquelles délibérations elles-mêmes

satis multa præcepta sunt ex libris superioribus,
des choses assez nombreuses ont été prescrites d'après les livres précédents,

quibus possit perspici
par lesquelles il puisse être vu-à-fond

quid fugiendum sit propter turpitudinem;
quelle chose doit être évitée à-cause-de la honte;

quid sit id quod non fugiendum sit idcirco quia non est turpe omnino.
quelle chose est celle qui ne doit pas être évitée pour-cela que elle n'est pas honteuse absolument.

Sed, quoniam tanquam imponimus fastigium operi inchoato,
Mais, puisque en-quelque-sorte nous mettons le couronnement à un ouvrage commencé

et prope jam absoluto,
et presque déjà achevé,

ut geometræ solent non docere omnia,
comme les géomètres ont-coutume de ne pas enseigner tout,

sed postulare ut quædam concedantur sibi,
mais de demander que certaines choses soient accordées à eux-mêmes,

quo explicent facilius quæ velint,
afin qu'ils déroulent plus facilement *les choses* qu'ils veulent,

sic ego postulo a te, mi Cicero,
ainsi moi je demande à toi, mon Cicéron,

ut concedas mihi, si potes
que tu accordes à moi, si tu *le* peux

si potes, nihil, præter id quod honestum sit, propter se esse
expetendum. Sin hoc non licet per Cratippum[1], at illud certe
dabis, quod honestum sit, id esse maxime propter se expetendum. Mihi utrumvis satis est ; et quum hoc, tum illud
probabilius videtur, nec præterea quidquam probabile.

Ac primum Panætius in hoc defendendus est, quod non utilia cum honestis pugnare aliquando posse dixerit (neque enim
ei fas erat), sed ea quæ viderentur utilia. Nihil vero utile,
quod non idem honestum; nihil honestum, quod non idem
utile sit, sæpe testatur : negatque ullam pestem majorem in
vitam hominum invasisse, quam eorum opinionem qui ista
distraxerint. Itaque, non ut aliquando anteponeremus utilia
honestis, sed ut ea sine errore dijudicaremus, si quando inci-
dissent, induxit eam quæ videretur esse, non quæ esset, re-

désirable par soi-même que l'honnêteté ; ou, si Cratippe ne vous
le permet pas, accordez-moi au moins qu'elle l'est plus que nulle
autre chose. L'une des deux propositions me suffit : la première est
très-probable, la seconde l'est encore davantage, et il me semble
que hors de là il n'y a rien de probable.

Mais sur cela même je dois d'abord défendre Panétius, en ce qu'il
a dit non pas que l'honnête se trouve en opposition avec l'utile, car
c'est ce que ses principes ne lui permettaient pas de dire, mais seulement qu'il peut l'être avec ce qui paraît utile. Il déclare même
expressément en plusieurs endroits qu'il n'y a rien d'utile que ce qui
est honnête, et que tout ce qui est honnête est utile; et il soutient
qu'il n'y a rien de plus pernicieux pour la société que l'opinion de
ceux qui ont séparé ces deux choses. S'il a donc parlé de la contrariété apparente, et qui ne peut jamais être réelle, de l'honnête et de
l'utile, il n'a pas prétendu pour cela qu'il fût permis de préférer
l'utile à l'honnête; il a seulement voulu que nous fussions en état

nihil expetendum esse | rien ne devoir être recherché
propter se, | pour lui-même,
præter id | excepté cela
quod sit honestum. | qui est honnête.
Sin hoc non licet | Mais si cela n'est pas permis
per Cratippum, | par Cratippe,   [cela,
at certe dabis illud, | mais du moins tu donneras (accorderas)
quod sit honestum | ce qui est honnête
expetendum esse propter se. | devoir être recherché pour lui-même.
Utrumvis | Celui-des-deux-que-tu-veux
est satis mihi; | est assez pour moi;
et quum hoc, | et d'une-part cette chose-ci *est probable*,
tum illud | d'autre-part cette chose-là
videtur probabilius, | paraît plus probable,
nec quidquam probabile | et rien de probable
præterea. | outre-cela.
　Ac primum Panætius | 　Et d'abord Panétius
defendendus est in hoc, | doit être défendu sur ceci,
quod non dixerit | qu'il n'a pas dit
utilia posse aliquando | les choses utiles pouvoir quelquefois
pugnare cum honestis | lutter avec les choses honnêtes
(neque enim erat fas ei), | (et en effet *cela* n'était pas permis à lui),
sed ea | mais ces choses
quæ viderentur utilia. | qui paraissaient utiles.
Sæpe vero testatur | Mais souvent il affirme
nihil utile, | rien *n'être* utile,   [honnête;
quod non idem honestum; | qui ne *soit* le même (en même temps)
nihil honestum, | rien honnête,   [utile:
quod non sit idem utile: | qui ne soit le même (en même temps
negatque | et il nie
ullam pestem majorem | aucun fléau plus grand
invasisse | avoir fait-invasion
in vitam hominum, | dans la vie des hommes,
quam opinionem eorum | que l'opinion de ceux
qui distraxerint ista. | qui ont séparé ces choses.
Itaque, | C'est-pourquoi,
non ut aliquando | non pour que quelquefois
anteponeremus utilia | nous préférassions les choses utiles
honestis, | aux choses honnêtes,
sed ut dijudicaremus ea | mais pour que nous discernassions elles
sine errore, | sans erreur,
si quando incidissent, | si parfois elles s'étaient présentées,
induxit eam repugnantiam | il a introduit cette opposition
quæ videretur esse, | qui parût exister,
non quæ esset. | non qui existât.
Explebimus igitur | Nous suppléerons donc
hanc partem relictam, | cette partie laissée,

pugnantiam. Hanc igitur partem relictam explebimus, nullius adminiculis, sed, ut dicitur, Marte nostro. Neque enim quidquam de hac parte post Panætium explicatum est, quod quidem mihi probaretur, de iis quæ in manus nostras venerunt.

VIII. Quum igitur aliqua species utilitatis objecta est, commoveri necesse est. Sed si, quum animum attenderis, turpitudinem videas adjunctam ei rei quæ speciem utilitatis attulerit, tum non utilitas requirenda est, sed intelligendum, ubi turpitudo sit, ibi utilitatem esse non posse. Quod si nihil est tam contra naturam quam turpitudo (recta enim et convenientia et constantia natura desiderat, aspernaturque contraria) nihilque tam secundum naturam quam utilitas, certe in eadem re utilitas et turpitudo esse non potest. Itemque, si ad honestatem nati sumus, eaque aut sola expetenda est, ut Zenoni visum est, aut certe omni pondere gravior habenda quam

de les distinguer. Ce dernier point de sa division qu'il n'a pas traité, j'y suppléerai de mon fonds et sans le secours de personne : car de tous les écrits qui, depuis Panétius, ont paru sur cette matière et sont venus à ma connaissance, il n'en est aucun dont je sois content.

VIII. Lorsqu'il se présente à nous quelque chose qui a une apparence d'utilité, nous ne saurions nous empêcher d'en être touchés. Mais si, après y avoir regardé de près, nous trouvons qu'il y a quelque chose de honteux dans ce qui nous paraissait utile, il faut, non pas renoncer à l'utile, mais comprendre que ce qui est honteux ne peut jamais être utile. Car s'il est vrai qu'il n'y ait rien de si contraire à la nature que ce qui est malhonnête (car elle aime la décence, la droiture, l'honnêteté, et rejette tout ce qui leur est contraire), rien au contraire de si convenable à la nature que ce qui est utile, il est clair qu'une même chose ne saurait être à la fois utile et malhonnête. De plus, s'il est vrai que nous sommes nés pour l'honnêteté et qu'elle est la seule chose désirable, comme Zénon le soutient, ou au moins la plus désirable de toutes, comme

adminiculis nullius,	avec les secours de personne,
sed, ut dicitur,	mais, comme on dit,
nostro Marte.	avec notre Mars (nos propres ressources).
Neque enim quidquam	Et en effet rien
explicatum est de hac parte	n'a été développé sur cette partie
post Panætium,	après Panétius,
quod quidem	*rien* qui du moins
probaretur mihi,	fût approuvé de moi,
de iis quæ venerunt	d'entre ces *ouvrages* qui sont venus
in nostras manus.	dans nos mains.
VIII. Quum igitur	VIII. Lorsque donc
aliqua species utilitatis	quelque apparence d'utilité
objecta est,	s'est présentée,
est necesse commoveri.	il est nécessaire d'*en* être frappé.
Sed si,	Mais si,
quum attenderis animum,	lorsque tu auras appliqué *ton* esprit,
videas turpitudinem	tu vois la honte
adjunctam ei rei	jointe à cette chose
quæ attulerit	qui aura apporté (présenté)
speciem utilitatis,	une apparence d'utilité,
tum non utilitas	alors non pas l'utilité
requirenda est,	doit être recherchée,
sed intelligendum,	mais il faut comprendre,
ubi turpitudo sit,	où la honte est,
utilitatem	l'utilité
non posse esse ibi.	ne pouvoir pas être là.
Quod si nihil	Que si rien
est tam contra naturam	n'est autant contre la nature
quam turpitudo	que la honte
(natura enim	(la nature en effet
desiderat recta	désire les choses droites
et convenientia	et qui ont-convenance
et constantia,	et qui ont-constance,
aspernaturque contraria),	et repousse les choses contraires),
nihilque	et *si* rien
est tam secundum naturam	n'est autant la nature
quam utilitas,	que l'utilité,
certe utilitas et turpitudo	assurément l'utilité et la honte
non potest esse	ne peuvent pas être
in eadem re.	dans la même chose.
Itemque, si nati sumus	Et de même, si nous sommes nés
ad honestatem,	pour l'honnêteté,
eaque	et *si* celle-ci
aut expetenda est sola,	ou doit être recherchée seule,
ut visum est Zenoni,	comme il a paru à Zénon,
aut certe habenda	ou du moins doit être tenue
gravior omni pondere	*pour* plus pesante de tout poids

reliqua omnia, quod Aristoteli placet, necesse est, quod honestum sit, id esse. aut solum aut summum bonum ; quod
autem bonum, id' certe utile ; itaque quidquid honestum, id
utile.

Quare error hominum non proborum, quum aliquid quod
utile visum est arripuit, id continuo secernit ab honesto. Hinc
sicæ, hinc venena, hinc falsa testamenta nascuntur ; hinc
furta, peculatus, expilationes direptionesque sociorum et civium ; hinc opum nimiarum potentiæ non ferendæ ; postremo
etiam in liberis civilatibus regnandi exsistunt cupiditates,
quibus nihil nec tetrius nec fœdius excogitari potest. Emolumenta enim rerum fallacibus judiciis vident ; pœnam, non
dico legum, quas sæpe perrumpunt, sed ipsius turpitudinis,
quæ acerbissima est, non vident. Quamobrem hoc quidem
deliberantium genus pellatur e medio (est enim totum sceleratum et impium), qui deliberant utrum id sequantur quod

Aristote l'enseigne, il s'ensuit nécessairement qu'elle est ou le seul
bien qu'il y ait, ou au moins le plus grand de tous les biens. Or ce
qui est un bien est certainement utile ; ainsi ce qui est honnête est
utile.

Les méchants, dans leur aveuglement, sont uniquement frappés
de ce qui leur semble utile, et le séparent de l'honnête : de là viennent les assassinats, les empoisonnements, les faux témoignages, les
vols, les concussions, les pillages des alliés et des citoyens ; de là
ces richesses excessives qui donnent un crédit si funeste ; de là
enfin cette passion de régner qui se produit jusque dans des États
libres, et qui de tous les crimes est le plus infâme et le plus détestable. Ces esprits égarés ne voient dans les choses que l'avantage
qu'ils peuvent en retirer, et ne voient nullement, je ne dis pas la
peine des lois qu'ils violent si souvent, mais celle de l'infamie, qui
est sans comparaison la plus grande de toutes. Qu'on ne mette donc

quam omnia reliqua, que toutes les autres choses,
quod placet Aristoteli, ce qui plaît à Aristote,
est necesse, il est nécessaire,
quod sit honestum, ce qui est honnête,
id esse aut solum bonum cela être ou le seul bien
aut summum ; ou le *bien* suprême ;
quod autem bonum, or ce qui *est* bon,
id certe utile ; cela assurément *est* utile ;
itaque quidquid honestum, en-conséquence tout ce qui *est* honnête,
id utile. cela *est* utile.
　　Quare error 　　C'est-pourquoi l'erreur
hominum non proborum, d'hommes non honnêtes,
quum arripuit aliquid lorsqu'elle a saisi quelque chose
quod visum est utile, qui a paru utile,
continuo secernit id aussitôt sépare cela
ab honesto. de l'honnête.
Hinc nascuntur sicæ, De là naissent les poignards,
hinc venena, de là les poisons,
hinc falsa testamenta ; de là les faux testaments ;
hinc furta, peculatus, de là les vols, les péculats,
expilationes, les pillages
direptionesque et les spoliations
sociorum et civium ; des alliés et des citoyens ;
hinc potentiæ non ferendæ de là les pouvoirs non supportables
opum nimiarum ; des richesses trop grandes ;
postremo existunt enfin s'élèvent
etiam in civitatibus liberis même dans les cités libres
cupiditates regnandi, les ambitions de régner,
quibus nihil en comparaison desquelles rien
nec tetrius nec fœdius ni de plus hideux ni de plus honteux
potest excogitari. ne peut être imaginé.
Judiciis enim fallacibus Car dans *leurs* jugements erronés
vident ils voient
emolumenta rerum ; les profits des choses ;
non vident pœnam, ils ne voient pas le châtiment,
non dico legum, je ne dis pas des lois,
quas perrumpunt sæpe, qu'ils brisent souvent,
sed turpitudinis ipsius, mais de la honte même,
quæ est acerbissima. lequel est très-cruel.
Quamobrem C'est-pourquoi
hoc quidem genus que du moins cette espèce
deliberantium de *gens* délibérants
pellatur e medio, soit chassée du milieu (mise de côté),
— est enim totum — car elle est tout-entière
sceleratum et impium, — criminelle et impie, —
qui deliberant lesquels délibèrent
utrum sequantur id s'ils suivront cela

honestum esse videant, an se scientes scelere contaminent;
in ipsa enim dubitatione facinus inest, etiamsi ad id non per-
venerint. Ergo ea deliberanda omnino non sunt, in quibus est
turpis ipsa deliberatio. Atque etiam ex omni deliberatione
celandi et occultandi spes opinioque removenda est. Satis
enim nobis, si modo in philosophia aliquid profecimus, persuasum esse debet, si omnes deos hominesque celare possimus,
nihil tamen avare, nihil injuste, nihil libidinose, nihil incon-
tinenter esse faciendum.

IX. Hinc ille Gyges' inducitur a Platone, qui, quum terra
discessisset magnis quibusdam imbribus, in illum hiatum
descendit, æneumque equum, ut ferunt fabulæ, animadvertit,
cujus in lateribus fores essent; quibus apertis, hominis mortui
vidit corpus magnitudine inusitata, annulumque aureum in

plus en question si on suivra ce qui paraît conforme à l'honnêteté
ou si on se jettera dans le crime reconnu pour tel. Une pareille délibération est déjà un crime et une impiété, et c'est être coupable
que d'avoir hésité entre l'un et l'autre, quand même on n'en serait
pas venu à l'action. Il ne faut pas mettre en délibération les choses
où la délibération même est honteuse. On doit encore écarter, dans
toute délibération, l'idée et l'espérance qu'elle demeurera secrète, puisque, pour peu qu'on ait de teinture de la philosophie, on sera bien persuadé que, quand on pourrait tromper les regards des hommes et des
dieux mêmes, il n'en serait pas moins interdit de se laisser aller à quelque mouvement d'avarice, d'injustice, de débauche, d'intempérance.

IX. C'est à ce propos que Platon raconte l'aventure de Gygès,
qui, voyant la terre entr'ouverte après une grande pluie, descendit
dans cet abîme, où il trouva un cheval d'airain qui avait à chaque
côté une porte. Gygès en ouvrit une, et aperçut dans ce cheval un
corps mort, d'une grandeur prodigieuse, qui avait à un doigt un

quod videant	qu'ils voient
esse honestum,	être honnête,
an scientes	ou *le* sachant
se contaminent scelere ;	se souilleront d'un crime ;
facinus enim	en effet le forfait
inest in dubitatione ipsa,	est dans l'hésitation même,
etiamsi non pervenerint	bien qu'ils n'aient pas été
ad id.	jusqu'à ce *forfait.*
Ergo ea,	Donc ces choses,
in quibus deliberatio ipsa	dans lesquelles la délibération elle-même
est turpis,	est honteuse,
non deliberanda sunt	ne doivent pas être mises-en-délibération
omnino.	du tout.
Atque etiam	Et de plus
spes opinioque	l'espérance et la croyance
celandi et occultandi	de cacher et de dissimuler
removenda est	doit être écartée
ex omni deliberatione.	de toute délibération.
Debet enim	*Ceci* doit en effet
esse satis persuasum nobis,	être assez persuadé à nous,
si modo profecimus aliquid	si seulement nous avons progressé en
in philosophia,	dans la philosophie, [quelque chose
si possimus celare	si nous pouvions rester-cachés
omnes deos hominesque,	à tous les dieux et à *tous* les hommes,
nihil tamen	rien cependant
faciendum esse avare,	ne devoir être fait avec-avarice,
nihil injuste,	rien avec-injustice,
nihil libidinose,	rien avec-débauche,
nihil incontinenter.	rien avec-incontinence.
IX. Hinc ille Gyges	IX. De là ce Gygès
inducitur a Platone,	est introduit par Platon,
qui, quum terra	lequel, comme la terre
discessisset	s'était écartée
quibusdam imbribus	par certaines pluies
magnis,	grandes,
descendit in illum hiatum,	descendit dans cette ouverture,
animadvertitque,	et aperçut,
ut ferunt fabulæ,	comme rapportent les fables,
equum æreum,	un cheval d'-airain,
in lateribus cujus	dans les flancs duquel
fores essent ;	des portes étaient ;
quibus apertis,	lesquelles ayant été ouvertes,
vidit corpus	il vit le corps
hominis mortui	d'un homme mort
magnitudine inusitata,	d'une grandeur extraordinaire,
annulumque aureum	et un anneau d'-or
in digito ;	à *son* doigt ;

digito ; quem ut detraxit, ipse induit (erat autem regius pastor) ; tum in concilium pastorum se recepit. Ibi, quum palam ejus annuli ad palmam converterat, a nullo videbatur, ipse autem omnia videbat ; idem rursus videbatur, quum in locum annulum inverterat. Itaque, hac opportunitate annuli usus, reginæ stuprum intulit, eaque adjutrice, regem [1] dominum interemit, sustulitque quos obstare arbitrabatur ; nec in his quisquam eum facinoribus potuit videre. Sic repente annuli beneficio rex exortus est Lydiæ. Hunc igitur ipsum annulum si habeat sapiens, nihilo plus sibi licere putet peccare quam si non haberet. Honesta enim bonis viris, non occulta quæruntur.

Atque hoc loco philosophi quidam, minime mali illi quidem, sed non satis acuti, fictam et commenticiam fabulam dicunt prolatam a Platone, quasi vero ille aut factum id esse aut fieri potuisse defendat. Hæc est vis hujus annuli et hujus

anneau d'or. Il le prit et l'ayant mis à son doigt, il revint parmi les autres bergers. Lorsqu'il tournait le chaton de son anneau vers le dedans de la main, il devenait invisible, sans cesser lui-même de voir tout le monde ; et lorsqu'il remettait le chaton en dehors, il redevenait visible comme auparavant. Grâce à cette facilité, il put s'introduire dans le lit de la reine ; il s'aida d'elle pour faire mourir son maître et son roi, il se débarrassa de tous ceux qu'il croyait pouvoir lui faire quelque obstacle, et il vint à bout de tous ces attentats sans être vu de personne. Ainsi, par le moyen de cet anneau, il parvint à la couronne de Lydie. Quand le sage aurait ce même anneau, il ne se croirait pas plus en liberté de mal faire ; car ce que cherchent les gens de bien, ce n'est pas le secret, c'est la vertu.

Sur cela quelques philosophes, qui certes ne sont pas méchants, mais qui ne sont pas non plus très-subtils, disent que ce que Platon rapporte en cet endroit n'est qu'une fable, comme s'il le donnait pour vrai ou qu'il se mît en peine si la chose est possible ou non. Cet anneau et cette aventure ne vont qu'à mettre la supposition dans

quem ut detraxit,	lequel dès qu'il eut ôté,
ipse induit	lui-même *le* mit
(erat autem pastor regius);	(or il était berger du-roi);
tum se recepit	puis il se retira (revint)
in concilium pastorum.	dans la réunion des bergers.
Ibi, quum converterat	Là, lorsqu'il avait tourné
ad palmam	vers la paume *de la main*
palam ejus annuli,	le chaton de cet anneau,
videbatur a nullo,	il *n*'était vu par personne,
ipse autem videbat omnia;	mais lui-même voyait toutes choses;
idem rursus videbatur,	le même de nouveau était vu,
quum inverterat annulum	lorsqu'il avait retourné l'anneau
in locum.	à *sa* place.
Itaque, usus	C'est-pourquoi, ayant profité
hac opportunitate annuli,	de cette facilité de l'anneau,
intulit stuprum reginæ,	il apporta le déshonneur à la reine,
eaque adjutrice,	et celle-ci *étant son* aide,
interemit regem dominum,	il fit-périr le roi *son* maître,
sustulitque	et fit-disparaître *par la mort*
quos arbitrabatur obstare;	ceux qu'il estimait *lui* faire-obstacle;
nec quisquam potuit	et personne ne put
videre eum	voir lui
in his facinoribus.	dans ces forfaits.
Sic reponte	Ainsi tout à coup
beneficio annuli	par le bienfait de l'anneau
exortus est rex Lydiæ.	il s'éleva roi de Lydie.
Si igitur sapiens	Si donc le sage
habeat	avait
hunc annulum ipsum,	cet anneau même,
putet nihilo plus	il *ne* penserait en rien plus
licere sibi peccare	être-permis à lui-même de pécher
quam si non haberet.	que s'il ne *l*'avait pas.
Honesta enim,	En effet les choses honnêtes,
non occulta,	non les choses cachées,
quæruntur viris bonis.	sont cherchées par les gens de-bien.
Atque hoc loco	Et en cet endroit
quidam philosophi,	certains philosophes,
minime mali illi quidem,	pas du tout méchants ceux-là à la vérité,
sed non satis acuti,	mais pas assez subtils,
dicunt fabulam fictam	disent un récit feint
et commenticiam	et controuvé
prolatam a Platone,	*avoir été* apporté par Platon,
quasi vero ille defendat	comme si en-vérité celui-ci soutenait
id aut factum esse	cela ou s'être fait
aut potuisse fieri.	ou avoir pu se faire.
Vis hujus annuli	La force (signification) de cet anneau
et hujus exempli	et de cet exemple

exempli : si nemo sciturus, nemo ne suspicaturus quidem sit, quum aliquid divitiarum, potentiæ, dominationis, libidinis causa feceris, si id diis hominibusque futurum sit semper ignotum, sisne facturus. Negant id fieri posse; quanquam potest id quidem. Sed quæro, quod negant posse, id si posset, quidnam facerent? Urgent rustice sane. Negant enim posse, et in eo perstant; hoc verbum quid valeat non vident. Quum enim quærimus, si possint celare, quid facturi sint, non quærimus possintne celare, sed tanquam tormenta quædam adhibemus, ut, si responderint se, impunitate proposita, facturos quod expediat, facinorosos se esse fateantur; si negent, omnia turpia per se ipsa fugienda esse concedant. Sed jam ad propositum revertamur.

X. Incidunt sæpe multæ causæ quæ conturbent animos utilitatis specie, non quum hoc deliberetur, relinquendane

toute sa force, quand on demande à quelqu'un ce qu'il ferait si, sans être vu ni soupçonné de personne, il pouvait se contenter sur tout ce que l'avarice, l'ambition, l'impudicité et la passion de régner peuvent inspirer, et s'il se contiendrait ou non, sûr que ni les hommes ni les dieux ne sauraient jamais rien de ce qu'il aurait fait. Ils disent que ce qu'on suppose est impossible ; je le veux bien ; mais enfin, on leur demande ce qu'ils feraient, si ce qu'ils supposent impossible devenait possible. Ils persistent fort sottement à nier la possibilité et ne vont pas plus loin, parce qu'ils ne comprennent pas la portée de la question. Quand nous leur demandons ce qu'ils feraient s'ils pouvaient, sans être vus, contenter toutes leurs passions, nous n'en sommes pas sur la possibilité; mais nous les mettons en quelque sorte à la torture : car s'ils venaient à répondre qu'ils satisferaient leur passion, supposé que l'impunité fût certaine, ils s'avoueraient par cela seul coupables; ou, s'ils répondaient dans le sens contraire, ils reconnaîtraient que toutes les choses criminelles sont à fuir par elles-mêmes. Mais revenons à notre sujet.

X. Il se présente souvent des cas où nous sommes séduits par quelque apparence d'utilité. Je ne parle pas des circonstances où

est hæc :	est celle-ci :
si nemo sciturus sit,	si personne ne devait savoir,
nemo	*si* personne
ne suspicaturus quidem,	ne devait même soupçonner,
quum feceris aliquid	quand tu aurais fait quelque chose
causa divitiarum,	en vue des richesses,
potentiæ,	de la puissance,
dominationis, libidinis,	de la domination, de la débauche,
si id futurum sit	si cela devait être
semper ignotum diis	toujours ignoré des dieux
hominibusque,	et des hommes,
facturusne sis.	si tu devrais *le* faire.
Negant id posse fieri ;	Ils nient cela pouvoir se faire ;
quanquam	quoique
id potest quidem.	cela se peut certes.
Sed quæro,	Mais je demande,
quod negant posse,	ce qu'ils nient être-possible,
si id posset,	si cela était-possible,
quidnam facerent ?	que feraient-ils ?
Urgent rustice sane.	Ils insistent sottement assurément.
Negant enim posse,	Ils nient en effet *cela* être possible,
et perstant in eo ;	et persistent en cela ;
non vident	ils ne voient pas
quid hoc verbum valeat.	en quoi cette parole a-de-la-valeur.
Quum enim quærimus	En effet quand nous demandons
quid facturi sint,	quelle chose ils feraient,
si possint celare,	s'ils pouvaient cacher,
non quærimus	nous ne demandons pas
si possint celare,	s'ils peuvent cacher,
sed tanquam adhibemus	mais en-quelque-sorte nous appliquons
quædam tormenta,	une certaine torture,
ut, si responderint	afin que, s'ils ont répondu
se, impunitate proposita,	eux-mêmes, l'impunité étant proposée,
facturos quod expediat,	devoir faire ce qui est-avantageux,
fateantur	ils avouent
se esse facinorosos ;	eux-mêmes être criminels ;
si negant,	s'ils *le* nient,
concedant omnia turpia	ils accordent toutes les choses honteuses
fugienda esse per se ipsa.	devoir être évitées par elles-mêmes.
Sed revertamur jam	Mais revenons dès-à-présent
ad propositum.	à *notre* objet.
X. Sæpe	X. Souvent
multæ causæ incidunt	de nombreux cas se présentent
quæ conturbent animos	qui troublent les esprits
specie utilitatis,	par l'apparence de l'utilité,
non quum hoc	non pas lorsque ceci
deliberetur,	est mis-en-délibération,

sit honestas propter utilitatis magnitudinem (nam id quidem improbum est), sed illud, possitne id quod utile videatur fieri non turpiter. Quum Collatino Tarquinio collegæ Brutus imperium abrogabat, poterat videri facere id injuste; fuerat enim in regibus expellendis socius Bruti, et consiliorum etiam adjutor. Quum autem consilium hoc principes cepissent, cognationem Superbi, nomenque Tarquiniorum, et memoriam regni esse tollendam, quod erat utile patriæ consulere, id erat ita honestum, ut etiam ipsi Collatino placere deberet. Itaque utilitas valuit propter honestatem, sine qua nec utilitas quidem esse potuisset. At, in eo rege qui urbem condidit, non ita. Species enim utilitatis animum impulit ejus; cui quum visum esset utilius solum quam cum altero regnare, fratrem interemit. Omisit hic et pietatem et huma-

l'on mettrait en délibération si, pour quelque grand intérêt, on ne pourrait pas se départir de ce que l'honnêteté prescrit (car ces sortes de délibérations sont criminelles), mais de celles où l'on est seulement en doute si telle chose, qui paraît utile, peut se faire sans crime. Lorsque Brutus, par exemple, ôta le consulat à Collatin son collègue, on aurait pu croire que c'était une injustice, puisque Collatin avait eu part avec lui à l'expulsion des rois et l'avait aidé de ses conseils. Mais les principaux de la république ayant jugé nécessaire de chasser toute la race des Tarquins et d'abolir entièrement la mémoire de ce nom et de la royauté même, cette résolution, conforme à l'intérêt public, devenait par cela même si honnête, que Collatin même aurait dû s'y soumettre avec plaisir. Ainsi l'utile ne l'emporta que parce qu'il se trouva joint à l'honnête, sans quoi il n'aurait pas même été utile. On n'en peut pas dire autant du premier roi, qui fut le fondateur de notre ville. Celui-là se laissa séduire par la seule apparence de l'utilité, et il ne tua son frère que parce qu'il lui convenait de régner seul. Ce qui lui parut utile, quoiqu'il ne le fût point en effet, lui fit donc oublier l'humanité et la tendresse qu'on

honestasne relinquenda sit	si l'honnêteté doit être laissée-de-côté
propter magnitudinem	à-cause-de la grandeur
utilitatis	de l'utilité
(nam id quidem	(car ceci à la vérité
est improbum),	est contraire-à-la-probité),
sed illud,	mais cela,
idne quod videatur utile	si ce qui semble utile
possit fieri non turpiter.	peut se faire non honteusement.
Quum Brutus	Lorsque Brutus
abrogabat imperium	retirait le commandement
Collatino Tarquinio	à Collatin Tarquin
collegæ,	*son* collègue,
poterat videri	il pouvait paraître
facere id injuste :	faire cela injustement ;
fuerat enim socius Bruti	car il avait été l'associé de Brutus
in expellendis regibus,	en chassant les rois,
et etiam	et de plus
adjutor consiliorum.	l'aide de *ses* desseins.
Quum autem principes	Mais comme les premiers-citoyens
cepissent hoc consilium,	avaient pris cette résolution,
cognationem Superbi,	la parenté de *Tarquin* le Superbe,
nomenque Tarquiniorum,	et le nom des Tarquins,
et memoriam regni	et la mémoire de la royauté
tollendam esse,	devoir être abolie,
quod erat utile patriæ	ce qu'il était utile à la patrie
consulere,	de résoudre,
id erat ita honestum,	cela était tellement honnête,
ut deberet placere	que *cela* devait plaire
etiam Collatino ipsi.	même à Collatin lui-même.
Itaque utilitas valuit	C'est-pourquoi l'utilité eut-force
propter honestatem,	à-cause-de l'honnêteté,
sine qua	sans laquelle
nec utilitas quidem	pas même utilité
potuisset esse.	n'aurait pu exister.
At non ita	Mais *il n'en fut* pas ainsi
in eo rege	dans ce roi
qui condidit urbem.	qui fonda la ville.
Species enim utilitatis	En effet une apparence d'utilité
impulit animum ejus ;	détermina l'esprit de lui ;
cui	auquel
quum visum esset utilius	comme il avait paru plus utile
regnare solum	de régner seul
quam cum altero,	que *de régner* avec un autre,
interemit fratrem.	il fit-périr *son* frère.
Hic omisit	Celui-ci (Romulus) a mis-de-côté
et pietatem	et la piété *fraternelle*
et humanitatem,	et l'humanité,

nitatem, ut id, quod utile videbatur neque erat, assequi posset ; et tamen muri causam opposuit, speciem honestatis neque probabilem neque satis idoneam. Peccavit igitur, pace vel Quirini vel Romuli dixerim.

Nec tamen nostræ nobis utilitates omittendæ sunt aliisque tradendæ, quum his ipsi egeamus ; sed suæ cuique utilitati, quod sine alterius injuria fiat, serviendum est. Scite Chrysippus[1], ut multa : Qui stadium, inquit, currit, eniti et contendere debet, quam maxime possit, ut vincat ; supplantare eum quicum certet, aut manu depellere, nullo modo debet. Sic in vita sibi quemque petere quod pertineat ad usum, non iniquum est ; alteri subripere, jus non est.

Maxime autem perturbantur officia in amicitiis ; quibus et non tribuere quod recte possis, et tribuere quod non sit æquum, contra officium est. Sed hujus generis totius breve

doit à ses proches. Il est vrai qu'il chercha à couvrir son action de quelque apparence d'honnêteté, en alléguant la violation de ses murailles, prétexte frivole et insuffisant. Il fit donc mal, si je puis le dire sans offenser Quirinus ou Romulus.

Ainsi chacun peut chercher son intérêt, et rien ne nous oblige d'abandonner aux autres ce dont nous avons besoin pour nous-mêmes ; mais il faut poursuivre son avantage sans nuire à autrui. Chrysippe a dit cette belle parole, entre beaucoup d'autres, que comme dans la lice chacun doit faire de son mieux pour emporter le prix, sans qu'il soit permis de donner un croc-en-jambe à son concurrent ni de le repousser de la main ; de même, dans la vie, chacun a droit de chercher ce qui lui peut être utile, mais non pas de le prendre aux autres.

C'est à l'égard des amis qu'il est le plus difficile de démêler ses devoirs : car il est également contre le devoir et de ne leur pas accorder tout ce que la justice peut permettre, et de leur accorder quelque chose de ce qu'elle défend. Il y a pourtant sur cela une règle

ut posset assequi	afin qu'il pût atteindre
id quod videbatur utile	ce qui paraissait utile
neque erat;	et ne l'était pas;
et tamen opposuit	et cependant il mit-en-avant
causam muri,	le motif d'une muraille,
speciem honestatis	apparence d'honnêteté
neque probabilem	ni plausible
neque satis idoneam.	ni assez suffisante.
Peccavit igitur,	Il a péché donc,
dixerim	puissé-je l'avoir dit [nus
pace vel Quirini	avec la paix de (sans offenser) ou Quiri-
vel Romuli.	ou Romulus.
Nec tamen	Et pourtant
nostræ utilitates	nos avantages [nous
omittendæ sunt nobis	ne doivent pas être mis-de-côté à (par)
tradendæque aliis,	et livrés à d'autres,
quum ipsi	lorsque nous-mêmes
egeamus his ;	nous avons-besoin de ces avantages;
sed serviendum est cuique	mais il doit être veillé à (par) chacun
suæ utilitati,	à son avantage,
quod fiat	en ce qui peut se faire
sine injuria alterius.	sans le dommage d'autrui.
Chrysippus inquit scite,	Chrysippe a dit savamment.
ut multa :	comme il a dit beaucoup de choses :
« Qui currit stadium	« Celui qui court le stade
debet eniti et contendere,	doit tâcher et faire-effort,
quam maxime possit,	le plus qu'il peut,
ut vincat ;	pour qu'il soit-vainqueur :
debet nullo modo	il ne doit en aucune façon
supplantare eum	donner-le-croc-en-jambe à celui
quicum certet,	avec qui il lutte,
aut depellere manu.	ou l'écarter avec la main.
Sic in vita	Ainsi dans la vie
non est iniquum	il n'est pas injuste
quemque petere sibi	chacun chercher pour soi-même
quod pertineat ad usum ;	ce qui a-rapport à son usage;
jus non est	mais le droit n'est pas
subripere alteri. »	de le dérober à autrui. »
Officia autem	Mais les devoirs
perturbantur maxime	sont brouillés le plus
in amicitiis ;	dans les amitiés ;
quibus et non tribuere	auxquelles et ne pas accorder
quod possis recte,	ce que tu peux accorder justement,
et tribuere	et accorder
quod non sit æquum,	ce qu'il n'est pas juste d'accorder,
est contra officium.	est contre le devoir.
Sed præceptum	Mais le précepte

21

et non difficile præceptum est. Quæ enim videntur utilia,
honores, divitiæ, voluptates, cetera generis ejusdem, hæc
amicitiæ nunquam anteponenda sunt. At neque contra rempublicam, neque contra jusjurandum ac fidem, amici causa,
vir bonus faciet; ne si judex quidem erit de ipso amico :
ponit enim personam amici, quum induit judicis. Tantum
dabit amicitiæ, ut veram amici causam esse malit, ut orandæ
litis tempus, quoad per leges liceat, accommodet. Quum vero
jurato sententia dicenda sit, meminerit Deum se adhibere
testem, id est, ut ego arbitror, mentem suam, qua nihil homini dedit Deus ipse divinius. Itaque præclarum a majoribus
accepimus morem rogandi judicis, si eum teneremus, « Quæ
salva fide facere possit. » Hæc rogatio ad ea pertinet, quæ
paulo ante dixi honeste amico a judice posse concedi ; nam si

fort courte et fort aisée : c'est de faire toujours céder à l'amitié tout
ce qui n'a qu'une apparence d'utilité, comme les richesses, les honneurs, les plaisirs ; mais de ne faire jamais pour son ami rien qui
soit contre la république, contre son serment, contre la foi pro-
mise ; et c'est de quoi un homme de bien est incapable. Si donc il se
trouve juge de son ami, il dépouillera alors le caractère d'ami pour
prendre celui de juge. Tout ce qu'il lui est permis de donner à
l'amitié, c'est de souhaiter que la cause de son ami se trouve bonne,
et de lui accorder, dans toute l'étendue de la loi, le temps de la défendre ; mais quand il sera question de prononcer, après le serment
solennel qu'il aura prêté, il devra se souvenir qu'il a Dieu même
pour témoin, c'est-à-dire, selon moi, sa propre conscience, qui est ce
que Dieu a donné à l'homme de plus divin. Aussi ce serait une coutume admirable, si nous la suivions, que l'usage de nos pères, de ne
demander aux juges que ce qu'ils pouvaient accorder sans blesser

hujus generis totius	de ce genre tout-entier
est breve et non difficile.	est court et non difficile.
Quæ enim videntur utilia,	En effet les choses qui paraissent utiles,
honores, divitiæ,	les honneurs, les richesses,
voluptates,	les plaisirs,
cetera ejusdem generis,	toutes-les-autres choses du même genre,
hæc nunquam	ces choses jamais
anteponenda sunt	ne doivent être préférées
amicitiæ.	à l'amitié.
At vir bonus	Mais un homme de-bien
faciet	*n*'agira
neque contra rempublicam	ni contre la république
neque contra jusjurandum	ni contre le serment
ac fidem,	et la bonne-foi,
causa amici ;	en vue d'un ami ;
ne si erit quidem judex	pas même s'il est juge
de amico ipso :	touchant *son* ami même :
ponit enim personam amici,	en effet il dépose le caractère d'ami,
quum induit judicis.	lorsqu'il revêt *celui* de juge.
Dabit tantum amicitiæ	Il donnera seulement à l'amitié
ut malit	qu'il aime-mieux
causam amici esse veram,	la cause de *son* ami être vraie,
ut accommodet	qu'il rende-commode
tempus orandæ litis,	le temps de plaider la cause,
quoad liceat per leges.	en-tant qu'il est-permis par les lois.
Quum vero sententia	Mais lorsque la sentence
dicenda sit	devra être prononcée
jurato,	à *lui* ayant prêté-serment,
meminerit	qu'il se souvienne
se adhibere Deum testem,	lui-même appeler Dieu *comme* témoin,
id est, ut arbitror,	c'est-à-dire, comme je pense,
suam mentem,	sa conscience,
qua Deus ipse	en comparaison de laquelle Dieu lui-même
dedit homini	*n*'a donné à l'homme
nihil divinius.	rien de plus divin.
Itaque	C'est-pourquoi
accepimus a majoribus,	nous avons reçu de *nos* ancêtres,
si teneremus,	si nous *la* gardions,
morem præclarum	une coutume très-remarquable
rogandi judicis,	de prier le juge,
« Quæ possit facere	*lui demandant* « Les choses qu'il peut faire
fide salva. »	la conscience *étant* intacte. »
Hæc rogatio	Cette demande
pertinet ad ea,	a-rapport à ces choses,
quæ dixi paulo ante	que j'ai dites peu auparavant
posse concedi honeste	pouvoir être accordées honnêtement
amico a judice ;	à un ami par un juge ;

omnia facienda sint quæ amici velint, non amicitiæ tales, sed
conjurationes putandæ sint. Loquor autem de communibus
amicitiis, nam in sapientibus viris perfectisque nihil potest
esse tale. Damonem et Phintiam, pythagoreos, ferunt hoc
animo inter se fuisse, ut, quum eorum alteri Dionysius[1] tyrannus diem necis destinavisset, et is qui morti addictus
esset paucos sibi dies commendandorum suorum causa postu-
lavisset, vas factus sit alter ejus sistendi, ut, si ille non re-
vertisset, moriendum esset ipsi. Qui quum ad diem se rece-
pisset, admiratus eorum fidem tyrannus, petivit ut se in
amicitiam tertium adscriberent. Quum igitur id, quod utile
videatur in amicitia, cum eo, quod honestum est, compara-
tur, jaceat utilitatis species, valeat honestas. Quum autem in
amicitia quæ honesta non sunt postulabuntur, religio et fides

leur devoir ; car s'il fallait faire tout ce que veulent nos amis, de
telles amitiés seraient des ligues plutôt que des amitiés. Je ne parle
que des amis ordinaires ; car il n'y a rien de tel à craindre de ceux
qui ont atteint la perfection et la sagesse. On raconte que Damon et
Phintias, tous deux pythagoriciens, furent unis par de tels sentiments, que l'un d'eux, condamné à mort par Denys le tyran, ayant
demandé quelque temps pour mettre ordre à ses affaires, l'autre se
rendit sa caution, et s'obligea de subir la mort, si son ami ne reve-
nait pas ; mais il revint au jour marqué, et le tyran, surpris et touché d'une telle fidélité, les pria de vouloir bien le recevoir en tiers
dans une amitié si parfaite. Lors donc qu'en amitié ce qui semble
utile se trouve en opposition avec ce qui est honnête, mettons de
côté l'utilité, et attachons-nous à l'honnêteté seule. Mais quand nos
amis nous demandent des choses qui ne sont pas honnêtes, préférons

nam, si omnia	car, si toutes les choses
quæ amici velint	que des amis voudraient
facienda sint,	devaient être faites,
tales putandæ sint	de telles *amitiés* devraient être estimées
non amicitiæ,	non des amitiés,
sed conjurationes.	mais des conspirations.
Loquor autem	Or je parle
de amicitiis communibus ;	des amitiés communes ;
nam nihil tale potest esse	car rien de tel ne peut être
in viris sapientibus	chez des hommes sages
perfectisque.	et parfaits.
Ferunt	On rapporte
Damonem et Phintiam,	Damon et Phintias,
pythagoreos,	pythagoriciens,
fuisse inter se hoc animo,	avoir été entre eux de cette disposition,
ut, quum Dionysius	que, comme Denys
tyrannus	le tyran
destinasset diem necis	avait fixé le jour de la mort
alteri eorum,	à l'un d'eux,
et is	et que celui
qui addictus esset mortis	qui avait été voué à la mort
postulavisset sibi	avait demandé pour lui-même
paucos dies	quelques jours
causa	[rum, en vue
commendandorum suo-	de recommander les siens,
alter factus sit vas	l'autre se fit caution
sistendi ejus,	de représenter lui, [venu,
ut, si ille non revertisset,	à-condition-que, si celui-là n'était pas re-
moriendum esset ipsi.	il faudrait mourir à lui-même.
Qui quum se recepisset	Lequel comme il se fut ramené
ad diem,	au jour *fixé*,
tyrannus	le tyran
admiratus fidem eorum	ayant admiré la fidélité d'eux
petivit	demanda
ut adscriberent se tertium	qu'ils l'inscrivissent lui-même troisième
in amicitiam.	dans *leur* amitié.
Quum igitur	Lorsque donc
id quod videatur utile	ce qui paraîtrait utile
in amicitia	en amitié
comparatur	est comparé
cum eo quod est honestum,	avec ce qui est honnête, [fluence,
species utilitatis jaceat,	que l'apparence de l'utilité soit-sans-in-
honestas valeat.	que l'honnêteté l'emporte.
Quum autem in amicitia	Mais lorsque en amitié
quæ non sunt honesta	*des choses* qui ne sont pas honnêtes
postulabuntur,	seront sollicitées,
religio et fides	que la religion et la bonne-foi

anteponantur amicitiæ : sic habebitur is quem exquirimus delectus officii.

XI. Sed utilitatis specie in republica sæpissime peccatur ; ut in Corinthi disturbatione [1] nostri. Durius etiam Athenienses, qui sciverunt ut Æginetis, qui classe valebant, pollices præciderentur. Hoc visum est utile ; nimis enim imminebat, propter propinquitatem, Ægina Piræo [2] ; sed nihil, quod crudele, utile. Est enim hominum naturæ, quam sequi debemus, maxime inimica crudelitas. Male etiam qui peregrinos [3] urbibus uti prohibent, eosque exterminant, ut Pennus [4] apud patres nostros, Papius [5] nuper. Nam esse pro cive, qui civis non sit, rectum est non licere ; quam tulerunt legem [6] sapientissimi consules Crassus et Scævola : usu vero urbis prohibere peregrinos, sane inhumanum est. Illa præclara, in quibus publicæ utilitatis species præ honestate contemnitur.

la religion et l'équité à l'amitié : c'est ainsi que nous saurons faire entre nos devoirs ce choix, objet de nos recherches.

XI. Mais c'est surtout dans le gouvernement de la république que l'apparence de l'utilité fait commettre des injustices : telle fut la destruction de Corinthe par nos pères. Les Athéniens en usèrent encore avec plus de dureté lorsqu'ils firent couper les pouces aux Éginètes, dont ils craignaient la marine. Cela parut utile aux Athéniens, parce que la proximité de l'île d'Égine était menaçante pour le Pirée ; mais la cruauté ne peut jamais être utile, car il n'y a rien de plus opposé à la nature, qui doit toujours nous guider. Ceux-là font encore très-mal qui éloignent et chassent les étrangers de leurs villes : c'est ce que fit Pennus du temps de nos pères, et ce que Papius a fait encore dans ces derniers temps. Qu'on ne veuille pas que les étrangers aient les droits de citoyens, rien de mieux, et nous avons à ce sujet une loi expresse, faite par deux de nos plus sages consuls, Crassus et Scévola ; mais empêcher les étrangers d'habiter dans la ville, c'est blesser les droits de l'humanité. Rien n'est plus beau, dans le gouvernement, que de savoir mépriser une utilité apparente pour s'attacher à ce qui est conforme à l'honnêteté. C'est

anteponantur amicitiæ :	soient préférées à l'amitié :
sic habebitur	ainsi sera obtenu
is delectus officii	ce choix du devoir
quem exquirimus.	que nous cherchons.
XI. Sed peccatur	XI. Mais on pèche
sæpissime	très-souvent
in republica	dans la république
specie utilitatis ;	sous apparence d'utilité ;
ut nostri	comme les nôtres (les Romains) *ont péché*
in disturbatione Corinthi.	dans la destruction de Corinthe.
Athenienses etiam	Les Athéniens aussi
durius,	*ont agi* trop durement,
qui sciverunt	*eux* qui ont décrété
ut pollices præciderentur	que les pouces fussent coupés
Æginetis,	aux Éginètes,
qui valebant classe.	qui étaient-puissants par *leur* flotte.
Hoc visum est utile ;	Cela parut utile ;
Ægina enim	en effet Égine
imminebat nimis Piræo,	menaçait trop le Pirée,
propter propinquitatem ;	à-cause-de la proximité ;
sed nihil quod crudele	mais rien qui *soit* cruel
utile.	n'*est* utile.
Crudelitas enim	En effet la cruauté
est maxime inimica	est la plus ennemie
naturæ hominum,	à la nature des hommes,
quam debemus sequi.	que nous devons suivre.
Male etiam	*Ils agissent* mal aussi
qui prohibent peregrinos	ceux qui empêchent les étrangers
uti urbibus,	de faire-usage de *leurs* villes,
exterminantque eos,	et bannissent eux,
ut Pennus	comme Pennus
apud nostros patres,	chez nos pères,
Papius nuper.	*et* Papius récemment.
Nam est rectum	Car il est juste
non licere	ne pas être permis
qui non sit civis	*celui* qui n'est pas citoyen
esse pro cive ;	être *compté* pour citoyen ;
quam legem tulerunt	laquelle loi portèrent
consules sapientissimi	les consuls très-sages
Crassus et Scævola :	Crassus et Scévola :
prohibere vero peregrinos	mais repousser les étrangers
usu urbis	de l'usage de la ville
est sane inhumanum.	est assurément inhumain.
Illa præclara,	Ces *exemples sont* très-beaux,
in quibus	dans lesquels
species utilitatis publicæ	l'apparence de l'utilité publique
contemnitur præ honestate.	est méprisée au-prix-de l'honnêteté.

Plena exemplorum est nostra respublica, quum sæpe alias, tum maxime bello Punico secundo; quæ, Cannensi calamitate accepta [1], majores animos habuit quam unquam rebus secundis. Nulla timoris significatio, nulla mentio pacis. Tanta vis est honesti, ut speciem utilitatis obscuret. Athenienses [2], quum Persarum impetum nullo modo possent sustinere, statuerentque ut, urbe relicta, conjugibus et liberis Trœzene [3] depositis, naves conscenderent libertatemque Græciæ classe defenderent, Cyrsilum [4] quemdam, suadentem ut in urbe manerent Xerxemque reciperent, lapidibus obruerunt. Atque ille utilitatem sequi videbatur; sed ea nulla erat, repugnante honestate. Themistocles, post victoriam [5] ejus belli quod cum Persis fuit, dixit in concione se habere consilium reipublicæ salutare, sed id sciri opus non esse, postulavitque ut aliquem populus daret, quicum communicaret. Datus est Aristides.

ce qu'on a fait dans notre république en une infinité d'occasions, et surtout dans la seconde guerre punique. Après la bataille de Cannes, Rome montra plus de fierté que dans les plus grandes prospérités : nul air de crainte ; nulle mention de paix. Tel est l'empire de l'honnête, qu'il efface tout ce qui a une apparence d'utilité. Les Athéniens, ne pouvant arrêter l'invasion des Perses, résolurent d'abandonner leur ville, de déposer leurs femmes et leurs enfants à Trézène, et de monter sur leur flotte pour défendre la liberté de la Grèce. Un certain Cyrsilus, qui leur conseillait de rester dans la ville et d'y recevoir Xerxès, fut lapidé par eux. Pourtant ce qu'il proposait semblait utile ; mais il ne peut jamais y avoir d'utilité dans ce qui est contraire à l'honnête. Thémistocle, après sa victoire sur les Perses dans cette guerre, fit assembler le peuple et dit qu'il avait conçu un projet fort avantageux à l'État, mais que la chose ne pouvait se divulguer. Il demandait donc qu'on lui donnât quelqu'un avec qui il pût en conférer ; on désigna Aristide. Thémistocle lui

Nostra respublica	Notre république
est plena exemplorum,	est pleine d'exemples *semblables*,
quum sæpe alias,	d'une-part souvent dans-d'autres-temps,
tum maxime	d'autre-part le plus
secundo bello Punico;	dans la seconde guerre punique
quæ, calamitate Cannensi	laquelle, le désastre de-Cannes
accepta,	ayant été reçu (essuyé),
habuit animos majores	eut des sentiments plus grands
quam unquam	qu'*elle n'en avait* jamais *eu*
rebus secundis.	dans des affaires heureuses.
Nulla significatio timoris,	Aucune manifestation de crainte,
nulla mentio pacis.	aucune mention de paix.
Vis honesti est tanta	La force de l'honnête est si-grande
ut obscuret	qu'elle obscurcit (efface)
speciem utilitatis.	l'apparence de l'utilité.
Athenienses,	Les Athéniens,
quum possent nullo modo	comme ils *ne* pouvaient d'aucune manière
sustinere	soutenir
impetum Persarum,	l'attaque des Perses,
statuerentque ut,	et décidaient que,
urbe relicta,	la ville étant quittée,
conjugibus et liberis	*leurs* femmes et *leurs* enfants
depositis Trœzene,	étant déposés à Trézène,
conscenderent naves	ils monteraient sur des vaisseaux
defenderentque classe	et défendraient avec une flotte
libertatem Græciæ,	la liberté de la Grèce,
obruerunt lapidibus	accablèrent de pierres
quemdam Cyrsilum,	un certain Cyrsile,
suadentem	*leur* conseillant
ut manerent in urbe	qu'ils restassent dans la ville
reciperentque Xerxem.	et reçussent Xerxès.
Atque ille videbatur	Et celui-là paraissait
sequi utilitatem ;	suivre l'utilité ;
sed ea erat nulla,	mais celle-ci était nulle,
honestate repugnante.	l'honnêteté étant-en-opposition.
Themistocles,	Thémistocle,
post victoriam ejus belli	après la victoire de cette guerre
quod fuit cum Persis,	qui fut avec les Perses,
dixit in concione	dit dans l'assemblée
se habere consilium	lui-même avoir un plan
salutare reipublicæ,	salutaire à la république,
sed non esse opus	mais ne pas être besoin
id sciri,	ce *plan* être su,
postulavitque ut populus	et demanda que le peuple
daret aliquem,	donnât quelqu'un,
quicum communicaret.	à qui il *le* communiquât.
Aristides datus est.	Aristide fut donné.

Huic ille classem Lacedæmoniorum, quæ subducta esset ad Gytheum [1], clam incendi posse, quo facto, frangi Lacedæmoniorum opes necesse esset. Quod Aristides quum audivisset, in concionem magna exspectatione venit, dixitque perutile esse consilium quod Themistocles afferret, sed minime honestum. Itaque Athenienses, quod honestum non esset, id ne utile quidem putaverunt, totamque eam rem, quam ne audierant quidem, auctore Aristide repudiaverunt. Melius hi quam nos, qui piratas immunes, socios vectigales habemus.

XII. Maneat ergo, quod turpe sit, id nunquam esse utile, ne tum quidem quum id quod utile esse putes adipiscare. Hoc enim ipsum, utile putare quod turpe sit, calamitosum est.

Sed incidunt, ut supra dixi, sæpe causæ, quum repugnare utilitas honestati videatur, ut animadvertendum sit repu-

dit qu'il serait facile de mettre le feu secrètement à la flotte des Lacédémoniens, qui était au port de Gythée, et qu'ainsi l'on ruinerait la puissance de Lacédémone. Aristide, revenu dans l'assemblée, où l'impatience était extrême, dit que la proposition de Thémistocle était fort utile, mais qu'elle n'était pas honnête ; et les Athéniens, persuadés que ce qui n'est pas honnête ne peut être utile, n'en voulurent pas savoir davantage, et rejetèrent la proposition sur la parole d'Aristide. Ils agirent plus sagement que nous, qui accordons l'immunité aux pirates et faisons tributaires nos propres alliés.

XII. Qu'il demeure donc constant que ce qui est malhonnête ne saurait jamais être utile, pas même lorsqu'on en tirerait quelque avantage : car c'est déjà un malheur que de regarder comme utile ce qui n'est pas honnête.

Mais, je l'ai déjà dit, il se présente souvent des circonstances où une contrariété apparente entre l'honnête et l'utile oblige d'examiner

Ille huic	Celui-là (Thémistocle) *dit* à celui-ci (Aris-
classem Lacedæmoniorum,	la flotte des Lacédémoniens, [tide)
quæ subducta esset	qui avait été retirée
ad Gytheum,	à Gythée,
posse incendi clam,	pouvoir être incendiée secrètement,
quo facto,	laquelle chose étant faite,
esset necesse	il était nécessaire
opes Lacedæmoniorum	les forces des Lacédémoniens
frangi.	être brisées.
Quod quum Aristides	Ce que lorsqu'Aristide
audivisset,	eut entendu,
venit in concionem	il vint dans l'assemblée
exspectatione magna,	l'attente *étant* grande,
dixitque consilium	et dit le plan
quod Themistocles afferret	que Thémistocle apportait
esse perutile,	être très-utile,
sed minime honestum.	mais nullement honnête.
Itaque Athenienses	C'est-pourquoi les Athéniens
ne putaverunt quidem	ne pensèrent pas même
id utile,	cela *être* utile,
quod non esset honestum,	qui n'était pas honnête,
repudiaveruntque,	et repoussèrent,
Aristide auctore,	Aristide *étant* conseiller,
totam eam rem,	toute cette affaire,
quam ne audierant quidem.	qu'ils n'avaient pas même entendue.
Hi melius quam nos,	Ceux-ci *ont fait* mieux que nous,
qui habemus piratas	qui avons (tenons) les pirates
immunes,	exempts-de-tribut,
socios vectigales.	*et nos* alliés soumis-au-tribut.
XII. Maneat ergo	XII. Qu'il reste (soit établi) donc
id quod sit turpe	ce qui est honteux
nunquam esse utile,	jamais n'être utile,
ne tum quidem	pas même alors
quum adipiscare id	que tu atteindrais cela
quod putes esse utile.	que tu penserais être utile.
Hoc enim ipsum,	En effet ceci même,
putare utile	croire utile
quod sit turpe,	ce qui est honteux,
est calamitosum.	est malheureux.
Sed, ut dixi supra,	Mais, comme j'ai dit ci-dessus,
sæpe multæ causæ	souvent de nombreux cas
incidunt,	se présentent,
quum utilitas	lorsque (où) l'utilité
videatur repugnare	paraît être-en-opposition
honestati,	avec l'honnêteté,
ut animadvertendum sit	de-sorte-qu'il faille faire-attention
repugnetne plane,	si elle est-en-opposition absolument,

gnelne plane, an possit cum honestate conjungi. Ejus generis
hæ sunt quæstiones : si, exempli gratia, vir bonus Alexandria Rhodum magnum frumenti numerum advexerit in Rho-
diorum inopia et fame summaque annonæ caritate ; si idem
sciat complures mercatores Alexandria solvisse, navesque in
cursu, frumento onustas, petentes Rhodum viderit; dictu-
rusne sit id Rhodiis, an silentio suum quamplurimo vendi-
turus ? Sapientem et bonum virum fingimus; de ejus deliberatione et consultatione quærimus, qui celaturus Rhodios
non sit, si id turpe judicet, sed dubitet turpe sit, an non sit.
In hujusmodi causis aliud Diogeni Babylonio [1] videri solet,
magno et gravi stoico, aliud Antipatro [2], discipulo ejus, homini acutissimo. Antipatro, omnia patefacienda, ut ne quid
omnino, quod venditor norit, emptor ignoret. Diogeni, ven-

si en effet l'un est contraire à l'autre, ou si on ne pourrait pas les
accorder. En voici des exemples. Dans une grande famine de l'île
de Rhodes, un honnête marchand y aborde avec un vaisseau de blé
qu'il a chargé à Alexandrie. Il sait que beaucoup d'autres en ont
chargé au même lieu, et qu'ils doivent arriver à Rhodes peu de
temps après lui. Doit-il le dire, ou peut-il n'en point parler, afin de
mieux vendre son blé ? Je le suppose honnête homme, et prêt à dire
à ceux de Rhodes tout ce qu'il sait, s'il croyait malhonnête de le
leur cacher ; mais il est en doute s'il y a de la honte ou non. Sur
cette question, Diogène de Babylone, célèbre et grave stoïcien, est
d'un avis, et Antipater son disciple, homme de beaucoup d'esprit,
est de l'avis contraire. Antipater croit que rien de ce que connaît le
vendeur ne doit être caché à l'acheteur ; Diogène pense que le ven-

an possit conjungi	ou peut être alliée
cum honestate.	avec l'honnêteté.
Hæ quæstiones	Ces questions-ci
sunt ejus generis :	sont de cette sorte :
si, gratia exempli,	si, en vue de *donner* un exemple,
vir bonus	un homme de-bien
advexerit Alexandria	a apporté d'Alexandrie
Rhodum	à Rhodes
magnum numerum	une grande quantité
frumenti	de blé
in inopia et fame	dans une disette et une famine
Rhodiorum	des Rhodiens
summaque caritate	et une extrême cherté
annonæ ;	de vivres ;
si idem sciat	si ce-même *homme* savait
complures mercatores	plusieurs marchands [d'Alexandrie,
solvisse Alexandria,	avoir détaché *leur vaisseau* (mis à la voile)
videritque naves in cursu,	et avait vu les navires dans le trajet,
onustas frumento,	chargés de blé,
petentes Rhodum ;	gagnant Rhodes ;
dicturusne sit id Rhodiis,	s'il doit dire cela aux Rhodiens,
an silentio	ou par *son* silence
venditurus suum	vendre son *blé*
quamplurimo ?	le-plus-cher-possible ?
Fingimus	Nous supposons
virum sapientem et bonum;	un homme sage et de-bien ;
quærimus de deliberatione	nous cherchons sur la délibération
et consultatione ejus,	et la consultation de lui,
qui non celaturus sit	qui ne cacherait pas *la chose.*
Rhodios,	aux Rhodiens,
si judicet id turpe,	s'il jugeait cela honteux,
sed dubitet sit turpe,	mais douterait *si cela* est honteux
an non sit.	ou ne *l*'est pas.
In causis hujusmodi	Dans les cas de-cette-sorte
aliud solet videri	une chose a-coutume de paraître
Diogeni Babylonio,	à Diogène de-Babylone,
magno et gravi stoico,	grand et sérieux stoïcien,
aliud Antipatro,	une autre à Antipater,
discipulo ejus,	disciple de lui,
homini acutissimo.	homme très-ingénieux.
Antipatro,	*Il semble* à Antipater
omnia patefacienda,	toutes choses devoir être découvertes,
ut emptor	afin que l'acheteur
ne ignoret omnino quid,	n'ignore absolument rien,
quod venditor norit.	que le vendeur sache.
Diogeni	*Il semble* à Diogène
oportere venditorem	falloir (qu'il faut) le vendeur

ditorem, quatenus jure civili constitutum sit, dicere vitia
oportere ; cetera sine insidiis agere, et, quoniam vendat,
velle quam optime vendere. Advexi, exposui, vendo meum
non pluris quam ceteri, fortasse etiam minoris, quum major
est copia; cui fit injuria? Exoritur Antipatri ratio ex altera
parte : Quid ais? tu quum hominibus consulere debeas et servire humanæ societati, eaque lege natus sis, et ea habeas
principia naturæ, quibus parere et quæ sequi debeas, ut utilitas tua communis utilitas sit vicissimque communis utilitas
tua sit, celabis homines quid iis adsit commoditatis et copiæ?
Respondebit Diogenes fortasse sic : Aliud est celare, aliud
tacere; neque ego nunc te celo, si tibi non dico, quæ natura
deorum sit, qui sit finis bonorum; quæ tibi plus prodessent
cognita quam tritici vilitas. Sed non, quidquid tibi audire utile

deur est tenu seulement de se conformer au droit civil en déclarant
les défauts de sa marchandise et en n'usant pas de fraude, mais
qu'au surplus, comme il est question de vendre, il lui est permis de
vendre le plus qu'il pourra. J'ai amené ma marchandise; je l'expose
en vente, je ne la vends pas plus cher que d'autres, peut-être moins,
quand l'abondance est sur la place. A qui fais-je tort? Quoi! dit Antipater de l'autre côté, ne devez-vous pas songer au bien commun et
servir la société humaine? n'est-ce pas pour cela que vous êtes né?
Les principes de la nature que vous avez en vous, que vous devez
suivre, et auxquels vous devez obéir, ne vous disent-ils pas que,
comme votre utilité est celle de tout le monde, l'utilité de tout le
monde est aussi la vôtre? Comment pouvez-vous donc celer aux
Rhodiens le bien qui leur doit arriver? Mais, répondra peut-être
Diogène, il y a de la différence entre celer et taire. Je ne vous dis
ni quelle est la nature des dieux, ni quel est le souverain bien, choses
dont la connaissance vous serait plus avantageuse que celle du blé
qui vous doit venir : dira-t-on pour cela que je vous les cèle? Je ne

dicere vitia	dire les défauts
quatenus constitutum sit	jusqu'au-point-où *cela* a été établi
jure civili ;	par le droit civil ;
agere cetera	faire toutes-les-autres choses
sine insidiis,	sans embûches,
et, quoniam vendat,	et, puisqu'il vend,
velle vendere	vouloir vendre
quam optime.	le mieux qu'*il est possible.*
Advexi, exposui,	J'ai apporté, j'ai débarqué,
vendo meum	je vends le mien
non pluris quam ceteri,	pas plus cher que tous-les-autres,
fortasse etiam minoris,	peut-être même moins cher,
quum est copia ;	lorsqu'il y a abondance ;
cui injuria fit ?	à qui injustice est-elle faite ?
Ratio Antipatri	Le raisonnement d'Antipater
exoritur ex altera parte :	s'élève de l'autre côté :
Quid ais ?	Que dis-tu ?
tu, quum debeas	toi, quand tu dois
consulere hominibus	veiller-aux-intérêts des hommes
et servire	et servir
societati humanæ,	la société humaine,
natusque sis ea lege,	et *quand* tu es né sous cette loi,
et habeas ea principia	et as ces principes
naturæ,	de la nature,
quibus debeas parere	auxquels tu dois obéir
et quæ sequi,	et que *tu dois* suivre,
ut tua utilitas	que ton utilité
sit utilitas communis	soit l'utilité commune
vicissimque	et réciproquement
utilitas communis	que l'utilité commune
sit tua,	soit la tienne,
celabis homines	tu cacheras aux hommes
quid commoditatis	quoi de (quel) avantage
et copiæ	et de (quelle) abondance
adsit iis ?	est-là pour eux ?
Diogenes fortasse	Diogène peut-être
respondebit sic :	répondra ainsi :
Est aliud celare,	*C'est* autre chose de cacher,
aliud tacere ;	autre chose de se taire ;
neque ego celo te nunc	et je ne cache pas à toi maintenant,
si non dico tibi,	si je ne *le* dis pas à toi,
quæ sit natura deorum,	quelle est la nature des dieux,
qui sit finis bonorum ;	quelle est la limite (définition) des biens ;
quæ cognita	lesquelles choses connues
prodessent plus tibi	seraient-utiles plus à toi
quam vilitas tritici.	que le bas-prix du froment.
Sed non est necesse mihi	Mais il n'est pas nécessaire à moi

est, id mihi dicere necesse est. Imo vero, inquiet ille, necesse
est, si quidem meministi esse inter homines natura conjunctam
societatem. Memini, inquiet ille, sed num ista societas talis
est ut nihil suum cujusque sit? Quod si ita est, ne ven-
dendum quidem quidquam est, sed donandum.

XIII. Vides in hac tota disceptatione non illud dici :
« Quamvis hoc turpe sit, tamen, quoniam expedit, faciam ; »
sed ita expedire ut turpe non sit ; ex altera autem parte, ea
re, quia turpe sit, non esse faciendum. Vendat ædes vir bonus
propter aliqua vitia quæ ipse norit, ceteri ignorent ; pesti-
lentes sint, et habeantur salubres ; ignoretur in omnibus cubi-
culis apparere serpentes ; male materiatæ, ruinosæ : sed hoc,
præter dominum, nemo sciat. Quæro, si hoc emptoribus ven-

suis donc pas obligé de vous dire tout ce qu'il vous serait utile de
savoir. Vous y êtes tenu, au contraire, répliquera Antipater, à moins
d'avoir oublié la société que la nature même a formée entre les
hommes. Je ne l'ai pas oubliée, repartira Diogène ; mais cette société exige-t-elle que l'on n'ait rien à soi ? Si cela est, il n'est plus
permis de rien vendre, il faut tout donner.

XIII. Vous voyez que dans toute cette dispute on ne dit pas :
« Quoique la chose dont il s'agit soit malhonnête, je la ferai, parce
qu'elle m'est utile. » Mais l'un prétend qu'elle est utile sans être
honteuse, et si l'autre veut empêcher de la faire, c'est parce qu'il la
juge honteuse. Un honnête homme a une maison dont il veut se défaire parce qu'elle a des défauts, mais qui ne sont connus que de
lui. Cette maison est malsaine et on la croit salubre ; il y vient des
serpents dans toutes les chambres ; la charpente est mauvaise et
menace ruine ; mais personne ne sait rien de tout cela que le maître
de la maison. Il la vend, sans en avertir celui qui l'achète, et la

dicere id,	de dire ceci, "
quidquid est utile tibi	tout ce qu'il est utile à toi
audire.	d'entendre.
Imo vero,	Au contraire en vérité,
inquiet ille,	dira celui-là,
est necesse,	*cela* est nécessaire,
si quidem meministi	si toutefois tu te souviens.
societatem	une société
conjunctam natura	unie (formée) par la nature
esse inter homines.	être entre les hommes.
Memini, inquiet ille,	Je m'*en* souviens, dira celui-là,
sed num ista societas	mais est-ce que cette société
est talis	est telle
ut nihil suum	que rien de sien (rien en propre)
sit cujusque ?	ne soit à chacun ?
Quod si id est,	Que si cela est
ne quidquam quidem	pas même rien
vendendum est,	ne doit être vendu,
sed donandum est.	mais *tout* doit être donné.
XIII. Vides	XIII. Tu vois
in tota hac disceptatione	dans toute cette discussion
non illud dici :	non pas cela être dit :
« Quamvis hoc sit turpe,	« Quoique ceci soit honteux,
tamen, quoniam expedit,	cependant, parce que cela est-avantageux,
faciam; »	je *le* ferai; » [sorte
sed expedire ita	mais *la chose* être-avantageuse de-telle-
ut non sit turpe ;	qu'elle n'est pas honteuse ;
ex altera autem parte	mais de l'autre côté
non faciendum esse	*la chose* ne devoir pas être faite
ea re,	par ce fait (pour cette raison),
quia sit turpe.	parce qu'elle est honteuse.
Vir bonus	Qu'un homme de-bien
vendat ædes	vende une maison
propter aliqua vitia	pour quelques vices
quæ ipse norit,	que lui-même sache,
ceteri ignorent ;	*que* tous-les-autres ignorent ;
sint pestilentes,	qu'elle soit malsaine,
et habeantur salubres;	et qu'elle soit tenue *pour* salubre ;
ignoretur	qu'il soit ignoré
serpentes apparere	des serpents paraître
in omnibus cubiculis;	dans toutes les chambres;
male materiatæ,	*qu'elle soit* mal charpentée,
ruinosæ :	menaçant-ruine.:
sed nemo sciat hoc,	mais que personne ne sache cela,
præter dominum.	excepté le maître.
Quæro, si venditor	Je demande, si le vendeur
non dixerit hoc	n'a pas dit cela

ditor non dixerit, ædesque vendiderit pluris multo quam se
venditurum putarit, num id injuste an improbe fecerit? Ille
vero, inquit Antipater : quid enim est aliud erranti viam non
monstrare, quod Athenis¹ exsecrationibus publicis sancitum
est, si hoc non est, emptorem pati ruere et per errorem in
maximam fraudem incurrere? Plus etiam est quam viam non
monstrare ; nam est scientem in errorem alterum inducere.
Diogenes contra : Num te emere coegit qui ne hortatus quidem
est? Ille quod non placebat proscripsit; tu quod placebat
emisti. Quod si qui proscribunt, VILLAM BONAM BENEQUE ÆDI-
FICATAM, non existimantur fefellisse, etiamsi illa nec bona
est nec ædificata ratione; multo minus, qui domum non lau-
darunt. Ubi enim judicium emptoris est, ibi fraus venditoris
quæ potest esse? Sin autem dictum non omne præstandum
est, quod dictum non est, id præstandum putas? Quid vero

vend même bien plus qu'il n'espérait : n'est-ce pas là une méchante
action? Sans doute, dit Antipater ; quelle différence y a-t-il, en effet,
entre ne pas montrer le chemin à celui qui s'égare, chose que les Athéniens ont jugée digne d'exécrations publiques, et laisser l'acheteur
tomber ou se jeter dans le piége? C'est plus encore que de ne pas montrer le chemin, c'est induire sciemment un homme en erreur. Mais,
s'écrie Diogène, celui qui vous a vendu cette maison vous a-t-il forcé
de l'acheter? vous en a-t-il même sollicité? Il l'a mise en vente parce
qu'elle ne lui plaisait pas , et vous ne l'avez achetée que parce
qu'elle vous plaisait. Si quelqu'un fait afficher : *Maison de campagne
belle et bien bâtie,* on ne le traite pas de trompeur, lors même qu'elle
n'est ni l'un ni l'autre. Celui qui n'a pas vanté sa maison est encore
bien moins coupable. Quand l'acheteur a pu prendre connaissance
avant de se déterminer, où est la fraude du vendeur? On n'est même
pas responsable de tout ce qu'on dit, et vous voulez qu'on le soit de
ce qu'on ne dit pas? A-t-on jamais prétendu qu'on doive découvrir

emptoribus,	aux acheteurs,
vendideritque ædes	et a vendu la maison
multo pluris quam putavit	beaucoup plus qu'il n'avait pensé
se venditurum,	lui-même devoir *la* vendre,
num fecerit id injuste	s'il a fait cela injustement
an improbe.	ou malhonnêtement.
Ille vero,	Celui-là en vérité *a agi ainsi*,
inquit Antipater :	dit Antipater :
quid enim aliud est	quelle autre chose en effet est-*ce*
non monstrare viam	de ne pas montrer *sa* route
erranti,	à l'*homme* qui s'égare,
quod Athenis sancitum est	ce qui à Athènes a été sanctionné
exsecrationibus publicis,	par des imprécations publiques,
si non est hoc,	si *ce* n'est pas ceci,
pati emptorem ruere	souffrir l'acheteur se ruiner
et incurrere per errorem	et se jeter par erreur
in fraudem maximam?	dans un dommage très-grand ?
Est etiam plus	C'est même plus
quam non monstrare viam;	que de ne pas montrer la route ;
nam est scientem	car c'est *le* sachant
inducere alterum	induire autrui
in errorem.	en erreur.
Diogenes contra :	Diogène au contraire :
Num coegit te emere,	Est-ce qu'il a forcé toi à acheter,
qui ne hortatus quidem est?	*celui* qui ne t'*y* a pas même engagé ?
Ille proscripsit	Celui-là a affiché
quod non placebat;	ce qui ne lui plaisait pas ;
tu emisti quod placebat.	toi tu as acheté ce qui *te* plaisait.
Quod si qui proscribunt	Que si ceux qui affichent
VILLAM BONAM	MAISON-DE-CAMPAGNE BONNE
BENEQUE ÆDIFICATAM,	ET BIEN BATIE,
non existimantur fefellisse,	ne sont pas jugés avoir trompé,
etiamsi illa est nec bona	même si celle-là *n*'est ni bonne
nec ædificata ratione;	ni bâtie avec un *bon* système ;
multo minus	beaucoup moins *sont coupables*
qui non laudarunt domum.	ceux qui n'ont pas vanté la maison.
Ubi enim est	Car *là* où est
judicium emptoris,	le jugement de l'acheteur,
ibi quæ fraus venditoris	là quelle fraude du vendeur
potest esse ?	peut être ?
Sin autem omne dictum	Mais-si d'autre-part toute chose dite
non præstandum est,	ne doit pas être garantie,
putas	penses-tu
id quod non dictum est	cette chose qui n'a pas été dite
præstandum?	devoir être garantie ?
Quid vero est stultius	Or qu'y a-t-il de plus sot
quam venditorem	que *ceci*, le vendeur

est stultius quam venditorem ejus rei quam vendat vitia nar-
rare? Quid autem tam absurdum quam si domini jussu ita
præco prædicet : DOMUM PESTILENTEM VENDO?

. Sic ergo in quibusdam causis dubiis ex altera parte defen-
ditur honestas, ex altera ita de utilitate dicitur, ut id quod
utile videatur non modo facere honestum sit, sed etiam non
facere turpe. Hæc est illa quæ videtur utilium fieri cum honestis sæpe dissensio. Quæ dijudicanda sunt : non enim ut
quæreremus exposuimus, sed ut explicaremus. Non igitur videtur nec frumentarius ille Rhodios, nec hic ædium venditor
celare emptores debuisse. Neque enim id est celare quidquid
reticeas; sed quum, quod tu scias, id ignorare emolumenti
tui causa velis eos, quorum intersit id scire. Hoc autem celandi genus quale sit, et cujus hominis, quis non videt? Certe
non aperti, non simplicis, non ingenui, non justi, non viri

les défauts de sa marchandise, et y aurait-il rien de plus ridicule
que de faire crier publiquement : *Maison malsaine à vendre?*

C'est ainsi que, dans certaines affaires douteuses, on soutient d'un
côté le parti de l'honnêteté, et de l'autre celui de l'utilité, mais en
prétendant, non-seulement que l'honnêteté ne défend pas de le
suivre, mais qu'elle le permet, et même qu'il serait honteux de ne
pas le suivre. Telle est la concurrence qu'il y a souvent entre l'utile
et l'honnête. Mais il faut enfin prononcer sur ces questions; car c'est
pour les résoudre que nous les avons proposées, et non pour les
laisser indécises. Je dis donc que ni le marchand de blé ni le vendeur de la maison n'ont dû celer l'état des choses aux acheteurs.
Sans doute ce n'est pas celer une chose que de la taire; mais on la
cèle lorsque ceux avec qui on traite auraient intérêt à la savoir, et
qu'on la leur cache pour son avantage propre. Or qui ne voit ce que
c'est que de celer les choses en pareille circonstance, et quelles sortes
de gens en sont capables? Ce ne sont pas assurément des gens ouverts, des gens droits et sans artifice, des gens équitables, en un mot

narrare vitia	raconter les défauts
ejus rei quam vendat?	de cette chose qu'il vend?
Quid autem	D'autre-part quoi
tam absurdum	de si absurde
quam si jussu domini	que si par ordre du maître
præco prædicet sic :	le crieur annonçait ainsi :
VENDO	JE VENDS
DOMUM PESTILENTEM?	UNE MAISON MALSAINE?
Sic ergo	Ainsi donc
in quibusdam causis dubiis	dans certains cas douteux
ex altera parte	d'un côté
honestas defenditur,	l'honnêteté est défendue,
ex altera	de l'autre
dicitur de utilitate ita,	il est parlé sur l'utilité de-telle-sorte,
ut non modo sit honestum	que non seulement il soit honnête
facere id	de faire cela
quod videatur utile,	qui paraît utile,
sed etiam turpe	mais même honteux
non facere.	de ne pas *le* faire.
Hæc est illa dissensio	C'est *là* ce désaccord
quæ videtur fieri sæpe	qui semble se faire souvent
utilium cum honestis.	des choses utiles avec les honnêtes.
Quæ dijudicanda sunt :	Lesquelles doivent être décidées :
non enim exposuimus	car nous ne *les* avons pas exposées
ut quæreremus,	pour que nous fissions-enquête,
sed ut explicaremus.	mais pour que nous donnassions-solution.
Nec igitur ille frumentarius	Ni donc ce marchand-de-blé
non videtur	ne paraît pas
debuisse celare Rhodios,	avoir dû cacher *la chose* aux Rhodiens,
nec hic venditor ædium	ni ce vendeur de maison
emptores.	aux acheteurs.
Neque enim id est celare	Et en effet ce n'est pas cacher
quidquid reticeas ;	quoi que tu taises ;
sed quum, quod tu scias,	mais lorsque, ce que tu sais,
velis eos	tu veux ceux
quorum intersit scire id	auxquels il importe de savoir cela
ignorare	*l'*ignorer
causa tui emolumenti.	en vue de ton profit.
Quis autem non videt	Or qui ne voit
quale sit hoc genus	quel est ce genre
celandi,	de cacher *les choses*,
et cujus hominis?	et de quel homme *c'est le fait?*
Certe	Assurément *c'est le fait*
viri non aperti,	d'un homme non ouvert,
non simplicis,	non simple,
non ingenui, non justi,	non franc, non juste,
non boni ;	non bon (honnête) ;

boni, versuti potius, obscuri, astuti, fallacis, malitiosi, callidi, veteratoris, vafri. Hæc tot, et alia plura, nonne inutile est vitiorum subire nomina ?

XIV. Quod si vituperandi sunt qui reticuerunt, quid de iis existimandum est qui orationis vanitatem adhibuerunt? C. Canius, eques Romanus, nec inficetus et satis litteratus, quum se Syracusas otiandi causa, non negotiandi, ut ipse dicere solebat, contulisset, dictitabat se hortulos aliquos velle emere, quo invitare amicos et ibi se oblectare sine interpellatoribus posset. Quod quum percrebuisset, Pythius ei quidam, qui argentariam faceret Syracusis, dixit venales quidem se hortos non habere, sed licere uti Canio, si vellet, ut suis; et simul ad cœnam hominem in hortos invitavit in posterum diem. Quum ille promisisset, tum Pythius, qui esset, ut ar-

des gens de bien, mais plutôt des hommes faux, dissimulés, astucieux, trompeurs, méchants, malins, artificieux. Est-ce donc une chose utile que de mériter de tels noms, qui expriment des vices si odieux?

XIV. Que s'il faut blâmer ceux même qui n'ont fait que cacher ce qu'ils auraient dû dire, que doit-on penser de ceux qui ajoutent le mensonge formel à la dissimulation? C. Canius, chevalier romain, homme spirituel, et qui ne manquait pas d'instruction, étant venu à Syracuse, non pour affaire, mais pour ne rien faire (c'étaient ses expressions), disait partout qu'il serait bien aise d'acheter une maison de plaisance proche de la ville, pour y aller quelquefois se divertir avec ses amis et se dérober aux visites. Ce bruit se répandit, et un certain Pythius, qui faisait la banque à Syracuse, lui dit qu'il en avait une, qui à la vérité n'était pas à vendre, mais qu'il la lui offrait pour en user comme si elle était à lui, et il le pria d'y venir souper le lendemain. Canius l'ayant promis, l'autre, qui en sa qualité de banquier avait du crédit auprès des

potius versuti, obscuri,	plutôt d'un *homme* retors, caché,
astuti, fallacis,	astucieux, trompeur,
malitiosi, callidi,	méchant, rusé,
veteratoris, vafri.	vieux-routier, fourbe.
Nonne est inutile	N'est-il pas inutile
subire	d'encourir
hæc nomina vitiorum	ces noms de vices
tot,	si-nombreux,
et alia plura?	et d'autres plus nombreux?
XIV. Quod si	XIV. Que si
qui reticuerunt	ceux qui ont tu
vituperandi sunt,	doivent être blâmés,
quid existimandum est	que faut-il penser
de iis	de ceux
qui adhibuerunt	qui ont employé
vanitatem orationis?	la tromperie du langage?
C. Canius, eques Romanus,	C. Canius, chevalier romain,
nec inficetus	et non dépourvu-d'agrément
et satis litteratus,	et assez lettré,
quum se contulisset	comme il s'était transporté
Syracusas	à Syracuse
causa otiandi,	en vue de prendre-du-loisir,
non negotiandi,	non de faire-des-affaires,
ut ipse solebat dicere,	comme lui-même avait-coutume de dire,
dictitabat	disait-fréquemment
se velle emere	lui-même vouloir acheter
aliquos hortulos,	quelques petits jardins,
quo posset invitare amicos	où il pût inviter *ses* amis
et se oblectare ibi	et se récréer là
sine interpellatoribus.	sans interrupteurs.
Quod quum percrebuisset,	Comme cela s'était répandu,
quidam Pythius,	un certain Pythius,
qui faceret argentariam	qui faisait la banque
Syracusis,	à Syracuse,
dixit ei se quidem	dit à lui lui-même à la vérité
non habere hortos venales,	n'avoir pas de jardins à-vendre,
sed licere Canio,	mais être-permis à Canius,
si vellet,	s'il voulait,
uti ut suis;	d'*en* user comme *étant* siens;
et simul	et en-même-temps
invitavit hominem	il invita l'homme
ad cœnam	à dîner
in hortos	dans *ses* jardins
in diem posterum.	pour le jour suivant.
Quum ille promisisset,	Après que celui-là eut promis,
tum Pythius,	alors Pythius,
qui esset, ut argentarius,	qui était, en-tant-que banquier,

gentarius, apud omnes ordines gratiosus, piscatores ad se
convocavit, et ab his petivit ut ante suos hortulos postera die
piscarentur, dixitque quid eos facere vellet. Ad cœnam tempore venit Canius; opipare a Pythio apparatum erat con-
vivium; cymbarum ante oculos multitudo. Pro se quisque
quod ceperat afferebat; ante pedes Pythii pisces abjiciebantur.
Tum Canius : «Quæso, inquit, quid est hoc, Pythi? tantumne piscium , tantumne cymbarum ? » Et ille : « Quid
mirum? inquit; hoc loco est Syracusis quidquid est piscium;
hæc aquatio ; hac villa isti carere non possunt. » Incensus
Canius cupiditate contendit a Pythio ut venderet. Gravate
ille primo. Quid multa? impetrat; emit homo cupidus, et locuples, tanti quanti Pythius voluit, et emit instructos. Nomina facit, negotium conficit. Invitat Canius postridie fami-

gens de toutes les professions, fit venir les pêcheurs , les pria de pê-
cher le lendemain devant sa maison, et leur détailla ses ordres. Canius ne manqua pas au rendez-vous. Il trouva un festin magnifique,
et toute la mer couverte de barques; les pêcheurs venaient, l'un
après l'autre, jeter aux pieds de Pythius les poissons qu'ils avaient
pris. Canius, tout surpris de ce qu'il voyait : « Quoi ! dit-il à Pythius,
y a-t-il donc ici tant de poisson, et y voit-on tant de barques ? — Oui,
dit Pythius; il n'y a que ce seul endroit auprès de Syracuse où l'on
trouve du poisson; c'est ici que les pêcheurs viennent prendre de
l'eau ; ces gens-là ne sauraient se passer de cette maison. » Voilà
Canius amoureux de la propriété ; il presse Pythius de la lui vendre.
Pythius se fait prier longtemps ; bref, il consent. Canius, homme
riche, qui avait grande envie de la maison, donne tout ce que Pythius veut, et l'achète toute meublée. On passe le contrat, l'affaire
est conclue. Canius prie de ses amis de l'y venir voir le lendemain;

gratiosus	en-crédit
apud omnes ordines,	auprès de toutes les classes,
convocavit piscatores	convoqua les pêcheurs
ad se,	auprès de lui-même,
et petivit ab his	et demanda à eux
ut piscarentur die postera	qu'ils pêchassent le jour suivant
ante suos hortulos,	devant ses petits-jardins,
dixitque	et dit
quid vellet eos facere.	quoi il voulait eux faire.
Canius venit ad cœnam	Canius vint au dîner
tempore ;	au moment *fixé* ;
convivium	le repas
apparatum erat a Pythio	avait été préparé par Pythius
opipare ;	splendidement ;
multitudo cymbarum	une multitude de barques
ante oculos.	*était* devant les yeux.
Quisque pro se	Chacun pour lui-même (pour sa part)
afferebat quod ceperat ;	apportait ce qu'il avait pris ;
pisces abjiciebantur	les poissons étaient jetés
ante pedes Pythii.	devant les pieds de Pythius.
Tum Canius :	Alors Canius :
« Quæso, inquit,	« Je *te* prie, dit-il,
quid est hoc, Pythi ?	qu'est-ce-ci, Pythius ?
tantumne piscium,	est-ce qu'*il y a* tant de poissons,
tantumne cymbarum ? »	est-ce qu'*il y a* tant de barques ? »
Et ille :	Et celui-là :
« Quid mirum ? inquit ;	« Quoi d'étonnant ? dit-il ;
hoc loco est	en cet endroit est
quidquid est piscium	tout ce qu'il y a de poissons
Syracusis ;	à Syracuse ;
hæc aquatio ;	celle-ci *est* l'aiguade ;
isti non possunt	ces *gens* ne peuvent pas
carere hac villa. »	se passer de cette maison-de-campagne. »
Canius incensus cupiditate	Canius enflammé de désir
contendit a Pythio	tâcha d'obtenir de Pythius
ut venderet.	qu'il vendît.
Ille primo	Celui-là d'abord
gravate.	*d'accepter l'offre* à-contre-cœur.
Quid multa ?	Pourquoi beaucoup de *paroles* ?
impetrat ;	il obtient ;
homo cupidus, et locuples,	homme désireux *d'acheter*, et riche,
emit tanti	il *les* acheta autant (aussi cher)
quanti Pythius voluit,	que Pythius voulut,
et emit instructos.	et *les* acheta garnis.
Facit nomina,	Il fait des billets,
conficit negotium.	il achève l'affaire.
Canius invitat postridie	Canius invite le lendemain

22

liares suos. Venit ipse mature. Scalmum nullum videt. Quærit
ex proximo vicino, num feriæ quædam piscatorum essent
quod eos nullos videret. « Nullæ, quod sciam, inquit ille ; sed
hic piscari nulli solent : itaque heri mirabar quid accidisset. »
Stomachari Canius. Sed quid faceret ? Nondum enim Aquill-
lius [1], collega et familiaris meus, protulerat de dolo malo for-
mulas; in quibus ipsis quum ex eo quæreretur quid esset
dolus malus, respondebat, quum esset aliud simulatum, aliud
actum. Hoc quidem sane luculenter, ut ab homine perito de-
finiendi. Ergo et Pythius, et omnes aliud agentes, aliud simu-
lantes, perfidi, improbi, malitiosi sunt. Nullum igitur factum
eorum potest utile esse, quum sit tot vitiis inquinatum.

XV. Quod si Aquilliana definitio vera est, ex omni vita simulatio dissimulatioque tollenda est. Ita, nec ut emat melius,

il s'y rend lui-même de bonne heure, mais il ne voit ni pêcheurs ni
barques. Il demande à un voisin si c'était ce jour-là une fête des
pêcheurs. « Pas que je sache, répondit le voisin ; mais jamais on ne
pêche ici, et hier je ne savais ce que cela voulait dire. » Voilà Canius
en grande colère. Mais que faire ? Aquillius, mon collègue et mon
ami, n'avait pas encore établi ses formules sur les actes frauduleux.
Il y répond à cette question : Qu'est-ce qu'un acte frauduleux ?
« C'est, dit-il, un acte qui est tout autre en apparence qu'en réalité. »
Cette définition est belle ; aussi est-elle d'un homme qui savait
définir. Pythius donc et tous ses semblables, c'est-à-dire tous ceux
qui feignent une chose et en font une autre, sont malicieux, injustes
et perfides ; et par conséquent aucun acte de cette nature ne peut
être utile, puisqu'il est infecté de tant de vices.

XV. Si la définition d'Aquillius est juste, on ne doit donc jamais
feindre ce qui n'est pas ou dissimuler ce qui est, et un homme de

suos familiares.	ses amis.
Ipse venit mature.	Lui-même vient de-bonne-heure.
Videt nullum scalmum.	Il *ne* voit aucune barque.
Quærit	Il s'informe
ex proximo vicino,	du plus proche voisin,
num essent quædam feriæ	s'il y avait certaines fêtes
piscatorum,	de pêcheurs,
quod videret nullos eos.	qu'il ne voyait aucuns d'eux.
« Nullæ, quod sciam,	« Aucune que je sache,
inquit ille ;	dit celui-là ;
sed nulli solent	mais aucuns n'ont-coutume
piscari hic :	de pêcher ici :
itaque heri mirabar	c'est-pourquoi hier je m'étonnais
quid accidisset. »	quelle chose était arrivée. »
Canius stomachari.	Canius de s'indigner.
Sed quid faceret ?	Mais qu'aurait-il fait ?
Aquillius enim,	En effet Aquillius,
meus collega et familiaris,	mon collègue et ami,
nondum protulerat	n'avait pas-encore produit
formulas de dolo malo ;	*ses* formules sur le dol mauvais ;
in quibus ipsis	dans lesquelles mêmes
quem quæreretur ab eo	comme on demandait à lui
quid esset dolus malus,	quel était le dol mauvais,
respondebat,	il répondait,
quum aliud	lorsqu'une chose
simulatum esset,	avait été feinte,
aliud actum.	une autre chose faite.
Hoc quidem	Ceci à la vérité
sane luculenter,	*était* assurément *répondre* clairement,
ut ab homine	comme par un homme
perito definiendi.	habile à définir.
Ergo et Pythius,	Donc et Pythius,
et omnes agentes aliud,	et tous ceux faisant une chose,
simulantes aliud,	*et en* feignant une autre,
sunt perfidi, improbi,	sont perfides, malhonnêtes,
malitiosi.	méchants.
Nullum igitur factum	Donc aucune action
eorum	d'eux
potest esse utile,	*ne* peut être utile,
quum sit inquinatum	puisqu'elle est souillée
tot vitiis.	de tant-de vices.
XV. Quod si	XV. Que si
definitio Aquilliana	la définition d'-Aquillius
est vera,	est vraie,
simulatio dissimulatioque	la feinte et la dissimulation
tollenda est ex omni vita.	doivent être bannies de toute la vie.
Ita vir bonus	Ainsi l'homme de-bien

nec ut vendat, quidquam simulabit aut dissimulabit vir bonus. Atque iste dolus malus etiam legibus erat vindicatus, ut
tutela XII tabulis, et circumscriptio adolescentium lege Lætoria [1]; et sine lege, judiciis in quibus additur EX FIDE BONA.
Reliquorum autem judiciorum hæc verba maxime excellunt:
in arbitrio rei uxoriæ, MELIUS ÆQUIUS; in fiducia, UT INTER
BONOS BENE AGIER. Quid ergo? aut in eo quod MELIUS ÆQUIUS
potest ulla pars inesse fraudis? Aut, quum dicitur INTER BONOS
BENE AGIER, quidquam agi dolose aut malitiose potest? Dolus
autem malus simulatione, ut ait Aquillius, continetur. Tollen-
dum est igitur ex rebus contrahendis omne mendacium. Non
illicitatorem venditor, nec qui contra se liceatur emptor ap-
ponet: uterque, si ad eloquendum venerit, non plus quam
semel eloquetur.

bien ne fera jamais l'un non plus que l'autre, ni pour vendre plus
cher ni pour acheter à meilleur marché. Cette espèce de fraude était
même réprouvée par les lois; témoin celle des douze Tables sur les
tutelles, et la loi Lætoria sur les circonventions de mineurs; et sans
les lois même, elle est encore prévue dans les contrats où l'on
insère ces mots, *de bonne foi*, et dans tous les actes où dominent certaines formules, comme dans les conventions matrimoniales, *en tout
bien et en toute justice*; dans les fidéicommis, *comme on agit entre honnêtes gens*. Or peut-il y avoir lieu à la fraude dans un acte qui porte
en tout bien et toute justice, et se permettrait-on rien d'injuste ou de
fallacieux avec cette formule, *comme on agit entre honnêtes gens?*
Puisque la fraude consiste à feindre et à dissimuler, selon la définition d'Aquillius, qu'on bannisse donc la fraude et le mensonge de
toutes les transactions. Que celui qui vend, non plus que celui qui
achète, n'apostent aucun enchérisseur, et s'ils en viennent à des
pourparlers, qu'il n'y ait qu'un mot de chaque côté.

simulabit	*ne* feindra
aut dissimulabit nihil,	ou *ne* dissimulera rien,
nec ut emat melius,	ni pour qu'il achète mieux,
nec ut vendat.	ni pour qu'il vende *mieux*.
Atque iste dolus malus	Et ce dol mauvais
vindicatus erat etiam	avait été puni même
legibus,	par les lois,
ut tutela	comme la tutelle
duodecim tabulis,	par les douze Tables,
et circumscriptio	et la circonvention
adolescentum	d'adolescents,
lege Lætoria;	par la loi Lætoria;
et sine lege,	et sans loi, [est ajouté
judiciis in quibus additur	par les actes-judiciaires dans lesquels il
EX BONA FIDE.	SELON LA BONNE FOI.
Hæc autem verba	Or ces paroles
reliquorum judiciorum	des autres actes-judiciaires
excellunt maxime :	ressortent le plus :
in arbitrio	dans l'arbitrage
rei uxoriæ,	du bien de-l'épouse,
MELIUS ÆQUIUS;	MIEUX *et* PLUS JUSTEMENT;
in fiducia,	dans le fidéicommis,
AGIER BENE	ÊTRE AGI (qu'on agisse) BIEN
UT INTER BONOS.	COMME ENTRE *gens* DE-BIEN.
Quid ergo? aut in eo	Quoi donc? ou en cela
quod MELIUS ÆQUIUS	qui *se fait* MIEUX *et* PLUS JUSTEMENT
ulla pars fraudis	quelque parcelle de fraude
potest inesse?	peut-elle se trouver?
Aut, quum dicitur	Ou, lorsqu'on dit
AGIER BENE	ÊTRE AGI BIEN
INTER BONOS,	ENTRE *gens* DE-BIEN,
quidquam potest agi	quelque chose peut-il se faire
dolose aut malitiose?	avec-dol ou avec-supercherie?
Dolus autem malus,	Or le dol mauvais,
ut ait Aquillius,	comme dit Aquillius,
continetur simulatione.	est contenu (consiste) dans la feinte.
Omne igitur mendacium	Donc tout mensonge
tollendum est	doit être banni
ex rebus contrahendis.	des affaires à-conclure (des contrats).
Venditor	Le vendeur
non apponet illicitatorem,	n'apposera pas un enchérisseur,
nec emptor	ni l'acheteur
qui liceatur contra se :	*quelqu'un* qui enchérisse contre lui-même :
uterque,	l'un-et-l'autre,
si venerit ad eloquendum,	s'il en vient à dire *son prix*,
non eloquetur	ne dira pas *son prix*
plus quam semel.	plus qu'une-fois.

Q. quidem Scævola, Publii filius, quum postulasset ut sibi
fundus, cujus emptor erat, semel indicaretur, idque venditor
ita fecisset, dixit se pluris æstimare; addiditque centum
millia [1]. Nemo est qui hoc viri boni fuisse neget; sapientis negant, ut si minoris quam potuisset vendidisset. Hæc igitur est
illa pernicies, quod alios bonos, alios sapientes existimant.
Ex quo Ennius [2] « Nequidquam sapere sapientem, qui sibi
ipsi prodesse non quiret. » Vere id quidem, si quid esset
« prodesse » mihi cum Ennio conveniret. Hecatonem quidem
Rhodium, discipulum Panætii, video in iis libris, quos de officiis scripsit Q. Tuberoni [3], dicere : Sapientis esse, nihil contra
mores, leges, instituta facientem, habere rationem rei familiaris. Neque enim solum nobis divites esse volumus, sed liberis, propinquis, amicis, maximeque reipublicæ. Singulorum

Q. Scévola, fils de Publius, ayant demandé qu'on lui dît le juste
prix d'une terre qu'il voulait acheter, et le vendeur le lui ayant dit,
Scévola lui dit que cette terre valait davantage, et en donna cent
mille sesterces de plus. Personne ne nie que cette action n'est pas
d'un honnête homme, mais on prétend qu'elle n'est pas d'un homme
sage, et que c'est comme s'il avait vendu son bien moins cher qu'il
n'eût été possible. Et voilà ce qui a tout perdu, c'est d'avoir mis de
la différence entre la sagesse et la probité. De là vient qu'Ennius dit
que la sagesse est vaine si l'on ne sait pas en tirer utilité. J'en dirais
volontiers autant, si nous étions d'accord sur la signification de ce
mot *utilité*. Hécaton de Rhodes, disciple de Panétius, dit dans ses
livres des *Devoirs*, adressés à Tubéron, qu'à la vérité il est d'un
honnête homme et d'un homme sage de ne rien faire contre les lois
et les coutumes de son pays, mais que du reste il doit s'appliquer à
améliorer sa fortune. En effet, nous devons tous souhaiter d'être
riches, non-seulement pour nous, mais pour nos enfants, nos amis,
et même pour la république ; car les richesses des particuliers font

Q. quidem Scævola,.	Q. Scévola certes,
filius Publii,	fils de Publius,
quum postulasset	comme il avait demandé
ut fundus,	qu'un fonds,
cujus erat emptor,	dont il était (se portait) acheteur,
indicaretur	*lui* fût fixé (eût son prix établi)
semel,	en-une-fois (du-premier-coup),
venditorque fecisset id ita,	et que le vendeur avait fait cela ainsi,
dixit se	dit lui-même
æstimare pluris;	*l'*estimer davantage;
addiditque centum millia.	et il ajouta cent mille *sesterces.*
Nemo est qui neget	Il *n'*est personne qui nie
hoc fuisse	ceci avoir été *l'acte*
viri boni;	d'un *homme* de-bien;
negant sapientis,	on nie *que ç'ait été l'acte* d'un *homme* sage,
ut si vendidisset minoris	comme s'il avait vendu moins cher
quam potuisset.	qu'il *n'*aurait pu.
Hæc igitur est illa pernicies	C'est donc *là* ce mal
quod existimant	qu'ils estiment
alios bonos,	autres *être* les bons,
alios sapientes.	autres les sages.
Ex quo Ennius	D'après quoi Ennius *a dit*
« Sapientem qui non quiret	« Un sage qui ne pouvait pas
prodesse sibi ipsi	être-utile à lui-même
sapere nequidquam. »	être-sage vainement. »
Id quidem vere,	*Il a dit* cela certes avec-vérité,
si conveniret mihi	si accord-était *à moi*
cum Ennio	avec Ennius
quid esset prodesse.	*sur ceci* quoi est (que signifie) être-utile.
Video quidem	Je vois à la vérité
Hecatonem Rhodium,	Hécaton de-Rhodes,
discipulum Panætii,	disciple de Panétius,
dicere in iis libris,	dire dans ces livres,
quos scripsit de officiis	qu'il a écrits sur les devoirs
Q. Tuberoni:	à Q. Tubéron :
Esse sapientis,	Être (qu'il est) d'un sage,
facientem nihil	*ne* faisant rien
contra mores, leges,	contre les mœurs, les lois,
instituta,	les institutions,
habere rationem	de tenir compte
rei familiaris.	du bien de-famille.
Neque enim solum nobis	Et en effet *ce n'est* pas seulement pour nous
volumus esse divites,	*que* nous voulons être riches,
sed liberis,	mais pour *nos* enfants,
propinquis, amicis,	*nos* proches, *nos* amis,
maximeque reipublicæ.	et surtout pour la république.
Facultates enim	En effet les ressources

enim facultates et copiæ divitiæ sunt civitatis. Huic Scævolæ factum, de quo paulo ante dixi, placere nullo modo potest. Etenim omnino tantum se negat facturum compendii sui causa quod non liceat. Huic nec laus maxima tribuenda nec gratia est. Sed, sive et simulatio et dissimulatio dolus malus est, perpaucæ res sunt in quibus dolus iste malus non versetur; sive vir bonus est is qui prodest quibus potest, nocet nemini, certe istum virum bonum non facile reperiemus.

Nunquam igitur est utile peccare, quia semper est turpe; et, quia semper est honestum virum bonum esse, semper est utile.

XVI. Ac de jure quidem prædiorum sancitum est apud nos jure civili, ut in his vendendis vitia dicerentur quæ nota essent venditori. Nam quum, ex XII tabulis, satis esset ea præstari quæ essent lingua nuncupata, quæ qui infitiatus

la richesse de l'État. Hécaton n'aurait pas approuvé le trait de Scévola que je viens de citer, puisqu'il déclare qu'il n'y a rien qu'il ne voulût faire pour son intérêt, sauf ce qui est défendu par les lois. Je ne crois pas que nous soyons tenus envers lui à de grandes louanges ni à une grande reconnaissance. Mais il faut convenir que, si toute feinte, toute dissimulation, est un acte frauduleux, il y a dans la vie peu d'actions qui soient exemptes de fraude; et si l'honnête homme est celui qui fait du bien à tout le monde quand il peut, et qui ne fait jamais de mal à personne, où trouverons-nous un parfait honnête homme?

Concluons qu'il n'est jamais utile de mal faire, parce que cela est toujours honteux, et qu'il est toujours utile d'être homme de bien, puisque cela est toujours honnête.

XVI. Notre droit civil veut que celui qui vend un immeuble avertisse l'acheteur de tous les vices qui sont à sa connaissance. Par la loi des douze Tables, le vendeur n'était garant que de ce qu'il déclarait formellement, et quand il n'avait pas dit la vérité, il était

et copiæ singulorum	et les biens des particuliers
sunt divitiæ civitatis.	sont les richesses de la cité.
Factum Scævolæ,	Le trait de Scévola,
de quo dixi paulo ante,	duquel j'ai parlé peu auparavant,
potest nullo modo	ne peut d'aucune façon
placere huic.	plaire à celui-ci.
Etenim omnino	En effet somme-toute
negat tantum	il nie seulement
se facturum	lui-même devoir faire
causa sui compendii	en vue de son profit
quod non liceat.	ce qui n'est-pas-permis.
Nec maxima laus	Ni une très-grande louange
nec gratia	ni une *très-grande* reconnaissance
tribuenda est huic.	ne doit être accordée à celui-ci.
Sed, sive et simulatio	Mais, soit que et la feinte
et dissimulatio	et la dissimulation
est dolus malus,	soit un dol méchant,
perpaucæ res sunt	de très-peu-nombreuses choses sont
in quibus iste dolus malus	dans lesquelles ce dol mauvais
non versetur;	ne se trouve pas ;
sive vir bonus est is	soit que l'homme de-bien soit celui
qui prodest	qui est-utile
quibus potest,	*à ceux* à qui il peut *l'être*,
nocet nemini,	*et ne* nuit à personne,
certe non reperiemus facile	certes nous ne trouverons pas facilement
istum virum bonum.	cet homme de-bien.
Nunquam igitur	Jamais donc
est utile peccare,	il *n'*est utile de mal-faire,
quia semper est turpe;	parce que toujours c'est honteux ;
et, quia semper	et, parce que toujours
est honestum	il est honnête
esse virum bonum,	d'être homme de-bien,
est semper utile.	*cela* est toujours utile.
XVI. Ac quidem	XVI. Et certes
de jure prædiorum	sur le droit des biens-fonds
sancitum est apud nos	il a été sanctionné chez nous
jure civili,	par le droit civil,
ut in vendendis his	qu'en vendant ces *biens*
vitia	les défauts
quæ essent nota venditori	qui seraient connus au vendeur
dicerentur.	seraient dits.
Nam quum esset satis	Car quoique *ce* fût assez
ex duodecim tabulis	d'après les douze Tables
ea quæ nuncupata essent	ces choses qui avaient été déclarées
lingua	de langue (de vive voix)
præstari,	être garanties,
quæ qui infitiatus esset	lesquelles celui qui aurait niées

esset, dupli pœnam subiret, a jureconsultis etiam reticentiæ
pœna est constituta. Quidquid enim esset in prædio vitii, id
statuerunt, si venditor sciret, nisi nominatim dictum esset,
præstari oportere. Ut, quum in arce¹ augurium augures acturi
essent, jussissentque T. Claudium Centumalum, qui ædes in
Cœlio monte² habebat, demoliri ea quorum altitudo officeret
auspiciis, Claudius proscripsit insulam, vendidit; emit P. Calpurnius Lanarius. Huic ab auguribus illud idem denuntiatum
est. Itaque Calpurnius quum demolitus esset, cognossetque
Claudium ædes postea proscripsisse quam esset ab auguribus
demoliri jussus, arbitrum illum adegit, quidquid sibi dare,
facere oporteret EX FIDE BONA. M. Cato³ sententiam dixit,
hujus nostri Catonis pater. Ut enim ceteri ex patribus, sic,

condamné à la peine du double; mais les jurisconsultes ont établi
des peines contre ceux même qui n'avertissent pas des défauts de ce
qu'ils vendent, et les en rendent garants. En voici un exemple : Les
augures, ayant à exercer leurs fonctions sur le Capitole, ordon-
nèrent la démolition d'une maison située sur le mont Célius, et dont
la hauteur leur nuisait pour prendre les auspices. Aussitôt T. Claudius Centumalus, à qui elle appartenait, la mit en vente, et P. Calpurnius Lanarius l'acheta. Les augures lui signifièrent le même
ordre. Il obéit; mais il apprit que la maison n'avait été mise en
vente qu'après l'ordre reçu de la démolir. Il intenta donc une
action à Claudius, pour qu'il eût à le dédommager *de bonne foi.*
L'affaire fut jugée par M. Caton, père de notre illustre Caton : car au
lieu qu'on fait connaître les autres par leurs pères, c'est par son
fils qu'il faut désigner celui qui a mis au monde cette lumière de

subiret pœnam dupli,	subirait la peine du double,
pœna etiam reticentiæ	une peine même du silence
constituta est	a été établie
a jureconsultis.	par les jurisconsultes.
Statuerunt enim,	Ils ont décidé en effet,
quidquid esset vitii	tout ce qu'il y avait de vice
in prædio,	dans le bien-fonds,
si venditor sciret,	si le vendeur *le* savait,
nisi dictum esset	s'il n'avait pas été dit
nominatim,	expressément,
oportere id præstari.	falloir (qu'il fallait) ce *vice* être garanti.
Ut, quum augures	Par-exemple, comme les augures [pices]
acturi essent augurium	devaient faire l'augure (prendre les aus-
in arce,	sur la hauteur *du Capitole*,
jussissentque	et avaient ordonné
T. Claudium Centumalum,	T. Claudius Centumalus,
qui habebat ædes	qui avait une maison
in monte Cœlio,	sur le mont Célius,
demoliri ea,	démolir ces *parties*,
quorum altitudo	dont la hauteur
officeret auspiciis,	faisait-obstacle aux auspices,
Claudius	Claudius
proscripsit insulam,	afficha (mit en vente) l'habitation,
vendidit ;	*la* vendit ;
P. Calpurnius Lanarius	P. Calpurnius Lanarius
emit.	*l*'acheta.
Illud idem	Cette même chose
denuntiatum est huic	*fut* signifiée à celui-ci
ab auguribus.	par les augures.
Itaque Calpurnius,	C'est-pourquoi Calpurnius,
quum demolitus esset,	lorsqu'il eut démoli,
cognossetque Claudium	et eut appris Claudius
proscripsisse ædes	avoir affiché (mis en vente) la maison
postea quam jussus esset	après qu'il avait reçu-l'ordre
ab auguribus	des augures
demoliri,	de démolir,
adegit illum arbitrum,	traduisit celui-là *devant* un arbitre,
quidquid oporteret	*pour décider* tout ce qu'il fallait
dare, facere sibi	*Claudius* donner *et* faire à lui-même
EX BONA FIDE.	SELON LA BONNE FOI.
M. Cato,	M. Caton,
pater hujus Catonis nostri,	père de ce Caton nôtre,
dixit sententiam.	prononça la sentence.
Ut enim ceteri	Car comme tous-les-autres
ex patribus,	*doivent être nommés* d'après leurs pères,
sic qui progenuit	ainsi celui qui'a engendré
illud lumen	cette lumière

qui lumen illud progenuit, ex filio est nominandus. Is igitur judex ita pronuntiavit, quum in venumdando rem eam scisset et non pronuntiasset, emptori damnum præstari oportere. Igitur ad fidem bonam statuit pertinere, notum esse emptori vitium quod nosset venditor. Quod si recte judicavit, non recte frumentarius *ille* [1], non recte ædium pestilentium venditor tacuit. Sed hujusmodi reticentiæ jure civili omnes comprehendi non possunt ; quæ autem possunt, diligenter tenentur. M. Marius Gratidianus, propinquus noster [2], C. Sergio Oratæ vendiderat ædes eas, quas ab eodem ipse paucis ante annis emerat. Hæ Sergio serviebant ; sed hoc in mancipio Marius non dixerat. Adducta res in judicium est. Oratam Crassus, Gratidianum defendebat Antonius. Jus Crassus urgebat : quod vitii venditor non dixisset sciens, id oportere præstari ; æquitatem Antonius : quoniam id vitium ignotum Sergio non

nos jours. La sentence de Caton porte que, le vendeur ayant su la chose et n'en ayant pas averti l'acheteur, il lui devait un dédommagement. Il statua donc qu'il était de la bonne foi que le vice connu du vendeur le fût aussi de l'acheteur. Or, si cela est bien jugé, sans doute ni le marchand de blé ni celui qui vendait une maison malsaine ne devaient cacher ce qu'ils savaient. La loi ne saurait prévoir toutes les réticences de cette nature ; mais on la suit exactement pour toutes celles qu'elle a prévues. M. Marius Gratidianus, notre parent, avait vendu à C. Sergius Orata une maison qu'il avait achetée de lui quelques années auparavant, et sur laquelle Sergius avait une servitude. Marius n'en ayant rien dit en la vendant, l'affaire fut portée en justice. Crassus soutenait la cause de Sergius, et Antoine celle de Marius. Crassus insistait sur les termes de la loi, qui veut que le vendeur soit garant des vices dont il n'a pas averti, quoiqu'ils lui fussent connus. Antoine alléguait l'équité,

nominandus est ex filio.	doit être nommé d'après *son* fils.
Is igitur judex	Celui-ci donc *étant* juge
pronuntiavit ita :	prononça ainsi :
quum in venumdando	comme en vendant
scisset eam rem	il avait su cette circonstance
et non pronuntiasset,	et ne *l'*avait pas déclarée,
oportere damnum	falloir (qu'il fallait) le dommage
præstari emptori.	être garanti à l'acheteur.
Igitur statuit	Donc il décida
pertinere ad bonam fidem,	*ceci* avoir-rapport à la bonne foi,
vitium quod venditor nos-	le vice que le vendeur connaissait
esse notum emptori. [set	être connu à (de) l'acheteur.
Quod si judicavit recte,	Que s'il a jugé avec-raison,
ille frumentarius	ce marchand-de-blé
non tacuit recte,	ne s'est pas tu avec-raison,
venditor	le vendeur
ædium pestilentium	de la maison malsaine
non recte.	ne *s'est* pas *tu* avec-raison.
Sed reticentiæ hujusmodi	Mais les réticences de-cette-sorte
non possunt comprehendi	ne peuvent être saisies
omnes	toutes
jure civili ;	dans le droit civil ;
quæ autem possunt,	mais celles qui *le* peuvent,
tenentur diligenter.	sont maintenues scrupuleusement.
M. Marius Gratidianus,	M. Marius Gratidianus,
noster propinquus,	notre parent,
vendiderat C. Sergio Oratæ	avait vendu à C. Sergius Orata
eas ædes,	cette (une) maison,
quas ipse	que lui-même
paucis annis ante	quelques années auparavant
emerat ab eodem.	avait achetée de ce-même *Sergius.*
Hæ serviebant	Cette *maison* devait-une-servitude
Sergio ;	à Sergius ;
sed Marius non dixerat hoc	mais Marius n'avait pas dit cela
in mancipio.	dans la vente.
Res adducta est	L'affaire fut amenée (portée)
in judicium.	en justice.
Crassus	Crassus
defendebat Oratam,	défendait Orata,
Antonius Gratidianum.	Antoine *défendait* Gratidianus.
Crassus urgebat jus ;	Crassus pressait (insistait sur) le droit :
quod vitii	ce que de vice (le vice que)
venditor non dixisset	le vendeur n'avait pas dit
sciens,	*le* sachant,
oportere	falloir (qu'il fallait)
id præstari ;	ce *vice* être garanti ;
Antonius æquitatem :	Antoine *insistait sur* l'équité :

fuisset, qui illas ædes vendidisset, nihil fuisse necesse dici, nec eum esse deceptum, qui id, quod emerat, quo jure esset, teneret. Quorsum hæc? ut illud intelligas, non placuisse majoribus nostris astutos.

XVII. Sed aliter leges, aliter philosophi tollunt astutias : leges, quatenus manu tenere possunt ; philosophi, quatenus ratione et intelligentia. Ratio igitur hoc postulat, ne quid insidiose, ne quid simulate, ne quid fallaciter. Suntne igitur insidiæ tendere plagas, etiamsi excitaturus non sis feras nec agitaturus? Ipsæ enim feræ nullo insequente sæpe incidunt. Sic tu ædes proscribas, tabulam tanquam plagam ponas, domum propter vitia vendas, in eam aliquis incurrat imprudens. Hoc quanquam video, propter depravationem consuetudinis, neque more turpe haberi, neque aut lege sanciri aut jure ci-

selon laquelle il semble que Marius, vendant la maison à un homme à qui elle avait appartenu, et qui connaissait par conséquent la servitude, n'avait pas été obligé de l'en avertir; Sergius ne pouvait se plaindre d'avoir été trompé, puisqu'il savait toutes les charges. Je ne vous rapporte ces exemples que pour vous faire voir à quel point l'artifice a toujours déplu à nos ancêtres.

XVII. Mais les philosophes s'opposent à l'artifice bien autrement que les lois. Les lois ne le sauraient faire qu'autant qu'il est palpable; mais les philosophes pénètrent jusqu'au fond de l'âme. Or la raison défend de jamais rien faire où il y ait de la fraude et de l'artifice. Mais où est le mal, dira-t-on, quand on ne pousse personne dans le piége qu'on a tendu? Eh quoi! le gibier ne va-t-il pas souvent se jeter de lui-même dans les filets? Quand vous mettez un écriteau à une maison dont vous voulez vous défaire à cause de défauts dont vous n'avertissez point, voilà le piége tendu, et quelqu'un y donnera sans savoir ce qu'il fait. Je sais bien qu'au point où la dépravation des hommes a mis les choses, cela ne passe plus pour une mauvaise action, et que les lois et le droit civil le souffrent; mais la loi de la

quoniam id vitium	puisque ce vice
non fuisset ignotum	n'avait pas été inconnu
Sergio,	à (de) Sergius,
qui vendidisset illas ædes,	qui avait vendu cette maison,
fuisse necesse	*n'avoir pas* été nécessaire
nihil dici,	rien être dit,
nec eum deceptum esse,	et celui-là n'avoir pas été trompé,
qui teneret	qui savait [charges de)
quo jure esset	de quel droit était (quelles étaient les
id quod emerat.	ce qu'il avait acheté.
Quorsum hæc ?	Où *tendent* ces choses ?
ut intelligas illud,	à ce que tu comprennes cela,
astutos	les *gens* astucieux
non placuisse	n'avoir pas plu
nostris majoribus.	à nos ancêtres.
XVII. Sed aliter leges,	XVII. Mais autrement les lois,
aliter philosophi,	autrement les philosophes,
tollunt astutias :	suppriment les perfidies :
leges, quatenus possunt	les lois, jusqu'où elles peuvent
tenere manu ;	*les* saisir par la main ;
philosophi,	les philosophes
quatenus ratione	jusqu'où *ils peuvent les saisir* par la raison
et intelligentia.	et par l'intelligence.
Ratio igitur postulat hoc,	La raison donc demande ceci,
ne quid insidiose,	que rien ne *soit fait* avec-embûche,
ne quid simulate,	que rien ne *soit fait* avec-feinte,
ne quid fallaciter.	que rien ne *soit fait* avec-tromperie.
Suntne igitur insidiæ	Sont-ce donc des embûches
tendere plagas,	de tendre des toiles,
etiamsi non excitaturus sis	bien que tu ne doives pas faire-lever
nec agitaturus feras ?	ni poursuivre les bêtes ?
Feræ enim ipsæ,	En effet les bêtes elles-mêmes,
nullo insequente,	personne ne *les* poursuivant,
incidunt sæpe.	*y* tombent souvent.
Sic tu proscribas ædes,	Ainsi toi tu afficherais une maison,
ponas tabulam	tu placerais un écriteau
tanquam plagam,	comme une toile,
vendas domum	tu vendrais une maison
propter vitia,	à-cause-de *ses* vices,
aliquis imprudens	quelqu'un ne-sachant-pas
incurrat in eam.	se jetterait dans elle.
Quanquam video hoc,	Quoique je voie ceci,
propter depravationem	à-cause-de la dépravation
consuetudinis,	de la coutume,
neque haberi turpe	et n'être pas tenu *pour* honteux
more,	par les mœurs,
neque sanciri	et n'être pas sanctionné (puni)

vili, tamen naturæ lege sancitum est : societas enim est, quod etsi sæpe dictum est, dicendum tamen est sæpius, latissime quidem quæ pateat, hominum inter homines; interior, eorum qui ejusdem gentis sunt; propior, eorum qui ejusdem civitatis. Itaque majores aliud jus gentium, aliud jus civile esse voluerunt. Quod enim civile, non idem continuo gentium; quod autem gentium, idem civile esse debet. Sed nos veri juris germanæque justitiæ solidam et expressam effigiem nullam tenemus ; umbra et imaginibus utimur : easque ipsas utinam sequeremur ! Feruntur enim ex optimis naturæ principiis et veritatis exemplis.

Nam quanti verba illa, UTI NE PROPTER TE FIDEMVE TUAM CAPTUS FRAUDATUSVE SIEM ? Quam illa aurea, UT INTER BONOS BENE AGIER OPORTET ET SINE FRAUDATIONE ! Sed qui sint boni,

nature le défend. Car, je le répète encore, quoique je l'aie déjà dit plusieurs fois, il y a entre les hommes une société qui les comprend tous et les unit tous entre eux. Il en est une plus intime entre ceux qui sont d'une même nation, et une plus étroite encore entre ceux qui sont d'une même cité. Aussi nos pères ont-ils mis de la différence entre le droit des gens et le droit civil. Tout ce qui est du droit civil n'est pas pour cela du droit des gens; mais tout ce qui est du droit des gens doit être considéré comme du droit civil. Mais notre droit civil n'est même plus qu'une ombre du véritable droit et de la parfaite justice; et plût à Dieu que du moins nous suivissions cette ombre, puisqu'elle est une image des principes de la nature et de la vérité !

Combien cette formule n'est-elle pas précieuse : AFIN QUE DE VOUS NI DE VOTRE FOI JE NE REÇOIVE NI PERTE NI DOMMAGE ! Et cette autre n'est-elle pas admirable : COMME IL FAUT BIEN AGIR ENTRE HONNÊTES GENS, ET SANS AUCUNE FRAUDE ! Mais la grande

aut lege aut jure civili,
tamen sancitum est
lege naturæ :
societas enim
hominum inter homines,
quod, etsi dictum est
sæpe,
tamen dicendum est
sæpius,
est quidem quæ pateat
latissime ;
interior, eorum
qui sunt ejusdem gentis ;
propior, eorum
qui ejusdem civitatis.
Itaque majores
voluerunt jus gentium
esse aliud,
aliud jus civile.
Quod enim civile,
non continuo idem
gentium ;
quod autem gentium,
debet idem esse civile.
Sed nos tenemus
nullam effigiem solidam
et expressam
veri juris
germanæque justitiæ ;
utimur umbra
et imaginibus :
utinam sequeremur
eas ipsas !
Feruntur enim
ex optimis principiis
naturæ
et exemplis veritatis.
    Nam quanti
illa verba,
UTI NE CAPTUS SIEM
FRAUDATUSVE
PROPTER TE
TUAMVE FIDEM?
Quam illa aurea,
OPORTET AGIER BENE
ET SINE FRAUDATIONE
UT INTER BONOS !

ou par la loi ou par le droit civil,
cependant *cela* a été sanctionné
par la loi de la nature :
en effet la société
des hommes entre les hommes,
ce qui, quoique *cela* ait été dit
souvent,
cependant doit être dit
plus souvent,
est à la vérité *celle* qui s'étend
le plus-au-large ;
plus restreinte *est la société* de ceux
qui sont de la même nation ;
plus proche *encore, celle* de ceux
qui *sont* de la même cité.
C'est-pourquoi *nos* ancêtres
ont voulu le droit des gens
être autre,
autre le droit civil.
En effet ce qui *est* de-droit-civil,
n'*est* pas pour-cela le même (aussi)
du droit des gens ;
mais ce qui *est du droit* des gens,
doit le même (aussi) être de-droit-civil.
Mais nous, nous *ne* tenons
aucune image solide
et bien-marquée
du vrai droit
et de la véritable justice ;
nous faisons-usage d'ombre
et de figures ;
plût-aux-dieux que nous suivissions
ces *images* mêmes !
Elles sont apportées (découlent) en effet
des meilleurs principes
de la nature
et des *meilleurs* types de la vérité.
    Car de quel-grand *prix*
sont ces paroles,
POUR QUE JE NE SOIS PAS TROMPÉ
OU FRUSTRÉ
A-CAUSE-DE-TOI
OU DE TA PAROLE ?
Combien celles-ci *sont* d'-or.
IL FAUT ÊTRE AGI BIEN
ET SANS TROMPERIE
COMME ENTRE *gens* DE-BIEN !

et quid sit bene agi, magna quæstio est. Q. quidem Scævola, pontifex maximus, summam vim dicebat esse in omnibus iis arbitriis, in quibus adderetur EX FIDE BONA; fideique bonæ nomen existimabat manare latissime, idque versari in tutelis, societatibus, fiduciis, mandatis, rebus emptis, venditis, conductis, locatis, quibus vitæ societas contineretur; in his magni esse judicis statuere, præsertim quum in plerisque essent judicia contraria, quid quemque cuique præstare oporteret. Quocirca astuciæ tollendæ sunt, eaque malitia quæ vult illa quidem videri se esse prudentiam, sed abest ab ea distatque plurimum. Prudentia est enim locata in delectu bonorum et malorum; malitia, si omnia quæ turpia sunt mala sunt, mala bonis anteponit. Nec vero in prædiis solum jus civile, ductum a natura, malitiam fraudemque vindicat, sed et

question est de savoir ce que c'est que de bien agir et d'être honnêtes gens. Q. Scévola, le grand pontife, avait coutume de dire que toutes les sentences arbitrales où la clause de BONNE FOI était ajoutée, tiraient de là une force merveilleuse; que ces mots disaient beaucoup et étaient d'un usage très-étendu, puisqu'on les employait dans les principaux actes de la vie civile, tels que les tutelles, les associations, les engagements, les mandats, les ventes, les achats, les conductions, les locations; qu'il était d'un juge de déterminer précisément dans chaque sorte d'affaire à quoi on était tenu par cette clause, quand, dans la plupart des cas, on avait rendu des jugements contradictoires. Il faut donc bannir du commerce des hommes toute sorte d'artifice, et surtout cette ruse qui voudrait passer pour la prudence, mais qui en est infiniment éloignée. La prudence, en effet, consiste dans le discernement du bien et du mal, tandis que cette prétendue habileté préfère le mal au bien, s'il est vrai que tout ce qui n'est pas honnête est un mal. Et ce n'est pas seulement au sujet des immeubles que le droit civil, qui est tiré de la loi naturelle, punit la fraude. Il ne

Sed est magna quæstio	Mais *c*'est une grande question
qui sint boni,	*de savoir* quels sont les *gens* de-bien,
et quid sit agi bene.	et ce que c'est *que* être agi bien.
Q. quidem Scævola,	Q. Scévola certes,
maximus pontifex,	grand pontife,
dicebat summam vim	disait une extrême force
esse in omnibus iis arbitriis,	être dans toutes ces sentences-arbitrales,
in quibus adderetur	dans lesquelles il était ajouté
EX BONA FIDE ;	SELON LA BONNE FOI ;
existimabatque	et il estimait
nomen bonæ fidei	le nom de bonne foi
manare latissime,	s'étendre très-au-loin,
idque versari	et ce *nom* se trouver
in tutelis, societatibus,	dans les tutelles, les associations,
fiduciis, mandatis,	les fidéicommis, les dépôts,
rebus emptis, venditis,	les choses achetées, vendues,
conductis, locatis,	prises-à-loyer, données-à-loyer,
quibus societas vitæ	dans lesquelles la société de la vie
contineretur ;	était contenue (consistait) ;
esse magni judicis	*il disait* être d'un grand juge
statuere in his,	de décider dans ces choses,
præsertim quum	surtout parce que
in plerisque	dans la plupart
essent judicia contraria,	étaient des actions contradictoires,
quid oporteret	quelle chose il fallait
quemque præstare cuique.	chacun garantir à chacun.
Quocirca astutiæ	C'est-pourquoi les fourberies
tollendæ sunt,	doivent être supprimées,
eaque malitia	et cette malice
quæ vult illa quidem	qui veut celle-là à la vérité
se videri esse prudentiam,	elle-même paraître être prudence,
sed abest ab ea	mais est éloignée de cette *prudence*
distatque plurimum.	et *en* est-distante très-considérablement.
Prudentia enim	La prudence en effet
est locata in delectu	est placée (consiste) dans le choix [ses ;
bonorum et malorum ;	des choses bonnes et des choses mauvai-
malitia,	la malice,
si omnia quæ sunt turpia	si toutes les choses qui sont honteuses
sunt mala,	sont mauvaises,
anteponit mala bonis.	préfère les mauvaises aux bonnes. [fonds
Nec vero solum in prædiis	Et en vérité non-seulement dans les biens-
jus civile,	le droit civil,
ductum a natura,	tiré de la nature,
vindicat malitiam	punit la malice
fraudemque,	et la fraude,
sed et omnis fraus	mais aussi toute fraude
excluditur	est exclue

in mancipiorum venditione fraus venditoribus omnis exclu-
ditur. Qui enim scire debuit, de sanitate, de fuga, de furtis,
præstat edicto ædilium. Heredum alia causa est. Ex quo intelligitur, quoniam juris natura fons sit, hoc secundum naturam esse, neminem id agere ut ex alterius prædetur inscientia.
Nec ulla pernicies vitæ major inveniri potest quam in malitia
simulatio intelligentiæ; ex quo ista innumerabilia nascuntur,
ut utilia cum honestis pugnare videantur. Quotus enim quisque
reperietur, qui, impunitate et ignoratione omnium proposita,
abstinere possit injuria?

XVIII. Periclitemur, si placet, in iis quidem exemplis, in
quibus peccari vulgus hominum fortasse non putat. Neque
enim de sicariis, veneficis, testamentariis, furibus, peculato-
ribus hoc loco disserendum est; qui non verbis sunt et disputatione philosophorum, sed vinculis et carcere fatigandi;

souffre non plus aucune sorte de tromperie dans la vente des esclaves;
car, par l'édit des édiles, le vendeur est responsable s'il a vendu un
esclave qu'il savait malsain, voleur, ou sujet à s'enfuir. Il en est
autrement pour les esclaves provenant d'un héritage. Il est donc évident, puisque c'est la nature qui est la source du droit, qu'il est
contre la nature d'abuser de l'ignorance d'autrui; et il n'y a rien de
plus funeste à la société humaine que cette malice artificieuse qui
passe pour habileté et qui, dans une infinité de cas, suscite l'opposition de l'honnête et de l'utile. Où sont les hommes qui s'abstien-
draient de l'injustice dont il leur reviendrait quelque profit, s'ils
pouvaient s'en promettre l'impunité?

XVIII. Prenons, si vous voulez, pour exemple une des choses où
le commun des hommes ne voit peut-être aucun mal. Car il n'est
pas ici question des assassins, des empoisonneurs, des faussaires, des
voleurs et des concussionnaires; et ce n'est pas par des raisonnements de philosophie qu'on doit réprimer ces sortes de scélérats,
mais par les chaînes et par la prison. Voyons donc ce que font

in venditione	dans la vente
mancipiorum.	des esclaves.
Qui enim debuit scire	En effet celui qui a dû savoir
præstat de sanitate,	garantit au-sujet-de la santé,
de fuga, de furtis,	au-sujet-de la fuite, au-sujet des vols,
edicto ædilium.	d'après l'édit des édiles.
Causa heredum est alia.	Le cas des héritiers est autre.
Ex quo intelligitur,	D'après quoi il est compris,
quoniam natura	puisque la nature
sit fons juris, [ram,	est la source du droit,
hoc esse secundum natu-	ceci être selon la nature,
neminem agere id	personne ne faire cela
ut prædetur	qu'il tire-du-butin
ex inscientia alterius.	de l'ignorance d'un autre.
Nec ulla pernicies major	Et aucun fléau plus grand
vitæ	pour la vie
potest inveniri	ne peut être trouvé
quam simulatio	que la supposition
intelligentiæ	de la prudence
in malitia;	dans la malice;
ex quo nascuntur	de quoi naissent (d'où proviennent)
ista innumerabilia,	ces cas innombrables,
ut utilia videantur	que (où) les choses utiles paraissent [tes.
pugnare cum honestis.	être-en-opposition avec les choses honnê-
Quotusquisque enim	En effet combien
reperietur,	seront trouvés,
qui, impunitate	qui, l'impunité
et ignoratione omnium	et l'ignorance de tous.
proposita,	ayant été offertes,
possit abstinere injuria?	puissent s'abstenir de l'injustice?
XVIII. Periclitemur,	XVIII. Essayons,
si placet,	si cela plaît (si on veut),
in iis quidem exemplis,	dans ces exemples à la vérité,
in quibus vulgus hominum	dans lesquels le commun des hommes
fortasse non putat	peut-être ne pense pas
peccari.	une-faute-être-commise.
Neque enim disserendum est	Et en effet il ne faut pas discourir
hoc loco	en cet endroit
de sicariis, veneficis,	sur les assassins, les empoisonneurs,
testamentariis,	les fabricateurs-de-testaments,
furibus, peculatoribus;	les voleurs, les concussionnaires;
qui fatigandi sunt	qui doivent être poursuivis
non verbis	non par des paroles
et disputatione	et par la discussion
philosophorum,	des philosophes,
sed vinculis et carcere;	mais par les fers et la prison;
sed consideremus ea,	mais examinons ces actions,

sed hæc consideremus, quæ faciunt ii qui habentur boni.
L. Minucii Basili, locupletis hominis, falsum testamentum
quidam e Græcia Romam attulerunt ; quod quo facilius obti-
nerent, scripserunt heredes secum M. Crassum et Q. Horten-
sium[1], homines ejusdem civitatis potentissimos : qui quum
illud falsum esse suspicarentur, sibi autem nullius essent
conscii culpæ, alieni facinoris munusculum non repudiaverunt. Quid ergo? Satin' hoc est, ut non deliquisse videantur?
Mihi quidem non videtur ; quanquam alterum amavi vivum,
alterum non odi mortuum. Sed, quum Basilus Marcum Satrium[2], sororis filium, nomen suum ferre voluisset, eumque
fecisset heredem, hunc dico patronum agri Piceni et Sabini,
o turpem notam temporum illorum ! num erat æquum principes cives rem habere, ad Satrium nihil præter nomen perve-
nire? Etenim, si is qui non defendit injuriam neque propulsat
a suis quum potest, injuste facit, ut in primo libro disserui,

ceux même qu'on appelle gens de bien. On apporta de Grèce à Rome
un faux testament de L. Minucius Basilus, qui avait laissé de grandes
richesses ; et pour en tirer parti plus aisément, ceux qui l'avaient
fabriqué s'étaient donné pour cohéritiers M. Crassus et Q. Hortensius,
les deux hommes de ce temps-là qui avaient le plus de crédit. Quoiqu'ils se doutassent bien que le testament était faux, comme ils n'a-
vaient aucune part à la fraude, ils ne se refusèrent pas à profiter du
crime d'autrui. Quoi donc ! était-ce assez pour qu'ils fussent innocents ?
Ce n'est nullement mon avis, quoique j'aie toujours été l'ami de
l'un tant qu'il a vécu, et que la mort de l'autre ait éteint ma haine
pour lui. Mais Basilus avait réellement choisi pour son héritier
M. Satrius, le fils de sa sœur, celui qui fut protecteur du Picénum
et de la Sabine, et avait voulu qu'il portât son nom. Était-il donc
juste (ô souvenir déshonorant pour ces temps-là !) que des citoyens
du premier rang eussent tout le bien de Basilus, et que Satrius n'en
eût que le nom? Car si c'est une faute, comme je l'ai fait voir dans
le premier livre, que de ne pas empêcher l'injustice et de ne pas en

quæ faciunt ii	que font ces (les) *hommes*
qui habentur boni.	qui sont tenus *pour gens* de-bien.
Quidam	Certains *hommes*
attulerunt Græcia Romam	apportèrent de la Grèce à Rome
falsum testamentum	un faux testament
L. Minucii Basili,	de L. Minucius Basilus,
hominis locupletis;	homme riche;
quod quo obtinerent	lequel afin qu'ils maintinssent
facilius,	plus facilement, [mes
scripserunt heredes secum	ils écrivirent *pour* héritiers avec eux-mê-
M. Crassum	M. Crassus
et Q. Hortensium,	et Q. Hortensius,
homines potentissimos	hommes les plus puissants
ejusdem civitatis;	de cette-même cité;
qui quum suspicarentur	lesquels comme ils soupçonnaient
illud esse falsum,	ce *testament* être faux, [mêmes
essent autem conscii sibi	mais *n*'étaient ayant-conscience-avec eux-
nullius culpæ,	d'aucune faute,
non repudiaverunt	ne repoussèrent pas
munusculum	la petite-gratification
facinoris alieni.	du crime d'-autrui.
Quid ergo? hocne est satis	Quoi donc? ceci est-il assez
ut videantur	pour qu'ils paraissent
non deliquisse?	n'avoir pas péché?
Non videtur mihi quidem;	*Cela* ne paraît pas à moi du moins;
quanquam amavi	pourtant j'ai aimé
alterum vivum,	l'un vivant,
non odi	je ne hais pas
alterum mortuum.	l'autre mort.
Sed, quum Basilus	Mais, comme Bàsilus
voluisset Marcum Satrium,	avait voulu Marcus Satrius,
filium sororis,	fils de *sa* sœur,
ferre suum nomen,	porter son nom,
fecissetque eum heredem,	et avait fait lui héritier,
dico hunc patronum	je dis ce patron
agri Piceni et Sabini,	du territoire picentin et sabin,
o notam turpem	ô note honteuse (d'infamie)
illorum temporum!	de ces temps-là!
num erat æquum	est-ce qu'il était juste
principes cives habere rem,	les premiers citoyens avoir le bien,
nihil præter nomen	*et* rien excepté le nom
pervenire ad Satrium?	*ne* revenir à Satrius?
Etenim, si is	En effet, si celui
qui non defendit injuriam	qui ne repousse pas l'injustice
neque propulsat a suis	et ne *l*'écarte pas des siens
quum potest,	lorsqu'il *le* peut,
facit injuste,	agit injustement,

qualis habendus est is qui non modo non repellit, sed etiam
adjuvat injuriam? Mihi quidem etiam veræ hereditates non
honestæ videntur, si sint malitiosis blanditiis officiorum, non
veritate, sed simulatione quæsitæ. Atqui in talibus rebus
aliud utile interdum, aliud honestum videri solet. Falso : nam
eadem utilitatis quæ honestatis est regula; qui hoc non pervi-
derit, ab hoc nulla fraus aberit, nullum facinus. Sic enim
cogitans : « Est illud quidem honestum, verum hoc expedit, »
res a natura copulatas audebit errore divellere; qui fons est
fraudium, maleficiorum, scelerum omnium.

XIX. Itaque, si vir bonus habeat hanc vim, ut, si digitis
concrepuerit, possit in locupletium testamenta nomen ejus
irrepere, hac vi non utatur, ne si exploratum quidem habeat
id omnino neminem unquam suspicaturum. At dares hanc

garantir les siens quand on le peut, que doit-on dire de celui qui,
loin d'empêcher l'injustice, la favorise? Pour moi, je trouve qu'il
n'est pas honnête de profiter des testaments, même les plus véritables, lorsqu'on les a obtenus par ruse, par flatterie, par dissimulation. Je sais bien qu'en pareil cas la plupart jugent que, si l'un des
deux partis est le plus honnête, l'autre est le plus utile. Mais on a
tort d'en juger ainsi, puisque l'honnête et l'utile sont soumis à la
même règle, et que, dès qu'on ne convient pas de ce principe, il n'y
a pas de fraude ni de crime dont on ne soit capable. Du moment
où l'on se dit : « Il est vrai que ce parti-là est honnête, mais celui-
ci est utile, » on ose séparer ce que la nature et la vérité ne séparent point, et on tombe dans une erreur qui est la source de toutes
les fraudes, de toutes les mauvaises actions, de tous les crimes.

XIX. Quand donc un homme de bien n'aurait qu'à faire claquer ses
doigts pour glisser son nom dans le testament des plus riches citoyens,
fût-il même assuré que personne n'en saurait ni n'en soupçonnerait
jamais rien, il ne le ferait pas. Mais donnez cette faculté à M. Crassus,

ut disserui	comme j'ai exposé
in primo libro,	dans le premier livre,
qualis habendus est	quel doit être tenu (que faut-il penser de)
qui non modo non repellit,	celui qui non-seulement ne repousse pas,
sed etiam	mais même
adjuvat injuriam?	aide l'injustice?
Etiam veræ hereditates	Même les véritables héritages
videntur mihi quidem	paraissent à moi du moins
non honestæ,	non honnêtes,
si quæsitæ sint	s'ils ont été acquis
blanditiis malitiosis	par des caresses perfides
officiorum,	de devoirs,
non veritate,	non par la vérité,
sed simulatione.	mais par la feinte.
Atque in rebus talibus	Et dans des choses telles
interdum aliud	parfois une autre chose
solet videri utile,	a-coutume de paraître utile,
aliud honestum.	une autre honnête.
Falso :	A-tort :
nam regula utilitatis	car la règle de l'utilité
est eadem	est la même
quæ honestatis ;	que de l'honnêteté ;
qui non perviderit hoc,	celui qui n'aura pas vu cela,
nulla fraus, nullum facinus	aucune fraude, aucun crime
aberit ab hoc.	ne sera-absent de celui-ci.
Cogitans enim sic :	En effet pensant ainsi :
« Illud quidem	« Cela à la vérité
est honestum,	est honnête,
verum hoc expedit, »	mais ceci est-avantageux, »
audebit divellere errore	il osera séparer par l'erreur
res copulatas a natura ;	des choses associées par la nature ;
qui est fons fraudium,	ce qui est la source des fraudes,
maleficiorum,	des méfaits,
omnium scelerum.	de tous les crimes.
XIX. Itaque,	XIX. C'est-pourquoi,
si vir bonus	si l'homme de-bien
habeat hanc vim,	avait cette puissance,
ut, si concrepuerit digitis,	que, s'il avait claqué des doigts,
nomen ejus	le nom de lui
possit irrepere	puisse se glisser
in testamenta locupletium,	dans les testaments des riches,
non utatur hac vi,	il n'userait pas de cette puissance,
ne si habeat quidem	pas même s'il tenait
exploratum	pour assuré
omnino neminem unquam	absolument personne jamais
suspicaturum id.	ne devoir soupçonner cela.
At dares hanc vim,	Mais tu aurais donné cette puissance

vim M. Crasso, ut digitorum percussione heres posset scriptus
esse, qui re vera non esset heres, in foro, mihi crede, saltaret.
Homo autem justus, et is quem sentimus virum bonum, nihil
cuiquam quod in se transferat detrahet. Hoc qui admiratur,
is se quid sit vir bonus nescire fateatur. At vero, si quis vo-
luerit animi sui complicatam notionem evolvere, jam se ipse
doceat eum virum bonum esse qui prosit quibus possit, noceat
nemini, nisi lacessitus injuria. Quid ergo? hic non noceat,
qui quodam quasi veneno perficiat ut veros heredes moveat,
in eorum locum ipse succedat?

Non igitur faciat, dixerit quis, quod utile sit, quod expediat? Imo intelligat nihil nec expedire nec utile esse, quod sit
injustum. Hoc qui non didicerit, bonus vir esse non poterit.
Fimbriam[1] consularem audiebam de patre nostro puer judicem

et vous le verrez danser de joie dans la place publique. Un homme de
bien, c'est-à-dire un homme juste, n'ôtera jamais rien à personne
pour se l'appliquer ; et si l'on s'en étonne, on avoue par cela seul
qu'on ne sait pas ce que c'est qu'un homme de bien. Mais quiconque voudra essayer de voir clair dans son âme comprendra que
l'homme de bien est celui qui rend service aussi souvent qu'il le
peut, et qui ne fait jamais de mal, à moins d'y être provoqué par
quelque injure. Et n'est-ce donc point faire de mal que de se substi-
tuer, par quelque sortilége, à la place des véritables héritiers ?

Quoi! me dira-t-on, il devra s'abstenir de ce qui lui est utile et
avantageux? Non, mais il comprendra que ce qui est injuste
ne saurait jamais être utile. Sans ce principe, point d'honnête
homme. Je me souviens d'avoir ouï dire à mon père, dans mon
enfance, que Fimbria, homme consulaire, fut donné pour juge

M. Crasso,	à M. Crassus,
ut percussione digitorum	que par un frappement des doigts
posset scriptus esse heres,	il pût avoir été écrit héritier,
qui re vera	*lui* qui dans le fait vrai
non esset heres,	n'était pas héritier,
crede mihi,	crois-moi,
saltaret in foro.	il aurait dansé *de joie* sur la place.
Homo autem justus,	Mais l'homme juste,
et is quem sentimus	et celui que nous comprenons
virum bonum,	homme de-bien,
detrahet cuiquam nihil	*n'*ôtera à personne rien
quod transferat in se.	qu'il fasse-passer à lui-même.
Qui admiratur hoc,	Celui qui s'étonne de ceci,
is fateatur	que celui-là avoue
se nescire	lui-même ne-pas-savoir
quid sit vir bonus.	*qu'est-ce que* l'homme de-bien.
At vero,	Mais en vérité,
si quis voluerit evolvere	si quelqu'un veut dérouler
notionem complicatam	la notion enveloppée
sui animi,	de son esprit,
jam ipse doceat se	aussitôt lui-même apprendrait à lui-même
eum esse virum bonum,	celui-là être homme de-bien,
qui prosit quibus possit,	qui est-utile *à ceux* à qui il peut,
noceat nemini,	*et ne* nuit à personne,
nisi lacessitus injuria.	si-ce-n'est provoqué par l'injustice.
Quid ergo?	Quoi donc?
hic non noceat,	celui-ci ne nuirait pas,
qui perficiat	qui ferait
quasi quodam veneno	comme par une certaine magie
ut moveat veros heredes,	qu'il écarte les vrais héritiers,
ipse succedat	*et* lui-même vienne
in locum eorum?	à la place d'eux?
Non faciat igitur,	Il ne ferait donc pas,
dixerit quis,	aura dit (dira) quelqu'un,
quod sit utile,	*une chose* qui soit utile,
quod expediat?	qui soit-avantageuse?
Imo intelligat	Bien-plutôt il comprendrait
nihil, quod sit injustum,	rien, qui soit injuste,
nec expedire	ni être-avantageux
nec esse utile.	ni être utile.
Qui non didicerit hoc,	Celui qui n'aura pas appris ceci,
non poterit	ne pourra pas
esse vir bonus.	être homme de-bien.
Puer	*Etant* enfant
audiebam de nostro patre	j'entendais de notre père
Fimbriam consularem	Fimbria le consulaire
fuisse judicem	avoir été juge

M. Lutatio Pinthiæ fuisse, equiti Romano sane honesto,
quum is sponsionem fecisset, ni bonus vir esset; itaque ei
dixisse Fimbriam se illam rem nunquam judicaturum, ne aut
spoliaret fama probatum hominem, si contra judicasset, aut
statuisse videretur virum bonum aliquem esse, quum ea res
innumerabilibus officiis et laudibus contineretur. Huic igitur
viro bono, quem Fimbria etiam, non modo Socrates noverat,
nullo modo videri potest quidquam esse utile, quod non honestum sit. Itaque talis vir non modo facere, sed ne cogitare
quidem quidquam audebit quod non audeat prædicare. Hæc
nonne est turpe dubitare philosophos, quæ ne rustici quidem
dubitent? a quibus natum est id quod jam tritum est vetustate proverbium. Quum enim fidem alicujus bonitatemque
laudant, dignum esse dicunt quicum in tenebris mices[1]. Hoc

à M. Lutatius Pinthia, chevalier romain et très-honnête homme,
mais qui s'était engagé à prouver en justice qu'il était homme
de bien ; Fimbria lui déclara qu'il ne prononcerait jamais dans
cette affaire, puisque s'il décidait contre lui, ce serait lui faire perdre la réputation d'homme de bien, et s'il jugeait pour lui, ce serait
établir qu'il existe un parfait honnête homme, lorsqu'une telle qualité renferme tant de sortes de devoirs et de mérites. Or cet homme
de bien, dont Fimbria avait l'idée aussi bien que Socrate, ne trouvera jamais utile ce qui ne sera pas honnête ; et jamais il ne lui arrivera de rien faire, ni même de rien penser, qu'il ne puisse faire
connaître à tout le monde. N'est-il pas honteux que des philosophes
doutent d'une chose dont ne doutent pas les gens les plus grossiers?
Témoin cette façon de parler qui est passée en proverbe depuis longtemps, et qu'emploient les gens les plus ordinaires lorsqu'ils veulent
louer la probité et la fidélité de quelqu'un : « On pourrait jouer à
la mourre avec lui sans lumière. » N'est-ce pas dire clairement qu'il

M. Lutatio Pinthiæ,	à M. Lutatius Pinthia,
equiti Romano	chevalier romain
sane honesto,	assurément honnête,
quum is	comme celui-ci
fecisset sponsionem,	avait fait une consignation
ni esset vir bonus ;	s'il n'était pas homme de-bien ;
itaque Fimbriam	en-conséquence Fimbria
dixisse ei	avoir dit à lui
se judicaturum nunquam	lui-même *ne* devoir juger jamais
illam rem,	cette affaire, [tation
ne aut spoliaret fama	de peur que ou il ne dépouillât de *sa* répu-
hominem probatum,	un homme estimé,
si judicasset contra,	s'il avait jugé contre *lui*,
aut videretur statuisse	ou il ne parût avoir décidé
aliquem esse virum bonum,	quelqu'un être homme de-bien,
quum ea res	quand cette chose
contineretur	était contenue (consistait)
innumerabilibus officiis	dans d'innombrables devoirs
et laudibus.	et titres-de-louange.
Huic igitur viro bono,	Donc à cet homme de-bien,
quem Fimbria etiam,	que Fimbria aussi,
non modo Socrates noverat,	*et* pas seulement Socrate connaissait ;
nullo modo quidquam	d'aucune façon quoi-que-ce-soit
potest videri utile,	ne peut paraître utile,
quod non sit honestum.	qui ne soit pas honnête.
Itaque talis vir	C'est-pourquoi un tel homme
audebit non modo facere,	*n'*osera non-seulement pas faire,
sed ne cogitare quidem	mais pas même penser
quidquam,	quoi-que-ce-soit,
quod non audeat	qu'il n'ose pas
prædicare.	dire-ouvertement.
Nonne est turpe	N'est-il pas honteux
philosophos dubitare hæc,	des philosophes douter de ces choses,
quæ ne rustici quidem	desquelles pas même des paysans
dubitent ?	ne doutent ?
a quibus natum est	desquels est né
id proverbium	ce proverbe
quod jam est tritum	qui déjà est usé
vetustate.	de vétusté.
Quum enim laudant	En effet lorsqu'ils louent
fidem	la bonne-foi
bonitatemque alicujus,	et la bonté de quelqu'un,
dicunt	ils disent
esse dignum	*lui* être digne [à la mourre avec lui)
quicum mices	avec qui tu joues-à-la-mourre (qu'on joue
in tenebris.	dans les ténèbres.
Quam vim habet hoc,	Quelle signification a ceci

quam habet vim, nisi illam, nihil expedire quod non deceat,
etiamsi id possis, nullo refellente, obtinere? Videsne igitur,
hoc proverbio, neque Gygi illi posse veniam dari, neque huic
quem paulo ante fingebam digitorum percussione hereditates
omnium posse convertere? Ut enim, quod turpe est, id,
quamvis occultetur, tamen honestum fieri nullo modo potest,
sic, quod honestum non est, id utile ut sit effici non potest,
adversante et repugnante natura.

XX. At enim, quum permagna præmia sunt, est causa
peccandi. C. Marius, quum a spe consulatus longe abesset, et
jam septimum annum post præturam jaceret, neque petiturus unquam consulatum videretur, Q. Metellum, cujus legatus erat, summum virum et civem, quum ab eo, imperatore
suo, Romam missus esset, apud populum Romanum criminatus est, bellum illum producere; si se consulem fecissent, brevi

n'y a rien d'utile sans l'honnêteté, si facile que puisse être le succès? Vous voyez donc qu'il ne faut que ce seul proverbe pour faire
le procès à Gygès et à celui qui pourrait, comme je l'ai supposé, se
glisser par un tour de main dans tous les testaments. C'est ainsi
qu'une chose honteuse, quoiqu'elle puisse rester cachée, ne peut cependant, en aucune façon, devenir honnête. On ne peut faire non
plus que ce qui n'est pas honnête soit utile; la nature y répugne et
s'y oppose.

XX. Mais, dira-t-on, lorsqu'il s'agit d'un grand intérêt, ne peut-
on s'écarter un peu du devoir? Marius se voyait fort éloigné du consulat, et, sept ans après sa préture, ne pouvait même pas songer à demander jamais cette dignité. Il arriva que Métellus, un des plus grands
hommes et des plus illustres citoyens de la république, dont il était
lieutenant, l'envoya à Rome pour quelques affaires; là il commença
de répandre de faux bruits dans le peuple contre son général, l'ac-
cusant de prolonger la guerre à dessein, et promettant, si on voulait le faire lui-même consul, de mettre dans peu Jugurtha, mort ou

nisi illam, — si-ce-n'est celle-là,

expedire nihil — n'être-avantageux en rien

obtinere quod non deceat, — d'obtenir ce qui n'est-pas-honorable,

etiamsi possis, — quand même tu le pourrais,

nullo refellente? — personne ne contredisant?

Videsne igitur, — Vois-tu donc,

hoc proverbio, — d'après ce proverbe,

veniam posse dari — indulgence ne pouvoir être donnée

neque illi Gygi, — ni à ce Gygès,

neque huic, — ni à cet homme,

quem fingebam paulo ante — que je supposais peu auparavant

posse — pouvoir

percussione digitorum — par un frappement de doigts

convertere — détourner

hereditates omnium? — les héritages de tous?

Ut enim, — En effet de-même-que,

quod est turpe, — ce qui est honteux,

id, quamvis occultetur, — cela, quoique cela soit caché,

tamen potest nullo modo — cependant ne peut d'aucune façon

fieri honestum, — devenir honnête,

sic, quod non est honestum, — ainsi, ce qui n'est pas honnête,

non potest effici — il ne peut pas être produit

ut id sit utile, — que cela soit utile,

natura adversante — la nature y faisant-opposition

et repugnante. — et y répugnant.

XX. At enim, — XX. Mais en effet (mais dira-t-on),

quum præmia — lorsque les prix

sunt permagna, — sont très-grands,

est causa peccandi. — il y a motif de mal-faire.

C. Marius, — C. Marius,

quum abesset longe — comme il était-éloigné loin

a spe consulatus, — de l'espoir du consulat,

et jaceret — et qu'il était-sans-crédit

jam septimum annum — déjà la septième année

post præturam, — après (depuis) sa préture,

neque videretur — et ne paraissait pas

petiturus unquam — devoir briguer jamais

consulatum, — le consulat,

criminatus est Q. Metellum; — accusa Q. Métellus,

cujus erat legatus, — de qui il était lieutenant,

summum virum et civem, — très-grand homme et citoyen,

quum missus esset Romam — alors qu'il avait été envoyé à Rome

ab eo, suo imperatore, — par lui, son général,

apud populum Romanum, — il l'accusa auprès du peuple romain,

illum producere bellum; — disant lui prolonger la guerre;

si fecissent se consulem, — s'ils avaient fait lui-même consul,

tempore brevi — en un temps court

tempore aut vivum aut mortuum Jugurtham se in potestatem populi Romani redacturum. Itaque factus est ille quidem consul ; sed a fide justitiaque discessit, qui optimum et gravissimum civem, cujus legatus et a quo missus esset, in invidiam falso crimine adduxerit. Ne noster[1] quidem Gratidianus officio boni viri functus est, tum quum prætor esset, collegiumque prætorum tribuni plebis adhibuissent, ut res nummaria de comuni sententia constitueretur. Jactabatur enim temporibus illis nummus sic, ut nemo posset scire quid haberet. Conscripserunt communiter edictum cum pœna atque judicio, constitueruntque ut omnes simul in rostra post meridiem descenderent. Et ceteri quidem alius alio ; Marius a subselliis in rostra recta, idque quod communiter compositum fuerat solus edixit. Et ea res, si quæris, ei magno honori fuit.

vif, au pouvoir du peuple romain. Sans doute il parvint ainsi au consulat ; mais ce fut aux dépens de la justice et de la bonne foi, puisqu'il calomnia un homme intègre, un excellent citoyen, dont il était le lieutenant et qui lui avait confié une mission. Gratidianus, notre parent, étant préteur, fit aussi une action qui n'était pas d'un honnête homme. Les préteurs et les tribuns s'étaient assemblés pour faire, d'un commun accord, un règlement sur les monnaies, dont la valeur changeait à toute heure dans ce temps-là, de sorte que personne ne pouvait savoir quelle était sa fortune. L'édit étant arrêté entre eux, avec une peine contre les contrevenants, ils convinrent de se rendre tous ensemble l'après-midi à la tribune, pour en donner connaissance au peuple : sur cela ils se séparèrent, et chacun s'en alla de son côté. Gratidianus, lui, courut droit à la tribune et lut seul au peuple ce qui avait été fait en commun. Cela lui valut, si vous voulez le savoir, les plus grands honneurs : on

se redacturum	lui-même devoir réduire
in potestatem	au pouvoir
populi Romani	du peuple romain
Jugurtham aut vivum	Jugurtha ou vivant
aut mortuum.	ou mort.
Itaque ille quidem	C'est-pourquoi celui-là à la vérité
factus est consul ;	fut fait consul ;
sed discessit a fide	mais il s'éloigna de la bonne-foi
justitiaque,	et de la justice,
qui adduxerit in invidiam	*lui* qui amena en haine
falso crimine	par une fausse accusation
civem optimum	un citoyen très-bon
et gravissimum,	et très-grave,
cujus esset legatus	de qui il était lieutenant
et a quo missus. [dianus	et par qui il avait été envoyé.
Ne noster quidem Grati-	Pas même notre Gratidianus
functus est officio	ne s'acquitta du devoir
viri boni,	d'un homme de bien,
tum quum esset prætor,	alors qu'il était préteur,
tribunique plebis	et que les tribuns du peuple
adhibuissent	avaient appelé
collegium prætorum,	le collége des préteurs,
ut res nummaria	afin que l'affaire des-monnaies
constitueretur	fût réglée
de sententia communi.	d'un avis commun.
Nummus enim	En effet la monnaie
jactabatur sic	était agitée (variait) tellement
illis temporibus,	dans ces temps-là,
ut nemo posset scire	que personne ne pouvait savoir
quid haberet.	ce qu'il avait.
Conscripserunt	Ils rédigèrent
communiter	en-commun
edictum	un édit
cum pœna et judicio,	avec peine et jugement,
constitueruntque	et établirent
ut omnes simul	que tous ensemble
descenderent in rostra	descendraient aux rostres
post meridiem.	après le midi.
Et ceteri quidem	Et tous-les-autres à la vérité
alius alio ;	*s'en allèrent l'un ici* l'autre ailleurs ;
Marius recta	Marius *alla* droit
a subselliis in rostra,	des bancs *du conseil* aux rostres,
solusque edixit id	et seul proclama cela
quod compositum fuerat	qui avait été arrangé
communiter.	en-commun.
Et ea res, si quæris,	Et cette chose, si tu *le* demandes,
fuit ei magno honori.	fut à lui à grand honneur.

Omnibus vicis statuæ; ad eas tus et cerei. Quid multa? Nemo unquam multitudini fuit carior. Hæc sunt quæ conturbant homines in deliberatione nonnunquam, quum id in quo violatur æquitas non ita magnum, illud autem quod ex eo paritur permagnum videtur : ut Mario præripere collegis et tribunis plebis popularem gratiam non ita turpe, consulem ob eam rem fieri, quod sibi tunc proposuerat, valde utile videbatur. Sed omnium una regula est, quam tibi cupio esse notissimam: aut illud, quod utile videtur, turpe ne sit ; aut, si turpe est, ne videatur esse utile. Quid igitur? possumusne aut illum Marium virum bonum judicare, aut hunc? Explica atque excute intelligentiam tuam, ut videas quæ sit in ea species, forma et notio viri boni. Cadit ergo in virum bonum mentiri

lui éleva des statues dans toutes les rues, devant ces statues on brûla des cierges et de l'encens ; enfin jamais personne ne fut mieux dans les bonnes grâces du peuple. Voilà comment il arrive quelquefois que l'on se laisse troubler dans ses délibérations, lorsqu'on voit d'un côté un grand avantage, et de l'autre une injustice légère. Gratidianus trouva que c'était peu de chose que d'enlever à ses collègues et aux tribuns la faveur du peuple, tandis que c'était un grand avantage pour lui de profiter de cette occasion pour parvenir au consulat, but de son ambition. Mais il est, pour tous les cas, une règle unique, dont je souhaite que vous soyez bien pénétré : c'est de prendre garde si ce qui paraît utile n'est pas contraire à l'honnêteté, et de ne le croire jamais utile lorsqu'il y sera contraire. Pouvons-nous donc estimer que Marius et Gratidianus aient été d'honnêtes gens? Consultez sérieusement votre raison, et voyez quel portrait elle vous fait, quelle image elle vous donne de l'homme vraiment honnête.

Statuæ	Des statues *lui furent dressées*
omnibus vicis;	dans toutes les rues;
ad eas	près de ces *statues furent brûlés*
tus et cerei.	de l'encens et des flambeaux.
Quid multa?	Pourquoi *dire* beaucoup de *paroles?*
Nemo unquam	Personne jamais
fuit carior multitudini.	ne fut plus cher à la multitude.
Hæc sunt	Ces choses sont *celles*
quæ conturbant	qui troublent
nonnunquam	quelquefois
homines	les hommes
in deliberatione,	dans la délibération,
quum id in quo æquitas	lorsque ce en quoi l'équité
violatur	est violée
non videtur ita magnum,	ne paraît pas tellement grand,
illud autem	mais que cela
quod paritur ex eo	qui est enfanté de ceci (qui en résulte)
permagnum :	*paraît* très-grand :
ut videbatur Mario	comme il paraissait à Marius
non ita turpe	ne pas *être* tellement honteux
præripere collegis	de ravir-d'avance à *ses* collègues
et tribunis plebis	et aux tribuns du peuple
gratiam popularem,	la faveur populaire,
valde utile	*mais il lui paraissait* fort utile
fieri consulem ob eam rem,	de devenir consul pour ce fait,
quod tunc	*chose qu'alors*
proposuerat sibi.	il avait proposée à lui-même.
Sed est una regula	Mais il est une seule règle
omnium	de toutes choses,
quam cupio	laquelle je désire
esse notissimam tibi :	être très-connue à (de) toi :
ut ne illud,	ou que cela,
quod videtur utile,	qui paraît utile,
sit turpe;	ne soit pas honteux :
aut, si est turpe,	ou, si cela est honteux,
ne videatur esse utile.	que cela ne paraisse pas être utile.
Quid igitur?	Quoi donc?
possumusne judicare	pouvons-nous juger
aut illum Marium,	ou cet *ancien* Marius,
aut hunc,	ou celui-ci (Gratidianus),
virum bonum?	*avoir été* homme de-bien?
Explica atque excute	Développe et secoue
tuam intelligentiam,	ton intelligence,
ut videas quæ sit in ea	afin que tu voies quelle est en elle
species, forma et notio	l'apparence, la forme et l'idée
viri boni.	de l'homme de-bien.
Cadit ergo	Tombe-t-il (convient-il) donc

emolumenti sui causa, criminari, præripere, fallere? Nihil
profecto minus. Est ergo ulla res tanti aut commodum ullum
tam expetendum, ut viri boni et splendorem et nomen amit-
tas? Quid est quod afferre tantum utilitas ista quæ dicitur
possit, quantum auferre, si boni viri nomen eripuerit, fidem
justitiamque detraxerit? Quid enim interest utrum ex homine
se convertat quis in belluam, an hominis figura immanitatem
gerat belluæ?

XXI. Quid? qui omnia recta et honesta negligunt, dummodo
potentiam consequantur, nonne idem faciunt quod is qui
etiàm socerum habere voluit eum[1], cujus ipse audacia potens
esset? Utile ei videbatur plurimum posse alterius invidia. Id
quam injustum in patriam, quam inutile, quam turpe esset,
non videbat. Ipse autem socer in ore semper Græcos versus

Est-il d'un homme de bien de mentir pour son intérêt, de calomnier,
de tromper, d'enlever aux autres ce qui leur appartient? Non pas
assurément. Quelle utilité, quel avantage pouvez-vous donc jamais
désirer jusqu'au point de sacrifier, pour y parvenir, l'éclat et le
nom d'honnête homme? Que vous apportera cette prétendue utilité
qui puisse compenser une telle perte, celle de la justice et de la
probité? Quelle différence y a-t-il d'être changé en bête féroce, ou
d'en cacher sous une figure humaine toute la férocité?

XXI. Ceux qui ne considèrent ni la justice ni l'honnêteté, pourvu
qu'ils acquièrent du pouvoir, ne font-ils pas comme celui qui voulut
être le gendre d'un homme dont l'audace pouvait le rendre plus
puissant? Il lui semblait utile de s'agrandir tandis qu'un autre prendrait sur soi tout l'odieux; mais il ne voyait pas quelle injure il
faisait par là à sa patrie, et combien cette conduite était dangereuse
et contraire à l'honnêteté. Pour le beau-père, il avait toujours à la

in virum bonum	dans (à) l'homme de-bien
mentiri	de mentir
causa sui emolumenti,	en vue de son profit,
criminari, præripere,	d'accuser, de ravir,
fallere ?	de tromper ?
Nihil profecto minùs.	Rien assurément *ne lui convient* moins.
Est ergo ulla res	Est-il donc aucune chose
tanti	de si-grand *prix*
aut ullum commodum	ou aucun avantage
tam expetendum,	si à-désirer,
ut amittas	que tu perdes
et splendorem et nomen	et l'éclat et le nom
viri boni ?	d'homme de-bien ?
Quid est	Qu'y a-t-il
quod ista utilitas	que cette utilité
quæ dicitur	qui est appelée *ainsi*
possit afferre tantùm,	puisse apporter d'aussi-grand,
quantum auferre,	que *ce qu'elle peut* emporter,
si eripuerit	si elle a ravi
nomen viri boni,	le nom d'homme de-bien,
detraxerit fidem	*et a* enlevé la bonne-foi
justitiamque ?	et la justice ?
Quid enim interest	En effet qu'y a-t-il de différence
utrum quis	si quelqu'un
se convertat ex homine	se change d'homme
in belluam,	en bête,
an figura hominis	ou si une figure d'homme
gerat immanitatem belluæ?	porte la sauvagerie d'une bête ?
XXI. Quid ?	XXI. Quoi ?
qui negligunt	ceux qui négligent
omnia honesta,	toutes les choses honnêtes,
dummodo consequantur	pourvu qu'ils obtiennent
potentiam,	la puissance,
nonne faciunt idem	ne font-ils pas la même chose
quod is qui voluit	que celui qui a voulu
habere etiam socerum eum,	avoir même un beau-père tel,
audacia cujus	par l'audace duquel
ipse esset potens ?	lui-même fût puissant ?
Videbatur ei utile	Il paraissait à lui utile
posse plurimum	de pouvoir beaucoup [autre.
invidia alterius.	avec l'envie de (en laissant l'odieux à) un
Non videbat	Il ne voyait pas
quam id esset injustum	combien cela était injuste
in patriam,	contre la patrie,
quam inutile,	combien *cela était* inutile,
quam turpe.	combien *cela était* honteux.
Socer autem ipse	D'autre-part le beau-père lui-même

Euripidis[1] de Phœnissis habebat, quos dicam ut potero, incondite fortasse, sed tamen ut res possit intelligi :

> Nam, si violandum est jus, regnandi gratia
> Violandum est; aliis rebus pietatem colas.

Capitalis Eteocles, vel potius Euripides, qui id unum quod omnium sceleratissimum fuerat exceperit. Quid igitur minuta colligimus, hereditates, mercaturas, venditiones fraudulentas? Ecce tibi[2] qui rex populi Romani dominusque omnium gentium esse concupierit, idque perfecerit. Hanc cupiditatem si honestam quis esse dicit, amens est. Probat enim legum et libertatis interitum, earumque oppressionem, tetram et detestabilem, gloriosam putat. Qui autem fatetur honestum non esse in ea civitate, quæ libera fuit quæque esse debeat, regnare, sed ei qui id facere possit esse utile, qua hunc objurgatione aut quo potius convitio a tanto errore coner avellere?

bouche ces vers grecs de la tragédie des *Phéniciennes*, que je ne rendrai peut-être pas avec toute leur grâce; mais il suffit d'en faire entendre le sens :

> Je sais briser le droit quand il s'agit du trône;
> Hors de là, que ma vie appartienne au devoir.

Quel crime à Étéocle, ou plutôt à Euripide, d'avoir fait une exception précisément en faveur du plus grand des crimes! Pourquoi donc s'arrêter à tous ces petits exemples, successions, marchés, ventes frauduleuses? Voilà un homme qui a voulu se faire roi du peuple romain et maître du monde, et qui en est venu à bout. Dira-t-on que cette ambition est honnête? il faudrait avoir perdu le sens, puisque ce serait approuver l'extinction des lois et de la liberté publique, et trouver glorieuse l'oppression la plus infâme et la plus détestable. Si quelqu'un dit qu'à la vérité il n'est pas honnête de vouloir régner dans une ville qui a toujours été libre et qui devait l'être toujours, mais que c'est une chose utile pour celui qui peut le faire, quelles paroles, ou plutôt quelles injures emploierai-je, pour le retirer d'une telle erreur? O ciel! se peut-il que l'on trouve de

habebat semper in ore	avait toujours à la bouche
versus Græcos Euripidis	ces vers grecs d'Euripide
de Phœnissis,	*tirés* des Phéniciennes,
quos dicam ut potero,	que je dirai comme je pourrai,
incondite fortasse,	sans-art peut-être,
sed tamen ut res	mais cependant de-façon-que la chose
possit intelligi :	puisse être comprise :
« Nam, si jus	« Car, si le droit
violandum est,	doit être violé,
violandum est	il doit être violé
gratia regnandi ;	en vue de régner ;
aliis rebus colas pietatem. »	dans les autres choses, observe la piété. »
Eteocles capitalis,	Étéocle *est* abominable,
vel potius Euripides,	ou plutôt Euripide,
qui exceperit id unum	qui a excepté cette chose seule
quod fuerat	qui avait été
sceleratissimum omnium,	la plus criminelle de toutes.
Quid igitur colligimus	Pourquoi donc rassemblons-nous
minuta,	de menues choses,
hereditates, mercaturas,	des héritages, des achats,
venditiones fraudulentas ?	des ventes frauduleuses ?
Ecce tibi	Voici à toi *un homme*
qui concupierit esse rex	qui a désiré être roi
populi Romani	du peuple romain
dominusque	et maître
omnium gentium,	de toutes les nations,
perfeceritque id.	et a accompli cela.
Si quis dicit	Si quelqu'un dit
hanc cupiditatem	ce désir
esse honestam,	être honnête,
est amens.	il est insensé.
Probat enim interitum	En effet il approuve la mort
legum et libertatis,	des lois et de la liberté,
putatque gloriosam	et il pense glorieuse
oppressionem earum,	l'oppression d'elles,
tetram et detestabilem.	*qui est* affreuse et détestable.
Qui autem fatetur	Mais celui qui avoue
non esse honestum	ne pas être honnête
regnare in ea civitate,	de régner dans cette cité,
quæ fuit libera	qui a été libre
quæque debeat esse,	et qui devrait *l'être*,
sed esse utile	mais *cela* être utile
ei qui possit facere id,	à celui qui pourrait faire cela,
qua objurgatione	par quelle réprimande
aut potius quo convitio	ou plutôt par quelle querelle
coner avellere hunc	m'efforcerais-je d'arracher celui-ci
a tanto errore ?	à une si-grande erreur ?

Potest enim, Dii immortales! cuiquam esse utile fœdissimum
et teterrimum parricidium patriæ, quamvis is qui se eo ob-
strinxerit ab oppressis civibus Parens nominetur [11]? Honestate
igitur dirigenda utilitas est, et quidem sic, ut hæc duo verbo
inter se discrepare, re tamen unum sonare videantur. Non
habeo, ad vulgi opinionem, quæ major utilitas quam regnandi
esse possit; nihil contra inutilius ei qui id injuste consecutus
sit invenio, quum ad veritatem cœpi revocare rationem. Possunt enim cuiquam esse utiles angores, sollicitudines, diurni
et nocturni metus, vita insidiarum periculorumque plenissima?

Multi [2] iniqui atque infideles regno, pauci sunt boni,

inquit Attius. At cui regno? quod a Tantalo et Pelope prodi-
tum jure obtinebatur. Nam quanto plures ei regi [5] putas, qui
exercitu populi Romani populum ipsum Romanum oppressis-

l'utilité dans le plus atroce de tous les parricides, la destruction de
la patrie, lors même que celui qui s'est souillé d'un tel crime par-
viendrait à se faire donner le nom de père par ceux qu'il aurait opprimés? Qu'on n'oublie donc jamais que ce n'est que par la seule
honnêteté qu'il faut mesurer l'utilité, et que ce ne sont que deux
noms différents d'une seule et même chose. Quant à l'opinion du
vulgaire, qui s'imagine qu'il n'est rien de plus avantageux que de
régner, je trouve, au contraire, qu'à peser la chose selon la vérité, il
n'y a rien de plus funeste à quiconque y parvient par une injustice.
Est-il donc en effet si utile de vivre jour et nuit dans des angoisses,
des sollicitudes, des craintes continuelles, de voir sans cesse sa vie
entourée de piéges, assiégée de périls?

Le trône est entouré d'infidèles appuis,

dit Attius. Et de quel trône parle-t-il? du trône héréditaire et légitime de
Tantale et de Pélops. Ah! combien dut-il avoir plus d'ennemis, le tyran qui s'était servi des armées mêmes du peuple romain pour l'oppri-

Parricidium enim patriæ	En effet le parricide de la patrie
fœdissimum et teterrimum	le plus honteux et le plus affreux
potest, Dii immortales !	peut-il, Dieux immortels !
esse utile cuiquam,	être utile à qui-que-ce-soit,
quamvis is	quoique celui [mis ce crime)
qui se obstrinxerit eo	qui se sera enchaîné par lui (aura com-
nominetur Parens	soit appelé Père
a civibus oppressis ?	par les citoyens opprimés ?
Utilitas igitur	L'utilité donc
dirigenda est honestate,	doit être réglée par l'honnêteté,
et quidem sic,	et à la vérité de-telle-sorte,
ut hæc duo videantur	que ces deux choses paraissent
discrepare inter se verbo,	différer entre elles par le terme,
re tamen	mais par le fait cependant
sonare unum.	avoir-un-son unique.
Non habeo,	Je n'ai pas (ne sais pas),
ad opinionem vulgi,	d'après l'opinion du vulgaire,
quæ utilitas	quelle utilité
possit esse major	pourrait être plus grande
quam regnandi ;	que celle de régner ;
invenio contra	je trouve au contraire
nihil inutilius ei	rien n'être plus inutile à celui
qui consecutus sit id	qui a acquis cela
injuste,	injustement,
quum cœpi	lorsque je commence
revocare rationem	à rappeler le raisonnement
ad veritatem.	à la vérité.
Angores enim,	En effet les angoisses,
sollicitudines,	les inquiétudes,
metus diurni et nocturni,	les craintes de-jour et de-nuit,
vita	une vie
plenissima insidiarum	très-remplie d'embûches
periculorumque,	et de périls,
possunt esse utiles	peuvent-elles être utiles
cuiquam ?	à qui-que-ce-soit ?
« Multi sunt iniqui	« Beaucoup sont malveillants
atque infideles regno,	et infidèles pour la royauté,
pauci boni, »	peu sont bons, »
inquit Attius.	dit Attius.
At cui regno ?	Mais à quelle royauté ?
quod obtinebatur jure,	à celle qui était possédée à bon droit,
proditum a Tantalo	transmise par Tantale
et Pelope.	et Pélops.
Nam quanto plures	Car combien plus-de gens infidèles
putas ei regi,	penses-tu avoir été à ce roi,
qui exercitu populi Romani	qui avec l'armée du peuple romain
oppressisset	avait opprimé

set, civitatemque non modo liberam, sed etiam gentibus imperantem, servire sibi coegisset? Hunc tu quas conscientiæ labes in animo censes habuisse? quæ vulnera? Cujus autem vita ipsi potest utilis esse, quum ejus vitæ ea conditio sit ut, qui illam eripuerit, in maxima et gratia futurus sit et glória? Quod si hæc utilia non sunt, quæ maxime videntur, quia plena sunt dedecoris ac turpitudinis, satis persuasum esse debet nihil esse utile quod non honestum sit.

XXII. Quanquam id quidem, quum sæpe alias, tum Pyrrhi bello a C. Fabricio, consule iterum, et a senatu nostro judicatum est. Quum enim rex Pyrrhus populo Romano bellum ultro intulisset, quumque de imperio certamen esset cum rege generóso ac potente, perfuga ab eo venit in castra Fabricii, eique est pollicitus, si præmium sibi proposuisset, se, ut clam venisset, sic clam in Pyrrhi castra rediturum, et eum

mer, et qui avait mis sous le joug une cité qui non-seulement était libre, mais commandait à l'univers! Quels ont dû être les tourments de son esprit, les remords de sa conscience! Enfin que peut être la vie pour un homme, lorsqu'en la lui arrachant on est assuré d'arriver au comble de la faveur et de la gloire? Si donc il est vrai que la chose du monde qui paraît le plus utile ne l'est point, dès qu'elle apporte la honte et l'infamie, reconnaissons enfin que ce qui n'est pas honnête ne saurait jamais être utile.

XXII. C'est ainsi que nos ancêtres en ont jugé en une infinité d'occasions, et le consul C. Fabricius et le sénat nous ont laissé un grand exemple de cette vérité, dans la guerre contre Pyrrhus. Pyrrhus était l'agresseur, et on combattait pour l'empire avec ce roi aussi brave que puissant. Un transfuge vint de son camp dans celui de Fabricius, et promit, si l'on voulait lui assurer une récompense, de repasser dans le camp du roi et de l'empoisonner. Fabricius le fit

populum Romanum ipsum,	le peuple romain lui-même,
coegissetque servire sibi	et avait forcé d'obéir à lui-même
civitatem	une cité
non modo liberam,	non-seulement libre,
sed etiam	mais encore
imperantem gentibus	commandant aux nations ?
Quas labes conscientiæ	Quelles taches de conscience
censes hunc habuisse	estimes-tu celui-ci avoir eues
in animo ?	dans l'âme ?
quæ vulnera ?	quelles blessures ?
Cujus autem vita	D'autre-part de qui la vie
potest esse utilis ipsi,	peut-elle être utile à lui-même,
quum ea sit conditio	lorsque telle est la condition
ejus vitæ,	de cette vie,
ut qui eripuerit illam,	que celui qui aura ravi elle,
futurus sit in maxima	doive être dans (obtenir) une très-grande
et gratia et gloria?	et reconnaissance et gloire ?
Quod si hæc	Que si ces choses
non sunt utilia,	ne sont pas utiles,
quæ videntur maxime,	qui *le* paraissent le plus,
quia sunt plena	parce qu'elles sont pleines
dedecoris ac turpitudinis,	de déshonneur et de honte,
debet esse satis persuasum	il doit être assez démontré
nihil esse utile	rien n'être utile
quod non sit honestum.	qui ne soit honnête.
XXII. Quanquam	XXII. Quoique
id quidem,	cela à la vérité,
quum sæpe alias,	d'une-part souvent d'autres-fois,
tum bello Pyrrhi,	d'autre-part dans la guerre de Pyrrhus,
judicatum est a C. Fabricio,	a été jugé par C. Fabricius,
consule iterum,	consul pour-la-seconde-fois,
et a nostro senatu.	et par notre sénat.
Quum enim rex Pyrrhus	En effet comme le roi Pyrrhus
intulisset bellum ultro	avait apporté la guerre spontanément
populo Romano,	au peuple romain,
quumque certamen esset	et comme une lutte était
de imperio	au-sujet-de l'empire
cum rege	avec un roi
generoso ac potente,	généreux et puissant,
perfuga venit ab eo	un transfuge vint d'auprès de lui
in castra Fabricii,	dans le camp de Fabricius,
pollicitusque est ei,	et promit à lui,
si proposuisset sibi	s'il avait proposé à lui-même
præmium,	une récompense, [ment,
se, ut venisset clam,	lui-même, comme il était venu furtive-
sic rediturum clam	ainsi devoir retourner furtivement
in castra Pyrrhi,	dans le camp de Pyrrhus,

veneno necaturum. Hunc Fabricius reducendum curavit ad
Pyrrhum, idque ejus factum a senatu laudatum est. Atqui, si
speciem utilitatis opinionemque quærimus, magnum illud
bellum perfuga unus et gravem adversarium imperii sustulisset; sed magnum dedecus et flagitium, quicum laudis certamen fuisset, eum non virtute, sed scelere superatum. Utrum
igitur utilius vel Fabricio, qui talis in hac urbe qualis Aristides Athenis fuit, vel senatui nostro, qui nunquam utilitatem a
dignitate sejunxit, armis cum hoste certare, an venenis? Si
gloriæ causa imperium expetendum est, scelus absit, in quo
non potest esse gloria ; sin ipsæ opes expetuntur quoquo modo,
non poterunt esse utiles cum infamia. Non igitur utilis illa
L. Philippi, Q. filii, sententia, quas civitates L. Sulla, pecunia accepta, ex senatusconsulto liberavisset[1], ut hæ rursus

reconduire à Pyrrhus, et cette action fut loüée par le sénat. A ne
regarder que l'apparence de l'utilité, pouvait-il y avoir rien de plus
utile que de se débarrasser tout d'un coup d'une guerre formidable
et d'un puissant ennemi, par le moyen d'un transfuge? Mais quelle
honte, dans une guerre où il n'était question que de la gloire, de se
défaire de son ennemi par un crime au lieu d'en triompher à force de
courage! Lequel donc eût été le plus utile, et à Fabricius, qui a été
parmi nous ce qu'Aristide a été parmi les Athéniens, et au sénat, qui
ne sépara jamais l'utilité de l'honneur, d'employer contre l'ennemi
les armes ou le poison? Si c'est la gloire que l'on cherche dans la
suprématie, qu'on s'abstienne du crime, puisqu'il est incompatible
avec la gloire. Si c'est la puissance, et qu'on en veuille à quelque
prix que ce soit, avec l'infamie elle n'est pas un bien. Il n'y avait
donc rien d'utile dans le conseil que donna L. Philippe, fils de
Quintus, de rendre de nouveau tributaires les villes que Sylla avait
affranchies pour de l'argent, en vertu d'un sénatus-consulte, et de ne

et necaturum eum veneno.	et devoir faire-périr lui, par poison.
Fabricius curavit	Fabricius prit-soin
hunc reducendum	celui-ci devoir être reconduit
ad Pyrrhum,	à Pyrrhus,
idque factum ejus	et cette action de lui
laudatum est a senatu.	fut louée par le sénat.
Atqui, si quærimus	Or, si nous cherchons
speciem opinionemque	l'apparence et la croyance
utilitatis,	d'utilité,
unus perfuga sustulisset	un seul transfuge aurait supprimé
illud magnum bellum	cette grande guerre
et gravem adversarium	et un terrible adversaire
imperii ;	de *notre* empire;
sed magnum dedecus	mais *c'eût été* un grand déshonneur
et flagitium,	et une *grande* honte,
eum quicum fuisset	cet *homme* avec qui avait été
certamen laudis,	une rivalité de gloire,
superatum non virtute,	*avoir été* vaincu non par le courage,
sed scelere.	mais par le crime.
Utrum igitur	Lequel-des-deux donc
utilius vel Fabricio,	*aurait été* plus utile ou à Fabricius,
qui fuit in hac urbe	qui fut dans cette ville
talis qualis Aristides	tel qu'Aristide
Athenis,	à Athènes,
vel nostro senatui,	ou à notre sénat,
qui nunquam	qui jamais
sejunxit utilitatem	ne sépara l'utilité
a dignitate,	de la dignité,
certari cum hoste armis,	de lutter avec l'ennemi par les armes,
an venenis ?	ou par les poisons ?
Si imperium	Si l'empire
expetendum est	doit être cherché
causa gloriæ,	en vue de la gloire,
scelus absit,	que le crime soit absent,
in quo gloria	*le crime* dans lequel la gloire
non potest esse ;	ne peut être ;
sin opes ipsæ	si-au-contraire la puissance elle-même
expetuntur quoquo modo,	est souhaitée par tout moyen,
non poterunt esse utiles	elle ne pourra pas être utile
cum infamia.	avec le mauvais-renom.
Non igitur utilis	*Il* ne *fut* donc pas utile
illa sententia L. Philippi,	cet avis de L. Philippus,
filii Quinti,	fils de Quintus,
ut hæ civitates,	que ces cités,
quas L. Sulla,	que L. Sylla,
pecunia accepta,	de l'argent ayant été reçu,
liberavisset	avait affranchies

vectigales essent, neque his pecuniam quam pro libertate de-
derant redderemus. Est ei senatus assensus. Turpe imperio.
Piratarum enim melior fides quam senatus. At aucta vectigalia : utile igitur. Quousque audebunt dicere quidquam utile
quod non honestum? Potest autem ulli imperio, quod gloria
fultum esse debet et benevolentia sociorum, utile esse odium
et infamia? Ego etiam cum Catone meo sæpe dissensi : nimis
mihi videbatur præfracte ærarium vectigaliaque defendere,
omnia publicanis negare, multa sociis; quum in hos benefici
esse deberemus, cum illis sic agere, ut cum colonis nostris
soleremus, eoque magis quod illa ordinum conjunctio ad salutem reipublicæ pertinebat. Male etiam Curio [1], quum causam
Transpadanorum [2] æquam esse dicebat ; semper autem adde-
bat : « Vincat utilitas. » Potius diceret non esse æquam, quia

leur point rendre les sommes qu'elles avaient versées pour leur
exemption. Ce conseil fut suivi, mais à la honte de la république,
puisqu'on peut dire après cela que le sénat a moins de foi que les
pirates. Mais, dira-t-on, les revenus de la république en furent aug-
mentés; cela était donc utile. Eh ! jusques à quand osera-t-on dire
qu'il y a quelque chose d'utile de ce qui n'est pas honnête? Un État
qui doit se soutenir par sa propre gloire et par l'affection de ses
alliés, peut-il trouver utile ce qui le rend infâme et odieux? Aussi
n'ai-je pas toujours été de l'avis de Caton. Il me semblait mettre
trop d'âpreté à défendre le trésor public et les impôts; il ne voulait
jamais faire aucune remise aux fermiers, ni accorder aucune grâce
aux alliés ; au lieu que nous devions être libéraux envers ceux-ci,
et en user envers les autres comme chacun fait avec ses fermiers.
Nous le devions même d'autant plus, que de l'union des deux ordres
dépendait le salut de la république. Curion avait tort aussi dans
l'affaire des Transpadans, lorsque, reconnaissant que leur cause était
juste, il ajoutait cependant : « Que l'utilité de la république l'emporte. » Il aurait mieux fait de dire que leur demande n'était pas

ex senatusconsulto	d'après un sénatus-consulte,
essent rursus vectigales,	fussent de nouveau tributaires,
neque redderemus his	et que nous ne rendissions pas à elles
pecuniam quam dederant	l'argent qu'elles avaient donné
pro libertate.	pour *leur* liberté.
Senatus assensus est ei.	Le sénat donna-son-assentiment à lui.
Turpe imperio.	Chose honteuse pour l'empire.
Fides enim piratarum	En effet la foi des pirates
melior quam senatus.	*est* meilleure que *celle* du sénat.
At vectigalia aucta :	Mais les revenus *ont été* augmentés .
utile igitur.	*la chose était* utile donc.
Quousque	Jusqu'à-quand
audebunt dicere	oseront-ils dire
quidquam utile	quoi-que-ce-soit *être* utile
quod non honestum ?	qui ne *soit* pas honnête ?
Odium autem et infamia	Mais la haine et la mauvaise-renommée
potest esse utile	peuvent-elles être utiles
ulli imperio,	à quelque empire,
quod debet esse fultum	qui doit être appuyé
gloria	sur la gloire
et benevolentia sociorum ?	et sur la bienveillance des alliés ?
Ego dissensi sæpe	Moi j'ai été-en-dissentiment souvent
cum meo Catone :	avec mon Caton :
videbatur enim mihi	en effet il semblait à moi
defendere nimis præfracte	défendre trop rudement
ærarium vectigaliaque,	le trésor et les revenus,
negare omnia publicanis,	refuser tout aux publicains,
multa sociis ;	beaucoup aux alliés ;
quum deberemus	alors que nous devions
esse benefici in hos,	être bienfaisants envers ceux-ci,
agere cum illis sic,	agir avec ceux-là ainsi,
ut soleremus	comme nous avions-coutume *d'agir*
cum nostris colonis,	avec nos fermiers,
eoque magis	et d'autant plus
quod illa conjunctio	que cette union
ordinum	des ordres
pertinebat	avait-rapport
ad salutem reipublicæ.	au salut de la république.
Curio etiam male,	Curion aussi *agit* mal,
quum dicebat	lorsqu'il disait [padane
causam Transpadanorum	la cause des habitants-de-la-Gaule-trans-
esse æquam,	être juste,
semper autem addebat :	mais toujours ajoutait :
« Utilitas vincat. »	« Que l'utilité l'emporte. »
Diceret	Il aurait dû dire
non esse æquam,	*cette cause* n'être pas juste,
quia non esset utilis	parce qu'elle n'était pas utile

non esset utilis reipublicæ, quam, quum utilem esse diceret, non esse æquam fateretur.

XXIII. Plenus est sextus liber de officiis Hecatonis [1] talium quæstionum : Sitne boni viri, in maxima caritate annonæ, familiam non alere. In utramque partem disputat ; sed tamen ad extremum utilitate putat officium dirigi magis quam humanitate. Quærit, si in mari jactura facienda sit, equine pretiosi potius jacturam faciat an servuli vilis ? Hic alio res familiaris, alio ducit humanitas. Si tabulam de naufragio stultus arripuerit, extorquebitne eam sapiens, si potuerit ? negat, quia sit injurium. Quid ? dominus navis eripietne suum ? Minime; non plus quam si navigantem in alto ejicere de navi velit, quia sua sit. Quoad enim perventum sit eo, quo sumpta navis est, non domini est navis, sed navigantium. Quid si una ta-

juste, puisqu'elle était contraire aux intérêts de la république, que de dire qu'il était utile de la repousser, lorsqu'il avouait qu'elle était juste.

XXIII. Hécaton, dans son sixième livre des *Devoirs*, propose un grand nombre de questions dans le genre des suivantes. Il demande si, dans une extrême disette, il est d'un homme de bien de ne pas fournir de vivres à ses esclaves. Et, après qu'il a agité le pour et le contre, l'utilité l'emporte enfin sur l'humanité. Il demande encore si, dans une tempête où il faut décharger le vaisseau, on doit jeter à la mer un cheval de prix, plutôt qu'un esclave de nulle valeur. L'intérêt porte d'un côté, mais l'humanité porte de l'autre. Dans un naufrage, le sage peut-il arracher une planche à un fou qui s'en est saisi ? Non, dit Hécaton, parce que cela serait injuste. Mais le maître du vaisseau le pourrait-il ? car la planche lui appartient. Il n'en a pas plus le droit que de jeter du vaisseau dans la mer quelqu'un des passagers, sous prétexte que le vaisseau est à lui. Car, jusqu'à ce qu'on soit arrivé à destination, le vaisseau n'appartient pas au maître, mais aux passagers. Si deux sages, dans un naufrage, se

reipublicæ,	à la république,
potius quam, quum diceret	plutôt que, lorsqu'il disait
esse utilem,	*elle* être utile,
fateretur non esse æquam.	il n'avouât *elle* n'être pas juste.
XXIII. Sextus liber	XXIII. Le sixième livre
Hecatonis	d'Hécaton
de officiis	sur les devoirs
est plenus	est plein
quæstionum talium :	de questions telles :
Sitne viri boni,	S'il est d'un homme de-bien,
in maxima caritate	dans une très-grande cherté
annonæ,	des vivres,
non alere familiam.	de ne pas nourrir *sa* domesticité.
Disputat	Il discute
in utramque partem;	dans l'un-et-l'autre sens;
sed tamen ad extremum	mais cependant à la fin
putat officium	il pense le devoir
dirigi utilitate	être réglé par l'utilité
magis quam humanitate.	plus que par l'humanité. [*le bord*
Quærit, si jactura	Il demande, si un lancement *par-dessus*
facienda sit in mari,	doit être fait sur mer,
faciatne potius	s'il doit faire de-préférence
jacturam equi pretiosi	le lancement d'un cheval de-grand-prix
an servuli vilis ?	ou d'un esclave de-vil-prix ?
Hic res familiaris	Ici l'intérêt de-famille
ducit alio,	conduit ailleurs,
humanitas alio.	l'humanité ailleurs.
Si stultus	Si un sot
arripuerit tabulam	a saisi une planche
de naufragio,	du naufrage,
sapiensne extorquebit eam,	est-ce qu'un sage arrachera elle,
si potuerit ?	s'il *l'*a pu ?
negat, quia sit injurium.	il dit-non, parce que *cela* serait injuste.
Quid? dominus navis	Quoi? le maître du vaisseau
eripietne suum ?	est-ce qu'il arrachera ce-qui-est-à-lui ?
Minime;	Pas-du-tout;
non plus quam si velit	pas plus que s'il voulait
ejicere de navi	jeter-hors du vaisseau
navigantem in alto,	le *passager* naviguant en haute *mer*,
quia sit sua.	parce que *ce vaisseau* est sien.
Quoad enim	En effet jusqu'à ce que
perventum sit eo,	on soit arrivé là,
quo navis sumpta est,	pour où le vaisseau a été pris,
navis est non domini,	le vaisseau est non au maître, [*gers*).
sed navigantium.	mais à ceux qui naviguent (aux passa-
Quid si sit una tabula,	Quoi s'il y a une seule planche,
duo naufragi	*et* deux naufragés

24

bula sit, duo naufragi æque sapientes, sibi uterque rapiat, an alter cedat alteri? cedat vero, sed ei cujus magis intersit vel sua vel reipublicæ causa vivere. Quid, si hæc paria in utroque? nullum erit certamen, sed, quasi sorte aut micando victus, alteri cedat alter. Quid si pater fana expilet, cuniculos agat ad ærarium, indicetne id magistratibus filius? Nefas id quidem est; quinetiam defendat patrem, si arguatur. Non igitur patria præstat omnibus officiis? Imo vero; sed ipsi patriæ conducit pios cives habere in parentes. Quid? si tyrannidem occupare, si patriam prodere conabitur pater, silebitne filius? Imo vero obsecrabit patrem, ne id faciat. Si nihil proficiat, accusabit; minabitur etiam; ad extremum, si ad perniciem patriæ res spectabit, patriæ salutem anteponet saluti patris.

saisissent d'une même planche, l'un peut-il l'ôter à l'autre, ou doivent-ils se la céder mutuellement? Celui qui a le moins d'intérêt à vivre, ou dont la vie est le moins utile à la république, doit céder la planche; mais si tout est égal entre les deux, il n'y a point de contestations à former, et il faut que ce soit le sort qui décide. Un homme qui sait que son père pille les temples, ou qu'il pratique un souterrain pour voler le trésor public, le dénoncera-t-il aux magistrats? Non sans doute; il défendra même son père, s'il est accusé. Mais, dira-t-on, ce qu'on doit à la patrie ne l'emporte-t-il pas sur les autres devoirs? Rien de plus vrai; mais il est de l'intérêt de la patrie que les citoyens n'outragent pas la piété filiale. Mais si ce père aspire à la tyrannie, s'il veut trahir la patrie, le fils gardera-t-il le silence? Non; il doit, pour détourner son père d'un tel crime, mettre tout en œuvre, prières, supplications, reproches, menaces même, et enfin s'il n'obtient rien, s'il voit que la perte de l'État est imminente, il préférera le salut de sa patrie à celui de son père.

æque sapientes,	également sages,
uterque rapiat sibi,	l'un-et-l'autre *la* tirerait-il à lui,
an alter cedat alteri ?	ou l'un *la* céderait-il à l'autre ?
cedat vero,	qu'il *la* cède en vérité,
sed ei cujus intersit magis	mais à celui à qui il importerait plus
vel causa sua	soit dans l'intérêt de-lui-même,
vel reipublicæ	soit *dans celui* de la république
vivere.	de vivre.
Quid, si hæc paria	Quoi, si ces *titres sont* égaux
in utroque ?	dans l'un-et-l'autre ?
nullum certamen erit,	aucune lutte ne sera,
sed alter cedat alteri	mais que l'un cède à l'autre
quasi victus sorte	comme vaincu par le sort
aut micando.	ou en jouant-à-la-mourre.
Quid si pater	Quoi si le père
expilet fana,	pille les temples,
agat cuniculos	pousse des mines
ad ærarium,	vers le trésor,
filiusne indicet id	le fils devrait-il dénoncer cela
magistratibus ?	aux magistrats ?
Id quidem est nefas ;	Ceci à la vérité est une impiété ;
quinetiam	bien-plus
defendat patrem,	il devrait défendre *son* père,
si arguatur.	s'il était accusé.
Patria igitur non præstat	La patrie donc n'est-pas-préférable
omnibus officiis ?	à tous les devoirs ?
Imo vero ;	Au-contraire en vérité ; [même
sed conducit patriæ ipsi	mais il est-avantageux à la patrie elle-
habere cives	d'avoir des citoyens
pios in parentes.	pieux envers *leurs* parents.
Quid ? si pater	Quoi ? si le père
conabitur	tente
occupare tyrannidem,	de s'emparer de la tyrannie,
si prodere patriam,	*s'il tente* de livrer la patrie,
filiusne silebit ?	est-ce que le fils se taira ?
Imo vero	Au-contraire en vérité ;
obsecrabit patrem	il suppliera *son* père
ne faciat id.	qu'il ne fasse pas cela.
Si proficiat nihil,	S'il *n'*avance en rien,
accusabit ;	il *l'*accusera (lui fera des reproches) ;
minabitur etiam ;	il *le* menacera même ;
ad extremum,	à la fin,
si res spectabit	si l'affaire a-rapport
ad salutem patriæ,	au salut de la patrie,
anteponet	il préférera
salutem patriæ	le salut de la patrie
saluti patris.	au salut de *son* père.

Quærit etiam, si sapiens adulterinos nummos acceperit imprudens pro bonis, quum id rescierit, soluturusne sit eos, si cui debeat, pro bonis. Diogenes ait; Antipater negat, cui potius assentior. Qui vinum fugiens vendat sciens, debeatne dicere? Non necesse putat Diogenes; Antipater viri boni existimat. Hæc sunt quasi controversa jura stoicorum. In mancipio vendendo, dicendane vitia, non ea, quæ nisi dixeris, redhibeatur mancipium jure civili; sed hæc, mendacem esse, aleatorem, furacem, ebriosum? Alteri dicenda videntur, alteri non videntur. Si quis, aurum vendens, orichalcum se putet vendere, indicetne ei vir bonus aurum illud esse, an emat denario¹ quod sit mille denarium? Perspicuum jam est et quid mihi videatur, et quæ sit inter eos philosophos quos nominavi controversia.

Hécaton demande encore si le sage qui, sans y prendre garde, a reçu de la monnaie fausse pour bonne, peut la donner en payement à ses créanciers. Diogène dit oui; mais Antipater dit non, et je me range plutôt à son avis. Un homme vend du vin qui n'est pas de garde; doit-il en avertir? Diogène pense que cela n'est pas nécessaire; Antipater soutient que c'est le devoir d'un honnête homme. Voilà quelles sont, pour ainsi dire, les questions de droit qui s'agitent au barreau des stoïciens. Quand on vend un esclave, doit-on avertir de ses défauts? je ne parle pas de ceux pour lesquels on serait condamné à le reprendre, si l'on n'en avait averti; mais s'il est menteur, joueur, voleur ou ivrogne. L'un dit qu'on le doit, et l'autre qu'on n'y est pas obligé. Un homme vend un lingot d'or qu'il prend pour du cuivre; celui qui le marchande est-il obligé de l'avertir de son erreur, ou peut-il acheter un denier ce qui en vaut peut-être mille? On voit bien quel est sur cela le sentiment de chacun de ces deux philosophes, et l'on doit voir aussi quel est le mien.

Quærit etiam,
si sapiens
imprudens
acceperit
nummos adulterinos
pro bonis,
quum rescierit id,
soluturusne sit eos
pro bonis,
si debeat cui.
Diogenes ait;
Antipater negat,
cui assentior potius.
Qui vendat sciens
vinum fugiens,
debeatne dicere?
Diogenes putat
non necesse;
Antipater existimat
viri boni.
Hæc sunt quasi
jura controversa
stoicorum.
In vendendo mancipio,
vitiane dicenda,
non ea,
quæ nisi dixeris,
mancipium redhibeatur
jure civili;
sed hæc, esse mendacem,
aleatorem, furacem,
ebriosum?
Alteri
videntur dicenda,
alteri non videntur.
Si quis, vendens aurum,
putet
se vendere orichalcum,
virne bonus indicet ei
illud esse aurum,
an emat denario
quod sit mille denarium?
Est jam perspicuum
quid videatur mihi,
et quæ sit controversia
inter eos philosophos
quos nominavi.

Il cherche même,
si un sage
ne-s'en-apercevant-pas
a reçu
des pièces fausses
pour de bonnes,
lorsqu'il aura reconnu cela,
s'il payera (donnera) elles
pour bonnes,
s'il doit à quelqu'un.
Diogène dit-oui;
Antipater dit-non,   [rence.
auquel je donne-assentiment de-préfé-
Celui qui vendrait le sachant
du vin qui fuit (n'est pas de garde),
devrait-il le dire?
Diogène pense
cela n'être pas nécessaire;
Antipater estime
cela être d'un homme de-bien.
Ce sont là en-quelque-sorte
les droits discutés (les questions de droit)
des stoïciens.
En vendant un esclave,
si les vices doivent être dits,
non pas ceux,
lesquels si tu n'as pas dis,
l'esclave pourrait être rendu
d'après le droit civil;
mais ceux-ci, l'esclave être menteur,
joueur, voleur,
ivrogne?
A l'un
ces défauts semblent devoir être dits,
à l'autre ils ne le semblent pas.
Si quelqu'un, vendant de l'or,
pensait
lui-même vendre du laiton,
l'homme de-bien devrait-il indiquer à lui
cela être de l'or,
ou devrait-il acheter un denier   [niers?
ce qui serait de la valeur de mille de-
Il est désormais très-clair
quelle chose semble à moi,
et quel est le débat
entre ces philosophes
que j'ai nommés.

XXIV. Pacta et promissa semperne servanda sint, quæ nec
vi nec dolo malo, ut prætores dicere solent, facta sint? Si
quis medicamentum cuipiam dederit ad aquam intercutem,
pepigeritque ne illo medicamento unquam postea uteretur;
si eo medicamento sanus factus fuerit, et annis aliquot post
inciderit in eumdem morbum, nec ab eo quicum pepigerat
impetret ut item eo liceat uti, quid faciendum sit? Quum sit
is inhumanus, qui non concedat uti, nec ei quidquam fiat injuriæ, vitæ et saluti consulendum. Quid? si quis sapiens ro-
gatus sit ab eo qui eum heredem faciat, quum ei testamento
sestertium millies[1] relinquatur, ut, antequam hereditatem
adeat, luce palam in foro saltet, idque se facturum promiserit,
quod aliter eum heredem scripturus ille non esset, faciat quod
promiserit, necne? Promisisse nollem, et id arbitror fuisse

XXIV. Est-on toujours tenu d'exécuter les conventions et les
promesses que l'on a faites, lorsqu'il n'y a eu ni dol ni violence,
comme disent les préteurs? Quelqu'un, par exemple, a donné un
remède à un hydropique, et lui a fait promettre de ne s'en servir
qu'une fois. Le remède a réussi, mais au bout de quelques années le
mal est revenu. Si celui qui a donné le remède persiste à ne vouloir
pas qu'on s'en serve, le peut-on faire contre son gré? Comme il y a
de l'inhumanité à lui de ne pas le vouloir, et qu'en cela on ne fait
de tort à personne, le malade devra songer à l'intérêt de sa vie et de
sa santé. Un sage a été institué héritier par quelqu'un qui lui laisse
cent millions de sesterces, mais à condition qu'avant de les recueillir
il dansera en plein midi dans la place publique. Il a promis, et sans
cela le testateur ne l'aurait pas fait son héritier. Doit-il tenir ou
non sa promesse? Pour moi, j'aimerais mieux qu'il ne s'y fût pas

XXIV. Pactane	XXIV. Si les conventions
et promissa	et les promesses
servanda sint semper,	doivent être gardées toujours,
quæ facta sint	celles qui ont été faites
nec vi nec dolo,	ni par force ni par dol,
ut prætores	comme les préteurs
solent dicere?	ont-coutume de dire?
Si quis dederit cuiquam	Si quelqu'un a donné à quelqu'un
medicamentum	un médicament [l'hydropisie),
ad aquam intercutem,	pour de l'eau entre-peau-et-chair (pour
pepigeritque	et a fait-condition
ne unquam postea uteretur	que jamais dans-la-suite il ne fît-usage
illo medicamento;	de ce médicament;
si factus fuerit sanus	s'il a été fait bien-portant
eo medicamento,	par ce médicament,
et aliquot annis post	et quelques années après
inciderit	est tombé
in eumdem morbum,	dans la même maladie,
nec impetret ab eo	et n'obtient pas de celui
quicum pepigerit	avec qui il aura conclu
ut liceat	qu'il *lui* soit-permis
uti item eo,	de faire-usage de même de ce *médicament*,
quid faciendum sit?	quelle chose devrait être faite?
Quum is,	Comme cet *homme*,
qui non concedat uti,	qui n'accorderait pas d'*en* faire-usage,
sit inhumanus,	serait inhumain,
nec quidquam injuriæ	et que rien de (aucun) tort
fiat ei,	ne serait fait à lui,
consulendum vitæ	il faut pourvoir à *sa* vie
et saluti.	et à *son* salut.
Quid? si sapiens	Quoi? si un sage
rogatus sit ab eo	a été requis par cet (un) *homme*
qui faciat eum heredem,	qui fasse lui héritier,
quum relinquatur ei	lorsqu'il est laissé à lui
testamento	par testament [sesterces,
millies sestertium,	mille-fois *cent milliers* (cent millions) de
ut, antequam adeat	que, avant qu'il aborde (recueille)
hereditatem,	l'héritage,
saltet in foro	il danse dans le forum
luce palam,	de jour publiquement,
promiseritque	et s'il a promis
se facturum id,	lui-même devoir faire cela,
quod aliter ille	parce que autrement celui-là (le testateur)
non scripturus esset eum	n'aurait pas écrit lui
heredem,	héritier,
faciat quod promiserit,	ferait-il ce qu'il aurait promis,
necne?	ou non?

gravitatis. Sed, quoniam promisit, si saltare in foro turpe du-
cet, honestius mentietur, si ex hereditate nihil ceperit ; nisi
forte eam pecuniam in reipublicæ magnum aliquod tempus
contulerit, ut vel saltare eum, quum patriæ consulturus sit,
turpe non sit.

XXV. Ac ne illa quidem promissa servanda sunt, quæ non
sunt iis ipsis utilia quibus illa promiseris. Sol Phaethonti[1] filio,
ut redeamus ad fabulas, facturum se esse dixit quidquid op-
tasset; optavit ut in currum patris tolleretur ; sublatus est,
atque insanus, antequam constitit, ictu fulminis deflagravit.
Quanto melius fuerat in hoc promissum patris non esse serva-
tum ? Quid, quod Theseus exegit promissum a Neptuno ? cui
quum tres optationes Neptunus dedisset, optavit interitum
Hippolyti, filii sui, quum is patri suspectus esset de noverca ;

engagé, et je crois que cela eût mieux convenu à sa gravité ; mais
puisqu'il l'a promis, il ferait mieux de renoncer à cet héritage, s'il
trouve de la honte à tenir sa parole, à moins qu'il ne voulût consacrer
cette somme à tirer sa patrie de quelque nécessité pressante, car
alors il pourrait sans honte danser en pleine place publique.

XXV. On ne doit pas non plus tenir les promesses dont l'exécution serait nuisible à ceux mêmes à qui on les a faites. Le Soleil
(pour en revenir à la fable) avait promis à son fils Phaéthon de lui
accorder tout ce qu'il demanderait. Phaéthon souhaita de monter
sur le char de son père; il y monta, mais au moment même il fut
frappé d'un coup de foudre. N'eût-il pas mieux valu pour lui que
son père ne fût pas si fidèle à tenir une telle promesse? Ne pouvons-
nous pas en dire autant de celle que Thésée réclama de Neptune? Ce
dieu lui ayant donné trois vœux à former, Thésée demanda la mort
de son fils Hippolyte, qu'il soupçonnait d'entretenir un commerce

Nollem promisisse,	Je ne-voudrais-pas *lui* avoir promis,
et arbitror	et j'estime
id fuisse gravitatis.	cela avoir été de *sa* gravité.
Sed, quoniam promisit,	Mais, puisqu'il a promis,
si ducet turpe	s'il juge honteux
saltare in foro,	de danser dans le forum, [ment,
mentietur honestius,	il mentira *à sa promesse* plus honnête-
si ceperit nihil	s'il *n*'a pris rien
ex hereditate ;	de l'héritage ;
nisi forte	à-moins-que par hasard
contulerit eam pecuniam	il n'ait appliqué cette somme-d'argent
in aliquod magnum tempus	à quelque grande circonstance
reipublicæ,	de la république,
ut non sit turpe	de-sorte-qu'il ne soit pas honteux
vel eum saltare,	même lui danser,
quum consulturus sit	lorsqu'il doit pourvoir
patriæ.	à *l'intérêt de sa* patrie.
XXV. Ac	XXV. Et
ne illa quidem promissa	pas même ces promesses
servanda sunt,	ne doivent être gardées,
quæ non sunt utilia	qui ne sont pas utiles
iis ipsis	à ceux mêmes [faites).
quibus promiseris illa.	à qui tu as promis ces choses (tu les as
Sol,	Le Soleil,
ut redeamus ad fabulas,	pour que nous revenions aux fables,
dixit Phaethonti filio	dit à Phaéthon *son* fils
se facturum esse	lui-même devoir faire
quidquid optasset ;	tout ce qu'il (Phaéthon) aurait souhaité ;
optavit ut tolleretur	il souhaita qu'il fût élevé
in currum patris ;	sur le char de *son* père ;
sublatus est,	il y fut élevé,
atque insanus,	et l'insensé,
antequam constitit,	avant qu'il fût assis,
deflagravit ictu fulminis.	fut consumé par un coup de foudre. [ci
Quanto fuerat melius in hoc	Combien il aurait été meilleur pour celui-
promissum patris	la promesse de *son* père
non servatum esse !	n'avoir pas été gardée !
Quid ? promissum	Quoi ? la promesse
quod Theseus	que Thésée
exegit a Neptuno ?	réclama de Neptune ?
cui quum Neptunus	auquel comme Neptune
dedisset tres optationes,	avait donné trois souhaits ;
optavit interitum	il souhaita la mort
Hippolyti, sui filii,	d'Hippolyte, son fils,
quum is esset suspectus	comme celui-ci était soupçonné
patri	de *son* père
de noverca ;	au-sujet-de *sa* belle-mère ;

quo optato impetrato, Theseus in maximis fuit luctibus. Quid?
Agamemnon quum devovisset Dianæ quod in suo regno pulcherrimum natum esset illo anno, immolavit Iphigeniam, qua
nihil erat eo quidem anno natum pulchrius; promissum potius
non faciendum. quam tam tetrum facinus, admittendum fuit.
Ergo et promissa non facienda nonnunquam; neque semper
deposita reddenda sunt. Si gladium quis apud te sanæ mentis
deposuerit, repetat insaniens, reddere peccatum sit; non reddere, officium. Quid? si is, qui apud te pecuniam deposuerit,
bellum inferat patriæ, reddasne depositum? Non, credo;
facias enim contra rempublicam, quæ debet esse carissima.
Sic multa, quæ honesta natura videntur esse, temporibus fiunt
non honesta. Facere promissa, stare conventis, reddere deposita, commutata utilitate, fiunt non honesta. Ac de iis

avec sa belle-mère ; mais combien de larmes lui en coûta-t-il pour
avoir obtenu ce qu'il avait souhaité ! Que dirons-nous d'Agamemnon ?
Il avait fait solennellement vœu d'immoler à Diane ce qui naîtrait
de plus beau cette année-là ; et rien n'étant né de si beau que sa
fille Iphigénie, il la sacrifia. N'eût-il pas mieux valu manquer à sa
promesse que de se charger d'une action si horrible ? Il y a donc
des cas où l'on ne doit pas faire ce qu'on a promis ; il y en a aussi
où l'on ne doit pas rendre ce qu'on a reçu en dépôt. Si un homme,
par exemple, vous a donné son épée en dépôt dans un temps où il
avait tout son bon sens, et qu'il vienne vous la réclamer dans un ac-
cès de frénésie, la lui rendrez-vous ? votre devoir n'est-il pas plutôt de
n'en rien faire ? Si un homme qui vous a confié un dépôt d'argent
vient à faire la guerre à l'État, lui rendrez-vous ce dépôt ? Non
sans doute, puisque l'intérêt de l'État vous le défend, et que rien ne
doit vous être aussi cher que cet intérêt. C'est ainsi que bien des
choses, qui paraissent honnêtes par elles-mêmes, changent de caractère avec les circonstances. Tenir une promesse, observer une condition, rendre un dépôt, sont autant de choses qu'il n'est plus honnête
de faire, lorsque l'utilité en est changée. Mais j'en ai assez dit, je

quo optato impetrato,
Theseus
fuit in maximis luctibus.
Quid? quum Agamemnon
devovisset Dianæ
quod natum esset
pulcherrimum
in suo regno
illo anno,
immolavit Iphigeniam,
qua nihil natum erat
pulchrius
eo anno quidem;
promissum
non faciendum fuit
potius quam facinus
tam tetrum
admittendum.
Ergo et promissa
nonnunquam
non facienda;
neque semper deposita
reddenda sunt.
Si quis mentis sanæ
deposuerit gladium
apud te,
repetat insaniens,
reddere sit peccatum;
non reddere, officium.
Quid, si is
qui deposuerit apud te
pecuniam,
inferat bellum patriæ,
reddasne depositum?
Non, credo;
facias enim
contra rempublicam,
quæ debet esse carissima.
Sic multa, quæ videntur
esse honesta natura,
fiunt non honesta
temporibus.
Facere promissa,
stare conventis,
reddere deposita,
utilitate commutata,
fiunt non honesta.

lequel souhait ayant été obtenu,
Thésée
fut dans les plus grandes douleurs.
Quoi? comme Agamemnon
avait dévoué à Diane
ce qui était né
de plus beau
dans son royaume
cette année-là,
il immola Iphigénie,
en comparaison de laquelle rien n'était né
de plus beau
cette année du moins;
cette promesse
ne devait pas être faite (tenue)
plutôt qu'un crime
si abominable
ne dût être commis.
Donc et les choses promises
quelquefois
ne doivent pas être faites;
ni toujours les dépôts
ne doivent être rendus.
Si quelqu'un d'esprit sain
a déposé un glaive
chez toi,
et qu'il te le réclame étant fou,
le rendre serait une faute;
ne pas le rendre, un devoir.
Quoi, si celui
qui aura déposé chez toi
de l'argent,
portait la guerre à sa patrie,
est-ce que tu lui rendrais son dépôt?
Non, je crois;
en effet tu agirais
contre la république,
qui doit être la plus chère.
Ainsi de nombreuses choses, qui semblent
être honnêtes par nature,
deviennent non honnêtes
par les circonstances.
Faire les choses promises,
rester dans les choses convenues,
rendre les dépôts,
l'utilité étant changée,
deviennent choses non honnêtes.

quidem quæ videntur esse utilitates contra justitiam, simulatione prudentiæ, satis arbitror dictum.

Sed, quoniam a quatuor fontibus honestatis primo libro
officia duximus, in eisdem versabimur, quum docebimus ea,
quæ videntur esse utilia neque sunt, quam sint virtutis inimica. Ac de prudentia quidem, quam vult imitari malitia,
itemque de justitia, quæ semper est utilis, disputatum est.
Reliquæ sunt duæ partes honestatis, quarum altera in animi
excellentis magnitudine et præstantia cernitur, altera in con-
formatione et moderatione continentiæ et temperantiæ.

XXVI. Utile videbatur Ulyssi, ut quidam poetæ tragici
prodiderunt (nam apud Homerum, optimum auctorem, talis
de Ulysse nulla suspicio est); sed insimulant eum tragœdiæ
simulatione insaniæ militiam subterfugere voluisse. Non honestum consilium. — At utile, ut aliquis fortasse dixerit, re-

crois, sur les choses qu'une fausse prudence voudrait faire trouver
utiles, bien qu'elles soient contraires à la justice.

Mais comme, dans le premier livre, nous avons fait découler nos
différents devoirs des quatre sources de l'honnête, ce ne sera point
nous écarter de notre sujet que de faire voir combien ces sortes de
choses où le vulgaire trouve de l'utilité, bien qu'elles n'en aient que
l'apparence, sont contraires à la vertu. Nous avons déjà parlé de ce
qui a rapport à la prudence, que la ruse voudrait contrefaire, et à
la justice, qui ne cesse jamais d'être utile. Il ne nous reste donc
plus que deux sources de l'honnêteté, dont l'une est la force ou la
grandeur d'âme, et l'autre la modération ou la tempérance.

XXVI. Il paraissait utile à Ulysse de feindre la folie pour
s'exempter d'aller au siége de Troie, au moins si nous en croyons
les poëtes tragiques; car Homère, qui est une meilleure autorité, ne
dit rien qui puisse le faire soupçonner. Quoi qu'il en soit, une telle
résolution n'était nullement honnête. Mais, dira-t-on peut-être, il
était utile à Ulysse de demeurer à Ithaque, d'y régner et d'y mener

Ac arbitror	Et je pense
satis dictum	assez *avoir été* dit
de iis quidem	sur ces choses du moins
quæ videntur esse utilitates	qui paraissent être des utilités
contra justitiam,	contre la justice,
simulatione prudentiæ.	par semblant de prudence.
Sed, quoniam	Mais, puisque
primo libro	dans le premier livre
duximus officia	nous avons tiré les devoirs
a quatuor fontibus	de quatre sources
honestatis,	d'honnêteté, [*sourss*
versabimur in eisdem,	nous nous tiendrons dans ces-même
quum docebimus	lorsque nous enseignerons
quam sint inimica virtutis	combien sont ennemies de la vertu
ea quæ videntur esse utilia	ces choses qui paraissent être utiles
neque sunt.	et ne *le* sont pas.
Ac disputatum est quidem	Et il a été disserté à la vérité
de prudentia,	sur la prudence,
quam malitia vult imitari,	que la ruse veut imiter,
itemque de justitia,	et de même sur la justice,
quæ est semper utilis.	qui est toujours utile.
Duæ partes honestatis	Deux parties de l'honnêteté
sunt reliquæ,	sont de-reste,
quarum altera cernitur	desquelles l'une est vue
in magnitudine	dans la grandeur
et præstantia	et la supériorité
animi excellentis,	d'une âme distinguée,
altera in conformatione	l'autre dans la disposition
et moderatione	et la règle
continentiæ	de la continence
et temperantiæ.	et de la tempérance.
XXVI. Vidabatur utile	XXVI. Il semblait utile
Ulyssi,	à Ulysse,
ut quidam poetæ tragici	comme certains poëtes tragiques
prodiderunt	*l'*ont transmis
(nam apud Homerum,	(car chez Homère,
optimum auctorem,	excellent auteur,
nulla suspicio talis	aucun soupçon tel
est de Ulyssi);	n'est sur Ulysse);
sed tragœdiæ	mais les tragédies
insimulant eum voluisse	accusent lui d'avoir voulu
subterfugere militiam	se dérober au service-militaire
simulatione insaniæ.	par feinte de (en feignant la) folie.
Consilium non honestum.	Dessein non honnête.
« At utile,	« Mais *il lui était* utile,
ut aliquis fortasse dixerit,	comme quelqu'un peut-être aura dit,
regnare,	de régner,

gnare, et Ithacæ vivere otiose cum parentibus, cum uxore, cum filio. Ullum tu decus in quotidianis periculis et laboribus cum tranquillitate hac conferendum putas? — Ego vero istam contemnendam et abjiciendam; quoniam, quæ honesta non sit, ne utilem quidem esse arbitror. Quid enim auditurum putas fuisse Ulyssem, si in illa simulatione perseverasset? qui quum maximas res gesserit in bello, tamen hæc audivit ab Ajace :

> Cuju' ipse[1] princeps jurisjurandi fuit,
> Quod' omnes scitis, solus neglexit fidem.
> Furere assimulavit; ne coiret, institit.
> Quod ni Palamedis perspicax prudentia
> Istius percepset malitiosam audaciam,
> Fide sacratum jus perpetuo falleret.

Isti vero non modo cum hostibus, verum etiam cum fluctibus, id quod fecit, dimicare melius fuit quam deserere consentientem Græciam ad bellum barbaris inferendum. Sed dimit-

une vie tranquille avec ses parents, sa femme et son fils : quelle gloire offrent donc les travaux et les périls journaliers de la guerre, qu'on puisse comparer avec une telle tranquillité? Quant à moi, je prétends qu'une telle tranquillité ne mérite que le mépris; car du moment où elle n'est pas honnête, je n'estime même pas qu'elle soit utile. Que n'aurait-on pas dit d'Ulysse, s'il eût persisté à contrefaire l'insensé, puisque, même après toutes les grandes actions qu'il fit à la guerre, il entendit Ajax lui dire :

> L'auteur de nos serments, seul de tous, se parjure;
> Et feignant que les dieux ont troublé sa raison,
> A l'heure du départ se cache en sa maison.
> Si l'adroit Palamède, éventant l'artifice,
> N'avait aux yeux de tous révélé sa malice,
> Il trahirait encore et la Grèce et sa foi.

Il valut donc mieux pour Ulysse non-seulement combattre l'ennemi, mais s'exposer, comme il fit, à la rage des flots, que d'abandonner la Grèce conjurée contre les barbares. Mais laissons là les fables

et vivere otiose Ithacæ	et de vivre tranquillement à Ithaque
cum parentibus,	avec *ses* parents,
cum uxore, cum filio.	avec *son* épouse, avec *son* fils.
Tu putas ullum decus	Toi penses-tu aucun honneur
in periculis et laboribus	dans des périls et des dangers
quotidianis	de-chaque-jour
conferendum	devoir être comparé
cum hac tranquillitate ?	avec cette tranquillité? »
Ego vero istam	Moi en vérité *je pense* cette *tranquillité*
contemnendam	devoir être méprisée
et abjiciendam ;	et rejetée ;
quoniam	parce que
ne arbitror quidem	je ne juge même pas
quæ non sit honesta .	*une tranquillité* qui n'est pas honnête
esse utilem.	être utile.
Quid enim putas	Que penses-tu en effet
Ulyssem auditurum fuisse,	Ulysse avoir dû entendre,
si perseverasset	s'il avait persévéré
in illa simulatione?	dans cette feinte ?
qui, quum gesserit in bello	*lui* qui, bien qu'il eût fait dans la guerre
res maximas,	les choses les plus grandes,
audivit tamen hæc	entendit cependant ces *mots*
ab Ajace :	d'Ajax :
« Solus neglexit	« Seul il a négligé
fidem jurisjurandi	l'accomplissement du serment [teur),
cujus ipse fuit princeps,	dont lui-même fut le premier (l'instiga-
quod omnes scitis.	ce que tous vous savez.
Assimulavit furere;	Il a feint d'être-fou ; [avec *nous*.
institit ne coiret.	il s'est appliqué à ce qu'il ne vînt-pas-
Quod ni prudentia	Que si la sagesse
perspicax	pénétrante
Palamedis	de Palamède
percepset	n'avait découvert
audaciam malitiosam	l'audace rusée
istius,	de cet *homme*,
falleret perpetuo	il aurait trompé jusqu'au-bout
jus sacratum fide. »	le *bon* droit consacré par la foi *du serment*.»
Fuit vero melius isti	Mais il fut meilleur à cet *Ulysse*
dimicare	de combattre
non modo cum hostibus,	non seulement avec les ennemis,
verum etiam cum fluctibus,	mais encore avec les flots,
quod fecit,	ce qu'il fit,
quam deserere Græciam	que d'abandonner la Grèce
consentientem	conspirant
ad inferendum bellum	pour porter la guerre
barbaris.	aux barbares.
Sed dimittamus	Mais mettons-de-côté

tamus et fabulas et externa; ad rem factam nostraque
veniamus.

XXVII. M. Attilius Regulus, quum consul iterum in Africa
ex insidiis captus esset, duce Xanthippo Lacedæmonio, imperatore autem patre Annibalis, Hamilcare, juratus missus est
ad senatum, ut, nisi redditi essent Pœnis captivi nobiles
quidam, rediret ipse Carthaginem. Is, quum Romam venisset,
utilitatis speciem videbat, sed eam, ut res declarat, falsam
judicavit; quæ erat talis : manere in patria, esse domi suæ
cum uxore, cum liberis, quam calamitatem accepisset in
bello, communem fortunæ bellicæ judicantem, tenere consularis dignitatis gradum. Quis hæc neget esse utilia? Quem
censes? Magnitudo animi et fortitudo negat. Num locupletiores quæris auctores? Harum enim est virtutum proprium
nil extimescere, omnia humana despicere, nihil quod homini

et les faits étrangers ; venons à des faits véritables et à notre histoire.

XXVII. M. Attilius Régulus, consul pour la seconde fois, fut pris
dans une embuscade, en Afrique, par le Lacédémonien Xanthippe,
qui commandait sous Amilcar, père d'Annibal ; les ennemis l'envoyèrent vers le sénat pour obtenir l'échange de quelques prisonniers de marque, et lui firent promettre avec serment de revenir à
Carthage, s'il échouait. Arrivé à Rome, un parti d'une utilité apparente s'offrait à lui; mais il paraît bien par l'événement qu'il ne
jugea pas que cette utilité fût véritable. Il ne tenait qu'à lui de
demeurer dans sa patrie et de vivre tranquillement avec sa femme
et ses enfants, regardant sa disgrâce comme un effet ordinaire du
sort des armes, et continuant à jouir de la dignité d'un consulaire.
Qui peut nier que tout cela ne soit utile? Qui? la force et la grandeur d'âme. Pouvez-vous demander des autorités plus imposantes?
Ce sont ces vertus qui apprennent aux hommes à ne rien craindre, à
mépriser toutes les choses humaines, et à supporter tout ce qui peut

et fabulas et externa ;
veniamus ad rem factam
nostraque.

et les fables et les *traits* étrangers ;
venons à une action faite (réelle)
et à des *exemples* nôtres.

XXVII. M. Attilius
Regulus,
quum, consul iterum,
captus esset in Africa
ex insidiis,
Xanthippo Lacedæmonio
duce,
patre autem Annibalis,
Amilcare, imperatore,
juratus
missus est ad senatum,
ut, nisi
quidam nobiles captivi
redditi essent Pœnis,
ipse rediret Carthaginem.
Is, quum venisset Romam,
videbat speciem utilitatis,
sed, ut res declarat,
judicavit eam falsam ;
quæ erat talis :
manere in patria,
esse suæ domi
cum uxore, cum liberis,
judicantem calamitatem
quam accepisset in bello
communem
fortunæ bellicæ,
tenere gradum
dignitatis consularis.
Quis neget
hæc esse utilia ?
Quem censes ?
Magnitudo
et fortitudo animi
negat.
Num quæris
auctoritates locupletiores ?
Est enim proprium
harum virtutum
extimescere nil,
despicere
omnia humana,
putare intolerandum
nihil quod possit accidere

XXVII. M. Attilius
Régulus,
lorsque, consul pour la seconde fois,
il eut été pris en Afrique
à-la-suite d'embûches,
Xanthippe le Lacédémonien
étant chef,
mais le père d'Annibal,
Amilcar, étant commandant,
ayant prêté-serment
fut envoyé vers le sénat,
à-condition-que, si
certains nobles prisonniers
n'avaient pas été rendus aux Carthaginois,
lui-même reviendrait à Carthage.
Celui-ci, lorsqu'il fut venu à Rome,
voyait l'apparence de l'utilité,
mais, comme le fait l'indique,
il jugea elle fausse ;
laquelle était telle :
rester dans *sa* patrie,
être dans sa maison
avec *sa* femme, avec *ses* enfants,
jugeant le malheur
qu'il avait reçu (essuyé) à la guerre
être commun
à la fortune de-la-guerre,
conserver le rang
de la dignité consulaire.
Qui nierait
ces choses être utiles ?
Qui penses-tu *qui le nie* ?
La grandeur
et la force d'âme
le nie.
Est-ce que tu cherches
des autorités plus imposantes ?
*C'*est en effet le propre
de ces vertus
de *ne* craindre rien,
de mépriser
toutes les choses humaines,
de *ne* penser intolérable
rien qui puisse arriver

accidere possit intolerandum putare. Itaque quid fecit? In
senatum venit; mandata exposuit; sententiam ne diceret re-
cusavit : quandiu jurejurando hostium teneretur, non esse se
senatorem. Atque illud etiam (o stultum hominem, dixerit
quispiam , et repugnantem utilitati suæ !), reddi captivos
negavit esse utile : illos enim adolescentes esse et bonos
duces, se jam confectum senectute. Cujus quum valuisset
auctoritas, captivi retenti sunt; ipse Carthaginem rediit,
neque eum caritas patriæ retinuit nec suorum. Neque vero
tum ignorabat se ad crudelissimum hostem et ad exquisita
supplicia proficisci; sed jusjurandum conservandum putabat.
Itaque, tum quum vigilando necabatur, erat in meliore causa
quam si domi senex captivus, perjurus consularis, remansisset. At stulte, qui non modo non censuerit captivos remit-
tendos, verum etiam dissuaserit. Quomodo stulte? etiamne si

arriver de plus fâcheux. Que fit donc Régulus? Il vint au sénat, exposa sa mission, et s'excusa d'abord de donner son avis, disant que,
tant qu'il serait lié par son serment envers les ennemis, il n'était
point sénateur. Bien plus (ô l'insensé! dira-t-on, et quel ennemi de
son propre intérêt!), il remontra qu'il ne convenait pas à la république de rendre les prisonniers ; que c'étaient des hommes jeunes,
de bons capitaines, tandis que son grand âge le mettait hors d'état
de servir. Son avis prévalut : on retint les prisonniers, et il s'en
retourna à Carthage, sans que l'amour de sa patrie ni celui de ses
proches fussent capables de le retenir. Et cependant il n'ignorait pas
qu'il allait se livrer à un ennemi cruel et aux supplices les plus raf-
finés ; mais il pensait devoir garder son serment. Plus heureux dans
l'agonie de ses veilles douloureuses qu'il ne l'aurait été de vieillir
dans sa maison, prisonnier de droit et consulaire parjure. Mais il
agit en insensé, dira-t-on ; quoi ! au lieu d'insister pour faire ren-
voyer les prisonniers, lui-même conseille de n'en rien faire ? Insensé,

homini.	à l'homme.
Itaque quid fecit?	Aussi que fit-il?
Venit in senatum;	Il vint au sénat,
exposuit mandata;	il exposa *ses* instructions;
recusavit	il refusa
ne diceret sententiam :	qu'il ne dît (de dire) *son* avis :
quandiu teneretur	*alléguant* tant qu'il était tenu
jurejurando hostium,	par le serment des (prêté aux) ennemis,
se non esse senatorem.	lui-même ne pas être sénateur.
Atque negavit etiam	Et il nia même *cela*
(o hominem stultum,	(ô l'homme sot,
dixerit quispiam,	aura dit quelqu'un,
et repugnantem	et résistant
suæ utilitati!)	à son intérêt!)
captivos reddi	les prisonniers être rendus
esse utile :	être chose utile :
illos enim esse adolescentes	ceux-là en effet être jeunes
et bonos duces,	et bons généraux,
se jam confectum	lui-même déjà accablé
senectute.	de vieillesse.
Cujus quum auctoritas	Duquel comme le conseil
valuisset,	avait prévalu,
captivi retenti sunt;	les prisonniers furent retenus;
ipse rediit Carthaginem,	lui-même revint à Carthage,
neque caritas patriæ	et ni l'amour de *sa* patrie
nec suorum	ni *l'amour* des siens
retinuit eum.	ne retint lui.
Neque vero ignorabat tum	Et en vérité il n'ignorait pas alors
se proficisci	lui-même partir
ad hostem crudelissimum	vers un ennemi très-cruel
et ad supplicia exquisita;	et vers des supplices raffinés;
sed putabat	mais il pensait
jusjurandum	le serment
conservandum.	devoir être observé.
Itaque,	C'est-pourquoi,
tum quum necabatur	alors qu'il était tué
vigilando;	en veillant (par les veilles),
erat in causa meliore	il était dans une situation meilleure
quam si remansisset domi	que s'il était resté à la maison
senex captivus,	vieillard prisonnier,
consularis perjurus.	consulaire parjure.
At stulte,	Mais *il a agi* sottement, *dira-t-on,*
qui non modo	*lui* qui non seulement
non censuerit	n'opina pas
captivos remittendos,	les prisonniers devoir être renvoyés,
verum etiam dissuaserit.	mais même *le* déconseilla.
Quomodo stulte?	Comment *agit-il* sottement?

reipublicæ conducebat? Potest autem, quod inutile reipublicæ sit, id cuiquam civi utile esse?

XXVIII. Pervertunt homines ea quæ sunt fundamenta naturæ, quum utilitatem ab honestate sejungunt. Omnes enim expetimus utilitatem ad eamque rapimur : nec facere aliter ullo modo possumus. Nam quis est qui utilia fugiat, aut quis potius qui ea non studiosissime persequatur? Sed, quia nusquam possumus, nisi in laude, decore, honestate, utilia reperire, propterea illa prima et summa habemus; utilitatis nomen non tam splendidum quam necessarium ducimus.

Quid est igitur, dixerit quis, in jurejurando? Num timemus Jovem ? At hoc quidem commune est omnium philosophorum, non eorum[1] modo qui Deum nihil habere ipsum negotii dicunt et nihil exhibere alteri, sed eorum[2] etiam qui Deum semper agere aliquid et moliri volunt, nunquam nec irasci Deum,

dites-vous ; mais comment? en conseillant ce qu'il croyait utile à sa patrie ? Un bon citoyen peut-il donc trouver utile pour lui ce qui n'est pas utile à l'État ?

XXVIII. C'est renverser les fondements de la nature que de distinguer l'honnête de l'utile. Une pente naturelle nous porte vers ce qui nous est utile, et nous ne saurions nous empêcher de la suivre. Il n'y a donc personne qui rejette ce qui est utile, et qui même ne le recherche avec beaucoup d'ardeur. Mais comme nous ne saurions le trouver que dans ce qui est honnête, bienséant et glorieux, nous regardons l'honneur, la gloire et l'honnêteté comme les premiers et les plus grands des biens, et l'utile nous paraît alors plus nécessaire que brillant.

Mais après tout, dira-t-on, qu'y a-t-il dans le serment? Craignonsnous de nous attirer, en le violant, la colère de Jupiter ? Comme si tous les philosophes, et ceux qui tiennent que Dieu ne fait rien et n'exige rien, et ceux même qui croient qu'il est toujours en action, ne convenaient pas que rien ne l'irrite et qu'il ne saurait nuire à per-

etiamne si conducebat reipublicæ ?

même si *cela* était-avantageux à la république ?

Id autem, quod sit inutile reipublicæ, potest esse utile civi cuiquam ?

Mais cela, qui serait non-utile à la république, peut-il être utile à un citoyen quelconque ?

XXVIII. Homines pervertant ea quæ sunt fundamenta naturæ, quum sejungunt utilitatem ab honestate.

XXVIII. Les hommes bouleversent ces choses qui sont les fondements de la nature, lorsqu'ils séparent l'utilité de l'honnêteté.

Omnes enim expetimus utilitatem rapimurque ad eam, nec possumus ullo modo facere aliter.

Tous en effet nous souhaitons l'utilité et nous sommes entraînés vers elle, et nous ne pouvons d'aucune façon faire autrement.

Nam quis est qui fugiat utilia, aut potius quis qui non persequatur ea studiosissime ?

Car quel est *l'homme* qui fuie les choses utiles, ou plutôt quel *est l'homme* qui ne poursuive pas elles très-passionnément ?

Sed, quia possumus reperire nusquam utilia, nisi in laude, decore, honestate, propterea habemus illa prima et summa ; ducimus nomen honestatis non tam splendidum quam necessarium.

Mais, parce que nous *ne* pouvons trouver nulle-part les choses utiles, si-ce-n'est dans la gloire, l'honneur, l'honnêteté, pour-cela nous tenons ces choses *pour* les premières et les plus hautes ; nous estimons le nom de l'honnêteté non pas tant brillant que nécessaire.

Quid est igitur, dixerit quis, in jurejurando ? Num timemus Jovem ?

Qu'y-a-t-il donc, aura dit (dira) quelqu'un, dans le serment ? Est-ce que nous craignons Jupiter ?

At hoc quidem est commune omnium philosophorum, non modo eorum qui dicunt Deum habere ipsum nihil negotii et exhibere nihil alteri, sed etiam eorum qui volunt Deum semper agere et moliri aliquid, Deum nunquam nec irasci,

Mais ceci à la vérité est commun à tous les philosophes, non seulement à ceux qui disent Dieu [pation n'avoir lui-même rien de (aucune) occu- et *n'en* donner rien (aucune) à autrui, mais aussi à ceux qui veulent Dieu toujours faire et préparer quelque chose, Dieu jamais ni ne s'irriter,

nec nocere. Quid autem iratus plus nocere Jupiter potuisset,
quam nocuit sibi ipse Regulus? Nulla igitur vis fuit religionis,
quæ tantam utilitatem perverteret. An, ne turpiter faceret?
Primum, minima de malis. Num igitur tantum mali turpitudo
ista habebat quantum ille cruciatus? Deinde illud etiam apud
Attium,

Fregisti fidem[1].

— Neque dedi, neque do infideli cuiquam,

quanquam ab impio rege dicitur, luculente tamen dicitur.
Addunt etiam, quemadmodum nos dicamus videri quædam
utilia quæ non sint, sic se dicere videri quædam honesta quæ
non sint : ut hoc ipsum videtur honestum, conservandi jurisjurandi causa ad cruciatum revertisse; sed fit non honestum,
quia, quod per vim hostium esset actum, ratum esse non debuit. Addunt etiam, quidquid valde utile sit, id fieri honestum, etiamsi antea non videretur. Hæc fere contra Regulum.
Sed prima videamus.

sonne. Au pis aller, la colère de Jupiter aurait-elle fait à Régulus
plus de mal qu'il ne s'en fit lui-même? La religion du serment
n'avait donc rien qui pût le détourner d'un parti si utile. On dit qu'il
se serait couvert d'infamie? D'abord, de deux maux il faut choisir le
moindre. Or y avait-il autant de mal dans cette infamie que dans les
supplices qu'on lui fit souffrir? D'ailleurs, ne pouvait-il pas répondre
comme dans Attius :

Parjure! — Moi?
Le perfide jamais n'eut et n'aura ma foi.

Cette réponse, quoique faite par un roi impie, ne laisse pas d'avoir
sa vérité. On ajoute que, comme nous disons qu'il y a des choses qui
paraissent utiles et qui ne le sont pas, de même il y en a qui paraissent honnêtes et qui ne le sont nullement; qu'ainsi, quoiqu'il paraisse
honnête de se livrer aux ennemis et de s'exposer aux tourments les
plus cruels plutôt que de manquer à son serment, l'honnêteté n'exige
pas cela de nous, parce qu'un serment extorqué par force n'oblige
point. Enfin on dit que toute chose qui est très-utile devient par cela
seul honnête, lors même qu'elle ne semblait pas telle auparavant.
Voilà à peu près toutes les objections que l'on fait contre Régulus.
Examinons d'abord les premières.

nec nocere.	ni ne faire-du-mal.
Quid autem Jupiter iratus	Mais en quoi Jupiter irrité
potuisset nocere plus	aurait-il pu faire-du-mal plus
quam Regulus ipse	que Régulus lui-même
nocuit sibi?	n'a fait-du-mal à lui-même?
Nulla igitur vis religionis	Donc aucune influence de religion
fuit,	ne fut,
quæ perverteret	qui renversât
tantam utilitatem.	une-si-grande utilité. [honteusement?
An ne faceret turpiter?	Est-ce que c'était pour qu'il n'agît pas
Primum,	D'abord, [choisis.
minima de malis.	les moindres d'entre les maux doivent être
Num igitur ista turpitudo	Est-ce que donc cette honte
habebat tantum mali	avait (présentait) autant de mal
quantum ille cruciatus?	que cette torture?
Deinde illud etiam	Ensuite ce mot-là aussi
apud Attium :	dans Attius :
« Fregisti fidem.	« Tu as rompu ta foi.
— Neque dedi, neque do	— Et je ne t'ai donnée, et je ne la donne
cuiquam infideli, »	à personne manquant-de-foi, »
quanquam dicitur	quoiqu'il soit dit
a rege impio,	par un roi impie,
dicitur tamen luculente.	est dit cependant excellemment.
Addunt etiam,	Ils ajoutent encore,
quemadmodum nos	comme nous
dicamus	nous dirions
quædam videri utilia	certaines choses paraître utiles
quæ non sint,	qui ne le seraient pas,
sic se dicere	ainsi eux-mêmes dire
quædam videri honesta	certaines choses paraître utiles
quæ non sint :	qui ne le seraient pas :
ut hoc ipsum	comme ceci même
videtur honestum,	paraît honnête,
revertisse ad cruciatum	d'être retourné à la torture
causa conservandi	en vue de garder
jurisjurandi;	le serment;
sed fit non honestum,	mais cela devient non honnête,
quia, quod actum esset	parce que, ce qui avait été fait
per vim hostium,	au-moyen-de la violence des ennemis,
non debuit esse ratum.	n'a pas dû être ratifié.
Addunt etiam,	Ils ajoutent encore
quidquid sit valde utile,	tout ce qui est fort utile,
id fieri honestum,	cela devenir honnête,
etiamsi	bien que cela
non videretur antea.	ne le parût pas auparavant. [lus.
Hæc fere contra Regulum.	On dit ces choses à-peu-près contre Régu-
Sed videamus prima.	Mais voyons les premières objections.

XXIX. Non fuit Jupiter metuendus, ne iratus noceret: qui neque irasci solet neque nocere. Hæc quidem ratio non magis contra Regulum quam contra omne jusjurandum valet. Sed in jurejurando, non qui metus, sed quæ vis sit, debet intelligi. Est enim jusjurandum affirmatio religiosa. Quod autem affirmate, quasi Deo teste, promiseris, id tenendum est. Jam enim non ad iram Deorum, quæ nulla est, sed ad justitiam et ad fidem pertinet. Nam præclare Ennius :

O fides alma, apta pinnis, et jusjurandum Jovis !

Qui jus igitur jurandum violat, is fidem violat quam in Capitolio vicinam Jovis Optimi Maximi, ut in Catonis oratione est, majores nostri esse voluerunt. At enim ne iratus quidem Jupiter plus Regulo nocuisset quam sibi nocuit ipse Regulus. Certe, si nihil malum esset, nisi dolere. Id autem non modo non summum malum, sed ne malum quidem esse maxima auctoritate philosophi affirmant ; quorum quidem testem non

XXIX. On dit que Régulus n'avait pas à craindre la colère de Jupiter, qui n'est capable ni de se mettre en colère ni de faire aucun mal à personne. Mais en premier lieu, cela n'a pas plus de force contre le serment de Régulus que contre tout autre. D'ailleurs ce qu'on doit considérer dans le serment, c'est sa valeur, et non pas la crainte du châtiment. Le serment est une affirmation religieuse. Or ce qu'on affirme de cette sorte et dont on prend Dieu même à témoin, il faut le tenir, non par la crainte de la colère céleste, qui n'existe pas, mais par respect pour la justice et la bonne foi. Ennius a eu raison de s'écrier :

Déesse aux ailes d'or, fille de Jupiter,
Foi sublime !

Quiconque viole son serment viole donc la foi ; cette foi dont nos pères, comme Caton le remarque dans une de ses harangues, ont placé la statue au Capitole tout auprès de celle de Jupiter. On ajoute que la colère même de Jupiter n'aurait pas fait plus de mal à Régulus qu'il ne s'en fit lui-même. Sans doute, s'il n'y avait point d'autre mal que la douleur. Mais de très-grands philosophes soutiennent que, loin d'être le plus grand des maux, la douleur n'est pas même

XXIX. Jupiter   XXIX. Jupiter

non metuendus fuit,	n'a pas dû être craint,
ne iratus noceret;	de-peur qu'irrité il ne fît-du-mal;
qui solet	lui qui n'a-coutume
neque irasci neque nocere.	ni de s'irriter ni de faire-du-mal.
Hæc ratio quidem	Ce raisonnement à la vérité
non valet magis	n'a-pas-de-force plus
contra Regulum	contre Régulus
quam contra	que contre
omne jusjurandum.	tout serment.
Sed in jurejurando	Mais dans un serment
debet intelligi	il doit être compris
non qui metus,	non quelle crainte,
sed quæ vis sit.	mais quelle valeur est.
Jusjurandum enim	Le serment en effet
est affirmatio religiosa.	est une affirmation religieuse.
Quod autem promiseris	Or ce que tu auras promis
affirmate,	avec-affirmation,
quasi Deo teste,	comme Dieu *étant* témoin,
id tenendum est.	cela doit être gardé.
Jam enim pertinet	Désormais en effet *cela* se rapporte
non ad iram deorum,	non à la colère des dieux,
quæ est nulla,	qui est nulle,
sed ad justitiam et ad fidem.	mais à la justice et à la bonne-foi.
Nam Ennius præclare :	Car Ennius *a dit* d'une-manière-brillante :
« O fides alma,	« O bonne-foi bienfaisante,
apta pinnis,	munie d'ailes,
et jusjurandum Jovis! »	et serment de Jupiter! »
Qui igitur violat	Celui donc qui viole
jusjurandum,	le serment,
is violat fidem,	celui-là viole la bonne-foi,
quam nostri majores,	que nos ancêtres,
ut est in oratione Catonis,	comme *cela* est dans le discours de Caton,
voluerunt esse vicinam	ont voulu être voisine
Jovis Optimi Maximi	de Jupiter Très-bon Très-grand
in Capitolio.	dans le capitole.
At enim	Mais en effet (mais, dira-t-on)
ne Jupiter quidem iratus	pas même Jupiter irrité
nocuisset plus Regulo	n'aurait fait-du-mal plus à Régulus
quam Regulus ipse	que Régulus lui-même
nocuit sibi.	n'a fait-du-mal à lui-même.
Certe, si nihil esset malum,	Assurément, si rien n'était du mal, [leur.
nisi dolere.	si-ce-n'est (excepté) éprouver-de-la-dou-
Philosophi autem	Or des philosophes
summa auctoritate	de la plus haute autorité
affirmant non modo	affirment non-seulement
non malum summum,	*cela* n'*être* pas le mal suprême,

25

mediocrem, sed haud scio an gravissimum, Regulum, nolite,
quæso, vituperare. Quem enim locupletiorem quærimus quam
principem populi Romani, qui, retinendi officii causa, cruciatum subierit voluntarium ? Nam quod aiunt, minima de
malis, id est ut turpiter potius quam calamitose : an est ullum
majus malum turpitudine ? Quæ si in deformitate corporis habet
aliquid offensionis, quanta illa depravatio et fœditas turpificati
animi debet videri ? Itaque, nervosius qui ista disserunt, solum audent malum dicere id quod turpe sit; qui autem remissius, hi tamen non dubitant summum malum dicere. Nam
illud quidem,

> Neque dedi, neque do fidem infideli cuiquam,

idcirco recte a poeta dicitur, quia, quum tractaretur Atreus,
personæ serviendum fuit. Sed, si hoc sibi sumunt, nullam esse
fidem quæ infideli data sit, videant ne quæratur latebra per-

un mal ; et cela nous est confirmé non par un témoin vulgaire, mais
par le témoin le plus grave que nous puissions désirer, Régulus lui-
même. J'espère que vous ne le récuserez pas. Quel témoin, en effet,
plus irréprochable que le premier citoyen de la république, qui, plutôt que de manquer à son devoir, s'expose volontairement aux plus
cruelles douleurs? On dit que de deux maux il faut choisir le
moindre, c'est-à-dire la honte plutôt que le malheur. Mais y a-t-il
un plus grand mal que l'ignominie? Si nous sommes choqués de la
difformité du corps, combien plus le devons-nous être de la laideur
et de la dépravation de l'âme ! Aussi voyons-nous que ceux d'entre
les philosophes qui ont traité ce sujet avec le plus de sévérité, n'hésitent pas à dire qu'il n'y a point d'autre mal que ce qui est contraire à l'honnêteté ; et ceux même qui en parlent avec le plus d'indulgence conviennent que c'est le plus grand de tous les maux.
Cette autre parole :

> Le perfide jamais n'eut ou n'aura ma foi.

est bien de la part du poëte, qui, faisant parler Atrée, devait s'accommoder au personnage. Mais si l'on en conclut que la foi donnée
à quelqu'un qui n'en a point est nulle , c'est chercher une excuse au

sed ne esse quidem malum ;
quorum quidem
nolite vituperare, quæso,
testem non mediocrem,
sed haud scio
an gravissimum,
Regulum.
Quem enim locupletiorem
quærimus
quam principem
populi Romani,
qui subierit
cruciatum voluntarium
causa retinendi officii ?
Nam quod aiunt,
minima de malis,
id est ut turpiter
potius quam calamitose :
an est ullum malum
majus turpitudine ?
Quæ si habet
aliquid offensionis
in deformitate corporis,
quanta debet videri
illa depravatio et fœditas
animi turpificati ?
Itaque, qui disserunt ista
nervosius,
audent dicere id solum
quod sit turpe
malum ;
qui autem remissius,
hi tamen non dubitant
dicere malum summum.
Nam illud quidem :
« Neque dedi, neque do
cuiquam infideli, »
dicitur recte a poeta
idcirco, quia,
quum Atreus tractaretur,
serviendum fuit personæ.
Sed, si sumunt hoc sibi,
fidem quæ data sit
infideli
esse nullam,
videant ne latebra
quæratur perjurio.

mais n'être pas même un mal ;
desquels à la vérité
ne-veuillez-pas blâmer, je *vous* prie,
un témoin non médiocre,
mais je ne sais pas
si *ce n'est pas* le plus imposant,
Régulus.
En effet quel *témoin* plus grave
cherchons-nous
qu'un premier-citoyen
du peuple romain,
qui a subi
une torture volontaire
en vue de garder (d'observer) le devoir ?
Car ce qu'ils disent,
choisir les moindres d'entre les maux,
c'est-à-dire que *l'on agisse* laidement
plutôt que malheureusement :
est-ce qu'il est aucun mal
plus grand que la laideur *morale*?
Laquelle si elle a
quelque chose de choquant
dans la difformité du corps,
combien-grande doit paraître
cette difformité et *cette* hideur
d'une âme enlaidie?
C'est-pourquoi ceux qui exposent ces *sujets*
avec-plus-de-nerf,
osent dire cela seul
qui est honteux
être un mal ;   [relâchement,
mais ceux qui *les exposent* avec-plus-de-
ceux-ci cependant n'hésitent pas
à dire *que c'est* le mal suprême.
Car cette *parole* à la vérité :
« Et je ne *l'*ai donnée, et je ne *la* donne
à personne manquant-de-foi, »
est dite bien par le poëte
pour—cela, parce que,
comme Atrée était traité,
il a fallu se conformer au personnage.
Mais, s'ils prennent cela pour eux-mêmes,
la foi qui a été donnée
à un *homme* manquant-de-foi
être nulle,   [chette (excuse)
qu'ils voient (prennent garde) qu'une ca-
ne soit cherchée pour le parjure.

jurio. Est autem jus etiam bellicum fidesque jurisjurandi sæpe
cum hoste servanda. Quod enim ita juratum est, ut mens
conciperet fieri oportere, id servandum est ; quod aliter, id si
non feceris, nullum est perjurium. Ut, si prædonibus pactum
pro capite pretium non attuleris, nulla fraus est, ne si juratus
quidem id non feceris. Nam pirata non est ex perduellium
numero definitus, sed communis hostis omnium. Cum hoc nec
fides debet nec jusjurandum esse commune. Non enim falsum
jurare pejerare est ; sed, quod ex animi tui sententia juraris,
sicut verbis concipitur more nostro, id non facere perjurium
est. Scite enim Euripides :

> Juravi lingua[1], mentem injuratam gero.

Regulus vero non debuit conditiones pactionesque bellicas et
hostiles perturbare perjurio. Cum justo enim et legitimo hoste
res gerebatur, adversus quem et totum jus feciale et multa

parjure. La guerre même a ses lois, et il est bien peu de cas où
l'on ne soit obligé de garder la parole donnée à l'ennemi. Toutes
les fois, par exemple, que le serment a été fait de telle sorte que
celui qui l'a reçu a dû s'attendre que vous l'exécuteriez, vous êtes
tenu de l'accomplir. Hors de là, vous n'y êtes pas obligé, et vous
pouvez y manquer sans vous parjurer. C'est ainsi que vous pouvez,
sans parjure, ne pas payer à un pirate ce que vous lui auriez promis,
même avec serment, pour racheter votre vie ; car le pirate n'est pas
au nombre des ennemis de guerre : il est l'ennemi commun de tous
les hommes, et par conséquent il ne peut y avoir avec lui ni foi ni
serment. Faire un serment simulé n'est pas se parjurer ; mais après
avoir juré, comme nous disons, *en sa conscience*, tout manquement
de parole est un parjure.

> Si ma bouche a juré, mon cœur ne jura point,

dit avec raison Euripide. Mais Régulus ne devait pas violer par un
parjure les pactes et les conventions qui s'observent même entre ennemis. Il avait affaire à un ennemi légitime, envers lequel le droit fé-

Jus autem bellicum etiam	Mais le droit de-la-guerre aussi
fidesque jurisjurandi	et la foi du serment
servanda est sæpe	doit être gardée souvent
cum hoste.	avec l'ennemi.
Quod enim juratum est ita	En effet ce qui a été juré de-telle-sorte
ut mens conciperet	que l'esprit comprît
oportere fieri,	falloir se faire (qu'il fallait que cela se fît),
id servandum est;	cela doit être observé;
quod aliter,	ce qui a été juré autrement,
si non feceris id,	si tu n'as pas fait cela,
est nullum perjurium.	il n'y a aucun parjure.
Ut, si non attuleris	Comme, si tu n'as pas apporté
prædonibus	à des pirates
pretium pactum	le prix convenu
pro capite,	pour ta tête,
est nulla fraus,	il n'y a aucune perfidie,
ne si quidem juratus	pas même si ayant-prêté serment
non feceris id.	tu n'as pas fait cela.
Nam pirata	Car un pirate
non est definitus	n'est pas compris
ex numero perduellium,	du (au) nombre des ennemis-de-guerre,
sed hostis communis	mais est l'ennemi commun
omnium.	de tous.
Nec fides nec jusjurandum	Ni foi ni serment
debet esse commune	ne doit être commun
cum hoc.	avec celui-ci.
Jurare enim falsum	En effet jurer une chose fausse
non est pejerare;	n'est pas se parjurer;
sed quod juraris	mais ce que tu as juré [science),
ex sententia animi,	d'après le sentiment de ton âme ta con--
sicut concipitur verbis	comme cela est enfermé dans des paroles
nostro more,	selon notre coutume,
non facere id	ne pas faire cela
est perjurium.	est un parjure.
Euripides enim scite:	Euripide en effet a dit avec-talent:
« Juravi lingua;	« J'ai juré de la langue (de bouche);
gero mentem injuratam. »	je porte une âme qui-n'a-pas-juré. »
Regulus vero non debuit	Or Régulus n'a pas dû
perturbare perjurio	bouleverser par un parjure
conditiones pactionesque	les conditions et les conventions
bellicas et hostiles.	de-guerre et d'ennemi.
Res enim gerebatur	En effet la chose se faisait
cum hoste justo et legitimo,	avec un ennemi régulier et légitime,
adversus quem	envers lequel
et totum jus feciale	et tout le droit fécial
et multa jura	et beaucoup de droits
sunt communia.	sont communs.

sunt jura communia. Quod ni ita esset, nunquam claros viros senatus vinctos hostibus dedidisset [1].

XXX. At vero T. Veturius et Spurius Postumius, quum iterum consules essent, quia, quum male pugnatum apud Caudium esset, legionibus nostris sub jugum missis, pacem cum Samnitibus fecerant, dediti sunt his; injussu enim populi senatusque fecerant. Eodemque tempore T. Numicius et Q. Æmilius, qui tum tribuni plebis erant, quod eorum auctoritate pax erat facta, dediti sunt, ut pax Samnitium repudiaretur. Atque hujus deditionis ipse Postumius, qui dedebatur, suasor et auctor fuit. Quod idem multis annis post C. Mancinus [2], qui, ut Numantinis, quibuscum sine senatus auctoritate fœdus fecerat, dederetur, rogationem suasit eam, quam Lucius Furius et S. Attilius [3] ex senatusconsulto ferebant; qua accepta, est hostibus deditus. Honestius hic quam Q. Pompeius [4], quo,

cial et plusieurs autres droits étaient applicables. S'il n'en était pas ainsi, on n'aurait pas vu le sénat, dans de certaines occasions, livrer à l'ennemi des citoyens illustres.

XXX. L. Véturius et Sp. Postumius, tous deux consuls pour la seconde fois, furent livrés aux Samnites, parce qu'après le désastre de Caudium, où nos légions avaient été passées sous le joug, ils avaient conclu la paix sans l'autorisation du sénat et du peuple. En même temps, T. Numicius et Q. Émilius, tribuns du peuple, qui avaient autorisé cette paix, furent livrés aussi, afin que le traité se trouvât annulé. Et cette résolution fut prise par le conseil même de Postumius, qui devait en être victime. De longues années après, C. Mancinus, ayant aussi fait la paix avec Numance sans l'ordre du sénat, demanda à être livré à l'ennemi, et appuya la proposition que le sénat en fit faire au peuple par L. Furius et Sext. Attilius. Cette proposition fut acceptée, et Mancinus livré aux Numantins. Sa conduite fut plus honorable que celle de Q. Pompée, qui, dans une circonstance sem-

Quod ni esset ita,	Si cela n'était pas ainsi,
nunquam senatus	jamais le sénat
dedidisset vinctos hostibus	n'aurait livré enchaînés aux ennemis
viros claros.	des hommes illustres.
XXX. At vero	XXX. Mais en vérité
T. Veturius	T. Véturius
et Spurius Postumius,	et Spurius Postumius,
quum essent consules	lorsqu'ils étaient consuls
iterum,	pour-la-seconde-fois,
quia, quum pugnatum esset	parce que, après qu'il avait été combattu
male	malheureusement
apud Caudium,	auprès de Caudium,
nostris legionibus	nos légions
missis sub jugum,	ayant été envoyées sous le joug,
fecerant pacem	ils avaient fait la paix
cum Samnitibus,	avec les Samnites,
dediti sunt his;	furent livrés à ceux-ci;
fecerant enim	en effet ils avaient fait *cette paix*
injussu populi senatusque.	sans-l'ordre du peuple et du sénat.
Eodemque tempore	Et dans le même temps
T. Numicius et Q. Æmilius,	T. Numicius et Q. Émilius,
qui erant tum	qui étaient alors
tribuni plebis,	tribuns du peuple,
quod pax facta erat	parce que la paix avait été faite
auctoritate eorum,	avec la sanction d'eux,
dediti sunt,	furent livrés,
ut pax Samnitium	afin que la paix des (avec les) Samnites
repudiaretur.	fût rejetée.
Atque Postumius ipse,	Et Postumius lui-même,
qui dedebatur,	qui était livré,
fuit suasor et auctor	fut le conseiller et le promoteur
hujus deditionis:	de cette extradition.
Quod idem	Laquelle même chose *fit*
multis annis post	de nombreuses années après
C. Mancinus, qui,	C. Mancinus, qui,
ut dederetur Numantinis,	pour qu'il fût livré aux Numantins,
quibuscum fecerat fœdus	avec lesquels il avait fait un traité
sine auctoritate senatus,	sans l'autorisation du sénat,
suasit eam rogationem,	conseilla (soutint) cette motion,
quam Lucius Furius	que Lucius Furius
et S. Attilius	et S. Attilius
ferebant	portaient (présentaient)
ex senatusconsulto;	d'après un sénatus-consulte;
qua accepta,	laquelle ayant été accueillie,
deditus est hostibus.	il fut livré aux ennemis.
Hic honestius	Celui-ci *agit* plus honnêtement
quam Q. Pompeius,	que Q. Pompée,

quum in eadem causa esset, deprecante, accepta lex non est. Hic ea quæ videbatur utilitas plus valuit quam honestas; apud superiores, utilitatis species falsa ab honestatis auctoritate superata est.

At non debuit ratum esse quod erat actum per vim. Quasi vero forti viro vis possit adhiberi. Cur igitur ad senatum proficiscebatur, quum præsertim de captivis dissuasurus esset? Quod maximum in eo est, id reprehenditis. Non enim suo judicio stetit, sed suscepit causam, ut esset judicium senatus; cui nisi ipse auctor fuisset, captivi profecto Pœnis redditi essent. Ita incolumis in patria Regulus restitisset. Quod quia patriæ non utile putavit, idcirco sibi honestum et sentire illa et pati credidit. Nam quod aiunt, quod valde utile sit, id fieri honestum, imo vero esse, non fieri. Est enim nihil utile, quod

blable, demanda grâce et fit rejeter la loi. Pour ce dernier, une apparence d'utilité l'emporta sur l'honnête, tandis que, pour les premiers, l'honnête l'emporta sur la fausse apparence de l'utilité.

Mais, dit-on, le serment de Régulus était nul, puisqu'il lui avait été arraché par la force. Comme si la force pouvait quelque chose sur un grand cœur! Mais pourquoi venir vers le sénat, dit-on encore, s'il n'avait pas d'autre conseil à donner que de ne pas rendre les prisonniers? C'est le blâmer de ce qu'il y a de plus beau dans son action. Il ne voulut pas s'en tenir à son jugement, mais il se chargea de cette mission pour laisser la décision au sénat, qui, sans l'influence de son autorité, eût certainement rendu les prisonniers. Régulus alors pouvait rester sain et sauf dans sa patrie. Mais comme il croyait que ce n'était pas utile à sa patrie, il trouva honnête d'ouvrir l'avis qu'il ouvrit et de se résigner au supplice. On ajoute qu'une chose qui est très-utile devient honnête; à quoi je réponds qu'elle est honnête, mais ne le devient pas. En effet, une chose qui n'est pas

quo, quum esset	lequel, comme il était
in eadem causa,	dans le même cas,
deprecante,	détournant-par-ses-prières,
lex non accepta est.	la loi ne fut pas accueillie.
Hic ea utilitas	Ici cette utilité
quæ videbatur	qui paraissait *être*
valuit plus quam honestas ;	eut-force plus que l'honnêteté ;
apud superiores,	chez les prédécesseurs,
falsa species utilitatis	une fausse apparence d'utilité
superata est	fut vaincue
ab auctoritate honestatis.	par l'autorité de l'honnêteté.
At	Mais, *dit-on*,
quod actum erat per vim	ce qui avait été fait par contrainte
non debuit esse ratum.	n'a pas dû être ratifié.
Quasi vero vis	Comme-si en vérité la contrainte [geux.
possit adhiberi viro forti.	pouvait être appliquée à l'homme coura-
Cur igitur	Pourquoi donc
proficiscebatur	partait-il
ad senatum,	vers le sénat,
præsertim	surtout
quum dissuasurus esset	puisqu'il devait déconseiller
de captivis ?	au-sujet-des prisonniers ?
Reprehenditis id,	Vous reprenez (blâmez) cela,
quod est maximum in eo.	qui est le plus grand en lui.
Non enim stetit	En effet il ne s'en tint pas
suo judicio,	à son jugement (sentiment),
sed suscepit causam,	mais se chargea de la cause,
ut esset judicium senatus ;	afin qu'il y eût jugement du sénat ;
cui nisi ipse	auquel si lui-même
fuisset auctor,	n'avait été conseiller,
captivi profecto	les prisonniers assurément
redditi essent Pœnis.	auraient été rendus aux Carthaginois.
Ita Regulus	Ainsi Régulus
restitisset incolumis	serait resté sain-et-sauf
in patria.	dans *sa* patrie.
Quod quia non putavit	Laquelle chose parce qu'il ne pensa pas
utile patriæ,	*être* utile à *sa* patrie,
idcirco	pour-cela
credidit honestum sibi	il crut honnête pour lui-même
et sentire	et de donner-comme-avis
et pati illa.	et de souffrir ces choses.
Nam quod aiunt,	Car ce qu'on dit,
quod sit valde utile,	ce qui est fort utile,
id fieri honestum,	cela devenir honnête,
imo vero esse,	au-contraire en vérité *je dis cela* l'être,
non fieri.	non pas *le* devenir.
Nihil enim est utile,	Rien en effet n'est utile,

idem non honestum : nec, quia utile, honestum est; sed,, quia honestum, utile. Quare, ex multis mirabilibus exemplis, haud facile quis dixerit hoc exemplo aut laudabilius aut præstantius.

XXXI. Sed, ex tota hac laude Reguli, unum illud est admiratione dignum, quod captivos retinendos censuerit. Nam, quod rediit, nobis nunc mirabile videtur; illis quidem temporibus aliter facere non potuit. Itaque ista laus non est hominis, sed temporum. Nullum enim vinculum ad adstringendam fidem jurejurando majores arctius esse voluerunt. Id indicant leges in xii tabulis, indicant sacratæ, indicant fœdera, quibus etiam cum hoste devincitur fides, indicant notiones animadversionesque censorum, qui nulla de re diligentius quam de jurejurando judicabant. L. Manlio, Auli filio, quum dictator fuisset, M. Pomponius, tribunus plebis, diem dixit,

honnête ne saurait être utile, et si elle est honnête, ce n'est point parce qu'elle est utile, mais elle n'est utile que parce qu'elle est honnête. Aussi, parmi beaucoup d'exemples admirables , je ne sais si l'on pourrait en trouver un plus beau, plus digne d'éloges, que celui de Régulus.

XXXI. Dans toute la conduite de ce grand homme, il n'y a donc rien de plus beau et de plus admirable que d'avoir conseillé de ne pas rendre les prisonniers. Car d'être retourné à Carthage, cela nous paraît admirable aujourd'hui ; mais en ce temps-là il ne pouvait s'en dispenser, et c'est le siècle qu'il faut louer plutôt que l'homme. En effet, nos pères ont toujours regardé le serment comme le plus inviolable de tous les engagements; c'est ce que nous indiquent les lois des Douze tables, les lois sacrées, l'exactitude religieuse avec laquelle on observait les traités faits avec l'ennemi , enfin les notes d'infamie et les peines infligées par les censeurs, qui ne punissaient rien si rigoureusement que l'infraction du serment. L. Manlius , fils d'Aulus, qu'on avait créé dictateur, ayant exercé cette charge quel-

quod idem non honestum :	qui le même (en même temps) ne *soit* hon-
nec est honestum	et *cela* n'est pas honnête [nête :
quia utile;	parce que *cela est* utile ;
sed utile	mais *cela est* utile
quia honestum.	parce que *cela est* honnête.
Quare, ex multis exemplis	C'est-pourquoi, de nombreux exemples
mirabilibus,	admirables,
quis haud dixerit facile	quelqu'un n'aurait pas dit facilement
aut laudabilius	un *exemple* ou plus louable
aut præstantius	ou plus éminent
hoc exemplo.	que cet exemple.
XXXI. Sed,	XXXI. Mais,
ex tota hac laude	de toute cette gloire
Reguli,	de Régulus,
illud unum	cela seul
est dignum admiratione,	est digne d'admiration,
quod censuerit	qu'il ait opiné
captivos retinendos.	les prisonniers devoir être gardés.
Nam, quod rediit,	Car, de ce qu'il est revenu *à Carthage*,
videtur mirabile	*cela* paraît admirable
nobis nunc ;	à nous maintenant ;
illis quidem temporibus	certes, dans ces temps-là
non potuit facere aliter.	il ne put pas faire autrement.
Itaque ista laus	C'est-pourquoi cette gloire
non est hominis,	n'est pas *la gloire* de l'homme,
sed temporum.	mais des temps.
Majores enim voluerunt	En effet *nos* ancêtres ont voulu
nullum vinculum	aucun lien
esse arctius jurejurando	n'être plus étroit que le serment
ad adstringendam fidem.	pour enchaîner la foi.
Leges in duodecim tabulis	Les lois dans les douze tables
indicant id,	indiquent cela,
sacratæ indicant,	les *lois* sacrées *l*'indiquent,
fœdera indicant,	les traités *l*'indiquent,
quibus fides devincitur	par lesquels la foi est enchaînée
etiam cum hoste,	même avec l'ennemi,
notiones	les actes-de-juridiction
animadversionesque	et les punitions
censorum	des censeurs
indicant,	*l*'indiquent,
qui judicabant de nulla re	*eux* qui ne jugeaient sur aucune chose
diligentius	plus exactement
quam de jurejurando.	que sur le serment.
M. Pomponius,	M. Pomponius,
tribunus plebis,	tribun du peuple,
dixit diem L. Manlio,	assigna un jour à L. Manlius,
filio Auli,	fils d'Aulus,

quod is paucos sibi dies ad dictaturam gerendam addidisset;
criminabatur etiam quod Titum, filium, qui postea est Torquatus appellatus, ab hominibus relegasset et ruri habitare
jussisset. Quod quum audivisset adolescens filius, negotium
exhiberi patri, accurrisse Romam et cum prima luce Pomponii
domum venisse dicitur. Cui quum esset nuntiatum, quod
illum iratum allaturum ad se aliquid contra patrem arbitra-
retur, surrexit e lectulo, remotisque arbitris, ad se adoles-
centem jussit venire. At ille, ut ingressus est, confestim
gladium destrinxit, juravitque se illum statim interfecturum,
nisi jusjurandum sibi dedisset, se patrem missum esse facturum. Juravit hoc coactus terrore Pomponius. Rem ad populum detulit; docuit cur sibi a causa desistere necesse esset;
Manlium missum fecit : tantum temporibus illis jusjurandum

ques jours au delà du temps pour lequel elle lui avait été donnée,
M. Pomponius, tribun du peuple, lui intenta une action; il l'accu-
sait en même temps de dureté envers Titus son fils, surnommé depuis Torquatus, qu'il tenait comme relégué à la campagne, loin du
commerce des hommes. Instruit du procès que l'on faisait à son père,
le jeune Titus accourut à Rome, se présenta dès le point du jour à
la maison de Pomponius, qui était encore au lit, et demanda à lui
parler. Pomponius, croyant que Titus, irrité contre son père, venait
lui porter ses plaintes, se lève aussitôt, fait retirer tout le monde,
et ordonne qu'on introduise le jeune homme. Alors Titus tire son
épée et jure qu'il tuera le tribun sur l'heure, s'il ne lui fait pas le
serment de renoncer à l'accusation. Pomponius, saisi de frayeur,
prononce le serment et va ensuite faire son rapport au peuple, l'instruisant de la nécessité qui le contraignait d'abandonner ses pour-
suites : tant on mettait de religion alors à observer le serment! Ce

quum fuisset dictator,	après qu'il eut été dictateur,
quod is	parce que celui-ci
addidisset sibi paucos dies	avait ajouté à lui-même quelques jours
ad gerendam dictaturam ;	pour exercer la dictature ;
criminabatur etiam	il *l'*incriminait en outre
quod relegasset	parce qu'il avait éloigné
ab hominibus	des hommes
et jussisset habitare ruri	et avait ordonné habiter à la campagne
Titum filium,	Titus *son* fils,
qui postea	qui dans-la-suite
appellatus est Torquatus.	fut appelé Torquatus.
Quod quum filius	Ce que lorsque le fils
adolescens	jeune-homme
audivisset,	eut appris,
negotium exhiberi patri,	une affaire être suscitée à *son* père,
dicitur accurrisse Romam	il est dit-être accouru à Rome
et cum prima luce	et avec la première lueur *du jour*
venisse domum Pomponii.	être venu à la maison de Pomponius.
Cui quum nuntiatum esset,	Auquel lorsque *cela* eut été annoncé,
quod arbitrāretur	parce qu'il présumait
illum iratum	celui-là irrité [chose
allaturum ad se aliquid	devoir apporter à lui—même quelque
contra patrem,	contre *son* père,
surrexit lectulo,	il se leva de *son* lit,
arbitrisque remotis,	et les témoins ayant été écartés,
jussit adolescentem	il ordonna le jeune-homme
venire ad se.	venir vers lui-même.
At ille, ut ingressus est,	Mais celui-là, dès qu'il fut entré,
confestim	aussitôt
destrinxit gladium,	tira une épée,
juravitque	et jura
se interfecturum statim	lui-même devoir tuer sur-le-champ
illum,	celui-là (le tribun),
nisi dedisset jusjurandum	s'il n'avait donné serment
sibi,	à lui-même,
se	lui-même (le tribun) [suivre)
facturum esse missum	devoir faire renvoyé (renoncer à pour-
patrem.	*son* père.
Pomponius	Pomponius
coactus hoc terrore	contraint par cette terreur
juravit.	jura.
Detulit rem ad populum ;	Il rapporta l'affaire au peuple ;
docuit	il *lui* apprit
cur esset necesse sibi	pourquoi il était nécessaire à lui-même
desistere a causa ;	de se désister de la cause ; [lius :
fecit Manlium missum :	il fit renvoyé (cessa de poursuivre) Man-
tantum jusjurandum	tant le serment

valebat. Atque hic T. Manlius is est qui ad Anienem Galli, quem ab eo provocatus occiderat, torque detracto, cognomen invenit; cujus tertio consulatu Latini ad Veserim [1] fusi et fugati : magnus vir in primis, et qui, perindulgens in patrem, idem acerbe severus [2] in filium.

XXXII. Sed, ut laudandus Regulus in conservando jurejurando, sic decem illi, quos post Cannensem pugnam juratos ad senatum misit Annibal, se in castra redituros ea quorum potiti erant Pœni, nisi de redimendis captivis impetravissent, si non redierunt, vituperandi. De quibus non omnes uno modo. Nam Polybius, bonus auctor in primis, scribit ex decem nobilissimis, qui tum erant missi, novem revertisse, a senatu re non impetrata; unum ex decem, qui paulo post quam egressus erat e castris redisset, quasi aliquid esset

---

T. Manlius est le même qui, provoqué auprès de l'Anio par un Gaulois, le tua et lui ôta ce collier qui lui valut un surnom. Ce fut lui qui, étant consul pour la troisième fois, défit les Sabins auprès du Véséris. Ce fut un de nos plus grands hommes ; mais autant il avait été doux envers son père, autant il fut impitoyablement sévère envers son fils.

XXXII. Mais autant Régulus s'est acquis de gloire en restant fidèle à son serment, autant ces dix autres prisonniers qu'Annibal, après la bataille de Cannes, envoya vers le sénat pour négocier un échange, se sont attiré de honte, s'il est vrai qu'ils aient juré de retourner dans le camp, au cas où leur mission échouerait, et qu'ils ne l'aient pas fait. C'est sur quoi les historiens ne sont pas d'accord. Polybe, un des meilleurs, dit que de ces dix Romains, l'élite des prisonniers, envoyés par Annibal, neuf s'en retournèrent, le sénat ayant refusé l'échange, et que le dixième resta à Rome ; il se prétendait délié de son serment, parce qu'après être sorti du camp il y était rentré, sous prétexte qu'il avait oublié quelque chose. Prétention

valebat illis temporibus.	avait-de-force dans ces temps-là.
Atque hic T. Manlius est is	Et ce T. Manlius est celui
qui, torque Galli,	qui, le collier d'un Gaulois,
quem ad Anienem	lequel auprès de l'Anio
provocatus ab eo occiderat,	provoqué par lui il avait tué,
detracto,	étant enlevé,
invenit cognomen;	trouva un surnom;
tertio consulatu cujus	sous le troisième consulat duquel
Latini fusi	les Latins *furent* mis-en-déroute
et fugati ad Veserim :	et mis-en-fuite près du Véséris :
magnus vir in primis,	grand homme entre les premiers,
et qui,	et qui,
perindulgens in patrem,	très-indulgent envers *son* père,
idem acerbe severus	le même *fut* cruellement sévère
in filium.	envers *son* fils.
XXXII. Sed, ut Regulus	XXXII. Mais, comme Régulus
laudandus	doit être loué
in jurejurando	dans le serment
conservando,	devant être observé,
sic illi decem,	ainsi ces dix *soldats*,
quos Annibal	qu'Annibal
post pugnam Cannensem	après la bataille de-Cannes
misit ad senatum	envoya vers le sénat
juratos	ayant prêté-serment
se redituros in ea castra,	eux-mêmes devoir revenir dans ce camp,
quorum Pœni potiti erant,	dont les Carthaginois s'étaient emparés,
nisi impetravissent	s'ils n'avaient pas obtenu [chetés,
de captivis redimendis,	au-sujet des prisonniers devant être ra-
vituperandi,	doivent être blâmés,
si non redierunt.	s'ils ne revinrent pas.
De quibus omnes	Au-sujet desquels tous *les historiens*
non uno modo.	ne *racontent* pas d'une seule manière.
Nam Polybius,	Car Polybe,
bonus auctor in primis,	bon auteur entre les premiers,
scribit	écrit
ex decem nobilissimis,	des dix les plus nobles,
qui tum missi erant,	qui alors avaient été envoyés,
novem revertisse,	neuf être revenus,
re non impetrata	l'affaire n'ayant pas été obtenue
a senatu;	du sénat;
unum ex decem,	un des dix,
qui paulo post	qui peu après
quam egressus erat	qu'il était sorti
e castris	du camp
redisset,	y était revenu,
quasi oblitus esset aliquid,	comme s'il avait oublié quelque chose,
remansisse Romæ.	être resté à Rome.

oblitus, Romæ remansisse. Reditu enim in castra liberatum se
esse jurejurando interpretabatur; non recte. Fraus enim
adstringit, non dissolvit perjurium. Fuit igitur stulta calliditas, perverse imitata prudentiam. Itaque decrevit senatus ut
ille veterator et callidus vinctus ad Annibalem duceretur.
Sed illud maximum : octo hominum millia tenebat Annibal,
non quos in acie cepisset, aut qui periculo mortis diffugis-
sent, sed qui relicti in castris fuissent a Paulo et Varrone, con-
sulibus. Eos senatus non censuit redimendos, quum id parva
pecunia fieri posset, ut esset insitum militibus nostris aut vin-
cere aut emori. Qua quidem re audita, fractum animum Annibalis scripsit idem, quod senatus populusque Romanus rebus
afflictis tam excelso animo fuisset. Sic, honestatis comparatione, ea quæ videntur utilia vincuntur. Acilius [1] autem, qui
Græce scripsit historiam, plures ait fuisse qui in castra re-

injuste, puisque, bien loin que la fraude puisse nous dégager de
notre serment, elle ne fait qu'en resserrer les liens. Il eut donc recours à une mauvaise finesse, à une sotte imitation de la prudence;
aussi cet habile homme fut-il, par ordre du sénat, mis aux fers et
reconduit à Annibal. Mais voici quelque chose de plus admirable. Annibal avait fait prisonniers huit mille Romains, non qu'il les eût pris
sur le champ de bataille, ou que la peur de la mort les eût mis
en fuite; mais les consuls Paul et Varron les avaient abandonnés
dans le camp. Cependant, quoiqu'on pût les délivrer à très-peu de
frais, le sénat ne consentit jamais à les racheter : il voulut imprimer
dans le cœur de nos soldats cette maxime : *Vaincre ou mourir.* Et
Polybe ajoute qu'Annibal, à cette nouvelle, sentit s'abattre son
courage, en voyant le sénat et le peuple romain conserver une telle
hauteur d'âme au milieu des plus grands désastres. C'est ainsi que
l'honnêteté efface tout ce qui a une apparence d'utilité. Acilius, qui
a aussi écrit notre histoire en grec, dit que de ces dix prisonniers il

Interpretabatur enim	Il interprétait en effet
se liberatum esse	lui-même avoir été dégagé
jurejurando	du serment
reditu in castra ;	par le retour dans le camp ;
non recte.	non avec raison.
Fraus enim adstringit,	La fraude en effet resserre,
non dissolvit perjurium.	*et* ne détruit pas le parjure.
Fuit igitur stulta calliditas,	*Ce* fut donc une sotte finesse,
imitata perverse	ayant imité de-travers
prudentiam.	la prudence.
Itaque senatus decrevit	C'est-pourquoi le sénat décréta
ut ille veterator et callidus	que cet *homme* retors et rusé
duceretur vinctus	serait conduit enchaîné
ad Annibalem.	à Annibal.
Sed illud maximum :	Mais ceci *est* le plus grand :
Annibal tenebat	Annibal tenait
octo millia hominum,	huit milliers d'hommes,
non quos cepisset n aci e,	non qu'il avait pris en bataille,
aut qui diffugissent	ou qui s'étaient enfuis-çà-et-là
periculo mortis,	dans un danger de mort,
sed qui relicti fuissent	mais qui avaient été laissés
in castris	dans le camp
a Paulo et Varrone,	par Paul et Varron,
consulibus.	consuls.
Senatus non censuit	Le sénat n'opina pas
eos redimendos,	eux devoir être rachetés,
quum id posset fieri	bien que cela pût se faire
parva pecunia,	avec une petite somme,
ut esset insitum	afin qu'il fût gravé
nostris militibus	dans nos soldats
aut vincere aut emori.	ou de vaincre ou de mourir. [prise,
Qua quidem re audita,	Laquelle chose à la vérité ayant été ap-
idem scripsit	le même (Polybe) a écrit
animum Annibalis fractum	l'âme d'Annibal *avoir été* brisée
quod senatus	parce que le sénat
populusque Romanus	et le peuple romain
fuisset animo tam excelso	avait été d'une âme si élevée
rebus afflictis.	les affaires étant abattues.
Sic,	Ainsi, [l'honnêteté,
comparatione honestatis,	dans la comparaison de (comparées à)
ea quæ videntur utilia	ces choses qui paraissent utiles
vincuntur.	sont vaincues.
Acilius autem,	D'autre-part Acilius,
qui scripsit historiam	qui a écrit l'histoire
Græce,	en-grec,
ait qui revertissent	dit ceux qui étaient retournés
in castra	dans le camp

vertissent, eadem fraude, ut jurejurando liberarentur, eosque
a censoribus omnibus ignominiis notatos. Sit jam hujus loci
finis. Perspicuum est enim, quæ timido animo, humili, de-
misso, fractoque fiant, quale fuisset Reguli factum, si aut de
captivis quod ipsi opus esse videretur, non quod reipublicæ,
censuisset, aut domi remanere voluisset, non esse utilia,
quia sunt flagitiosa, fœda, turpia.

XXXIII. Restat quarta pars, quæ decore, moderatione,
modestia, continentia, temperantia continetur. Potest igitur
quidquam esse utile, quod sit huic talium virtutum choro
contrarium? At qui ab Aristippo Cyrenaici atque Annicerii
philosophi nominati[1], omne bonum in voluptate posuerunt,
virtutemque censuerunt ob eam rem esse laudandam, quod
efficiens esset voluptatis. Quibus obsoletis, floret Epicurus,

y en eut plusieurs qui s'avisèrent de la même subtilité et qui rentrèrent
dans le camp, croyant éluder par là leur serment, mais qu'ils furent
tous notés d'infamie par les censeurs. C'en est assez sur ce point;
car il est clair que toute action inspirée par la crainte et la bassesse
de cœur, comme eût été celle de Régulus, si, en opinant sur l'é-
change des prisonniers, il eût consulté son intérêt plutôt que celui
de la république, ou si, au lieu de retourner à Carthage, il fût de-
meuré à Rome; il est clair, dis-je, que de pareilles actions ne sont
point utiles, puisqu'elles sont criminelles, lâches et honteuses.

XXXIII. Il nous reste à parler de l'utile dans ses rapports avec
la décence, la modération, la modestie, la réserve, la tempérance.
Peut-on trouver utile ce qui est opposé à cet ensemble de tant de
vertus si estimables? Cependant certains philosophes, disciples
d'Aristippe, qui ont été appelés cyrénéens, et d'autres encore, les
annicériens, ne connaissaient pas d'autre bien que la volupté, et
prétendaient que la vertu même n'est estimable que par le plaisir
qu'elle donne. Cette doctrine s'était éteinte, mais Épicure l'a renou-

eadem fraude,	par la même perfidie,
ut liberarentur	pour qu'ils fussent dégagés
jurejurando,	du serment,
fuisse plures,	avoir été plus nombreux,
eosque notatos	et eux *avoir été* notés
a censoribus	par les censeurs
omnibus ignominiis.	de toutes les marques-d'infamie.
Sit jam finis hujus loci.	*Mais* soit déjà la fin de ce point.
Est enim perspicuum,	Il est en effet tout-à-fait-évident,
quæ fiant	les choses qui se font
animo timido, humili,	d'une âme timide, humble,
demisso fractoque,	abattue et brisée,
quale fuisset factum	*telles* qu'aurait été l'action
Reguli,	de Régulus,
si aut censuisset	si ou il avait opiné
de captivis	au-sujet-des prisonniers
quod videretur	ce qui paraissait
esse opus sibi,	être besoin pour (être utile à) lui-même,
non quod reipublicæ,	non ce qui *paraissait utile* à la république,
aut voluisset	ou il avait voulu
remanere domi,	rester à la maison,
non esse utilia,	n'être pas utiles,
quia sunt flagitiosa,	parce qu'elles sont infâmes,
fœda, turpia.	ignobles, honteuses.
XXXIII. Restat	XXXIII. Reste
quarta pars,	la quatrième partie,
quæ continetur	qui est contenue (consiste)
decore, moderatione,	dans la convenance, la modération,
modestia, continentia,	la modestie, la continence,
temperantia.	la tempérance.
Quidquam igitur	Quoi-que-ce-soit donc
potest esse utile,	peut-il être utile,
quod sit contrarium	qui soit contraire
huic choro	à ce chœur
virtutum talium ?	de vertus telles ?
At philosophi	Mais les philosophes
qui nominati	qui ont été nommés
Cyrenaici ab Aristippo	Cyrénaïques d'Aristippe
atque Annicerii,	et Annicériens,
posuerunt omne bonum	ont placé (fait consister) tout bien
in voluptate,	dans la volupté,
censueruntque virtutem	et ont été-d'avis la vertu
laudandam esse	devoir être louée
ob eam rem,	pour ce fait,
quod esset efficiens	qu'elle était productrice
voluptatis.	de la volupté.
Quibus obsoletis,	Lesquels étant passés-de-mode,

ejusdem fere adjutor auctorque sententiæ. Cum his viris
equisque, ut dicitur, si honestatem tueri ac retinere sententia est, decertandum est. Nam, si non modo utilitas, sed
vita omnis beata corporis firma constitutione ejusque consti-
tutionis spe explorata, ut a Metrodoro[1] scriptum est, continetur, certe hæc utilitas, et quidem summa, sic enim censent,
cum honestate pugnabit. Nam ubi primum prudentiæ locus
dabitur? An ut conquirat undique suavitates? Quam miser
virtutis famulatus, servientis voluptati! Quod autem munus
prudentiæ? An legere intelligenter voluptates? Fac nihil isto
esse jucundius; quid cogitari potest turpius? Jam, qui dolorem summum malum dicat, apud eum quem habet locum
fortitudo, quæ est dolorum laborumque contemptio? Quamvis
enim multis in locis dicat Epicurus, sicut hic dicit, satis for-

velée, il s'en est fait le défenseur et le propagateur. C'est contre
cette sorte de philosophes que nous devons combattre de toutes nos
forces, si nous voulons défendre le parti de l'honnêteté, puisque, s'il
est vrai, comme l'a écrit Métrodore, que tout ce qu'on peut appeler
utile, tout ce qui fait le bonheur de la vie, se réduit à la bonne constitution du corps et à l'espoir fondé qu'elle se maintiendra telle, une
utilité semblable, qui leur paraît même la plus grande de toutes, se
trouvera en opposition avec l'honnêteté. En effet, que deviendra alors
la prudence? Ne servira-t-elle plus qu'à rechercher de toutes parts
des éléments de plaisir? Étrange condition pour une vertu, que
d'être au service de la volupté! N'aura-t-elle autre chose à faire que
de choisir nos plaisirs avec goût? Je veux qu'il n'y ait rien de plus
agréable; mais peut-on rien imaginer de plus honteux? De même, si
l'on prétend que la douleur est le souverain mal, que deviendra la
force, qui n'est que le mépris des fatigues et des douleurs? Épicure,
ici comme ailleurs, a beau parler de la douleur avec assez de cou-

Epicurus floret,	Épicure fleurit,
adjutor auctorque	auxiliaire et promoteur
fere ejusdem sententiæ.	à–peu-près du même sentiment.
Decertandum est cum his	Il faut lutter avec ceux-ci
viris equisque, ut dicitur,	avec hommes et chevaux, comme on dit.
si sententia est tueri	si *ton* avis est de défendre
ac retinere honestatem.	et de garder l'honnêteté.
Nam, si non modo utilitas,	Car, si non seulement l'utilité,
sed omnis vita beata	mais toute vie heureuse
continetur	est contenue (consiste)
constitutione firma	dans une constitution solide
corporis	du corps
speque explorata	et dans l'espoir vérifié (assuré)
ejus constitutionis,	de cette constitution,
ut scriptum est	comme il a été écrit
a Metrodoro,	par Métrodore,
certe hæc utilitas,	assurément cette utilité,
et quidem summa,	et à la vérité la plus haute,
censent enim sic,	car ils pensent ainsi,
pugnabit cum honestate.	luttera avec l'honnêteté.
Nam ubi primum	Car où d'abord
locus dabitur prudentiæ ?	une place sera-t-elle donnée à la prudence?
An ut conquirat undique	Est-ce pour qu'elle cherche de-tous-côtés
suavitates ?	des douceurs ?
Quam miser famulatus	Quel misérable esclavage
virtutis	de la vertu
servientis voluptati !	servant la volupté !
Quod autem munus	Mais quelle *sera* la fonction
prudentiæ ?	de la prudence ?
An legere voluptates	Est-ce de choisir les voluptés
intelligenter ?	d'une-manière-intelligente?
Fac nihil esse jucundius	Fais (suppose) rien n'être plus agréable
isto ;	que cette *fonction;*
quid turpius	quoi de plus honteux
potest cogitari ?	peut être imaginé ?
Jam, qui dicat dolorem	En-outre, celui qui dirait la douleur
summum malum,	*être* le plus grand mal,
quem locum	quelle place
habet apud eum	a auprès de lui
fortitudo,	la force-d'âme,
quæ est contemptio	qui est le mépris
dolorum laborumque ?	des douleurs et des fatigues?
Quamvis enim Epicurus	En effet quoique Épicure
dicat in multis locis,	parle en nombreux endroits,
sicut dicit hic,	comme il *en* parle ici,
satis fortiter de dolore,	assez fortement sur la douleur,
tamen id	cependant ceci

titer de dolore, tamen id non spectandum est quid dicat, sed quid consentaneum sit ei dicere, qui bona voluptate termina-verit, mala dolore : ut si illum audiam de continentia et temperantia. Dicit ille quidem multa multis locis; sed aqua hæret, ut aiunt. Nam qui potest temperantiam laudare is qui ponat summum bonum in voluptate? Est enim temperantia libidinum inimica; libidines autem consectatrices voluptatis. Atque in his tamen tribus generibus, quoquo modo possunt, non incallide tergiversantur. Prudentiam introducunt, scien-tiam suppeditantem voluptates, depellentem dolores. Forti-tudinem quoque aliquo modo expediunt, quum tradunt ra-tionem negligendæ mortis perpetiendique doloris. Etiam temperantiam inducunt, non facillime illi quidem, sed tamen quoquo modo possunt. Dicunt enim voluptatis magnitudinem doloris detractione finiri. Justitia vacillat vel jacet potius,

rage, il ne faut pas tant prendre garde à ce qu'il dit qu'à ce qu'il doit dire selon ses principes, lui qui prétend que la volupté est le souverain bien, et la douleur le souverain mal. Qui voudrait même l'écouter sur la tempérance, il en dit merveilles en beaucoup d'en-droits; mais il se fait lui-même son procès, comme on dit. Car, quand on fait consister le souverain bien dans la volupté, comment peut-on louer la tempérance, qui est l'ennemie de la volupté et des passions qui nous y portent? Ils tâchent pourtant de se défendre le mieux qu'ils peuvent sur ces trois vertus, et ils le font avec assez d'a-dresse. Ils transforment la prudence en un art de procurer les plaisirs et d'écarter la douleur. Pour la force, ils s'arrangent d'une autre ma-nière; ils la font consister à ne pas s'inquiéter de la mort et à sup-porter la souffrance. Enfin ils admettent la tempérance elle-même, mais sur ce point ils ne sont pas peu embarrassés; ils s'en tirent toutefois comme ils peuvent, en disant que l'exemption de la douleur est la volupté suprême. Quant à la justice, elle est fort chance-

non spectandum est,   ne doit pas être considéré,

quid dicat,   quelle chose il dit,

sed quid   mais quelle chose

sit consentaneum ei   il est conforme à lui

dicere,   de dire,

qui terminaverit bona   *lui* qui a limité les biens

voluptate,   à la volupté,

mala dolore :   les maux à la douleur :

ut si audiam illum   comme si j'écoutais lui

de continentia   sur la retenue

et temperantia.   et la tempérance.

Ille quidem dicit multa   Celui-là à la vérité dit beaucoup de choses

multis locis;   en de nombreux endroits;

sed aqua hæret, ut aiunt.   mais l'eau s'arrête, comme on dit.

Nam qui potest   Car comment peut-il

laudare temperantiam   louer la tempérance

is qui ponat in voluptate   celui qui place dans la volupté

summum bonum ?   le souverain bien ?

Temperantia enim   La tempérance en effet

est inimica libidinum ;   est ennemie des passions ;

libidines autem   mais les passions

consectatrices voluptatis.   *sont* poursuivantes de la volupté.

Atque tamen   Et cependant

in his tribus generibus   dans ces trois genres

tergiversantur   ils se retournent

non incallide,   non maladroitement,

quoquo modo possunt.   de toute manière qu'ils peuvent.

Introducunt prudentiam,   Ils introduisent la prudence,

scientiam   *comme* une science

suppeditantem voluptates,   fournissant les voluptés,

depellentem dolores.   éloignant les douleurs.

Expediunt quoque   Ils expliquent aussi

fortitudinem   la force

aliquo modo,   de quelque manière,

quum tradunt   lorsqu'ils *la* présentent

rationem   *comme* un moyen

negligendæ mortis   de ne-pas-se-soucier de la mort

perpetiendique doloris.   et de souffrir la douleur.

Inducunt etiam   Ils amènent aussi

temperantiam   la tempérance,

non facillime illi quidem,   non pas très-facilement ceux-là du moins,

sed tamen   mais cependant

modo quoquo possunt.   de la manière quelconque-dont ils peuvent.

Dicunt enim   Ils disent en effet

magnitudinem voluptatis   la grandeur du plaisir   [leur.

finiri detractione doloris.   être déterminée par le retrait de la dou-

Justitia vacillat   La justice chancelle

omnesque eæ virtutes, quæ in communitate cernuntur et in
societate generis humani. Neque enim bonitas, nec liberalitas,
nec comitas esse potest, non plus quam amicitia, si hæc non
per se expetantur, sed ad voluptatem utilitatemve referantur.

XXXIV. Conferamus igitur in pauca. Nam, ut utilitatem nullam esse docuimus, quæ honestati esset contraria, sic omnem
voluptatem dicimus honestati esse contrariam. Quo magis reprehendendos Calliphonem et Dinomachum [1] judico, qui se dirempturos controversiam putaverunt, si cum honestate voluptatem, tanquam cum homine pecudem, copulavissent. Non
recipit istam conjunctionem honestas, aspernatur, repellit. Nec
vero finis bonorum, qui simplex esse debet, ex dissimilibus rebus misceri et temperari potest. Sed de hoc (magna enim res

lante chez eux, et l'on peut même dire qu'elle est par terre, aussi
bien que toutes les autres vertus qui maintiennent la société des
hommes. Car ni la bonté, ni la libéralité, ni la douceur, ni même
l'amitié, ne peuvent exister dès qu'on ne les recherche pas pour elles-
mêmes, et qu'on rapporte tout à la volupté ou à l'utilité.

XXXIV. Résumons-nous donc en peu de mots. Comme nous avons
fait voir qu'il n'y a rien d'utile de ce qui est contraire à l'honnête, nous
disons de même que toute volupté est contraire à l'honnêteté. Je trouve
Calliphon et Dinomaque d'autant plus blâmables d'avoir imaginé
que le moyen de terminer la dispute était de joindre l'honnêteté à la
volupté, comme si l'on accouplait l'homme avec la brute. L'honnêteté
ne saurait souffrir un si monstrueux assemblage; elle l'abhorre et le
rejette: d'autant plus que ce qu'on appelle le souverain bien et le
souverain mal doit consister dans quelque chose de précis et de simple, et ne pas être un composé de choses de différente nature. Mais
c'est un sujet important que nous avons traité avec étendue dans un

vel potius jacet, — ou plutôt est abattue,

omnesque eæ virtutes — et *aussi* toutes ces vertus

quæ cernuntur — qui sont vues

in communitati — dans la communauté

et in societate — et dans la société

generis humani. — du genre humain.

Neque enim bonitas, — En effet ni la bonté,

nec liberalitas, nec comitas — ni la libéralité, ni la douceur

potest esse, — ne peut exister,

non plus quam amicitia, — pas plus que l'amitié,

si hæc — si ces *qualités* [mêmes,

non expetantur per se, — ne sont pas cherchées par (pour) elles-

sed referantur — mais sont rapportées

ad voluptatem — au plaisir

utilitatemve. — ou à l'utilité.

XXXIV. Conferamus igitur — XXXIV. Rassemblons donc

in pauca. — en peu de *mots nos doctrines*.

Nam, ut docuimus — Car, comme nous avons enseigné

utilitatem esse nullam, — l'utilité être nulle,

quæ esset contraria — qui serait contraire

honestati, — à l'honnêteté,

sic dicimus — ainsi nous disons

omnem voluptatem — toute volupté

esse contrariam honestati. — être contraire à l'honnêteté.

Quo magis judico — D'autant plus je juge

Calliphonem — Calliphon

et Dinomachum — et Dinomaque

reprehendendos, — devoir être repris,

qui putaverunt — *eux* qui ont cru

se dirempturos — eux-mêmes devoir trancher

controversiam, — le différend,

si copulavissent — s'ils avaient accouplé

voluptatem cum honestate, — la volupté avec l'honnêteté,

tanquam pecudem — comme une bête

cum homine. — avec un homme.

Honestas non recipit — L'honnêteté n'admet pas

istam conjunctionem, — cette union,

aspernatur, repellit. — elle *la* méprise, elle *la* repousse.

Nec vero finis bonorum, — Et en vérité la définition des biens,

qui debet esse simplex, — qui doit être simple,

potest misceri — ne peut pas être mélangée

et temperari — et être amalgamée

ex rebus dissimilibus. — de choses dissemblables.

Sed alio loco — Mais *j'ai parlé* en un autre endroit

pluribus — en plus de *mots*

de hoc, — sur cela,

est) alio loco[1] pluribus. Nunc ad propositum. Quemadmodum
igitur, si quando ea, quæ videretur utilitas, honestati repu-
gnat, dijudicanda res sit, satis est supra disputatum. Sin
autem speciem utilitatis etiam voluptas habere dicetur, nulla
potest esse ei cum honestate conjunctio. Nam, ut tribuamus
aliquid voluptati, condimenti fortasse nonnihil, utilitatis certe
nihil habebit.

Habes a patre munus, Marce fili, mea quidem sententia
magnum ; sed perinde erit ut acceperis. Quanquam tibi hi tres
libri inter Cratippi commentarios, tanquam hospites, erunt recipiendi. Sed ut, si ipse venissem Athenas (quod quidem esset
factum, nisi me e medio cursu[2] clara voce patria revocasset),
aliquando me quoque audires, sic, quoniam his voluminibus
ad te profecta vox est mea, tribues his temporis quantum poteris : poteris autem quantum voles. Quum vero intellexero

autre ouvrage. Revenons à notre objet. Nous avons fait assez voir
quel parti l'on doit prendre lorsqu'une apparente utilité se trouve
contraire à l'honnête. Que si l'on prétend qu'il y a dans la volupté
quelque apparence d'utilité, elle ne peut du moins avoir rien de
commun avec l'honnête. S'il faut absolument lui accorder quelque
chose, nous dirons qu'elle est comme l'assaisonnement des autres
biens, mais qu'elle n'a pas d'utilité par elle-même.

Voilà, mon cher fils, le présent que j'avais à vous faire. Je le crois
de très-grand prix ; mais pour vous ce prix dépendra de la manière
dont vous le recevrez. Je vous prie toujours d'accorder l'hospitalité
à ces trois livres, parmi les ouvrages de Cratippe. Si j'étais venu
vous trouver à Athènes, et je l'aurais certainement fait si la patrie
ne m'avait rappelé à haute voix au milieu de ma course, vous m'auriez entendu quelquefois aussi. Eh bien, donnez à ces livres, comme
à des interprètes de mes pensées, tout le temps que vous m'auriez
consacré, et vous pourrez en donner autant que vous voudrez. Quand

res enim est magna.	car la chose est grande (importante).
Nunc ad propositum.	Maintenant *je reviens à mon* objet.
Disputatum est igitur satis	Il a été discuté donc suffisamment
supra	ci-dessus
quemadmodum res	comment l'affaire
dijudicanda sit,	doit être décidée,
si quando ea,	si parfois cette *utilité*,
quæ videretur utilitas,	qui paraîtrait utilité,
repugnat honestati.	est-en-lutte avec l'honnêteté.
Sin autem etiam voluptas	Mais si même la volupté
dicetur habere	est dite avoir
speciem utilitatis,	une apparence d'utilité,
nulla conjunctio	aucune union
potest esse ei	ne peut être à elle
cum honestate.	avec l'honnêteté. [chose
Nam, ut tribuamus aliquid	Car, pour que nous accordions quelque
voluptati,	à la volupté,
habebit fortasse	elle aura peut-être
nonnihil condimenti,	quelque-peu d'assaisonnement,
nihil certe utilitatis.	*mais* rien assurément d'utilité.
Habes a patre,	Tu as de *ton* père,
Marce fili,	Marcus *mon* fils,
munus magnum	un présent grand
mea sententia quidem ;	à mon avis du moins ;
sed erit	mais il sera
perinde ut acceperis.	de-valeur comme tu *l'*auras reçu.
Quanquam hi tres libri	Toutefois ces trois livres
recipiendi erunt tibi,	devront être reçus par toi,
tanquam hospites,	comme des hôtes,
inter commentarios	parmi les cahiers
Cratippi.	de Cratippe.
Sed ut,	Mais comme,
si ipse venissem Athenas	si moi-même j'étais venu à Athènes
(quod quidem factum esset,	(ce qui à la vérité aurait été fait,
nisi patria revocasset ne	si la patrie n'avait rappelé moi
voce clara	d'une voix éclatante
e medio cursu),	du milieu de *ma* course),
audires aliquando	tu écouterais quelquefois
me quoque,	moi aussi,
sic, quoniam mea vox	ainsi, puisque ma voix
profecta est ad te	est partie vers toi
his voluminibus,	par ces volumes,
tribues his	tu accorderas à ceux-ci
quantum temporis poteris :	autant de temps que tu pourras :
poteris autem	or tu pourras *leur en accorder*
quantum voles.	*autant* que tu voudras.
Quum vero intellexero	Mais quand j'aurai compris

te hoc scientiæ genere gaudere, tum et præsens tecum pro-
pediem, ut spero, et, dum aberis, absens loquar. Vale igitur,
mi Cicero, tibique persuade esse te quidem mihi carissimum,
sed multo fore cariorem, si talibus monumentis præceptisque
lætabere.

je saurai que vous vous plaisez à cette sorte de science , je prendrai
plaisir à m'en entretenir avec vous, et de vive voix, comme j'espère
pouvoir le faire bientôt , et par écrit , tant que je serai éloigné de
vous. Adieu, mon cher Cicéron; vous devez être persuadé que je vous
aime tendrement, mais comptez que je vous aimerai encore bien davantage, si je vois que vous ayez du goût pour ces ouvrages et ces
leçons.

te gaudere | toi être-content
hoc genere scientiæ, | de ce genre de science,
tum et præsens propediem, | alors et présent prochainement,
ut spero, | comme j'espère,
et, dum aberis, | et, tant que tu seras absent,
absens loquar tecum. | absent je parlerai avec toi.
Vale igitur, mi Cicero, | Adieu donc, mon Cicéron,
persuadeque tibi | et persuade à toi
te quidem | toi à la vérité
esse carissimum mihi, | être très-cher à moi,
sed fore multo cariorem, | mais devoir être beaucoup plus cher,
si lætabere | si tu te réjouis
talibus monumentis | de tels monuments (ouvrages)
præceptisque. | et préceptes.

NOTES

SUR LE LIVRE TROISIÈME.

———

Page 422 : 1. *Qui fuit fere ejus æqualis.* Le premier Africain et Caton le Censeur naquirent à trois ans de distance. Caton fut le questeur de Scipion lorsqu'il commandait en Afrique ; il fut consul en 558 de Rome.

Page 424 : 1. *Rura peragrantes.* Cicéron n'avait pas moins de quatorze domaines en Italie.

Page 432 : 1. Posidonius, de la ville d'Apamée, en Syrie, ouvrit un cours de philosophie à Rhodes. Quant à Panétius, il avait écrit son traité *des Devoirs* avant l'an 615 de Rome, et ne mourut que vers 650, à Athènes.

Page 434 : 1. P. Rutilius Rufus, consul l'an 505 de Rome. C'était un des hommes les plus éclairés et les plus vertueux de son siècle.

Page 436 : 1. *Socratem*, etc. Cicéron dit encore, *de Legibus*, I, xii : *Recteque Socrates exsecrari eum solebat, qui primus utilitatem a natura sejunxisset ; id enim querebatur caput esse exitiorum omnium.*

Page 442 : 1. *Fabricius Aristidesve.* On verra plus loin, au chapitre XXII, pourquoi Cicéron les appelle justes.

— 2. Les sept sages étaient : Pittacus de Mitylène, Bias de Priène, Cléobule de Lindus, Myson de Chen, Chilon de Lacédémone, Solon d'Athènes et Thalès de Milet.

Page 446 : 1. *Formula quædam.* Cette formule est donnée au chap. XX.

— 2. *Veteribus academicis.* M. Marchand : « Après la mort de Platon, l'ancienne Académie eut pour chef Speusippe, puis Xénocrate. Aristote se sépara de celui-ci et fonda l'école des péripatéticiens. L'ancienne Académie dut son origine à Arcésilas, et la nouvelle Académie dut la sienne à Carnéade. »

Page 464 : 1. *Ut geometræ*, etc. *Tusculanes*, V, VII : *Geometræ, quum aliquid docere volunt, si quid ad eam rem pertinet eorum quæ ante docuerunt, id sumunt pro concesso et probato ; illud modo explicant, de quo nihil scriptum est.*

Page 464 : 2. Cratippe, dont la doctrine sur ce point était moins absolue que celle de Cicéron, pensait seulement que l'honnête est la chose la plus désirable entre toutes.

Page 472 : 1. *Gyges.* Voy. Platon , *de la République*, liv. II , et Fénelon, *Histoire du roi Alfaroute et de Clariphile.*

Page 474 : 1. *Regem.* Candaule , qui , selon Hérodote, régna de l'an 718 à l'an 680 avant notre ère.

Page 480 : 1. Chrysippe fut le plus célèbre des disciples de Zénon.

Page 484 : 1. *Dionysius.* Denys le Jeune.

Page 486 : 1. Corinthe fut détruite par Mummius , l'an 146 avant J. C.

— 2. Égine, une des îles Cyclades, voisine des côtes de l'Attique. Le Pirée était le port d'Athènes ; Périclès l'avait réuni à la ville par une grande muraille.

— 3. *Qui peregrinos*, etc. Allusion aux lois de Lycurgue.

— 4. *Pennus.* M. Julius Pennus, tribun du peuple en 627, fit contre les étrangers une loi que combattit C. Gracchus.

— 5. *Papius.* Tribun du peuple en 688, deux ans avant le consulat de Cicéron.

— 6. *Quam tulerunt legem*, etc. Licinius Crassus et Q. Mucius Scévola, en 658, portèrent cette loi, qui fut appelée de leur nom *Licinia-Mucia*, et qui devint une des principales causes de la guerre sociale ; elle concernait la jouissance des droits de cité.

Page 488 : 1. *Cannensi calamitate accepta*, etc. Après ce désastre, le dictateur Junius Péra fit une levée parmi les esclaves , et délivra de leurs fers et de leurs dettes tous ceux qui voudraient prendre les armes.

— 2. *Athenienses*, etc. Voy. Cornélius Népos, *Vie de Thémistocle*, chap. ii.

— 3. *Trœzene.* Trézène était une ville de l'Argolide, alliée des Athéniens.

— 4. *Cyrsilum.* Démosthène, dans son *Discours sur la couronne*, raconte le supplice de Cyrsile et celui de sa femme, qui fut massacrée par les Athéniennes.

— 5. *Victoriam.* La fameuse victoire de Salamine.

Page 490 : 1. Gythée, port sur la côte orientale du golfe de Laconie, à trente stades de Sparte.

Page 492 : 1. Diogène le stoïcien, né à Séleucie, près de Baby-lone. Il vivait vers 155 avant J. C.

— 2. Antipater de Tarse, en Cilicie ; il était antérieur à Anti-pater de Tyr.

Page 498 : 1. *Quod Athenis.... sancitum est.* Voici la loi à laquelle Cicéron fait allusion : Ὑποφαίνειν οἶχον πλανωμένοις, καὶ κοινωνεῖν κατὰ τὸν βίον ὕδατος καὶ πυρός.

Page 506 : 1. Aquillius, disciple de Q. Mucius Scévola, et comme lui célèbre jurisconsulte, fut, en 687, collègue de Cicéron dans sa préture.

Page 508 : 1. *Lege Lætoria.* Cette loi défendait à tout citoyen de faire un contrat avant l'âge de vingt-cinq ans.

Page 510 : 1. Cent mille sesterces, c'est-à-dire à peu près vingt mille francs de notre monnaie.

— 2. *Nequidquam.... non quiret.* C'est la traduction d'un vers de la *Médée* perdue d'Euripide. Cicéron cite ailleurs ce vers :

Μισῶ σοφιστὴν ὅστις οὐχ αὑτῷ σοφός.

— 3. Q. Tubéron, petit-fils de Paul-Émile.

Page 514 : 1. *Arce.* Le mont Capitolin, où l'on prenait les augures.

— 2. Le mont Célius, dans la partie sud-est de Rome.

— 3. Caton Salonius, fils de Caton le Censeur et grand-père de Caton d'Utique.

Page 516 : 1. *Frumentarius.* Voy. les chapitres XII et XIII.

— 2. *Propinquus noster.* La sœur de Marius Gratidianus avait épousé l'aïeul de Cicéron : son petit-fils fut adopté par Marius, et proscrit par Sylla, qui le fit mettre à mort.

Page 526 : 1. Crassus le Riche et Hortensius l'Orateur, qui avait défendu Verrès contre Cicéron.

— 2. Ce Satrius fut un des meurtriers de César, dont il avait été le lieutenant dans les Gaules.

Page 530 : 1. C. Flavius Fimbria, consul avec Marius en 649.

Page 532 : 1. *Micare digitis* désigne une sorte de jeu que les Ita-liens nomment *la mora* et que nous appelons *la mourre.* Les deux joueurs ferment les mains, puis l'un des deux étend un certain nombre de doigts ; si l'autre en étend le même nombre, il a deviné, et gagne par conséquent.

Page 536 : 1. *Noster.* Voy. la note 2 de la page 516.

Page 540 : 1. *Qui socerum habere voluit eum,* etc. En 694, Pompée épousa Julia, fille unique de César et de sa première femme Cornélie.

Page 542 : 1. *Græcos versus Euripidis*. Ces vers se trouvent dans la bouche d'Étéocle, *les Phéniciennes*, v. 524 :

Εἴπερ γὰρ ἀδικεῖν χρὴ, τυραννίδος πέρι
Κάλλιστον ἀδικεῖν, τἄλλα δ᾽ εὐσεβεῖν χρεών.

— 2. *Ecce tibi*. Il s'agit de César.

Page 544 : 1. *Parens nominetur*. Suétone, *Vie de César*, LXXXV : *Solidam columnam prope viginti pedum in foro statuit, scripsitque : Parenti patriæ*.

— 2. *Multi*, etc. Ce vers est tiré d'une tragédie dont Atrée et Thyeste étaient le sujet. Attius avait vingt-deux ans de moins que Térence, et dix-huit ans de plus que Lucilius.

— 3. *Ei regi*. Jules César.

Page 548 : 1. *Quas civitates.... liberavisset*. Les villes que Sylla avait conquises sur Mithridate avaient été déclarées franches par le sénat, en échange d'une somme d'argent.

Page 550 : 1. C. Scribonius Curion, consul en 677.

— 2. *Transpadanorum*. Les colonies latines de la Gaule transpadane réclamaient avec raison le droit de cité, puisque celles de la Gaule cispadane jouissaient déjà de ce droit.

Page 552 : 1. Hécaton de Rhodes, disciple de Panétius.

Page 556 : 1. *Denario*, un denier, ou 78 centimes de notre monnaie.

Page 558 : 1. Cent millions de sesterces, à peu près vingt millions de nos francs.

Page 560 : 1. *Sol Phaethonti*, etc. Voy. Ovide, *Métamorphoses*, liv. II.

Page 566 : 1. *Cuju' ipse*, etc. Vers de Pacuvius sur la dispute d'Ajax et d'Ulysse au sujet des armes d'Achille.

Page 572 : 1. *Eorum*. Les épicuriens.

— 2. *Eorum*. Les stoïciens.

Page 574 : 1. *Fregisti fidem*. Ces mots sont dans la bouche de Thyeste. La réponse *Neque dedi*, etc., est d'Atrée.

Page 580 : 1. *Juravi lingua*, etc. C'est Hippolyte qui parle :

Ἡ γλῶσσ᾽ ὀμώμοχ᾽ · ἡ δὲ φρὴν ἀνώμοτος.

Page 582 : 1. *Nunquam claros viros.... dedidisset*. Allusion aux personnages que le sénat livra aux Samnites, lorsqu'il refusa de sanctionner le traité des Fourches Caudines.

Page 582 : 2. Mancinus, consul en 616.

— 3. L. Furius et Sext. Attilius, consuls en 617.

— 4. Q. Pompéius Népos ou Rufus, consul en 612.

Page 586 : 1. *Sacratæ*. M. Marchand : « On appelait *sacrées* les lois accompagnées d'un serment et d'imprécations contre les infracteurs ; au nombre de ces lois était celle qui créa les tribuns du peuple. »

Page 590 : 1. *Tertio consulatu.* En 346 av. J. C. — Le Véséris, rivière de la Campanie, aujourd'hui le *Fornello*.

— 2. *Acerbe severus.* Il fit mourir son fils pour avoir combattu sans sa permission, dans une guerre contre les Latins.

Page 592 : 1. On croit qu'Acilius était contemporain de Caton le Censeur.

Page 594 : 1. Aristippe de Cyrène florissait vers 380 av. J. C. Annicéris était le cinquième chef de l'école d'Aristippe. L'école cyrénaïque plaçait le souverain bien dans le plaisir, mais n'admettait pas de plaisir en dehors de la vertu.

Page 596 : 1. Métrodore de Lampsaque, disciple d'Épicure.

Page 600 : 1. Calliphon et Dinomaque, contemporains de Carnéade.

Page 602 : 1. *Alio loco.* Dans le traité *de Finibus*.

— 2. *E medio cursu.* M. Marchand : « Pendant son voyage à Athènes, Cicéron fut rappelé par ses amis, qui entrevoyaient pour la république un heureux avenir ; mais cet espoir ne tarda pas à s'évanouir. »

FIN.

PARIS. — IMPRIMERIE DE CH. LAHURE ET Cie

Rues de Fleurus, 9, et de l'Ouest, 21

LIBRAIRIE HACHETTE ET Cie

HISTOIRE UNIVERSELLE

Publiée par une société de professeurs et de savants

SOUS LA DIRECTION

DE M. VICTOR DURUY

Format in-16, broché.

La demi-reliure en chagrin, tranches jaspées, de chacun de ces volumes se paye en sus : 1 fr. 50 c.

La terre et l'homme, ou aperçu de géologie, de géographie et d'ethnologie générales, pour servir d'introduction à l'*Histoire universelle*, par M. MAURY, membre de l'Institut ; 5e édition. 1 vol.   6 fr.

Chronologie universelle, par M. DREYSS, recteur honoraire d'Académie ; 5e édition, continuée jusqu'en 1883. 2 volumes.   12 fr.

Histoire générale, comprenant l'histoire de l'antiquité, du moyen âge et des temps modernes jusqu'en 1848, suivie d'un résumé des principaux événements de 1848 à 1883, par M. DURUY ; nouvelle édition. 1 vol. 4 fr.

Histoire sainte d'après la Bible, par M. DURUY ; 12e édition. 1 vol.   3 fr.

Histoire ancienne des peuples de l'Orient, par M. MASPERO ; 5e édition. 1 vol.   6 fr.

Histoire grecque, par M. DURUY ; 14e édition. 1 vol.   4 fr.

Histoire romaine, par M. DURUY ; 18e édition. 1 vol.   4 fr.

Histoire du moyen âge, depuis la chute de l'empire d'Occident jusqu'au milieu du xve siècle, par M. DURUY ; 14e édition.   4 fr.

Histoire des temps modernes, depuis 1453 jusqu'à 1789, par M. DURUY ; 13e édition. 1 vol.   4 fr.

Histoire de France, par M. DURUY, 20e édition, illustrée de nombreuses gravures et de cartes. 2 vol. 8 fr.

Histoire d'Angleterre, comprenant celle de l'Écosse, de l'Irlande et des possessions anglaises, par M. FLEURY, ancien recteur ; 7e édition. 1 volume.   4 fr.

Histoire de l'Autriche-Hongrie, par M. LOUIS LÉGER. 4e édit. 1 vol. 5 fr.

Histoire résumée d'Italie, par M. ZELLER, membre de l'Institut ; 4e édition. 1 vol.   5 fr.

Histoire de la Russie, par M. RAMBAUD, professeur à la Faculté des lettres de Paris ; 5e édit. 1 vol. 6 fr.
Couronnée par l'Académie française.

Histoire de l'Empire ottoman, par M. DE LA JONQUIÈRE, ancien professeur à l'École impériale militaire de Constantinople. 2e édition. 1 vol. 6 fr.

Histoire de la littérature grecque, par M. PIERRON ; 14e édition. 1 volume broché.   4 fr.

Histoire de la littérature romaine, par M. PIERRON ; 14e édition. 1 volume.   4 fr.

Histoire de la littérature française, par M. DEMOGEOT, agrégé de la Faculté des lettres de Paris ; 28e édition. 1 vol.   4 fr.

Histoire des littératures étrangères considérées dans leurs rapports avec la littérature française, par M. DEMOGEOT ; 3e édit. 2 vol.   8 fr.

Histoire de la littérature anglaise, 2e édition, par M. AUGUSTIN FILON. 1 vol.   6 fr.

Histoire de la littérature italienne, par M. L. ETIENNE. 2e édit. 1 vol. 4 fr.
Couronnée par l'Académie française.

Dictionnaire historique des institutions, mœurs et coutumes de la France, par M. CHÉRUEL ; 7e édition. 2 vol.   12 fr.

Histoire de la physique et de la chimie, depuis les temps les plus reculés jusqu'à nos jours, par M. HOEFER. 3e édition. 1 vol.   4 fr.

Histoire de la botanique, de la minéralogie et de la géologie, par M. HOEFER ; 2e édition. 1 vol.   4 fr.

Histoire de la zoologie, par M. HOEFER. 2e édition. 1 vol.   4 fr.

Histoire de l'astronomie, par M. HOEFER ; 2e édition. 1 vol.   4 fr.

Histoire des mathématiques, par M. HOEFER ; 4e édition. 1 vol.   4 fr.

GÉOGRAPHIE

La terre à vol d'oiseau, par M. ONÉSIME RECLUS. 4e édition. 2 vol., avec 370 gravures.   10 fr.

Coulommiers. — Imp. PAUL BRODARD. — 8-1900.